HEYNE <

Das Buch

Die Freiheit ist nur 20 Meter entfernt für den kubanischen Flüchtling, der sich auf den Mast einer Luxusjacht vor Miami geflüchtet hat. Aber dann wird er unter den Augen von Millionen Fernsehzuschauern in einer spektakulären Aktion live verhaftet. Und das ausgerechnet vom netten Nestor, einem Polizisten mit kubanischen Wurzeln, der unter den chauvinistischen Sprüchen seiner weißen Vorgesetzten leidet. Die ganze Stadt ist in zwei Lager gespalten: Für seine Familie und Landsleute ist Nestor ein Verräter, für die Weißen ein Held und Musteramerikaner. Soll der kubanische Bürgermeister ihn suspendieren oder mit Orden schmücken? Versaut ihm dieser Idiot die Wiederwahl?

Genüsslich und packend taucht Tom Wolfe ein in die verrückteste Stadt Amerikas: Miami, wo die spanisch sprechenden Kubaner inzwischen die Mehrheit, aber die Weißen immer noch das Geld haben. Wo die Jugend am Strand den ewigen Spaß und die Rentner beim Schönheitschirurgen das ewige Leben suchen. Wo die Blutlinien mitten durch den amerikanischen Traum verlaufen.

Integration und Tradition sind die großen Themen im neuen Bestseller des »größten literarischen Stilisten und brillantesten Kommentators der gesellschaftlichen Realität.« (Time)

Der Autor

Tom Wolfe, 1930 in Richmond, Virginia, geboren, arbeitete nach seiner Promotion in Amerikanistik als Reporter u.a. für *The Washington Post*, *Esquire* und *Harper's*. In den 1960er-Jahren gehörte er mit Truman Capote, Norman Mailer und Gay Talese zu den Gründern des »New Journalism«. Der vielfach preisgekrönte Schriftsteller (National Book Award u.a.) war mit Büchern wie *The Electric Kool-Aid Acid Test* (1968) international längst als Sachbuchautor berühmt, ehe er mit *Fegefeuer der Eitelkeiten* (1987) seinen ersten Roman vorlegte, der auf Anhieb zum Weltbestseller und von Brian de Palma mit Tom Hanks verfilmt wurde. Es folgten mit *Hooking Up* eine Sammlung von Essays und Erzählprosa (Blessing 2001) und weitere erfolgreiche Romane, darunter *Ich bin Charlotte Simmons* (Blessing 2005) und der SPIEGEL-Bestseller *Back to Blood* (Blessing 2013). Zuletzt erschien *Das Königreich der Sprache* (Blessing 2017). Tom Wolfe verstarb im Mai 2018 in New York.

TOM WOLFE

BACK TO BLOOD

ROMAN

Aus dem Amerikanischen
von Wolfgang Müller

WILHELM HEYNE VERLAG
MÜNCHEN

Die Originalausgabe BACK TO BLOOD erschien bei
Little, Brown and Company, New York.

MIX
Papier aus verantwortungsvollen Quellen
FSC® C014496

Verlagsgruppe Random House FSC® N001967

3. Auflage
Vollständige deutsche Taschenbuchausgabe 07/2014

Printed in Germany
Umschlaggestaltung: Hauptmann und Kompanie Werbeagentur, Zürich nach
einer Originalvorlage von Oliver Munday
Satz: Leingärtner, Nabburg
Druck und Bindung: GGP Media GmbH, Pößneck

ISBN: 978-3-453-41582-9

www.heyne.de

Für Sheila
und zur Erinnerung
an Angel Calzadilla

INHALT

PROLOG

WIR SIND JETZT IN MII-AH-MII

You …

You …

You … edit my life … You are my wife, my Mac the Knife — der Witz daran ist, dass er zwar der Chefredakteur vom *Miami Herald* ist, einer der fünf oder sechs bedeutendsten Zeitungen der Vereinigten Staaten, dass *sein* Chef aber sie ist. Sie … ist … *sein* Chef. Letzte Woche hatte er völlig vergessen, im Internat seines Sohnes Fiver anzurufen, in Hotchkiss, bei dem Rektor mit der sanierten Hasenscharte, und Mac, seine Frau, seine Mac the Knife, war verständlicherweise verärgert gewesen … aber dann hatte er ihr mehr schlecht als recht zur Melodie von »You Light Up My Life« seinen kleinen Reim vorgesungen. *You … edit my life … You are my wife, my Mac the Knife* — und da musste sie gegen ihren Willen lächeln, und das Lächeln löste ihre Laune in Luft auf, die *Ich-hab-genug-von-dir-und-deiner-Liederlichkeit-Laune*. Würde das jetzt vielleicht noch mal funktionieren? Würde er noch einmal den Mut dazu aufbringen?

Im Augenblick hatte Mac das Kommando. Sie saß am Steuer ihres geliebten und grotesk beengten, brandneuen Mitsubishi Green Elf Hybrid, eines momentan todschicken und moralisch erleuchteten Fahrzeugs. Sie rollten auf dem Parkplatz des Balzac's, Miamis Jahrhundertnachtklub des Monats gleich um die Ecke vom Mary Brickell Village, an lückenlosen Reihen mit Seitenspiegel an Seitenspiegel parkenden Autos vorbei und suchten vergeblich nach einem freien Platz. *Sie* fuhr *ihren* Wagen. Diesmal war sie verärgert — und ja, wieder einmal verständlicherweise — weil seine Liederlichkeit dafür verantwortlich war, dass sie sich hoffnungslos verspätet auf den Weg zum Balzac's gemacht hatten, weshalb sie darauf bestanden hatte, ihren Green Elf zu nehmen, um zum coolsten aller Nachtklubs zu fahren. Wenn *er* fahren würde, in seinem BMW, würden sie *niemals* rechtzeitig ankommen, weil er nämlich ein dermaßen langsamer und zum Verrücktwerden vorsichtiger Fahrer war ... und er fragte sich, ob sie damit nicht eigentlich ängstlich und unmännlich meinte. Wie auch immer, sie übernahm die Rolle des Mannes, und der Elf zischte zum Balzac's wie ein geölter Blitz, und da waren sie nun, und Mac war gar nicht glücklich.

Drei Meter über dem Eingang des Restaurants war eine riesige Kunststoffscheibe angebracht, knapp zwei Meter im Durchmesser und knapp einen halben Meter dick, darin eingelassen eine Büste von Honoré de Balzac, eine »Nachempfindung« — so bezeichnen Künstler heutzutage ein Plagiat — der berühmten Daguerreotypie von Nadar. Balzacs Augen waren so verändert worden, dass sie genau in die Augen des eintretenden Gastes blickten, und die Lippen waren an den Mundwinkeln zu einem breiten Lächeln angehoben worden. Der »Nachempfinder« war ein begabter Bildhauer und hatte drinnen eine Lichtquelle angebracht, die die gewaltige Kunststoffscheibe mit einem goldenen Schimmer durchdrang. *Tout le monde* war begeistert. Das Licht hier draußen auf dem Parkplatz war allerdings miserabel. Industrielaternen auf hohen

Masten schufen ein trübes elektrisches Zwielicht, das den Palmwedeln eine eitrig gelbe Farbe verlieh. »Eitrig gelbe Farbe« — na also. Ed fühlte sich klein, klein, klein … festgeschnallt auf dem Beifahrersitz, den er ganz hatte zurückschieben müssen, damit er in Macs klitzekleinem, grasig grünem Green Elf genügend Platz für seine langen Beine hatte. Er kam sich vor wie der Doughnut, der spielzeugkleine Reservereifen im Kofferraum des Elf.

Mac, ein großes Mädchen, war gerade vierzig geworden. Schon vor achtzehn Jahren, als er sie in Yale kennengelernt hatte, war sie ein großes Mädchen gewesen … kräftige Knochen, breite Schultern, groß, fast eins achtzig … schlank, geschmeidig, stark, eine Athletin hoch drei … sonnig, blond, voller Leben … Atemberaubend! Einfach umwerfend, sein großes Mädchen! In der Kategorie der umwerfenden Mädchen sind die großen Mädchen allerdings die ersten, die jene unsichtbare Grenzlinie überschreiten, jenseits deren sie höchstens noch darauf hoffen können, als »sehr gut aussehende Frau« oder »ziemlich beeindruckend, ehrlich« durchzugehen. Mac, seine Frau, seine Mac the Knife, hatte diese Linie überschritten.

Sie seufzte so tief, dass sie beim Ausatmen die Luft durch die Zähne presste. »Man sollte meinen, dass so ein Restaurant einen Parkservice hat. *Teuer* genug ist der Laden ja.«

»Stimmt«, sagte er. »Du hast recht. Das Joe's Stone Crab, das Azul, das Caffe Abbracci und dieses Restaurant am Setai — wie heißt das noch? Die haben alle einen Parkservice. Du hast absolut recht.« *Dein Weltbild ist meine Weltanschauung. Reden wir also über Restaurants.*

Eine Pause. »Ich hoffe, dir ist klar, dass wir *sehr spät* dran sind. Es ist zwanzig nach acht. Wir sind schon jetzt zwanzig Minuten zu spät, haben noch keinen Parkplatz, und da drinnen warten sechs Leute auf uns —«

»Na ja, ich weiß nicht, was ich sonst noch hätte tun sollen — Ich hab Christian angerufen und ihm —«

»— du hast sie eingeladen. Schon vergessen? Das weißt du ja wohl noch, oder?«

»Ich hab Christian angerufen, dass sie sich schon mal was zu trinken bestellen sollen. Du kennst doch Christian, das lässt der sich nicht zweimal sagen. Und Marietta auch nicht. Marietta und ihre *Cocktails*. Außer ihr kenne ich keinen einzigen Menschen, der sich noch Cocktails *bestellt.*« *Plaudern wir also ein bisschen* — Obiter dictum — *über Cocktails oder Marietta oder beides.*

»Trotzdem — es gehört sich einfach nicht, alle so warten zu lassen. Ich meine — also wirklich, Ed, ich mein's ernst. Das ist so liederlich, das halte ich einfach nicht aus.«

Jetzt! Das war seine Chance! Das war der Spalt in der Wörterwand, auf den er gewartet hatte! Eine Öffnung! Riskant, aber ... Und nur ein bisschen falsch fängt er an zu singen.

»You ...

You ...

You ... edit my life ... *You* are my wife, my Mac the Knife ...«

Sie schüttelte langsam den Kopf. »Und, scheint mir ja nicht viel zu bringen, oder?« ... Na ja, egal! Da, was kroch da so hinterhältig über ihre Lippen? War das etwa ein Lächeln, ein kleines, zögerliches Lächeln? Tatsächlich. Und dieses *Ich-hab-genug-von-dir,* wieder einmal begann es sich in Luft aufzulösen.

Sie waren etwa die Hälfte der Parkreihe abgefahren, als im Licht der Scheinwerfer zwei Gestalten auftauchten, die auf den Elf und das Balzac's zugingen — zwei Mädchen, dunkelhaarig, plaudernd, die anscheinend gerade ihren Wagen abgestellt hatten. Sie waren höchstens neunzehn oder zwanzig. Die Mädchen und der suchende Elf bewegten sich schnell aufeinander zu. Die Mädchen trugen Jeansshorts, deren Gürtellinie dem Venushügel gefährlich nahe kam und deren Beine praktisch erst … *hier* … am Hüftansatz abgeschnitten und an den Rändern ausgefranst waren. Die jungen Beine hatten Modelmaße, da sie auch noch glänzende, mindestens fünfzehn Zentimeter hohe High Heels trugen. Die Absätze waren anscheinend aus Plexiglas. Wenn Licht darauf fiel, strahlten sie wie durchsichtiges Gold. Die beiden Mädchen trugen so viel Mascara, dass es schien, als schwämmen ihre Augen in vier schwarzen Tümpeln.

»Wirklich *sehr* attraktiv«, murmelte Mac.

Ed konnte sich nicht losreißen von dem Anblick. Es waren *Latinas* — obwohl er nicht hätte erklären können, warum er das wusste. Er wusste nur, dass *Latina* und *Latino* spanische Wörter waren, die es nur in Amerika gab. Die beiden Latinas sahen trashig aus, sicher, aber auch Macs ironische Bemerkung änderte nichts an der Wahrheit. Attraktiv? »Attraktiv« war nur ein schwacher Ausdruck für das, was er wahrnahm! So schöne, zarte, lange Beine. So kurze kleine Shorty-Shorts. So kurz, dass sie sich *einfach so* herausschälen konnten. In null Komma nichts konnten sie ihre saftigen kleinen Lenden und ihre perfekten kleinen Schnuckelhintern freilegen … für *ihn!* Das war offensichtlich das, was sie wollten! In seinen eng geschnittenen Jockeys spürte er die Schwellung, für die Männer leben. Oh, ihr unsagbar versauten Mädchen!

Als Mac an ihnen vorbeirollte, zeigte eines der Mädchen auf den Green Elf, und beide fingen an zu lachen. Die lachten. Anscheinend wussten sie nicht zu würdigen, wie exklusiv GRÜN war … oder wie hip oder wie cool der Elf. Noch weniger konnten sie ermessen, mit welch grünen Accessoires und diversen esoterischen Umweltmessgeräten plus Rotwild-Protector-Radar der Elf vollgestopft war — sie konnten nicht ermessen, dass dieses kleine Elfchen von Auto $135 000 kostete. Er hätte alles dafür gegeben, um zu erfahren, worüber sie redeten. Aber in dem Kokon aus thermoisolierten Lexan-Scheiben, Türen und Verkleidungen aus Fiberglas sowie dem Brummen der vollautomatischen Kohlendioxidfilter- und Außenluftrecycling-Klimaanlage konnte man nicht mal ansatzweise irgendein Außengeräusch hören. Sprachen die überhaupt Englisch? Ihre Lippen bewegten sich anders als bei Englisch sprechenden Menschen, stellte der große audiovisionäre Linguist fest. Das konnten nur Latinas sein. Oh, ihr unsagbar versauten Latina-Mädchen!

»Großer Gott«, sagte Mac. »Wo um alles in der Welt kann man bloß High Heels kaufen, die so *leuchten?*« Ganz normale Stimmlage. Nicht mehr verärgert. Der Bann war gebrochen. »Als wir am Mary Brickell Village vorbeigefahren sind, habe ich überall diese Stelzen gesehen«, fuhr sie fort. »Ich hatte keine Ahnung, was das ist. Es sah aus wie auf einem *Rummelplatz,* überall diese grellen Lichter im Hintergrund und die kleinen halb nackten *Partygirls,* die auf ihren *High Heels* herumstöckelten … Was meinst du, ob das irgendwas Kubanisches ist?«

»Keine Ahnung«, sagte Ed. Mehr nicht, weil er nämlich seinen Kopf so weit wie möglich verdrehte, um noch einen letzten Blick von hinten auf sie erhaschen zu können. Perfekte kleine Schnuckelhintern! Er konnte sie förmlich *sehen,* die aus ihren kurzen Shorty-Shorts triefenden Gleitmittel und Spirochäten! Kurze Shorty-Shorty-Shorts! Sex! Sex! Sex! Sex! Da war er, der Sex in Miami! Thronte auf goldenen Plexiglasstelzen!

»Tja«, sagte Mac. »Ich auch nicht. Aber ein Grund für Mary Brickell, von ihrem Grab aus sofort einen Leserbrief an den Chefredakteur zu schreiben.«

»Hey, das ist gut, Mac. Habe ich dir eigentlich jemals gesagt, dass du ziemlich geistreich sein kannst, wenn du willst?«

»Nein. Hast du wahrscheinlich einfach vergessen.«

»Aber es stimmt. ›Von ihrem Grab aus einen Leserbrief an den Chefredakteur schreiben.‹ Eins kann ich dir sagen. Ein Brief aus dem Jenseits von Mary Brickell ist mir tausendmal lieber als die von diesen geifernden Fanatikern, die ich dauernd kriege.« Er brachte ein Lachen zustande. »Das ist wirklich witzig, Mac.« *Witz. Gutes Thema. Hervorragend. Reden wir also über Mary Brickell, über das Mary Brickell Village, über Briefe an den Chefredakteur, über kleine Schlampen auf Plexiglasstelzen, über jede verdammte Sache, solange sie mir ihr* Ich-hab-genug-von-dir *erspart.*

Als ob sie seine Gedanken gelesen hätte, verzog Mac einen Mundwinkel zu einem zweideutigen Lächeln — immerhin, ein Lächeln, Gott sei Dank — und sagte: »Noch mal, Ed, so spät zu kommen und alle warten zu lassen, das gehört sich wirklich nicht, das ist einfach *deermaaaßen* übel. Es gehört sich nicht, und man tut es nicht. Es ist einfach liederlich. Es ist …« Sie hielt inne. »Es ist … ausgesprochen *unbesonnen*.«

Oho! *Liederlich*, sieh an. Und auch noch *unbesonnen*. Grundgütiger! Zum ersten Mal während dieses durch und durch trübsinnigen Ausflugs war Ed nach Lachen zumute. Zwei Worte aus Macs Fundus mit der Aufschrift: White Anglo-Saxon Protestant. In ganz Miami-Dade County, in ganz Greater Miami und vor allem in Miami Beach benutzten nur noch die Mitglieder seines schrumpfenden und bedrohten kleinen Stammes, dem auch sie angehörte, die White Anglo-Saxon Protestants, die Begriffe *liederlich* und *unbesonnen* oder hatten auch nur einen Schimmer, was sie überhaupt bedeuteten. Sicher, auch er gehörte diesem absterbenden Geschlecht der White Anglo-Saxon Protestants an, aber es war Mac, die den Glauben aufrichtig praktizierte. Selbstredend nicht den *religiösen* protestantischen Glauben. Niemand an der Ost- oder Westküste der

Vereinigten Staaten, der auch nur die Basisqualifikation für Kultiviertheit anstrebte, war noch religiös, und sicher niemand, der in Yale studiert hatte, wie er und Mac. Nein, Mac war in moralischer und kultureller Hinsicht exemplarisch für das WASP-Geschlecht. Sie war der WASP-Purist, der Müßiggang und Trägheit, die erste Stufe von liederlich und unbesonnen, nicht ausstehen konnte. Müßiggang und Trägheit verrieten nicht nur Maßlosigkeit oder Urteilsschwäche. Sie waren unmoralisch. Sie waren Faulheit. Sie waren Sünden wider das Selbst. Mac konnte zum Beispiel nicht einfach in der Sonne herumlümmeln. Wenn es am Strand nichts Besseres zu tun gab, organisierte sie Speed-Walking-Wettbewerbe. Alle Mann auf! Los geht's! Das Ziel: Acht Kilometer in einer Stunde, hier auf dem Strand, im *Sand!* Na, wenn das keine Leistung ist? Kurz, wenn Platon Zeus jemals davon überzeugen könnte — Platon glaubte erklärtermaßen an Zeus — ihn wiederauferstehen zu lassen, damit er zur Erde zurückkehren könnte, um eine idealtypische Vertreterin der White Anglo-Saxon Protestants aufzuspüren, dann würde er nach Miami kommen und Mac auswählen.

Auf dem Papier war auch Ed ein idealtypisches Mitglied dieser Spezies. Hotchkiss, Yale ... groß, eins neunzig, auf eine schlaksige Art schlank ... hellbraunes, dichtes Haar, hier und da ein grauer Schimmer ... sah aus wie Donegal Tweed, sein Haar ... und dann natürlich der Name, sein Familienname, Topping. Ihm war klar, dass der Name Edward T. Topping IV bis an die Schwelle zur Satire White Anglo-Saxon Protestant in Reinkultur war. Nicht mal der Welt größte Snobs, die Briten, legten noch Wert auf all die IIIs, IVs, Vs und das gelegentliche VI, denen man in den Vereinigten Staaten begegnete. Deshalb nannten auch alle ihren Sohn Eddie »Fiver«. Sein voller Name war Edward T. Topping V. Fünf war immer noch ziemlich selten. *Jeder* Amerikaner mit einer III oder Höherem hinter dem Namen war White Anglo-Saxon Protestant oder hatte Eltern, die den verzweifelten Wunsch hegten, dass er einer wäre.

Aber warum in Gottes Namen wurde ein White Anglo-Saxon Protestant, eine der letzten verlorenen Seelen eines absterbenden Geschlechts, ein Mann mit dem Namen Edward T. Topping IV Chefredakteur des *Miami Herald?* Er hatte nicht den geringsten Schimmer gehabt, als er den Job angetreten hatte. Als das Loop Syndicate den *Herald* von der McClatchy Company übernahm und ihn plötzlich vom Redakteur der Meinungsseite der *Chicago Sun-Times* zum Chefredakteur des *Herald* beförderte, bewegte ihn nur eine einzige Frage. Wie würde das im Alumni-Magazin von Yale einschlagen? Das war das Einzige, was in seiner linken Gehirnhälfte haften blieb. Klar, sie — die Rechercheabteilung des Loop Syndicate — versuchten ihn einzuweisen. Versuchten. Aber irgendwie konnte er sich all die Dinge, die sie ihm über die Lage in Miami erzählten, nicht merken ... wehten durch das Broca- und Wernicke-Zentrum seines Gehirns hindurch ... verflüchtigten sich wie Morgennebel. War Miami die einzige Stadt der Welt, in der mehr als die Hälfte aller Einwohner erst kürzlich — das heißt während der letzten fünfzig Jahre — eingewandert war? ... Hmmmm ... Wer hätte das gedacht? Übte ein Teil dieser Einwanderer, die Kubaner, die politische Kontrolle über die Stadt aus — kubanischer Bürgermeister, kubanische Ressortleiter, kubanische Polizisten, kubanische Polizisten und noch mehr kubanische Polizisten, 60 Prozent aller Polizisten Kubaner plus 10 Prozent andere Latinos, 18 Prozent amerikanische Schwarze und nur 12 Prozent Anglos? Und setzte sich die allgemeine Bevölkerung nicht ungefähr genauso zusammen? .... Hmmm ... interessant, sicher ... wer immer die auch sind, die »Anglos« … Und waren die Kubaner und andere Latinos so in der Überzahl, dass der *Herald* eine vollkommen eigenständige spanische Ausgabe, den *El Nuevo Herald,* aufbauen musste, mit eigener kubanischer Belegschaft, weil er sonst Gefahr liefe, bedeutungslos zu werden? … Hmmm … Wahrscheinlich wusste er das alles, irgendwie. Und standen die amerikanischen Schwarzen den kubanischen Polizisten feindselig gegenüber, weil die wie aus dem Nichts aufgetaucht waren, als wären sie vom Himmel gefallen, und nichts anderes im Sinn hatten, als die Schwarzen zu drangsalieren? … Hmmm … stell dir das vor. Und er versuchte es sich vorzustellen … vielleicht fünf Minuten lang … bis die *Frage* sich auflöste angesichts einer *Anfrage,* die andeutete, dass das Alumni-Magazin seinen eigenen Fotografen schicken würde. Und waren nicht Abertausende von Haitianern nach Miami geströmt, die sich darüber erregten, dass die amerikanische Regierung illegale kubanische Einwanderer mit einem Fingerschnippen legalisierte, während sie bei den Haitianern kein Pardon kannte? … und jetzt auch noch Einwanderer aus Venezuela, Nicaragua, Puerto Rico, Kolumbien, Russland, Israel …. *Hmmm* … wirklich? Das muss ich mir merken …. Wie war das alles noch mal? …

Aber der Zweck dieser Informationen, die sie Ed auf subtile Weise mitzugeben versuchten, war nicht, ihm all diese Spannungs- und Reibungspunkte als potenzielle Schlagzeilen der Immigration City aufzuzeigen. Ganz und gar nicht. Der Zweck war der, Ed und seine Mitarbeiter zu ermutigen, »Zugeständnisse zu machen« und die Vielfältigkeit zu betonen, die eine gute Sache war, ja sogar eine ziemlich edle, und nicht die Differenzen, auf die wir alle ganz gut verzichten konnten. Der Zweck war der, Ed darauf hinzuweisen, Vorsicht walten zu lassen und sich keine dieser Fraktionen zum Feind zu machen … Er sollte in dieser Phase, in der das Syndicate den *Herald* und den *El Nuevo Herald* mit aller Konsequenz »digitalisieren«, aus der knorrigen alten Umklammerung des Printgeschäfts befreien und in schlanke Onlinepublikationen des einundzwanzigsten Jahrhunderts verwandeln wollte, einen »ruhigen Kurs steuern«. Der Subtext war: Sollten währenddessen die Straßenköter anfangen zu knurren, ihre Zähne fletschen und sich gegenseitig zerfleischen, hatte er die Vielfalt zu feiern und dafür zu sorgen, die Zähne wieder weiß zu waschen.

Das war jetzt drei Jahre her. Da Ed aber nie richtig zugehört hatte, kapierte er nicht gleich. Drei Monate nach seiner Ernennung zum Chefredakteur brachte er Teil eins der Geschichte eines jungen risikofreudigen Reporters über das geheimnisvolle Verschwinden von $940 000, die die Bundesregierung einer Anti-Castro-Organisation in Miami zugewiesen hatte, um damit störungsfreie TV-Übertragungen nach Kuba zu ermöglichen. Nicht eine einzige Tatsache in der Geschichte wurde jemals widerlegt oder auch nur ernsthaft angezweifelt. Dennoch erhob sich ein derartiges Geheul aus der »kubanischen Gemeinde« — was man sich auch immer darunter vorstellen mochte — dass es Ed bis in die kleinen Zehen durchrüttelte. Die Reaktion der »kubanischen Gemeinde« sprengte alle Kapazitäten: Der E-Mail-Server, die Website, die Telefonleitungen und sogar die Faxanschlüsse in den Büros des *Herald* und des Loop Syndicate in Chicago brachen angesichts der Überlastung zusammen. Vor dem Gebäude des *Herald* formierte sich Tag für Tag ein brüllender, Parolen skandierender, buhender Mob, der Schilder trug, die Meinungsäußerungen zierten wie: ALLE ROTEN RATTEN AUSROTTEN … HERALD: FIDEL, SI! PATRIOTISMO, NO! … BOYKOTTIERT EL HABANA HERALD … EL MIAMI HEMORROIDES …

MIAMI HERALD: CASTROS HURE … Ein ununterbrochenes Sperrfeuer aus Beleidigungen in Fernsehen und Radio brandmarkte den neuen Eigentümer des *Herald,* das Loop Syndicate, als bösartigen »linksextremen Virus.« Unter den neuen Kommissaren sei der *Herald* zu einem Nest unverhohlen »radikaler Linksintellektueller« geworden, und der neue Chefredakteur Edward T. Topping IV sei ein »Mitläufer und nützlicher Idiot Castros«. Blogger identifizierten den risikofreudigen jungen Mann, der die Geschichte geschrieben hatte, als »leidenschaftlichen Kommunisten«. Überall in Hialeah und Little Havana tauchten Flugblätter und Plakate mit seinem Foto auf. Darüber die Zeile, GESUCHT WEGEN VERRATS, darunter seine Adresse, seine Festnetz- und Handynummern. Auf ihn, seine Frau und seine drei Kinder wurde ein Maschinengewehrfeuer an Morddrohungen eröffnet. In der Antwort des Loop Syndicate wurde Ed — wenn man zwischen den Zeilen lesen konnte — als rückständiger Idiot dargestellt. Das Syndicate strich Teil zwei und drei der Serie und wies den Idioten an, jegliche Berichterstattung über Anti-Castro-Gruppen einzustellen, solange gegen sie keine formelle Anklage vorliege wegen Mordes, Brandstiftung oder eines vorsätzlichen Angriffs mit einer Schusswaffe, der schwere Verletzungen verursacht hatte. Außerdem maulte das Syndicate, weil es den jungen Reporter und seine Familie —*fünf Personen* — für sechs Wochen auf seine Kosten an einem geheimen Ort unterbringen und obendrein noch für Bodyguards bezahlen musste.

Und so landete Edward T. Topping IV mit einer Untertasse vom Mars mitten in einer Straßenprügelei.

Inzwischen steuerte Mac den Green Elf bis zum Ende der Fahrspur und bog in die nächste ein. »Oh, *du* …«, rief sie aus und hielt inne, weil sie nicht genau wusste, wie sie den Übeltäter direkt vor ihr beschimpfen sollte. Sie klebte am Kofferraum eines großen Mercedes, möglicherweise ein Maybach, dessen edles europäisches Hellbraun in dem kränklichen elektrischen Zwielicht glänzte. Er rollte langsam an den parkenden Wagen vorbei und suchte nach einem freien Platz. Wenn einer auftauchte, dann würde der Mercedes ihn vor ihnen kriegen.

Mac bremste ab und vergrößerte den Abstand zu dem Wagen. Genau in diesem Augenblick hörten sie, dass ein anderer Wagen wie wahnsinnig beschleunigte. Nach dem Geräusch der quietschenden Reifen zu urteilen, schleuderte der Wagen in höllischem Tempo durch die 180-Grad-Kehre von der einen in die nächste Fahrspur. Jetzt raste der Fahrer von hinten in rücksichtslosem Tempo auf sie zu. Das Scheinwerferlicht flutete das Innere des Green Elf. »So ein *Vollidiot*«, sagte Mac laut. Sie kreischte fast.

Sie und Ed machten sich schon auf den drohenden Aufprall gefasst, als der Fahrer in letzter Sekunde abbremste und schließlich keine zwei Meter hinter ihnen herrollte. Als Zugabe ließ der Fahrer den Motor noch zwei- oder dreimal aufheulen.

»Was bildet sich dieser Schwachkopf ein?«, sagte Mac. »Selbst wenn ich wollte, könnte ich ihn nicht vorbeilassen. Da ist kein Platz.«

Ed drehte sich um, um den Rüpel in Augenschein zu nehmen. »Herrgott, sind die Scheinwerfer grell. Ich kann bloß erkennen, dass es irgendein Cabrio ist. Ich glaube, es ist eine Frau. Bin mir aber nicht sicher.«

»Unverschämte *Schlampe*«, sagte Mac.

Und dann — Ed konnte es nicht fassen. Genau vor ihnen leuchtete rechts in der Wand aus Autos ein rotes Paar Rücklichter auf. Dann im Heckfenster eine rote Bremsleuchte. Es musste sich um einen Escalade oder einen Denali handeln, so hoch, wie die Bremsleuchte war. Jedenfalls irgendein Monster-SUV. Konnte das wahr sein … jemand in dieser undurchdringlichen Blechwand war gerade im Begriff seinen Platz zu räumen?

»Ich glaub's nicht«, sagte Mac. »Ich glaub's erst, wenn er wirklich zurücksetzt. Ein Wunder.«

Sie und Ed schauten wie ein einziges Lebewesen nach vorn, um herauszufinden, ob ihr Konkurrent, der Mercedes, die Lichter auch gesehen hatte und zurücksetzte, um den Platz für sich zu beanspruchen. Gott sei Dank blieben die Bremslichter dunkel … er rollte einfach weiter …. war fast am Ende der Fahrspur angekommen … hatte das Wunder total verpasst.

Langsam löste sich der Wagen aus der Blechwand … ein großes schwarzes Ding … riesig! … langsam, sehr langsam … Es war ein Monster namens Annihilator. Chrysler hatte ihn 2011 herausgebracht, um es mit dem Cadillac Escalade aufnehmen zu können.

Das grelle Licht des Wagens an ihrem Heck zog sich langsam aus dem Innenraum des Elf zurück und erlosch dann plötzlich. Ed schaute sich um. Der Fahrer hatte den Rückwärtsgang eingelegt und machte gerade eine 180-Grad-Kehre. Ed konnte den Wagen jetzt genauer sehen. Es saß tatsächlich eine Frau am Steuer, dunkelhaarig, anscheinend jung, und das Cabrio — Grundgütiger! — war ein nagelneuer weißer Ferrari 403!

Ed deutete nach hinten und sagte zu Mac: »Deine unverschämte Schlampe haut ab. Sie wendet und fährt zurück. Du rätst nie, was für einen Wagen sie fährt … einen Ferrari 403!«

»Und das bedeutet?«

»Der kostet $275 000! Fast fünfhundert PS. In Italien fahren sie Rennen damit. Wir haben mal eine Geschichte über den 403 gebracht.«

»Erinnere mich zu Hause daran, dass ich mir die Geschichte anschaue«, sagte Mac. »Aber im Moment interessiert mich an dem Wunderauto nur, dass die unverschämte Schlampe damit wegfährt.«

Hinter ihnen ertönte das omnivore Gebrüll des Wunderautos und dann das kreischende Quietschen der Reifen, als die Frau mit Vollgas den Weg zurückraste, den sie gekommen war.

Behäbig … behäbig … setzte der Annihilator zurück. Bullig … bleiern … schob sich das gigantische schwarze Heck aus der Lücke, bewegte sich das Monster auf den Green Elf zu, bevor es die Räder gerade stellte, um Richtung Ausfahrt davonrollen zu können. Der Annihilator sah aus wie ein Riese, der grüne Elfen verschlang wie Äpfel oder Vollkorn-Proteinriegel. Offenbar ahnte Mac genau das und setzte zurück, um dem Riesen den Raum zu gewähren, den er brauchte.

»Ist dir schon mal aufgefallen«, sagte Ed, »dass die Leute, die sich solche Dinger kaufen, keine Ahnung haben, wie man die fährt? Brauchen ewig für alles. Keinen Schimmer, wie sie so ein Schlachtschiff bewegen sollen.«

Jetzt, endlich, erblickten sie, was ihnen fast wie eine mythische geografische Erscheinung vorkam … den Parkplatz.

»Okay, du Riesenbaby«, sagte Mac. »Jetzt reiß dich zusammen und gib *Gas*.«

Kaum hatte sie das Wort *Gas* ausgesprochen, als von vorn, von der Ausfahrt, das donnernde metallische Röhren eines Hochgeschwindigkeitsverbrennungsmotors und das wütende Kreischen von Reifen ertönten. Grundgütiger — der Wagen beschleunigte fast genauso schnell wie der Ferrari 403, nur dass er gegen die Fahrtrichtung auf sie zuraste. Da der massige Annihilator ihnen die Sicht versperrte, konnten Ed und Mac nicht sehen, was da vor sich ging. Im Bruchteil einer Sekunde war der Beschleunigungslärm so laut, dass der Wagen praktisch an der Schnauze des Annihilators kleben musste. Die Hupe und die Bremslichter des Annihilators kreiiiischten ROT — Gummi quiiiiietschte — der Wagen schleeeuuuderte herum, um nicht frontal in den Annihilator zu krachen — verschwommmmmenes Weiß, durchzogen von winzigen verschwommmmmenen schwaaaaarzen Streiiiiifen, rechts von Ed, direkt vor dem Annihilator — schießt in das Parklückenwunder — auf dem Asphalt schwaaaaarzes Gummi, als der Wagen direkt vor Eds und Macs Augen zum Stehen kommt.

Schock, Bestürzung — und *bango* — Eds und Macs zentrale Nervensysteme ertranken in ... *Erniedrigung*. Das verschwommene Weiß war der Ferrari 403. Der verschwommene Hauch Schwarz waren die Haare der unverschämten Schlampe. Sie hatte schneller zugeschlagen, als man es aussprechen konnte. In dem Augenblick, als sie erkannt hatte, dass sich eine Parklücke auftat, hatte die unverschämte Schlampe kehrtgemacht, war in Gegenrichtung zurückgerast, war um die Wand aus Wagen herumgeschleudert, war die nächste Fahrspur gegen die Fahrtrichtung hinuntergerast, war am nächsten Ende, an der Ausfahrt, wieder um die Wagenreihe herumgeschleudert, war ihre Fahrspur gegen die Fahrtrichtung hinaufgerast und dann vor dem Annihilator in die Parklücke geschossen. Wofür sonst hatte man einen Ferrari 403? Und was blieb einem Gutmenschenauto wie dem Green Elf übrig, als Gutes für den geschundenen Planeten Erde zu tun und alles andere zu ertragen wie ein Mann ... oder eine Elfe?

Der Annihilator hupte die unverschämte Schlampe ein paarmal wütend an und fuhr dann los, vermutlich zur Ausfahrt. Aber Mac blieb stehen. Sie fuhr nirgendwohin. Sie war sauer, stinksauer.

»Diese *Schlampe*«, sagte sie. »Diese schamlose kleine Schlampe.«

Dann fuhr sie ein Stück vor und hielt direkt hinter dem Ferrari an, der rechts von dem Elf in seiner Parklücke stand.

»Was wird das?«, fragte Ed.

»Wenn die glaubt, dass sie damit durchkommt, dann hat sie sich geschnitten«, sagte Mac. »Wenn sie Spielchen spielen will, okay, kann sie haben.«

»Was meinst du?«, sagte Ed. Macs Kinnhaltung war eindeutig White Anglo-Saxon Protestant. Ed wusste, was das bedeutete. Es bedeutete, dass der Regelverstoß der unverschämten Schlampe nicht nur Ausdruck schlechter Manieren war. Er war eine Sünde.

Ed spürte, dass sein Herz einen Gang höher schaltete. Er war kein Mensch, der von Natur aus zu physischen Auseinandersetzungen und öffentlichen Wutausbrüchen neigte. Außerdem war er der Chefredakteur des *Herald,* der Mann des Loop Syndicate in Miami. In was auch immer er sich in der Öffentlichkeit hineinziehen ließe, würde hundertfach aufgeblasen werden.

»Was hast du vor?« Er war sich darüber im Klaren, dass seine Stimme plötzlich furchtbar heiser klang. »Ich glaube kaum, dass sie das wert ist, dieses ganze …« Er wusste nicht, wie er den Satz beenden sollte.

Aber Mac hörte ihm ohnehin nicht zu. Ihre Augen waren fest auf die unverschämte Schlampe geheftet, die gerade aus dem Cabrio stieg. Sie konnten sie nur von hinten sehen. Als sie sich zu ihnen umdrehte, drückte Mac auf den Knopf, der das Fenster der Beifahrerseite öffnete, beugte sich über Ed und senkte den Kopf so weit, dass sie der Frau geradewegs ins Gesicht sehen konnte.

Als die Frau sich ganz umgedreht hatte, machte sie ein paar Schritte und blieb dann stehen, als sie merkte, dass der Elf sie fast völlig eingekeilt hatte. Und dann legte Mac los:

»DU HAST GANZ GENAU GESEHEN, DASS ICH HIER GEWARTET HABE, UND WAGE ES JA NICHT, DAS ZU BESTREITEN. WER HAT DIR EIGENTLICH —«

Ed hatte Mac schon schreien gehört, aber noch nie so laut oder mit solcher Wut. Es jagte ihm Angst ein. Wie sie so über ihn gebeugt war, befand sich ihr Gesicht nur Zentimeter von seinem entfernt. Sein großes Mädchen hatte bis zum Anschlag in den rechtschaffenen WASP-Angriffsmodus geschaltet, und nun mussten alle dafür bluten.

»— MANIEREN BEIGEBRACHT? DIE HURRICANE GIRLS?«

Die Hurricane Girls waren eine berüchtigte, großteils schwarze Mädchengang, die sich vor zwei Jahren nach dem Wirbelsturm Fiona in einer Flüchtlingszeltstadt formiert und eine Serie von Anschlägen und Raubüberfällen verübt hatte. Das hatte ihm gerade noch gefehlt. »Rassistische Tirade: Frau des *Herald*-Chefredakteurs rastet aus« — er konnte die Geschichte gleich selbst schreiben. Im selben Augenblick erkannte er, dass die unverschämte Schlampe sicher mit keiner Mädchengang oder Ähnlichem zu tun hatte. Sie war nicht nur eine wunderschöne junge Frau, sondern ganz offensichtlich elegant, stilvoll und reich. Sie hatte glänzend schwarzes, in der Mitte gescheiteltes Haar … Unmengen von Haar … das erst glatt und dann in wilden, welligen Kaskaden auf ihre Schultern fiel … eine feine goldene Halskette … mit einem Tropfenanhänger, der Eds Blick direkt auf das Dekolleté und zwei junge Brüste lenkte, die danach lechzten, das sie halbherzig im Zaum haltende kleine ärmellose weiße Seidenkleid zu sprengen, das auf halber Höhe ihrer Oberschenkel endete und nicht mal versuchte, die perfekt geformten, perfekt gebräunten, ewig langen lüsternen Beine zu verhüllen, die himmlisch auf weißen Krokodillederpumps mit endlos hohen High Heels dahinschwebten und Venus aufstöhnen und seufzen ließen. Sie trug eine kleine Clutch aus Straußenleder. Ed hätte nicht sagen können, wie man all das Zeug an ihrem Körper nannte, aber aus den Magazinen wusste er, dass das alles genau jetzt en vogue und sehr teuer war.

»— ODER HAST DU AUCH NUR EINE AHNUNG, WAS FÜR EINE MIESE KLEINE *DIEBIN* DU BIST?«

»Komm schon, Mac«, sagte Ed mit gedämpfter Stimme. »Lass gut sein, das ist die ganze Sache doch nicht wert.« Womit er meinte, »Jemand könnte mich erkennen.« Was Mac anging, war er nicht mal anwesend. Da waren nur sie selbst und die unverschämte Schlampe, die ihr ein Unrecht angetan hatte.

Die wunderschöne unverschämte Schlampe wich unter Macs Attacken keinen Zentimeter zurück oder zeigte sich auch nur im Mindesten eingeschüchtert. Sie stand mit vorgereckten Hüften da, die Knöchel einer Hand ruhten auf der höheren Hüfte, der abgewinkelte Ellbogen stand weit ausladend seitlich ab. Auf ihren Lippen lag die Andeutung eines Lächelns, und ihre ganze herablassende Haltung drückte so viel aus wie, »Komm, Mädchen, ich hab's eilig, du hältst mich auf. Sei doch bitte so freundlich und mach jetzt Schluss mit deinem kleinen Tsunami im Wasserglas — aber ein bisschen flott.«

»— SAG MIR NUR EINEN GRUND —«

Vollkommen unbeeindruckt von Macs Tirade machte die wunderschöne unverschämte Schlampe zwei Schritte auf den Green Elf zu, beugte sich vor, schaute Mac in die Augen und sagte, ohne die Stimme zu erheben: »Warum spucken Sie denn so beim Sprechen?«

»WAS HAST DU GESAGT?«

Die unverschämte Schlampe machte noch einen Schritt nach vorn und stand jetzt etwa einen Meter vor der Tür auf Eds Seite. Die Augen immer noch auf Mac geheftet, sagte sie jetzt mit lauterer Stimme: »*¡Mírala!* Granny, du spuckst ja beim Reden, *como una perra sata rabiosa con la boca llena des espuma**, du besabberst ja *tu pendejocito allí***. *¡Tremenda pareja que hacen, pendeja!*«*** Sie war jetzt so wütend wie Mac, und das merkte man allmählich.

Mac konnte kein Wort Spanisch, aber auch der englische Teil war in höchstem Maße beleidigend.

»WIE KANNST DU ES *WAGEN*, SO MIT MIR ZU REDEN? WAS GLAUBST DU, WER DU BIST, DU MIESES KLEINES FERKEL?«

Die unverschämte Schlampe blaffte zurück. »*¡NO ME JODAS MAS CON TUS GRITICOS! ¡VETE A LA MIERDA, PUTA!*«****

Unter dem Geschrei der beiden Frauen, den wie Kugeln an seinem bleichen Gesicht vorbeischwirrenden Beleidigungen sitzt Ed wie versteinert da. Die wütende Latina schaut an ihm vorbei, als sei er Luft, ein Nichts. Das demütigt ihn. Natürlich sollte er sich aufraffen und als ganzer Mann dieser Konfrontation ein Ende bereiten. Er sollte sagen: »Schluss jetzt! Haltet den Mund! Alle beide!« Aber er traut sich nicht. Er traut sich nicht, Mac darauf hinzuweisen, dass sie in jeder Hinsicht im Unrecht ist. All das weiß er nur zu gut. Aber dafür würde sie ihn für den Rest des Abends in kleine Streifen schneiden. Und zwar vor den Augen ihrer Freunde, die da drinnen auf sie warteten, und wie üblich würde er nicht wissen, was er sagen sollte. Er würde es einfach ertragen wie ein Mann, sozusagen. Und er traut sich auch nicht, die Latina zurechtzuweisen. Wie

---

* »Jetzt schau dir das an! Du spuckst ja beim Reden wie eine tollwütige Hündin mit Schaum vorm Mund.«

** »deinen Vollidioten von Ehemann«; wörtlich: »dein bisschen Schamhaar«.

*** »Was für ein lächerliches Paar ihr doch abgebt, du blödes Miststück!«

**** »Jetzt hör endlich auf mit deinem Gezeter! Verpiss dich, du Hure!«

würde das aussehen? Der Chefredakteur des *Miami Herald* beschimpft und beleidigt eine elegante kubanische *señora!* Das ist die eine Hälfte seiner Spanischkenntnisse, *»señora«*. Die andere Hälfte ist, *»Sí, cómo no?«* Außerdem sind Latinos aufbrausend, vor allem kubanische, wenn sie denn Kubanerin ist. Aber welche Latina in Miami außer einer Kubanerin konnte so offensichtlich reich sein? Wahrscheinlich trifft sie sich im Restaurant mit ihrem hitzköpfigen Ehemann oder Freund, der Sorte, die Satisfaktion fordern und ihn so noch weiter demütigen würde. Seine Gedanken überschlagen sich. Die Kugeln zischen weiter hin und her. Sein Mund und Hals sind trocken wie Kreide. Warum können sie nicht einfach aufhören?

Aufhören? Ha! Mac schreit: »REDE ENGLISCH, DU JÄMMERLICHE IRRE. DU BIST JETZT IN AMERIKA. ENGLISCH, HÖRST DU, ENGLISCH!«

Einen Augenblick lang verstummt die unverschämte Schlampe. Dann ist sie wieder ganz die Ruhige, Hochmütige und sagt spöttisch lächelnd mit ziemlich leiser Stimme: »*¡No, mí malhablada puta gorda**, wir sind jetzt in Mii-ah-mii. *Du* bist jetzt in Mii-ah-mii!« Mac ist verblüfft. Ein paar Sekunden lang ist sie unfähig, ein Wort zu sagen. Schließlich stößt sie mit einem einzigen erstickten Zischen hervor: *»Unverschämte Schlampe!«* Und dann tritt sie so hart aufs Gas, dass der Green Elf schlingernd und mit quietschenden Reifen davonschießt.

Mac presst die Lippen so fest zusammen, dass das Fleisch darüber und darunter wie dicke Wülste aussieht. Sie schüttelt den Kopf … nicht weil sie wütend ist, wie Ed scheint, sondern viel schlimmer: gedemütigt. Sie schaut ihn nicht an. Ihre Gedanken kreisen um das, was gerade geschehen ist. ::::::Du hast gewonnen, unverschämte Schlampe.::::::

---

* »Nein, meine fette, fluchende Hure.«

Das Balzac's war brechend voll. Der Geräuschpegel bewegte sich am oberen Wir-sind-in-einem-angesagten-Restaurant-und-ist-das nicht-fantastisch-Level ... aber Mac musste die ganze Geschichte unbedingt erzählen, *laut,* so laut, dass ihre sechs Freunde es gut hören konnten, so in Rage war sie ... Christian Cox, Marietta Stillmann ... Christians Lebensgefährtin Jill ... Mariettas Mann Thatcher ... Chauncey und Isabel Johnson .... sechs Anglos, *echte* Anglos wie sie selbst, amerikanische protestantische Anglos — *Bitte, um Himmels willen!* Ed blickte hektisch in alle Richtungen. Am Nebentisch, das könnten Kubaner sein. Die haben weiß Gott das nötige Kleingeld! Oh ja, sicher! *Und da!* Was ist mit den Kellnern? Sehen auch wie Latinos aus ... sind *sicher* Latinos ... Er achtete schon gar nicht mehr auf Macs Tirade. Aus dem Nichts schoss ihm ein Gedanke durch den Kopf. »Für jeden ... für wirklich alle ... gibt's nur noch eins: *Zurück zum Blut!* Die Religion stirbt ... aber an *irgendwas* muss doch jeder glauben. Es wäre unerträglich — nicht zum Aushalten — wenn man sich am Ende sagen müsste, ›Warum soll ich mir noch was vormachen? Ich bin nichts weiter als ein beliebiges Atom in einem Superteilchenbeschleuniger namens Universum.‹ Aber heißt *an etwas glauben* nicht per definitionem *blind, irrational* glauben? Tja, liebe Leute, dann bleibt uns nur noch eins, das uns verbindet: das Blut, die Blutlinien, die durch unsere Körper strömen. *›La Raza!‹*, schreien die Puerto Ricaner. *›Die Rasse!‹*, schreit die ganze Welt. Alle Menschen, alle Menschen überall, haben nur noch einen Gedanken — *Zurück zum Blut.*« Alle Menschen, überall, haben keine andere Wahl als — *Zurück zum Blut!*

1

DER MANN AUF DEM MAST

KLATSCH das Patrouillenboot hüpft in der Bucht in die Luft schlägt *KLATSCH* auf der nächsten Woge wieder auf, hüpft wieder hoch, schlägt *KLATSCH* auf der nächsten Woge auf *KLATSCH* und hüpft mit Sirenengeheul und auf dem Dach wie verrückt blinkenden Warnblinkleuchten *KLATSCH* in die Luft, aber Officer Nestor Camachos Kollegen im Führerstand, *KLATSCH* die beiden fetten *americanos,* lieben das, *KLATSCH lieben* die wilde Jagd gegen den Wind, *KLATSCH* mit Vollgas und siebzig Stundenkilometern, *KLATSCH* lassen den flachen Aluminiumrumpf von Woge *KLATSCH* zu Woge *KLATSCH* zu Woge *KLATSCH* hüpfen, *hüpfen* auf die Mündung der Biscayne Bay zu, »um sich um den Mann auf der Spitze eines Masts *KLATSCH* am Rickenbacker Causeway zu kümmern« —

— *KLATSCH* die beiden *americanos* am Steuer saßen auf Sitzen mit eingebauten Stoßdämpfern, die alle *KLATSCH* Hüpfer abfederten, während Nestor, fünfundzwanzig, vier Dienstjahre *KLATSCH* gerade zur Marine Patrol *KLATSCH* einer Eliteeinheit *KLATSCH* versetzt und noch auf Probezeit, hinter den beiden eingeklemmt war, wo er sich *KLATSCH* an einem Haltegriff festklammern und *KLATSCH* seine Beine als Stoßdämpfer benutzen musste —

Ein Haltegriff! Das Patrouillenboot war das Gegenteil von stromlinienförmig. Es war *häääässs-liiich* … mit einem siebeneinhalb Meter langen, gummiartigen Pfannkuchen aus Hartschaum als Deck und dem Aufbau eines alten Schleppers als Führerstand. Aber die beiden Motoren hatten 1 500 PS, und das Ding schoss über das Wasser wie ein Blitz. Es war unsinkbar, es sei denn, man sprengte mit Kanonenkugeln haufenweise dreißig Zentimeter große Löcher in den Hartschaum. Bei Tests hatte es selbst mit den wahnwitzigsten Manövern niemand geschafft, eins zum Kentern zu bringen. Und diese Hütte von Führerstand, in der sich er und die *americanos* befanden? Sie war das Hässliche Entlein des Bootsbaus — aber schalldicht. Draußen lösten die siebzig Stundenkilometer des Patrouillenboots einen wahren Wirbelsturm aus Luft, Wasser und Motorenlärm aus … während man hier im Führerstand nicht mal seine Stimme heben musste … wenn man fragen wollte, was das wohl für ein Vollidiot war, der einen auf einer Mastspitze am Rickenbacker Causeway erwartete.

Ein Sergeant namens McCorkle, mit sandfarbenen Haaren und blauen Augen, steuerte das Boot, sein Stellvertreter, Officer Kite, mit vollblonden Haaren und blauen Augen, saß auf dem Sitz neben ihm. Beide waren echte Fleischberge mit Fettrand — und bilderbuchblonden Haaren! — und blauen Augen! *Blond! — mit blauen Augen!* — es half nichts, man konnte nur eines denken, *americanos*.

Kite sprach *KLATSCH* ins Funkgerät: »Q,S,M« — Kürzel der Polizei von Miami für »Wiederhole« — »Negativ?« *KLATSCH* »Negativ? Soll das heißen, dass keiner weiß, was der da oben macht?« *KLATSCH* »Da turnt ein Kerl auf einem *Mast* rum und *brüllt* unverständliches Zeug?« *KLATSCH* »Er *brüllt?* Q,K,T —?« — Kürzel für »Over«.

Aus der Funkzentrale Knacken Rauschen Knacken Rauschen: »Q,L,Y« — für »Roger« — »Mehr wissen wir auch nicht.« *KLATSCH* »Vier-drei schickt einen *KLATSCH* Streifenwagen zum Causeway. Q,K,T.«

Langes verblüfftes *KLATSCH* Schweigen ... »Q,L,Y ... Q,R,U ... Q,S,L« — für »Ende«.

Kite saß *KLATSCH* einen Augenblick da, hielt das Mikrofon *KLATSCH* in der Hand und schaute es an, als hätte er noch nie eins gesehen. »Die wissen einen Scheiß, Sarge.«

»Wer ist da dran in der Zentrale?«

»Keine Ahnung. Irgendein« *KLATSCH* »Kanadier.« Er hielt inne —

Kanadier?

— »Hoffentlich ist das nicht wieder« *KLATSCH* »so ein Illegaler, Sarge. Diese blöden Wichser sind so durch den Wind« *KLATSCH* »die knallen dich aus Versehen über den Haufen. Keine Chance, vernünftig mit denen zu reden« *KLATSCH* »selbst wenn man einen dabei hat, der die Scheißsprache kann. Keine Chance, denen ihr« *KLATSCH* »Scheißleben zu retten. Unterwasser-Ultimate-Fighting mit einem Pisser,« *KLATSCH* »der auf einem Monstertrip Adrenalin ist. Wollen Sie wissen, was ich glaube, Sarge« *KLATSCH* »Adrenalin ist das übelste High, was es gibt. Ein Motorradfahrer auf Speed ist nix im Vergleich zu einem von diesen klapprigen kleinen Pissern« *KLATSCH* »die bis zum Anschlag voll mit Adrenalin sind.«

Pisser?

Die beiden *americanos* schauten sich nicht an, während sie miteinander sprachen. Sie schauten nach vorn, die Augen starr geradeaus gerichtet, in Erwartung eines blöden Wichsers, der am Rickenbacker Causeway auf der Spitze eines Masts saß.

Draußen vor der Windschutzscheibe — die sich nach *vorn* neigte anstatt nach hinten, das *Gegenteil* von stromlinienförmig — war die Bucht aufgewühlt und wehte ein scharfer Wind, ansonsten war es ein normaler Tag für Anfang September in Miami … immer noch Sommer … keine Wolke weit und breit … und, *Jesus,* es war heiß. Die Sonne verwandelte den ganzen Himmel in einen einzigen gigantischen gewölbten grellen Heizstrahler … explodierende Spiegelungen auf jeder glänzenden gekrümmten Oberfläche, sogar auf den Wellenkämmen. Sie waren gerade an den Jachthäfen von Coconut Grove vorbeigerast. Die von der Sonne versengte, seltsam blassrosa Skyline von Miami erhob sich langsam am Horizont. Genau genommen konnte Nestor das alles gar nicht sehen — die blassrosa Silhouette, das grelle Licht, das leere Blau des Himmels, die Sonne — er *wusste* einfach, dass das alles da war. Er konnte es nicht wirklich sehen, weil er natürlich eine Sonnenbrille trug, keine dunkle, sondern die *dunkelste,* die magno *dunkelste,* die supremo *dunkelste*, mit einem goldfarbenen Quersteg. Die Sonnenbrille, die jeder coole kubanische Cop in Miami trug … $29,95 bei CVS Pharmacy … goldfarbener Quersteg, Baby. Noch cooler war sein bulliger Nacken — cooler und mit jeder Menge Arbeit verbunden. Er war inzwischen breiter als sein Kopf und schien mit seinem Trapezmuskel zu verschmelzen … breit, sehr breit. Ringerbrücke, Baby, und Gewichtheben! Ein Kopfgeschirr mit Gewichten — das bringt's! Mit bulligem Nacken sah ein rasierter Schädel wie der eines türkischen Ölringers aus. Ohne sah ein rasierter Schädel wie ein Türknopf aus. Er war ein schmächtiger, eins siebzig großer Junge gewesen, als er zum ersten Mal an den Polizeidienst gedacht hatte. Heute war er immer noch eins siebzig, aber … im Spiegel … eine ein Meter und siebzig Zentimeter große, glatte Felsformation, ein Gibraltar aus Trapez- und Deltamuskeln, Rücken- und Brustmuskeln, Bizepsen und Trizepsen, Waschbrettbauch, Gesäß- und Oberschenkelmuskeln — *massiv!* — und wollen Sie wissen, was für den Oberkörper sogar noch besser als Gewichte ist? In Rodriguez' »Ññññññoooooooooooo!!! Qué Gym!«, wie alle den Laden nannten, das fünfzehn Meter lange Seil hochklettern, ohne die Beine zu Hilfe zu nehmen. Sie wollen *massive* Bizepse und Rückenmuskeln — und auch noch Brustmuskeln? Das Fünfzehnmeterseil bei Rodriguez schlägt alles — *massiv!* — Brustmuskeln, die auch noch in tiefe dunkle Einbuchtungen an den unteren Rändern der Muskelpakete auslaufen … im Spiegel. Um den bulligen Nacken trug er eine feine Goldkette mit einem Medaillon der coolen Santería-Heiligen Barbara, der Schutzpatronin der Artillerie und des Sprengstoffs, die auf seiner Brust unter dem Hemd lag … *Hemd* … Das war genau das Problem mit der Marine Patrol. Wenn ein kubanischer Cop auf Streife ging, legte er Wert auf ein kurzärmeliges Uniformhemd, das eine Nummer zu klein war und jede Ausbuchtung der Felsformation hervorhob … in seinem Fall vor allem den Trizeps, den großen Muskel an der Rückseite des Oberarms. Seinen betrachtete er als den ultimativen geologischen Triumph des Trizeps … im Spiegel. Wenn man wahrhaft cool und kubanisch war, dann musste das Hinterteil der Uniformhose eng — sehr eng — anliegen, sodass man von hinten aussah wie ein Mann, der eine ultraenge Badehose mit langen Beinen trug. So kam man in den Augen aller *jebitas* auf der Straße smart rüber. Und genauso hatte er auch Magdalena kennengelernt — *Magdalena!*

Er musste wirklich smart ausgesehen haben, als er diese *jebita* daran hindern musste, die Absperrung an der 16th Avenue und Calle Ocho zu passieren. Sie machte einen Riesenaufstand, und die Wut in ihren Augen machte ihn nur noch schärfer auf sie — *¡Dios mío!* — und dann lächelte er sie auf diese gewisse Art an und sagte *Ich würde Sie ja gerne durchlassen — aber ich* *tu's trotzdem nicht* und lächelte weiter auf diese gewisse Art, und zwei Abende später erzählte sie ihm, dass sie, als er so anfing zu lächeln, schon gedacht hatte, ihn so weit bezirzt zu haben, dass er sie durchlassen würde, aber dann baute er sich vor ihr auf und sagte, *aber ich tu's trotzdem nicht* — und das hatte sie angemacht. Aber angenommen, er hätte an jenem Tag die Uniform von heute getragen! Gott, ihr wäre nichts weiter aufgefallen, als dass er ihr im Weg stand. Die Uniform der Marine Patrol — die bestand aus nichts weiter als einem weißen Schlabber-Polohemd und dunkelblauen Schlabber-Shorts. Wenn er nur die Ärmel kürzer machen könnte — aber das würde sofort auffallen. Er würde zur Zielscheibe beißenden Spotts werden ... Womit würden sie anfangen? ... »Muskelprotz?« ... »Mister Universum?« ... oder einfach »Arnie«? — was sogar noch schlimmer wäre. Er war also verdammt zu dieser ... Uniform, in der man aussah wie ein verfetteter debiler Knirps im Park. Nun ja, wenigstens sah sie an ihm nicht so übel aus wie an den beiden fetten *americanos* vor ihm. Von seinem Platz am Haltegriff hatte er einen allzu genauen Blick auf ihre Hintern ... abstoßend ... wie das Fett an der Stelle, wo die Polohemden in den Shorts steckten, zu schwabbelnden Speckrollen aufquoll. Erbärmlich — und dabei sollten sie fit genug sein, um panische Schwimmer aus dem Wasser zu holen. Einen Augenblick lang kam ihm der Gedanke, dass er ein Körpersnob war, aber nur einen Augenblick. Mann, es war schon schräg genug, dass er zu einem Einsatz rausfuhr, und nur *americanos* um sich hatte. Während seiner zwei Jahre im Streifendienst war das nicht ein einziges Mal vorgekommen. *Americanos* gab es im ganzen Polizeiapparat nur noch ganz wenige. Und doppelt schräg, dass er neben diesen zwei Minderheitentypen nicht nur in Unterzahl war, sondern auch noch im Rang unter ihnen stand. Er hatte nichts gegen Minderheiten ... gegen *ameri-*

canos … Schwarze … Haitianer … Nicas, wie Nicaraguaner genannt wurden. Er hielt sich für sehr aufgeschlossen, für einen großmütig toleranten jungen Mann seiner Zeit. *Americano* war das Wort, das Kubaner benutzten, wenn sie unter sich waren. In der Öffentlichkeit sagte man Anglo. Seltsames Wort, *Anglo*. Es war irgendwie … *daneben*. Es bezog sich auf Weiße mit europäischen Vorfahren. Klang das vielleicht ein bisschen defensiv? Es war noch gar nicht so lange her, dass die … Anglos … die Welt in vier Farben unterteilten, weiß, schwarz, gelb und — für alle anderen — braun. Allen Latinos verpassten sie die Marke »braun«! — dabei waren, in Miami sowieso, die meisten Latinos, oder ein hoher Prozentsatz, auf jeden Fall eine Menge, so weiß wie jeder x-beliebige Anglo, abgesehen von den blonden Haaren … Daran dachten Mexikaner, wenn sie das Wort *gringo* benutzten: an die Leute mit den blonden Haaren. Kubaner benutzten das Wort manchmal im Spaß. Ein Wagen voller kubanischer Jungs sieht auf dem Gehweg in Hialeah ein hübsches blondes Mädchen, und einer von ihnen ruft, *»¡Ayyyyy, la gringa!«*

Latino … das Wort war auch irgendwie *daneben*. Es existierte nur in den Vereinigten Staaten. Genauso *Hispanic*. Wer sonst nannte Menschen Hispanics? Warum war das so? Allmählich tat ihm der Kopf —

McCorkles Stimme! riss ihn zurück ins Hier und Jetzt. Der sandfarbene Sergeant McCorkle sagte etwas zu seinem blonden Stellvertreter Kite:

»Hört sich für mich nicht nach einem« *KLATSCH* »Illegalen an. Von einem Illegalen auf einem Boot mit einem« *KLATSCH* »Mast hab ich noch nie gehört. Die sind zu langsam, viel zu auffällig … Außerdem, denk doch mal nach. In Haiti … oder« *KLATSCH* »Kuba, da gibt's doch gar keine Boote mit Masten mehr.« Er drehte den Kopf nach hinten.

»Richtig, Nestor?« Nes-*ter*. »Die haben nicht mal« *KLATSCH* »Masten in Kuba. Richtig? Sag ›Richtig‹, Nestor.« Nes-*ter*.

Das ärgerte Nestor — nein, es brachte ihn zur *Weißglut*. Sein Name war Nestor, nicht Nes-*ter*, so wie die *americanos* ihn aussprachen. Nes-*ter* … hörte sich an, als hockte er mit in die Höhe gerecktem Hals und weit aufgerissenem Maul in einem Nest und wartete darauf, dass Mama nach Hause geflogen kam und einen Wurm in seinen Schlund fallen ließ. Diese Schwachköpfe hatten offensichtlich noch nie von König Nestor gehört, dem Helden des Trojanischen Krieges. Trotzdem findet dieser bescheuerte Sergeant es lustig, ihn wie einen ahnungslosen Sechsjährigen zu behandeln mit seinem *Richtig? Sag »Richtig«, Nestor.* Gleichzeitig *unterstellte* der miese Witz, dass er, ein in den Vereinigten Staaten geborener Kubaner der zweiten Generation, sich so mit Kuba beschäftigte, dass er sich tatsächlich auf irgendeine alberne Art den Kopf darüber zerbrechen könnte, ob kubanische Boote Masten hatten oder keine Masten hatten. Es zeigte, was sie wirklich über Kubaner *dachten*. ::::::Sie denken immer noch, dass wir *Fremde* sind. Nach all den Jahren haben sie es immer noch nicht kapiert. Wenn es überhaupt Fremde in Miami gibt, dann sind *sie* es. Ihr blonden Schwachköpfe — mit eurem Nes-*ter!*::::::

»Woher soll *ich* das wissen?«, hört er sich sagen. »Ich habe nie« *KLATSCH* »einen *Fuß* auf Kuba gesetzt. Ich habe Kuba« *KLATSCH* »nie *gesehen*.«

Moment! Bango — er weiß sofort, dass das falsch rüberkam, weiß es, bevor er es rational begreift, weiß, dass das »Woher soll *ich* das wissen?« in der Luft hängt wie fauliges Gas. Die Art, wie er das *»ich«* betont hat … und das *»Fuß«* und das *»gesehen«*. So verächtlich! Was für eine Zurechtweisung! Unverschämt hoch drei! Hätte ihm auch gleich ins Gesicht sagen können, dass er ein dummer blonder Schwachkopf ist! Hat nicht mal *versucht,* seinen Zorn zu verbergen! Wenn er wenigstens noch »Sarge« hinzugefügt hätte! »Woher soll *ich* das wissen, *Sarge?*« — dann hätte er noch eine Chance gehabt. McCorkle gehört einer Minderheit an, aber er ist immer noch Sergeant! Ein negativer Report von ihm — dann ist die Probezeit versaut und Nestor Camacho sitzt wieder auf dem Trockenen! Häng jetzt sofort das *Sarge* dran! Oder besser zwei — *Sarge* und *Sarge!* Aber es ist aussichtslos — zu spät — drei oder vier endlose Sekunden sind verstrichen. Er kann sich jetzt nur noch an den Griff klammern und den Atem anhalten —

Kein Ton von den beiden blonden *americanos*. Schrecklich deutlich spürt Nestor *KLATSCH* sein pochendes Herz unter dem Polohemd. Träge träge träge was soll's was soll's was soll's nimmt er wahr *KLATSCH* wie die Skyline Miamis immer höher aufsteigt *KLATSCH* je weiter das Patrouillenboot auf sie zurast und dabei an immer mehr »Lulus« vorbeikommt *KLATSCH* wie die Cops die ahnungslosen, ziellos herumschippernden Landratten *KLATSCH* in ihren Freizeitbooten nennen, die *KLATSCH* ihre mit 30er-Sonnenschutzcreme eingeschmierten, zu fetten, zu nackten Leiber in der Sonne rösten *KLATSCH* das Patrouillenboot passiert die Lulus *KLATSCH* so schnell, dass sie an ihnen vorbeizuschießen scheinen *KLATSCH* rückwärts —

Jesus Christus! Nestor zuckt förmlich zusammen *KLATSCH* als er Sergeant MCorkles Daumen über dessen Schulter aufsteigen sieht. Jetzt zeigt er auf Nestor *KLATSCH* ohne den Kopf zu bewegen schaut weiter geradeaus und sagt zu Officer Kite, »Er weiß es« *KLATSCH* »nicht, Lonnie. Er hat nie einen Scheißfuß auf Kuba gesetzt.« *KLATSCH* »Er hat es nie gesehen.« *KLATSCH* »Er … hat … verdammt noch mal … keine Ahnung.«

Lonnie Kite sagt nichts. Wie Nestor selbst … wartet er wahrscheinlich darauf … wie sich das Ganze weiterentwickelt … und Downtown Miami steigt auf und auf. Und da ist der *KLATSCH* Rickenbacker Causeway, der quer über die Bucht von der Stadt nach Key Biscayne führt.

»Okay, Nes-*ter*«, sagt McCorkle, der Nestor immer noch nur den Hinterkopf zeigt. »Das weißt du also nicht. Dann« *KLATSCH* »sag uns doch mal, *was* du weißt, Nestor. Wie wär's damit? Klär uns auf. *Was*« *KLATSCH* »weißt du?«

Und jetzt gleich das Sarge einbauen! »Na, kommen Sie schon, Sarge.« *KLATSCH* »Ich hab das nicht so gemeint —«

»Weißt du, was für ein *Tag* heute ist?« *KLATSCH*

»Tag?«

»Ja, Nes-*ter,* heute ist ein besonderer Tag. Was für ein besonderer Tag ist heute? Weißt du *das?*« *KLATSCH*

Nestor wusste, dass der große fette blonde *americano* ihn auf der Rolle hatte — und der große fette blonde *americano* wusste, dass er das wusste — aber er, Nestor, ließ sich nicht verleiten, auch nur anzudeuten, dass er das *KLATSCH* wusste, weil er nämlich auch wusste, dass der große fette blonde *americano* ihn dazu verleiten wollte, etwas anderes *Schlaues* zu sagen, mit dem er ihn dann *richtig* durch den Wolf drehen konnte.

Lange Pause — bis Nestor schließlich so einfältig wie *KLATSCH* möglich sagt: *»Freitag?«*

»Das ist alles — Freitag? Und wenn es vielleicht ein bisschen mehr als nur *KLATSCH* Freitag ist, weißt du das dann auch?«

»Sarge, ich —«

Sergeant McCorkle fährt Nestor über den Mund. »Heute ist der beschissene Geburtstag von eurem beschissenen José Martí.« *KLATSCH* »Genau das ist heute, Camacho! Warum weißt du *das* nicht?«

Nestor spürt, wie sein Gesicht vor Zorn und Demütigung rot anläuft. ::::::*»Beschissener José Martí«, das wagt er zu sagen.* José Martí ist die meistverehrte Gestalt in der kubanischen Geschichte. Unser Befreier, unser Erlöser! *»Beschissener Geburtstag«* — auf Dreck noch Dreck obendrauf! — und dann noch das *Camacho,* um Nes-*ter* den Dreck mitten ins Gesicht zu schleudern. Und heute ist *nicht* Martís Geburtstag! Sein Geburtstag ist im Januar — aber nicht mal das traue ich mich zu sagen!::::::

Lonnie sagt: »Woher wissen Sie das, Sarge?«

»Was?«

»Dass heute« *KLATSCH* »José Martís Geburtstag ist?«

»Ich passe auf im Unterricht.«

»Was für ein Unterricht, Sarge?«

»Miami-Dade-College« *KLATSCH* »Abend- und Wochenendkurse. Zwei volle Jahre. Mit Urkunde.«

»Ehrlich?«

»Klar«, sagte Sergeant McCorkle. »Jetzt« *KLATSCH* »bewerbe ich mich bei der EGU. Ich will einen richtigen Abschluss machen. Ich will nicht mein ganzes Leben Cop bleiben. Wenn ich Kanadier wäre, okay, dann wär das eine Möglichkeit. Aber ich bin kein« *KLATSCH* »Kanadier.«

Kanadier?

»Also, ich will Sie ja nicht entmutigen, Sarge«, sagte der blonde Officer Kite. »Aber was ich so höre« *KLATSCH* »sind die *Hälfte* der Leute an der EGU *auch* schon Kanadier, jedenfalls von den Studenten. Wie das bei den Professoren« *KLATSCH* »ist, weiß ich nicht.«

Kanadier — Kanadier!

»Na ja, so schlimm wie im Präsidium kann's ja wohl nicht sein —« Der Sergeant unterbrach plötzlich seinen Gedankengang. Ohne die Hand vom Gashebel zu nehmen, senkte er den

Kopf und streckte das Kinn vor. »Heilige Scheiße! Schau mal da hoch!« *KLATSCH* »Da ist der Causeway, und siehst du das da oben auf der Brücke?« Nestor hatte keine Ahnung, wovon er sprach. Von so weit hinten im Führerstand konnte er vom oberen Teil der Brücke nicht das Geringste sehen.

In der gleichen Sekunde ertönte die knackende Stimme aus der Zentrale: »Fünf, eins, sechs, null, neun — Fünf, eins, sechs, null, neun — was ist eure« *KLATSCH* »Q,T,H? Dringend! Vier-drei sagt, sie haben da eine Horde *tontos,* die aus ihren Wagen ausgestiegen ist und den Mann« *KLATSCH* »auf dem Mast auf ungebührliche Weise anbrüllt. Verkehr auf dem Causeway« *KLATSCH* »in beiden Richtungen zum Erliegen gekommen. Q,K,T.«

»Q,L,Y, Fünf, eins, sechs, null, neun«, sagte Lonnie. »Q,T,H, haben gerade« *KLATSCH* »Brickell passiert und halten auf den Causeway zu.« *KLATSCH* »Sehen die Segel, sehen etwas auf der Spitze des Mastes« *KLATSCH* »und den Aufruhr auf dem Causeway. Sind in sechzig« *KLATSCH* »Sekunden vor Ort. Q,K,T.«

»Q,L,Y«, sagte die Zentrale. »Vier-drei will den Mann da runterholen und so schnell wie möglich wegschaffen.«

Kanadier! Es war völlig unmöglich, dass mehr als die Hälfte aller Studenten an der EGU — Everglades Global University — Kanadier waren — Kubaner allerdings schon. *Das* war also ihr nicht gerade sehr schlaues *americano*-Spielchen. Und sie waren so blöde zu glauben, dass man ein Genie sein musste, um ihnen draufzukommen. Er zerbrach sich den Kopf, in welchem Zusammenhang sie erst vor ein paar Minuten das Wort *Kanadier* benutzt hatten. Und *Pisser?* Meinten sie damit auch Kubaner? Latinos? ::::::Wie beleidigend war es, wenn ein *americano Kanadier* sagte und damit *Kubaner* meinte — vor deinen Augen? *Wut, Wut, Wut* — trotzdem: reiß dich zusammen!::::: *Kubaner? Kanadier? Pisser?* Was spielte das für eine Rolle? Der Sergeant fühlte sich angegriffen, das spielte eine Rolle, er wurde sarkastisch und griff sogar zu Widerwärtigkeiten wie »beschissener José Martí«. Und warum? Um ihn so zu reizen, dass er sich zu offener Insubordination hinreißen ließ — um ihn dann aus der Eliteeinheit Marine Patrol rauswerfen zu lassen, um ihn wieder ganz nach unten zu befördern — oder gleich ganz aus dem Polizeidienst ausschließen zu lassen. *Gefeuert! Rausgeschmissen!* Dafür reichte es, wenn er bei einem Einsatz im entscheidenden Augenblick eine dienstwidrige Konfrontation mit seinem Vorgesetzten anzettelte — in dem Augenblick, wenn die gesamte Abteilung von ihnen erwartete, dass sie in der Biscayne Bay irgendeinen Idioten von einem Bootsmast holten. Dann wäre er erledigt. Dann wäre Schluss — auch mit Magdalena — *Magdalena!* — die sich ohnehin schon merkwürdig verhielt, distanziert, und er ein Stück Abfall, aus dem Polizeidienst entfernt, zu Tode gedemütigt.

Der Sergeant drosselte die Geschwindigkeit. Die *KLATSCHER* wurden weniger heftig und weniger häufig, als sie auf das riesige weiße Segelboot zuglitten. Sie näherten sich ihm von hinten.

Officer Lonnie Kite beugte sich über die Instrumententafel und schaute nach oben. »Jesus Christus, Sarge, diese Masten — ich hab noch nie so hohe Masten gesehen. Die sind so hoch wie die ganze Scheißbrücke, und die Brücke hat eine Durchfahrtshöhe von fünfundzwanzig Metern.«

Der Sergeant schaute nicht nach oben, er hatte alle Hände voll zu tun, das Patrouillenboot längsseits des Segelboots zu manövrieren. »Das ist ein Segelschoner, Lonnie. Das sind Großsegler, schon mal gehört?«

»Ja … glaube schon, Sarge, sicher.«

»Die sind auf Geschwindigkeit gebaut worden, damals im neunzehnten Jahrhundert. Deshalb die hohen Masten. Für mehr Segelfläche. Die haben sie früher benutzt, um schnell zu den Schiffswracks oder einlaufenden Frachtseglern rauszukommen und sich die Beute unter den Nagel zu reißen. Ich wette, die Masten sind so hoch, wie das Boot lang ist.«

»Woher wissen Sie das alles, Sarge? Das ganze Zeug über Segelschoner und so? Hier in der Gegend hab ich noch nie einen gesehen. Keinen einzigen.«

»Ich passe auf —«

»— im Unterricht«, sagte Lonnie Kite. »Klar, hatte ich fast vergessen, Sarge.« Er zeigte nach oben. »Verdammt. Da ist der Kerl. Der Mann auf dem Mast. Ganz oben auf dem Vordermast. Ich dachte erst, das wär ein Bündel Dreckwäsche oder Segeltuch oder so was. Schauen Sie sich das an! Der ist auf gleicher Höhe mit den *tontos* auf der Brücke. Sieht so aus, als würden die sich gegenseitig anbrüllen …«

Nestor konnte nichts davon sehen, und da das Cockpit des Patrouillenboots schalldicht war, konnte keiner von ihnen irgendwas von dem hören, was da oben vor sich ging.

Der Sergeant hatte die Fahrt so weit gedrosselt, dass das Patrouillenboot langsam an den Schoner heranglitt und schließlich nur Zentimeter daneben zum Stillstand kam. »Lonnie«, sagte der Sergeant, »du übernimmst das Steuer.«

Als er sich aus seinem Sitz erhob, schaute er Nestor an, als hätte er vergessen, dass er existierte. »Okay, Camacho, machen Sie sich mal nützlich. *Machen Sie die Scheißluke auf.*« Nestor schaute den Sergeant mit erbärmlich verängstigtem Blick an. Er sprach ein stummes Gebet. ::::::*Bitte, allmächtiger Gott, ich flehe dich an. Mach, dass ich keine Scheiße baue.*::::::

Die »Luke« war eine schalldichte Schiebetür aus Isolierglas, die sich an der Seite des Führerstands zum Deck öffnete.

Nestors gesamtes Universum schrumpfte plötzlich auf diese Tür und die olympische Disziplin zusammen, sie mit maximaler Kraft, in maximaler Geschwindigkeit zu öffnen und dabei die maximale Kontrolle zu behalten … *Jetzt! Sofort!* … ::::::*Bitte, allmächtiger Gott, ich flehe dich an* — und jetzt —::::::

Vollbracht! Vollbracht! Mit den flüssig kraftvollen Bewegungen eines Tigers hat er es vollbracht … Was vollbracht? Sie aufgeschoben. Die Schiebetür aufgeschoben. Ohne Scheiße zu bauen.

Draußen — alles in Aufruhr. Der Lärm platzte in den sakrostummen Führerstand, der Lärm und die Hitze. Jesus, war es heiß hier draußen auf Deck. Glühend! Enervierend! Es haute einen um. Ohne den böigen Wind in der Bucht wäre es unerträglich gewesen. Der starke Wind erzeugte sein eigenes pfeifendes Geräusch und ließ die Wogen gegen den Rumpf des Schoners *PLATSCHEN* und die Segel *FLATTERN*, zwei Masten voller Segel — aufgebläht zu Wolken von unnatürlich weißer Leuchtkraft — Miamis Sommersonne! Nestor schaute hinauf in den sich selbst verzehrenden Feuerball — und trotz seiner *supremo* dunkelsten Sonnenbrille versuchte er es kein zweites Mal … schaute nicht wieder in den höllisch heißen Heizstrahler Himmel. Aber das war nichts, verglichen mit der peitschenden *BRANDUNG* aus menschlichen Stimmen. Schreien! Anstacheln! Verwünschen! Heulen! Flehen! Buhen! Ein großartiges Grölen und Zähneknirschen, eine Meile vom Ufer entfernt, mitten in der Biscayne Bay!

Der Sergeant verließ den Führerstand, ohne auch nur mit dem geringsten Wimpernzucken von Nestor Notiz zu nehmen. Als er aber vom Patrouillenboot auf den Schoner stieg, machte er auf Hüfthöhe eine zackige Handbewegung, die Nestor bedeutete: Folgen! *Folgen?* Nestor folgte ihm wie ein Hund.

Der Sergeant und sein Hund betraten das Deck des Schoners — wo es zuging wie im Irrenhaus! Die Passagiere, wenn sie das denn waren, hingen über der Reling, gestikulierten herum und plapperten auf Nestor und den Sergeant ein … *americanos,* die ganze Bande … hellbraune und blonde Haare … die Hälfte von ihnen Mädchen — und fast splitternackt! Wilde blonde Haare! Fetzen von Tangaslips, die kaum den Venushügel bedeckten! … Tops aus zwei Stoffdreiecken, die gerade mal die Nippel verdeckten, an deren Seiten aber die Brüste herausquollen und schrien, »Na, noch mehr gefällig?« Nein, dachte Nestor. Nichts interessierte ihn in diesem Augenblick weniger, als *lúbricas americanas* anzumachen. Sie lösten sich auf in seinen Gebeten, die auf eines hinausliefen: *Bitte, allmächtiger Gott, ich flehe dich an, mach, dass ich … keine Scheiße baue!*

Der Sergeant ging schnurstracks zum Vordermast. Nestor ging schnurstracks zum Vordermast. Der Sergeant schaute hoch. Nestor schaute hoch. Der Sergeant sah das Nest des geheimnisvollen Mannes an der Spitze des Mastes. Nestor sah das Nest des geheimnisvollen Mannes — eine Silhouette vor der Kuppel des Killerheizstrahlers, ein schwarzer Klumpen sechs oder sieben Stockwerke über dem Deck. Von oben brauste inmitten einer Kakofonie wütend heulender Autohupen ein wahrer Sturm aus heiseren, keifenden Stimmen über sie hinweg. Der Sergeant schaute wieder nach oben. Nestor schaute wieder nach oben. Die beiden Polizisten mussten die Köpfe ganz zurücklegen, um sehen zu können, woher der Tumult kam. Mörderisch, so bis zum obersten Bogen der Brücke hinaufzuschauen … Eine wütende Menge, zwei, drei, weiß Gott wie viele Reihen tief, lehnte sich über das Geländer. Sie waren so weit oben, dass ihre Köpfe auf die Größe von Eiern geschrumpft waren. Sogar Nestor konnte durch seine *supremo* dunkelste Sonnenbrille nicht länger als einen Augenblick nach oben schauen. Es war, als stünden sie auf der Straße vor einem acht oder neun Stockwerke hohen Gebäude, von dessen Dach, das von der Sonne in Brand gesteckt worden war, ein Mob unverständliches Zeug zu ihnen herunterbrüllte. Und *da oben* — praktisch auf Augenhöhe mit dem Mob, praktisch genauso hoch über dem Deck, war der Mann. Der Sergeant stand genau unter ihm und schaute zu ihm hoch. Nestor stand genau unter ihm und schaute zu ihm hoch. Während sie mit den Händen an der Stirn nach oben schauten, konnten sie sehen, dass der Mann tatsächlich wie ein Bündel Dreckwäsche aussah, genau wie Lonnie Kite gesagt hatte ... nein, er sah schlimmer aus ... er sah aus wie ein Bündel *durchweichter* Dreckwäsche. Er war tropfnass. Seine Klamotten, seine Haut, sogar die schwarzen Haare — das, was sie davon sehen konnten — alles an ihm war in graubraune Jauchefarbe getaucht, als wäre er gerade aus einem Abwassergraben gekrochen. Obendrein riss er auch noch krampfhaft den Kopf hin und her und streckte flehend die Hände aus, Handflächen nach oben, wie Tassen, während er der Menge auf der Brücke irgendwas zurief. Aber wie konnte er sich da oben halten, ohne sich am Mast festzuklammern? Ahhhh ... am Mast war eine kleine Sitzschale montiert — aber wie war er überhaupt da hochgekommen?

»Officer! Officer!«

Ein großer linkischer Lulu, höchstens dreißig Jahre alt, hatte sich vor Sergeant McCorkle aufgebaut. Er zeigte ständig mit dem Zeigefinger nach oben zu dem Mann auf dem Mast. Er sah verängstigt aus, und er redete so schnell, dass seine Worte sich zu überschlagen, übereinander zu stolpern schienen, heillos taumelnd, strauchelnd, wieder zurücktorkelnd, sich verzettelnd: »Was hat der hier zu suchen kommt da hinten hochgekrabbelt, Officer, hab den noch nie vorher gesehen greift mich an wütend richtig wütend entert mein Boot der Mast demoliert was das kostet ein Vermögen —«

Der Bursche war *weich* — da reichte ein Blick! — aber auf eine echt *luxuriöse* Art, lautete Nestors Blitzurteil. Er hatte volle Wangen, aber Wangen, die so glatt und butterweich waren, dass sie schon die Konsistenz eines perfekten Eierflans erreicht hatten. Er hatte eine Wampe, aber eine Wampe, die eine perfekte Parabel vom Brustbein zum Unterbauch beschrieb, die *Nonplusultra*-Wampe des Jugendlichen Müßiggängers, zweifellos geschaffen von den verehrtesten, zartesten und geschmackvollsten Köchen der Welt. Über den perfekten Parabelbogen spannte sich ein apfelgrünes Hemd, aus Baumwolle, ja, aber Baumwolle so fein und so niegelnagelneu, dass es einen perfekten apfelgrünen Schimmer hatte — kurz, ein echtes Weichei war dieser Bursche, ein Weichei, dem die Worte immer noch auf seine verworrene, mit einem Schuss Angst durchsetzte Weichei-Art aus dem Mund sprudelten —

»— Vollschwachkopf bin am Arsch verklagt *mich!* Handlanger haftbar Anklage gegen *mich!* Durchgeknallter Irrer nie gesehen ausgerechnet *mich!*« — Der Sergeant hob beide Hände mit nach vorne gedrehten Handflächen auf Brusthöhe, um anzudeuten *Hey, Mann, jetzt komm mal wieder runter.* »Beruhigen Sie sich. Ist das Ihr Boot?«

»Ja! Und ich bin derjenige …«

»*Langsam.* Wie heißen Sie?«

»Jonathan. Der Punkt ist, als ich …«

»Und Ihr Nachname?«

Das große tollpatschige Weichei schaute den Sergeant an, als hätte er, der Sergeant, den Verstand verloren. Dann sagte er, »Krin?« Es hörte sich fast wie eine Frage an. »K,R,I,N?«

Als Angehöriger der ersten Generation, die keine Nachnamen benutzte, hielt er schon den Gedanken daran für archaisch.

»Okay, Jonathan —« Der Sergeant machte mit seinen Händen drei kurze Bewegungen nach unten, als wollte er sagen, *Ganz ruhig, regen Sie sich nicht auf* — »Wie ist der Bursche denn aufs Boot gekommen?«

Anscheinend hatte der korpulente, aber perfekt korpulente, junge Mann seine Kumpel eingeladen, mit ihnen durch die Biscayne Bay zum Haus und zur Marina eines Freundes zu segeln, der in einer mit Promis gespickten Enklave wohnte, die passenderweise Star Island hieß. Er sah keinen Grund, warum er mit seinem dreiundzwanzig Meter hohen Hauptmast nicht unter der fünfundzwanzig Meter hohen Brücke hindurchsegeln sollte ... bis sie darauf zuliefen und das Ganze vielleicht doch ein bisschen gefährlich aussah, wegen des Windes und des kabbeligen Wassers und der Wellen, die das Boot hin und her warfen. Also setzten sie zwanzig Meter vor der Brücke den Anker und gingen alle acht nach vorn zum Bug, um die Lage zu sondieren.

Zufällig drehte sich einer um und sagte, »Hey, Jonathan, da hinten ist einer. Der ist gerade die Leiter hochgeklettert.« Und tatsächlich stand da schwer atmend dieser dünne, drahtige, patschnasse, abgerissene kleine Mann ... obdachlos, dachten sie alle. Er war die Leiter am Heck hochgeklettert, die sie benutzten, wenn sie schwimmen wollten. Er stand tropfend auf dem Achterdeck und schaute sie regungslos an. Dann ging er langsam auf sie zu, vorsichtig, nach Luft schnappend, bis Jonathan in seiner Eigenschaft als Bootseigner und Kapitän ihn anschrie, »Hey, stehen bleiben, was soll das, was machst du da?« Der Kerl blieb stehen, begann mit beiden Händen, die Handflächen nach oben, zu gestikulieren, und brabbelte, zwischendrin immer wieder nach Luft schnappend, irgendwelches

Zeug in einer Sprache, die sie für Spanisch hielten. Jonathan schrie, »Verschwinde, hau ab, verpiss dich!«, und andere unfreundliche Sachen. Daraufhin fing der Landstreicher, für den sie ihn alle hielten, an zu laufen, schwankend, stolpernd, schlingernd, aber nicht von ihnen weg, sondern genau auf sie zu. Die Mädchen fingen an zu kreischen. Der Landstreicher sah aus wie eine nasse Ratte. Haare klebten ihm im Gesicht. Die Augen waren weit aufgerissen. Der Mund stand weit offen, vielleicht nur deshalb, weil er nicht genug Luft bekam. Man konnte seine Zähne sehen. Er sah irgendwie gestört aus. Die Männer brüllten ihn an und fuchtelten mit den Armen herum — kreuz und quer, wie Schiedsrichter beim Football, die anzeigen, dass ein Field Goal ungültig ist. Der Landstreicher bewegt sich weiter auf sie zu und ist nur noch ein paar Meter von ihnen entfernt und die Mädchen kreischen und machen einen Höllenlärm und die Männer brüllen jetzt nicht mehr, sondern kreischen auch schon fast und fuchteln mit den Armen in der Luft herum und der Landstreicher rennt los, rennt zum Vordermast und klettert hoch, bis zur Spitze.

»Moment«, sagte Sergeant McCorkle. »Noch mal von vorn. Der Kerl steht also da hinten auf dem Deck, und dann läuft er den ganzen Weg über das Deck bis hierher. Haben Sie nicht versucht ihn aufzuhalten? Hat irgendwer versucht ihn aufzuhalten?«

Jonathan wich seinem Blick aus, atmete tief ein und sagte: »Na ja, der … der hat wie ein Psycho ausgesehen, echt irre. Vielleicht hatte er ja eine Waffe dabei oder so, einen Revolver, ein Messer. Konnte man ja nicht wissen.«

»Verstehe«, sagte der Sergeant. »Er hat wie ein Psycho ausgesehen und hatte vielleicht eine Waffe dabei, aber das konnten Sie ja nicht wissen, und Sie haben nicht versucht ihn aufzuhalten, keiner hat versucht ihn aufzuhalten.« Er sagte das nicht als Frage, sondern er rezitierte es ... auf die trockene höhnische Art, die Cops so mögen.

»Äääh ... das stimmt«, sagte der große Jugendliche Müßiggänger.

»Wie ist er den Mast hochgeklettert?«, fragte der Sergeant. »Sie sagten, er war außer Atem.«

»Mit diesem Seil hier, das hängt immer am Mast runter. An der Spitze ist ein Flaschenzug. Und mit einer Sitzschale. Man setzt sich unten auf den Sitz, und dann zieht einen ein anderer bis zur Spitze hoch.«

Sergeant McCorkle zeigte nach oben. »Und wer hat ihn hochgezogen?«

»Na ja, er selbst — wenn es sein muss, kann man sich *selbst* an dem Seil hochziehen.«

»Das dauert aber seine Zeit, oder?«, sagte der Sergeant. »Haben Sie versucht ihn aufzuhalten? Hat irgendwer versucht ihn aufzuhalten?«

»Nun ja, wie gesagt, er sah ...«

»... wie ein Psycho aus«, sagte McCorkle und beendete den Satz für ihn. »Und er hatte möglicherweise irgendwo eine Waffe versteckt.« Der Sergeant nickte in spöttischer CopManier, als hätte er verstanden. Dann schaute er zu Nestor und hob auf ganz bestimmte Art die Augenbrauen, was so viel bedeutete wie, »Das ist vielleicht ein Haufen Weicheier, was?«

Ah, welche Glückseligkeit! Zu diesem Zeitpunkt kam dieser Blick für Nestor der Verleihung der Medal of Honor gleich! Der Sergeant hatte ihn als Mitglied der tapferen Polizistenbruderschaft anerkannt! — und nicht nur als einen Probezeitpenner, der zu nichts weiter taugte, als ihm im Weg rumzustehen.

Das Funkgerät des Sergeants knackte ... »Der Typ behauptet, ein Anti-Castro-Dissident zu sein ... Brücke voller

Kubaner, die Asyl für ihn fordern. Im Moment unwichtig. Im Moment ist nur wichtig, dass ihr den Burschen da oben runterholt. Die acht Fahrspuren auf dem Causeway sind total verstopft. Nichts geht mehr. Wie sieht euer Plan aus? Q,K,T?«

Mehr brauchten sie nicht zu wissen. Für jeden Cop in Miami, besonders für einen wie Nestor oder den Sergeant, reichte das als Erklärung … für den Mann auf dem Mast. Zweifellos hatten ihn kubanische Schmuggler mit einem dieser hundertzehn Stundenkilometer schnellen Hochgeschwindigkeitsboote, wie sie Zigarettenschmuggler benutzten, in die Biscayne Bay gebracht, hatten ihn in der Nähe des Ufers abgesetzt oder einfach ins Wasser geworfen, hatten dann kehrtgemacht und waren wieder nach Kuba zurückgerast. Für diese Dienstleistung hatte er wahrscheinlich eine Summe in der Größenordnung von $5000 zahlen müssen … in einem Land, wo das durchschnittliche Monatseinkommen eines Arztes bei $300 lag. Er paddelt also jetzt in der Bucht herum, sieht die Leiter am Heck des Bootes und klettert hoch, möglicherweise in dem Glauben, es läge vor Anker, weil es sich nicht bewegt, und weil er glaubt, er könnte jetzt einfach an Land gehen oder das Boot würde ihn zumindest bis zu der Brücke bringen. Das reicht für einen Kubaner: den Fuß auf amerikanischen Boden oder ein Bauwerk zu setzen, das mit amerikanischem Boden verbunden ist, wie diese Brücke, dann wird ihm Asyl gewährt … Wenn er *Kubaner* ist … Keinem anderen Flüchtling wird dieses Privileg zuteil. Kubaner genießen Amerikas Meistbegünstigungsstatus für Einwanderer. Wenn ein kubanischer Flüchtling seinen Fuß auf amerikanischen Boden (oder ein amerikanisches Bauwerk) setzt, wird er als »dry foot« klassifiziert und ist in Sicherheit. Greift man ihn jedoch im oder auf dem Wasser auf, dann wird er nach Kuba zurückgeschickt, es sei denn, er kann einen Ermittlungsbeamten der Küstenwache davon überzeugen, dass ihm bei einer Rückkehr »eine glaubhafte Gefährdung« droht, zum Beispiel Verfolgung durch die Kommunisten. Der Mann auf dem Mast ist zwar nicht mehr im Wasser — aber auf einem Boot. Als Nestor und der Sergeant das Boot betreten, befindet er sich also formal immer noch »im Wasser« und ist deshalb als »wet foot« zu klassifizieren. *Wet Foots* haben Pech gehabt. Die Küstenwache bringt sie nach Guantanamo, wo sie im Grunde wie ein unerwünschtes Haustier im Wald ausgesetzt werden.

Aber im Augenblick verschwendet die Führungsspitze der Polizei keinen Gedanken an diese Dinge. Es ist ihr nicht wichtig, ob der Mann ein Wet Foot, ein Dry Foot, ein kubanischer Ausländer oder ein verirrter Mongole ist. Ihr ist ausschließlich wichtig, dass sie ihn von dem Mast runterbekommen — *und zwar sofort* — damit auf dem Causeway der Verkehr wieder normal fließen kann.

Der Sergeant wandte den Kopf zur Seite, und sein Blick konzentrierte sich … auf einen imaginären Punkt in der Ferne. Er verharrte scheinbar ewig in dieser Haltung. »Okay«, sagte er schließlich und schaute wieder Nestor an. »Was meinen Sie, können Sie auf den Mast da raufklettern, Camacho? Der Bursche spricht kein Englisch. Aber *Sie* können mit ihm reden. Sagen Sie ihm, uns liegt nichts daran, ihn festzunehmen und nach Kuba zurückzuschicken. Wir wollen ihn einfach da runterholen, damit er nicht abstürzt und sich den Hals bricht … oder oben bleibt und mir auf die Eier geht.« So weit stimmte das. Das Präsidium wies seine Beamten offen an, sich nicht in Angelegenheiten in Zusammenhang mit illegalen Einwanderern einzumischen. Das war ein Problem der Bundesbehörden — der Einwanderungs- und Zollbehörde, des FBI und der Küstenwache. Aber *das* hier war Nestor Camachos Problem beziehungsweise, es waren seine *Probleme:* Er musste einen zwanzig Meter hohen Vormast hochklettern … und er musste einen armseligen, dürren und panischen Kubaner dazu überreden, mit ihm von diesem verdammten Mast wieder herunterzuklettern.

»Also, was ist, Camacho, schaffen Sie das?«

Die *ehrlichen* Antworten waren »Nein« und »Nein«. Aber die einzig *möglichen* Antworten waren »Ja« und »Ja«. Er konnte sich ja schlecht hinstellen und sagen, »Tja, Sarge, um die Wahrheit zu sagen, ich spreche gar kein Spanisch — jedenfalls nicht gut genug, um irgendwem irgendwas auszureden.« Es ging ihm wie den meisten Kubanern der zweiten Generation. Er verstand zwar Spanisch, weil seine Eltern zu Hause nur Spanisch sprachen. Aber in der Schule sprachen praktisch alle Englisch — trotz des ganzen Geredes über Zweisprachigkeit. Es gab mehr spanische Fernseh- und Radiostationen als englische, aber die besten Sendungen waren auf Englisch. Die besten Filme, die besten Blogs (und Onlinepornos) und Videospiele, die heißeste Musik, das Neueste an iPhones, BlackBerries, Droids, Tastaturen — alles war für den Gebrauch in Englisch. Man fühlte sich sehr schnell wie ein Krüppel … *da draußen* … wenn man kein Englisch konnte und nicht Englisch sprechen und *denken* konnte, was wiederum erforderte, dass man das umgangssprachliche amerikanische Englisch so gut wie jeder Anglo beherrschen musste. Im Handumdrehen — eines Tages fiel es dir plötzlich auf — war dein Spanisch auf Sechstklässlerniveau geschrumpft. Diese ungeschminkte Wahrheit schoss Nestor jetzt durch den Kopf. Aber wie sollte er das diesen beiden *americanos* erklären? Es würde sich anhören wie eine faule Ausrede — vielleicht sogar feige. Vielleicht hatte er einfach nicht den Mumm für so einen Einsatz. Wie konnte er sagen, »Ach, du meine Güte, ich weiß aber nicht, ob ich den Mast da raufklettern kann.«

Vollkommen unmöglich! Er hatte nur zwei Möglichkeiten: es tun und es schaffen, oder es tun und spektakulär versagen. Was die Lage noch verfahrener machte, war die Wut des Mobs. Sie buhten ihn aus. Seit Nestor und seine beiden Kollegen den Schoner betreten hatten, waren die Menschen auf der Brücke ständig lauter und gemeiner, feindseliger und ausfälliger geworden. Hin und wieder vernahm Nestor einen einzelnen Ruf.

»*Libertad!*«

»*Traidor!*«

»*Come mierda, hijo de puta!*«

Sobald er den Mast hinaufklettern würde, würden sie sich auf ihn einschießen — dabei war er selbst Kubaner. Was ihnen sicher sehr schnell auffallen würde. Er konnte nicht gewinnen, oder? Andererseits ... für einen Augenblick war er wie weggetreten ... er schaute zu dem Mann hoch, sah ihn aber gar nicht mehr. Die Frage überkam ihn wie eine Offenbarung: »Was ist Schuld?« Schuld ist ein Gas, und Gase verflüchtigen sich, Vorgesetzte aber nicht. Wenn sie sich erst mal in dich verbissen haben, dann sind sie so hartnäckig wie ein Hund. Von einem Mob deiner eigenen Leute missbilligt zu werden war nicht annähernd so bedrohlich wie die Missbilligung von diesem blauäugigen sandfarbenen *americano* namens Sergeant McCorkle, der schon jetzt kurz davor war, ihn zu feuern —

— und zu dem er sich jetzt umdrehte und sagte, »Klar, Sarge, das schaffe ich.«

Jetzt kam es drauf an. Konnte er diese Nummer durchziehen oder nicht. Er schätzte die Höhe des Masts ab. Er legte den Kopf in den Nacken und schaute nach oben. Weit ... weit ... nach oben — Jesus Christus! Die Sonne brannte auf seinen Augäpfeln, ob mit oder ohne *extremo* dunkelster Sonnenbrille! Er hatte zu schwitzen angefangen ... Wind oder kein Wind!

Es war heiß, er stand auf dem Deck eines Schoners mitten in der Biscayne Bay und wurde gegrillt. Der Mann auf der Spitze des Mastes hatte die Größe, Farbe und Formlosigkeit eines kackbraunen Plastikmüllsacks. Er zappelte und fuchtelte da oben immer noch herum. Die Umrisse beider Arme schossen nach vorne, die Finger zweifellos wieder in Bittstellermanier nach oben gebogen. Er schaukelte mitleiderregend da oben auf seinem Bootsmannsstuhl, schwang vor und zurück, als würde er dem Mob irgendwas zuschreien. Jesus, das war ein weiter Weg bis zur Spitze. Nestor senkte den Kopf und schaute sich den Mast selbst an. Unten, wo er mit dem Deck verbunden war, hatte das verdammte Ding den Umfang seiner Taille. Wenn er den Mast mit den Beinen umklammerte und sich hochhangelte, würde das ewig dauern … Zentimeter um Zentimeter, die Arme um einen zwanzig Meter hohen Bootsmast geschlungen, ein jämmerlicher Anblick … viel zu langsam und demütigend, allein der Gedanke … Aber Moment mal! Das Seil, das Taljereep, mit dem sich der kackbraune Bursche nach oben gehievt hatte — es hing von der Mastspitze herunter und endete in einem schlaffen Seilhaufen, der auf dem Deck lag. Und am oberen Ende, an der Spitze des Mastes, schaukelte der Illegale in seinem Bootsmannsstuhl. ::::::Ich bin schon mal fünfzehn Meter an einem Seil hochgeklettert, ohne meine Beine zu Hilfe zu nehmen:::::: dachte er, ::::::und ich hätte vielleicht noch mehr geschafft, wenn Rodriguez in seiner »Ññññññooooooooooo!!! Qué Gym!« eine höhere Decke hätte. Aber *zwanzig* Meter … Jesus! … Nein? — Was bleibt mir übrig?:::::: Es war, als ob ab jetzt nicht er, sondern sein zentrales Nervensystem das Kommando führte. Bevor sich eine Erinnerung daran festsetzen konnte, sprang er hoch, packte das Seil und fing an zu klettern — *ohne seine Beine zu Hilfe zu nehmen*.

Von oben ergoss sich ein unflätiger Schwall aus Buhrufen und Beleidigungen über ihn. Ekelerregend! Die Cops verhafteten an der Spitze eines Bootsmasts einen armen Flüchtling, um ihn nach Kuba zurückzuschicken, und für die Drecksarbeit benutzten sie einen Kubaner, einen kubanischen Verräter. Aber nichts davon drang bis zum Sitz des Gerechtigkeitsempfindens in der linken Hälfte von Nestors Gehirn durch, das ganz auf das Publikum einer einzigen Person fixiert war — Sergeant McCorkle. ::::::*Bitte, oh Herr, ich flehe dich an, mach, dass ich keine Scheiße baue.* :::::: Ihm ist bewusst, dass er schon etwa die Hälfte hochgeklettert ist — Faust an Faust, ohne die Hilfe seiner Beine. Die Luft nichts als Lärm und Wahnsinn … Arme, Rücken und Brust an der Grenze zum Kollaps … Muss eine Pause machen, muss verschnaufen … aber keine Zeit … Er versucht sich umzuschauen. Er ist eingehüllt in die Segel des Schoners, in Wolken aus weißem Segeltuch … Er schaut nach unten … er kann es nicht fassen … wie *weit* unter ihm das Deck ist … er muss schon *mehr* als die Hälfte des Mastes hochgeklettert sein — dreizehn, vierzehn Meter. Die Gesichter auf Deck schauen alle nach oben, zu ihm … wie klein sie sind. Er sucht den Sergeant — Ist er *das?* … ist sich nicht sicher … Ihre Lippen bewegen sich nicht … sind vielleicht auch in Trance … *americano*-Gesichter, *americano*-Gesichter … alle auf ihn gerichtet. Er schaut nach oben … zum Gesicht des Mannes an der Spitze … der verdreckte Körperklumpen beugt sich weit vor, damit er nach unten schauen kann … er weiß ganz genau, was los ist — der Mob auf der Brücke … die Flut übler Beschimpfungen …. für Nestor Camacho! … Ekelerregend!

»*Gusano!*«

»*Traidor!* Mieses Schwein!«

Oh ja, das Bündel Dreckwäsche weiß Bescheid. Jedes Mal, wenn der Jäger nach oben greift, das Seil packt, sich wieder ein

Stück nach oben zieht, spürt das verdreckte Bündel ein schwaches Reißen an seinem Bootsmannsstuhl ... Fock und Spinnaker *FLATTERN FLATTERN FLATTERN* im Wind ... die Leinwandwolken wehen für einen Augenblick zur Seite ... da ist er, der Mob auf der Brücke ... Jesus Christus, sie sind nicht mehr weit über ihm ... die Köpfe, vorhin noch so klein wie Eier ... jetzt schon wie Melonen ... eine Galerie räudiger, verzerrter Gesichter ... meine eigenen Leute ... hassen mich! ... *Ich bin verflucht, wenn ich es mache, und verflucht, wenn ich es nicht mache,* schießt es durch sein zentrales Nervensystem — aber degradiert zum Streifenpolizisten — oder Schlimmerem — wenn ich es nicht mache. Oh, Scheiße, was sind das für blendende Sonnenstrahlen? Eine *Fernsehkamera. Scheiße!* Noch eine. Oh, *Scheiße,* da *drüben* ist noch eine. *Bitte, oh Herr, ich flehe dich an* ... Angst durchströmt ihn wie ein kräftiger Schuss Adrenalin ... Mach, dass ich keine ... Er klettert weiter, Faust an Faust, ohne seine Beine zu Hilfe zu nehmen Er schaut nach oben. Der Mann auf dem Mast ist keine drei Meter mehr von ihm entfernt! Er schaut ihm mitten ins Gesicht! ... Was für ein Ausdruck ... das in die Enge getriebene Tier ... die todgeweihte Ratte ... durchnässt, verdreckt, entkräftet ... keuchend .... kaum noch fähig zu einem Schrei nach wundersamer Erlösung.

::::::*Ay, San Antonio, ayúdame, San Lazaro, este conmigo*.::::::

Jetzt — *muss* Nestor eine Pause machen. Er ist so nah an der Mastspitze, dass er trotz des Lärms von der Brücke das Flehen des Mannes hören kann. Nestor schlingt die Beine um das Seil und rührt sich nicht mehr.

»*¡Te suplico! ¡Te suplico!*« »Ich flehe dich an! Du kannst mich nicht zurückschicken! Sie foltern mich so lange, bis ich alle verrate! Sie zerstören meine Familie! Hab Erbarmen! Da sind Kubaner auf der Brücke! Ich flehe dich an! Einer mehr, ist das eine so unerträgliche Last? Bitte, ich flehe dich an! Du weißt nicht, wie das ist! Du zerstörst nicht nur mich, du zerstörst die ganze Bewegung! Ich flehe dich an, gebt mir Asyl! Ich will nur eine Chance!«

Nestors Spanisch reichte aus, um ungefähr zu verstehen, was er sagte, aber ihm fielen keine Worte ein, die den Mann hätten beruhigen und dazu bewegen können herunterzukommen. »Glaubhafte Gefährdung« … Genau, das ist es! Er würde ihm von der »glaubhaften Gefährdung« erzählen … Ein Flüchtling wie er bekam eine Anhörung von der Küstenwache, gleich hier auf dem Deck des Schoners, und wenn er ihnen glaubhaft machen konnte, dass er in Gefahr schwebte, dann würde er Asyl erhalten. Verdammt, was war das spanische Wort für »glaubhaft«? Und »Gefährdung« … Gefährdung … Was war das verdammte Wort für Gefährdung? Er wusste, dass er es mal gekannt hatte … *Weg, einfach weg!*, schoss ihm durchs Hirn, bevor er es zu fassen bekam. Ein »z« kam drin vor, ein »z«, ein »z« … *Fast hätte er es gehabt!* … Wieder weg … Außerdem, was hieß eigentlich offizielle Anhörung? … *Etwas* musste er sagen, *irgendetwas* — er zermartete sich das Hirn, hob den Kopf, schaute dem Mann ins Gesicht und sagte: *»La historia —«* Er konnte sich gerade noch bremsen. Was war los mit ihm? In seiner Verzweiflung wäre ihm um ein Haar ein berühmtes Zitat von Castro herausgerutscht!

Buhrufe, höhnisches Gejohle, jede nur denkbare Art von Schmähungen prasselte von den Menschen, die sich ans Brückengeländer drängelten, auf ihn herunter.

Der Mann schaute verängstigt zu ihm hinunter. *»¿Como?«* Er versuchte zu begreifen, was Nestor gesagt hatte.

Es war zum Verrücktwerden! … Da kletterte er, ohne seine Beine zu Hilfe zu nehmen, fast zwanzig Meter an einem

Seil hoch — und dann konnte er sich nicht verständlich machen. Er musste näher ran. Er kletterte noch ein Stück höher, Faust an Faust. Er schaut zu der armen tropfnassen Ratte hoch. Der Mann blickt ihn entsetzt an. Wie kann er ihm verständlich machen, dass er ihn nicht verhaften will? Ihm fallen die Worte nicht ein! Also schlingt er wieder die Beine um das Seil, damit er ihm mit seiner freien rechten Hand ein Zeichen machen kann. Aber was für Zeichen? Ihm fällt nur das Peace-Zeichen ein ... er spreizt Zeige- und Mittelfinger zu einem V. Der Ausdruck im Gesicht des Mannes, das jetzt keinen Meter mehr von ihm entfernt ist, verwandelt sich von Entsetzen ... in Panik. Er beginnt auf seinen Bootsmannsstuhl zu steigen. Jesus Christus, was *macht* der da? Er sitzt an der Spitze eines zwanzig Meer hohen Mastes in einem winzigen Bootsmannsstuhl — und jetzt will er auch noch aufstehen. Er versucht auf dem Gehäuse des Flaschenzuges Halt zu finden. Jetzt hat er sich aus der Sitzschale erhoben. Schwankend, in der Hocke, an der Spitze eines Mastes auf einem Boot, das in der aufgewühlten Bucht hin und her schaukelt ... Nestor hat schon das Schlimmste vor Augen ... Er klettert zwanzig Meter an einem Seil hoch — Faust an Faust, ohne seine Beine zu Hilfe zu nehmen — und dann passiert das Schlimmste ... ein armer Flüchtling stürzt in den Tod — und wer ist schuld? Nestor Camacho! Wer ist dafür verantwortlich, dass die Marine Patrol der Polizei von Miami, ach was, die gesamte Polizei von Miami, dasteht wie ein Haufen brutaler, rücksichtsloser Jäger und Mörder eines armen Menschen, dessen einziges Vergehen es gewesen ist, einen Fuß auf amerikanischen Boden setzen zu wollen. Und wer hatte dieses herzlose Verbrechen begangen? Nestor Camacho, die fleischgewordene Schande!

Mit zwei grimmigen Faust-an-Faust-Griffen erreicht er den Bootsmannsstuhl und versucht ein Bein — oder wenigstens einen Fuß — des Mannes zu packen — zu spät! Der Mann fällt nach vorn — *in den Tod.* In Nestors Schädel lodert ein Feuer auf ... Nein! Der Mann hat sich nach vorn auf das Tau fallen lassen. Die dürre, ausgemergelte, jauchegraubraune Ratte versucht an ihm nach unten zu rutschen ... Er wird sich umbringen! ... Das Tau verläuft vom Mast in steilem Winkel über den Bug hinaus zum Bugspriet ... über dreißig Meter nach unten. Nestor kauert sich in den Bootsmannsstuhl ... Für einen Augenblick kann er den Mob auf der Brücke sehen. Er ist jetzt auf gleicher Höhe mit den Menschen ... drei, vier, fünf Reihen tief ... Lichtblitze! Lichtblitze! Lichtblitze! Sie platzen aus den Kameras. Köpfe schießen in die Höhe, ein günstigerer Blickwinkel ... ein Schild! Einer hält ein primitives Schild hoch ... COPS FIDELISTAS TRAIDORES .... noch nie haben ihn so viele Menschen gehasst. Er schaut nach unten ... Schwindel ... als stünde er auf dem Dach eines zehnstöckigen Gebäudes. Das Wasser eine blaugraue Platte aus Stahl mit darübertänzelnden Lichtblitzen. Boote! ... kleine Boote rund um den Schoner ... wie aus dem Nichts! ... blutsaugende Wanzen ... ein Boot — ein Schild. Steht da wirklich, was er glaubt, dass da steht? ... *¡asilo ahora!* —

— plötzlich, alles in einem Augenblick ... Schuld! Angst! Entsetzen! ... am heftigsten die Schuld! Darf ihren Helden nicht vor ihren Augen sterben lassen! Er schwingt sich auf das Tau ... sinnlos, hinter ihm herzurutschen, um ihn noch einzuholen ... Macht es instinktiv so wie im Ausbildungslager, schwingt sich Griff um Griff an dem Tau nach unten, die Augen fest auf seine jauchegraubraune Beute geheftet ... Arme, Schultern, Handflächen brennen wie Feuer! Es zerreißt ihn ... der Bursche nur noch zwei Schwünge entfernt. Der arme Teufel hält sich immer noch auf dem Tau, das jetzt hin und her schwingt ... so dürr .... nicht stark genug ... hebt den Kopf, schaut Nestor mitten ins Gesicht … der arme Bastard, schlimmer als Panik — völlige Hoffnungslosigkeit … er ist erledigt! … er schwingt weiter zur Seite, kann sich nicht mehr auf dem Tau halten … die Finger kraftlos, ein letzter Augenblick … *Jetzt* oder ewiges Vergessen! Für den armen Bastard! Für Nestor Camacho! Er erreicht den armen Bastard mit zwei Schwüngen — um dann *was* zu tun? … Es gibt nur eine Möglichkeit. Er schlingt die Beine um die Hüfte des dürren Nagers, verschränkt sie an den Knöcheln … der arme kleine Bastard lässt los und wird ohnmächtig. Der tödliche Ruck erschüttert Nestor … das tote Gewicht ::::::Es reißt mir die Arme aus den Gelenken!:::::: Er kann es nicht fassen, dass er noch da ist — ein Organismus, bestehend aus nichts als Schmerz, von den brennenden Händen bis zu den Schneidermuskeln seiner verschränkten Beine … zwanzig Meter über dem Deck … das ganze Gewicht, mit einer Hand, während die andere das Tau greift und sie weiter nach unten schwingen … *unmöglich* … aber wenn nicht, dann — *¡Dios mío!* — dann hat er Scheiße gebaut. Und nicht nur einfache Scheiße … Scheiße im *Fernsehen* … Scheiße vor *Tausenden, Hunderttausenden, Millionen* … egal, könnten auch Milliarden sein … denn schon einer wäre schlimm genug, ein dienstgeiler *americano*-Sergeant voller *mierda* im Hirn namens — *bango!*

¡Caliente! Caliente baby
Got plenty fuego in yo' caja china
Means you needs a length a Hose put in it,
Ain' no maybe —

In der Hosentasche klingelt sein iPhone! ::::::So ein Idiot! Ich hab hier die Beine um einen Mann geschlungen, hangele mich mit bloßen Händen ein dreißig Meter langes Tau runter und kann mir jeden Augenblick den Hals brechen — *wie* soll ich da dieses verdammte Dinge ausschalten? Dieser beschissene Song von Bulldog — nicht mal Pitbull! — und ich kann nichts dagegen machen, dass mir dieser bescheuerte Text die Ohren verstopft —::::::

— 'bout it.
Hose knows you burnin' up wit'out it.
Don'tcha try deny it,
'Cause Hose knows you dyin' a try it —

— und er braucht jedes Neuron, jeden Dendriten, jede Synapse, jede Zellknospe in seinem Hirn, um sich auf seine grausame Zwangslage zu konzentrieren. Wenn er zwanzig Meter tief auf das Deck knallt, weil sein iPhone trällert —

Hose knows all!
Knows you out tryin' a buy it,
But Hose only gives it free

— dann ist er verdammt noch mal besser dran, wenn er stirbt! ... Verdammt noch mal besser, als im Dauerkoma in einem elektrisch verstellbaren Krankenhausbett auf einer trübsinnigen Intensivstation mit der Diagnose »Kritisch, aber stabil« vor sich hin zu vegetieren ... was für eine demütigende Schande! Aber — keine Wahl! Er *muss* es tun! Beide Hände umklammern das Tau, die Beine umklammern *was?* — hundertzwanzig Pfund? — eines von Panik geschüttelten kleinen Homunculus. Also, *los geht's!* Er löst die Finger einer Hand — okay — jetzt gibt es kein Zurück mehr! Der Schwung abwärts — die *zentrifugalen* Kräfte — ::::::Ich bin erledigt!:::::: Eine Hand! Unerträgliche *zentrifugale* Kräfte ::::::zerreißen meine Muskel-Sehnen-Kappe, reißen mir den Arm aus dem Schultergelenk! — das Handgelenk vom Arm! die Hand vom Handgelenk! bis nichts mehr bleibt als —

To his fav'rite charity,
Hose' favorite cha-ree-tee, see?
Hose' fav'rite charee-tee,
An' 'at's me.

— eine Hand, die das Tau umklammert! Ich klatsche sieben Stockwerke tief aufs Deck, ich und der Wicht:::::: aber da, ein *Wunder!* Beim Aufschwung packt er das Tau mit der anderen Hand — ja, ein *Wunder!* — und das Gewicht ist wieder ausgeglichen! Beide Schultern, beide Handgelenke, beide Hände sind wieder ganz! — zusammengehalten durch den dünnsten stählernen Strang unerträglichen Schmerzes! — nur dieser Strang, der ihn und das schlammbraune Elfenmännchen davor bewahrt hat, sieben Stockwerke tief zu fallen und als zwei formlose Säcke voll eckchymotisch-violetten Gewebes und gebrochener Knochen zu enden! Von unten, vom Deck, aus dem *Halusian Gulp,* schauen Gesichter nach oben, die so groß sind wie Murmeln. Von oben prasseln Beleidigungen, Buhrufe und die widerlichen *yaaagggghs* der Tiere auf der Brücke auf ihn herab — aber jetzt weiß er es! hat die Kraft durchzuhalten im Zustand grauenvoll grässlicher Schmerzen! — und schon der *nächste Schwung* — und er schafft ihn — Wutschnauben von

'At's me, see?
An' 'at's me.

oben — Gaffen der Zuschauer von unten — aber er denkt nur an einen einzigen Menschen, die Minderheit Sergeant McCorkle, einen hirnlosen *americano,* aber trotzdem ein *Sergeant* — der nächste Schwung — und er schafft ihn — das verdammte Telefon hört nicht auf zu klingeln ::::::Idioten! Wisst ihr nicht

An' 'at's me, see?
An' 'at's me.
Yo yo!

dass ihr damit Toxine in mein Gehirn pumpt und es durcheinanderwirbelt? Ach, zum Teufel damit!:::::: Noch ein Schwung — auch den schafft er. ::::::*Dios mío querido,* zusammen blicken wir in das Netz aus Blut in ihren Augen und in die gefühllosen roten Augen der Fernsehkameras!:::::: Noch ein Schwung — er

»— yo yo!«

»Mismo! Mismo!«

schafft es ... und noch mal ... noch mal ... noch mal ... *¡Dios mío!* Nur noch drei Meter bis zum Deck — dieses Meer aus Augäpfeln und offenen Mäulern — *was zum!!??* Das schlammige kleine eckchymotische Panikbündel regt sich — es zappelt wie ein Fisch im Zangengriff von Nestors Beinen — ein regelrechter Wald aus Händen

»Yo yo yo yo yo.«

reckt sich vom Bug nach oben, aber das Tau reicht über sie hinaus zum Bugspriet *piep piep piep piep piep* — eine SMS! — und sie beide, Nestor und der schlammig-braune Homunculus — er löst sich aus der Beinschere! — nicht *jetzt,* noch nicht! — zu spät! Im nächsten Augenblick schießen die beiden Körper, seiner und der des Gnoms, über die Spitze des

Bugspriets ins Wasser. Sie sind unter Wasser — und es ist genau, wie Lonnie Kite gesagt hat! Der kleine Irre hat sich aus der Beinschere befreit und … *attackiert* ihn! *tritt* ihn! reißt an seinen Haaren! *knaaaallt* ihm den Unterarm auf die Nase … Kite hat recht gehabt! Nestor wehrt die immer schwächer werdenden Angriffe des kleinen Mannes ab und greift ihn sich mit einem Polizeigriff um den Hals. Damit hat sich's. Die kleine Kreatur erschlafft. Sie ist erledigt. Ultimate Fighting unter Wasser.

Als sie an die Oberfläche kommen, hängt die kleine glitschige wasserspuckende Beute in Nestors Rettungsschwimmergriff. Ein halber Meter entfernt — das Patrouillenboot! Lonnie am Steuer! Nestor ist aus einem entfernten Kosmos in die Welt zurückgekehrt … Lonnie zieht erst den schlammig braunen Homunculus auf das gummiartige Pfannkuchendeck … und dann Nestor — wer zum Teufel sind all diese Leute? Nestor befindet sich genau neben dem Schoner. Er schaut nach oben, zum Deck … Lichtblitze aus zwei großen Augen aus Glas — Fernsehkameras — und da, über die Reling gebeugt … der sandfarbene Sergeant McCorkle.

Der Sarge braucht gar nichts zu sagen — steht alles in seinem Gesicht. Nestor Camacho ist jetzt … *ein Cop* … ein *echter* Cop … so echt, wie man nur echt sein kann … Nestor Camacho betritt den Himmel.

Sergeant McCorkle übergab die abgesoffene Ratte noch mitten in der Biscayne Bay der Küstenwache. Dann fuhren Nestor, der Sergeant und Lonnie Kite mit dem Patrouillenboot zurück zur Marina der Marine Patrol, die auf der Miami-Seite in die Bucht ragte. Während der ganzen Fahrt überhäuften der Sergeant und Lonnie Kite Nestor mit Lob auf die gängige CopTour, die sich ganz und gar nicht nach Lob anhörte. So sagte Lonnie Kite, »Jesus Christus, Mann« — er war zum kumpelhaften *Mann* aufgestiegen! — »wie dieser kleine Scheißer um sich geschlagen hat, am Ende, als du seinen Arsch gerettest hattest — was sollte der Scheiß? Hast du ihm in die Eier getreten, um zu sehen, ob er noch lebt?«

Nestor versank in Euphorie Euphorie Euphorie.

Die anderen in der Marina waren ganz begeistert von Nestor. Nach Ansicht der Polizisten, Kubanern genau wie Nichtkubanern, hatte er eine supermännliche Meisterleistung vollbracht und noch viel mehr … viel mehr.

Sergeant McCorkle war jetzt sein Kumpel — sein *Kumpel!* »Mann, Nestor, ich hab nur gesagt, dass du den Kerl von dem Scheißmast runterholen sollst! Nicht, dass du einen Hochseilakt für das ganze beschissene Miami abziehen sollst!«

Alle lachten und lachten, und Nestor lachte mit ihnen. *Piep piep piep piep* — sein Handy hatte eine SMS für ihn. Magdalena! Wer sonst? Er schaute kurz auf das Display — *Magdalena!* — aber die SMS war nicht von Magdalena. Sie lautete, »Die Verweigerung ungerechter Befehle ist ein Charaktertest.« Das war alles, das war die ganze Nachricht. Sie war gezeichnet, »Dein alter Lehrer und dein Freund, was immer auch geschieht, Jaime Bosch.« Mr. Bosch unterrichtete Aufsatzlehre und Textverständnis an der Polizeischule. Er war der Lieblingslehrer aller Schüler. Er hatte Nestor nebenher Einzelunterricht gegeben, aus reiner Gefälligkeit und aus Liebe am Unterrichten. »Die Verweigerung ungerechter Befehle ist ein Charaktertest.« … Nestor wurde nicht schlau daraus. Sein Kopf fing an zu schmerzen … heftig.

Er hob wieder den Blick und versuchte sich seinen Ärger nicht anmerken zu lassen. Gott sei Dank waren sie immer noch in bester Stimmung. Sie kicherten und lachten. Umberto Delgado, der auf der Polizeischule in Nestors Klasse gewesen war, sagte auf Englisch: »Was sollte dieser Scheiß mit der Beinschere, Nestorcito? Die ist doch dazu gedacht, jemanden kampfunfähig zu machen, wenn man sich im Dreck rumwälzt — und nicht dafür, so einen Penner an einem dreißig Meter langen Tau an Deck zu schaffen!«

Alle lachten und lachten und alberten und alberten. Nestor genoss es! … aber da waren noch drei SMS übrig … *musste* sie lesen … waren reingekommen, *während* sein Leben buchstäblich am seidenen Faden hing … *während* er den Mann auf dem Mast zwischen seinen Beinen gehalten und sich Faust an Faust an diesem Tau hinuntergehangelt hatte. Die Neugier brannte in ihm … und eine Ahnung, die er nicht benennen wollte … und eine Hoffnung — Magdalena! Wieder schaute er kurz auf das Display. Die erste SMS lautete … »ausgerechnet du« — und sie war nicht von Magdalena. Sie war von Cecilia Romero. Merkwürdig, das war das Mädchen, mit dem er ausgegangen war, als er Magdalena kennengelernt hatte … Schräg … was hat sie damit gemeint, »ausgerechnet du«? Verwirrend … aber er ließ sich nichts anmerken … er tauchte wieder ein in die belebende Flut männlichen Gelächters … aber ein winziger Zweifel keimte auf.

»Na, Nestor, wie hat dir das gefallen, als der kleine Widerling unter Wasser auf Ultimate-Fighting-Modus umgeschaltet hat?«, sagte Lonnie Kite. »Hab ich's dir nicht gesagt? Unter Wasser verwandeln sich diese kleinen Ärsche in Monster!«

»Ich hätte auf dich hören sollen, Lonnie!«, sagte Nestor. Noch vor einer halben Stunde hätte er nicht mal dran gedacht, Officer Kite mit dem Vornamen anzusprechen. »Dieser kleine Scheißkerl. Hängt mit seinem toten Gewicht die ganzen dreißig Meter das Tau runter an mir dran, und kaum ist er zehn Zentimeter unter Wasser, kommt er wieder zu sich. Und bevor ich weiß, wie mir geschieht, haut er mir schon auf die Fresse!«

Und alle lachten und lachten, aber Nestor — musste *unbedingt* die beiden anderen SMS lesen. Neugier und Angst und ein letzter Funke Hoffnung — vielleicht ist *ja doch* eine von Magdalena! — ließen ihm keine Wahl. Noch einmal wagte er einen schnellen Blick nach unten auf sein Handy. Wagte — *musste*. Die erste Nachricht war von J. Cortez. Er kannte keinen J. Cortez. Sie lautete, »ok bist ein latingostar und jetzt« Keine Unterschrift. Was zum Teufel bedeutete »Latingo«? Allzu schnell begriff er. Ein Latingo konnte nur ein Latino sein, der sich in einen *gringo* verwandelt hatte. Und was sollte *das* bedeuten? Um ihn herum ausgelassene Fröhlichkeit, aber Nestor konnte nicht anders ... er musste bis ganz nach unten scrollen. Die letzte Nachricht war von Inga La Gringa und lautete, »Du kannst dich immer unter meinem Bett verstecken, Nestorcito.« Inga war Barfrau und Kellnerin in dem Laden gleich um die Ecke von der Marina. Sie war sexy, stimmt schon, eine große baltische Blondine mit fantastischen Brüsten, die irgendwie immer nach oben zeigten, wie Geschosse, und die sie gern zeigte. Sie war in Estland aufgewachsen ... sexy Akzent, das auch ... Inga war eine echte Granate, aber sie war um die vierzig, kaum jünger als seine Mutter. Es war fast so, als wüsste sie immer genau, was er dachte. Jedes Mal, wenn er hereinkam, machte sie ihn auf eine kokette, aber komische Art an, sorgte dafür, dass er einen langen, ausgiebigen Blick in die Spalte zwischen ihren großen saftigen Brüsten werfen konnte ... oder machte sie sich *bloß* einen Spaß mit ihm? Sie nannte ihn »Nestorcito«, weil sie einmal mitbekommen hatte, dass Umberto ihn so nannte. Also nannte er sie »Inga La Gringa«. Er hatte ihr seine Handynummer gegeben, weil sie gesagt hatte, dass ihr Bruder die oben liegende Nockenwelle an seinem Camaro reparieren könnte ... was er auch getan hatte. Inga und Nestor machten sich gegenseitig an ... stimmt schon, aber Nestor hatte nie den nächsten Schritt getan, obwohl er stark versucht gewesen war. Aber warum hatte sie geschrieben, »Du kannst dich unter meinem Bett *verstecken*«? Verstecken wovor? Sie alberte natürlich nur mit ihm herum, auf ihre Lüsterne-Inga-La-Gringa-komm-in-meine-lehmige-Spalte-Art, aber warum, »Du kannst dich unter meinem Bett *verstecken*«?

Irgendwie traf Nestor das härter als das sarkastische »Latingo«. »Verstecken«, sagte die freundliche, kokette Inga ... Er spürte, dass ihm die Enttäuschung im Gesicht stand ... Diesmal *musste* es den anderen auffallen — aber der Sergeant rettete ihn. »Wisst ihr, was mich echt aufregt? Diese Burschen auf dem Boot waren *totale* Weicheier. Die haben sich fast in die Hose geschissen, weil da auf ihrem Scheißboot ein zu Tode erschrockener kleiner Kerl auftaucht, der aussieht wie eine abgesoffene Ratte und vielleicht hundertzehn Pfund auf die Waage bringt, aber auch nur, wenn er gerade einen Big Mac verdrückt hat. Ein paar von den Weicheiern haben locker an die zweihundert Pfund gewogen, klar, die Hälfte davon Fett, aber das waren echt große Burschen. Gibt absolut keinen Grund, diesen armen kleinen Bastard nicht davon abzuhalten, dass er auf ihren beschissenen Mast hochklettert und sich fast zu Tode stürzt ... außer sie sind *Weicheier!* Die kommen nicht mal auf die Idee, dass sie besser nicht mit so einem Riesenboot rumschippern sollten ... wenn sie solche Weicheier sind? ›Ogottogott, wir konnten ja nicht wissen, ob der eine Waffe oder ein Messer oder sonst was dabeihat ...‹ Bullshit! Der kleine Bastard hatte kaum einen *Fetzen* am Leib. Also mussten wir Nestor den beschissenen Zwanzigmetermast raufschicken, damit er Superman spielt und seinen Arsch riskiert, um diesen kleinen Bastard aus seinem Bootsmannsstuhl zu holen und mit ihm dieses gottverdammte Dreißigmetertau runterzurutschen.« Der Sergeant schüttelte den Kopf. »Wisst ihr was? Wir hätten *diese Weicheier* einbuchten und nach Kuba schicken und die abgesoffene Ratte hierbehalten sollen. Das hätte echt Sinn gemacht.«

Hey! Was sind denn das für zwei Typen, die sich da gerade an die Cops der Marine Patrol ranmachen? Wie Cops sehen die jedenfalls nicht aus. Es stellt sich heraus, dass es ein Reporter und ein Fotograf vom *Miami Herald* sind. Nestor hatte noch nie gehört, dass sich ein Reporter bis nach hier draußen verirrt hätte. Der Fotograf war ein kleiner dunkelhäutiger Bursche, der eine Art Safarijacke trug, weit offen, mit jeder Menge Taschen. Nestor wusste nicht, was der war ... aber bei dem Reporter wusste er sofort Bescheid. Das war ein klassischer *americano,* groß, dünn, blass, der einen marineblauen Blazer, ein hellblaues Button-down-Hemd und eine Khakihose mit messerscharfen Bügenfalten trug ... sehr korrekt. Übermäßig korrekt. Wer hatte schon jemals von einem Zeitungsmenschen in Miami gehört, der ein Sakko trug? Er sprach sehr leise, fast schüchtern, dieser Reporter. Anscheinend hieß er John Smith. Mehr *americano* ging nicht.

»Unglaublich, was Sie da gerade gemacht haben«, sagte der klassische *americano.* »Ich kann mir einfach nicht vorstellen, wie das gehen soll, Faust an Faust an dem Ding da runter mit einem anderen Menschen zwischen den Beinen. Wo haben Sie bloß die ganze Kraft her? Machen Sie Gewichtheben — oder was?«

Nestor hatte noch nie mit einem Reporter gesprochen. Vielleicht sollte er das auch gar nicht. Er schaute zu Sergeant McCorkle. Der Sergeant lächelte nur und zwinkerte ihm zu, als wollte er sagen, »Ist schon okay, los, erzähl's ihm.«

Das reichte Nestor. In aller Bescheidenheit sagte er, »Eigentlich geht es gar nicht so um Kraft.« Er *versuchte* es auch weiter auf die bescheidene Tour, aber er konnte sich einfach nicht zurückhalten, er musste dem *americano* immer mehr erzählen. Er glaube nicht, dass Gewichtheben für den Oberkörper gut sei. Klettern sei viel besser, sagen wir, an einem fünfzehn Meter langen Seil hoch, ohne die Beine zu benutzen. Das wäre für alles gut, Arme, Rücken, Brust — alles.

»Und wo machen Sie das?«, fragte dieser John Smith.

»In Rodriguez' Fitnesscenter. Das nennen alle nur ›Ññññññooooooooooooo!!! Qué Gym!‹«

Der *americano* lachte. *»Como en ›Ññññññooooooooooooo!!! Qué barata!‹?«*

::::::Dieser *americano* spricht nicht nur Spanisch — anscheinend hört er auch spanische Radiosender. Nur da läuft dieser Werbespot, *»Ññññññooooooooooooo!!! Qué barata!«*::::::

»Es verdad«, sagte Nestor. Ein linguistischer Händedruck dafür, dass John Smith Spanisch sprach. »Aber für die Beine muss man Gewichtheben, Kniebeugen und so was machen. Was man machen muss, um damit so kleine Burschen rumzutragen, weiß ich auch nicht ... außer zu versuchen, es möglichst zu vermeiden.« Ein Hauch von Bescheidenheit ... oder Selbstironie ... oder was auch immer. Nestor schaute nach unten, als wollte er die Passform seiner Uniform überprüfen. Er versuchte sich einzureden, dass er das, was er gleich tun würde, unbewusst tat — was es natürlich per se zum Selbstbetrug machte.

»Dios mío«, sagte er. »Das Hemd ist klatschnass. Und völlig verdreckt. Ich kann's schon *riechen.*« Er schaute zu Umberto, als hätte das alles nichts mit den beiden Männern vom *Herald* zu tun, und fragte, »Wo liegen die trockenen Hemden?«

»Die trockenen Hemden?«, sagte Umberto. »Weiß nicht, vielleicht im ...«

Aber Nestor hörte schon nicht mehr zu. Er war damit beschäftigt, das nasse Hemd an seinem Oberkörper hoch- und dann von den Armen und über den Kopf zu ziehen, wobei er seine Arme fast ganz in die Höhe strecken musste. Er wand sich, als hätte er Schmerzen. »*Oaaaah!* Tut scheißweh! Muss mir irgendwas in den Schultern gezerrt haben.«

»Kein Wunder«, sagte Umberto.

Ruck, zuck hob John Smiths kleiner dunkelhäutiger Fotograf die Kamera und drückte wieder und wieder auf den Auslöser.

Sergeant McCorkle schritt ein, nahm Nestor am Arm und zog ihn weg. »Hemden haben wir drinnen, nicht beim *Miami Herald*. Hast du verstanden?«

Er führte Nestor mit ein paar strammen Schritten zur Seite, zog ihn zu sich heran und sagte leise, »Nichts dagegen, wenn du gleich mit der Presse redest, solange du nichts über Methoden oder Taktik ausplauderst. Allerdings hab ich was dagegen, wenn du hier deine verdammten Muskeln zur Schau stellst. Hast du verstanden?«

Aber innerlich kicherte er. Das war nicht der Tag, an dem er vor Officer Nestor Camacho … der immer noch auf Wolke sieben schwebte … den harten Hund markieren wollte.

2

DER EMPFANG DES HELDEN

Todo el mundo hatte seine Heldentaten im Fernsehen gesehen … »*Todo el mundo!*«, sagte sich Nestor auf dem Gipfel seiner Euphorie … Aber unter den Zehntausenden, wenn nicht Millionen seiner *admiradores* gab es eine, nach deren Bewunderung er sich am meisten sehnte. Er schloss die Augen und versuchte sich die Gedanken und Gefühle vorzustellen, die sie, seine Magdalena, seine Manena, wie er sie am liebsten nannte, erfüllt haben mochten, während sie gefesselt, vor Ehrfurcht erstarrt, vor dem Fernseher saß — oder vielleicht stand, weil sie angesichts der Intensität dessen, was sie sah, aufgesprungen war — verzückt vom Anblick Nestors, der Faust an Faust an diesem Zwanzigmeterseil emporgeklettert war, ohne seine Beine zu Hilfe zu nehmen … der den Mann auf dem Mast *mit seinen Beinen* umklammert hatte! … und sich Faust an Faust an dem Dreißigmetertau hinuntergehangelt … und die Stadt elektrisiert hatte.

Tatsächlich hatte Magdalena rein gar nichts von der hochkarätigen Heldentat mitbekommen. Sie war die ganze Zeit vollauf beschäftigt … mit der Mutter aller Mutter-Tochter-Kämpfe. Und der war ein echter Zickenkrieg. Magdalena hatte nämlich gerade verkündet, dass sie von zu Hause ausziehen würde.

Ihr Vater hatte einen Logenplatz, im Lehnstuhl neben dem Sofa im Wohnzimmer ihrer *casita,* ihres kleinen Hauses in Hialeah, keine drei Kilometer von der *casita* der Camachos entfernt. Magdalena stand angriffslustig da — die Fäuste in die Hüften gestemmt, die Ellbogen abgewinkelt — während Mutter und Tochter sich mit gefletschten Eckzähnen fauchend und knurrend angingen. Die Mutter saß mit *ihren* abgespreizten Ellbogen — anscheinend eine instinktive Haltung beider Kombattanten bei ihren Mutter-Tochter-Kämpfen — und auf die Sitzpolster gestützten Händen wie eine Katze auf dem Sofa, die jeden Augenblick zum Sprung ansetzen konnte, um zu kratzen, ihrer Widersacherin die Eingeweide herauszureißen und deren Leber zu verschlingen, ihr beide Schneidezahnreihen in die weichen Schläfen zu graben und den Kopf abzubeißen. Ihr Vater, da war sich Magdalena sicher, war von dem glühenden Verlangen besessen, sich in Luft aufzulösen. Sein Pech, dass er so tief in seinem Lehnstuhl versunken war. Um sich unbemerkt aus dem Staub machen zu können, hätte er ein Akrobat sein müssen. Ihre Kämpfe demütigten ihn. Sie waren vulgär und gewöhnlich. Nicht, dass er sich großartige Illusionen über vornehmes Benehmen machte. Als er und seine Frau sich kennengelernt hatten, war er Dreschmaschinenmechaniker in Camagüey gewesen. Beide waren dort aufgewachsen. Als sie Kuba während der Mariel-Bootskrise verließen, hatte er fünf Jahre als Lastwagenmechaniker in Havanna gearbeitet … und jetzt in Miami war er auch Lastwagenmechaniker. Dennoch hatte er seine Prinzipien. Er hasste diese gottverdammten Mutter-Tochter-Kämpfe … aber er hatte es schon lange aufgegeben, seine beiden Zicken in Zaum zu halten.

Die Mutter führte einen Streich gegen die Tochter. »Reicht es dir nicht, dass ich den Leuten sagen muss, dass meine Tochter jetzt bei einem pornografischen Arzt arbeitet? Seit drei

Jahren sage ich ihnen, dass du für *richtige* Ärzte in einem *richtigen* Krankenhaus arbeitest. Und jetzt soll ich ihnen sagen, dass du für einen *falschen* Arzt arbeitest, einen pornografischen Arzt, in irgendeiner kleinen schmierigen Praxis? … und dass du von zu Hause weggehst und mit weiß Gott wem in South Beach zusammenziehst. *Du* sagst, dass sie eine blan-*ca* ist. Bist du sicher, dass es kein blan-*co* ist?«

Die Tochter warf einen ganz kurzen Blick auf die ein Meter fünfzig hohe Tonstatue des heiligen Lazarus neben der Tür, bevor sie parierte: »Er ist kein pornografischer Arzt. Er ist Psychiater, ein sehr bekannter Psychiater, der nur zufällig Menschen behandelt, die von Pornografie abhängig sind. Nenn ihn nicht dauernd pornografischen Arzt! Was weißt du denn schon?«

»Eins weiß ich sicher«, konterte die Mutter. »Ich weiß, dass es dich nicht kümmert, wenn du den Namen unserer Familie in Verruf bringst. Mädchen gehen nur aus einem einzigen Grund von zu Hause weg. Das weiß jeder.«

Magdalena verdrehte die Augen bis in ihren Schädel, reckte den Hals in die Höhe, warf den Kopf in den Nacken, spannte beide Arme an, streckte sie nach unten und stieß einen kehligen Laut aus. *Ooooaaaaarrrrrrmmmmmmmmm.* »Du lebst nicht mehr in Camagüey, Estrellita! In diesem Land wartet man nicht bis zur Hochzeit, bevor man das Haus verlässt.« *Treffer* … *Treffer* … zweimal innerhalb von sieben Worten. Ihre Mutter erzählte allen Leuten, dass sie aus Havanna stammte, weil jeden Kubaner in Miami als Erstes deine kubanische Familiengeschichte interessierte, wobei mit Geschichte natürlich die gesellschaftliche Stellung gemeint war. Aus Camagüey zu stammen bedeutete, eine *guajira* zu sein, eine Hinterwäldlerin. Also sorgte die Tochter dafür, dass in praktisch jedem Mutter-Tochter-Kampf Camagüey vorkam — *Treffer*.

Genauso sprach sie ihre Mutter aus reiner Unverschämtheit von Zeit zu Zeit mit ihrem Vornamen an, Estrellita, anstatt mit Mami — *Treffer*. Und dabei betonte sie besonders gern und lang das wie *j* gesprochene Doppel-*ll*. *Es-tre-jiiii-ta*. Und *das* hörte sich sehr antiquiert an, Camagüey hoch drei.

»Ich bin vierundzwanzig Jahre alt, Estrellita. Ich habe ein Diplom als Krankenschwester — als man es mir überreicht hat, warst du dabei, wenn ich mich recht erinnere. Ich habe einen Beruf und eine berufliche Zukunft —«

»Seit wann ist Krankenschwester bei einem pornografischen Arzt ein Beruf?« Die Mutter genoss es, dass die Tochter bei dieser Bemerkung zusammenzuckte. »Mit wem hast du denn den ganzen Tag zu tun — mit Perversen! Das hast du mir selbst erzählt ... Perverse, Perverse, Perverse.«

»Das sind keine *Perversen* —«

»Ach, nein? Die schauen sich den ganzen Tag Pornos an. Wie nennst du so was?«

»Das sind keine Perversen! Das sind kranke Menschen, und dafür sind Krankenschwestern da, um kranken Menschen zu helfen. Menschen haben alle möglichen unschönen Krankheiten, wie ... wie ... HIV. Und Krankenschwestern sind dazu da, sich darum zu kümmern.«

Oh, oh. HIV. Die drei Buchstaben waren ihr kaum über die Lippen gekommen, da hätte sie sie am liebsten sofort zurückgenommen. *Jedes* andere Beispiel wäre besser gewesen .... Lungenentzündung, Tuberkulose, Tourettesyndrom, Hepatitis, Divertikulitis ... egal. Nun ja, zu spät. Mach dich auf was gefasst —

»Ha!«, bellte die Mutter. »Du hast nur mit Perversen zu tun. Jetzt auch noch *maricones! La cólera de Dios!* Haben wir etwa dafür die ganzen Schulgebühren bezahlt? Damit du mit diesen besudelten Menschen abchillen kannst?«

»*Ab*-chillen?«, sagte die Tochter. »*Ab*-chillen? Man sagt nicht ›*ab*-chillen‹, es heißt chillen.« Magdalena erkannte sofort, dass angesichts des Ausmaßes der anderen Beleidigungen »*ab*-chillen« die geringste war. Sie musste sie nur ein bisschen auswalzen. Also griff sie zur S-Bombe: die Sprache. »Versuch dich doch nicht immer an Straßendiktion, Estrellita. Dabei kommt nur Unsinn raus. Den Dreh mit dem Slang hast du einfach nicht raus. Man merkt dann immer sofort, dass du wirklich null checkst.«

Ihre Mutter verstummte für ein paar Sekunden. Ihr Mund war leicht geöffnet. *Treffer!* Magdalena wusste, dass das Thema Sprache sie auf die Palme brachte. Fast immer. Ihre Mutter hatte keine Ahnung, was »Diktion« bedeutete. Hatte Magdalena auch nicht, bis Norman das Wort neulich abends mal benutzt und es ihr dann erklärt hatte.

Ihre Mutter kannte vielleicht »Dreh«, möglicherweise sogar »Slang«, aber »Dreh mit dem Slang« verwirrte sie zweifelsohne, und die Wendung »null checken« rief bei ihr unweigerlich den Gesichtsausdruck hervor, den sie jetzt gerade aufsetzte, welcher, nun ja … sie checkte es eben nicht. Es machte sie rasend, wenn Magdalena sie auf diese Weise herunterputzte.

Magdalena nutzte den Vorteil, den ihr die zusätzlichen Millisekunden Auszeit verschafften, und warf jetzt einen längeren Blick auf den Lazarus. Die fast mannshohe Tonstatue — keine Stein- oder Bronzestatue, sondern eine aus Keramik — war das Erste, was man beim Betreten der *casita* sah. Was für ein erbärmlicher Heiliger, dem man da ins Gesicht blicken musste. Er hatte eingefallene Wangen, einen struppigen Bart, einen gequälten Gesichtsausdruck und trug einen lilaähnlichen biblischen Umhang — vorne offen, damit man die Leprawunden überall auf dem Oberkörper besser sehen konnte. Zu seinen Füßen lagen zwei Hunde aus Ton. In der Bibel stand Lazarus auf der untersten Stufe der sozialen Leiter … ein Bettler mit Leprawunden am ganzen Körper … der vor den Toren eines grandiosen Anwesens, dessen reicher Besitzer ihn keines Blickes würdigte, um Brot bettelte. Zufällig starben Lazarus und der reiche Mann etwa um die gleiche Zeit. Um etwas klarzustellen — dass nämlich im Himmel der Letzte der Erste und der Erste der Letzte sein wird — und dass eher ein Kamel durch ein Nadelöhr geht, als ein reicher Mann ins Reich Gottes gelangt … schickt Jesus den armen Teufel Lazarus in den Himmel, wo er im »Schoße Abrahams« landet. Den Reichen verfrachtet er in die Hölle, wo er bis in alle Ewigkeit bei lebendigem Leib schmoren wird.

Magdalena wurde katholisch getauft und ist immer mit ihrer Mutter, ihrem Vater und ihren beiden älteren Brüdern zur Messe gegangen. Aber die Mutter war ein echtes Bauernmädchen aus Camagüey. Sie war eine Anhängerin der Santería — einer afrikanischen Religion, die die Sklaven nach Kuba gebracht hatten … voller Geister, Magie, ekstatischen Trancetänzen, Zaubertränken, zerstoßenen Wurzeln, Weissagungen, Verwünschungen, Tieropfern und Gott weiß was sonst noch alles an Hoodoo Voodoo. Anhänger der Santería vermischten ihre Hoodoo-Götter mit katholischen Heiligen. Aus dem Gott der Kranken, Babalú Ayé, wurde der heilige Lazarus. Magdalenas Mutter und Vater waren hellhäutig, wie inzwischen viele Gläubige. Ihre sozialen Wurzeln konnte die Santería allerdings niemals abschütteln … Sklaven und einfältige *guajiros*. Magdalena nutzte das in den Mutter-Tochter-Kämpfen als praktisches Stichelwerkzeug.

Als sie noch ein kleines Mädchen war, war das nicht so gewesen. Sie war ein schönes, unwiderstehliches, kleines Wesen, und ihre Mutter war sehr stolz auf sie. Dann, mit vierzehn, wurde sie eine sehr schöne, unwiderstehliche Jungfrau.

Erwachsene Männer warfen ihr verstohlene Blicke zu. Magdalena *liebte* das … und wie weit würden sie bei ihr kommen? Nicht einen Zentimeter. Estrellita wachte mit den Augen einer Eule über sie. Wie gern hätte sie ihre Rolle als Anstandsdame wiederbelebt. Es war noch gar nicht so lange her, dass kubanische Mädchen in Miami ohne die Mutter als Aufpasserin zu keiner Verabredung gehen konnten. Das konnte ein bisschen … *daneben* wirken. Manchmal war nämlich die Mutter-Anstandsdame schwanger mit dem zukünftigen Geschwisterchen der Tochter. Platzend vor guter Hoffnung, erteilte dann die Mutter der Tochter die ersten sittsamen Lektionen darin, wie die jungen Männer, zu gebotener Zeit, mit gebotener Schicklichkeit, an die Pforten des Schoßes heranzuführen seien. Der dicke Bauch ließ keinen Zweifel daran, dass die Mutter genau das getan hatte, was sie pflichtgemäß bei der Tochter und ihrem gerade aktuellen Beau verhindern wollte. Nicht einmal Estrellita konnte darauf bestehen einen Jungen, mit dem Magdalena ausgehen wollte, zu begutachten. Aber sie konnte darauf bestehen, und tat es auch, dass er sie an der *casita* abholte, damit sie einen eingehenden Blick auf ihn werfen und ihm, wenn er gar zu zwielichtig aussah, ein paar Fragen stellen konnte. Und sie konnte darauf bestehen, dass er sie um elf wieder nach Hause brachte.

Der einzige »ältere Mann« in Magdalenas Leben war jemand, der gerade mal ein Jahr älter als sie war und einen Hauch von Glamour verströmte, da er jetzt Polizeibeamter bei der Marine Patrol war, nämlich Nestor Camacho. Estrellita kannte seine Mutter, Lourdes. Der Vater hatte sein eigenes Geschäft. Nestor war ein guter Junge aus Hialeah.

Die Mutter fand ihren Verstand und ihre Stimme wieder. »Bist du sicher, dass deine kleine *blanca*-Mitbewohnerin in South Beach nicht zufällig Nestor Camacho heißt?«

Die Tochter: »HaahhhHHHH!« — so laut und in derart hohem Koloratursopran, dass die Mutter zusammenfuhr. »Da kann ich ja nur lachen! Nestor ist ein guter, gehorsamer, kleiner Junge aus Hialeah. Warum rufst du nicht seine Mutter an, vielleicht will sie ja mitlachen? Aber du kannst die Sache doch gleich hier regeln. Warum holst du nicht deine Kokosnussperlen raus und streust sie unserm alten Lazzy-Boy vor die Füße? Der führt dich nicht in die Irre!« Sie stieß ihren Arm und Zeigefinger wie einen Speer in Richtung der Lazarusstatue.

Estrellita war wieder sprachlos. Auf ihrem Gesicht wurde etwas sichtbar, das über die Grenzen eines Mutter-Tochter-Kampfes hinausging. Es war schwarzer Zorn. Estrellita hatte ihn schon gespürt, als Magdalena Anspielungen auf die Santería machte. Es war eine indirekte Art, sie als ignorante, gesellschaftlich zurückgebliebene *guajira* hinzustellen. Sie kannte das. Aber nun wurde Magdalena unverhohlen blasphemisch. Sie wagte es, den heiligen Lazarus »Lazzy-Boy« zu nennen. Genüsslich verhöhnte sie die Macht des Glaubens zur Weissagung, die im Ausstreuen von Kokosnussperlen zum Ausdruck kam. Sie machte ihren Glauben und damit ihr Leben lächerlich.

Mit kaltem Zorn, der tief aus ihrem Hals kam, zischte sie, »Du willst ausziehen? Dann tu es. Tu es jetzt. Es ist mir egal, wenn du dieses Haus niemals wieder betrittst.«

»Schön!«, sagte Magdalena. »Dann sind wir uns ja endlich einig.«

Aber ihre Stimme zitterte. Der Ausdruck im Gesicht ihrer Mutter und das Klapperschlangenrasseln ihrer Stimme ... Magdalena wagte nicht, auch nur ein einziges weiteres Wort zu sagen ... sie *musste* jetzt raus hier ... und das löste ein Beben in ihrer Magengrube aus. Von nun an wäre ihr neues Leben unter den *americanos* nicht mehr das exotische, aufregende, ungezogene Abenteuer eines freien Geistes … Von nun an wären ihre Wohnung, ihr Gehaltsscheck, ihr gesellschaftliches Leben, ihr Liebesleben abhängig von einem *americano*. Das Einzige, worauf sie sich verlassen konnte, war ihr gutes Aussehen … und etwas, das sie noch nie im Stich gelassen hatte … bis jetzt … ihr Mut.

Euphorie! hieß die Blase, die Nestor umschloss, als seine Schicht vorbei war und er in seinem alten Camaro in nördlicher Richtung über die Stadtgrenze von Miami nach Hialeah fuhr. *Superman!* hieß der Held im Innern der Blase. Superman erleuchtete die Blase wie eine Fackel.

Der Polizeichef, Chief Booker, war um Mitternacht den ganzen Weg bis zur Marina gefahren, um ihm mit einem »Gut gemacht, Junge«, die Hand zu drücken!

Hialeah … um Mitternacht … eine dunkle Silhouette aus Reihe um Reihe um Reihe um Reihe und Block um Block um Block kleiner einstöckiger Häuser, den *casitas,* von denen jede fast genauso aussah wie die nebenan, jede fünf Meter von der anderen entfernt, jede auf einer fünfzehn mal dreißig Meter großen Parzelle, jede mit einer geraden Einfahrt, die bis hinters Haus führte … mit Maschendrahtzäunen, die jeden Quadratzentimeter jedes Grundstücks befestigten … mit kleinen Vorplätzen aus felsenfestem Beton, die mit kleinen venezianischen Steinbrunnen geschmückt waren. Aber heute Nacht ließ der schwebend dahinrollende Camaro ganz Hialeah aufleuchten. Das war nicht der gleiche Nestor Camacho — weißt schon, Camilo Camachos Sohn — der da unerkannt von der immer gleichen Nachtschicht nach Hause fuhr —

Ganz und gar nicht — denn *der Chief war um Mitternacht den ganzen Weg bis zur Marina gefahren, um ihm mit einem »Gut gemacht, Junge«, die Hand zu drücken!*

Nestor war strahlend aus den Reihen der 220 000 Seelen von Hialeah emporgestiegen. Er war nun bekannt in ganz Greater Miami, wohin auch immer die digitalen TV-Strahlen reichten … der Cop, der sein Leben riskiert hatte, um einen armen panischen Flüchtling von einem hoch aufragenden Bootsmast zu retten. Selbst jetzt noch, um die Mitternachtsstunde, tauchte ihn die Sonne in helles Licht. Er spielte mit dem Gedanken, den Camaro zwei oder drei Blocks von zu Hause entfernt abzustellen und den Rest des Weges ruhigen, gemessenen Schritts zu Fuß zu gehen, nur um den Bürgern einen Blick auf den Strahlenden zu gewähren … und sie dabei zu beobachten, wie sie sich gegenseitig anstießen … »Da, schau! Das ist *er!*« Allerdings war nicht zu leugnen, dass nur verdammt wenige Fußgänger unterwegs waren. Hialeah verfügte über kein Nachtleben, das diesen Namen verdiente. Außerdem war er verdammt müde …

In seinem Block war es genauso schummerig wie in allen anderen, aber La Casita de Camacho sah er sofort. Eine Straßenlaterne, so matt ihr Licht auch war, reichte aus, um auf dem glänzend glatten, fast glasigen Schriftzug an der Seite des vor dem Haus stehenden großen Ford-E-150-Lieferwagens seines Vaters eine Spiegelung hervorzurufen: CAMACHO FUMIGADORES. Sein Alter Herr war stolz auf die Beschriftung. Er hatte richtig Geld bezahlt, um dafür einen richtigen Werbegrafiker anzuheuern. Die schwarz schattierten Buchstaben wirkten, als sprängen sie in drei Dimensionen aus der Wagenseite heraus. CAMACHO FUMIGADORES! … Camilo Camachos eigene Insektenvernichtungsfirma … Streng genommen war FUMIGADORES, Plural, nicht korrekt. Die Firma beschäftigte genau einen Ausräucherer, einen Mitarbeiter, Punkt, und dessen Name stand auf der Seite des Lieferwagens. Drei Jahre hatte Camilo einen »Angestellten«, seinen

Sohn Nestor. Nestor hasste es … Malathion in die dunkelsten, feuchtesten Winkel von Häusern zu sprühen … dabei unweigerlich etwas von dem Scheißzeug einzuatmen … sich dann Camilos Kommentar, »Wird dich schon nicht umbringen!« anzuhören … jeden Tag das Malathion in den Klamotten zu riechen … an sich selbst zu riechen … und darüber so paranoid zu werden, dass er glaubte, jeder, mit dem er zu tun hatte, würde es auch riechen … Wenn die Leute wissen wollten, was er *machte,* sagte er, er hätte bei einer Firma für Populationsregulierung gearbeitet, schaue sich aber gerade nach einer anderen Arbeit um. Gott sei Dank hatten sie ihn schließlich bei der Polizeischule genommen! Sein Vater hingegen war stolz auf seine Firma, die in anderer Leute Häuser Populationen regulierte. Er wollte, dass *todo el mundo* IHN HÖCHSTPERSÖNLICH in großen Buchstaben vor seinem Haus stehen sah. Nestor war erst seit vier Jahren bei der Polizei in Miami, aber lange genug, um zu wissen, dass es jede Menge Viertel gab … Kendall, Weston, Aventura, die Upper East Side, Brickell … wo jeder Mann, der so ein Fahrzeug vor seinem Haus stehen hatte, selbst als Kakerlake betrachtet wurde. Desgleichen seine Frau, die beiden Großeltern, die bei ihnen lebten, und der Sohn, der ein Polizist war. Die ganze Brut stellte eine regelrechte Plage dar. In manchen Teilen von Coral Gables verstieß es gegen das Gesetz, ein Nutzfahrzeug vor seinem Haus abzustellen. In Hialeah jedoch war ein Mann stolz darauf. Hialeah war eine 220 000-Seelen-Stadt, und davon waren nach Nestors Schätzung sicher 200 000 Kubaner. Die Leute redeten immer von »Little Havana«, einem Teil von Miami entlang der Calle Ocho, wo die Touristen am Café Versailles haltmachten, einen schrecklich süßen kubanischen Kaffee tranken und dann ein paar Blocks durch die Straßen spazierten, um sich die alten Männer, angeblich Kubaner, anzuschauen, die im

Domino Park Domino spielten, einer winzigen Parkfläche genau an der Calle Ocho, die einem ziemlich trostlosen Viertel ein wenig … authentische, pittoreske *folklórica atmósfera* verleihen sollte. Danach konnten sie dann sagen, sie hätten Little Havana gesehen. Aber das echte Little Havana war Hialeah, außer dass man es kaum klein nennen konnte. Das alte »Little Havana« war trist und heruntergekommen, voller Nicaraguaner und weiß Gott wem sonst noch, und hatte nach Nestors Meinung große Ähnlichkeit mit einem Slum. Kubaner würden nie still in einem Slum sitzen bleiben. Kubaner waren von Natur aus ehrgeizig. Also parkte jeder Mann, der ein Fahrzeug mit Firmenaufschrift hatte und beweisen wollte, dass er ein wenn auch noch so kleiner Unternehmer war, seinen Wagen großspurig vor dem Haus. CAMACHO FUMIGADORES! Das plus dem Grady-White-Cruiser in der Einfahrt bewiesen, dass Camilo Camacho kein Kubaner der Arbeiterklasse war. Schätzungsweise einer von fünf Besitzern einer *casita* in Hialeah hatte irgendeine Art von Cruiser, der hoch auf einem Anhänger thronte, sehr hoch. Cruiser hieß, dass das Boot zu groß war, um als »Motorboot« verunglimpft zu werden. Der Bug ragte normalerweise weit neben dem Haus hervor. Die Hänger waren so hoch wie Podeste … das ging manchmal so weit, dass daneben die *casita* selbst verschwindend klein aussah. Jetzt im Dunkeln kamen Nestor die Umrisse der Boote wie die von Raketen vor, die jeden Augenblick abheben konnten. Nestors Alter Herr hatte den gleichen Werbegrafiker kommen lassen, damit er ihm die gleichen glänzend glasigen Buchstaben auf den Rumpf des Grady-White-Cruisers malte. LAS SOMBRILLAS DE LIBERTAD stand da, »Die Sonnenschirme der Freiheit«. Der Name stand für das große Jugendabenteuer seines Alten Herrn, bei dem es um Leben und Tod gegangen war. Wie Magdalenas Familie stammten auch Camilo und sein Vater, Nestors Großvater, aus Camagüey, waren Bauernjungen. Nestors Großvater träumte von einem Leben, in dem er kein Zuckerrohr mehr schneiden, keine Ställe mehr ausmisten und keinem Pflug mehr hinterherlaufen musste. Er lechzte nach Stadtleben. Er ging mit seiner Frau und seinem Sohn nach Havanna. Kein *guajiro* mehr! Er war jetzt ein vollwertiger Proletarier! Als endlich freier Mann bekam der neue *prole* Arbeit in den Malecón-Wasserwerken, als Inspektor in der Sektion Abwasserreinigung. »Inspektor« hieß, dass er sich Gummistiefel anziehen und im Dunkeln mit einer Taschenlampe, gebückt wie ein Gnom, durch Abwasserrohre gehen musste, in denen Ströme von Scheiße und anderem widerwärtigem Auswurf flossen und gelegentlich sogar über seine Stiefel schwappten. Obendrein war es nicht wohlriechend. Das war nicht das Stadtleben, das er sich vorgestellt hatte. Also bauten er und Camilo im Keller ihres proletarischen Wohnblocks in Havanna heimlich eine primitive Jolle. Sie stahlen zwei große Café-Sonnenschirme, als Segel ... und als Schutz gegen die Sonne. Eines Nachts stachen Camilo, seine Eltern und Lourdes, Camilos Freundin (zu gegebener Zeit seine Frau und Nestors Mutter), Richtung Florida in See. Sie starben fast hundertmal, zumindest wenn sein Alter Herr die Geschichte erzählte (was er öfter als hundertmal tat), an Sonnenstich, Dehydration, Hunger, Stürmen, turmhohen Wellen, blindwütigen Strömungen, Gegenwind, Windstille und Gott weiß was sonst noch für Winden, bevor sie zwölf Tage später mehr tot als lebendig Key West erreichten.

Nun, Nestor hatte jetzt sein eigenes Heldenepos ... das er *ihnen* erzählen konnte. Er konnte es kaum erwarten. Er hatte dreimal aus der Marina angerufen. Jedes Mal war besetzt gewesen, aber vielleicht war es besser so. Dann konnten sie das

Epos aus seinem eigenen Mund hören ... während ihr junger Held vor ihnen stand und ihre Gesichter beobachtete, die ihn mal leuchtend, mal lechzend anschauten.

Wie immer parkte er den Camaro auf dem schmalen Streifen Einfahrt zwischen Gehweg und Boot.

Als er das Haus betritt, erwartet ihn sein Vater mit vor der Brust verschränkten Armen und seinem Ich-Camilo-Camacho-Herr-über-dieses-Reich-Gesichtsausdruck ... dessen herrschaftlicher Auftritt ein wenig durch die Tatsache beeinträchtigt wird, dass er ein T-Shirt trägt, das ihm aus seiner blauen Relaxed-Fit-Jeans heraushängt ... Die verschränkten Arme drücken von oben auf seine Wampe, die auch vom Gürtel der tief sitzenden Jeans nach oben gedrückt wird und unter dem T-Shirt wie eine Wassermelone aussieht. Nestors Mutter steht einen halben Meter hinter Ich-Camilo. Sie schaut Nestor an, ihr drittes Kind, ihr letztgeborenes Baby, als sei er eine kleine Flamme, die eine Lunte entlangzischt, bis —

— *Kra-wuuummm!* — Ich-Camilo-Camacho *explodiert:*

»Wie konntest du einem Mann von deinem eigenen Blut das antun? Er ist achtzehn Meter von der Freiheit entfernt, und du verhaftest ihn! Du verdammst ihn zu Folter und Tod in Fidels Kerkern! Wie konntest du das der Ehre deiner eigenen Familie antun? Die Leute haben angerufen! Ich hab den ganzen Abend am Telefon gehangen! Alle wissen es! Sie machen das Radio an, und alles, was sie hören, ist, ›*Traidor! traidor! traidor! Camacho! Camacho! Camacho!*‹ Du bewirfst uns mit *Scheiße!*« Er wirft seiner Frau einen kurzen Blick zu. »Das musste gesagt werden, Lourdes« — und schaut wieder Nestor an — »Du bewirfst das Haus der Camachos mit *Scheiße!*«

Nestor war sprachlos. Es war, als hätte ihm sein Alter Herr einen Baseballschläger über den Schädel gezogen. Sein Mund stand offen, aber kein Ton kam heraus. Er drehte die Handflächen nach oben, die unsterbliche Geste verblüffter Hilflosigkeit. Er konnte nicht sprechen.

»Was ist los?«, fragte sein Vater. »Hat dir die Wahrheit die Sprache verschlagen?«

»Wovon *redest* du, Dad?« Es klang mindestens eine Oktave zu hoch.

»Ich rede davon, was du getan hast! Wenn das irgendein Polizist deinem Großvater und mir angetan hätte« — er nickte in Richtung des Zimmers von Nestors Großvater und Großmutter, Yeyo und Yeya, das im hinteren Teil des Hauses lag — »was du gerade jemandem aus deinem eigenen Volk, von deinem eigenen Blut angetan hast, dann gäbe es dich gar nicht! Du wärst kein großer Polizist in Miami! Du wärst nichts! Du würdest nicht *existieren!* Nicht mal *existieren!*«

»Dad —«

»Weißt du, was wir alles tun mussten, damit du überhaupt *existieren* konntest? Dein Großvater und ich mussten uns selbst ein Boot bauen, nachts, in einem Keller, damit der Blockwart uns nicht draufkam. Und wir sind auch bei Nacht losgesegelt, mit Yeya und deiner Mutter — und wir hatten nur Essen, Wasser und zwei Sonnenschirme dabei, die wir nachts von der Terrasse eines Cafés stehlen und als Segel benutzen mussten. Sonnenschirme aus einem Café!«

»Ja, Dad, ich weiß —«

»Zwölf Tage haben wir gebraucht! Zwölf Tage, tagsüber war es glühend heiß, nachts eiskalt, und dauernd hin und her geworfen, so« — er macht das Boot nach, wie es hoch- und runtergeschleudert wird — »und so« — er macht das Rollen des Bootes nach« — »und so« — das Schwanken — »und so« — und wieder die Wellen hoch — »Tag und Nacht, und dauernd

Wasser schöpfen, Tag und Nacht. Wir konnten nicht schlafen. Wir kamen kaum zum Essen. Wir mussten alle vier rund um die Uhr Wasser schöpfen, nur damit das Boot nicht absäuft. Wir hätten hundertmal sterben können« — er schnippt mit den Fingern — »einfach *so!* In den letzten vier Tagen hatten wir fast nichts mehr zu essen und nur noch eine Flasche Wasser, für alle vier —«

»Dad —«

»Wir waren nur noch Skelette, als wir schließlich auf Land stießen. Wir waren halb verrückt! Deine Mutter hatte Halluzinationen und —«

»Dad! Ich weiß das alles!«

Ich-Camilo-Camacho verstummte. Er atmete so tief ein und verzog das Gesicht zu einer derart verzerrten Grimasse, inklusive gefletschter oberer Zahnreihe und vorquellender Adern, dass er entweder gleich jemanden beißen oder einen Herzanfall erleiden würde — bis er in letzter Sekunde seine Stimme wiederfand und keuchte:

»*Das alles* nennst du das? *Das alles? Das alles* hieß Leben oder Tod! Wir sind fast gestorben! Zwölf Tage in einem offenen Boot auf dem Ozean! Es *gäbe* keinen Officer Nestor Camacho ohne *das alles!* Er würde gar nicht *existieren!* Wenn uns irgendein großer Polizist achtzehn Meter vor dem Ufer verhaftet und zurückgeschickt hätte, dann wäre es aus gewesen mit uns allen! Du wärst niemals nichts geworden! Und das nennst du *das alles?* Jesus Christus, Nestor, was bist du nur für ein Mensch? Aber vielleicht bist du ja gar keiner! Vielleicht hast du ja Klauen und einen Schwanz wie ein *mapache!*«

::::::Einen *Waschbären!* nennt er mich.::::::

»Dad, hör mir zu —«

»Nein, *du* hörst jetzt zu! Du weißt nicht, was es heißt, wenn man leidet! Du verhaftest einen Mann achtzehn *metros de la libertad!* Dir ist es egal, dass die Camachos nach Amerika kamen in einem selbst gebauten …«

»Dad, *hör mir jetzt zu!*«

Nestor sagte das in so scharfem Ton, dass sein Vater verstummte.

»Dieser Bursche musste —« Nestor wollte gerade »das alles« sagen, fing sich aber gerade noch rechtzeitig. »Er musste nichts von dem durchmachen, was du und Yeyo durchmachen mussten. Dieser Bursche hat irgendwelchen Zigarettenschmugglern drei- oder viertausend Dollar bezahlt, damit sie ihn mit ihrem Boot auf direktem Wege nach Miami bringen. Diese Zigarettenboote machen hundertzehn Sachen, auf dem Wasser. Das dauert vielleicht … na ja, sagen wir, zwei Stunden bis hier. Höchstens drei. Und von wegen offenes Boot. Die haben Kajüten mit Dach. Und von wegen Hunger. Der Bursche hatte wahrscheinlich nicht mal die Zeit, den Riesenlunch zu verdauen, den er vor der Abfahrt verdrückt hat!«

»Nun ja — das spielt keine Rolle. Das Prinzip ist das gleiche —«

»Welches Prinzip, Dad? Der Sergeant hat mir einen direkten Befehl erteilt! Ich habe einen *direkten Befehl* ausgeführt!«

Verächtliches Schnauben. *»Einen direkten Befehl ausgeführt.«* Noch ein Schnauben. »Das machen Fidels Leute auch. Die führen auch direkte Befehle aus — die verprügeln Menschen und foltern Menschen und lassen Menschen verschwinden und stehlen alles, was sie haben. Hast du noch nie was von Ehre gehört? Ist dir die Ehre deiner Familie egal? Erbärmliche Ausreden, ich will nichts mehr davon hören … *Einen direkten Befehl ausgeführt* …«

»Jetzt komm schon, Dad! Der Bursche hängt da oben am Mast, schreit den Leuten auf der Brücke irgendwelches Zeug zu und fuchtelt wild mit den Armen rum.« Er demonstriert, wie er mit den Armen rumfuchtelt. »Der Kerl war völlig neben der Spur! Der wäre abgestürzt und hätte sich den Hals gebrochen, und oben auf dem Causeway alle sechs Fahrspuren dicht, Freitag, Rushhour, der schlimmste —«

»Oho! Ein *Verkehrsstau*. Warum sagst du das nicht gleich? Wow, ein *Verkehrsstau*. Das ändert natürlich *alles* ... Du willst mir also sagen, dass ein Verkehrsstau schlimmer ist als *Folter* und *Tod* in Fidels Kerkern?«

»Dad, ich wusste doch gar nicht, wer oder was der Kerl war! Ich weiß es jetzt noch nicht! Ich wusste auch nicht, was der da gebrüllt hat! Der war zwanzig Meter über mir!«

Tatsächlich hatte er es *schon* gewusst, mehr oder weniger, aber das war jetzt nicht die Zeit für Feinheiten. Er musste dieser Tirade, diesem schrecklichen Tribunal — von seinem eigenen Vater! — ein Ende bereiten.

Aber nichts konnte Ich-Camilo-Camacho-Herr-über-dieses-Reich aufhalten. »Du sagst, er wäre abgestürzt und hätte sich den Hals gebrochen. *Du* warst doch der, wegen dem er fast abgestürzt wäre und sich den Hals gebrochen hätte! Du warst doch ganz verrückt danach, ihn zu *verhaften,* egal was passiert!«

»Jesus Christus, Dad! Ich habe ihn nicht *verhaftet!* Wir verhaften keine Einwan —«

»Alle haben *gesehen,* dass du es getan hast, Nestor! Alle haben gewusst, das ist ein Camacho, der das macht. Wir haben es mit unseren eigenen Augen gesehen!«

Es stellte sich heraus, dass sein Vater, seine Mutter und seine Großeltern sich die ganze Geschichte ohne Ton im amerikanischen Fernsehen angeschaut und dazu WDNR gehört hatten, einen spanischsprachigen Radiosender, der sich liebend gern über die Sünden der *americanos* ereiferte. Nichts, was Nestor noch sagen konnte, würde seinen Vater auch nur im Mindesten besänftigen. Ich-Camilo-Camacho warf die Hände in die Luft, als wollte er sagen, »Es ist hoffnungslos … es ist hoffnungslos …«, drehte sich um und ging.

Seine Mutter rührte sich nicht vom Fleck. Als sie sicher war, dass Ich-Camilo-Camacho in ein anderes Zimmer gegangen war, schlang sie die Arme um Nestor und sagte, »Mir ist es egal, was du getan hast. Du bist am Leben, und du bist zu Hause. Das ist die Hauptsache.«

Mir ist es egal, was du getan hast. Der indirekte Schuldspruch deprimierte Nestor so, dass er nichts sagen konnte. Er konnte nicht mal ein geheucheltes *Danke, Mami* krächzen.

Erschöpft ging er in sein kleines Zimmer. Sein ganzer Körper schmerzte, die Schultern, die Hüftgelenke, die Schneidermuskeln an den Innenseiten der Oberschenkel und die *Hände,* die immer noch wund waren. Seine Hände! Die Gelenke, die Knöchel — allein der Versuch, die Faust zu ballen, war eine Qual. Schuhe, Hose und Hemd auszuziehen und dann ins Bett zu steigen — eine Qual ::::::Schlaf, lieber Gott. Schlag mich bewusstlos … das ist alles, worum ich dich bitte … segel mit mir hinaus aus *esta casita* … in die Arme des Sandmanns … Lösche meine Gedanken aus … sei mein Morphin …::::::

Aber Morpheus ließ ihn im Stich. Er döste ein und dann — *schreckte* er mit rasendem Herzschlag *hellwach auf* … döste ein — *schreckte hellwach auf* … döste ein — *schreckte hellwach auf!* … immer wieder, die ganze Nacht … bis er schließlich um 6 Uhr morgens *hellwach aufschreckte*. Er fühlte sich wie eine ausgebrannte Hülle. Sein ganzer Körper war wund, so wund wie noch nie in seinem Leben. Die Gelenke der Hüften und Beine zu bewegen war so schmerzhaft, dass er sich fragte, ob sie überhaupt sein Gewicht tragen würden. Aber sie *mussten*. Er musste unbedingt raus hier! ... *Irgendwohin* ... und die Zeit totschlagen, bis um vier seine Schicht bei der Marine Patrol anfing. Er schob die Füße über die Bettkante und setzte sich langsam auf ... saß eine Minute völlig erledigt da ... ::::::Ich fühle mich zu schrecklich ... Ich *kann nicht* aufstehen. Was dann? Willst du etwa noch weiter hier rumhängen und dich beschimpfen lassen?:::::: Mit äußerster Willenskraft *die reinste Tortur!* zwang er sich aufzustehen. Behutsam, sachte ging er auf Zehenspitzen ins Wohnzimmer, stellte sich an eins der beiden Fenster des kleinen Häuschens, die zur Straße hinausgingen, und beobachtete die Frauen. Es war Samstagmorgen, und sie waren schon alle draußen und spritzten straßauf, straßab die Betonflächen vor ihren Häusern ab.

Nie würde man einen Mann mit einem von diesen Gartenschläuchen erwischen. Das war Frauenarbeit. Es war das Erste, was seine Mutter nach dem Aufstehen tat: mit dem Dampfstrahler den fünfzehn mal sechs Meter großen Betongarten abspritzen. Zu schade, dass Beton durch Wasser nicht wuchs. Dann wäre ihr Vorgarten jetzt schon fünfzig Stockwerke hoch.

Solange er zurückdenken konnte, bestand Nestors Bild von Hialeah aus Tausenden von Straßen wie dieser hier, aus endlosen Reihen *casitas* mit kleinen gepflasterten Vorplätzen ... aber ohne Bäume ... da und dort ein beschriftetes Auto ... aber ohne Bäume ... Booten, die schrien: *Freizeitgestaltung!!!* ... aber ohne Bäume. Nestor hatte von einer Zeit gehört, als der Name Hialeah überall im Land das Bild des Hialeah Park heraufbeschworen hatte, der glamourösesten und distinguiertesten Pferderennbahn in Amerika, eingebettet in eine traumhafte Landschaft, ein üppig grüner, ganz von Menschenhand geschaffener, hundert Hektar großer Park mit einer eigenen

Population der rosarotesten Flamingos ... heute ein stillgelegtes, verrammeltes Relikt, ein großes zerfallendes Memento an eine unbeschwerte Zeit, als in Miami noch die Anglos das Sagen hatten. Heute genügte ein Insektenvergasungslieferwagen mit deinem Namenszug, um *La Casita de Camacho* einen distinguierten Status in Hialeah zu sichern. Er hatte seinen Vater dafür bewundert. Jeden Abend, wenn sein Alter Herr nach Hause gekommen war, hatte seine Kleidung nach Malathion gerochen. Aber Nestor hatte das als Zeichen des geschäftlichen Erfolgs seines Vaters betrachtet ... Und der gleiche Vater wendet sich jetzt, da er seine Unterstützung am nötigsten hat, gegen ihn!

Jesus Christus! Es war fast halb sieben, und er stand immer noch da und ließ seinen Gedanken freien Lauf ... Nicht mehr lange, dann wäre die ganze Bande auf den Beinen ... Camilo-der Caudillo, Lourdes, die ewig besorgte und händeringende Frau des Caudillos, und Yeya und Yeyo —

Yeya!

Das hatte er völlig vergessen! Heute war ihr Geburtstag! Es war ausgeschlossen, sich vor Yeyas Geburtstag zu drücken. Da wurde immer ein Spanferkel gegrillt ... so groß, dass es locker für hundert Leute reichte ... mit allen Verwandten ... *zahllosen,* allein hier in Hialeah ... plus all den Nachbarn aus ihren nassen Betongärten. Seine Eltern, Yeya und Yeyo und sogar er selbst kannten die Nachbarn so gut, dass sie sich angewöhnt hatten, sie *Tía* und *Tío* zu nennen, als ob sie richtige Tanten und Onkel wären. Unerlaubtes Fernbleiben von der Party würde man ihm *niemals* verzeihen. Großmutters Geburtstagsfeier war eine Riesensache im Reich der Camachos ... praktisch ein Feiertag ... der umso heiliger wurde, je älter *sie* wurde.

Großeltern, die im Haus ihrer Kinder mittleren Alters lebten, waren nichts Ungewöhnliches in Hialeah. Bis seine zwei Brüder und seine Schwester sich aus dem Haus geheiratet hatten, war es in ihrer *casita* zugegangen wie im YMCA. Ein Bad für acht Leute aus drei Generationen. So viel zum Thema Familienstreit …

Oh, Magdalena! Wenn sie jetzt nur bei ihm wäre! Er würde ihr den Arm um die Schulter legen … vor allen anderen … in diesem Augenblick … und sie würde ihre Witze machen über all die Betonvorgärten und all die unterdrückten Ehefrauen von Hialeah. Warum taten sie sich nicht alle zusammen und wässerten wenigstens *einen* Baum? Genau das würde sie sagen. Sie würde sagen: Wetten, dass es in ganz Hialeah kein Dutzend Bäume gibt? Am Anfang war Hialeah eine staubige Prärie, jetzt ist es eine betonierte Prärie. Solche Sachen würde sie sagen, wenn sie denn nur da wäre … Er konnte ihn *spüren,* ihren Körper, der sich an ihn lehnte. Sie war so *schön* — und so *schlau!* Sie hatte so eine … *Art* … die Welt zu sehen. Was für ein Glückspilz er war! Er hatte ein Mädchen, das umwerfender, schlagfertiger und schlauer war als — als — als ein Fernsehstar. Er konnte ihren Körper neben sich im Bett spüren ::::::Oh, meine Manena:::::: Auf diese Weise hatten sich ihre Körper schon fast zwei Wochen nicht mehr berührt. Entweder hatte er arbeiten müssen, oder *sie* hatte arbeiten müssen. Er hatte nicht gewusst, dass Krankenschwestern bei Psychiatern so lange und so hart arbeiten mussten. Dieser Psychiater war anscheinend eine große Nummer. Seine Patienten stapelten sich praktisch im Krankenhaus, dem Jackson Memorial Hospital, dazu kamen noch die, die er den ganzen Tag in seiner Praxis hatte. Manena musste sich um die Patienten im Krankenhaus und in der Praxis kümmern. Nestor hatte auch nicht gewusst, dass Psyschiater so viele Krankenhauspatienten hatten. Aber er sei eben sehr prominent und sehr berühmt, hatte Manena ihm erzählt. Sie arbeitete Tag und Nacht. In letzter Zeit war es so schlimm geworden, dass er sie überhaupt nicht mehr zu Gesicht bekam. Wenn er um Mitternacht seine Schicht bei der Marine Patrol beendete, lag sie schon im Bett und schlief, und er machte sich nicht mal mehr die Mühe, sie anzurufen. Sie müsste um 7 Uhr anfangen, hatte sie ihm gesagt, weil sie zuerst für einen »Vorabcheck« ins Krankenhaus und dann in die Praxis müsste, wo den ganzen Tag Patienten warteten. Ihr Arbeitstag endete um 17 Uhr, Nestors Schicht begann um 16 Uhr. Dass sie auch noch an verschiedenen Tagen freihatten, verkomplizierte das Ganze zusätzlich. Was sollte man da machen?

Kurz nachdem er wieder in der Marina war, rief er sie auf ihrem Handy an. Keine Reaktion. Er schrieb ihr eine SMS. Sie schrieb nicht zurück … aber sie *musste* von der Geschichte gehört haben. Wenn sein Vater recht hatte, dann kannte *jeder* die Geschichte.

Er musste seine Manena sehen! … und wenn nur auf Facebook. Er eilte zurück in sein Zimmer, zog sich so schnell an wie noch nie in seinem Leben, setzte sich vor seinen Laptop, der auf einem Tisch stand, der kaum ins Zimmer passte, und ging online … *Manena!* Da war sie … Das Foto hatte er gemacht … die langen, üppigen, dunklen Haare *ergossen* sich über ihre Schultern … die dunklen Augen, die leicht geöffneten, leicht lächelnden Lippen — Versprechen auf *Ekstase* traf nicht annähernd, was er fühlte ::::::Hör auf zu fantasieren, Nestor! Geh in die Küche und trink einen Kaffee … bevor du noch von unerwünschter Gesellschaft belästigt wirst.::::::

Er saß in der dunklen Küche und trank die zweite Tasse Kaffee … versuchte wach zu werden … und dachte … dachte … dachte … dachte … Er konnte sie schlecht samstagmorgens um drei viertel sieben anrufen … oder ihr eine SMS schicken. Selbst das *Piep Piep Piep* einer SMS-Nachricht könnte sie wecken.

Ein Licht ging an, und er hörte das vertraute Rauschen und *Gluck-Gluck-Gluck* der Toilette. *Verdammt!* Seine Eltern standen auf … Camilo-der-Caudillo würde gleich in die Küche kommen … *Ein Hoffnungsschimmer!* … Sein Vater hatte die Nacht über die Sache geschlafen und wollte Frieden schließen —

Klick

— die Küchenlampe geht an. Sein Vater steht in der Tür … Zwischen den nach unten gezogenen Augenbrauen hat sich eine Furche gebildet. Er trägt seine Relaxed-Fit-Jeans und ein XXL-T-Shirt, dessen kurze Ärmel ihm bis über die Ellbogen hängen … das aber trotzdem kaum groß genug ist, seinen Wassermelonenbauch zu verhüllen. Er ist noch nicht rasiert. Die Unterseiten seiner Kinnbacken sind stoppelig. Er schläft noch halb. Er sieht furchtbar aus.

»Buenas días … ?« Nestors zögerlicher Morgengruß klingt mehr wie eine Frage.

»Was sitzt du hier im Dunkeln rum?«, fragt sein Vater. *Weißt du nicht mal, wie man in einer Küche sitzt?*

»Ich … wollte niemanden wecken.«

»Wie soll denn die kleine Lampe hier irgendwen aufwecken?« *Weißt du denn gar nichts?*

Ohne ein weiteres Wort drückte er sich an Nestor vorbei und machte sich eine Tasse Kaffee … Nestor behielt Camilo-der-Caudillo-Herr-über-dieses-Reich im Auge. Er befürchtete eine weitere Detonation. Ich-Camilo-Camacho kippte die Tasse Kaffee hinunter, ohne vorher nur ein einziges Mal daran zu nippen. Dann marschierte er wie ein Mann, der eine Arbeit zu erledigen hat, aus der Küche. Dabei nahm er Nestors Anwesenheit in keiner Weise zur Kenntnis … schaute ihn nicht mal kurz aus den Augenwinkeln an …

Nestor wandte sich wieder seinem Kaffee zu, der aber inzwischen kalt war, zu schwarz, zu bitter … und nicht mehr wichtig … Er dachte und dachte und dachte und dachte … und wusste immer noch nicht, wo er stand …

Er fragte sich: »Existiere ich?«

Im nächsten Augenblick … setzt gleich außerhalb der Küche jede Art von Ächzen, Stöhnen, Keuchen und Schnaufen ein, die man üblicherweise mit mörderischer Arbeit verbindet.

Sein Vater — aber was zum Teufel macht er da? Sein Körper neigt sich nach rechts, weil er auf der rechten Schulter ein gewaltiges Ding trägt. Es ist lang, es ist klobig — es ist ein Sarg. Sein Vater ringt damit, er schwankt unter dem Ding … Es schaukelt auf und ab auf der Schulter des alten Mannes … rutscht seitwärts gegen seinen Hals … Es droht seinem Griff zu entgleiten … Er wuchtet es wieder auf die Schulter … Ein Arm kämpft gegen das Seitwärtsrutschen an … der andere versucht das Auf-und-ab-Schaukeln zu stoppen … Sein Gesicht ist rot … Er schnappt nach Luft … Aus seinem Mund dringt jeder unartikulierte Laut, den man von schwerer körperlicher Arbeit kennt …

»— messch … cinngch … neetz … guuhn arrrgh … *mihfughh* … nuuunmp … *Scheiße* … boggghh … frimp … ssluusch … gessssuh *hujuh* … niiinch … arrrgh … iiiiioooomp.«

Die Beine des alten Mannes geben nach. Es ist *kein* Sarg — es ist die *caja china,* in der sie immer das Schwein braten — aber wann hatte jemals jemand versucht das verdammte Ding alleine zu tragen? Da — die Metallschlitze an den Enden, wo man die Griffe einklinkt, mit denen man das Ding trägt, ein Mann am einen Ende, der andere am anderen … Welcher Idiot hatte jemals versucht, das Ding auf der Schulter zu tragen? Ich-Camilo hatte vor Jahren die *caja* selbst gebaut … eine sargförmige Kiste aus drei Zentimeter dickem Sperrholz, verstärkt mit Dachblech … locker siebzig Pfund schwer … zu lang und zu groß, um sie mit einem Arm umfassen und festhalten zu können —

»DAD, WARTE, ICH HELFE DIR!«, schreit Nestor.

Doch sein Alter Herr dreht sich von ihm weg … du lässt deine Finger von dem Ding, Verräter … *»Arggggh«* … Diese kleine Drehung — sie gibt ihm den Rest! Jetzt bestimmt die *caja china,* wohin die Reise geht! Das verdammte Ding ist ein riesiger wütender Stier, der *selbst auf* einem kleinen Reiter reitet … Nestor sieht es kommen … wie in Zeitlupe … obwohl es in Wirklichkeit so schnell passiert, dass er wie im Boden verwachsen … regungslos … verharrt, als die *caja china* sich zu drehen beginnt. Sein Vater dreht sich mit, versucht die Drehung aufzufangen … seine Beine verhaspeln sich … er kippt … *»Arggggh«* … die wütende *caja china* drückt ihn nach unten … *»Errrnafumph«* … ein Ende schlägt gegen die Wand —

KRAAACH!

— hört sich in der kleinen *casita* an, als würde ein Zug entgleisen —

»Dad!« Nestor steht gebückt über dem Trümmerhaufen und will seinem Vater die riesige Kiste von der Brust heben —

»Nein!« Sein Vater schaut senkrecht nach oben in Nestors Gesicht. »Nein! Nein!« … das Gesicht jetzt vollkommen verzerrt … die Augen wie Feuer … die Furche auf der Stirn … die oberen Zähne gefletscht … »Du — nein!«

Nestor hebt die *caja china* trotzdem herunter und stellt sie auf den Boden … Für jemanden mit Bizepsen, Rücken- und Trapezmuskeln, mit Oberarm- und Oberschenkelmuskeln wie seinen — bis zum Anschlag aufgepumpt mit Adrenalin — ist das nichts … könnte genauso gut ein Pappkarton sein …

»Dad! Alles okay!?«

Ich-Camilo-Camacho … auf dem Rücken liegend … seinen Sohn düster anblickend, seinen Sohn düster anknurrend … »Finger weg von der *caja china*«, sagt er mit tiefem, aber klar verständlichem Knurren.

Sein Dad ist nicht verletzt … er ist vollkommen klar … die Wand hat die Wucht des Aufpralls der *caja china* gedämpft … sie ist nur auf Ich-Camilo-Camacho draufgerutscht … er hat anscheinend keine Schmerzen … Oh, nein … er will nur Schmerzen *zufügen* … Ein fast verzweifeltes Gefühl macht sich in Nestors zentralem Nervensystem breit … Seit er zwölf war, hatten er und sein Vater die *caja china* jedes Mal zusammen nach draußen getragen … Sein Vater hielt sie an den Griffen an einem Ende, Nestor an den Griffen am anderen Ende … *seit er zwölf war!* Es war zu einem kleinen Männlichkeitsritual geworden! Und jetzt will sein Vater nichts mehr davon wissen.

Ich-Camilo-Camacho erlaubt seinem Sohn nicht einmal, den havarierten Sarg von seiner niedergestreckten Gestalt zu heben … Du weißt wirklich, wie man einen Sohn verletzen kann, *Caudillo* Camacho … Aber Nestor findet keine Worte, um ihm das oder irgendetwas anderes zu sagen.

»Was ist passiert!? Was ist passiert!?«

Seine Mutter, die aus dem Schlafzimmer *gestürmt* kommt. »Oh, mein Gott — Cachi! Was ist passiert? Cachi!« Das ist ihr liebevoller Kosename für den Gebieter. »Ist alles in Ordnung? Was war das für ein fürchterlicher Krach?«

Sie fiel neben ihm auf die Knie. Er schaute sie ausdruckslos an, schob dann die Zunge in seine Backe und warf Nestor einen unheilvollen — und mit der Zunge in der Backe — anklagenden Blick zu. Mit diesem Laserblick schaute er ihn an ... bis seine Mutter sich zu Nestor umwandte ... mit aufgerissenen Augen ... verwirrt ... verängstigt ... das Schlimmste befürchtend ... und der stummen Frage, »Hast *du* das getan — hast *du* das deinem Vater angetan?«

»Dad, sag's ihr! Sag Mami, was passiert ist!«

Ich-Camilo-Camacho sagte nichts. Er fixierte Nestor nur weiter mit seinem teuflischen Laserstrahl.

Nestor wandte sich an seine Mutter.

»Dad hat versucht, die *caja china* allein rauszutragen, auf seiner Schulter! Er hat das Gleichgewicht verloren — dann ist die *caja china* in die Wand gekracht!«

Nestor begann zu hyperventilieren ... Er konnte nichts dagegen machen, auch wenn das ein fragwürdiges Licht auf das warf, was er sagte.

»Erzähl ihr, warum«, sagte der Herr über dieses Reich mit seiner neuen Stimme, der weichen, tiefen, geheimnisvollen Stimme ... die voller Andeutungen war.

Mami schaute Nestor an. »Was ist *passiert?*« Dann schaute sie wieder zu ihrem Mann. »Cachi, sag's mir. Bist du verletzt?«

Nestor sagte mit einer Stimme, die um eine Oktave, eine zitternde Oktave, höher als sonst war, »Ich schwöre! Dad hat versucht, das Ding alleine zu tragen! Schau sie dir doch an, wie groß die Kiste ist! Er hat die Kontrolle verloren, und als ich ihm helfen wollte, ist er zur Seite gesprungen, na ja, so ungefähr jedenfalls — und da hat er das Gleichgewicht verloren, und die *caja china* ist gegen die Wand gekracht und dann auf ihn draufgefallen! Hab ich recht, Dad? Genau so ist es gewesen — oder, stimmt doch?«

Mami fing an zu weinen. Sie kniete auf dem Boden, drückte die Hände an ihre Backen und sagte immer wieder, »Oh Gott … Oh Gott … Oh Gott … Oh Gott! …«

Ich-Camilo-Camacho schaute weiter seinen Sohn an und drückte dabei die Zunge so kräftig von innen gegen seine Backe, dass die Lippen sich auf dieser Seite öffneten und die Zähne zu sehen waren.

»Dad — du *musst es ihr erzählen!*« Nestors Stimme wurde allmählich schrill. »Dad — ich hab dich durchschaut! Tu doch nicht so wie die GEDULD auf einer Gruft, dem Grame lächelnd« … Diesen Ausdruck hatte er von Magdalena. Irgendwie schnappte sie immer solche Sachen auf. »Du tust so, als wenn ich dich so weit getrieben hätte!«

Die gleiche weiche, tiefe Stimme sagte: »So redest du nicht mit mir. Der Große Polizist — aber jeder weiß, was du in Wirklichkeit bist.«

Mami brach in Schluchzen aus, ein großes heulendes Schluchzen.

Auch Nestor stiegen die Tränen in die Augen. »Das ist nicht fair, Dad!« Nur so konnte er verhindern, dass seine Lippen zu zittern anfingen. »Komm, Dad, ich helfe dir auf! Ich trage die *caja china* für dich in den Hof! Aber das ist nicht fair — so kannst du mich nicht behandeln! Das ist nicht richtig! Tu doch nicht so! GEDULD auf einer Gruft, dem Grame lächelnd!«

Er erhob sich aus der Hocke … Er musste hier raus! Er unterdrückte die Tränen und ging schnell in den schmalen Durchgang, der vom Anbau zu den Zimmern im vorderen Teil des Hauses führte. Hinter ihm ging eine Tür auf … eine Lampe … Er wusste sofort … Yeya und Yeyo — die letzten Menschen auf der Welt, die er in dem ganzen Schlamassel noch brauchen konnte.

Yeya näherte sich ihm von hinten und sagte auf Spanisch, »Was war das für ein Lärm? Wir sind fast aus dem Bett gefallen! Was ist passiert?« Ihm musste schnell etwas einfallen ... er blieb stehen, drehte sich um und schenkte Yeya das breiteste, lieblichste Lächeln, zu dem er fähig war. Ein echtes Paar *guajiros*, das da vor ihm stand. Das Wichtigste war, sie von ihrem Sohn, Ich-Camilo-Camacho, fernzuhalten ... Yeya war klein und korpulent und trug ein geblümtes *Mu'umu'u,* ein weites Kleid, das ihre beträchtliche Körperfülle verhüllte. Aber hauptsächlich stach ihr Haar ins Auge. Es handelte sich dabei um eine blaue Kugel, die Blaue Kugel von Hialeah für Damen eines gewissen Alters. Alte Damen in Hialeah färbten ihr weißes Haar nicht, zumindest nicht auf die übliche Art ... Um sich für ihre große Geburtstagsparty herrichten zu lassen, war Yeya vor achtundvierzig Stunden zum Friseur gegangen. Der stutzte ihr das Haar auf die für eine Frau ihres Alters angemessene Kürze, behandelte es mit einem blauen Färbemittel, um dem Grau einen blauen Schimmer zu verleihen, föhnte es, kämmte es nach hinten und toupierte es auf, bis es zu einer gespinstartigen blauen Kugel geworden war, dem sogenannten Hialeah-Sturzhelm. Weil sie beim Schlafen darauf gelegen hatte, war er jetzt an der Seite etwas abgeflacht, aber solange das Gespinst nicht zerrissen war, konnte sie es problemlos wieder aufplustern. Die Haare direkt über der Stirn waren um zwei Lockenwickler gewickelt. Hinter ihr stand Yeyo, ein hoch aufgeschossener Mann. Früher war er kräftig und muskulös gewesen. Er hatte immer noch einen breiten Körper, ging aber inzwischen etwas gebückt. Der altmodische Schlafanzug und der Bademantel hingen an ihm wie an einem breiten, aber knochigen Kleiderständer. Im Moment machte er den Eindruck, als wäre er gegen seinen Willen aus einem angenehmen Rendezvous mit dem Sandmann erwacht. Sein graues Haar war noch herrlich voll. Gott musste ihm die Haare einzeln auf den Kopf getackert haben … Er war ein wahrhaft attraktiver Mann gewesen, der vor Selbstbewusstsein und Kraft geradezu strotzte — ganz zu schweigen von seinem anmaßenden Charakter … Aber in diesem unwilligen Augenblick standen ihm die Haare kreuz und quer vom Kopf ab, wie bei einem kaputten Besen —

All das registrierte Nestor binnen einer Sekunde … das und ihren Gesichtsausdruck. Heute Morgen waren sie nicht seine liebevollen *abuelo* und *abuela*. Ganz und gar nicht. Wenn er das richtig interpretierte, dann verübelten sie ihm, dass er die gleiche Luft atmete wie sie …

Er musste sie ablenken. Das war das Entscheidende.

»Herzli … *feliz cumpleaños,* Yeya!«

Verdammt. Schon hatte er es irgendwie vermasselt. Er hätte fast »Herzlichen Glückwunsch« gesagt. Solche Sachen kamen bei Yeya und Yeyo gar nicht gut an — dass die nächste Generation etwas so Traditionelles wie *Feliz cumpleaños* in der fremden Sprache anstatt auf Spanisch sagte. Yeya schaute Nestor an. War er so dumm? Ein Trottel? Bluffte er? Sie schaute auf sein absichtlich zu kleines T-Shirt.

»Ahhh, der Kraftmensch«, sagte sie. »Unser Fernsehstar. Wir haben dich gesehen, Nestorcito. Wir haben viel von dir gesehen.« Sie begann mit dem Kopf zu nicken, wobei die gespitzten und geschürzten Lippen unter ihrer Nase aussahen wie ein kleiner, fest verschnürter Beutel. … Oh, ja, Nestorcito, wir haben *viel zu viel* von dir gesehen …

Bevor Nestor etwas sagen konnte, sagte Yeyo (auf Spanisch), »Warum hast du ihnen deinen Namen gesagt?«

»Wem, Yeyo?«

»Den Fernsehleuten.«

»Ich hab ihnen meinen Namen nicht gesagt.«

»Wer dann?«, fragte Yeya. »Ein kleines Vögelchen?«

»Keine Ahnung. *Irgendwer* eben.«

»Du weißt schon, dass das auch mein Name ist, oder?«, sagte Yeyo. »Und der von deinem Vater. Weißt du nicht, dass wir unseren Namen *in Ehren* halten? Dass der Name der Camachos Generationen zurückreicht? Dass wir eine stolze Geschichte haben?«

::::::Und weiß ich nicht, dass dein Kampf gegen die reißenden Scheißefluten in den Wasserwerken von Havanna auch zu dieser stolzen Geschichte beigetragen hat? Ja, das weiß ich, du anmaßender alter Schwachkopf.:::::: Echte Wut, ohne jede Beimischung von *Schmerz,* kroch Nestors Stammhirn hinauf. Er musste hier weg, bevor ihm die Worte aus dem Mund sprudelten.

Sein Mund war trocken, die Kehle eingeschnürt. »Ja, Yeyo«, presste er heraus. »Das weiß ich. Ich muss jetzt gehen.«

Er hatte sich gerade umgedreht, um das Haus zu verlassen, als … *polter-ächz-quietsch*-Rumms … *polter-ächz-quietsch*-Rumms … *polter-ächz-quietsch*-Rumms … hinten im Durchgang … um Himmels willen … seine Mutter versuchte seinem Vater aufzuhelfen … Ich-Camilo stützte sich mit dem Ellbogen auf Mamas Unterarm, der unter dem Gewicht des Hinfälligen zitterte. Er schleppte sich humpelnd vorwärts, als wäre sein Bein verletzt … *polter* — er machte einen Schritt, wobei er das ganze Gewicht auf sein »gesundes« Bein verlagerte und der klapprige Holzboden des Durchgangs ächzte und quietschte … dann das leichtere Rumms des »verletzten« Beins, das behutsam … »unter Schmerzen« … versuchte zu folgen … *Was für ein unverschämter Simulant GEDULD doch war!*

Yeya kreischte, »Camilito — um Himmels willen — was ist nur mit dir passiert?!«

Sofort eilte sie zu ihm und stützte den anderen Arm ihres Camilito. Sie steckte ihm beide Unterarme unter die Achsel und versuchte ihn anzuheben.

»Es ist alles in Ordnung, Mami«, sagte er. »Das ist nicht nötig. Ich bin okay.« Wie tapfer er klang! Wie stoisch!, dachte Nestor. Tatsächlich war es sicher nicht sehr angenehm für ihn, dass sie ihm ihre beiden Handballen in die Achselhöhle drückte.

»Camilito, mein Camilito! So ein schwerer Sturz! Oh, mein Gott!«

»Es ist nichts.« Ich-Camilos neue weiche, belegte Stimme. »Nur eine kleine Meinungsverschiedenheit … zwischen Vater und Sohn.« Und dann schaute er Nestor wieder mit seinem bohrenden, ironischen, augenzwinkernden, zähnefletschenden Blick an, den er nur kurz ablegte, um ihr noch einmal zu sagen, *»Nur … eine … kleine … Meinungsverschiedenheit … zwischen … Vater … und … Sohn.«*

Jetzt durchbohrten alle vier Nestor mit ihren Blicken. Yeya war inzwischen hysterisch geworden.

»Was hast du deinem Vater angetan?! Deinem eigenen Vater! Reicht dir das nicht, was du gestern diesem armen Jungen angetan hast? Jetzt musst du auch noch auf deinen Vater losgehen?!«

Nestor war fassungslos … er brachte kein Wort heraus … stand einfach mit offenem Mund da. Seine Mutter schaute ihn an, wie sie ihn in ihrem ganzen Leben noch nicht angeschaut hatte! Sogar Mami!

Als er seine Stimme wiederfand, war er fast genauso hysterisch wie Yeya. »Sag ihr die Wahrheit, Dad! Sag ihr, was wirklich passiert ist! Du — du — *verdrehst alles*. In Gottes Namen, sag die Wahrheit! Dad, du — du —«

Er tat sich keinen Gefallen damit, dass er genau in diesem Augenblick verstummte, sich umdrehte und ihnen den Rücken zuwandte, in sein Zimmer rannte, den Autoschlüssel holte — und dann zur Haustür stürzte, ohne sie noch einmal anzuschauen.

Bumm — er schlug hinter sich die Haustür der *La Casita de Camacho* zu.

3

DER KÜHNE SCHWACHE MANN

Kaum zwei Stunden später erschien in der Lokalredaktion des *Miami Herald* ein Edward T. Topping IV, den noch nie jemand zuvor gesehen hatte. Normalerweise verlief in der Mitte seiner Stirn, von den Augenbrauen bis zur Nase, eine senkrechte Furche … die Furche im Fleisch eines Mannes, der sich den Kopf darüber zerbrach, wie viele der Leute, die von seiner Redaktion noch übrig waren, etwas gegen ihn hatten. Aber an diesem Morgen lag ein Grinsen auf seinem Gesicht … ein breites Grinsen, das seine Augenbrauen so weit wie irgend möglich nach oben schob … seine Augen weit aufriss … seine Wangen wie die eines Weihnachtsmannes weit über beide Wangenknochen hinauf rosig erglühen ließ. Die Furche war verschwunden. Die Augen funkelten.

»Schauen Sie sich das an, Stan! Schauen Sie sich das an, schauen Sie sich das *genau* an! Wissen Sie, was Sie da sehen?«

Er stand in der Mitte seines Büros, das sich zum Redaktionsraum hin öffnete. Er *stand,* er saß nicht wie sonst halb verschanzt in seinem Kokon aus Industriedesign-Drehstuhl und nierenförmigem Industriedesign-Schreibtisch. Nicht nur das, er stand auch mit dem Rücken zu der Wand aus Glas, die ihm als Chefredakteur DIE AUSSICHT bot … auf alles, was glamourös war an Miami .... die Königspalmen, das Mandarin Oriental Hotel, die Königspalmen, Brickell Avenue, die Königspalmen, Biscayne Bay, Brickell Key, Key Biscayne, die Venetian Islands, Indian Creek, Star Island, Miami Beach und jenseits davon den grandiosen Parabolbogen des Atlantischen Ozeans, 180 Grad sonnengebleichter hellblauer Tropenhimmel, und die Königspalmen. Nein, in diesem Augenblick hatte er nur Augen für die heutige Ausgabe des *Herald*, deren Titelseite er vor seiner Brust hielt wie jemand, der ein Gemälde zur Schau stellte, in voller Größe, von oben bis unten.

»Das ist es! Sie werfen einen Blick auf echten Journalismus! *Echten* Journalismus, Stan!«

Stan, das war Stanley Friedman, ein knochendürrer Mann in den Vierzigern, eins achtzig groß mit miserabler Körperhaltung, die seine Brust eingefallen und ihn zehn Zentimeter kleiner wirken ließ — Lokalchef Stan saß auf einem Stuhl und beobachtete aus etwa einem Meter Entfernung diese Vorstellung. Er machte ein verkniffenes Gesicht. Ed Topping interpretierte seinen Blick als den eines Mannes, der immer noch verblüfft war über das Wunder, an dem er teilgehabt hatte: *das!* ... die heutige Ausgabe des *Miami Herald!* Um die Wahrheit zu sagen, weder in seinem Herzen noch auf seinem Gesicht machte Toppings »echter Journalismus« Eindruck auf Stanley Friedman. Das Einzige, was ihn umtrieb, war die Frage, wie lange er seinen Job nach haben würde. Vor zwei Wochen hatte der Mob, kurz für Chicago Mob, wie inzwischen jeder in der Lokalredaktion die vom Loop Syndicate aus Chicago entsandten sechs Männer nannte, die den *Herald* übernommen hatten, weitere 20 Prozent der Belegschaft gefeuert und sie damit auf 40 Prozent zusammengestutzt. Einschließlich Lokalchef Stan hatte jeder der Übriggebliebenen das Gefühl, als hinge sein Job an einem seidenen Faden. Die Moral war —

welche Moral? Jeder achtete bei den Worten von Edward T. Topping IV nur darauf, ob er irgendwelche Anzeichen des drohenden Untergangs erkennen konnte. Darauf waren die zusammengekniffenen Augen des Lokalchefs gerichtet, auf den drohenden Untergang. Tatsächlich war Stan selbst nicht gefährdet. Der Mob brauchte einen Einheimischen als Lokalchef, jemanden, dessen Gehirn eine Datenbank war, vollgestopft mit Informationen über den gesamten Großraum Miami, über jede noch so kleine Straße, über alle vierzehn Polizeibezirke und ihre Grenzen — sehr wichtig, die Cops zu kennen — über die Schlüsselfiguren, vor allem über alle politischen Amtsträger mit Entscheidungskompetenz, über alle, außerdem über die Promis, besonders die unwichtigeren, die sich in Miami wohler als in Los Angeles und New York fühlten ... und ... über die Nationalitäten und ihre Reviere ... Little Havana und Big Hialeah ... Little Haiti, Little Caracas, auch bekannt als Westonzuela, Mütterchen Russland (Sunny Isles und Hallandale) und den Hershey Highway, der Spitzname der Polizisten für die Anglo-Enklave von South Beach, die ansonsten »schwul« genannt wurde ... Eine Liste ohne Ende, und der Lokalchef musste wissen, wer wen hasste und warum —

»Schauen Sie sich das Layout an, Stan!«, sagte Ed, dessen Augen immer noch strahlten wie Glühbirnen.

Er meinte die Titelseite. Eine tiefschwarze Schlagzeile verlief über die ganze Breite der Seite — HOCHSEILAKT: COP ALS LEBENSRETTER. Ganz rechts stand eine einsame Textspalte. Der Rest der oberen Hälfte der Titelseite bestand aus dem riesigen Farbfoto eines weißen Schoners mit zwei hoch aufragenden Masten und Wolken und Wolken weißer Segel ... die über der aquamarinblauen Weite der Biscayne Bay schwebten ... unter der blassblauen Kuppel des Himmels ... und weit, weit oben, sechs oder sieben Stockwerke über dem

Deck, nicht größer als ein Daumennagel vor dieser gigantischen Weite, zwei winzige lebende Gestalten, zwei Männer, deren Leben von einem einzigen Mann abhängt, einem Mann, der mit einer Hand ein Tau am Fockmast umklammert ... zwei Flecken, die aus diesen unermesslichen Dimensionen hervorstechen, zwei kleine Menschenwesen, nur *einen Atemzug entfernt* vom Sturz in den Tod ... in einer Fotografie festgehalten von einem alten *Herald*-Fotografen namens Ludwig Davis, der so gut war, dass er dem Rausschmiss entronnen war. Darunter befand sich ein zweispaltiges Foto von einem jungen Mann mit nacktem, muskelbepacktem Oberkörper, jeder Muskel so klar hervortretend, dass sein Brustkorb aussah, als sei er in Schrumpffolie eingeschweißt. Dieses Foto auf der Titelseite war ein veritabler männlicher Helldunkelakt aus der Schule des Michelangelo.

Ed Topping konnte seine ehrfürchtige Freude über das große Farbfoto des Schoners nicht verbergen. Er reckte seine beiden Daumen in die Luft, was so viel heißen sollte wie »Das ist es, erste Sahne!«

»Kein anderes Medium, Stan, hätte mit diesem Bild auch nur annähernd mithalten können!«, sagte der aufgekratzte Chefredakteur. »Zeitungspapier ist fabelhaft für Farbe, solange man große Objekte mit gleichmäßiger Helligkeit hat, wie den Himmel, die Bucht, den Schoner, den Rumpf, die riesigen, vollkommen weißen Segel — und wissen Sie was? Durch die schlechte Auflösung auf Zeitungspapier wirken die Farbblöcke gleichmäßiger. Wie bei einem japanischen Druck aus dem neunzehnten Jahrhundert, gleichförmige Farbflächen. Der Makel verwandelt sich in einen Vorteil.«

Ed riss seine Augen weit auf ... und drehte sie immer heller und heller und heller, wie mit einem Dimmer, als wollte er sagen, »*Jetzt* sehen Sie, was ich meine, stimmt's?«

Lokalchef Stan streckte den Hals in die Höhe und verzog auf merkwürdige Art Mund und Unterkiefer.

»Kein anderes Medium kann da auch nur annähernd mithalten«, fuhr Ed fort und erläuterte nun eingehend, warum das Fernsehen das nicht konnte, warum der Film nicht, warum das Video nicht, warum das Internet nicht ... warum nicht mal ein hervorragender Abzug des Originalfotos. Es hätte »zu viele Kontraste in den Farbflächen«.

Lokalchef Stan vollführte wieder diese merkwürdig verdrehte Verrenkung mit seinem Hals, Mund und Unterkiefer.

::::::Was in Gottes Namen soll das alles?:::::: Aber Ed war viel zu hingerissen von seiner angelesenen Abhandlung über Farbmetaphorik .... und die japanischen Drucke aus dem neunzehnten Jahrhundert ... als sich mit den Trachealverdrehungen des alten Stan aufzuhalten. In seinem Innersten rechnete sich Edward T. Topping IV selbst das Verdienst für diese fabelhafte Titelseite an ... oder den Aufmacher, wie echte Zeitungsleute sie nannten. Während der gewaltigen Aufregung letzte Nacht, bis die Zeitung schließlich fertig war, hatte er sein Büro verlassen, war in die Lokalredaktion gegangen und hatte seinem Chef vom Dienst zur Seite gestanden, eines Mobsterkollegen aus Chicago namens Archie Pendleton. Der hatte sich über die Schulter des Layouters gebeugt, einem der einheimischen Überlebenden, dem man wie einem Pony mit dem Führstrick den Weg weisen musste — und alle fragten sich, was sie mit dem bemerkenswerten Foto dieses alten Burschen Lud Davis anfangen sollten ... und Ed hatte zu Archie gesagt, »Hol raus, was geht, Archie. Blas es auf! Das ist die Seite eins, das muss dir direkt ins Gesicht springen.«

Und so wurde es gemacht. Wie sollte man jemandem erklären, was für eine ungeheure Befriedigung ihm das verschaffte? Sicher, er war der Große Mann, der Chefredakteur, der Herrscher. Das hieß, kreativ zu sein, aber auch aggressiv ... den Mut zu haben, alles rauszuhauen, wenn es an der Zeit war, alles rauszuhauen. Eben das, was man unter der Redewendung »Er ist ein echter Zeitungsmann« versteht.

Ed drehte die Zeitung um, damit er sich die Seite eins genauer anschauen konnte.

»Was können Sie mir über diesen John Smith erzählen, Stan? — den Burschen, der die Story geschrieben hat.«

Stans Gesichtsausdruck veränderte sich völlig. Was für ein Segen! Was für ein Segen, Sensenmann IV gewährt ihm eine Auszeit von seinem weitschweifigen Vortrag! Was für ein Segen, nicht mehr ein Gähnen ums andere unter strangulierendem Würgen herunterschlucken zu müssen! Er hoffte von ganzem Herzen, dass seine Verrenkungen als hartnäckiger Schluckauf durchgegangen waren. Was für ein Segen, eine einfache Frage beantworten zu können ... und ein paar Statuspunkte zu sammeln mit ein paar Informationen, die er hatte und der Sensenmann nicht.

»John ist kein Schnellmerker«, sagte Stan. »Im Gegenteil. Er ist einer von diesen achtundzwanzigjährigen Jungs, die — ach, übrigens, er hasst Spitznamen, Jack, Johnny oder Jay oder was den Leuten sonst noch so einfällt. Null Reaktion, weigert sich einfach, das auch nur zu hören! Er ist einfach John Smith. Egal, er ist jedenfalls einer von diesen Burschen mit blonden Haaren und Babygesicht, die achtundzwanzig sind, aber aussehen wie achtzehn! Ich weiß nicht mal, ob er sich schon rasiert, aber eins tut er ganz sicher — er wird rot! Er wird dauernd rot! Ich kenne keinen einzigen erwachsenen Menschen, der dazu noch fähig ist ... *rot zu werden.* Und dann ist er auch noch höflich. Heutzutage ist das —« Während Stan weiterplapperte, wandte sich Ed seinem Computer zu und rief im internen Personalverzeichnis des *Herald* John Smith auf.

»Reden Sie nur weiter, Stan. Ich hol mir nur eben John Smith auf den Schirm.« ::::::Ich werd verrückt:::::: dachte Ed, als der Name auftauchte ::::::John Smith war in St. Paul und in Yale! Wir sind beide Yalies … und St. Paul ist noch eine Klasse besser als Hotchkiss!::::::

Für Ed hatte das die Kraft einer … Offenbarung.

»— aber man kann den Jungen überall hinschicken«, sagte Stan gerade. »Er zieht los, schnappt sich den, den man haben will, und fragt ihn alles, was man wissen will. Der Aufmacher, den er geschrieben hat — die Bosse im Polizeipräsidium wollten ihn von dem jungen Cop fernhalten, Nestor Camacho, das ist der, der diesen Burschen von dem Mast runtergeholt hat. Die sehen es nicht gern, wenn ihre Leute ohne vorherige Erlaubnis, ohne Instruktionen und so Interviews geben, besonders in so einem Fall. Aber John lässt sich nicht abwimmeln. Wenn er sich mit Handschellen an den Kerl hätte ketten müssen, um das Interview zu kriegen, hätte er auch das gemacht, jede Wette. Weiter hinten in der Geschichte beschreibt er die Szene.«

Ed las den Aufmacher noch einmal … »Von John Smith, unter Mitarbeit von Barbara Goldstein, Daniel Roth und Edward Wong.

›*Gewichte?* Seilklettern schlägt Gewichtheben allemal!‹ So der immer noch von Adrenalin aufgeputschte Miami Marine Patrol Officer Nestor Camacho gestern Nachmittag gegenüber dem *Herald*, nachdem er zwanzig Meter über der Biscayne Bay mit einer akrobatischen Meisterleistung einen Mann gerettet und damit eine ganze vor den Fernsehern mitfiebernde Stadt in seinen Bann geschlagen hatte.

›So trainiere ich! Ich klettere das Fünfzehnmeterseil in Rodriguez' Fitnessbude, dem ‚Ññññññooooooooooooo!!! Qué Gym!', hoch, ohne die Beine zu Hilfe zu nehmen!‹, sagte er.

›Rückenmuskeln? Deltamuskeln? Bizepse? Brustmuskeln? Sogar Brustmuskeln! Gibt nichts Besseres für den Oberkörper. Seilklettern schlägt alles!‹

Wer in Miami konnte jetzt noch an den Worten dieses Mannes zweifeln?

Der Hochseilakt des fünfundzwanzigjährigen Polizeibeamten hatte einen kubanischen Flüchtling vor dem Sturz in den Tod bewahrt, hatte stundenlang den Verkehr auf dem sechsspurigen Rickenbacker Causeway lahmgelegt und die ganze Stadt an die Fernsehschirme und Radiogeräte gefesselt. Der verblüffende Kraftakt entfachte aber auch den Zorn der kubanischen Aktivisten Miamis, die den Polizisten als ›Verräter‹ bezeichneten.

Kurz vor drei Uhr gestern Nachmittag war südlich der William Powell Bridge —«

Ed hörte auf zu lesen, schaute Stan an und fing wieder an zu grinsen. »Wissen Sie was? Als ich gestern den Aufmacher zum ersten Mal in den Fingern hatte, dachte ich, ›Was zum Teufel soll das? Brustmuskeln? Deltamuskeln? Rodriguez' Ññññño — oder wie das heißt — Gym? Was schreibt der Kerl da? Eine Marginalie über Bodybuilding in unserer Zeit?‹ Es dauerte ein bisschen, bis ich kapiert habe, dass das der *perfekte* Aufmacher war. Wir stehen doch immer vor dem gleichen Problem. Wir haben eine große Geschichte, und wenn wir sie dann bringen, wissen schon alle Bescheid, durch Radio, Fernsehen oder Internet. Alle sagen, ›Was ist das denn? Die Zeitung von *gestern?*‹ Aber wir waren die Einzigen, die an den Polizisten rangekommen sind und die ein Interview mit ihm haben, richtig?« ::::::Verdammt, verdammt ... St. Paul und Yale.::::::

»Ja«, sagte Stan. »Das Präsidium wollte die Medien von dem Burschen fernhalten, weil das Ganze eine zweischneidige

Geschichte ist. Ich meine, erinnern Sie sich noch an die Figuren auf der Brücke da? An das Gebuhe und Gekreische — an die Schilder, auf denen LIBERTAD und TRAIDOR stand? Stellt sich raus, dass der Polizist selber Kubaner ist, Nestor Camacho. Wenn er den Burschen einbuchtet, heißt das, der Bursche ist ein Wet Foot. Er hat kein Land betreten oder etwas, das mit dem Land verbunden ist, zum Beispiel die Brücke. Also können sie ihn gleich wieder nach Kuba zurückschicken. Haben Sie gesehen, wie der *El Nuevo Herald* die Sache angepackt hat?«

»Hab ich hier, aber ich warte noch auf die Übersetzung.«

»Die Schlagzeile lautet ›*¡Detenido!*‹«, sagte Stan. »Mit den zwei Ausrufezeichen, am Anfang und am Ende. ›*¡Detenido! A dieciocho metros de la libertad!* Verhaftet! Achtzehn Meter vor der Freiheit!‹«

»Achtzehn Meter? Das sind sechzig Fuß, oder?«

»Fast genau. Hört sich kürzer an, stimmt's?«

»Was haben wir als Fortsetzung?«

»Jetzt ist die große Frage, was mit dem Wet Foot passiert«, sagte Stan. »Im Moment ist er im Gewahrsam der Küstenwache. Die Polizei hat ihn von ihrem Patrouillenboot aus an einen Kutter der Küstenwache übergeben. John erwähnt das in seiner Story.«

»Und was macht die Küstenwache jetzt mit ihm?«

»Genau darauf habe ich John angesetzt«, sagte Stan. »Er sagt, er hat ein paar Kontakte in der ICE, der Einwanderungs- und Zollbehörde, die inoffiziell mit ihm reden würden.« Stan begann zu glucksen, worauf seine knochige, eingefallene Brust auf merkwürdige Weise zu hüpfen anfing. »Wenn die den Burschen zurückschicken, dann geht's einem Haufen Leuten in Miami an die Eier. In der Haut von diesem Officer, diesem Nestor Camacho, möchte ich jetzt nicht stecken.«

Ed hörte Stan zu, aber gleichzeitig ::::::Ver-*dammt,* ver-*dammt* … ein Yalie … frage mich, ob er auch bei der *Daily News* mitgemacht hat:::::: und meinte damit die Zeitung der Studenten im Grundstudium, die *Yale Daily News,* bei der Ed selbst mitgearbeitet hatte. *Blip!* — und schon stand er an der Ecke Broadway und York Street in New Haven und schaute auf den Campus … all die prachtvollen gotischen Gebäude, die Buntglasflügelfenster, die massiven Schieferdächer, die Gewölbe und Wasserspeier, der ehrwürdige Turm der Sterling Memorial Library.

::::::Was hat Stan gerade über den Jungen und die ICE gesagt? Ahh, richtig … er kennt ein paar Leute bei der ICE.::::::

»Holen Sie ihn mal kurz her, Stan.«

»Sie meinen John?«

»Ja. Ich würde gern wissen, wie genau er jetzt vorgehen will.« Stan zuckte mit den Achseln. »Klar, warum nicht. Aber ich sag's Ihnen lieber gleich: Er ist da noch an einer anderen Sache dran, mit der er mir schon die ganze Zeit auf die Eier geht, eine Geschichte über Sergej Koroljow und das neue Museum.« Und so trat kurz darauf ein junger Mann ein, der gleich hinter der Tür schüchtern stehen blieb. Er kam Ed überraschend groß vor, eins fünfundachtzig, eins neunzig. Er war auch überraschend gut aussehend … auf die zarte Art des gerade erwachsen Gewordenen. Ansonsten passte Stans Beschreibung. Er hatte ein Milchgesicht, stimmt, und ziemlich lange strohblonde Haare.

»Kommen Sie rein«, sagte Ed mit breitem Lächeln und winkte den jungen Reporter zu sich.

»Ja, Sir«, sagte John Smith förmlich.

— er wurde rot! Tatsächlich, kein Zweifel! Sein glattes, blasses und völlig faltenloses Gesicht wurde fast scharlachrot.

Er schaute zum Lokalchef. In seinem Gesicht stand die Frage: »Warum?«

»Ich glaube, Mr. Topping würde gerne von Ihnen erfahren, ob wir schon etwas über die Entscheidung der Küstenwache wissen«, sagte Stan.

Er wurde wieder puterrot. »Ja, Sir.« Das *Ja* war an Stan gerichtet, das *Sir* an Ed Topping.

»Na los, setzen Sie sich«, sagte Ed und deutete auf einen Sessel. Er bedachte den Jungen wieder mit einem fürstlich breiten Chefredakteurlächeln.

John Smith zog den Stuhl heran und setzte sich. Beide Füße ruhten flach auf dem Boden, die Körperhaltung war so kerzengerade korrekt, dass sein Rücken nicht mal in die Nähe der Rückenlehne kam. Er trug keine Krawatte, aber er trug ein Hemd mit Kragen, in seinem Fall ein weißes Button-down-Hemd. Das war so ungefähr das Äußerste, was man heutzutage erwarten konnte, ein Hemd mit Kragen. Und nicht nur das, er trug einen marineblauen Blazer — war das Leinen? — eine makellose Khakihose mit Bügelfalte (was man in der Redaktion nicht oft zu sehen bekam) und frisch polierte dunkelbraune Mokassins. Die meisten der männlichen Angestellten des *Herald* hatten keine Ahnung, was Schuhcreme war.

::::::Das ist er also, der Junge, ein astreiner Preppy, ein astreiner Yale-Preppy:::::: dachte Ed ::::::ein St.-Paul-Preppy obendrein.::::::

Ed nahm die Zeitung in die Hand und zeigte sie ihm in voller Größe, so wie er sie Stan Friedman gezeigt hatte.

»Nun?«, sagte er. »Was sagen Sie? Zufrieden damit, wie wir Ihre Geschichte gebracht haben?«

Fast hätte sich auf John Smiths Lippen die Andeutung eines Lächelns gezeigt. Stattdessen strömte ihm wieder das Blut in die Wangen. »Ja, Sir«, sagte er.

Das war jetzt das dritte *Ja, Sir* hintereinander, ansonsten hatte er noch kein einziges Wort gesagt. Der Augenblick verpuffte in Schweigen. Also stieß Ed in das Vakuum. »Wie haben Sie es geschafft, an den jungen Polizisten ranzukommen, an diesen Camacho? Soweit wir wissen, hat das sonst keiner geschafft.«

Das war Eds Methode, dem Jungen auf die Schulter zu klopfen. Man platzte nicht einfach mit einem »Klasse Story, Smith!« heraus. Echte Zeitungsleute machten das anders.

»Ich wusste, wo das Patrouillenboot anlegen würde, mit dem Camacho zurückkam. Drüben in Jungle Island. Also bin ich dahin.«

»Und sonst hat das keiner gewusst?«

»Anscheinend nicht, Mr. Topping«, sagte der Junge. »Jedenfalls war sonst keiner da.«

Da er ihm jetzt endlich ein paar Worte außer *Ja, Sir* entlockt hatte, bohrte Ed weiter. »Woher haben Sie das gewusst?«

»Von Polizeigeschichten, die ich gemacht habe, Mr. Topping. Ich bin ein paarmal mit Patrouillenbooten draußen gewesen.«

»Und die Jungs vom *El Nuevo Herald?* Warum haben die das nicht gewusst?«

John Smith zuckte die Achseln. »Keine Ahnung, Mr. Topping. Ich hab noch nie jemanden vom *El Nuevo Herald* gesehen, der einer Story auf der Spur war.«

Ed lehnte sich in seinem Drehstuhl so weit zurück, wie es das Kugelgelenk zuließ, drehte sich von John Smith und Lokalchef Stan weg, legte den Kopf in den Nacken und schloss die Augen, als sei er tief in Gedanken versunken. Auf seinem Gesicht machte sich wieder das überschwängliche Lächeln breit. Die rosigen Fettbällchen auf seinen Wangenknochen traten wieder hervor, die Augenbrauen schoben sich trotz geschlossener Augen wieder weit, weit in die Höhe. Er war wieder an der Ecke Broadway und York. Es war Mittag, Erstsemester betraten und verließen den Old Campus ... Er war versucht, länger zu bleiben.

Aber er drehte sich wieder zu John Smith und Lokalchef Stan herum und machte die Augen auf. Er lächelte noch immer. Er war sich dessen bewusst. Weshalb er lächelte, war ihm nicht ganz klar ... außer dass man, wenn man lächelte und niemand wusste, warum, wie ein Wissender wirkte, vielleicht sogar wie ein Intellektueller. Nur halb gestand er sich ein, dass sein Lächeln dem Yalie John Smith gewidmet war.

»Laut Ihrer Vita, John« — er nickte zu dem Bildschirm — »waren Sie in Yale.«

»Ja, Sir.«

»Welches Hauptfach?«

»Englisch.«

»Englisch ... «, sagte Ed in bedeutungsvollem Tonfall. Sein jetzt noch breiteres Lächeln wurde immer unergründlicher.

»War zu Ihrer Zeit an der englischen Fakultät Literaturtheorie immer noch so ein großes Ding?«

»Ich nehme an, ein paar Professoren haben Literaturtheorie unterrichtet«, sagte John Smith. »Aber ich glaube kaum, dass es eine große Sache war.«

Ed behielt sein Ich-kenne-ein-Geheimnis-Lächeln bei und sagte, »Wenn ich mich recht erinnere —« *Zack,* mitten im Satz brach er ab. In der nächsten Sekunde hätte Stan, wenn er es nicht sowieso schon gemerkt hatte, dieses *Wenn-ich-mich-recht-erinnere-Gesäusel* als das durchschaut, was es war: eine plumpe Methode, John Smith wissen zu lassen, dass er, Edward T. Topping IV, auch ein Yale-Mann war. *Bango!* Er knipste das Lächeln aus, schaltete auf mürrisch um und sprach in geschäftsmäßigem Tonfall weiter, der John Smith zu verstehen geben sollte, dass er seine, T-4s, Zeit verplempere.

»*Also* … dann kommen wir mal zur Sache. Diese Geschichte mit der Küstenwache, wie ist da der aktuelle Stand?«

Er schaute mit Nachdruck erst Stan und dann John Smith an. John Smith schaute Stan an, und Stan schaute John Smith an und deutete mit dem Kinn zu Ed, und John Smith schaute dann Ed an und sagte zu ihm:

»Oh, sie schicken ihn nach Kuba zurück, Mr. Topping. Haben sie gestern Abend entschieden.«

Was ihn nicht sonderlich zu beeindrucken schien, ganz im Gegensatz zu Stan und Ed. Beide fingen im gleichen Augenblick zu sprechen an.

Stan: »Sie haben mir —«

Ed: »Woher — »

»— kein Wort davon gesagt.«

»— wissen Sie das?«

John Smith sagte zu Stan, »Ich bin nicht dazu gekommen. Ich hatte gerade erst den Hörer aufgelegt, da haben Sie mich zu Mr. Topping gerufen.« Er wandte sich an Ed. »Da gibt es eine … eine Quelle bei der ICE, die ich sehr gut kenne. Ich weiß, dass diese Quelle mir nichts gesagt hätte, wenn sie nicht ganz sicher wäre. Aber ich muss erst noch bei Ernie Grimaldi von der Küstenwache nachfragen, ob er das bestätigen kann.« Er schaute Stan an. »Ich hatte gerade mit seinem Büro telefoniert und eine Nachricht hinterlassen, als Sie mich gerufen haben. Er war nicht da.«

»Sie sagen, die haben die Entscheidung gestern Abend getroffen?«, sagte Ed. »Wer trifft die Entscheidung? Und wie kommen sie zu ihrer Entscheidung?«

»Das ist ziemlich einfach, Mr. Topping, das geht manchmal sehr schnell. Wenn es sich um einen *Kuban* — also, wenn es sich um eine Person aus Kuba handelt, dann gewähren sie dieser Person eine Anhörung gleich auf dem Kutter der Küstenwache. Die haben einen Beamten, der führt solche Anhörungen dauernd durch. Wenn die Person den Anhörungsbeamten davon überzeugen kann —«

::::::Ach, Scheiße, der Junge ist politisch korrekt ... so wie ihm fast das »Kubaner« rausgerutscht wäre und er gerade noch die Kurve gekriegt und »Person« gesagt hat, um sich nicht in dem Geschlechtergedöns zu verheddern.::::::

»— dass sie wegen ›einer glaubhaften Gefährdung‹ — so nennen die das, ›eine glaubhafte Gefährdung‹ — aus Kuba geflohen ist, dann bekommt sie Asyl. Dieser Mann sagt, dass sein Name Hubert Cienfuegos ist und dass er Mitglied einer Untergrundorganisation mit dem Namen El Solvente ist, Die Lösung. Ich war gestern Abend bis elf im Büro, Mr. Topping, und habe alle möglichen Leute angerufen, aber niemand hat jemals von einem Hubert Cienfuegos oder von El Solvente gehört.«

»Sprechen Sie Spanisch?«

»Ja, Sir, oder jedenfalls ziemlich gut.«

»Okay, wie entscheiden die über diese ›glaubhafte Gefährdung‹ und ob einer Asyl bekommt?«, fragte Ed.

»Das entscheidet allein dieser eine Mann, der Anhörungsbeamte. Entweder glaubt er der Person oder er glaubt ihr nicht. Passiert alles an Deck des Kutters. Das ist das ganze Verfahren, Mr. Topping. Ist ruck, zuck erledigt.«

»Und wie kommt er zu seiner Entscheidung?«

»Allzu viel weiß ich nicht darüber, Mr. Topping. Ich weiß nur, dass zwei Sachen zur Ablehnung führen können. Erstens, wenn die Person zu vage ist, wenn sie keine Daten liefern kann oder der zeitliche Ablauf unklar ist oder sie nichts darüber sagen kann, von wem genau ihr diese ›Gefährdung‹ droht. Das Zweite ist, wenn ihre Geschichte zu, na ja — zu glatt ist. Wenn sich alles wie einstudiert und auswendig gelernt anhört und sie alles wie auf Knopfdruck runterrattern kann. Der Anhörungsbeamte kann keine Zeugen vorladen. Schätze, man kann sagen, es ist eine Ermessensentscheidung.«

»Warum veranstalten die das auf dem Schiff?«, fragte Ed. »Wie bei diesem Burschen gestern — diesem Cienfuegos. Warum bringen sie ihn nicht an Land und machen die Anhörung da — ich meine, nach dem ganzen Chaos da draußen?«

»Wenn die Person aus Kuba kommt und sie bringen diese Person auf ein Polizeirevier oder stecken sie in eine Arrestzelle oder ins Gefängnis oder sonst wohin, dann bekommt sie automatisch Asyl. Denn damit hat die Person amerikanischen Boden betreten. Wenn sie in amerikanischen Gewässern ein Verbrechen begangen hat, wird sie belangt, aber man kann sie nicht nach Kuba zurückschicken.«

»Das ist ein Witz, oder?«

»Nein, Sir. Wenn die Person nur versucht hat, illegal ins Land zu kommen, wird sie zu einem Jahr auf Bewährung verurteilt und ist frei. Das ist alles. Personen aus Kuba sind so eine Art Meistbegünstigungsmigranten.«

::::::Person Person Person ...... So eine Scheiße, ich will einfach nicht glauben, dass sie meinen Mann hier in Yale zu so einem gottverdammten Sprachvergewaltiger gemacht haben. Obwohl Meistbegünstigungsmigranten ein ganz hübsches Wortspiel auf Meistbegünstigungsklausel ist:::::: Stattdessen sagte er:

»Das heißt, dieser Cienfuegos ist geliefert und praktisch schon wieder draußen?«

»Ja, Sir. Aber meine Quelle sagt, dass sie womöglich vier, fünf Tage, vielleicht eine ganze Woche nichts darüber rauslassen. Die Demonstranten sollen sich erst mal wieder ein bisschen abkühlen.«

»Das wäre ja *fantastisch!*«, sagte Stan, der so elektrisiert war, dass er sich tatsächlich gerade hinsetzte. »Wenn wir da dranbleiben, dann haben wir die Geschichte für uns allein.« Stan stand auf und richtete sich … für seine Verhältnisse … kerzengerade auf. »Okay, John, los geht's. Wir haben einen Haufen Arbeit!«

Stan ging auf die Tür zu. John Smith stand auch auf, blieb aber noch vor seinem Stuhl stehen und sagte zu Stan, »Hätten Sie was dagegen, wenn ich Mr. Topping noch kurz von der Koroljow-Story erzähle?«

Stan hob die Augen zur Decke, stieß einen überdrüssigeren als nur einfach überdrüssigen Seufzer aus, drehte sich um und schaute Ed an. Ed zeigte wieder sein breitestes Lächeln, das Lächeln eines Mannes, mit dem es das Schicksal gut meint. »Klar«, sagte er zu John Smith. »Lassen Sie mal hören. Dieser Koroljow ist wahrlich eine Persönlichkeit. Ein wahrlich schillernder …«

Ed bemerkte den skeptischen, offenbar nur für ihn bestimmten Blick, der wie ein Schatten über Stans Gesicht huschte. Aber was scherten einen glücklichen Mann die Schatten anderer Leute?

»Also, ein wahrlich schillernder Charakter«, fuhr er fort. »Habe fast neben ihm gesessen, letztes Jahr bei dem Dinner, das die Stadt und das Museum ihm zu Ehren gegeben haben. Mein Gott, Gemälde im Wert von siebzig Millionen Dollar hat er denen gestiftet, und sicher die Hälfte davon hat damals in dem Festsaal gehangen. Das war eine Show … all diese russischen Gemälde an den Wänden … Kandinsky, Malewitsch … ähhh …« Mehr Namen fielen ihm nicht ein.

»Ein paar Larionows«, sagte John Smith, »Gontscharowas, Chagalls, ein Pirosmanaschwili und —«

Ed verzog das Gesicht. »Piro — *wer?*«

»Das war so eine Art russischer Henri Rousseau«, sagte John Smith. »1918 gestorben.«

::::::Jesus Christus, Pirowatschawili?:::::: Ed beschloss, die Gefilde der Einzelheiten zu verlassen. »Egal, jedenfalls sind die Bilder mindestens siebzig Millionen Dollar wert, und das ist nur die *niedrigste* Schätzung. Sicher, Koroljow ist ein klasse Thema. Aber wir haben doch schon vor gar nicht so langer Zeit ein großes Porträt von ihm gebracht. Was soll denn der Aufhänger sein?« Schatten um Schatten umwölkte das Gesicht von Stan, der hinter John Smith stand.

»Nun ja, Sir, zum Ersten sind die Kandinskys und Malewitschs nicht echt.«

Ed neigte den Kopf zur Seite, hob eine Augenbraue so hoch, dass der Augapfel so groß wie ein Türknopf aussah, senkte die andere so weit, bis das Auge vollkommen geschlossen war, und sagte, »Die Kandinskys und Malewitschs sind nicht echt.« Kein Fragezeichen. »Und mit ›nicht echt‹, nehme ich an, meinen Sie, es handelt sich um Fälschungen.« Wieder kein Fragezeichen. Aber in seinem Gesicht stand die unausgesprochene Frage: »Haben Sie tatsächlich gesagt, was ich glaube, dass Sie gerade gesagt haben?«

»Ja, Sir«, sagte John Smith. »So lauten meine Informationen.«

Ed neigte den Kopf noch mehr zur Seite und sagte scheinbar gleichmütig, »Fälschungen ... alles Fälschungen.« Wieder kein Fragezeichen. Seine verzerrten Augenbrauen stellten die Frage ausdrücklicher, als Worte es gekonnt hätten: »Was haben Sie geraucht? Glauben Sie ernsthaft, dass Ihnen das jemand abnimmt?« Laut sagte er, »Und ich nehme an, dass sich Koroljow, als er sie dem Museum gestiftet hat, dessen bewusst war.« Kein Fragezeichen — diesmal hatten seine Worte einen unverhohlen höhnischen Beiklang.

»Er hat sie in Auftrag gegeben und auch bezahlt, Sir.«

Ed war sprachlos. ::::::Was ist das für ein Bursche? Er hat so gar nichts von einem investigativem Journalisten. Er sieht eher wie ein zu groß geratener Sechstklässler aus, der dauernd aufzeigt, weil er dem Lehrer unbedingt beweisen will, wie schlau er ist.::::::

»Noch etwas, Sir«, sagte John Smith, »Ich weiß sicher, dass die beiden Larionows Fälschungen sind.«

Ed sprach überhastet weiter. »Dann hat also einer der großzügigsten und ... und ... dem Gemeinwohl in höchstem Maße verpflichteten und ... und ... verehrtesten und angesehensten Bürger von Miami das Museum betrogen.« Ein Fragezeichen war hier vollkommen überflüssig. Die Feststellung versank ohne ein Blubbern in ihrer eigenen Absurdität.

»Nein, Sir«, sagte John Smith. »Ich glaube nicht, dass es sich um Betrug handelt. Die Gemälde waren ein Geschenk, und soweit ich weiß, hat er als Gegenleistung weder Geld noch irgendetwas anderes verlangt. Und die Begünstigten kann man auch nicht als leicht zu täuschende Tölpel bezeichnen. Das sind angeblich Experten auf ihrem Gebiet.«

Eine sehr unerfreuliche Ahnung, noch kein fertiger Gedanke, breitete sich wie Gas in Eds Hirnwindungen aus. Langsam begann ihn diese dürre Bohnenstange von Querulant zu ärgern, persönlich wie professionell, Yalie hin oder her. Bei diesem Dinner im letzten Jahr hatte kein Mann so nah neben dem Ehrengast Sergej Koroljow gesessen wie Ed. Die Person, die zwischen ihnen saß, war Bürgermeister Cruz' mausgraue Frau Carmenita, die klein und qualvoll schüchtern war, kurz, ein Nichts. Also saß Ed am Haupttisch so gut wie Ellbogen an Ellbogen neben dem illustren Oligarchen. In null Komma nichts waren sie bei »Ed« und »Sergej«. *Tout le monde* war bei dem Dinner, jeder, vom Bürgermeister und seinen Rathausgranden ... bis zum Milliardär und Kunstsammler Maurice Fleischmann, der seine Finger in so vielen Geschäften hatte, dass man ihn nur den Großmeister nannte — klingt fast wie Bürgermeister. Fleischmann saß vier Plätze von Ed entfernt. Ed hatte die Szene noch so vor Augen, als wäre es erst gestern gewesen. Physisch war Fleischmann nicht so groß, wie er aussah ... was aber keine besondere Rolle spielte, wenn man aussah wie ein wütender Bär, massiger Körper, stark behaartes Gesicht. Als Ausgleich für seinen kahlen Kopf trug er den momentan im Trend liegenden »Double Stubble«, einen Dreitagebart, der das Gesicht an Schläfen, Backen, Kinn und unter der Nase bedeckte. Die meisten Männer benutzten den Gillette Double-Stubble-Elektrorasierer, damit die Stoppeln immer akkurat und gleichmäßig aussahen. Man konnte ihn einstellen wie einen Rasenmäher, je nachdem, wie lang man seine Stoppeln wollte. Dieser Zehn-Uhr-Schatten verlieh Fleischmann ein ungewöhnlich grimmiges und aggressives Aussehen. In geschäftlichen Dingen war er von Natur aus ein Bär, sehr gefürchtet, sehr beneidet, sehr begehrt. Sein Vermögen — *Milliarden* — hatte er mit einer Firma namens American ShowUp gemacht, die auf einem Geschäftsfeld tätig war, von dem noch nie jemand gehört hatte: »Konfigurierbare Infrastruktur.« Mehrere Male hatten wohlmeinende und kenntnisreiche Seelen versucht, es Ed zu erklären, aber er kapierte es immer noch nicht. Aber wer saß praktisch tête-à-tête mit dem Ehrengast Sergej Koroljow? Nicht der Grizzlybär, sondern Ed. Dieses Detail war den anderen anwesenden *Celebrati* Miamis durchaus nicht entgangen. Das war der größte Statusschub, seit er in Miami lebte.

Er und der *Herald* waren Koroljows größte Förderer gewesen, als es galt, ihn und seine riesige Kunstschenkung zum Herzstück des Museumsparks zu machen. Die Idee für den

Park — als einem »kulturellen Anziehungspunkt« — war schon in den späten Neunzigerjahren entstanden. Stadtplaner im ganzen Land waren hingerissen von der krausen Idee, dass jede »Weltklasse«-Stadt — »Weltklasse« war ein anderer Begriff, der gerade en vogue war — einen kulturellen Anziehungspunkt von Weltklasse haben müsse. *Kulturell* bezog sich auf die Künste … in Form eines Weltklasse-Kunstmuseums. Als weitere Attraktion für den Museumspark war das Miami Museum of Science geplant, aber das Kernstück des ganzen Projekts würde das Kunstmuseum werden. 2005 waren gute Zeiten gewesen, und der Traum begann realistische Formen anzunehmen. Der Park würde auf dem Gelände des alten Bicentennial Park entstehen — alt, weil die Zweihundertjahrfeier schon vor fast vierzig Jahren stattgefunden hatte, nach Miami-Zeitrechnung eine Ewigkeit — auf einer Fläche von zwölf Hektar in Downtown Miami mit einem atemberaubendem Blick über die Biscayne Bay. Die Beschaffung der Geldmittel trat in ihre konkrete Phase. Das Museum allein würde $220 Millionen kosten, wovon 40 Prozent durch öffentliche Bürgschaften und 60 Prozent durch private Spenden abgedeckt werden sollten. Zwei Weltklasse-Architeken, die Schweizer Jacques Herzog und Pierre de Meuron, würden das Museum entwerfen, und die New Yorker Weltklasse-Firma Cooper, Robertson würde für eine großzügige Landschaftsarchitektur sorgen. Aber es gab Probleme bei der Beschaffung der privaten Spenden. Der kulturelle Anziehungspunkt von Weltklasse konzentrierte sich auf ein Museum … in dem es praktisch nichts gab … lediglich eine mickrige, drittklassige Kunstsammlung mit einigen Hundert zeitgenössischen Gemälden und Objekten aus dem bestehenden Miami Art Museum, das erst 1984 eingeweiht worden war, als die Preise für alle »großen« Kunstwerke schon in unerschwingliche Höhen gestiegen waren.

Doch dann — ein Wunder. Vor vier Jahren ließ sich aus heiterem Himmel ein russischer Oligarch, von dem noch nie jemand gehört hatte, in Miami nieder. Er offerierte dem Museum, das inzwischen »New Miami Art Museum« hieß, Gemälde von namhaften russischen Modernisten des frühen zwanzigsten Jahrhunderts im Wert von siebzig Millionen Dollar — Kandinskys, Malewitschs et cetera et cetera. Von da an nahmen die Bauarbeiten chaotisch Fahrt auf. Zum Zeitpunkt des Dinners im letzten Jahr waren sie noch nicht ganz abgeschlossen, aber eine Sache war schon fertig. Nach dem Dessert rollten acht Gewerkschaftskobolde ein wuchtiges, mit einem malvenfarbigen Samttuch verhülltes Objekt auf die Bühne, etwa vier Meter hoch und zweieinhalb Meter breit — *gewaltig*. Der Direktor des New Miami Art Museum sprach einige bewusst vage gehaltene Worte und zog dann an einer Samtkordel. Die Kordel war mit einem Flaschenzugmechanismus verbunden, und das Samttuch flog weg, *einfach so*. Vor *tout le Miami* ragte eine gigantische rechteckige Sandsteinplatte auf, in die mit riesigen Großbuchstaben der Schriftzug KOROLJOW MUSEUM OF ART gemeißelt war. *Tout le Miami* erhob sich wie ein einziges urzeitliches Tier und brach in ohrenbetäubenden Applaus aus. Das Kuratorium hatte das Museum zu seinen Ehren umbenannt. Die Buchstaben waren so tief in den massiven Kalksteinblock gemeißelt, dass man nur schwarz gesehen hätte, wenn man bis auf den Grund der Vertiefungen hätte schauen wollen. Der Vorsitzende des Kuratoriums verkündete, dass die Zehn-Tonnen-Platte den Mittelpunkt eines riesigen hängenden Gartens über dem Museumseingang bilden würde.

Das ekstatische Bild dieser riesigen, in zehn Tonnen Stein — *bis in alle Ewigkeit* — eingelassenen Buchstaben stand Ed immer vor Augen. Explizit, alle Zeitläufte überdauernd, ehrten diese Buchstaben Koroljow, aber implizit ehrten sie auch Koroljows großen Vorboten und Vorkämpfer — *mich,* Edward T. Topping IV.

::::::Und diese Bohnenstange von Bürschchen, die hier vor mir steht, will mir erzählen, dass ich mich wie ein Hinterwäldler auf die demütigendste Art habe benutzen, düpieren, übertölpeln, einseifen lassen.:::::: Der Gedanke machte ihn rasend.

Wahrscheinlich wunderte sich John Smith über Eds wutschnaubende Stimme, als er ihn grimassierend anstarrte und dann blaffte, »Okay, Schluss mit lustig. Jeder kann jedem alles vorwerfen. Jetzt mal ernsthaft. Warum sollte Ihrer Meinung nach irgendwer irgendwas von dem glauben, was Sie mir gerade erzählt haben? Sie erheben da ein paar« — er verkniff sich gerade noch »verleumderische« — »hässliche Vorwürfe gegen einen höchst angesehenen Mann.«

»Ich habe einen Tipp bekommen, Mr. Topping. Über den Maler, der die Kandinskys und die Malewitschs gefälscht hat. Anscheinend kann er den Mund nicht halten, überall prahlt er damit herum, dass er die Experten gelinkt hat.«

»Was heißt überall?«

»In der hippen Kunstgemeinde, Sir — schätze, so nennt man das wohl — in Wynwood und South Beach.«

»Die hippe Kunstgemeinde in Wynwood und South Beach ...«, sagte Ed. »Wer genau aus dieser *hippen Kunstgemeinde in Wynwood und South Beach* hat Ihnen das alles erzählt?«

»Ein Künstler, den ich kenne. Er hat sein Atelier gleich um die Ecke von dem Künstler, der die Fälschungen gemacht hat.«

»Und die Geständnisse von diesem Fälscher hat er auf Band oder schriftlich, hoffe ich doch.«

»Nein, Sir. Der Fälscher — er heißt Igor Drukowitsch, Russe, wie Koroljow — er hat es nicht direkt gestanden, er betrachtet das auch gar nicht als ›Geständnis.‹ Er will einfach *unbedingt,* dass die Menschen davon erfahren. Soweit ich weiß, hat er ein echtes Alkoholproblem, und die Hinweise verdichten sich immer mehr.«

»So, so, die Hinweise verdichten sich immer mehr«, sagte Ed so ironisch er konnte. Kein Fragezeichen.

»Ja, Sir.«

»Ist Ihnen schon aufgefallen, dass alles, was Sie mir bis jetzt erzählt haben, Hörensagen ist?«

»Ja, Sir«, sagte John Smith. »Mir ist klar, dass noch ein Haufen Arbeit auf mich wartet. Aber ich vertraue meinen Quellen.«

»Er vertraut seinen Quellen«, sagte Ed mit größtmöglichem Sarkasmus und blickte dabei John Smith mitten ins Gesicht.

Er wusste sofort, dass er die Kontrolle über sich verloren hatte … aber diese John Smiths, diese gottverdammten Ehrgeizlinge, diese selbstgefälligen Bürschchen mit ihren Visionen von Skandale »enthüllen«, »aufklären«, »aufdecken« … Wozu? Zum Wohle der Gemeinschaft? Also wirklich! Die sind nichts weiter als kindisch-egoistische Selbstdarsteller! Wenn sie denn so wild entschlossen wären, Stunk zu machen, alles Üble ans Licht zu zerren und Menschen bis aufs Blut zu verleumden, warum halten sie sich dann nicht an die Regierung? An die Amtsträger? An die Politiker? An die Bürokraten? Die können nicht *klagen!* Theoretisch können sie natürlich klagen — aber *in der Praxis* nicht! Sind doch genug da, frei zum Abschuss! Reichen die euch nicht, ihr hirntoten kleinen Rotzlöffel? Ihr Moskitos! Euer Lebenszweck ist zustechen und Blut saugen und dann abschwirren und warten, bis das nächste arme Schwein auftaucht und euch den nackten Arsch hinhält, wenn es seinen Rüssel in den öffentlichen Futtertrog steckt. Dann seid ihr wieder im Sturzflug zur Stelle, stecht zu und saugt *noch mehr* Blut ab! Reicht euch das nicht? Müsst ihr euch Leute aussuchen wie Sergej Koroljow, der uneigennützig zum Wohl der Allgemeinheit wirkt — und der wahrscheinlich jetzt schon genügend Anwälte auf der Gehaltsliste hat, um dem *Miami Herald* so lange einzuheizen und ihn zu demütigen, bis er seine ganze Glaubwürdigkeit verliert und als schmieriges Revolverblatt endet!

»Also, John«, sagte Ed und versuchte seine Fassung zurückzugewinnen. »Haben Sie eigentlich mal die … die … *Dimensionen* einer solchen Geschichte bedacht, sollten Sie sie denn schreiben?«

»Was meinen Sie, Sir?«

Wieder war Ed sprachlos. Er wusste genau, was er damit meinte, aber er hatte keine Ahnung, wie er es in Worte fassen sollte. Wie sollte man einem jungen Reporter in die Augen schauen und sagen, »Also, mein Junge, verstehst du das nicht? *Wir wollen keine solchen tollen Geschichten.* Journalismus? Kapierst du nicht? Da ist der Journalismus, und da ist der Profit. Und sei bitte so nett, geh mal kurz zur Seite, wir müssen jetzt nämlich auch mal einen kleinen Blick auf den Profit werfen. Tut uns leid, aber im Augenblick können wir keinen Woodward und keinen Bernstein gebrauchen. Ach, noch was, nimm doch bitte zur Kenntnis, dass die beiden hinter Leuten her waren, die nicht *klagen* konnten. Richard Nixon war der Präsident der Vereinigten Staaten von Amerika, aber er konnte nicht *klagen.* Die hätten schreiben können, dass er im Rock Creek Park die Enten vögelt, aber er hätte nicht *klagen* können.«

Mühsam, mühsam erlangte Ed schließlich seine Sprachfähigkeit wieder. »Ich meine, dass man in so einem Fall strategisch vorgehen muss …«

Er machte eine Pause, hauptsächlich um Zeit zu gewinnen. Diesmal wusste er wirklich nicht, *was* er damit meinte.

»Strategisch? Wie meinen Sie das, Sir«, sagte John Smith.

Ed plagte sich weiter ab. »Also ... Wir haben es hier nicht mit Bürgermeister Cruz oder Gouverneur Slate oder dem Tallahassee Round Ring zu tun. Man hat jede Menge Spielraum, wenn es um politische Geschichten oder Politiker ... Politiker ...« Mit Bedacht vermied er den Ausdruck *klagen*. John Smith sollte nicht wissen, dass die Betonung in diesem Zusammenhang auf dem Wort *klagen* lag. »Über einen Politiker können Sie alle möglichen Spekulationen in die Welt setzen, und selbst wenn Sie falschliegen, wird das wahrscheinlich keine schlimmen Auswirkungen haben. Das gehört in der Politik einfach dazu, wenigstens in diesem Land. Aber bei einem Privatmann wie Koroljow, ohne jede Vorgeschichte ...«

»Sir, so wie ich das sehe, ist Koroljow wie die meisten sogenannten Oligarchen, die zu uns kommen. Er ist gebildet, kultiviert, charmant, er ist attraktiv, spricht sehr gut Englisch, Französisch, Deutsch und natürlich Russisch. Er kennt sich mit Kunstgeschichte aus — ich gehe davon aus, dass er sich auskennt — und mit dem Kunstmarkt — aber er ist ein Krimineller, Mr. Topping. Viele von diesen Russen sind Kriminelle, und sie heuern die übelsten Schläger der Welt an, russische Schläger, und die sind unglaublich brutal. Ich könnte Ihnen da ein paar Geschichten erzählen.«

Ed schaute John Smith wieder an. Fast rechnete er damit, dass er sich vor seinen Augen häutete und in etwas vollkommen anderes verwandelte, einen Falken, einen Skorpion, ein Delta Commando, einen Stachelrochen. Aber all diese Worte waren aus dem Mund des gleichen Gesichts gekommen ... hatte der gleiche unauffällige Junge mit den perfekten Manieren und der perfekten Haltung gesprochen. Und dann das

Erröten. Als er sah, wie Ed ihn anstarrte, hatte der unauffällige Junge es wieder getan. Er war leuchtend scharlachrot angelaufen.

::::::Jesus Christus:::::: sagte Ed Topping zu sich selbst ::::::Dieser Junge ist ein Klassiker … Was haben die Menschen doch für ein schillerndes Bild von Zeitungsreportern? Etwa nicht? All diese wagemutigen Typen, die Geschichten »aufreißen« und Korruptionsfälle »enthüllen« und sich selbst in gefährliche Situationen bringen, um einen »Knüller« zu landen. Robert Redford in *Die Unbestechlichen*, Burt Lancaster in *Das Schicksal in meiner Hand* …. Genau — und im wirklichen Leben sind sie ungefähr so schillernd wie dieser John Smith hier. Wenn Sie mich fragen, werden Zeitungsreporter im Alter von sechs Jahren geboren, wenn sie in die Schule kommen. Auf dem Schulhof teilen sich Jungen sofort in zwei Lager. Sofort! Die, die den Willen zu Kühnheit und Dominanz haben, und die, die diesen Willen nicht haben. Letztere, wie unser John Smith, verbringen die Hälfte ihrer Kindheit damit, einen Modus Vivendi zu finden mit denen, die diesen Willen haben … wobei alles außer Unterwürfigkeit in Ordnung geht. Aber auch im Lager der Schwächeren gibt es Jungen, die die gleichen Träume haben wie die in dem der Stärkeren … und wenn ich etwas hundertprozentig weiß, dann, dass genau so ein Junge gerade vor mir steht, John Smith war einer von denen. Auch sie träumen von Macht, Geld, Ruhm und schönen Frauen. Solche Jungen erkennen in ihrer Kindheit instinktiv, dass Sprache ein Werkzeug ist wie ein Schwert oder ein Gewehr. Gekonnt eingesetzt, hat sie die Macht … nicht so sehr, Dinge zu *erreichen* … sondern sie zu zerstören … einschließlich Menschen … einschließlich der Jungen, die es auf die starke Seite der hauchdünnen Trennlinie verschlagen hat. Hey, genau das sind unsere *Linken!* Ideologie? Wirtschaftspolitik? Soziale Gerechtigkeit? Das sind nur ihre Deckmäntelchen. Ihre politische Orientierung war ihnen mit sechs auf dem Schulhof vorbestimmt. Sie waren die Schwachen, und bis in alle Ewigkeit hegten sie einen Groll gegen die Starken. Deshalb sind so viele Journalisten Linke! Die Ereignisse auf dem Schulhof, die sie zum geschriebenen Wort getrieben haben .... haben sie auch zu Linken gemacht. So einfach ist das! Und wenn wir schon bei Ironie sind! Wenn du im Journalismus durch Worte Macht erlangen willst, dann reicht rhetorisches Genie nicht aus. Du brauchst Inhalte, du brauchst neues Material, du brauchst ... mit einem Wort, *Nachrichten* ... und die musst du dir suchen. Du, aus dem Lager der Schwachen, kannst eine solche Sucht nach neuen Informationen entwickeln, dass du zu Dingen fähig bist, die jeden aus dem Lager der Starken entsetzen würden. Dich in gefährliche Situationen mit gefährlichen Leuten stürzen ... *und zwar lustvoll.* Im Alleingang, ohne jede Rückendeckung ... *geifernd!* Und schließlich — auf deine schwache Art — den Widerwärtigsten der Widerwärtigen herausfordern. »Du hast Informationen, die ich *brauche*. Ich habe sie mir *verdient*. Und ich werde sie *kriegen!*«::::::

All das konnte Ed in dem Babygesicht sehen. Vielleicht waren diese russischen Schläger wirklich so brutal, wie er sagte. Ed hatte keine Ahnung. Aber er sah John Smith vor sich, wie er ihnen mit seinem Babygesicht, seinen blonden Haaren und blauen Augen und einem Haufen Naivität auf den Pelz rückt und Informationen über Sergej Koroljow fordert, weil er sie braucht, verdient und *kriegen wird*.

::::::Nun ja, ich *brauche* sie *nicht,* und ich habe auch *keine* große, chaotische, pseudogerechte und geldverschlingende Schlacht *verdient,* angezettelt allein zur Mehrung des Ruhms eines Jungen namens John Smith. Und ich werde sie auch *nicht kriegen.*::::::

Aber da gibt es noch etwas Brandgefährliches, an das du besser nicht denken solltest, nicht wahr, Ed? … Wenn nämlich eine von diesen kleinen Vipern aus dem Lager der Schwachen Koroljow und seine modernen Russen mit ihren »Siebzig-Millionen-Dollar-Werken« *tatsächlich* als den kolossalen Betrug eines Hochstaplers entlarven sollte, dann würde dem gesamten Establishment von Miami plötzlich der Ruch eines dampfenden Scheißehaufens anhaften! … Die Idioten hatten $500 Millionen in einen kulturellen Anziehungspunkt von Weltklasse gepumpt, der jetzt exakt nichts mehr wert war! Sie würden dastehen wie Witzfiguren von Weltklasse, debile Schwachköpfe, unfassbar naive Kulturstreber! Das Gewieher würde in der ganzen Welt widerhallen!

Und wer würde als der Lachhafteste von allen dastehen, als der Bemitleidenswerteste und Jämmerlichste — der die vier Generationen umfassende Geschichte der Toppings, fünf, wenn man Fiver mitzählte, in eine lange, ausgewalzte Geschichte von räudigen Hunden verwandelte?

Und jetzt sollte er seine eigenen Lakaien dabei unterstützen, ihn mit Schande zu überhäufen? … ::::::Steh auf und verteidige dich, Mann! Zeig einmal in deinem Leben, wer der Herr im Haus ist! »Echter Journalismus?« Scheiß drauf!::::::

4

MAGDALENA

Nestor atmete tief ein ... atmete *Freiheit* ... unter dem weiten Himmel eines schönen klaren Samstagmorgens. Er schaute auf seine Armbanduhr, eine große CopUhr mit jeder Menge digitaler Spielereien. Es war genau 7 Uhr ... und unnatürlich still auf der Straße — *gut!* ... noch niemand war auf, nur die Frauen, die den Beton abspritzten ... eine gleichmäßige Zwei-Ton-Sinfonie. ¡SCHIIIahHHHahHHHHSSCHIIII! Er schaut sich um ... zwei Türen weiter, Señora Díaz. Er kennt sie, seit seine Familie in diese *casita* eingezogen ist — Gott sei Dank, eine nette, liebenswürdige Freundin aus der freien Welt! Allein sie zu sehen, mit dem Gartenschlauch in der Hand, macht ihn glücklich! »*Buenos días,* Señora Díaz!«, ruft er fröhlich zu ihr hinüber.

Sie hob den Kopf und fing an zu lächeln. Aber ihr Mund bewegte sich nur auf einer Seite. Die andere Seite rührte sich nicht, als hätte sich die Lippe an einem Eckzahn verhakt. Ihr Blick wurde ausdruckslos. ¡SHIIIahHHHahHHHHshIIII! und sie nuschelte das mechanischste *Buenos Días,* das er je in seinem Leben gehört hatte. ... *Nuschelte es!* ... und wandte ihm den Rücken zu, als hätte sie das Stück Beton ... da *drüben* ... vergessen abzuspritzen.

Damit speiste sie ihn ab! Mit einem Nuscheln und einem mechanischen Lächeln! Und zeigte ihm die eiskalte Schulter … dabei kannte er sie schon seit ewigen Zeiten! ::::::Ich muss weg … auch von *hier!* Weg aus der Straße, in der ich praktisch mein ganzes Leben verbracht habe! Weg — aber *wohin,* um Himmels willen?!::::::

Er hatte keine Ahnung. Abgesehen von den betonbespritzenden Frauen wie Señora Díaz lag Hialeah noch im Samstagmorgenkoma. ::::::Tja … ich hab Hunger, *¿No es verdad? Dios mío, hab ich einen Hunger.*::::::

Er hatte seit fast vierundzwanzig Stunden nichts mehr gegessen, oder so gut wie nichts. Gestern Abend um acht hatte er seine reguläre Pause gemacht, aber da hatten ihn so viele Menschen mit Fragen über die Geschichte mit dem Mann auf dem Mast gelöchert, dass er nicht dazu gekommen war, wie üblich einen Hamburger mit Pommes frites zu essen. Er hatte sich darauf verlassen, zu Hause etwas zu essen zu bekommen. Stattdessen stopft ihm sein Dad eine Ladung Beschimpfungen in den Hals.

Er ging schnurstracks zu seinem alternden Muscle-Car, dem Camaro … *Muscle*-Car? … er trug die schwarze kubanische CopSonnenbrille, eine wie Ballettleggings perfekt auf den Hintern geschneiderte Jeans … ein Polohemd Größe S, weil es so »zu« eng um Brust und Schultern war. ::::::Oh, Scheiße:::::: was für ein idiotischer Fehler! An diesem Morgen wollte er nicht dabei gesehen werden, wie er seine Muskeln zur Schau stellte, oder irgendwie sonst Aufmerksamkeit erregen. Ricky's Bakery hatte so früh schon geöffnet … sie war in einer Ladenzeile sechs Blocks entfernt. Sechs Blocks — aber er hatte keine Lust, in seinem Viertel herumzulaufen und noch mehr solch harte Überraschungen zu riskieren wie die eben mit Señora Díaz.

Minuten später rollte der wuchtige Camaro an den Geschäften entlang. Alles schlief noch ... Er rollte an der *botanica* vorbei, wo Magdalenas Mutter die Statue des heiligen Lazarus gekauft hatte.

Vor der Bäckerei stieg Nestor aus dem Camaro, wo ihm sofort der Duft von Ricky's *pastelitos* in die Nase stieg, »kleinen Pasteten« aus Blätterteig, die mit Rinderhack, gewürztem Schinken, Guave und weiß Gott was noch allem gefüllt waren — ein Dufthauch von frisch gebackenen *pastelitos,* und er entspannte sich ... *Ambrosia* ... Er liebte *pastelitos,* seit er ein kleiner Junge war. Ricky's war eine winzige Bäckerei, deren hintere Wand über die gesamte Breite des Ladens eine große gläserne Ladentheke einnahm. Vorne stand auf jeder Seite ein kleiner, runder Cafétisch, dessen Metallplatte früher mal weiß lackiert gewesen war, flankiert von zwei altmodischen Bugholzstühlen wie aus einem alten Drugstore. Dort saß, mit dem Rücken zu Nestor, ein einsamer Gast, der bei einer Tasse Kaffee Zeitung las. Nach der kahlen Schädeldecke zu urteilen, deren Haarkranz noch nicht ergraut war, war er mittleren Alters. Hinter der Theke arbeiteten immer drei Mädchen, aber die Theke war so hoch, dass man schon direkt davorstehen musste, um mehr als ihre Haare sehen zu können. ::::::Hey, ist das etwa eine Blondine?:::::: Nestor hatte bei Ricky's noch nie eine blonde Bedienung gesehen. Aber vielleicht war es ja gar keine Blondine. Seine CopSonnenbrille tauchte den ganzen Laden in ein halb totes Dämmerlicht ... um sieben Uhr morgens. Er schob die Sonnenbrille hoch.

Großer Fehler. Jetzt sah auch sein eigenes Gesicht so bleich aus wie der Mond. Der große Kopf an dem kleinen Metalltisch drehte sich zu ihm. *¡Dios mío!* Das war Mr. Ruiz, der Vater von Rafael Ruiz, einem von Nestors Klassenkameraden in der Hialeah High School.

»Ach, Nestor, hallo«, sagte Mr. Ruiz. Es war keine aufmunternde Begrüßung. Eher wie die einer Katze, die einer Maus begegnete.

Nestor bedachte Mr. Ruiz mit einem besonders strahlenden Lächeln und sagte so fröhlich er konnte, »Oh … Mr. Ruiz! *Buenos días!*«

Mr. Ruiz wandte sich ab. Dann drehte er seinen Kopf wieder um neunzig Grad zu Nestor und nuschelte aus dem Mundwinkel, ohne ihn anzuschauen, »War ja gestern ein großer Tag für dich.« Kein Lächeln … nicht das geringste. Dann schaute er wieder in die Zeitung.

»Tja, kann man so sagen, Mr. Ruiz.«

Der Kopf sagte, »Man könnte aber auch sagen, *te cagaste.*« Du hast es vermasselt. Wörtlich, du hast es verschissen. Dann wandte Mr. Ruiz ihm wieder den Rücken zu.

Gedemütigt! — von diesem — diesem — diesem — Nestor hatte gute Lust, ihm den großen Kopf vom Rumpf zu reißen und — und — und in seinen dürren Hals zu scheißen.

»Nestor!«

Nestor schaute zur Theke. Es war die Blondine. Anscheinend hatte sie sich auf die Zehenspitzen gestellt, um über die Kante der Theke schauen zu können. Er kannte sie. *Cristy La Gringa!* wollte er schreien, aber Mr. Ruiz' Anwesenheit hielt ihn zurück.

Er ging zur Theke. Die wunderbar wilde blonde Mähne! *Cristy La Gringa!* »Cristy La Gringa!« Das hatte zwar nicht die poetische Kraft von »Inga La Gringa«, aber dennoch kam er sich vor wie Nestor der Narr … toller Witz, *no es verdad?* Cristy war auf der Hialeah High School eine Klasse unter ihm — und in ihn verknallt gewesen. Sie hatte keinen Zweifel daran gelassen. Und er war versucht gewesen. Seine Lenden hatten sich geregt … *Pastelitos!* Oh ja!

»Cristy«, sagte Nestor. »Ich wusste gar nicht, dass du hier arbeitest! *La guapa gringa!*«

Sie lachte. So hatte er sie immer auf der Highschool genannt … wenn sie vermeintlich nur herumgealbert hatten.

»Ich habe gerade erst angefangen«, sagte Cristy. »Nicky hat mir den Job besorgt. Du erinnerst dich doch an Nicky, oder? Sie war eine Klasse über dir.« Sie zeigte auf das dritte Mädchen. »Und das ist Vicky.«

Nestor schaute sich alle drei an. Nickys und Vickys Haare ergossen sich wie die von Cristy in stürmischen Wellen über ihre Schultern, nur dass sie kubanisch dunkel waren. Alle drei trugen knallenge Jeans. Sie umschlossen jede Rundung, ob vorne oder hinten, drangen in jede Spalte ein, erforschten jeden Hügel und jedes Tal des Unterleibs, erklommen die *Venushügel* —

— aber irgendwie *konnte* er nicht … Er war zu deprimiert.

»Vicky und Cristy und Nicky und Ricky's«, sagte er. Sie lachten … unsicher … und damit hatte es sich dann auch.

Er bestellte ein paar *pastelitos* und Kaffee … zum Mitnehmen. Eigentlich hatte er sich ein langes, gemütliches Frühstück an einem der kleinen Tische ausgemalt, ruhig, auf neutralem Boden, nur er mit seinen *pastelitos* und seinem Kaffee. Mr. Ruiz hatte diesen Traum zunichtegemacht. Weiß Gott, wie viele Klugscheißer trotz des frühen Samstagmorgens noch auftauchen würden?

Wenig später stellte Cristy eine kleine weiße Papiertüte mit den *pastelitos* und dem Kaffee auf die Theke. Aus irgendeinem Grund verwendeten alle kleinen Bäckereien und Diners in Hialeah nur weiße Tüten. Als sie ihm an der Kasse das Wechselgeld gab, sagte er, »Danke für alles, Cristy.« Er meinte es eigentlich liebevoll, aber es klang nur traurig und deprimiert.

Cristy war schon wieder hinter der Theke verschwunden, als Nestor in einem Regal an der Vorderseite der Theke zwei Stapel Zeitungen auffielen.

Wuuh! Sein Herz versuchte aus seinem Brustkorb zu hüpfen. *Er!* — ein Foto *von ihm selbst!* — sein offizielles Dienstfoto aus dem Polizeipräsidium — auf der Titelseite des spanischsprachigen *El Nuevo Herald.* Daneben ein — ein Bild von einem jungen Mann mit verzerrtem Gesicht: Nestor kannte das Gesicht, klar — der Mann auf dem Mast ... über den beiden Porträts ein großes Foto von dem Schoner am Causeway und einer mit gefletschten Zähnen pöbelnden Menschenmenge auf der Brücke ... und darüber die größten, schwärzesten Druckbuchstaben, die Nestor je auf einer Zeitungsseite gesehen hatte: ¡DETENIDO! A 18 METROS DE LA LIBERTAD — quer über die gesamte Titelseite ... des *El Nuevo Herald. Schock!* — sein Herz begann zu rasen. Er wollte die Geschichte nicht lesen, ernsthaft, wollte es *wirklich* nicht — aber seine Augen saugten gierig den ersten Satz auf und konnten sich nicht mehr losreißen.

Er lautete auf Spanisch: »Ein kubanischer Flüchtling, wie verlautet der Held einer regimekritischen Untergrundbewegung, wurde gestern in der Biscayne Bay festgenommen. Achtzehn Meter trennten ihn vom Rickenbacker Causeway — und vom Asyl. Die Eltern des Polizisten, der ihn verhaftete, waren selbst aus Kuba geflohen und hatten sich mit einer selbstgebauten Jolle bis nach Miami in die Freiheit durchgeschlagen.«

Nestor hatte plötzlich das Gefühl, als würde ein Hitzestoß seinen Cortex durchdringen und ihm das Gehirn verbrühen. Jetzt war er ein Schurke, ein undankbarer Widerling, der seinen eigenen Leuten eben jene Freiheit verwehrte, die er selbst genoss ... kurz gesagt, er war die übelste Sorte von *TRAIDOR!*

Er wollte die Zeitung nicht kaufen ... Der *Makel* würde sich unauslöschlich auf seine Hände übertragen, wenn er sie auch nur anfasste ... aber etwas — sein vegetatives Nervensystem? — setzte sich über seinen bewussten Willen hinweg und befahl ihm, sich zu bücken und eine vom Stapel zu nehmen. *Heilige Scheiße!* Als er sich bückte, stach ihm die Zeitung auf dem anderen Stapel ins Auge. Die gesamte obere Hälfte der Titelseite war ein einziges riesiges Farbfoto — das Blau der Bucht, die gigantischen weißen Segel des Schoners ... und über dem Bild — englische Sprache! Der *Miami Herald!* — eine Schlagzeile so groß und fett wie die des *El Nuevo Herald* — HOCHSEILAKT: COP ALS LEBENSRETTER ... Er drehte die Zeitung um, damit er die untere Hälfte der Titelseite sehen konnte — *¡Santa Barranza!* — ein zwei Spalten breites Foto, in Farbe, von einem jungen Mann ohne Hemd ... nur in seine eigenen Muskeln gehüllt, von der Hüfte aufwärts, eine ganze Gebirgslandschaft aus Muskeln, riesige Felsblöcke, scharfe Klippen, tiefe Einschnitte und stählerne Schluchten ... ein Muskelgebirge ... ICH! ... Er verliebte sich so — in sein ICH! — dass er seine Augen kaum lange genug davon losreißen konnte, um die Geschichte zu überfliegen, die die anderen vier Spalten füllte ... »verblüffender Kraftakt« ... »riskierte sein eigenes Leben« — »Ññññññooooooooooooo!!! Qué Gym!« ... Seilklettern ... »rettete einen kubanischen Flüchtling, indem er ihm die Beine um den Körper schlang«. Habt ihr jetzt kapiert? ... er hatte den kleinen Bastard *gerettet* ... Der Seilkletter-Cop hatte ihn nicht zu Folter und Tod in Fidels Kerkern verdammt ... Oh, nein ... Er hatte ihm *das Leben gerettet* ... Hier steht's, groß und breit! ... Nestors Stimmung schlug so radikal, so schnell um, dass er es bis in seinen Muskelmagen spürte. Der *Miami Herald* hatte ihm eine Gnadenfrist gewährt ... auf

Englisch ... aber *das zählte,* oder nicht? ... der *Herald*-auf-Englisch — die älteste Zeitung in Florida! Doch dann sank seine Laune wieder ... »*Yo no creo en el* Miami Herald«, dem *Miami Herald* glaube ich nicht. Tausendmal hatte Nestor das gehört ... Als die Kubaner zu Tausenden vor Castro zu fliehen begannen, hatte der *Herald* gegen die kubanische Einwanderung Stellung bezogen ... hatte gegrollt, wenn so viele Kubaner einwanderten, dann würden sie auch das politische Kommando übernehmen ... »*Yo no creo en el* Miami Herald!« Das hatte Nestor von seinem Vater gehört, den Brüdern seines Vaters, den Männern der Schwestern seines Vaters, seinen Cousins, der ganzen Hialeah-Bande ... von jedem, der alt genug war, die Worte zu sagen ... »*Yo no creo en el* Miami Herald!«

Trotzdem ... die *americano*-Zeitung war das Einzige, was er hatte. Irgendwer in Hialeah muss doch die verdammte Geschichte lesen ... und zumindest ein bisschen was davon glauben. Es war nur so, dass er noch keinen getroffen hatte. Allerdings konnten viele der Leute, die zu Yeyas Party kamen, Englisch lesen ... Ja! ... Jedenfalls konnten sie sicher die riesengroßen Buchstaben lesen, die verkündeten, was er getan hatte. »COP ALS LEBENSRETTER«. Oder nicht? Er verdrückte sich aus der Bäckerei und ging zu seinem Camaro zurück ... Unbeschreiblicher Ricky's-Bakery-Duft drang aus der Tüte neben ihm und breitete sich im ganzen Wagen aus ... Zwei Meisterleistungen ... die *pastelitos* und der *Miami Herald,* der neben der Tüte lag ... und »Da, das ist er, der Verräterbulle, stopft sich das Essen in die Fresse und liest dazu im *Yo-no-creo*-Herald seine eigene Heldensaga ...« Nicht cool, gar nicht cool ... aber ich bin so *müde* ... Er nahm den Plastikdeckel von dem *cortadito* und gönnte sich einen Schluck und einen Schluck und einen Schluck der zutiefst hedonistischen Süße des kubanischen Kaffees ... Er nahm den *Miami Herald* vom Beifahrersitz und verspeiste ein paar weitere saftige Silben des HOCHSEILAKTS ... Er griff in Ricky's Tüte — *pastelitos!* — und nahm einen halbmondförmigen, mit Rindfleisch gefüllten, in Wachspapier gehüllten *pastelito* heraus ... *Ein kleines Stückchen Himmel!* ... schmeckte genauso, wie er gehofft hatte ... *pastelitos!* Eine kleine Flocke des Blätterteigs fiel herunter ... und dann noch eine ... Das war das Besondere an gebackenem Blätterteig ... Kleine Flocken fielen herunter, wenn man einen *pastelito* in die Hand nahm ... Kleine Flocken fielen auf seine Hose ... auf die frisch gepolsterten Sitze des Camaro ... Was ihn nicht im Geringsten ärgerte, die sanft fallenden Blätterteigflocken an diesem stillen Samstagmorgen um 7:30 Uhr waren auch ein kleines Stückchen Himmel ... Die fallenden Flocken erinnerten Nestor an zu Hause, an fröhliche Kindertage, an ein sonniges Hialeah, an die gemütliche *casita* ... weiche, flauschige Wolken aus Liebe und Zuneigung ... und Schutz. Aus den Schlitzen der brummenden Klimaanlage wehte Zephyr sanft, sanft die Flocken herum ... Nestor spürte, wie die furchtbare Spannung sich langsam löste langsam löste langsam löste und er trank noch einen Schluck Kaffee ... unbeschreibliche Süße — wie warm der Becher und der Plastikdeckel den Kaffee hielten! ... und er aß noch einen *pastelito*-Halbmond, und die Flocken fielen so sanft und taumelten in Zephyrs Brise, und er griff nach unten ... und zog den kleinen Hebel neben dem Sitz nach oben und ließ sein Gewicht die Lehne nach hinten drücken, bis sie bei einer Neigung von zwanzig Grad einrastete ... und der Kaffee, der ihn nach einer schlaflosen Nacht eigentlich wach halten sollte, schwappte wie eine Woge perfekter Wärme durch seinen Körper ... und sein Körper ergab sich vollkommen der Neigung des Sitzes ... und sein Geist ergab sich vollkommen einem hypnagogischen Zustand, und augenblicklich ...

Er schreckte aus dem Schlaf hoch. Er schaute auf den Autoschlüssel, der in ON-Stellung in der Zündung steckte, und spürte den kühlen Luftzug der Klimaanlage. Er war bei laufendem Motor eingeschlafen … Er drehte die Fenster herunter, um frische Luft hereinzulassen … Gott, war die frische Luft heiß! Die Sonne stand genau über ihm … killergrell … Wie spät war es? Er schaute auf seine Jumbouhr. Es war 10:45 Uhr! Er hatte drei Stunden geschlafen … ausgestreckt im Reich des Sandmanns, mit laufendem Motor und einer Klimaanlage, die elektrische Luft kotzte.

Er nahm das Handy vom Schalensitz auf der Beifahrerseite und seufzte … Welche Nachrichten sein Innenleben auch für ihn bereithielt, sie waren sicher giftig. Doch einmal mehr konnte er nicht widerstehen. Er holte sich die neuen Nachrichten aufs Display. Eine Nummer nach der anderen drückte er weg … bis er schließlich bei einer zweimal hinschauen musste. Die Nummer sprang ihn geradezu an — eine SMS von Manena!

»komme zu Yeya party cu«

Er starrte die Buchstaben an. Er versuchte ein Zeichen von Liebe darin zu entdecken … irgendwas … Sechs Worte? Er schaffte es nicht. Trotzdem simste er zurück: »meine manena kanns kaum erwarten cu2«

Seine Lebensgeister drehten durch. Es waren noch mindestens vier Stunden bis zum Beginn der Party, aber er musste nach Hause … *sofort.* ::::::Ihr *Camagüey guajiros,* Papa und Yeya und Yeyo, ich ignoriere euch einfach. Aber ich werde verdammt noch mal da sein, wenn Manena kommt.::::::

Inzwischen war es 11 Uhr, und die Straßen von Hialeah säumten Wände aus geparkten Autos. Er musste den Camaro über einen Block entfernt abstellen. Als er die Hälfte seiner Straße hinuntergegangen war, trat ein paar *casitas* vor ihm Señor

Ramos aus der Haustür. Durch seine große CopSonnenbrille konnte Nestor sehen, dass Ramos ihn anstarrte. Dann drehte er sich wieder zur Haustür um, schnippte übertrieben mit den Fingern, als hätte er etwas vergessen, und — *schwupp* — war er wieder in seiner *casita* verschwunden. Señor Ramos ist nichts weiter als ein Gepäckabfertiger auf dem Miami Airport. Ein Gepäckabfertiger! Ein kleines Menschenkorn! Aber an diesem Morgen, in diesen Straßen, wollte er nicht mal ein *buenos días* mit Officer Nestor Camacho wechseln. Na ja, was soll's? Magdalena kommt.

Das war ja klar, oder? Schon vier oder fünf *casitas* vorher kann Nestor seine eigene *casita hören* … den Dampfstrahler, der dem heißen Hialeah-Beton Druck macht. Na klar. Da ist Mami, die lange, schlabberige Shorts, ein noch schlabberigeres, zu großes weißes T-Shirt und Flipflops trägt … und zum weiß Gott wie vielten Male an diesem Morgen die betonierte Wildnis zähmt … und ihm steigt … na klar … der erste Hauch des duftenden Schweins in die Nase, das wahrscheinlich schon ein paar Stunden …. vor sich hin brutzelt … beaufsichtigt von Ich-Camilo und El Pepe Yeyo, den beiden Machomeistern der wichtigen Dinge des Lebens …

Als sie ihren Sohn sieht, dreht Mami sofort das Wasser ab und schreit: »Nestorcito! Wo bist du gewesen? Wir haben uns Sorgen gemacht!«

Nestor wollte sagen ::::::*Sorgen? Warum? Ich dachte, »wir« wären froh, wenn ich verschwinde*:::::: Aber er war nie sarkastisch gegenüber seinen Eltern, und er würde auch jetzt nicht damit anfangen. Außerdem würde Magdalena kommen.

»Ich war nur was frühstücken —«

»Aber du hättest doch hier essen können, Nestorcito!«

»— und da bin ich ein paar Freunden von der Hialeah High über den Weg gelaufen.«

»Wem?«

»Cristy, Nicky und Vicky.«

»An die kann ich mich gar nicht erinnern. Wo?«

»Bei Ricky's.«

Nestor konnte sie förmlich sehen, die im Gehirn ihrer Mutter hin und her kickenden Reime, aber entweder kapierte sie es nicht, oder sie wollte sich nicht davon ablenken lassen.

»So früh am Morgen …«, sagte seine Mutter. Dann ließ sie das Thema fallen. »Ich habe gute Nachrichten für dich, Nestor. Magdalena kommt.« Sie warf ihm die Sorte Blick zu, die um eine lebhafte Reaktion geradezu *bettelt*.

Er versuchte, er versuchte … Er hob die Augenbrauen und ließ das Kinn für ein paar Sekundenbruchteile nach unten klappen, bevor er sagte, »Woher weißt du das?«

»Ich habe sie angerufen und eingeladen. Sie kommt!«, sagte seine Mutter. »Ich habe ihr gesagt, dass sie auf jeden Fall kommen soll, bevor du zu deiner Schicht wegmusst.« Sie hielt inne. »Ich dachte, sie könnte dich ein bisschen aufmuntern.«

»Meinst du, ich brauche Aufmunterung?«, sagte Nestor. »Du hast ja recht. Als ich eben draußen war, habe ich gespürt, dass jeder in Hialeah genauso denkt wie Dad, Yeya und Yeyo. Was habe ich *getan,* Mami? Das war ein Notfall, und ich hatte den Befehl, das zu erledigen, ohne dass jemand zu Schaden kommt, und das habe ich *getan!*« Er merkte, dass er lauter wurde, aber er konnte sich nicht zurückhalten. »Auf der Polizeischule haben sie uns immer was erzählt über die ›unkritische Bereitschaft, sich der Gefahr zu stellen‹. Das heißt, dass man gefährliche Dinge erledigt, ohne vorher alles zu analysieren, ohne für sich zu entscheiden, ob man das Risiko auch eingehen will. Man kann nicht vorher alles *durchdiskutieren.* Das heißt ›unkritisch‹. Man kann sich nicht vorher hinsetzen und alles *durchsprechen* und … ich meine, das kennst *du* doch auch —«

Er riss sich zusammen und senkte die Stimme. Warum mit dieser Geschichte seine Mutter belasten? Sie wollte nur, dass alles friedlich und harmonisch war. Also hörte er ganz auf zu reden und lächelte sie traurig an.

Sie trat einen Schritt auf ihn zu, und an ihrem eigenen traurigen Lächeln erkannte er, was gleich kommen würde. Sie wollte ihn in die Arme nehmen und ihm versichern, dass seine Mutter ihn immer noch liebte. Aber das könnte er jetzt einfach nicht ertragen.

Er hob vor seiner Brust die Hände mit nach vorn gewendeten Handflächen in die Höhe. ::::::Stopp, nicht weiter!:::::: Gleichzeitig lächelte er sie an und sagte, »Ist schon gut, Mami. Ich komme damit klar. Ich brauche jetzt nur ein bisschen von der ›unkritischen Bereitschaft, mich der Gefahr zu stellen‹.«

»Dein Vater, Yeya und Yeyo, was sie da gesagt haben ... das haben sie alles nicht so gemeint, Nestorcito. Sie waren einfach ...«

»Oh doch, das haben sie schon so gemeint«, sagte Nestor. Er achtete darauf, dass er sie weiter anlächelte.

Dann ging er ins Haus und ließ Mami draußen stehen, damit sie weiter mit dem Dampfstrahler den Beton züchtigen konnte.

Das Innere der *casita* war erfüllt von den Gerüchen, angenehmen wie unangenehmen, des in der *caja china* röstenden Schweins. Angenehm — unangenehm — die Nachbarn störte das nicht. Sie waren alle Kubaner. Sie wussten alle, was für eine große Sache, was für ein Familienritual so eine Spanferkelparty war. Außerdem waren die meisten sowieso eingeladen. So war das bei Kubanern.

Im Haus schien niemand zu sein. Nestor ging nach hinten. Die Tür von Yeyas und Yeyos Zimmer stand offen. Er ging hinein und schaute durch das Fenster in den Garten. Na klar, da stand sie, die gesamte Machotruppe. Ich-Camilo gab Yeyo, der einen Eimer Kohlen für die *caja china* brachte, Anweisungen. Und Yeya, die *muchacha vieja,* zeigte hierhin und dorthin und gab beiden Anweisungen … und sagte beiden, was sie alles falsch machten. Da war sich Nestor sicher.

Also … er konnte jetzt entweder schnurstracks auf die Hohepriester der *caja china* zumarschieren und sich in die Unterhaltung einmischen ::::::*Donnerwetter, na das ist mal ein Prachtexemplar von Schwein! Was meinst du, wie lange braucht es noch? Dad, erinnerst du dich noch, damals, da war das Schwein so groß!* —:::::: für die zehn oder zwanzig Sekunden, bis die selbstgerechten Pharisäer wieder damit anfingen, ihn mit Gift und Galle zu bespucken … oder er konnte die ganze Versammlung sich selbst überlassen … Yeya, dem Geburtstagskind, schien es offensichtlich nichts auszumachen, ob eine Unperson anwesend war oder nicht. Keine schwierige Entscheidung.

Nestor legte sich in seinem Zimmer für ein Nickerchen aufs Bett. Der einzig halbwegs anständige Schlaf, den er in den letzten vierundzwanzig Stunden bekommen hatte, waren die drei Stunden auf dem um zwanzig Grad nach hinten gekippten Fahrersitz seines Camaros vor Ricky's Bakery gewesen, als ihn bei laufendem Motor und brummender Klimaanlage das Aroma und der Flockenfall der *pastelitos* betäubt hatten. Nichts erschien ihm einladender als die Aussicht auf einen betäubenden Schlaf ::::::in der Horizontalen, hier in meinem eigenen Bett:::::: aber die Wendung »hier in meinem eigenen Bett« machte ihn nervös. Er wusste nicht genau, warum, aber es war so. Was bedeutete »mein eigenes Bett« in einem Haus, wo man von drei Menschen als Verräter betrachtet wurde und der vierte freundlicherweise bereit war, einem zu verzeihen, dass man sich gegen sie und die drei anderen und deren Vermächtnis und gegen alle Kinder von Mutter Kuba in Miami, also im Grunde in der ganzen Welt, versündigt hatte? Also lag er da und köchelte in einem Gebräu aus Ablehnung, Stigma und Schuld, wovon das Schlimmste wie immer die Schuld war … aber was hätte er denn tun sollen, dem *americano*-Sergeant McCorkle in die Augen schauen und sagen, »Nein, ich werde mich nicht an einem kubanischen Parioten vergreifen — obwohl ich nicht den blassesten Schimmer habe, wer das überhaupt ist«, und dann die Entlassung aus der Truppe hinnehmen wie ein Mann? *Blubber blubber blubber blubber* köchelte das Gebräu vor sich hin, während aus dem Garten die übleren Gerüche des röstenden Schweins zu ihm ins Zimmer wehten, die Gerüche und gelegentlich ein Geheul, das sich ganz nach einem Anschiss anhörte. Die Zeit verstrich so langsam, wie sie noch nie in seinem Leben verstrichen war.

Nach Gott weiß wie langer Zeit hörte er, wie die auserwählten Schweineröster zurück in die *casita* kamen, wobei sie sich gegenseitig mit Schuldzuweisungen bombardierten, die er zum Glück nicht richtig verstehen konnte. Es war etwa 13:15 Uhr, Yeyas Party würde um 14 Uhr beginnen. Wahrscheinlich wollten sie sich umziehen. Niemand hatte mit ihm auch nur ein Wort über das Fest oder über sonst irgendetwas gesprochen. Warum blieb er überhaupt? Er war sowieso nur noch allen peinlich. Einer der Unseren, der ehedem Unseren, hat sich in eine Schlange verwandelt … aber sich von Yeyas Party zu verdrücken war gleichbedeutend damit, die Familie zu verlassen, alle Brücken abzubrechen, und das konnte er sich nicht vorstellen. Außerdem war das auf kurze Sicht ein weiterer Vorwurf, den sie gegen ihn vorbringen konnten, ein Beweis dafür, wie niederträchtig er geworden war. *Er war zu Hause, aber er hat sich nicht mal die Mühe gemacht, Yeya auf ihrer eigenen Party seinen Respekt zu bezeugen.*

Etwa eine halbe Stunde später hörte Nestor, wie sich durch den Flur aus dem hinteren Teil der *casita* ein Hochgeschwindigkeits-rat-tat-tat aus spanischen Wortfetzen näherte. Plötzlich hatte er das beklommene Gefühl, dass sie die Party eröffnet und ihm nicht mal Bescheid gesagt hatten. Jetzt war alles klar. Er war unsichtbar. Was sie anging, war er verschwunden. Nun ja, es gab eine Möglichkeit, sich zweifelsfrei davon zu überzeugen. Er erhob sich von seinem Bett und riss in einem impulsiven, unbedachten Anfall die Tür auf. Kaum drei Meter von ihm entfernt kamen sie auf ihn zu — was für ein Bild!

Sie hatten ihre Partykleidung angelegt. Von Yeyos breiten, aber knochigen Schultern hing wie an einem Kleiderständer eine weiße *guayabera,* die inzwischen zu groß für ihn war. Sie war so alt, dass die senkrechten Falten auf beiden Seiten seiner Brust schon einen Stich ins Gelbe hatten. Mit dem Ding sah Yeyo aus wie ein Segel, das auf Wind wartete. Was Yeya anging, sie bot den Anblick eines … weiß Gott was. Sie trug eine große weiße Rüschenbluse mit bauschigen Ärmeln, die an den Handgelenken in engen Bündchen endeten. Die Bluse reichte bis zu ihren Hüften und hing über einer weißen Hose. Die Hose — Nestor musste sie einfach anstarren. Es war eine weiße Jeans … eine enge weiße Jeans, die an ihren alten Beinen klebte … und auch an ihrem Hinterteil, dessen Umfang für drei Frauen ihrer Größe gereicht hätte … und am unteren Teil ihres Bauches, der unter ihrer Bluse aufquoll — *klebte!* Aber über alldem thronte die vollendete blaue Haarkugel, die bis auf das Gesicht in einem einzigen Gespinst ihren Kopf umschloss … Dazu die grässlich lippenstiftrote Scharte ihres Mundes und ein kreisrunder Fleck Rouge auf jedem ihrer Backenknochen … was für ein Auftritt.

Als sie Nestor sahen, verstummten sie. Sie schauten ihn an, wie man einen streunenden Hund anschaute, wachsam … und er schaute sie an … und plötzlich machten seine Gefühle eine Kehrtwende um 180 Grad … Der Anblick der beiden Alten, die auf der Party den besten Eindruck machen wollten … der eine sah aus wie ein Segel, das es aus der Biscayne Bay nach Hialeah geweht hatte … die andere mit ihren weißen Wurstpellen wie ein Jeanager, den man per Zeitraffer *mal eben* um fünfzig, sechzig Jahre älter gemacht hatte … es war so traurig, so mitleiderregend, dass ihr Anblick Nestor rührte. Zwei alte Menschen, die überhaupt nicht hier sein wollten … nicht in diesem Land … nicht in dieser Stadt … geduldet von ihrem Sohn und dessen Frau … ausgeschlossen durch eine fremde Sprache und zum Verzweifeln fremde Sitten … Sie waren auch einmal jung gewesen — obwohl Nestor sie sich nicht jung vorstellen konnte — und hätten sich damals wohl nicht einmal in ihren düstersten Träumen ausmalen können, dass ihr Leben einmal so enden würde … Wie hatte er sie nur so *hassen* können, wie er es heute Morgen getan hatte — oder, genau genommen, erst vor dreißig Sekunden? Er fühlte sich jetzt schuldig … Er hatte Mitleid mit ihnen … Er war jung und konnte Rückschläge verkraften … sogar so einen wie heute … denn sein Leben begann ja erst … und gleich würde Magdalena kommen.

Er lächelte sie an. »Weißt du was, Yeya? Du siehst großartig aus. Ich meine, *wirklich* großartig!«

Yeya schaute ihn böse an. »Wo warst *du* denn heute Morgen?«

Also wirklich, sie fing schon wieder an … Indem sie das *du* betonte anstatt des *warst* machte sie deutlich, dass das eigentlich keine Frage war … sondern nur eine weitere kleine Spitze gegen ihn persönlich.

»Und deine *guayabera* sieht wirklich klasse aus, Yeyo«, sagte Nestor. »Die hast du dir extra schneidern lassen, oder?«

»Du brauchst dich gar nicht so —«

Nestor fiel ihm ins Wort, wenn auch nicht absichtlich. Schuld und Mitleid ließen ihn einfach weiterplappern. »Weißt du was? Die passt genau zu Yeyas Bluse!«

Yeyo neigte den Kopf zur Seite und schaute ihn ebenfalls böse an. Er wollte auch auf ihn einhacken, aber der Bursche schüttete ihn mit Schmeicheleien einfach zu.

Das war gar nicht Nestors Absicht. Sein Herz war voller Mitleid und … Sympathie. Gleich würde Magdalena kommen.

Kurz nach zwei begannen die Gäste einzutrudeln … Kein Wunder, dass Mami ein Hundertpfundschwein bestellt hatte … Mein Gott! Sie rückten in Kompanien … Bataillonen … Horden … ganzen Familienstammbäumen an. Yeya stand zusammen mit Mami in dem kleinen Wohnzimmer. Die Haustür öffnete sich direkt in den Raum. Nestor stand etwas weiter hinten im Zimmer … etwa dreieinhalb, vier Meter von der Tür entfernt. Das würde nicht amüsant werden … jeder einzelne Stammesangehörige gluckte und schäumte und saugte den ganzen köstlichen Tratsch auf … *in unserer eigenen Familie!* … Ich kann einfach nicht glauben, dass der *Sohn* von Dads Cousin Camilo, Nestor, das wirklich getan hat! … und so fort und so weiter … und weiter und weiter …

Als Erster kamen sein Onkel Pedrito, Mamis ältester Bruder, und seine Familie. *Familie?* Er kam mit einer gottverdammten *Population!* … Da waren Onkel Pepe und seine Frau Maria Luisa und Mamis Mutter und Vater, Carmita und Orlando Posada, die bei ihnen wohnen, Onkel Pepes und Marias drei erwachsene Söhne Roberto, Eugenio und Emilio und ihre Tochter Angelina mit ihrem zweiten Mann Paco Pomentel und den fünf Kindern aus deren zwei Ehen, und dann noch Eugenios, Robertos und Emilios Frauen und Kinder und … weiter und weiter …

Die Erwachsenen umarmten und küssten Yeya und veranstalteten auch sonst ein Riesentamtam um sie … Die Kinder ertrugen nuschelnd die nassen Schmatze von Yeyas scharlachroter Scharte von Mund … und sagten sich, »Örggggh! *Niemals* werde *ich* so eine alte sabbernde Schabracke« … aber im Wesentlichen rochen sie nur eins, das brutzelnde Schwein, *damit* kannten sie sich aus … und als man sie schließlich freiließ, rannten sie durch die *casita* in den Garten, wo Ich-Camilo zweifelsohne zu ihnen sagen würde, »Na, meine Kleinen, kommt alle her zu mir — und schaut euch an, wie *ein richtiger Mann* … ein Schwein brät.«

Einer der kleinen Jungen, einer von Tante Maria Luisas Enkeln oder Stiefenkeln, weiß Gott, welcher, sieben oder acht Jahre alt, schoss mit den anderen davon wie ein Hase, als er plötzlich vor Nestor stehen blieb, mit offenem Mund an ihm hochschaute und ihn einfach nur anstarrte.

»Hi!«, sagte Nestor mit der Stimme für Kinder. »Weißt du, was es da draußen gibt?« Er lächelte das Lächeln für Kinder. »Da gibt's ein ganzes *Schwein!* Das ist SOOO groß!« Er breitete die Arme aus wie Flügel, um ihm zu zeigen, wie kolossal groß es war. »Es ist größer als du, und du bist ein richtig großer Junge!«

Der Gesichtsausdruck des Jungen veränderte sich nicht im Mindesten. Er gaffte ihn weiter mit offenem Mund an. Dann sprach er: »Bist du wirklich der, der das gemacht hat?«

Das brachte Nestor so aus der Fassung, dass er stammelte: »Der *was?* — *wer* hat das gesagt? — nein, ich bin nicht der, der das *gemacht* hat.«

Der Junge verdaute die Antwort ein paar Sekunden, dann sagte er, »Das bist du *doch!*« — und schoss in Richtung Garten davon.

Weitere Klans, Stämme, Horden, ganze Bataillone drängten herein. Die Hälfte der Leute kam durch die Vordertür, ihre Augen suchten nach ihm, sie entdeckten ihn, tuschelten miteinander — und wandten ihren Blick ab und schauten ihn nie wieder an. Aber einige der älteren Männer fühlten sich auf die typisch kubanische Art bemüßigt, kein Blatt vor den Mund zu nehmen.

Der angeheiratete Cousin seines Onkel Andres, Hernán Lugo, ein echtes Großmaul, ging auf ihn zu und sagte mit sehr strengem Blick, »Du glaubst vielleicht, Nestor, dass mich das nichts angeht, aber es *geht* mich was an, weil ich Menschen kenne, die immer noch auf Kuba eingesperrt sind — Menschen, die ich persönlich kenne — und ich weiß, was sie durchmachen, und ich habe versucht, ihnen zu helfen, und ich *habe* ihnen geholfen, auf ganz unterschiedliche Weise, also muss ich dich etwas fragen, von Angesicht zu Angesicht: Technisch gesehen hatten sie das Recht, das zu tun, was sie getan haben, okay, aber ich verstehe nicht, wie du jemals — *jemals* — zulassen konntest, dass sie *dich* als ihr Werkzeug benutzen. Wie konntest du das zulassen?«

»Señor Lugo«, sagte Nestor. »Man hat mich da raufgeschickt, damit ich den Burschen überrede, da runterzukommen. Der Bursche saß da oben auf dem …«

»Jesus Christus, Nestor, mit deinem Spanisch kannst du niemanden dazu überreden, von *irgendwas* runterzukommen.«

Nestor sah rot, sah buchstäblich einen roten Film vor seinen Augen. »Dann hätte ich Sie, Señor Lugo, ja gut gebrauchen können, oder? Sie wären mir eine große Hilfe gewesen! Sie hätten das zwanzig Meter lange Seil hochklettern können, ohne Ihre Beine zu Hilfe zu nehmen, dann wären Sie nämlich schneller oben gewesen, und dann wären Sie ihm so nahe gewesen wie ich, und dann hätten Sie die Panik in seinen Augen sehen und in seiner Stimme hören können und hätten auch gesehen, dass er drauf und dran war, aus dem Bootsmannsstuhl rauszukippen, der *soo* groß war, und zwanzig Meter in die Tiefe zu stürzen — und auf dem Deck zu zerplatzen wie ein Kürbis! Und Sie hätten mir sicher sagen können, dass dieser Bursche halb verrückt vor Panik ist und sicher gleich *stirbt,* wenn er auch nur eine Minute länger da oben bleibt! Sie hätten *das Gesicht sehen* können, von ganz nah, und hätten *die Stimme hören* können, mit Ihren eigenen Ohren! Haben Sie jemals einen Mann gesehen, der die Kontrolle über sich verloren hat, ich meine, wirklich *verloren?* Einen armen Hurensohn, der schon den Deckel zu seinem eigenen Sarg aufgeklappt hat? Wenn Sie Kubanern wirklich helfen wollen ... dann sitzen Sie in Ihrem klimatisierten Büro nicht nur auf Ihrem dicken Hintern herum! Stecken Sie einmal in Ihrem Leben die Nase in die ... in die echte Welt! Tun Sie was, verdammt noch mal! Tun Sie was, anstatt nur das Maul aufzureißen!«

Señor Lugo schaute Nestor noch einen Augenblick lang an, senkte dann den Kopf und verdrückte sich in die *casita*.

::::::*Scheiße.* Jetzt hab ich's wirklich vermasselt. *Ich* hab die Kontrolle verloren. Dieser alte Bastard — jetzt erzählt er da hinten allen, »Passt bloß auf! Kommt ihm nicht zu nahe! Den hat die Tollwut gepackt!« ... Trotzdem — die Angst in seinem Gesicht — das war es fast wert.::::::

Er war fertig mit all diesen Leuten. ::::::Selbst wenn sie mit mir reden wollen, höflich oder wie auch immer, ich sag kein Wort mehr, und ich rühr mich auch nicht von der Stelle. Ich bleibe genau hier stehen, bis Magdalena zur Tür reinkommt.::::::

Die Kompanien, Brigaden, Bataillone, Klans und Stammesangehörigen, die Termiten des Familienstammbaums verstopften das Wohnzimmer der *casita* ... und tranken Bier aus der Flasche und redeten in höllischer Lautstärke. Was für ein unchristlicher Lärm. Nette Atmosphäre ... keiner wollte mit ihm sprechen, keiner wollte ihn anschauen, keiner wollte in irgendeiner Weise seine Anwesenheit zur Kenntnis nehmen, geschweige denn würdigen.

::::::Also gut, wenn ich denn so eine Unperson und praktisch unsichtbar bin, dann habt ihr sicher nichts dagegen, wenn ich mich jetzt durch euch hindurch zur Haustür drängele?::::::

Und dann zwängte er sich, die CopSonnenbrille im Gesicht, durch die Menge hindurch, schaute niemanden an, rammte diesem die Schulter gegen den Brustkorb und jenem den Ellbogen in den — »Uffff!« — Magen und brummte, »Darf ich mal durch, darf ich mal durch«, ohne auch nur einen der von ihm gefällten Stammesangehörigen eines Blickes zu würdigen, hatte seinen Spaß an den aufgeschreckten Beschwerden, an dem *Hey* und *Aua,* dem *Hey, pass doch auf* und *Herrgott noch mal.* ::::::Sollen sie mich doch alle für einen Rüpel halten. Ist ja sowieso noch das Freundlichste, was sie von mir denken.::::::

Wieder die Muskeln spielen zu lassen bereitete ihm ein grimmiges Vergnügen, völlig sinnlos, aber immerhin befriedigend. In dem Augenblick jedoch, als er durch die Haustür trat — war alles Vergnügen dahin, ob grimmig oder sonst wie, und alle Angst. Er war leer …

In den Sekunden, die es trotz CopSonnenbrille dauerte, bis sich seine Augen an die Glutkillerbetonsonne gewöhnt hatten, bemerkte er zwar eine Gestalt, die von gegenüber die Straße überquerte, aber er konnte keine Einzelheiten erkennen, nur eine Silhouette.

In der nächsten Sekunde eine Vision — *Magdalena.*

Sie ging direkt auf ihn zu und schaute ihm mit diesem gewissen Lächeln ins Gesicht, das er immer interpretiert hatte als eine Verheißung … für unaussprechliche Freuden … der Schwung der Lippen — *der reine Schalk* … wie das Haar sich in vollen seidenen Wellen auf ihre Schultern ergoss … das ärmellose weiße Seidentop, das vorn so tief ausgeschnitten war, dass er die inneren Bögen ihrer Brüste sehen konnte ... und *mehr* ... und seine Lenden sendeten eine Botschaft aus ... ihre perfekten, geschmeidigen Beine und Schenkel und Hüften, er liebte das alles, verehrte es, vergötterte es.

»Manena — ich hatte dich schon aufgegeben«, platzte es aus ihm heraus.

Magdalena schlüpfte zwischen Ich-Camilos FUMIGADORES-Lieferwagen und einem direkt davor geparkten uralten Taurus hindurch auf den Gehweg, und die Sonne explodierte auf der flirrenden, weißen, kaum ihre Brüste bedeckenden Seide und ihrem wogenden Haar, das lang genug war, voll genug war, weich genug war, um — um — um — ... Sie war jetzt knapp einen Meter von Nestor entfernt und lächelte immer noch dieses ... *alles* .... verheißende Lächeln ... und atmete schnell.

»Es tut mir so leid, Nestor! Ich hab's kaum geschafft! Ich war im Krankenhaus. Ich bin so schnell gefahren wie noch nie —«

»Oh, Manena —« Nestor schüttelte den Kopf und kämpfte mit den Tränen.

»— in meinem ganzen Leben! Und dann hab ich keinen Parkplatz gefunden, und da hab ich den Wagen einfach da hinten stehen gelassen.« Sie deutete mit einer knappen Kopfbewegung nach irgendwo hinter sich.

»Oh, Gott, Manena, wenn du nicht gekommen wärst, dann —« Wieder schüttelte er den Kopf, wieder sammelten sich Tränen an dem schmalen Rand, wo die unteren Lider die Augäpfel berührten — anstelle der Worte, die ihm fehlten. »Manena, du kannst dir nicht vorstellen, was ich durchgemacht habe ... meine eigene Familie, meine eigene gottverdammte Familie!«

Er schaute auf seine Uhr. »*Scheiße!* Meine Schicht, ich darf nicht zu spät kommen.« Er machte einen Schritt auf sie zu. Er *musste* sie in den Armen halten. Er legte seine Arme um sie, und sie legte ihre Arme um ihn ::::::*Scheiße,* sie legt sie um meinen *Rücken*. Sie legt sie sonst immer um meinen Hals.:::::: Er versucht sie zu küssen, aber sie wendet den Kopf zur Seite und flüstert, »Nicht hier, Nestor — es sind Leute draußen —«

— wahrscheinlich von der Party. Tatsächlich. Einige der Gäste sind vom Rasen hinter dem Haus in die Einfahrt gegangen. Aber was machte das für einen *Unterschied?*

Er ließ seine Liebste los und schaute auf seine Armbanduhr. »*Scheiße,* Manena! Ich komme zu spät zu meiner gottverdammten Schicht, mein Auto steht vier Straßen von hier!«

»Oh, Nestor — das tut mir *so* leid«, sagte Magdalena. »Das ist alles meine Schuld. Pass auf, ich fahr dich zu deinem Wagen, vielleicht schaffst du es dann noch.«

Sobald er neben Magdalena auf dem Beifahrersitz saß, platzte sein ganzer Kummer aus ihm heraus. Ohne Grund, ohne jeden Grund, wollte seine ganze Familie — ach was, ganz Hialeah! — einen Verräter aus ihm machen — einen Paria! Er ließ alles raus.

Magdalena deutete links und rechts auf die zahllosen *casitas,* an denen sie vorbeifuhren. »Oh, Nestor.« Sie seufzte, ohne ihn anzuschauen. »Ich hab's dir immer gesagt. Hialeah ist nicht Amerika. Es ist nicht mal Miami. Es ist — na ja, Ghetto ist nicht das passende Wort, aber Hialeah ist … Hialeah ist eine kleine Schachtel, in der wir aufwachsen und die wir für einen normalen Teil der Welt halten. Aber das ist es nicht! Man steckt in einer kleinen Schachtel. Jeder stochert in deinem Leben rum, jeder stochert in allem rum, egal was man auch versucht auf die Beine zu stellen. Alle warten nur darauf, dass sie klatschen und tratschen können. Alle *hoffen,* dass man es nicht schafft. Die Leute hier *freuen sich* geradezu darüber, wenn man es nicht schafft. Solange man in Hialeah *lebt* und wie Hialeah *denkt* ... solange man glaubt, dass man aus seiner elenden *casita* erst dann rauskommt, wenn man heiratet — ich meine, was ist denn das für ein Leben? Die Leute hier *bestimmen* dein Leben so, dass du dir irgendein Leben außerhalb von Hialeah gar nicht *vorstellen* kannst. Ich kenne die Leute, die jetzt gerade in eurem Haus sind. Du bist mit so vielen von denen verwandt, sie sind ein Teil von dir, sie kleben an dir, sie sind wie diese Schmarotzerpflanzen mit den ganzen Ranken, die sich um Baumstämme wickeln und dann um die Äste, und wenn da kein Platz mehr ist, dann gehen sie auf die Knospen und Blätter und Zweige los, und dann lebt der Baum in einem vollkommen parasitären Zustand —«

::::::parasitären Zustand?::::::

»— oder er stirbt. Hör zu, Nestor. Ich habe dich sehr, sehr gern —«

::::::gern?::::::

»— du musst raus aus dieser Sackgasse, sofort. Gestern habe ich mit einem Arzt aus Argentinien gesprochen, und der sagt —«

::::::Das ist der richtige Zeitpunkt!:::::: Nur noch eine Straße bis zu seinem Wagen. Er schaute wieder auf seine Uhr. Die Zeit wurde langsam knapp ::::::*Jetzt!*::::::

Nestor beugte sich über die Armlehne, legte seine Hand auf ihre Schulter und schaute ihr aus so nächster Nähe und auf so *feuchte* Art in die Augen, dass man schon ziemlich dämlich sein musste, um das Unwetter nicht heraufziehen zu sehen.

»*¡Dios mío!,* Manena ... oh, mein Gott«, sagte Nestor. »Wir denken die gleichen Sachen zur gleichen Zeit. Eigentlich ist das ja nicht überraschend — aber es ist unglaublich.«

Magdalena zog plötzlich den Kopf zurück.

»Meine Liebste«, sagte Nestor. »Wir sind zwei Menschen mit den gleichen — ich meine, nicht nur mit den gleichen Gefühlen, sondern auch mit den gleichen — na ja, wir haben auch *genau gleiche Auffassungen.* Weißt du, was ich meine?«

Nichts an ihrem Gesichtsausdruck ließ darauf schließen, dass sie es wusste.

»Ich habe den ganzen Tag darüber nachgedacht. Du weißt doch, wie wir immer darüber geredet haben, dass das einfach nicht der richtige Zeitpunkt ist? Weißt du doch, oder? Ich schwöre, Manena, jetzt weiß ich es, jetzt ist der richtige Zeitpunkt. Jetzt ist er *da!* Genau jetzt! ... Manena ... lass uns heiraten — jetzt — jetzt sofort! Lassen wir das alles hinter uns!« — und er wirbelte mit seinem Zeigefinger in der Luft herum, als meinte er damit Hialeah, Miami, Miami-Dade County — »alles, hörst du? Sofort, Manena, jetzt sofort! Warum noch länger auf den richtigen Zeitpunkt warten? *Machen* wir's einfach — jetzt! Dann haben wir *das alles* ... hinter uns! Manena! Ich gehe mit dir weg — jetzt sofort. Na, was sagst du? Ich könnte dich nicht mehr lieben als genau jetzt — in diesem Augenblick. Du und ich, wir beide wissen, was der richtige Zeitpunkt ist ... *jetzt sofort!*«

Eine Sekunde lang schaute Magdalena ihn nur an ... ausdruckslos. In ihrem Gesicht konnte Nestor nicht das Geringste lesen. Schließlich sagte sie, »Das ist nicht so einfach, Nestor!«

»Nicht so einfach?« Er schenkte Magdalena das sanfteste, liebevollste Lächeln, zu dem er fähig war. »Nichts ist einfacher als das, Manena. Wir lieben uns.«

Magdalena wandte den Kopf zu ihm um. Sie schaute ihn nicht an, als sie sagte, »Wir dürfen nicht nur an uns denken.«

»Was meinst du, deine Familie? Das kann doch keine so große Überraschung für sie sein. Wir sind jetzt seit drei Jahren zusammen, und ich bin sicher, sie wissen, dass — sie können sich ja denken, dass wir nicht nur … na ja, dass wir nicht nur zusammen ausgehen.«

Jetzt schaute Magdalena ihm offen ins Gesicht. »Es geht nicht nur um meine Familie.«

»Was meinst du?«

Sie zögerte, schaute ihm aber weiter fest in die Augen. »Ich treffe mich … auch mit jemand anderem.«

Magdalenas Wagen verwandelte sich in eine versiegelte Kapsel. Nestor hörte nichts mehr, außer einem Geräusch, das sich langsam in seinem Kopf ausbreitete … es hörte sich an wie der Dampf, der aus diesen großen Bügeleisen in den Reinigungen zischte.

Seine Stimme wurde lauter. »Hast du gerade *auch* gesagt?«

»Ja.« Sie schaute ihn weiter mit ihrem Laserkontrollblick an.

»Und was soll das bedeuten, dieses *verfickte* auch?«

»Hör auf, so mit mir zu reden.«

»Okay, okay.« Er entblößte die oberen Zähnen, lächelte sie sarkastisch an und legte die Stirn in Falten. »Dann beantworte bitte einfach die Frage.«

Das Lächeln brach ihr das Kreuz. Sie begann heftig zu blinzeln. »Ich meine, so wie ich mich mit dir treffe, so treffe ich mich eben auch mit anderen Leuten.«

Nestor brachte einen einzigen heiseren Lacher zustande. Plötzlich hatten Magdalenas Augen wieder diesen stählernen Ausdruck. »Ich will dich nicht anlügen. Dafür liebe ich dich zu sehr. Ich liebe dich nämlich wirklich. Mir war schließlich klar, dass ich dir alles erzählen muss. Ich wollte *nie irgendwas* vor dir verheimlichen. Ich habe nur auf den richtigen Zeitpunkt gewartet … Jetzt weißt du alles.«

»Ich weiß … alles? Ich weiß … *alles?* Ich weiß, dass du dich rausreden willst! Dass du mir keine einzige *verfickte* —«

»Nestor! Red nicht so mit …«

»Warum nicht? Weil du so eine verfickt feine Dame bist, die mich ja so verfickt heiß und innig *liebt?* Das ist doch ein Haufen Scheißdreck!«

»Nestor!«

Er sah den Ekel, den Zorn in ihren Augen. Aber er sah auch, dass sie Angst hatte, noch ein Wort zu sagen.

»KEINE SORGE! ICH GEHE!« Er hatte die Kontrolle über sich verloren. Selbst wenn er gewollt hätte, hätte er seine Stimme nicht zügeln können. Er öffnete die Wagentür, stieg aus und ging vor das Auto, blieb stehen und schaute sie durch die Windschutzscheibe an.

»DAS IST DIE GELEGENHEIT! WARUM FÄHRST DU MICH NICHT ÜBER DEN HAUFEN, DANN IST DIE SACHE ERLEDIGT!« Keine Kontrolle. Es war ihm klar, und trotzdem konnte er nichts dagegen machen. Er ging zum Fenster auf der Fahrerseite, zu Magdalenas Fenster, bückte sich und berührte mit dem Gesicht fast die Scheibe. »DAS WAR DIE GELEGENHEIT, DU HAST SIE VERSCHISSEN … *CONCHA!*« Verschwommen nahm er die Passanten wahr, die auf der anderen Straßenseite stehen geblieben waren und zu ihnen hinübergafften, konnte seine Stimme aber immer noch nicht im Zaum halten. Er zog den Kopf zurück, richtete sich auf und schrie Magdalena aus etwa einem halben Meter Entfernung an. »NA LOS! VERSCHWINDE! VERSCHWINDE AUS HIALEAH! ICH KANN DICH NICHT MEHR SEHEN!«

Das musste er ihr nicht zweimal sagen. Sie ließ den Motor aufheulen, und mit quietschenden Reifen machte der Wagen *einen Satz* nach vorn, wie ein Tier. Nestors Augen verfolgten die Bestie auf jedem Millimeter ihres Weges, beobachteten, wie sie auf zwei Rädern um die Kurve schlitterte, und er dachte für einen grässlichen GRÄSSLICH SCHULDIGEN Augenblick, dass der Wagen umkippen würde ::::::OH, MEINE MANENA! DU KOSTBARSTES WESEN AUF DER ERDE! MEINE EINZIGE LIEBE! MEIN EINZIGES LEBEN — WAS HABE ICH GETAN?! *CONCHA* HABE ICH DICH GENANNT, UND GANZ HIALEAH HAT ES GEHÖRT! Jetzt werde ich nie mehr die Möglichkeit haben, dir zu sagen, wie sehr ich dich *anbete* .... dass du mein Leben bist!:::::: Gott sei Dank, der Wagen richtete sich wieder auf und verschwand.

Inzwischen waren noch mehr Leute stehen geblieben und gafften ihn an. Besser, er stieg in seinen Camaro und verdrückte sich. Er stieg ein, aber anstatt sofort loszufahren, lehnte er sich auf dem Sitz zurück. Erst jetzt merkte er, wie schnell er atmete, dass er fast nach Luft rang und das Herz in seinem Brustkorb so raste, als verspürte es den dringenden Wunsch, an einem anderen, besseren Ort zu sein ...

Jenseits der Windschutzscheibe sah er alles, was er zurückgelassen hatte ... eine winzige Hütte neben der anderen ... röstend auf einer endlosen, ausgedörrten Prärie aus Beton ... die Schuld, der Gedanke daran, was er weggeworfen hatte, die Hoffnungslosigkeit; all das, Hoffnungslosigkeit, mutwillige Verschwendung und Schuld; aber das Schlimmste war die Schuld.

5

DER PISSENDE AFFE

Maurice Fleischmann, dieser große Bär von Milliardär, knöpfte die Manschettenknöpfe auf und schob den Ärmel so weit wie möglich nach oben, damit sie ihm die Injektionsspritze setzen konnte … und wie immer spannte er seine Muskeln an, um Magdalena zu zeigen, dass sich unter all dem Fleisch die Stärke und Kraft eines Bären verbarg … Und wie immer sagte Magdalena, »Ganz locker, Mr. Fleischmann, entspannen Sie sich«, und wie immer entspannte er sich und war sich dabei gar nicht bewusst, wie oft sie dieses Vorspiel schon hinter sich gebracht hatten.

Oft fügte er dann noch eine anzügliche Bemerkung hinzu, keine unerhörte Anzüglichkeit … nur um das Eis zu brechen. Diesmal sagte er, »Sie sind so jung und schön, Magdalena. Erzählen Sie doch mal von Ihren Abenteuern, seit ich das letzte Mal hier war.«

Und wie immer versuchte Magdalena, seine Bemerkungen als launiges Geplänkel aufzufassen.

»Oh, ich bin mir nicht sicher, ob Sie das verkraften würden, Mr. Fleischmann.«

Er lachte. *Oh, diese Frotzelei!* »Versuchen Sie es mal mit mir«, sagte er. »Möglich, dass Sie ziiiiiemlich überrascht wären!« Gelächter, Gelächter.

Oh, diese Frotzelei! Und wie gereizt sie dann immer wurde — weil das der Moment war, in dem sie ihm die Spritze in den fetten Arm jagte und eine Ladung Deprovan in den Blutkreislauf pumpte, einen »Libidohemmer« zur Unterdrückung … seiner grenzenlosen Lust nach jedem hübschen Mädchen und *seiner* sexuellen Obsession … der Pornografie.

Und weil sie das mindestens ein halbes Dutzend Mal am Tag machte, langweilte es Magdalena so sehr, dass sie unbewusst die Vor- und Nachteile ihres neuen »Jobs« gegeneinander aufzurechnen begann. Nach ihrem Abschluss als Krankenschwester an der EGU, der Everglades Global University, war sie drei Jahre im Jackson Memorial Hospital gewesen. Im letzten Jahr hatte sie in der Kinderchirurgie gearbeitet. Wie hatte sie da widerstehen können, als einer der bekanntesten Ärzte dieses Krankenhauses, das eines der größten und bekanntesten im Süden war — Dr. Norman Lewis, der berühmte Psychiater — sie unbedingt für seine Privatpraxis hatte haben wollen? Der Glamour hatte sie umgehauen. Er hatte sie aus Hialeah herausgeholt, dem »Ghetto«, als das sie das Viertel jetzt betrachtete, und eingeführt in die Pracht und den Trubel der wirklichen Welt außerhalb von Hialeah. In weniger als einer halben Stunde würde *60 Minutes* — und nicht nur *60 Minutes,* sondern der Star der Sendung, Ike Walsh — hier in der Praxis ein Interview mit ihm führen. Thema: die Pornoplage.

Kaum war hinter Maurice Fleischmann die Praxistür, die zum Parkplatz der Lincoln Suites führte, ins Schloss gefallen, da kam Dr. Norman Lewis aus seinem Büro und ging auf sie zu. Sein Gesicht glühte wie das Gesicht eines Mannes, der sich das Lachen nicht mehr länger verkneifen konnte. Als er sie erreichte — *die Explosion*. Er fing so heftig an zu lachen, dass er kaum zum Luftholen kam, um ein paar keuchende Worte an Magdalena zu richten.

»Maurice Fleischmann!«, rief er und legte seinen Arm um ihre Taille. »*Moe the First!* ... das hochherrschaftliche Gesicht von Mia-m*iiii ii ii ii iiaahhahAHHHH hock hock hock hock hock*« — keuch — »hat einen seidenen Achttausend-Dollar-Maßanzug an, frisch aus der Jermyn Street gleich um die Ecke von der Savile Row *oh oh oh ohhahhhHHHH hock hock hock hock* musste er mir *unbedingt* erzählen! musste mir *unbedingt* das Etikett zeigen*nnnnnahhahhaHAHH hock hock hock hock*« — keuch — und mit jeden Keuchen verstärkte er den Druck um Magdalenas Hüften ein bisschen mehr — »Damit schießt er den Vogel der Woche*eehhhHHHH* ab *hock hock hock hock*« — keuch — drückte er sie noch ein bisschen fester — »›ssssso *kultiviert*‹ *ahhHHHH hock hock hock hock*« — keuch — und noch ein bisschen *fester* — »und unter dem feinen Anzug die größte Sauerei, die du je gesehen haaa *ah ah ah ahahhHHHH*« — keuch — und noch fester — »du musst zugeben, dass ist ein Z*oooohhh hiiiier uh uh huhhHHHH*« — keuch — fester ... und fester — und fing dann plötzlich an ein Lied zu singen, »*Ohhhhh, we're off to the Hamburg Zoo — to see the elephant and the wild kangarooooo hock hock hock hock!*« Er versuchte zu Atem zu kommen und seine wüste Ausgelassenheit unter Kontrolle zu bekommen ... erfolglos. »Du müsstest dem mal zwischen die Beine schauen!« — keuch — »Dieser erbärmliche Penis — ein kleines rotes Ding, mit so vielen kleinen Herpesbläschen drauf, ich hab gedacht, ich schau auf einen Strauß Luftballons runter! Nur dass es ein Strauß aus aufgeblasenen *BläääaÄÄÄÄsssCHCHCHeeen hock hock hock ahhhHHHH*!« — keuchend, hechelnd — »Was für ein Prachtexemplar der menschlichen Spezies! Der schlägt alles« — keuch — »der schlägt alles*hock hock hock hock hock*.«

Der berühmte Dr. Lewis hatte sich schließlich wieder unter Kontrolle, aber Magdalenas Körper drückte er immer noch fest gegen seinen, Hüfte an Hüfte. »Dieser arme Mistkerl ... jedes Mal, wenn er masturbiert, wird der Herpes schlimmer, es bilden sich immer mehr Bläschen — und wenn du glaubst, dass er die Willenskraft hat, den Computer auszuschalten, sich von den Jungs und Mädchen loszureißen, die sich da abrackern und gegenseitig dies und das und was weiß ich noch alles in jede Öffnung des menschlichen Körpers reinstecken — dass er einfach damit aufhören könnte, seinen armen missbrauchten kleinen Penis zu quälen, dann träum weiter ... Moment mal! Ich zeig dir was! Ich hab ein paar Fotos gemacht —«

Er ließ sie los und flitzte zurück in sein Büro. Dr. Lewis' Gelächter — ob nun über seine eigenen Witze oder nicht — sein Übermut, seine Jungenhaftigkeit, seine Energie schlugen wie eine Sturzflut über der wehrlosen Magdalena zusammen ... War es richtig, dass er ihr diese intimen Details aus dem Leben seiner Patienten erzählte? Aber was zählten schon ihre lästigen kleinen Bedenken verglichen mit der Erhabenheit von Dr. Norman Lewis? Jeden Augenblick — *jeden Augenblick!* — würden die Leute von *60 Minutes* auftauchen, damit Norm sein letztgültiges Urteil zum Thema »Pornoplage« verkünden konnte — *60 Minutes!* — und Norman war wie besessen von etwas vollkommen anderem, von ein paar Bildern der massakrierten Lenden des armen Mr. Fleischmann — als wäre ihm nichts gleichgültiger als *60 Minutes* und Ike Walsh — *als wäre ihm nichts gleichgültiger!*

Stattdessen war Magdalena in Panik — und rief laut, »Norman! Das hat doch Zeit! Die Leute von *60 Minutes* können jede Sekunde da sein!«

Dr. Norman Lewis blieb in der Bürotür stehen, drehte sich um und sagte, »Mach dir keine Sorgen, Schatz, die brauchen mindestens eine Stunde, bis sie ihren ganzen Kram aufgebaut haben.« Er verzog seine Lippen zu einem leicht zynischen

Lächeln. »Diese Gewerkschaftskobolde. Die brauchen für alles doppelt so lange wie normale Kobolde. *Die* können mich mal. Du musst Moe the First *à la nu* sehen!«

»Aber Norman! Ike Walsh —«

»*Der* kann mich auch mal. Der ist ein Paradebeispiel für das Pissender-Affe-Syndrom.« Worauf er sich wieder umdrehte.

Die können mich mal ... *die* waren ja bloß die erfolgreichste Informationssendung im Fernsehen. Und *der* kann mich mal ... *der,* Ike Walsh, war ja bloß der größte Star im TV-Nachrichtengeschäft. »Der Großinquisitor« wurde er genannt. Wenn sie sich Ike Walsh im Fernsehen anschaute, war Magdalena fasziniert, aber auch eingeschüchtert. Er war ein aggressiver Pöbler. Seine Spezialität war, Menschen so lange zuzusetzen, bis sie ganz durcheinander waren und schließlich emotional zusammenbrachen. ::::::Aber mein Norman tut ihn als einen armen Teufel ab, der unter dem »Pissender-Affe-Syndrom« leidet. Was um alles in der Welt ist das »Pissender-Affe-Syndrom«?:::::: Sie konnte sich nicht erinnern, dass er das jemals zuvor erwähnt hatte ... Pissender-Affe-Syndrom ...

Sie wusste, dass er jetzt eigentlich keine Zeit dafür hatte, aber sie konnte nicht widerstehen. »Norm!«, rief sie. »Was ist das Pissender-Affe-Syndrom?«

Dr. Lewis drehte sich wieder in der Tür um. Er seufzte auf eine Art, die ihr signalisierte, »Ich kann nicht glauben, dass du wirklich nicht weißt, was das Pissender-Affe-Syndrom ist.« Sein Tonfall ließ durchblicken, dass sie seine Geduld überstrapazierte, als er sagte: »Ich nehme an, du weißt, dass Affen ganz schreckliche Haustiere sind. Okay?«

Magdalena hatte noch nie *irgendetwas* davon gehört, dass Affen auch Haustiere sein konnten. Aber sie nickte. Sie wollte nicht riskieren, ihn noch mehr aufzubringen.

»Aber nehmen wir mal an, ein Mann holt sich trotzdem einen ins Haus, einen kleinen Affen, einen niedlichen Affen, sagen wir, einen Klammeraffen. Okay?«

Magdalena nickte beflissen.

»Also, dieser Affe, wenn er ein Männchen ist — sobald der irgendwo draufklettert, wo es hoch genug ist — und die können ja an allem hochklettern — dann fängt er an, dir auf den Kopf zu urinieren. Okay?«

»Er uriniert dir auf den *Kopf?*«, sagte Magdalena.

»Genau. Er uriniert dem Mann auf den Kopf. Dem *Mann*. Frauen interessieren ihn nicht. Er uriniert dem Mann auf den Kopf, fängt an zu grinsen und macht JII JII JII JII JII. Er lacht dich aus, er macht sich lustig über dich, er lässt dich wissen, was für ein Weichei du bist. Tag und Nacht pisst er dir auf den Kopf ... wenn du im Bett liegst und fest schläfst, wenn du aufstehst und ins Bad gehst, wenn du dich für die Arbeit anziehst, egal — *die ganze Zeit* ... Und du brauchst auch gar nicht erst zu versuchen dich mit dem kleinen Scheißer anzufreunden, ihn zu streicheln oder dich bei ihm einzuschleimen oder ihn gnädig zu stimmen, indem du ihm fabelhafte Affenleckereien auftischst wie Äpfel, Rosinen, Sellerie, Haselnüsse oder Paranüsse, das ganze Zeug, das Affen so lieben. Egal womit du versuchst, ihm gefällig zu sein, das macht es nur noch schlimmer. Dann hält er dich nämlich für ein *hoffnungsloses* Weichei. Okay? Es gibt nur eine Methode, die funktioniert: Du packst den kleinen Scheißer, wenn er gerade an seinem Napf hockt und sich vollfrisst, und schmeißt ihn in die Kloschüssel, und während er im Wasser rumstrampelt und keine Ahnung hat, wo er jetzt gelandet ist, und keinen Halt an der glitschigen Schüssel findet, dann pisst *du* auf *ihn*. Du pisst ihn ein, mit jedem Tropfen, den du aus dir rausquetschen kannst. Der Scheißaffe wird denken, dass er in einem Pissemonsun gelandet ist, dass der ganze Himmel, die ganze Welt auf ihn runterpisst. Keine Luft mehr zum Atmen, nur noch Pissedampf. Erst wird er anfangen zu kreischen ›JII JII JII JII‹ — er ist stinksauer — und dann ändert sich der Ton langsam, es hört sich an wie ein Kreischen um Gnade … dann wird's ganz leise, ›JII … JII … JII … JII‹, und immer leiser, bis du schließlich nur noch ein erbärmliches Wimmern hörst, ›jii … jii … jii … jii‹, und am nächsten Tag rollt er sich wie ein kleines Kätzchen in deinem Schoß zusammen und *bettelt* praktisch darum, dass du ihn streichelst und dich bei ihm einschleimst. Du hast ihm gezeigt, wer der Boss ist. Du hast ihm gezeigt, dass *du* das Alphatier bist, und nicht er. Voilà, da hast du ihn, deinen Ike Walsh von *60 Minutes* … ein kleiner pissender Affe.«

Daraufhin drehte er sich um und verschwand in seinem Büro.

::::::*Ike Walsh ist ein kleiner pissender Affe!* Und Ike Walsh wird ihn gleich *interviewen!*:::::: Magdalena hatte aus Norms Mund noch nie etwas so Verächtliches gehört, obwohl er Fernsehleute im Allgemeinen schon oft als beeinflussbare und leicht entflammbare Kinder bezeichnet hatte, die »keine Ahnung von konzeptionellem Denken jedweder Art« hätten.

Im Moment lag die Betonung auf leicht *entflammbar*. Die Nachrichtensendungen im Fernsehen waren allesamt scharf darauf, die Ergebnisse einer Studie der National Institutes of Health auszuschlachten, der zufolge erstaunliche 65 Prozent aller »Klicks« im Internet auf pornografische Webseiten entfielen. Die NIH — also die Regierung! — warnten vor einer pandemischen Pornografiesucht. Pornografie war von einer schmuddeligen Angelegenheit zur Gefahr für die nationale Gesundheit avanciert. »Völlig minderbemittelt«, pflegte Norman zu sagen, wenn er über die winzigen, leicht entflammbaren Gehirne der Fernsehleute sprach. Allerdings hatte er nichts dagegen, in ihren Shows aufzutreten. »Die schlachten die sogenannte Pornografiesucht aus«, sagte er — er fügte immer »sogenannt« hinzu — »und ich schlachte *sie* aus.« Und darin war er *grandios!* Magdalena war klar, dass sie mehr als nur ein bisschen voreingenommen war, aber Norman war im Fernsehen einfach wunderbar ... so besonnen, so wortgewandt, so allwissend ... und doch so gut gelaunt ... und wie er dabei aussah — aber glaubt er jetzt wirklich, er könnte mit dem schärfsten Hund im TV-Geschäft umspringen wie mit einem winzigen pissenden Affen?

In diesem Augenblick trat Norman, strahlend vor Begeisterung, wieder aus seinem Büro. *Gott,* wie gut er aussah! Ihr *americano*-Prinz! Blaue Augen ... welliges bräunliches Haar — in ihrer Vorstellung war es eher blond ... groß, eins fünfundachtzig, eins neunzig, ein bisschen pummelig vielleicht, aber nicht richtig ... dick. Er war zweiundvierzig, hatte aber ein markantes Gesicht und die Energie eines Dreißigjährigen ... nein, Fünfundzwanzigjährigen. Ihre Freunde schäumten, zerrissen sich das Maul, hielten ihr vor, dass er genau doppelt so alt war wie sie ... aber sie hatten keine Vorstellung von Normans Elan, Kraft und Lebensfreude. Wenn sie morgens aufstanden, beide nackt — so wie mit ihm hatte sie noch nie zuvor mit jemandem geschlafen — sah sie genau, dass er unter seinem ziemlich soliden ... Polster ... eigentlich eine gute Figur hatte. ***blip*** Nestor war nur eins siebzig mit diesen ... hier da überall ... ***hervorquellenden*** Muskeln ... hervorquellend! ... *grotesk!* ... ***Normans Haare,*** sie waren so voll und wellig und blond ... ***blond!,*** das ließ sie sich nicht nehmen ... dagegen war Nestors Gerede über »Sixpacks« und »Bodystyling« so belanglos. Sie lebte mit dem Idealbild des *americano!* Dass es jemanden gab, der vollständiger ***nicht Hialeah*** war, der vollkommener ***über Hialeah*** stand, auf einer höheren, geistigeren

Ebene, konnte sie sich nicht vorstellen. Ihr stand die ganze *americano*-Welt offen. Ja, sicher, die Leute in Hialeah machten ihre Witze über die *americanos*. Aber in ihrem Innern wussten sie, dass außerhalb von Miami die *americanos* das Sagen hatten … bei *allem*.

Norman stand jetzt neben ihrem Stuhl. Er legte ein Foto vor ihr auf den Schreibtisch. »Schau dir das an, dann weißt du, wovon ich rede. ›Mein ist die Rache, spricht der Herr, und ich werde vergelten.‹ Das ist übrigens das Epigraf, das *Anna Karenina* vorangestellt ist. Egal, die Sünde unseres großen Bären ist die Onanie, und dafür *wird* er büßen.«

Solche von Norman beiläufig und unbefangen hingeworfenen Bemerkungen schüchterten Magdalena furchtbar ein. Sie hatte keine Ahnung, was ein Epigraf war. Sie hatte eine vage Vorstellung davon, wer Anna Karenina war … eine Figur aus einem Buch? Und was »Onanie« anging, war sie völlig ahnungslos. Ein sechster Sinn sagte ihr, nicht nach *Epigraf* und *Anna Karenina* zu fragen. Alles, was mit Literatur zu tun hatte, schüchterte sie am meisten ein. Es traf ihren wundesten Punkt, ihren Mangel an Bildung, Bücher, die man gelesen haben sollte, Künstler, deren Bilder man kennen sollte, die großen Komponisten — sie wusste *nichts* — über *irgendeinen* Komponisten. Von einem kannte sie den Namen, Mozart, aber sie wusste absolut nichts darüber, was er komponiert haben könnte … Also erschien ihr *Onanie* … irgendwie ungefährlicher.

»Onanie?«

»Masturbation«, sagte Dr. Lewis.

Er stellte sich hinter die auf ihrem Schreibtischstuhl sitzende Magdalena, um das Foto aus ihrem Blickwinkel sehen zu können. Er legte die Hände auf ihre Schultern und senkte den Kopf, bis sein Kinn ihre Schulter und seine Wange ihre Wange berührte. Sie atmete den Duft seines Eau de Cologne ein, das »Resolute for Men« hieß. Normans Eigentumswohnung in Aventura hatte ein riesiges Bad mit einer unendlich großen Marmorplatte vor einer gigantischen Spiegelwand. Wenn sie morgens an *ihr* Waschbecken trat, sah sie den kompakten, männlichen Flakon Resolute for Men, der neben *seinem* Waschbecken stand. Der Flakon war einer Handgranate nachempfunden ... ein sehr maskulines Utensil, um duftendes Parfüm auf die duftende, frisch rasierte Haut eines Männergesichts zu sprühen *blip* das Bad des armen Nestor in der *casita* in Hialeah ... das armselige fensterlose Bad im Gang, das er mit seinen Eltern teilen musste. Eine bessere Abstellkammer, in der kaum Platz für Kloschüssel, Wanne und Miniwaschbecken war. Um die Kalt- und Warmwasserhähne hatte sich der Rost durch die Emailleschicht gefressen. Von den Wänden blätterte die abgeschmackt grünliche Farbe ab. Sie und Nestor waren in den drei Jahren, seit sie zusammen waren, nur zweimal allein in der *casita* gewesen, beide Male für höchstens eine halbe Stunde. Mehr als einmal waren sie halb nackt oder völlig nackt von seinem Zimmer in das jämmerliche Bad gehetzt, immer in Angst, von seiner Mutter, seinem Vater, einem Verwandten oder einem Nachbarn bei ihrem sündhaften Tun überrascht zu werden. Oh Gott, wie sündhaft — und wie unsagbar aufregend.

Oh Gott! — wie schrecklich war es, was sie Nestor jetzt antat! Sie sah sein verzerrtes Gesicht vor sich, wie er *»¡Concha!«* schrie. Aber sie empfand das nicht mal als Beleidigung. Es war nur der verwundete Aufschrei eines Latinos mit einem gebrochenen Herzen. Kein Mann, kein echter Latino würde nach einer Beziehung wie der ihren einfach so aufstehen und gehen, ohne Widerrede. Aber wie hätte sie das vermeiden können? Irgendwie hatte sie ihm ja sagen müssen, dass es vorbei war, dass sie ihn und Hialeah verlassen würde.

Hätte sie an dem Tag »zu ihm gestanden«, wenn sie gewusst hätte, dass er in großen Schwierigkeiten steckte, weil er diesen kubanischen Untergrundführer festgenommen und praktisch der kubanischen Regierung ausgeliefert hatte? Nun ja, das war Gott sei Dank eine Entscheidung, die ihr erspart geblieben war. Sie hatte keine Ahnung, wie es um Nestors »Karriere« stand. Seit Wochen konnte sie nur an eins denken: Hialeah endlich hinter sich zu lassen, diesen »großen kubanischen Bauch«, wie sie das nannte ... was vor allem hieß, ihr Elternhaus zu verlassen, Nestor zu verlassen. Gott sei Dank hatte sie beides getan, als sie noch den Mumm dazu gehabt hatte!

Hialeah — diese kleine kubanische Insel war Nestors ganzes Leben. Sicher, an dem Tag hatte er gesagt, dass er Hialeah verlassen würde, aber er war nur vorübergehend gekränkt. In null Komma nichts hätte sich das gelegt, und alles wäre vergessen. Er würde ein Polizist bleiben, der seine zwanzig Jahre Dienst tut, und danach — ja, was? Eine hübsche fette Pension? In fünfzehn Jahren wäre sein Leben vorbei, mit gerade mal vierzig. Es war traurig ... aber wenigstens musste sie ihn nicht mehr anlügen ... und so tun, als sei alles wie immer ... Sie musste ihn wirklich entfreunden, auf Facebook. Es wäre nicht anständig, wenn sie zulassen würde, dass er jeden Tag, jede Stunde ihr Bild anstarrte und sich nach etwas sehnte und verzehrte, das für immer vorbei war. Das wäre grausam ...

::::::Jetzt aber mal ehrlich, Magdalena! Das liegt dir doch nicht wirklich am Herzen, oder? ... Einmal war ohne dein Wissen ein Foto von dir und Norm auf deiner Facebookseite aufgetaucht, und du hattest dermaßen Angst vor Nestors wütender Reaktion gehabt, dass du es sofort gelöscht hast. Jetzt schau mal den Tatsachen ins Auge. Alle sollen wissen, dass du mit Dr. Norman Lewis liiert bist, das willst du doch! Gib's zu!

Tatsächlich *willst* du, dass das Foto auf deiner Seite prangt, wenn *60 Minutes* mit dem berühmten Ike Walsh im Fernsehen läuft. Oder? Alle sollen wissen, dass dieser umwerfend blonde und blauäugige *americano,* dieser glamouröse ältere Mann dir gehört, das ist es doch, was du willst!:::::: Aber dieser glückliche Gedanke löste wieder eine Welle an Schuldgefühlen wegen Nestor auf. Die ganze Geschichte musste so enden, wie sie endete ... und besser früher als später. Ihr war nichts eingefallen, wie sie es ihm hätte sagen können ... nichts, was *schmerzlos* abgegangen wäre ... Besser so, ein harter, sauberer Schnitt. Nestor würde sicher bald in den Schoß Hialeahs zurückkehren, als wäre nichts geschehen —

»Was ist?«, fragte Norman. »Du schaust das Foto ja gar nicht an!«

Das stimmte. Seine Hände glitten von ihren Schultern über ihre steife, weiße Schwesternuniform. »Hey?«

Also schaute sie auf das Bild und ... *uhnghhh,* das war ja *ekelhaft!* Auf dem Farbfoto war der nackte Unterleib eines Mannes zu sehen ... Die stark entzündete Leistengegend und der Penis waren von einem ekligen Ausschlag bedeckt.

Magdalena sagte, »Das ist ja —« sie wollte »ekelhaft« sagen, aber aus irgendeinem Grund schien Norman sehr stolz auf das Foto zu sein. »— das ist ja ein grässliches Bild.«

»Ganz und gar nicht«, sagte Dr. Lewis. »Was unser reicher und mächtiger Maurice Fleischmann sich angetan hat, ist vielleicht grässlich, aber nicht das Foto. Meiner Meinung nach ist es ein wichtiges Foto, ein für unseren Berufsstand sehr nützliches Dokument.«

»Das ist Mr. Fleischmann?«

»Genau der«, sagte Dr. Lewis. »Schau dir die langen dürren Beinchen an.«

»Woher hast du das?«

»Hab ich vor einer halben Stunde selbst aufgenommen und und auf den Computer runtergeladen.«

»Warum ist er nackt?«, fragte Magdalena.

Dr. Lewis kicherte. »Weil ich ihm gesagt habe, dass er sich ausziehen soll. Ich hab ihm gesagt, wir müssten ein ›sichtbares Zeitraster‹ seiner Fortschritte erstellen. ›Ein sichtbares Zeitraster‹ …« Sein Kichern steigerte sich fast in lautes Gelächter. »Und ich hab ihm gesagt, er soll das Bild mit nach Hause nehmen und immer dann anschauen, wenn er das Gefühl hat, dass ihn seine sogenannte Sucht überkommt. Das habe ich sogar halbwegs ernst gemeint. Aber hauptsächlich habe ich das Foto für meine Monografie gemacht.«

»Deine Monografie?«, sagte Magdalena. »Welche Monografie?« Sie zögerte. Sie wusste nicht, ob sie noch mehr von ihrer Unwissenheit preisgeben sollte — aber sie traute sich trotzdem.

»Norman … Ich weiß nicht mal, was das ist, eine Monografie.«

»Eine Monografie ist ein Traktat — du weißt, was ein Traktat ist?«

»So ungefähr«, sagte Magdalena. Sie hatte keinen Schimmer, aber Norman hatte das Wort in einem Tonfall ausgesprochen, als müsste es jeder Mensch kennen, der des Lesens und Schreibens kundig ist.

»Nun, eine Monografie nennt man eine sehr gründliche, sehr wissenschaftliche Abhandlung, die dir viel mehr über ein ganz spezielles Thema erzählt, als du eigentlich wissen willst, in diesem Fall über die Rolle der Masturbation bei der sogenannten Pornografiesucht. Ich will, dass diese Monografie so gründlich, so dicht, so knallvoll … so *aufgeblasen* … mit Dokumenten ist, einschließlich Fotografien wie der von Mister Miamis Leistengegend, dass man schon beim Versuch, sie zu lesen, Migräne bekommt. Ich will, dass dieses Ding so ... *dicht* wird, dass jeder Wissenschaftler, der es liest — jeder Wissenschaftler, jeder Arzt, jeder Psychiater, jeder Lehrende an einer medizinischen Fakultät — dass jeder dieser Hurensöhne vor Schmerz aufheult unter der Last, unter der minutiösen klinischen Detailflut, die ihm Dr. Norman Lewis in getrockneten, kompakten Ziegelsteinen aufbürdet.«

»Aber warum willst du das?«, fragte Magdalena.

»Weil ich zufällig weiß, dass diese beschissenen Neidhammel mich sofort einen ›Schloktor‹ schimpfen werden.«

Magdalena schaute ihn nur an. Sie wollte ihm nicht schon wieder mit einer Frage kommen, die darauf hinwies, was sie alles nicht wusste.

»›Schlock‹ ist ein jiddisches Wort, das billig und schlecht gemacht heißt«, sagte Norman, »Das Wort steht vor allem für Pfusch, der als erstklassig durchgehen soll. So ein Schloktor ist ein Arzt, der als windiger und hohler Pseudoexperte rüberkommt, weil er in Sendungen wie *60 Minutes* auftritt und kompliziertes Zeug auf so plattes Niveau runterschraubt, dass auch Millionen von Idioten es zu verstehen glauben. Natürlich alles Neid. Meine rechtschaffenen Kollegen glauben, sie hocken auf einem Berg exklusiver Geheimnisse, so weit oben, dass es die idiotischen Millionen da nie raufschaffen. Jeder Arzt, der ins Fernsehen geht und die Geheimnisse ein bisschen lüftet, ist automatisch ein billiger Apostat« — Magdalena zuckte bei Normans *Apostat* nicht mal mit der Wimper — »der diese Geheimnisse preisgibt, um dafür zu einer Art vulgärem Promiruhm zu gelangen. Meine Monografie wird sie treffen wie ein Sandsack. Sie wird sie ... *so klein* machen. Der Titel wird etwa lauten ›Die Rolle der Masturbation in der Pornografiesucht‹ — ›Sucht‹ in Anführungszeichen — oder vielleicht ›Die *Wirkungsmacht* der Masturbation in der Pornografiesucht‹. ›Wirkungsmacht‹ ist einer der gespreizten Begriffe, die heutzutage unter den Hütern der Geheimnisse sehr beliebt sind. Wie auch immer — Masturbation. Viele Ärzte, sogar viele Psychiater, kapieren das nicht. Ohne Masturbation wird kein Mann ›süchtig‹ nach Pornografie. Sonst würde es einem armen Mistkerl wie unserem honorigen Mister Miami ja schnell langweilig werden, sich schwanzlutschende Mädchen anzuschauen. Aber wenn er mit der Hand an seinem kleinen Joystick immer wieder zum Höhepunkt kommen kann, dann kennt die ›Pornografiesucht‹ keine Grenzen. Ein Wichser wie Moe the First — entschuldige das kleine Wortspiel — macht vielleicht einen etwas mickrigen Eindruck, aber wenn er sich an seinem Computer diesen armseligen Müll reinzieht, kann er bis zu achtzehn Mal an einem einzigen Tag ejakulieren. Achtzehn Mal! Ich wette, du hattest keine Ahnung, dass ein Mann so viel Saft aus sich rausholen kann! Tja, unser Maurice Fleischmann kann! Und er kann nicht aufhören, auch wenn es zwischen seinen Beinen … *so* aussieht.«

Magdalena starrte auf das Bild, und es *war* ein grässliches Bild, egal was Norman sagte — aber inzwischen knöpfte er die vorderen Knöpfe ihrer sittsam strengen Schwesternuniform auf. Sie sitzt an ihrem Schreibtisch wie eine professionelle, examinierte Krankenschwester, was alles nur noch … *sündhafter* … macht. Und *jede Sekunde* … kann das Team von *60 Minutes* vor der Tür stehen! Ihr Herzschlag beschleunigt sich, während Norman in völlig normalem Tonfall weiterredet. »… und er sagt seiner Sekretärin, dass er nicht gestört werden darf, egal wer anruft, seine Frau, eine seiner Töchter, egal — er darf *nicht* gestört werden. Nicht mal sie, seine Sekretärin, darf ihn stören, und er dreht sich auf seinem großen pompösen Drehstuhl um, klappt die Lehne des mit dem weichsten, cremefarbigsten Leder bezogenen Stuhls so weit es geht nach hinten, macht Gürtel und Reißverschluss auf, zieht Hose und Boxershorts bis unter die Knie nach unten, spreizt die Beine, und sein kleiner massakrierter blutiger wunder Herpes-Schwanz voller Blasen und Pusteln reckt sich in die Höhe, und Mr. Miami tut das Einzige, was er tun kann. Er beißt die Zähne zusammen und *schluckt* den Schmerz hinunter und kommt in null Komma nichts in diesem kurzen Zucken, das jetzt sein Lebensinhalt ist — das *erzählt* er mir tatsächlich! ... als ob ich all diese Details *bräuchte,* um ihn behandeln zu können — *meeeahhh!*« Und dann bricht er wieder in schallendes Gelächter aus.

»Bist du sicher, dass du mir das alles erzählen solltest?«, fragte Magdalena.

Dr. Norman Lewis hörte nicht für eine Sekunde auf, ihre Brüste zu streicheln. *60 Minutes!* Jeden Augenblick!

»Ahhahaaaaahh wüsste nicht, warum nicht«, sagte Dr. Lewis und versuchte seinen Lachanfall zu unterdrücken. »Wii wii wiiaahhhHHH *hock hock* hock wiiir sind doch beide beruflich mit diesem Fall befasst, oder nicht? *Hock hock hock hock hock hock ahhhHHH Hock hock hock.*«

Er stand immer noch vorgebeugt hinter ihrem Stuhl. Jetzt drehte er den Stuhl herum, damit er ihr in die Augen schauen konnte. Er küsste sie, saugte sehr zart an jeder ihrer Lippen und redete dabei unaufhörlich weiter, ganz so, als geschähe nichts weiter in diesem Raum als eine Erläuterung der Verhaltenssymptome im Fall Maurice Fleischmann.

»In dem Augenblick, wenn er den Höhepunkt erreicht, dem Augenblick, wenn jeder Mann den Höhepunkt erreicht ... hört auch noch das letzte Neuron auf zu feuern, der letzte Dendrit, der noch eine Sekunde zuvor sein Fortpflanzungsorgan mit Blut vollgepumpt hat — einfach so, die ganze monomane *Lust* ist aufgebraucht. Als wäre nichts passiert. Er ist sogar unfähig, so etwas wie *Verlangen* zu spüren, unser männlicher Mr. Miami. Er ist ganz geschäftsmäßig. Er zieht Shorts und Hose hoch, macht den Reißverschluss zu und schließt den Gürtel, steht auf und streicht sich die Klamotten glatt … schaut aus dem Fenster, in die eine Richtung, in die andere Richtung, ob vielleicht *irgendwer* da draußen *möglicherweise* etwas gesehen haben könnte, dann drückt er auf einen Knopf, seine Sekretärin im Vorzimmer hebt ab, und er sagt ihr, dass sie jetzt wieder Anrufe durchstellen kann, und er macht sich wieder an die Arbeit … und fragt sich, wie das, was gerade geschehen ist … geschehen war … Er arbeitet wieder, bis sich sein Organismus erneut meldet, und diese Intervalle werden kürzer und kürzer. Sobald es sich also wieder meldet, dreht er die Lehne seines Drehstuhls wieder zur Tür und starrt wieder gebannt auf den Bildschirm seines Computers. Es ist so einfach, sich einen Porno anzuschauen. Niemand will Geld von ihm oder seinen Namen oder seine E-Mail-Adresse. Er gibt www.onehand.com ein, drückt auf ENTER, und schon ist er wieder in Xanadu, sein kleiner, mit Blasen bedeckter Excalibur richtet sich auf und ist wieder scharf, und auf dem Bildschirm erscheint ein Sexmenü mit allem, was sein Herz begehrt — jede Wette! — anal, Fellatio, Cunnilingus, Koprophilie. Und wieder besteht sein ganzes Leben aus nichts als dem *Verlangen* nach *diesem Zucken*. Nichts anderes existiert mehr! Die Abstände zwischen den Besuchen im Vergnügungstempel werden kürzer und kürzer, er kriegt sonst nichts mehr auf die Reihe, die Leute fangen an sich zu beschweren, dass sie keinen Termin mehr bei unserem honorigen Mr. Maurice Fleischmann bekommen. Logisch bekommen sie keinen Termin mehr! Er hat ja alle Hände voll zu tun, sich selbst zu zerstören!«

»Und das alles spielt sich in einem *Büro* ab?«, fragte Magdalena.

»*Meistens* im Büro, ja«, sagte Dr. Lewis. »Zu Hause lauern alle möglichen Probleme ... und Hindernisse. Die Frau, die Kinder, der Mangel an Privatsphäre. Ich meine, wenn sich unser Maurice einen kleinen Raum einrichten würde, wo er *vollkommen* ungestört wäre, nur er und sein Computer, das würde bestimmt Argwohn erregen, seine Frau würde sicher alles herausfinden. Glaub mir, *todsicher*.«

Eine von Dr. Lewis' Händen bewegt sich jetzt langsam unter ihrer Schwesternuniform nach unten, bewegt sich auf ihrem Bauch hierhin und dorthin. Und dann schlüpfen zwei Finger unter das Gummiband ihres ohnehin kaum vorhandenen Slips.

»Und dafür braucht er *so viel Zeit?*«, sagte Magdalena. Ihr Herz raste. Die Worte kamen wie ein heiseres Flüstern aus ihrem Mund.

Dr. Lewis hatte das Problem nicht. »Und ob«, sagte er. »Denk doch mal nach. Sein Zyklus steht inzwischen bei achtzehn Mal pro Tag, meistens im Büro. Er hat keine *Zeit* mehr für irgendetwas anderes, er kann sich auf nichts anderes mehr *konzentrieren*. Ihm bleiben nur die Intervalle, in denen sein Organismus wieder Kraft für die nächsten Zuckungen tankt. Andere Sachen — wenn er sie nicht routinemäßig erledigen kann, quasi auf Autopilot, die bleiben einfach liegen. Er befindet sich in einer anderen Welt, die völlig außer Kontrolle geraten ist, eine Welt, die man Onanie nennt.«

»Onanie.« Magdalena konnte das Wort nur flüstern — mit belegter Stimme. Sie war so erregt, dass sie kaum noch sprechen konnte.

Plötzlich hob Dr. Lewis ihren Stuhl hoch und drehte ihn samt Magdalena um neunzig Grad vom Schreibtisch weg —

»Norman! Was soll das?«

— und stellte ihn erst wieder auf den Boden, als genug Platz war, dass er sich zwischen ihre Beine schieben konnte. Er sagte nichts, und sie sagte nichts. Er schaute auf sie herunter und verzog den Mund zu einer Andeutung von einem Lächeln. Sie schaute zu ihm hoch. Dr. Lewis knöpfte seinen weißen Ich-bin-der-Arzt-Baumwollkittel auf. Die Ausbeulung im Schritt seiner Khakihose war keine zwanzig Zentimeter von ihrem Gesicht entfernt. Er zog langsam langsam langsam den Reißverschluss auf. Er strahlte Magdalena durchtrieben durchtrieben durchtrieben an, wie ein Erwachsener, der gleich einem kleinen Mädchen ein Geschenk macht, das sie schon immer so-o-o-o gern haben wollte. Langsam langsam langsam lüstern lüstern raaatsch —

Ein dumpfes gurgelndes Läuten … Am Eingang drückte jemand auf die Klingel. Stimmen und Gelächter von Männern war zu hören.

»Norman! *60 Minutes!* Sie sind da!«

»*Jetzt* — während die unten an der Tür warten!« Dr. Lewis' Stimme war plötzlich angespannter und atemloser als ihre. »*Tu es jetzt!*«

»Nein, Norman! Bist du verrückt? Ich muss sie reinlassen — und ich bin halb nackt! Wir haben keine Zeit mehr!«

»Das ist *genau* die Zeit —« krächzte Dr. Lewis. »Während die — unten an der Tür — warten —«

Er bekam kaum noch Luft. »Kann ewig dauern, bis so ein Augenblick — jemals wieder … *Jetzt!*«

Magdalena stieß den Stuhl nach hinten und sprang auf. Ihre weiße Schwesternuniform war fast ganz aufgeknöpft. Sie fühlte sich vollkommen nackt.

Norman hatte immer noch beide Hände an seinem Reißverschluss. Er schaute sie an. Sein Blick sagte ihr, dass er sich … verletzt … gekränkt … betrogen fühlte.

»Mein Gott, Norman«, sagte Magdalena. »Ich glaube, du bist wirklich verrückt.«

Das Interview fand in Normans Büro statt. Mit zwei Kameras, eine war auf Norman gerichtet, die andere auf den Großinquisitor Ike Walsh. Sie saßen sich auf den Stühlen gegenüber, auf denen sonst die Patienten Platz nahmen. Magdalena war schon so paranoid wegen der üblen Tricks des Inquisitors, dass sie argwöhnte, die Idee mit den beiden Stühlen solle Norman um die Aura der Autorität seines großen Schreibtischs bringen. Sie war sehr besorgt darüber, was ihrem Liebsten in den Fängen des Inquisitors zustoßen könnte. Schließlich war Ike Walsh der Profi. Er hatte solche Situationen schon unzählige Male erlebt. Wenn er Norman demütigen sollte — nach all der Angeberei mit dem Pissenden Affen wäre das einfach schrecklich ... Ihr Herz klopfte wie das eines Vogels.

Ike Walsh war viel kleiner, als er im Fernsehen aussah. Aber schließlich saß er während der Sendung immer auf einem Stuhl. Allerdings machte er einen noch bedrohlicheren Eindruck. Die dauergebräunte Haut, die schmalen stählernen Augen, die hohen Backenknochen, das breite Kinn und der tiefe Stirnansatz, eine schmale Felsenklippe unter seinem dichten Haarschopf, schwarze, sehr volle pechschwarze Haare — er sah aus wie ein *Barbar,* den seine zivilisierte Garderobe, Jackett und Krawatte, kaum bändigen konnte. Seine schmalen kleinen Roboteraugen blinzelten nicht ein einziges Mal, die von Norman allerdings auch nicht. Er schien sich ziemlich wohl zu fühlen — auf seinem Patientenstuhl. Er trug ein leichtes, freundliches, zuvorkommendes Lächeln zur Schau. Magdalenas Herz raste noch schneller. Normans entspanntes Auftreten ließ ihn in ihren Augen nur noch unvorsichtiger und verletzlicher, noch zwingender als eine noch leichtere Beute des Inquisitors erscheinen.

Der Regisseur fing an zu zählen, »... sechs, fünf, vier, drei, zwei, eins ... läuft.«

Walsh neigte den Kopf zur Seite, so wie er es immer tat, wenn er seine Beute ins Visier nahm. »Nun, Dr. Lewis, Sie sagen, dass die Pornografiesucht eigentlich keine richtige körperliche Sucht ist, wie im Falle von Alkohol, Heroin oder Kokain ...«

Er machte eine Pause. An der auf Norman gerichteten Kamera leuchtete ein rotes Lämpchen auf ...

Norman sprach! »Ich bin nicht davon überzeugt, dass die Sucht nach Alkohol, Heroin oder Kokain eine körperliche in dem Sinne ist, wie ich annehme, dass Sie das Wort ›körperlich‹ meinen. Aber bitte, fahren Sie fort.«

Magdalena presste die Hände aneinander und atmete scharf ein. Norman hatte sein zuvorkommendes Lächeln beibehalten, veränderte es jedoch, indem er die Lippen ganz leicht öffnete und den Unterkiefer ganz leicht nach einer Seite bewegte und ... ganz leicht mit dem Auge auf dieser Seite zwinkerte — *zwinkerte!* — nicht blinzelte — als wollte er sagen, »Ich bin mir nicht sicher, ob Sie auch nur die *leiseste* Ahnung haben, wovon Sie überhaupt reden, aber gut, ich lasse Ihnen das ausnahmsweise durchgehen. Also bitte, mein Junge, murksen Sie weiter.«

Walsh hielt ein paar Sekundenbruchteile länger inne, als Magdalena erwartet hätte. Überlegte er, ob er das Thema Alkohol, Heroin und Kokain vertiefen sollte oder nicht?

Wie auch immer, er tat es nicht. Den Kopf nach wie vor zur Seite geneigt, sagte er, »Aber vier der herausragendsten Psychiater und Neurowissenschaftler des Landes — ich bin versucht zu sagen, der ganzen Welt — würden Ihnen da aufs Entschiedenste widersprechen.« Er schaute auf den Notizzettel in seinem Schoß. »Samuel Gubner aus Harvard ... Gibson Channing aus Stanford ... Murray Tiltenbaum von der Johns Hopkins ... und Ericson Labro von der Washington University — der, wie Sie sicher wissen, kürzlich den Nobelpreis erhalten hat — alle vier sind zu dem gleichen Schluss gekommen. Pornografiesucht, das tägliche stundenlange Betrachten von pornografischen Videos im Internet, löst eine chemische Reaktion aus, die den Pornografiekonsumenten auf exakt die gleiche Weise *süchtig* macht, wie harte Drogen den Drogenkonsumenten *süchtig* machen. Es verändert das Gehirn auf exakt die gleiche Weise. Diese vier herausragenden Kapazitäten stimmen darin zu hundert Prozent überein.« Der Großinquisitor richtete den Kopf wieder auf, ließ sein kantiges Kinn förmlich nach vorne schnellen, kniff die kalten stählernen Augen noch mehr zusammen … und *schlug zu*. »Und *Sie* erzählen mir, dass Dr. Norman Lewis recht hat und diese vier Männer — inklusive eines Nobelpreisträgers — falschliegen? Dass sie alle *falsch*liegen! Wollen Sie mir das erzählen? Darauf läuft es doch hinaus, oder?«

Magdalenas Herz hörte für einen Sekundenbruchteil auf zu schlagen. Sie hatte das Gefühl, als sackte es in ihrem Brustkorb nach unten. ::::::Oh, mein armer Norman.::::::

»AahhhuhwaaaAHHHH*Hock hock hock hock!*« Norman brach in ein derart bellendes Gelächter aus, wie sie es noch nie von ihm gehört hatte. Er strahlte, als könnte er entzückter nicht sein. »Ich kenne die vier Herren, und mit dreien von ihnen verbindet mich eine enge persönliche Freundschaft!« Er fing an zu kichern, als sei dieser ganze Gedankengang zu köstlich, um in Worte gefasst werden zu können. »Tatsächlich war ich erst vor ein paar Tagen mit Rick und Beth Labro zum Essen verabredet.« Er kicherte wieder, lehnte sich zurück und ließ, als stünden alle Planeten des Universums in Konjunktion, sein breitestes und zufriedenstes Grinsen erstrahlen.

Magdalena konnte nicht glauben, was gerade aus Normans Mund gekommen war! »Vor ein paar Tagen« hatte anlässlich der Verleihung des Nobelpreises an »Rick« Labro im Javits Center in New York eine ziemliche ausgelassene Feier der American Psychiatric Association stattgefunden. Magdalena war die ganze Zeit mit Norman zusammen gewesen. Sein »Abendessen mit Rick und Beth« hatte darin bestanden, dass er in einer Schlange von vielleicht 400 Menschen, die alle darauf warteten, »Rick« die Hand schütteln zu dürfen, an etwa 214. Stelle gestanden hatte. Als Norman schließlich an der Reihe gewesen war, sagte er, »Dr. Labro? Norman Lewis aus Miami. Herzlichen Glückwunsch.« Worauf »Rick« erwidert hatte: »Vielen Dank.« Und das war's dann auch schon gewesen — »Abendessen mit Rick und Beth!« ::::::Zwischen unseren und »Ricks und Beths« Tisch hätte ein Footballplatz gepasst.::::::

Der Großinquisitor wechselte in seinen patentierten Ironiemodus: »Es freut mich, dass Sie sich so gut amüsiert haben, Dr. Lewis, aber das war nicht meine ...«

Wuuummm! »AhhhHAHHHAHAHHH *Hock hock hock hock* ›Gut amüsiert‹ trifft es nicht mal annähernd, Ike!« — Normans Gelächter, seine dröhnende Stimme, seine 250-Watt-Bestlaune schlug direkt über Ike Walsh zusammen. »Ich habe mich *fabelhaft* amüsiert! Sie werden niemanden finden, der eine höhere Meinung von Rick Labro hat als ich — wie übrigens auch von Sam, Gibbsy und Murray!« ::::::*Gibbsy?* Ich glaube nicht, dass er Gibson Channing auch nur einmal *getroffen* hat.:::::: »Sie sind allesamt Pioniere auf unserem Gebiiiietahhh HHHH*Hock hock hock* Sie sind mir vielleicht ein Witzbold, Ike! AhhhhHH*Hock hock hock!*«

Nach seinem Gesicht zu urteilen, fand »Ike« das alles gar nicht lustig. Er schaute ihn ausdruckslos an. Das Licht in seinen stählernen Augen war erloschen. Er schien nach einer Antwort zu suchen. Schließlich sagte er, »Na schön, Sie geben also zu, dass Sie, verglichen mit diesen vier Kapaziäten ...«

Wuuummm! Normans unverbesserlicher Überschwang schwappte einmal mehr über Ike Walsh hinweg. »Nein, Sie sind *wirklich* ein Witzbold, Ike! *Unvergleichlich.* Ich muss Ihnen jetzt aber schon sagen, dass ich Pornografiesüchtige, sogenannte Süchtige, schon seit *zehn Jahren* behandele, und es gibt diese Krankheit in unserem Land, sicher, es ist eine psychische Störung, eine sehr ernste, obwohl es mit der konventionellen Vorstellung von Sucht nur sehr wenig zu tun hat. Wir haben gerade den Zeit- und Arbeitsplan für die größte klinische Studie von sogenannten Pornografiesüchtigen fertiggestellt, die jemals gemacht worden ist.« ::::::Was? Seit wann?:::::: »Die Studie wird allerdings nicht unter den üblichen Laborbedingungen erstellt werden. Wir schicken die Patienten mit einem Langzeit-EKG-Gerät nach Hause. Das liefert uns einen stetigen Datenstrom in Echtzeit, während die Probanden sich ihrer Sucht im Schutz ihrer Privatsphäre — nun ja, sagen wir — überlassen. Die Resultate dürften binnen achtzehn Monaten in monografischer Form verfügbar sein.«

»Monografische Form?«, sagte Ike Walsh.

»Ja. Eine Monografie ist ein Traktat — Sie sind doch vertraut mit der Publikationsform des ›Traktats‹, nicht wahr, Ike?«

»Ja, sicher, ja …«, sagte der berühmte Inquisitor. Er sagte es etwas argwöhnisch, so als fürchtete er, Norman würde ihm wie einem Schuljungen auf der Stelle eine *Definition* des Wortes »Traktat« abfordern.

Und so ging es weiter. Norman bombardierte den Großinquisitor mit zehn, zwanzig Meter hohen Wellen seiner fabelhaft guten Laune, seiner Leutseligkeit, seines donnernden Gelächters und überbordenden Enthusiasmus, produzierte schillernde und funkelnde Wellen, die anschwollen und herabstürzten und die Strömungen und den Sog der Herablassung kaschierten, die sich in unbekannten Tiefen zusammenbrauten und Ike Walsh packten und bis zur Orientierungslosigkeit hin und her schleuderten. Eine von Walshs Spezialitäten war die, seinem Interviewpartner über den Mund zu fahren und das Gespräch in eine Richtung zu lenken, die diesem nicht passte. Aber wie fuhr man jemandem über den Mund, der einen unter mannshohen, übermächtigen Wellen begrub? Nach »Sie sind doch vertraut mit der Publikationsform des ›Traktats‹, nicht wahr, Ike?« gewann Ike Walsh die Kontrolle über seine eigene Sendung nie mehr zurück.

Für den Rest des Interviews lag der Großinquisitor zusammengerollt in Normans Schoß. Hin und wieder erhob er sein Haupt und lupfte ihm sanft eine kinderleichte Frage über das Netz … und Norman prügelte ihm Schmetterball um Schmetterball um Schmetterball um die Ohren.

Was vorher zwischen ihr und Norman vorgefallen war, Augenblicke, bevor die Crew von *60 Minutes* eingetroffen war, quälte Magdalena noch immer. Es war irgendwie bizarr gewesen, sogar pervers. Aber mein *Gott,* Norman war schlau! Er war brillant! Und mein *Gott,* er war stark! Ein echter Mann! Er hatte auf den fiesesten, gefürchtetsten Interviewer der ganzen TV-Branche gepisst … und ihn zu einem kleinen Weichei geschrumpft.

6

HAUT

Sein Büro im Französischen Institut der Universität war eine Hotellobby verglichen mit seinem Büro hier zu Hause, aber das in seinem Haus war ein kleines Juwel, ein Art-déco-Juwel, um genau zu sein, und Art déco war französisch. Es war ohnehin nur dreieinhalb mal drei Meter groß gewesen und wirkte jetzt noch kleiner, weil jemand links und rechts vom Schreibtisch brusthohe Bücherregale aus Sandelholz — *Sandelholz!* — absolut atemberaubend — eingebaut hatte … lange bevor er das Haus gekauft hatte, für dessen Hypothek er sich immer noch hart abrackern *abrackern!* musste … ein Kampf, der inzwischen *unvorstellbar* hart geworden war! Egal, das Büro in seinem Haus war Lantiers unantastbarer Zufluchtsort. Wenn er zu Hause in seinem Büro saß und die Tür geschlossen war, wie in diesem Augenblick, dann waren *Störungen* jedweder Art *absolument interdites.*

Er hatte den Raum absichtlich spartanisch eingerichtet … kein Schnickschnack, keine Erinnerungsstücke, kein Krimskrams, kein Nippes, und das galt auch für Lampen … keine Lampen auf dem Schreibtisch, keine Stehlampen. Der Raum wurde ausschließlich von Deckenstrahlern beleuchtet … Asketisch, aber auf die elegante Art. Das war nicht antibürgerlich, es war *haut bourgeois,* stilvoll. Hinter Lantiers Schreibtisch befand sich ein ein Meter zwanzig breites Fenster in Form einer zweiflügeligen Glastür, die vom Boden bis zum Sims der drei Meter hohen Decke reichte. Das Gesims war wuchtig, aber glatt — stilvoll, kein lächerlicher Mischmasch aus vitruvianischen Schnecken und Kringeln, Kannelüren und Rundstäben, die im *dessin haut bourgeois* des neunzehnten Jahrhunderts für ELEGANCE standen. ELEGANCE im *dessin haut bourgeois de l'Art déco* ersetzte die große Geste durch wandhohe Fenster ... durch glatte, wuchtige Simse, die das Art-déco-Motto »Eleganz durch stilvolle Strenge!« verkündeten. Der einzige Stuhl außer dem an Lantiers Schreibtisch war ein Exemplar des aus einem Stück gefertigten weißen Fiberglasentwurfs eines französischen Designers namens Jean Calvin. Wenn man pingelig sein wollte, war Calvin Schweizer, aber die Aussprache des Namens, *Cal-vääà,* sagte schon, dass er aus der französischen Schweiz stammte und kein Deutschschweizer war, und Lantier hatte sich dafür entscheiden, ihn als Franzosen zu betrachten. Immerhin hatte Lantier, obwohl er von Geburt Haitianer war und die außerordentliche Professur für Französisch (und das abscheuliche Kreolisch) bekommen hatte, *weil* er Haitianer war, Belege dafür, dass er in Wahrheit ein Nachfahre der bedeutenden de Lantiers aus der Normandie in Frankreich war, deren Stammbaum mindestens zweihundert Jahre zurückreichte, wenn nicht noch weiter. Man brauchte sich nur seine helle Haut anschauen, die nicht dunkler war als, sagen wir, ein *Caffè Latte,* um zu wissen, dass er im Grunde Europäer war ... Nun ja, er machte sich nichts vor. Ihm war klar, dass sein Bestreben, sich als Franzose zu *fühlen,* für seine finanzielle Schieflage verantwortlich war. Das Haus war ansonsten weder groß noch herrschaftlich. Aber es *war* Art déco! ... ein authentisches Art-déco-Haus aus den Zwanzigerjahren! — eins von etlichen, die damals im nordöstlichen

Teil von Miami gebaut worden waren, der als Upper East Side bekannt war … keine wirklich vornehme Gegend, aber solide obere Mittelklasse … viele kubanische und andere Latino-Geschäftsleute … hier und da eine weiße Familie … keine *Negs* und keine *Haitianer!* — außer den Lantiers, aber hier in der Gegend hat noch nie jemand die Lantiers für Haitianer gehalten … sicher nicht den Französischprofessor *Lantier* von der Everglades Global University und seine Familie in ihrem Art-déco-Haus … Diese Art-déco-Häuser galten als etwas sehr Spezielles. Art déco war die Abkürzung für Arts décoratifs, die erste Form moderner Architektur — und sie war *französisch!* Er wusste, dass die Kosten ihn in die Bredouille bringen würden — in eine $540 000-Bredouille — aber eine *französische!* — und somit sehr stilvolle. Im Augenblick hatte er noch $486 000 von der Hypothek abzustottern, $3 050 im Monat — $36 666,96 pro Jahr — plus $7 000 Grundsteuer im Jahr, plus knapp $16 000 Einkommenssteuer, und das bei einem Gehalt von jährlich $86 442 — wenn das keine Bredouille war … er kam sich vor, als stünde er mit einem Bein auf einer Klippe und mit dem anderen auf der anderen Klippe, ganz weit da drüben, und unter ihm klaffte der unendliche Canyon des Unheils. Wie auch immer, der Calvin-Stuhl hatte eine gerade Rückenlehne und kein Sitzpolster. Lantier wollte nicht, dass es sich irgendein Besucher hier gemütlich machte. Er wollte überhaupt keine Besucher in diesem Raum. Basta. Das hatte auch für seine Frau Louisette gegolten, bis sie vor zwei Jahren gestorben war … Warum dachte er immer noch mindestens zehnmal am Tag an Louisette? … wenn er doch jedes Mal, wenn er an sie dachte, tief Luft holen und diese in einem langen Seufzer wieder ausstoßen musste? … und sich in seinen unteren Augenlidern winzige Pfützen aus Tränen bildeten? … wie gerade in diesem Augenblick *— blechernklappriges Scheppern! —*

er hatte versucht, den alten Aluminiumtürgriff selbst zu reparieren, verdammtes Ding, und die Tür flog auf, und seine einundzwanzigjährige Tochter Ghislaine stand vor ihm, vor Aufregung strahlende *yeux en noir,* Lippen, die die Begeisterung zu verbergen suchten, die in ihren großen lieblichen *sphères* leuchtete —

— genau, die Tür seines unantastbaren Zufluchtsorts flog ohne vorheriges Klopfen auf, und da stand Ghislaine … er brauchte den Gedanken nicht einmal zu Ende zu denken, weil das schon bei so vielen verschiedenen Anlässen zuvor geschehen war: Wenn es um das Glück seiner wunderschönen Bleich-wie-der-Mond-Tochter ging, dann schmolzen seine patriarchalischen Regeln dahin. Er stand sofort auf und schloss sie in die Arme … und setzte sich dann auf die Schreibtischkante, damit sie sich tête-à-tête unterhalten konnten.

Auf Französisch sagte sie, »Papa! Hab ich dir eigentlich schon von South Beach Outreach erzählt? Ich überlege, ob ich da vielleicht mitmache!«

Lantier musste lächeln ::::::Überlege, ob ich da *vielleicht* mitmache … wie wär's mit, ich *muss* da *unbedingt* mitmachen! … Du bist so leicht zu durchschauen, mein Liebes, meine teuerste berechenbare Tochter. Wenn du dich für etwas begeisterst, dann kannst du dich nicht zurückhalten, du musst gleich mit der Tür ins Haus fallen. Keine Zeit für Smalltalk, es muss raus … *sofort!*:::::: Sein Lächeln wurde noch breiter.

Ghislaine hielt es anscheinend für sein typisch ironisches Lächeln, dessen er sich bereits in der Vergangenheit schuldig gemacht hatte und das definitiv *keine* Methode war, um Kindern mitzuteilen, was man denkt. Wenn sie rauskriegen, dass man sich über sie lustig macht, entfacht das bittersten Groll. Und weil Ghislaine es wohl genau für so ein Lächeln hielt, verfiel sie ins Englische und sprach schneller, dringlicher weiter.

»Ja, ja, ich weiß, du glaubst, es nimmt zu viel Zeit in Anspruch. Stimmt, es nimmt sogar *noch mehr* Zeit in Anspruch … Man fährt da nicht nur bei den Bedürftigen vorbei und liefert ein Essenspaket ab. Man verbringt Zeit mit den Familien und versucht ihre wirklichen Probleme kennenzulernen, von denen *Hunger* nicht das einzige ist. Genau deshalb findet Nicole das auch so *toll!* Und Serena auch! Man sitzt da nicht nur einfach rum und kommt sich wohltätig vor. Du versuchst ihnen dabei zu helfen, ihr Leben zu *organisieren!* Das ist das Einzige, was vielleicht ihr Leben ändern kann! Man kann ihnen Essen und Kleidung geben — aber nur mit *Engagement* kann man wirklich was bewirken!« Mit einer vollkommen anderen Stimme, einer scheuen, kleinlauten Stimme sagte sie flehend, »Was meinst du?«

Was meinte er … Als Nächstes hörte er, wie es nur so aus ihm heraussprudelte. »Was ich meine? Ich meine, das ist *großartig,* Ghislaine! Das ist eine *wunderbare* Idee! Einfach *perfekt* für dich!«

Er riss sich zusammen. Er hatte seinem begeisterten Redeschwall derart die Zügel schießen lassen, dass er sich fast verraten hätte. Er brannte darauf, die entscheidende Frage zu stellen. Er zwang sich zur Zurückhaltung, senkte die Stimme … und fragte dann mit sachlicher Stimme, »War das Nicoles Idee?«

»Nicoles und Serenas! Hast du Serena mal getroffen? Serena Jones?«

»Hmmmm ….« Er presste die Lippen aufeinander und verdrehte im Ich-versuche-mich-zu-erinnern-Modus die Augen erst nach oben, dann zur Seite. Ach was, spielte keine Rolle. »Ja … glaube schon.«

Tatsächlich war er sich sicher, dass er sie nicht kannte. Aber er erinnerte sich von irgendwoher an den Namen … aus einer

Kolumne im *Herald?* Anglo-Familien aus den besseren Kreisen, aber mit gewöhnlichen Namen wie Jones, Smith oder Johnson hatten die Angewohnheit, ihren Kindern, vor allem den Töchtern, romantische, exotische oder auffallende Vornamen zu geben wie Serena, Cornelia oder Bettina oder Vornamen, die nach vornehmen, alten Familien klangen, wie Bradley, Ainsley, Loxley, Taylor oder Templeton. Er hatte einmal eine Studentin namens *Tempelton* Smith gehabt. Sie war nie nur die kleine mausgraue Miss Smith. Sie war *Templeton* Smith. Sein Denken war auf eine Sache fixiert: Familien aus besseren Kreisen und Familien, die eine Chance hatten, in die besseren Kreise vorzustoßen. South Beach Outreach war eine Organisation, die ständig in den Gesellschaftsspalten des *Herald* und der »Party«-Rubrik des *Ocean Drive Magazine* auftauchte, allein deshalb, weil ihre Mitglieder gesellschaftliche Schwergewichte waren. Man brauchte sich nur die Fotos anzuschauen — Anglos, Anglos, Anglos mit einem gewissen gesellschaftlichen Prestige. Ghislaines Freundin Nicole, die sie an der Uni kennengelernt hatte, war genau genommen keine WASP, zumindest nicht so, wie Lantier das Kürzel verstand, White Anglo-Saxon Protestant. Aber in ihrem Fall brauchte man das nicht wörtlich zu nehmen. Ihr Nachname war Buitenhuys, was holländisch ist, und die Buitenhuysens waren altes Geld in New York, *erlauchtes* Geld in New York. Er hatte keine Ahnung, ob einer von ihnen wusste, dass Ghislaine Haitianerin war. Entscheidend war, dass sie sie als jemanden aus ihrem sozialen Milieu anerkannten. Der erklärte Zweck von South Beach Outreach war der, in Slums wie Overtown, Liberty City — und Little Haiti! — zu gehen und den Bedürftigen Gutes zu tun. Also hielten sie sie für ein Mädchen, das im Grunde so *weiß* war wie sie! Ihr Vater hielt sie für so weiß wie sich selbst! Der erhebendste Augenblick wäre der, seine

Ghislaine inmitten der Menschen von Little Haiti zu sehen. Dort war die große Mehrheit schwarz, *richtig* schwarz, ohne Wenn und Aber. Zu Hause in Haiti schaute keine Familie wie die ihre, die Lantiers, *richtig* schwarze Haitianer auch nur an. Sie verschwendeten nicht mal einen flüchtigen Blick an sie … sie *sahen* sie gar nicht, außer sie standen ihnen physisch im Weg. Gut ausgebildete Menschen wie er selbst, mit seinem Doktortitel in französischer Literatur, waren wie eine andere Spezies des *homo sapiens*. Hier in Miami waren sie selbstbewusster Teil der *Diaspora* … das Wort an sich bezeichnete schon hohen Status. Wie viele? — die Hälfte? — zwei Drittel? — der im Großraum Miami lebenden Haitianer waren illegale Einwanderer, die mit diesem Begriff nicht mal *ansatzweise* etwas anfangen konnten. Die große Mehrheit hatte noch nie von irgendeiner *Diaspora* gehört … und wenn, dann hatten sie keine Ahnung, was es bedeutete … und wenn sie wussten, was es bedeutete, konnten sie es nicht richtig aussprechen!

Ghislaine — er schaute sie wieder an. Er *liebte* sie. Sie war schön, umwerfend! Sie würde bald an der University of Miami mit einem »Sehr gut« ihren Abschluss in Kunstgeschichte machen. Sie konnte sie sicher leicht … *bestehen* … diese größte Prüfung ihres Lebens. Das Wort *bestehen* hielt er jedoch in seinem Kopf verborgen, unter einer Schicht des Corpus geniculatum laterale … Niemals würde er das Wort *bestehen* in Ghislaines Gegenwart auch nur erwähnen … übrigens auch nicht vor anderen Menschen … Aber was er ihr viele Male gesagt hatte, war, dass es nichts gebe, was sie aufhalten könne. Er hoffte, dass *diese* Botschaft auch bei ihr angekommen war. In mancher Hinsicht war sie kultiviert — wenn sie über Kunst sprach, zum Beispiel. Egal ob es sich um die Zeit von Giotto, von Watteau, von Picasso oder auch die von Bouguereau handelte — sie wusste so *viel!* In anderer Hinsicht war sie ganz und gar nicht kultiviert. Sie war nie ironisch, sarkastisch, zynisch, nihilistisch oder herablassend, alles Hinweise auf die Tarantel in intelligenten Menschen, auf die kleine reizbare tödliche Kreatur, die niemals kämpft … die lediglich darauf wartet, wütend *zustechen* zu können, und dich vielleicht *so* tötet ::::Zu viel davon steckt in mir selbst.:::: Sie setzten sich. Ghislaine saß auf dem Calvin-Stuhl, er an seinem Schreibtisch.

Der Schreibtisch mit seiner Art-déco-Nierenform, dem Aufsatz, der Schreiboberfläche aus Haifischleder, den sich elegant verjüngenden Beinen, dem rund um die Kante verlaufenden Zahnschnitt aus Elfenbein und den vertikalen Elfenbeinintarsien, die das Makassar-Ebenholz durchzogen, stammte von einem Ruhlmann-Schüler und nicht vom großen Emile-Jacques Ruhlmann selbst. Aber er war trotzdem *sehr* teuer, jedenfalls nach Lantiers Auffassung. Desgleichen der *sehr* teure Schreibtischstuhl, in dessen sich verjüngende Beine Elfenbein eingearbeitet war … Alles *sehr* teuer … aber Lantier war immer noch in dieser schwindelerregenden Scheiß-drauf-Euphorie geschwebt, ein Haus für einen *wahnwitzigen* Preis gekauft zu haben, das er sich eigentlich nicht leisten konnte. Was spielte da der *wahnwitzige* Preis für seinen, des *maître,* eigenen Schreibtisch samt Stuhl noch für eine Rolle?

Ghislaine saß in diesem Augenblick in perfekter Haltung auf diesem armseligen Stuhl … und doch war sie entspannt. Er schaute sie so sachlich an, wie es ihm möglich war. Er wollte sich nicht selbst täuschen. Er wollte nicht das Unmögliche von ihr verlangen … Sie hatte eine hübsche schlanke Figur und wunderbare Beine. Das war ihr wahrscheinlich schon selbst aufgefallen, denn sie trug nur selten Jeans oder irgendwelche anderen Hosen. Im Moment trug sie einen hellbraunen Rock — er hatte keine Ahnung, aus welchem Material — kurz, aber nicht katastrophal kurz … eine umwerfende langärmelige Seidenbluse — zumindest sah es für ihn nach Seide aus — ein paar Knöpfe offen, aber nicht zu viele … Ghislaine benutzte nie das Wort *Bluse,* aber für ihn war es eine Bluse. Aus dem offenen Kragen ragte ihr *makellos* schlanker Hals.

Dann ihr Gesicht — da fiel es ihm schwer, sachlich zu bleiben. Er wollte sie als seine Tochter sehen.

Er selbst — er konnte es nicht ausstehen, wenn Mädchen in Jeans in seine Kurse kamen. Sie sahen *so gewöhnlich* aus. Er hatte den Eindruck, dass die Hälfte der Mädchen nichts anderes *besaß,* um den Körper von der Hüfte abwärts zu bedecken. Dagegen konnte er nicht viel machen. Aber diese verdammten kindischen Baseballkappen, die die Jungen trugen — gegen diese infantile Mode ging er vor. Eines Tages sagte er zu Beginn der Stunde, »Mr. Ramirez, woher kriegt man so eine Kappe, wie Sie sie da tragen — ich meine, mit der richtigen Passform, dass man sie auch seitlich aufsetzen kann? … und Mr. Strudmire … Bei Ihrer klebt der Schirm ja direkt im Nacken, und vorne hat sie diesen kleinen Ausschnitt, damit wir alle ein bisschen was von Ihrer Stirn sehen können. Werden die massenweise so hergestellt, oder ist das eine Maßanfertigung?«

Als Reaktion von Mr. Ramirez und Mr. Strudmire kam allerdings nur ein argwöhnisches Kichern, und vom Rest der Klasse, einschließlich der Mädchen, überhaupt nichts. Sie waren ironieresistent. In der nächsten Stunde hatten die beiden und viele andere immer noch diese Kindskopfkappen auf. Also sagte er, »Meine Damen und Herren, ab sofort ist das Tragen von Kappen und anderen Kopfbedeckungen in dieser Klasse untersagt, es sei denn, religiöse Glaubensvorschriften verlangen es. Habe ich mich klar ausgedrückt? Wer darauf besteht, in der Klasse eine Kappe zu tragen — nun, mit dem werde ich im Büro des Schulleiters vorstellig werden müssen.« Auch das kapierten sie nicht. Sie schauten sich nur an … verwirrt.

Zu sich selbst sagte er: *Schulleiter* — kapiert? Das ist das, was es in Highschools gibt, nicht im College, und das hier ist ein College. Ihr seid ironieresistent, oder? Ihr seid Kinder! Was macht ihr hier? Schaut euch an … Es sind ja nicht nur die Baseballkappen, sondern auch die kurzen Hosen und die Flipflops und die weit über die Hüfte hängenden Hemden, in manchen Fällen sehr weit über die Hüfte. Ihr habt euch zurückentwickelt! Ihr seid wieder zehn Jahre alt! Na ja, wenigstens trugen sie seitdem in den Kursen keine Baseballkappen mehr. Vielleicht glaubten sie, dass es an der EGU wirklich einen Schulleiter gab … und diesen Grenzdebilen sollte er etwas *beibringen* …

Nein, Ghislaine durfte er nichts von alledem erzählen. Sie wäre schockiert. Sie war noch nicht bereit für diesen … Snobismus. Sie war in dem Alter, einundzwanzig, in dem das Herz eines Mädchens randvoll ist mit Barmherzigkeit und Liebe für die kleinen Leute. Sie war noch zu jung und zu naiv, als dass man ihr hätte sagen können, ihr South-Beach-Outreach-Mitleid sei im Grunde nur ein Luxuszeitvertreib für Menschen wie sie. Das bedeutete, ihre Familie verfügte über genug Geld und Ansehen, um sich gute Taten leisten zu können. Nicht, dass er viel Geld verdiente als außerordentlicher Professor für Französisch an der EGU … Aber er war ein Intellektueller, ein Gelehrter … und ein Schriftsteller … zumindest hatte er es geschafft, vierundzwanzig Artikel in wissenschaftlichen Zeitschriften und ein Buch zu veröffentlichen. Das Buch und die Artikel verliehen ihm zumindest so viel Prestige, dass er Ghislaine auf eine gesellschaftliche Ebene gehievt hatte, auf der sie sich der sozialen Organisation South Beach Outreach anschließen konnte … Meine Tochter leistet Sozialarbeit für die Bedürftigen! … Jeder kannte South Beach Outreach. Sogar einige Promis wie Beth Carhart und Jenny Ringer engagierten sich dort.

Er schaute mit bekümmerter Miene über Ghislaines Schulter zum Fenster hinaus ... ohne etwas Bestimmtes im Blick zu haben. Er war fast genauso hellhäutig wie sie. Was sie jetzt tat, in ihrer Stellung, hätte er auch tun können ... aber man *wusste,* dass er Haitianer war. Nur deshalb hatte ihn die EGU eingestellt. Ihnen gefiel es, so »multikulturell« zu sein und einen *Haitianer* als Lehrer zu haben ... mit einem Doktortitel von der Columbia ... der Französisch unterrichten konnte ... und Kreolisch. Oh ja, Kreolisch ... sie waren ganz scharf darauf, einen Professor für Kreolisch an Bord zu haben ... »die Sprache des Volkes« ... wahrscheinlich sprachen 85 Prozent seiner Landsleute Kreolisch und nur Kreolisch. Der Rest sprach die offizielle Landessprache, Französisch, und ein ziemlich großer Teil der glücklichen 15 Prozent sprach einen Mischmasch aus beidem, Kreolisch und Französisch. Er hatte es zur Regel gemacht, dass in seinem Haus nur Französisch gesprochen wurde. Ghislaine war das zur zweiten Natur geworden. Ihr Bruder Philippe jedoch, obwohl erst fünfzehn, war schon kontaminiert. Solange das Thema nicht mehr als das Wissen eines durchschnittlichen Elf- oder Zwölfjährigen erforderte, sprach er ziemlich anständig Französisch. Bei allem, was darüber hinausging, lavierte er sich mit etwas durch, das kaum über das Niveau des Schwarzen Englischs hinausreichte, nämlich mit Kreolisch. Wie hatte er das überhaupt gelernt? Sicher nicht in diesem Haus ... Kreolisch war eine Sprache für Wilde! Da gab es nicht den geringsten Zweifel! Verben ohne Konjugation. Kein »ich gebe, ich gab, ich habe gegeben, ich hatte gegeben, ich werde geben, ich sollte geben, ich hätte geben sollen«. Auf Kreolisch hieß das *m ba,* und damit hatte es sich ... »ich gebe, ich gebe, ich gebe ...« Zeit- und Konditionalformen musste man sich aus dem Zusammenhang erschließen. Diese dumme Sprache zu lehren war für jede Universität entweder das, was

Veblen eine »offenkundige Verschwendung« nannte, oder eine der endlosen Travestien, die der Doktrin der politischen Korrektheit entsprungen waren. Das war, als würde man Kurse einrichten und Lehrpersonal einstellen, um die Mischform der in den Bergen von Guatemala gesprochenen Maya-Sprache zu unterrichten —

All das schoss Lantier binnen Sekunden durch den Kopf.

Jetzt schaute er Ghislaine mitten ins Gesicht. Er lächelte … um zu überspielen, dass er versuchte … unvoreingenommen versuchte … ihr Gesicht zu beurteilen. Die Haut war weißer als die der meisten weißen Menschen. Als Ghislaine alt genug gewesen war, um die Bedeutung von Worten zu verstehen, hatte Louisette damit begonnen, ihr von Sonnentagen zu erzählen. Direkte Sonne ist nicht gut für deine Haut. Das Allerschlimmste ist, wenn du dich in die Sonne legst. Sogar, wenn du nur in der Sonne herumläufst, ist das zu gefährlich. Setz dir einen Strohhut mit breitem Rand auf. Noch besser, nimm einen Schirm mit. Allerdings konnten kleine Mädchen schlecht mit einem Sonnenschirm durch die Gegend laufen. Aber wenn sie unbedingt in die Sonne gehen musste, dann sollte sie zumindest einen Strohhut aufsetzen. Du darfst nie vergessen, dass du eine sehr schöne, aber auch eine sehr helle Haut hast, die leicht einen Sonnenbrand bekommt, und du musst alles tun, um keinen Sonnenbrand zu kriegen. Aber Gislaine hatte es sehr schnell kapiert. Mit Sonnenbrand hatte das alles nichts zu tun … es ging um die *Sonnenbräunung*. Haut wie die ihre, wunderschöne Weißer-als-weiß-Haut, würde in der Sonne *ruck, zuck* dunkel werden! In null Komma nichts würde sie aussehen wie ein *Neg… ruck, zuck*. Ihre Haare hätten schwärzer nicht sein können, aber Gott sei Dank kräuselten sie sich nicht. Sie hätten ein bisschen weicher sein können, aber sie waren glatt. Louisette konnte sich nicht dazu durchringen, ihr auch noch Vorträge über ihre Lippen zu halten, obwohl diese im Rotspektrum weniger zum arteriellen Rot als zu Bernsteinbraun tendierten. Trotzdem waren es wunderschöne Lippen. Die Nase war makellos. Nun ja ... das fettig fibröse Gewebe, das die Alarknorpel bedeckt und an beiden Seiten der Nasenlöcher die kleinen runden Hügel bildet — ja, ja, *Alarknorpel*, ganz genau! Er wusste so gut wie jeder Anatom, worüber er redete. Und ob! Jedenfalls, ihre Nasenlöcher wölbten sich um einen Hauch zu weit auf, aber dann doch nicht so weit, dass sie nicht wie eine Weiße ausgesehen hätte. Das Kinn hätte ein bisschen größer sein können, der Kiefer ein bisschen breiter, das hätte für ein besseres optisches Gleichgewicht zwischen der Unterlippe und den kleinen runden Hügeln gesorgt. Die Augen waren schwarz wie Holzkohle, aber sehr groß und funkelnd. Natürlich lag das Funkeln hauptsächlich in ihrer Persönlichkeit begründet. Sie war ein glückliches Mädchen. Louisette hatte ihr alles Selbstvertrauen der Welt mitgegeben ::::::Oh, Louisette! Ich denke an dich und möchte weinen! Es gibt jeden Tag so viele Augenblicke wie diesen — und dann möchte ich einfach weinen! Liebe ich Ghislaine deshalb so sehr — weil ich sie anschaue und dich *sehe?* Nein, schließlich habe ich sie schon genauso geliebt, als du noch bei uns warst. Das Leben eines Mannes *beginnt* mit seinem ersten Kind. Man sieht in den Augen der anderen Person seine eigene Seele, und man liebt sie mehr als sich selbst, ein erhebendes Gefühl!:::::: Ghislaine hatte die Art Selbstvertrauen, die ein Kind nur dann bekommt, wenn die Eltern viel Zeit mit ihm verbringen — *sehr* viel Zeit. Manche behaupten, ein Mädchen wie Ghislaine, das seiner Familie so nahestehe, solle in einer anderen Stadt aufs College gehen, um schon früh zu lernen, sich in fremder Umgebung zurechtzufinden und eigene Strategien für ihr Leben zu entwickeln. Lantier war anderer Meinung. Dieses ganze Gewese um »Umfeld« und »Lebensstrategien« und *fremd* hier und *fremd* da — für Lantier war das ein Konzept ohne Substanz. Das war alles *pseudo*psychologisches Wischiwaschi. Für ihn war die Hauptsache, dass der Campus der University of Miami nur zwanzig Minuten von seinem Haus entfernt war. Irgendwo anders wäre sie ein »haitianisches Mädchen«. Es würde sicher herauskommen. Hier war sie nicht »das haitianische Mädchen, mit dem ich zusammenwohne«, und sie konnte nicht in Fallen tappen, wie: »Tja, wenn du sagst, ich bin *soundso,* kann ich logischerweise nicht *anders* sein.« Hier kann sie sein, was sie ist und geworden ist. Sie ist eine sehr gut aussehende junge Frau ... Noch während dieser Satz in seinem Kopf Gestalt annahm, wusste er, dass sie für ihn nur zweite Liga war. Sie war nicht so schön wie eine nordeuropäische Blondine, eine Estin, Litauerin, Norwegerin oder Russin, und mit einer Latina-Schönheit würde man sie auch nicht verwechseln, auch wenn sie einige Züge mit einer Latina gemein hatte. Nein, sie war sie selbst. Allein das Bild, das sie mit ihrer perfekter Haltung auf dem kleinen Stuhl abgab — ach, Louisette! — du hast Ghislaine und Philippe das alles mitgegeben, als sie noch viel zu jung waren, es infrage zu stellen! Er verspürte den Drang, von dem namenlosen französischen Drehstuhl aufzustehen und Ghislaine jetzt sofort in die Arme zu schließen. *South Beach Outreach!* Es war fast zu schön, um wahr zu sein.

Wer ist das?

Lantiers Bürotür war geschlossen, er und Ghislaine schauten zu der Seitentür, die sich zur Küche öffnete. Sie hörten, wie zwei Personen die vier oder fünf Außenstufen zur Gartentür hinaufgingen. Philippe? Aber Lee de Forest, Philippes Highschool, schickte ihre Schüler erst in frühestens zwei Stunden nach Hause. Die Stimme klang nach Philippe — aber sie sprach kreolisch. Kreolisch!

Eine zweite Stimme sagte, »Eske men papa ou?« (Ist dein Vater da?)

Die erste Stimme sagte, »No li inivèsite. Pa di anyen, okay?« (Nein, an der Uni. Pass auf, wir reden mit keinem über die Sache, okay?)

Die zweite Stimme sagte, »Mwen konnen.« (Ich weiß.)

Die erste Stimme sagte (auf Kreolisch), »Mein Vater mag solche Typen nicht, der braucht nix zu wissen von der Sache. Alles klar?«

»*Mich* mag er auch nicht, Philippe.«

»Woher willst du das wissen? Hat er zu mir noch nie was von gesagt.«

»Zu *mir* hat er auch nie was gesagt. Braucht er auch nicht. Ich seh ja, wie er mich anschaut — oder *nicht* anschaut. Schaut mitten durch mich durch oder woandershin. Bin gar nicht da. Bin unsichtbar. Alles klar?«

Lantier schaute Ghislaine an. Das *war* also Philippe. ::::::Philippe und sein haitianischer Kumpel Antoine, Gott steh uns bei.:::::: Antoine hatte recht. Lantier hatte tatsächlich keine Lust, ihn anzuschauen oder mit ihm zu reden. Antoine versuchte immer cool zu sein und perfektes Schwarzes Englisch zu sprechen, jede Silbe und jedes Geräusch dieser 75er-IQ-Analphabetensprache. Wenn ihm diese linguistische Hürde zu hoch wurde, verfiel er wieder ins Kreolische. Antoine war einer von diesen Schwarz-wie-die-Nacht-Haitianern — ihre Zahl war Legion — die *tablo* sagten, kreolisch für »the table«, der Tisch, und nicht die geringste Ahnung hatten, dass das irgendetwas mit *la table,* französisch für Tisch, zu tun haben könnte.

Ghislaines Gesichtsausdruck war der einer Person, die tief Luft geholt hatte, aber nicht wieder ausatmete. Sie sah sehr verängstigt aus. Lantier nahm an, dass das nicht am Inhalt des Gesprächs der beiden Jungen lag, da ihre Kenntnisse des Kreolischen gegen null gingen. Es lag daran, dass Philippe *chez* Lantier überhaupt Kreolisch sprach — in Hörweite von *Père* Lantier — und obendrein mit einem sehr dunkelhäutigen haitianischen Kumpel, der aus einer sehr üblen Gegend stammte ... den ihr Vater nicht in seinem Haus haben wollte ... und der nicht seine Luft einatmen ... und ausatmen sollte ... damit er sie nicht kontaminieren ... und die *Franco-mulâtre*-Luft in *Neg*-Luft verwandeln konnte.

Die kreolischen Jungen waren jetzt in der Küche, öffneten und schlossen den Kühlschrank und die eine oder andere Schublade. Ghislaine stand auf und ging zur Tür, zweifellos um sie zu öffnen und den Jungen zu sagen, dass sie nicht allein im Haus waren. Aber Lantier bedeutete ihr, sich wieder zu setzen, und legte den Zeigefinger auf die Lippen. Widerwillig setzte sie sich wieder. Sie war nervös.

Auf Kreolisch sagte Antoine, »Hast du gesehen, wie er geschaut hat, als die Bullen ihn am Ellbogen gepackt haben?«

Philippe versuchte sich weiter in seiner neuen tiefen Stimme, aber sie kippte in das Piepsen eines Gänsekükens. Also ließ er es bleiben und sagte auf Kreolisch, »Die tun ihm doch nichts, oder?«

»Weiß nicht«, sagte Antoine. »Das Wichtigste ist jetzt François. Ist sowieso schon auf Bewährung. François braucht uns jetzt. Bist doch dabei, oder? François zählt auf dich. Hab gesehen, wie du mit dem Bullen geredet hast. Was war da?«

»Ähh ... ich hab gesagt, dass ... also, dass François was auf Kreolisch gesagt hat, und dann haben alle gelacht, und Estevez hat François in den Schwitzkasten genommen«, sagte Philippe.

»Sicher?«

»Ähh ... ja.«

»Und François ... hat der zuerst was gemacht?«

»Ähh … nein. Hab nix gesehen, dass er zuerst was gemacht hat.«

»Du sagst nur ›*Nein*‹«, sagte Antoine. »Alles klar? Interessiert keinen, was du gesehen hast. François sagt, er braucht dich jetzt, Mann. Nur seine Gang, das reicht nicht. Er zählt auf dich, Mann. Wär nicht gut, wenn du nicht sicher bist. Klar, Mann? Alles klar? Jetzt kommt's drauf an, jetzt musst du's zeigen … für uns oder gegen uns. Kapiert?«

»Kapiert«, sagte Philippe.

»Gut. Du hast gutes Blut, Mann! *Du hast gutes Blut!*«, sagte Antoine mit fast entzückter Stimme. »Patrice? Honoré? Louis — Fat Louis? Hervé? Die haben auch gutes Blut!« Mehr Entzücken. »Die gehören auch nicht zur Gang. Aber sie wissen Bescheid, Mann! Sie wissen, was Estevez François angetan hat. Die erzählen nicht ›wenn ich das richtig gesehen hab‹ und so'n Scheiß. Die haben gutes *Blut!*« Mehr Entzücken, mehr Entzücken. Das Entzücken schien in Lachen umzukippen, Lachen für Philippe. »Wie *du,* Bruder!«

Professor Lantier schaute seine Tochter an. Sie verstand nicht, worüber die Jungen sprachen, das Kreolisch der beiden war zu schnell für sie. Das war ein gutes Zeichen. Kreolisch war für sie *tatsächlich* eine Fremdsprache! Er und Louisette hatten sie auf den rechten Weg geführt! Das war keine *Haïtienne* — in seinem Geist sprach er es französisch aus, »a-ii-tiääännnh« — die da ordentlich auf dem kleinen Stuhl saß. Sie war Französin. Sie hatte französisches Blut in ihren Adern, sie war im Grunde eine junge französische Frau *du monde,* geschliffen, brillant, schön, souverän und elegant, wenn sie elegant sein wollte.

Mit gesenkter Stimme, fast flüsternd, sagte er zu seiner zum Glück unkreolischen Tochter, »Irgendwas ist heute in der Schule passiert. So viel habe ich verstanden. Im Unterricht.«

Die Stimme von Antoine, der pausenlos redete, wurde lauter. Anscheinend bewegten sich die beiden Jungen auf sein Büro zu.

Also steht Lantier auf, öffnet die Tür und sagt fröhlich auf Französisch, »Philippe! Ich dachte mir schon, dass ich deine Stimme gehört hätte! Du bist früh dran heute!«

Philippe machte ein Gesicht, als hätte man ihn gerade bei etwas *ertappt* … das ganz und gar nicht anständig war. Genauso sein Freund Antoine. Antoine sah aus wie ein harter Bursche, schwer, aber nicht zu fett. Im Augenblick hatte er den angespannten Gesichtsausdruck eines Menschen, der am liebsten die Flucht ergreifen würde. Was für ein abgerissenes Pärchen die beiden abgaben! … so tief an den Hüften hängende Jeans, dass ihre knallbunten Shorts selbst bei bestem Willen nicht zu übersehen waren … anscheinend je tiefer und bunter, desto besser. Der Jeansstoff der Hosenbeine ergoss sich über den Boden und deckte alles zu bis auf ihre Sneakers, auf denen kreuz und quer bunte Streifen leuchteten … beide steckten in zu großen, zu weiten T-Shirts, deren Ärmel bis über die Ellbogen reichten und die aus der Jeans heraushingen, aber nicht lang genug waren, um die scheußlichen Boxershorts zu verdecken … um den Kopf hatten sie sich Bandanas geschlungen, die die »Farben« von weiß Gott welcher Bruderschaft trugen, der anzugehören sie glaubten. Bei ihrem Anblick — so amerikanisch *Neg* wie nur irgend möglich — bekam Lantier eine Gänsehaut. Aber er musste gezwungenermaßen seinen launigen Auftritt durchhalten und sagte auf Französisch zu Antoine, »Nun, Antoine … ist lange her, seit du uns das letzte Mal besucht hast. Ich wollte Philippe gerade fragen, wie es sein kann, dass heute die Schule schon so früh aus ist?«

»Papa!«, flüsterte Ghislaine entsetzt.

Lantier bereute sofort, was er gerade gesagt hatte. Ghislaine konnte nicht fassen, was ihr Vater, den sie so sehr bewunderte, getan hatte. Dass er sich über diesen armen ahnungslosen Fünfzehnjährigen lustig machte, indem er Französisch mit ihm sprach, nur um seinen verwirrten Gesichtsausdruck sehen zu können. Ihr Vater wusste, dass Antoine kein einziges Wort Französisch konnte, die Amtssprache des Landes, in dem er seine ersten acht Lebensjahre verbracht hatte. Ihr Vater wollte ihr und Philippe nur demonstrieren, was für ein besonders förderungsbedürftiges — der in öffentlichen Schulen gebräuchliche Euphemismus — was für ein besonders förderungsbedürftiges Gehirn dieser arme Schwarz-wie-die-Nacht-Junge hatte. Schließlich war es nicht so, dass er um schlechtes Blut gebeten hatte. Er war mit dieser *Heimsuchung* geboren worden. Sie konnte nicht fassen, dass ihr Vater es mit seiner Frage noch auf die Spitze getrieben hatte. Antoine konnte ja nicht gut einfach nur dastehen und nicken. Er musste etwas sagen … »Ich spreche kein Französisch« war das Mindeste. Stattdessen stand der Junge mit offenem Mund da.

Bei Ghislaines Gesichtsausdruck bekam Lantier ein schlechtes Gewissen. Er wollte es wiedergutmachen, indem er seine Frage so wiederholte, dass Antoine sie verstehen konnte, sie obendrein besonders gut gelaunt wiederholte, um ihm zu zeigen, dass er sich nicht über ihn lustig machen wollte. Also sprach er Englisch. Er wollte verflucht sein, wenn er in den Sumpf des Kreolischen hinabstiege, nur um einem Fünfzehnjährigen, der schlechtes Blut hat, das Leben unnötig zu erleichtern, aber er trug zu dick auf mit seinem Frohsinn und überspannten Gegrinse ::::::*Merde!* Übertreibe ich jetzt? Glaubt der große Lümmel jetzt, dass ich mich über ihn lustig mache?:::::: Schließlich sagte er einfach — auf Englisch — »… wollte Philippe gerade fragen, warum heute die Schule schon so früh aus ist?«

Antoine schaute Hilfe suchend zu Philippe. Der bewegte seinen Kopf so langsam und unauffällig wie möglich hin und her. Antoine schien aus den Signalen keine klare Botschaft herauslesen zu können … verlegenes Schweigen … Schließlich sagte er, »Ja … weiß nicht … Ja … Ja, sie haben gesagt, Schule ist heute früher aus.«

»Und sie haben nicht gesagt, warum?«

Diesmal wandte sich Antoine um volle neunzig Grad um, damit er Philippe in der Hoffnung auf ein Zeichen mitten ins Gesicht schauen konnte … irgendein Zeichen, das ihm signalisierte, was er sagen sollte. Aber Philippe hatte kein Signal für ihn, sodass Antoine auf seinen alten Spruch zurückgreifen musste, »Weiß nicht.«

»Sie haben nichts gesagt?«

Offenbar *wollte* Antoine nicht sagen, warum, was Lantiers … mildes … Interesse weckte. Abgesehen davon, kam er Lantier wie ein fünfzehnjähriger haitianischer Junge vor, der ihm den pseudounwissenden amerikanischen *Neg* vorspielen wollte. Antoine brummte schließlich, »Nee.«

Nee … was für eine Vorstellung! … Was für ein perfekter Mime er doch war! Er drehte sich wieder ganz zu Philippe um. Seine ganze Haltung, der zusammengesackte Oberkörper, die schlaff an der Seite herunterhängenden Arme waren ein einziges Signal für »Hilfe!«.

Was war *das?* Am Nackenansatz waren Antoines Haare stoppelkurz geschnitten … und sorgfältig der Buchstabe »C« und zwei Zentimeter daneben die Zahl »4« ausrasiert.

»Was bedeutet C4?«, fragte Lantier, der immer noch den aufgeräumt Fröhlichen spielte. »Ich habe da hinten an deinem Kopf gerade ein C und eine 4 gesehen.« Wieder ein entsetztes *»Papahhh!«* von Ghislaine.

Worauf Lantier Antoine anlächelte, um ihm den Eindruck von freundlicher Neugier zu vermitteln. Ohne Erfolg. Stattdessen hörte er wieder die entsetzte Ghislaine. *»Ohhhhh Gott.«*

Antoine drehte sich um und schaute Lantier mit glühendem Hass an.

»Bedeutet nix. Heißt einfach, dass ein paar von uns in der C4 sind, mehr nicht.« ... Schwer gedemütigt ... wütend. *Frag mich das nie wieder!*

Lantier wusste nicht, was er sagen sollte. Offensichtlich war es ratsam, von der C4-Taste die Finger zu lassen. Er wandte sich an Philippe. »Du bist wirklich ziemlich früh zu Hause heute ...«

»Du auch«, sagte Philippe. Die blaffende Aufmüpfigkeit sollte zweifellos Antoine beeindrucken. Jedenfalls beeindruckte sie Lantier ... als eine unverzeihliche Flegelei, die nicht wiedergutzumachen war, als ein Affront, der zu provozierend war, als dass er ihn hätte durchgehen lassen können ...

Aber Ghislaine sagte, »Ohhh, Papa ...« Diesmal lag in der Betonung auf *Papa* die Bitte: *Lass es bitte gut sein. Putz Philippe nicht runter, nicht vor Antoine.*

Lantier schaute die beiden Jungen an. Antoine war schwarz ... in jeder Hinsicht. Aber Philippe hatte noch eine Chance. Er war so hellhäutig wie er selbst ... nur einen Hauch zu dunkel, um als Weißer durchzugehen ... aber nicht so dunkel, dass eine So-gut-wie-weiß-Persona unerreichbar wäre. Was war dafür nötig? Nichts Unmögliches ... sprachliches Geschick, ein kultivierter Akzent ... ein leicht französischer Akzent war perfekt, wenn man Englisch oder Italienisch, Spanisch, ja sogar Deutsch oder Russisch sprach — oh ja, besonders Russisch ... und es würde nicht schaden, wenn dabei beiläufig die jahrhundetealten Bande der Lantiers zu den adeligen de Lantiers aus der Normandie anklängen. Aber Philippe zog eine starke Strömung genau in die entgegengesetzte Richtung. Wenn haitianische Jungen wie Philippe und Antoine von Haiti nach Miami kamen, dann mussten sie einen Spießrutenlauf durchmachen — einen wirklichen Spießrutenlauf! Schwarze amerikanische Jungen spürten sie sofort auf und verprügelten sie auf dem Weg zur Schule und auf dem Weg nach Hause. Verprügelten sie! Mehr als einmal war Philippe mit blauen Flecken im Gesicht nach Hause gekommen, mit Prellungen. Lantier war entschlossen gewesen, einzuschreiten und etwas dagegen zu unternehmen. Aber Philippe flehte ihn an —*flehte ihn an!* — nichts zu tun. Das würde alles nur noch schlimmer machen, Papa! Dann würden sie es ihm *richtig* besorgen. Also taten alle haitianischen Jungen das Gleiche. Sie versuchten sich in amerikanische Schwarze zu verwandeln ... die Klamotten, die ausgebeulten Jeans, die Boxershorts, die hinten rausschauten ... die Art, wie sie redeten, das ganze *yo, bro, ho, homey, mo'vucker, ca'zucca*. Man musste sich Philippe nur anschauen. Seine Haare waren so schwarz und glatt wie die von Ghislaine. Was immer er damit hätte anstellen können, alles hätte besser ausgesehen als das ... etwa zehn Zentimeter lang und gekräuselt, damit es nach *Neg* aussah.

Während ihm das alles durch den Kopf ging, fiel Lantier nicht auf, wie lange er schon das Gesicht seines Sohnes anschaute ... enttäuscht und verärgert darüber, dass Philippe ihn in gewisser Weise verriet.

Die plötzliche Stille erhöhte die Anspannung in dem kleinen Raum.

Philippe erwiderte den Blick seines Vaters nicht nur verärgert, sondern unverfroren. Zumindest kam es Lantier so vor. Aus Antoines Augen war der glühende Hass allerdings verschwunden. Er machte den Eindruck eines Jungen, den man in einer Toilette in die Ecke gedrängt hatte. Seine Augen schauten kurz nach oben. Als suchte er nach einer kleinen weiß gewandeten Person mit einem Zauberstab, die vorüberfliegen und ihn verschwinden lassen möge.

Sie hatten sich in eine Sackgasse manvöriert. Die Feinde standen sich gegenüber und durchbohrten sich regungslos und stumm mit Blicken. Endlich …

»An nou soti la!«, sagte Philippe auf Kreolisch mit seinem lautesten und tiefsten Gangbariton oder, genauer, Bari*teen,* zu Antoine. (Los, wir hauen ab!)

Ohne ein weiteres Wort wandten die beiden Lantier den Rücken zu, schlenderten im *Pimp Roll* lässig durch die Küche … und verschwanden durch die Gartentür nach draußen.

Lantier stand sprachlos in der Tür seines kleinen Büros. Er ging zurück zu seinem Schreibtisch und schaute Ghislaine an. Was war zu tun? Warum um alles in der Welt wollte ein im Grunde intelligenter, gut aussehender, hellhäutiger haitianischer Junge wie dein Bruder, der direkt von den de Lantiers aus der Normandie abstammt, ein amerikanischer *Neg* sein? Die zu großen ausgebeulten Hosen, zum Beispiel … so was trugen die kriminellen *Negs* im Knast. Die Wärter machten sich nicht die Mühe, bei einem Häftling *Maß zu nehmen*. Sie gaben ihnen einfach Sachen, die auf jeden Fall groß genug waren, was hieß, dass sie immer zu groß waren. Die kleinen *Negs* auf der Straße trugen sie, weil sie die großen *Negs* im Knast idealisierten. Das waren ihre Helden. Sie waren *böööööse*. Sie waren furchtlos. Sie jagten den Weißen und den Kubanern Angst ein. »Wenn es nur um die albernen Klamotten, den ignoranten Hip-Hop und das gnadenlos vulgär-primitive Schwarze Englisch ginge, wäre das eine Sache. Aber haitianische Jungen wie dein Bruder imitierten auch die alberne, ignorante Attitüde der *Negs*.« Das war das *eigentliche* Problem. *Negs* hielten alle, die im Unterricht die Hand hoben, um sich an Diskussionen zu beteiligen, die hart für ihre Prüfungen lernten, die sich für ihre Noten interessierten oder für Kleinigkeiten wie Höflichkeit gegenüber den Lehrern, für »Weicheier«. Und auch haitianische Jungen wollten um nichts in der Welt als *Weicheier* dastehen — und fingen an, die Schule ebenfalls als eine lästige Unannehmlichkeit für Weicheier zu betrachten. »Philippe entwickelt sich von einem Franzosen zurück zu einem Kreolen. Du hast ihn gehört! — aber du hast es ja gut. Du sprichst es nicht und verstehst es nicht ... ich dagegen habe es nicht so gut! Ich *verstehe* Kreolisch. Ich muss diese verdammte Sprache *unterrichten*. Was ist, wenn er aufs College soll? Kein College wird ihn haben wollen, und er wird auch nicht aufs College wollen.« Alles klar, Mann?

Nach einer halben Stunde merkte Lantier, dass er mit Ghislaine gar nicht über Philippe redete — weil sie nämlich kein einziges Mal zu Wort kam. Er benutzte ihre Ohren wie zwei Container, in die er seine Qual und Hilflosigkeit kippte ... Dieser endlose Monolog der Enttäuschung bewirkte gar nichts. Ghislaine würde nur deprimiert und verlöre den Respekt vor ihm. Eine Maxime fiel ihm ein: Eltern sollten ihren Kinder niemals irgendetwas beichten ... *null!* nichts, egal was!

Überwältigt von Schuldgefühlen ... kam er nicht umhin, sich selbst etwas einzugestehen. :::::Was *ist* Philippes Problem? Das ist doch ganz offensichtlich, oder? Sein Problem ist, dass ich ihn auf die Lee de Forest geschickt habe. Mein prächtiges Art-déco-Haus liegt zufällig in dem Schulbezirk, dessen Senior High School die Lee de Forest ist. Ich wusste, dass sie einen ... einen ... einen nicht sehr guten Ruf hatte. »Aber so schlecht wird sie schon nicht sein«, habe ich mir immer wieder gesagt. Die *Wahrheit* ist, dass ich nicht mal *annähernd* genug Geld habe, um ihn auf eine Privatschule zu schicken. Jeden Dollar, den ich habe, verschlingt mein Art-déco-Haus, damit ich mich ach so *französisch* fühlen kann ... und *natürlich* ist Philippe unter dem Druck von Typen wie Antoine und François Dubois eingeknickt. Er ist kein harter Junge. *Natürlich* ist er verzweifelt. *Natürlich* greift er nach jedem Strohhalm, den er zu fassen kriegt. *Natürlich* verwandelt er sich in einen Kreolen. Und ich habe es zugelassen … natürlich … Oh Gott … wegen *mir.* Dann sei jetzt um Himmels willen ein *Mann!* Um deines Sohnes willen, verkaufe das Haus! … Aber ist es nicht schon zu spät? … Die Immobilienpreise in Südflorida sind um dreißig Prozent gefallen. Die Bank würde sich jeden Penny schnappen, den ich dafür bekäme, und ich würde ihr *immer noch* Geld schulden … Und trotzdem sehe ich das Monster, das tief in meinem Innern lebt: *Ich kann das nicht alles aufgeben!*:::::: Also sagte er, den Tränen nahe, »Ghislaine, ich glaube … ich habe, ähhh … tja, ich muss noch einen Haufen Dinge für den morgigen Unterricht vorbereiten, und ich glaube —« Ghislaine machte es ihm leichter. »Ich gehe ins Wohnzimmer, ich muss auch noch ein paar Sachen lesen.«

Als sie das Büro verlassen hatte, bekam Lantier feuchte Augen. Offensichtlich hielt sie es für besser, ihn nicht allein zu lassen, bis sich sein Gemütszustand wieder stabilisiert hatte.

Lantier musste sich tatsächlich auf ein paar Kurse vorbereiten. Einer hieß »Der Siegeszug des französischen Romans des neunzehnten Jahrhunderts«. Der Kurs war nicht gerade mit Intelligenzbestien besetzt. Das war *kein* Kurs an der Everglades Global University.

»Papa, komm her! Schnell! Es ist im Fernsehen!«, schrie Ghislaine aus dem Wohnzimmer. »Los, beeil dich!«

Lantier eilte aus seinem Büro ins Wohnzimmer und setzte sich neben Ghislaine auf die Couch — *Merde!* — an der Naht des großen quadratischen Sitzkissens quoll die Füllung heraus, und er wusste sehr wohl, wie viel die Neupolsterung einer Couch kosten würde und dass er gerade jetzt kein Geld dafür hatte …

Das ist die Lee de Forest High School auf dem Bildschirm, kein Zweifel ... was für ein Auflauf ... das Gejohle! das Geschrei! die Sprechchöre! Hundert Polizisten, sieht aus, als würden sie einen Mob in Schach halten ... einen Mob aus dunklen Gesichtern, *Negs* und jede Schattierung von Braun, von *Neg* bis Hellbraun und alle Nuancen dazwischen ... sie jaulen und johlen — der Mob, alle jung — sehen aus wie Schüler, außer einer Gruppe Schwarzer — nein, das können keine Schüler sein — sehen eher wie in den Zwanzigern aus, vielleicht Anfang dreißig. Haufenweise Streifenwagen, auf deren Dächern rote, blaue und blendend helle Lichter epileptisch blinken ... es tut einem in den Augen weh! das blitzend helle Licht! Trotzdem erkennt Lantier im qualvollen Bruchteil einer Sekunde, wie klein und veraltet sein Fernseher ist verglichen mit den Apparaten, die andere Leute haben — Plasma, was immer das ist, keine große klobige Kiste voller Röhren oder was immer das ist, was da hinter dem Bildschirm wie ein hässlicher, billiger Metallwanst aus dem Fernseher quillt ... und alle haben achtundvierzig Zoll oder vierundsechzig Zoll, was immer das misst — seziert diesen Sekundenbruchteil und schaut gleichzeitig auf den Bildschirm, wo alles in Aufruhr ist ... eine schwerfällige *Brigade* von Polizisten, ein *Bataillon* .... nie hat er so viele auf einem Haufen gesehen, die versuchen einen johlenden Mob in Schach zu halten — *das sind Schüler!* — junge *Negs,* junge braune und hellbraune Köpfe mit weit aufgerissenen Mündern, die Zeter und Mordio schreien ... überall Streifenwagen mit blauen und roten Lichtern auf dem Dach ... Die Kamera geht näher ran ... man sieht die Lexan-Schutzvisiere und Lexan-Schutzschilde der Polizisten ... eine Frontlinie aus Jungen — *Neg,* braun, *mulâtre, café au lait* — und *une fille saillante comme un bœuf* drücken gegen die Schutzschilde ...

sie wirken so klein gegenüber den Polizisten, diese johlenden Highschool-Gänschen —

»Qu'est-ce qui se passe?« (Was ist da los?), sagt Lantier zu Ghislaine. *»Pourquoi ne pas nous dire?«* (Warum sagen die nichts?)

Wie auf Stichwort wird das Gejohle von der aufgedrehten Stimme einer Frau aus dem Off übertönt, »Offenbar wollen sie die Menge so weit zurückdrängen ... dass sie den Lehrer — sein Name ist Estevez, soweit wir wissen — er unterrichtet Sozialkunde — dass sie ihn aus dem Gebäude holen, in einen Mannschaftswagen bringen und in Gewahrsam nehmen können —«

»Estevez! Das ist Philippes Sozialkundelehrer«, sagte Lantier auf Französisch zu Ghislaine.

»— aber wohin, wissen wir nicht! Im Augenblick ist die Sicherheit ihre größte Sorge! Die Schüler wurden vor einer Stunde nach Hause geschickt! Der Unterricht ist für heute abgesagt! Aber die Schüler ... sie weigern sich das Schulgelände zu verlassen ... und das alte Gebäude wurde in Zeiten errichtet, als Sicherheit noch keine Priorität hatte! Die Polizei befürchtet, dass die Schüler versuchen könnten, wieder in das Gebäude einzudringen, wo Estevez noch festgehalten wird!«

Lantier sagte, »Hoffentlich kriegt die Polizei ihn da raus! So einen Mob können die nicht ewig aufhalten!«

»Papa«, sagte Ghislaine. »Das ist eine Wiederholung! Das muss doch alles schon vor fünf oder sechs Stunden passiert sein!«

»*Ahhh* ... ja«, sagte Lantier. »Richtig, richtig ...« Er schaute Ghislaine an. »Aber Philippe hat nichts gesagt ... von *dem* da!« Bevor Ghislaine antworten konnte, sagte die Fernsehstimme jetzt lauter ... *»Ich glaube, sie versuchen, ihn aus dem Gebäude zu bringen! Die kleine Tür da, im Erdgeschoss — sie öff-*

net sich jetzt!« Die Kamera zoomte näher heran … anscheinend eine Tür im Versorgungstrakt. Als sie sich öffnete, fiel ein schmaler Schatten auf den Betonboden … Ein Polizist erschien und schaute in alle Richtungen. Dann kamen noch zwei … und noch zwei … und noch zwei … dann drängten sich drei durch die kleine — nein, das waren nicht drei, sondern nur zwei Polizisten, die die Oberame eines stämmigen, hellhäutigen Mannes hielten, dessen Hände sich hinter dem Rücken befanden, wahrscheinlich in Handschellen. Obwohl er nur noch wenige Haare auf dem Kopf hatte, konnte der Mann höchstens fünfunddreißig sein. Er ging aufrecht, mit erhobenem Kinn, aber seine Augen blinzelten rasend schnell. Das weiße Hemd, das ihm aus der Hose hing, spannte sich über den Oberkörper.

»Das ist er!«, sagte die Fernsehstimme. »Das ist der Lehrer José Estevez! Ein Sozialkundelehrer an der Lee de Forest High School. Soweit uns bekannt ist, wurde er verhaftet, weil er einen Schüler vor versammelter Klasse geschlagen, zu Boden gerissen und in den Schwitzkasten genommen hat, sodass dieser fast ohnmächtig geworden wäre! Die Polizeibeamten haben jetzt eine Art kreisförmige — äh-ähhh — *Phalanx* gebildet, um ihn auf dem Weg zum Mannschaftswagen abzuschirmen.«

— Gejohle und Geheule, ein Sturm von Beschimpfungen —

»Sie haben ihn erkannt, Estevez, den Lehrer, der vor zwei Stunden einen ihrer Klassenkameraden angegriffen hat!«

»Was für ein Hemd trägt er da?«, fragt Lantier auf Französisch.

Der Lehrer und seine Armee aus uniformierten Bodyguards nähern sich immer mehr der Kamera.

Ghislaine antwortet auf Französisch, »Sieht aus wie eine *guayabera*. Ein kubanisches Hemd.«

Die Fernsehstimme: »Sie haben den Mannschaftswagen fast erreicht ... Die Polizei hat hervorragende Arbeit geleistet, sie hat die große, sehr aufgebrachte Schülermenge in Schach gehalten —«

Lantier schaut Ghislaine wieder an und sagt, »Philippe kommt von der Schule nach Hause, aus der Klasse, wo das alles passiert ist, eine ganze Polizeiarmee besetzt den Schulhof, und da ist dieser Mob, seine eigenen Klassenkameraden, die hätten seinen Lehrer am nächsten Baum aufgeknüpft, wenn sie ihn in die Finger bekommen hätten — und Philippe will nicht darüber reden, und sein *Neg*-Kumpel Antoine will auch nicht darüber reden? Wenn das bei mir auf der Schule passiert wäre, dann würde ich *heute noch* darüber reden! Was ist los mit Philippe? Hast du irgendeine Ahnung?«

Ghislaine schüttelte den Kopf und sagte, »Nein, Papa ... nicht die geringste.«

7

DIE MATRATZE

::::::Existiere ich? … Und wenn, wo? … Oh Mann, ich lebe … *nirgendwo* … Ich *gehöre* nirgendwo *dazu* … Ich gehöre nicht mal mehr zu »meinem Volk«.::::::

Nestor Camacho — erinnern Sie sich? — verdampfte, löste sich auf, zerfiel — das Fleisch um seine Knochen verwandelte sich in Wackelpudding mit einem schlagenden Herzen und verwandelte sich zurück in den Urschlamm. Niemals hätte er sich vorstellen können … *von allem* … abgeschnitten zu sein. Wer konnte das schon? Nicht bis zu jenem Augenblick kurz nach Mitternacht, als er in der Marina der Marine Patrol die Umkleideräume verließ und sich auf den Weg zum Parkplatz machte —

Officer Camacho?

… und jetzt hörte er auch noch Stimmen. Außer Polizisten nach Schichtende kam niemand um Mitternacht auf den Parkplatz. Und kein Polizist würde ihn jemals »Officer« nennen, außer er wollte sich einen Spaß machen. Allein in einer zu warmen, zu schwülen, zu suppigen, zu stickigen, zu schwach beleuchteten, dämmrigen Septembernacht in Miami … hatte er jemals die leiseste Ahnung davon gehabt, was Trostlosigkeit bedeutete? Er hatte nicht versucht sich etwas vorzumachen über die Ereignisse der letzten vierundzwanzig Stunden.

Vor genau vierundzwanzig Stunden hatte er diesen Ort, die Marina, verlassen. Berauscht vom Beifall seiner Kollegen, erstaunt über die Erkenntnis, dass die ganze Stadt — *die ganze Stadt!* — ihm — *ihm!* Nestor Camacho — im Fernsehen dabei zugeschaut hatte, wie er ein panisches, am Rande des *Halusian Gulp* taumelndes armes Schwein von der Spitze eines zwanzig Meter hohen Mastes rettete. Keine Viertelstunde später betritt er sein Elternhaus — und trifft schon an der Tür seinen Vater, das Gesicht zornesrot, die Wampe kugelrund, der ihn aus der Familie ausstößt … und, da er schon mal dabei ist, gleich noch aus dem kubanischen Volk. Nestor ist so empört, dass er die ganze Nacht kaum schlafen kann, und als er am nächsten Morgen aufsteht, erfährt er, dass die spanischsprachigen Medien — was im Kern bedeutet, die kubanischen Medien — seit zwölf Stunden immer wieder das Gleiche sagen: Nestor Camacho hat seine eigene Familie und das kubanische Volk verraten.

Sein Vater betrachtet ihn fortan nicht nur als Unperson, sondern benimmt sich so, als sei er körperlich nicht mehr anwesend. Er benimmt sich so, als würde er ihn buchstäblich nicht mehr *sehen*. Wer? Er? Nestor? Den gibt's hier nicht mehr. Seine Nachbarn, Menschen, die ihn praktisch von Geburt an kennen, zeigen ihm die kalte Schulter, drehen sich buchstäblich um 180 Grad um und wenden ihm den Hintern zu. Seine letzte Hoffnung, sein Seelenheil, die einzig verbliebene Verbindung zu seinem Leben in den letzten fünfundzwanzig Jahren, also seinem ganzen Leben, ist seine Freundin. Er trifft sich mit ihr, geht mit ihr aus, was heutzutage heißt, er geht mit ihr ins Bett, und er liebt sie von ganzem Herzen. Und dann taucht sie auf, gerade mal vor gut acht Stunden, kurz bevor er zu seiner Schicht muss … um ihn darüber zu informieren, dass sie sich jetzt mit jemand anders trifft, mit jemand anders ausgeht und zweifellos das Bett mit ihm teilt, und *hasta la vista,* ist man Ausschuss.

Und dann, als er zur Schicht kommt, der Gipfel. Seine Kollegen, die ihn noch vierundzwanzig Stunden zuvor wie eine Schar Cheerleader umschwärmt hatten, benahmen sich plötzlich — nun ja, nicht abweisend, aber kühl. Keiner zieht über ihn her. Keiner sagt ihm offen oder macht eine Andeutung, dass er irgendwen verraten hätte. Keiner benimmt sich so, als wollte er das Lob der vergangenen Nacht zurücknehmen. Sie sind peinlich berührt, das ist alles. Nach vierundzwanzig Stunden hatten die spanischsprachigen Radiosender, das spanische Fernsehen, die spanische Zeitung — *El Nuevo Herald* — dieses Stück Fleisch grün und blau geprügelt, und sogar ihm freundlich gesinnte Menschen wendeten diskret die Augen ab.

Der Einzige, der wenigstens ein schwaches Bedürfnis verspürte, mit ihm über den ganzen Schlamassel zu reden, war Lonnie Kite, sein *americano*-Kumpel vom Patrouillenboot. Kurz bevor sie zu Schichtbeginn das Patrouillenboot betraten, nahm er ihn beiseite und sagte, »Du musst das so sehen, Nestor« — Nes-*ter.* »Wenn dieser kleine Pisser sonst wo auf einem Mast rumgeturnt wär, dann hätten alle gesagt, ›Dieser Camacho-Tarzan hat Eier, der könnte ein ganzes Hochhaus einreißen.‹ Dein Pech war, dass das Freitagnachmittag während der Rushhour vor einem Haufen Gaffer auf dem Rickenbacker Causeway passiert ist. Die Leute springen aus ihren Wagen und drängeln sich am Geländer, um sich die besten Plätze zu sichern für den großen Fight: kubanischer Flüchtling — der den tapferen kleinen Burschen spielt — gegen den dummen Bullen. Die haben nur Scheiße im Hirn. Ohne diese ahnungslosen Penner hätte sich keine Sau über das alles aufgeregt.«

Der *americano* wollte ihn aufmuntern, aber er deprimierte Nestor nur noch mehr. Sogar die *americanos* wussten Bescheid!

Sogar die *americanos* wussten, dass Nestor Camacho Prügel bezogen hatte.

Er hoffte, in seiner Schicht würde irgendetwas passieren, irgendetwas Großes wie eine Bootskollision, das seine ganze Aufmerksamkeit beanspruchen würde. Kollisionen, besonders zwischen kleinen Booten, kamen dauernd vor. Aber nichts passierte, alles war wie immer ... abgetriebene Boote, deren Motor nicht mehr ansprang .... Leute, die Schwimmer in der Fahrrinne meldeten ... irgendein Idiot mit einem Zigarettenboot, der durch waghalsige Manöver andere Boote in seinem Kielwasser fast zum Kentern brachte ... ein paar Besoffene, die draußen in der Bucht Flaschen und Müll ins Wasser warfen ... das war die Ausbeute der Nacht, nichts war so ernst, dass es Nestor von seinen großen Sorgen hätte ablenken können ... und als sie wieder in die Marina zurückkehrten, hatte Nestor damit begonnen seine Nöte aufzurechnen, aufzurechnen, aufzurechnen ...

... und das Bild des vor ihm liegenden Parkplatzes der Marina entsprach exakt dem Ergebnis — Trostlosigkeit. Jetzt um Mitternacht war mindestens ein Drittel des Parkplatzes leer. Die Laternen erhellten so gut wie gar nichts. Sie produzierten das schwächste mechanische Dämmerlicht, das man sich vorstellen konnte. Die Palmen, die den Parkplatz säumten, waren kaum zu erkennnen. Lediglich ein paar flaue schwarze Umrisse. Von den Autos waren weniger deren Umrisse als vielmehr einige schwache dämmrige Spiegelungen auszumachen ... auf einer Windschutzscheibe hier, einem Chromteil da ... einem Seitenspiegel dort ... einer Felge da drüben ... schwache schwache Spiegelungen von schwachem schwachem Licht ... Bei Nestors gegenwärtiger Gemütsverfassung war das schlimmer als gar kein Licht ... das war Licht in seiner vergammelten Form ...

Er ging auf seinen Camaro zu … warum? … wo wollte er hin, wo sollte er die Nacht verbringen?

Er konnte den Camaro nur deshalb erkennen, weil er genau wusste, wo er stand. Er ging aus reiner Gewohnheit auf ihn zu. Und was dann? Er musste irgendwohin, wo er sich ausstrecken und zehn Stunden lang richtig durchschlafen konnte. Er konnte sich nicht erinnern, jemals in seinem Leben so müde und leer gewesen zu sein … ausgebrannt, ausgetrocknet, erledigt … aber wo sollte er hin, um diesen heilenden Schlaf zu bekommen? Den ganzen Abend hatte er Freunde angerufen und nach einem Platz zum Schlafen gefragt, sogar Leute, die er schon seit der Zeit auf der Hialeah High nicht mehr gesehen hatte, aber immer Fehlanzeige. Die Antworten waren alle wie die von Jesús Gonzalo, seinem besten Kumpel aus der Ringermannschaft. »Ähhh, tja, eigentlich schon, aber wie lange denn, nur heute Nacht, oder? — weil nämlich mein Cousin Ramón — der ist aus New Jersey — der ist wahrscheinlich morgen in der Stadt, und ich hab ihm gesagt —«

Seine Freunde! Stimmt schon, in den letzten drei Jahren waren seine Freunde fast immer andere Cops gewesen, weil nur andere Cops verstehen konnten, was einem im Kopf herumging, was man zu tun hatte, worüber man sich Sorgen machte. Außerdem hatte man einen Elitestatus. Man musste Gefahren trotzen, die seine alten Freunde sich nicht vorstellen konnten. Sie konnten sich nicht vorstellen, was es erforderte, den Cop Blick aufzusetzen und auf der Straße Menschen herumzukommandieren … Egal, die Nachricht über das, was er getan hatte, war offensichtlich in die gesamte kubanische Gemeinde eingesickert wie Gas. Also gut. Er würde einen der jüngeren Cops aus seiner Schicht fragen. In der Umkleide hatte er die letzte halbe Stunde die Gelegenheit dazu gehabt … hatte die ganze Nacht jede Menge Gelegenheiten gehabt ... aber er hatte es nicht über sich gebracht! Auch sie hatten das Gas eingeatmet! Seine eigene Familie hatte ihn aus seinem Elternhaus geworfen ... diese *Demütigung!* Ein Motel? Für einen Jungen aus Hialeah war diese Lösung nicht mal vorstellbar. So viel Geld, nur um über Nacht im Dunkeln ein Kissen unter dem Kopf zu haben? Cristy? Sie war auf seiner Seite. Aber könnte er sich dann zurückhalten? Okay, was haben wir ... da war immer noch der Camaro. In seinem Wagen konnte er immer pennen. Er versuchte es sich vorzustellen ... Wie zum Teufel sollte er sich in einem Camaro in der Horizontalen ausstrecken? Da musste man ein Kind oder ein Schlangenmensch sein ... die zweite schlaflose Nacht in Folge ... das wäre alles, was dabei herauskäme.

Ich lebe jetzt ... nirgendwo ... Ich *gehöre* nirgendwo *hin*. Wieder schoss ihm die Frage durch den Kopf: Existiere ich? Die ersten Male, als ihm die Frage durch den Kopf geschossen war, hatte ein Hauch Selbstmitleid mitgeschwungen. Bei den nächsten Malen war es ein Hauch morbider Humor gewesen. Und jetzt ... ein Hauch Panik. Ich gehe wie immer nach Schichtende zu meinem Wagen ... und ich habe keine Ahnung, wohin ich fahren soll! Er blieb abrupt stehen. Sag mir jetzt ehrlich ... *Existiere ich?*

»Officer Camacho! Hey! Hier drüben! Officer Camacho!«

Hier drüben war irgendwo auf dem Parkplatz. Nestor schaute mit zusammengekniffenen Augen in den matten Elektrodämmer. Ein großer Weißer lief an einer Reihe parkender Wagen entlang auf ihn zu.

»John! *hn hn hn hn* Smith *hn hn* vom *Herald!*«, rief er. Nicht gerade gut in Form der Bursche *hn hn hn hn* .... wie der keuchte nach gerade mal fünfzig Metern leichtem Joggen. Der Name sagte Nestor nichts, aber »vom *Herald*« hörte sich gut an. Von allen Medien hatte der *Herald* als Einziger wenigstens halbwegs auf seiner Seite gestanden.

»Tut mir leid!«, sagte der Mann, als er näher kam. Ich *hnhnhnhn* wusste nicht, wo ich Sie sonst erwischen sollte!«

Als sie sich gegenüberstanden, erkannte Nestor den Mann. Das war der Reporter, der mit einem Fotografen auf ihn gewartet hatte, als er, der Sergeant und Lonnie Kite mit dem Patrouillenboot in die Marina zurückgekommen waren. Selbst wenn er es bewusst darauf angelegt hätte, mehr *americano* ging nicht. Er war groß ... platte blonde Haare, absolut glatt ... eine spitze Nase ... »Tut mir leid, dass ich Sie belästige *hn hn hn hn*. Haben Sie meine Story heute Morgen gelesen?«, sagte John Smith. »War ich fair?« Er lächelte. Er schluckte. Er öffnete die Augen so weit wie ein Paar Prunkwinden.

Was Nestor anging, so hätte das mitternächtliche Auftauchen dieses John Smith auf dem Parkplatz genauso gut die Sorte Erscheinung sein können, denen Leute zum Opfer fallen, die nicht schlafen und nicht existieren ... Er war jedoch noch so weit bei Sinnen, um diesen milchgesichtigen *americano* für echt zu halten. Er wollte den *americano* fragen, was er hier tue, aber er wusste nicht, wie er es diplomatisch formulieren sollte. Also nickte er bloß ... als wollte er zaghaft sagen, »Ja, ich habe Ihre Geschichte gelesen, und ja, Sie waren fair.«

»Wahrscheinlich sind Sie *hnhnhnhn* gerade auf dem Heimweg«, sagte John Smith. »Aber hätten Sie vielleicht trotzdem ein paar Minuten für mich? Ich würde Sie gern noch ein paar Sachen *hnhnhnhn* fragen.«

Eine unheimliche Form von Hochstimmung brachte das betäubte zentrale Nervensystem von Nestor wieder auf Trab. Jedenfalls stellte er wieder eine Verbindung her mit ... *etwas*. Jemand, auch wenn es nur ein *americano*-Zeitungsreporter war, den er nicht kannte, bot ihm immerhin eine Alternative dazu, die ganze Nacht in der Gegend herumzufahren und Selbstgespräche zu führen. Der Vagabund im Camaro! Obdachlos in den Schlagzeilen! Aber er sagte nur, »Worüber?«

»Nun ja, ich arbeite gerade an einer Fortsetzung Ihrer Geschichte und würde sie nur ungern ohne Ihre Stellungnahme veröffentlichen.«

Nestor schaute ihn an ::::::Stellungnahme? Stellungnahme wozu?:::::: Das Wort löste eine unbeschreibliche Angst in ihm aus.

»Warum gehen wir nicht irgendwohin und trinken einen Kaffee?«

Nestor schaute ihn weiter an. Wenn er ohne das Okay von irgendeinem Lieutenant, Captain oder stellvertretenden Polizeichef mit diesem milchgesichtigen Reporter redete, konnte ihm das nur Ärger einbringen. Andererseits hatte er ja schon vor vierundzwanzig Stunden mit diesem Typen geredet, und das war auch okay gewesen ... und solange er mit der Presse redete, *existierte* er. War es nicht so? Solange er mit der Presse redete, war er ... *wer*. Oder nicht? Solange er in der Presse auftauchte, *gehörte* er *zu* dieser Welt ... Man musste seine Fantasie anstrengen ... Er wusste, dass es in dieser Welt keinen Lieutenant, keinen Captain und keinen stellvertretenden Polizeichef gab, der das verstehen, geschweige denn schlucken würde. Aber vielleicht würden sie *Folgendes* verstehen: »Herrgottallmächtiger, versetzen Sie sich doch mal in meine Lage, Lieutenant. Ich stehe vollkommen allein da. Sie können sich nicht mal vorstellen, wie allein.« Es lief alles auf Folgendes hinaus: Er brauchte jemanden zum Reden, nicht in dem Sinne, wie wenn man mit einem Priester redet oder so. Einfach jemanden zum *Reden* ... damit er das Gefühl zurückbekam, dass er noch existierte nach dem abscheulichen Aderlass der letzten vierundzwanzig Stunden.

Er schaute den Reporter John Smith lange und ausdruckslos an. Noch einmal nickte er zustimmend, ohne eine Spur von Befriedigung, geschweige denn Begeisterung …

»Wie wär's mit dem Laden da drüben?«, fragte der Reporter. Er zeigte zu Inga La Gringas Bar.

»Da ist es zu laut«, sagte Nestor. Das stimmte. Was er nicht sagte, war, dass den Lärm andere Cops der Marine Patrol machten, die nach Schichtende da hingingen. »Da gibt's noch einen Laden, der heißt Isle of Capri, drüben auf der Brickell, nicht weit vom Causeway. Die haben auch noch auf, da versteht man wenigstens sein eigenes Wort. Ist allerdings ein bisschen teuer.« Was er nicht sagte, war, dass kein Cop in Miami nach seiner Schicht jemals in einen so teuren Laden gehen würde.

»Kein Problem«, sagte John Smith. »Geht auf die Zeitung.«

Sie fuhren zum Isle of Capri, jeder in seinem eigenen Wagen. Als Nestor den Zündschlüssel in seinem Camaro umdrehte, blies ihm die Luft der Klimaanlage ins Gesicht, und als er den Ganghebel auf DRIVE stellte und losfuhr, knallte der Auspuff. Bei dem Konzert aus Klimaanlage und kaputtem Auspuff kam er sich vor, als wäre er im Innern eines jener Laubbläser gefangen, die so laut waren, dass die Typen, die für sieben Dollar die Stunde das Laub wegbliesen, Ohrenschützer tragen mussten … Er war gefangen in einem Laubbläser … Fragen wehten in seinem Kopf herum :::::: Warum tue ich das? Was springt für mich dabei heraus außer Ärger? Wozu soll ich Stellung nehmen? Warum ging das »auf die Zeitung«, wie er sich ausdrückte? Warum sollte ich diesem *americano* trauen? Warum eigentlich? Es liegt auf der Hand, gerade das nicht zu tun … aber man hat mir alles genommen, was in diesem Leben wichtig ist! Ich habe nicht mal Vorfahren … Mein gottverdammter Großvater, der großartige Schleusentorwärter aus den Malecón-Wasserwerken, hackt direkt unter meinen Füßen den Familienstammbaum um ... und ich weiß nicht mal, wo ich heute Nacht schlafen soll. Jesus Christus, eher unterhalte ich mich mit einer *Schlange,* als dass ich überhaupt niemanden zum Reden habe.::::::

Nestor und der Reporter setzten sich an die Bar und bestellten Kaffee. Sehr de luxe die Bar im Isle of Capri ... Lampen beleuchteten von unten das vor einer riesigen Spiegelwand aufgebaute Arsenal an Schnapsflaschen. Das Licht ließ die Schnapsflaschen erstrahlen ... Glamour hoch drei, und die Spiegelwand machte die Show komplett. Die Show schüchterte Nestor ein, obwohl er wusste, dass die Flaschen nur *americanos* im besten Alter beeindrucken sollten, die so gerne darüber redeten, wie »stockbesoffen« sie gestern Abend wieder gewesen waren, wie »rattenzu«, »hackedicht«, »voll wie eine Haubitze«, »sternhagelblau« und so »völlig neben der Spur«, dass sie gar nicht mehr wussten, wo sie eigentlich wieder aufgewacht waren. Die *americano*-Vorstellung davon, was ein Mann war, entsprach sicher nicht der eines Latinos. Trotzdem hatte der schiere Luxus, den die Lightshow der Flaschen hier im Isle of Capri repräsentierten, eine berauschende Wirkung auf Nestor. Gleichzeitig war er so müde wie noch nie in seinem ganzen Leben.

Als der Kaffee vor ihnen stand, kam John Smith vom *Herald* zur Sache. »Wie gesagt, ich sitze gerade an der Fortsetzung der Geschichte über den Mann auf dem Mast — wie Sie den Burschen gerettet haben — aber meine Quellen erzählen mir, dass viele Kubaner Sie für alles andere als einen Helden halten ... eher für einen Verräter« ... worauf er den Kopf vorstreckte und in seinem Gesicht die unausgesprochene Frage stand: »Und, was sagen Sie dazu?«

Nestor wusste nicht, *was* er dazu sagen sollte ... der Kaffee, in den er auf kubanische Art löffelweise Zucker geschüttet hatte, war himmlisch. Er machte ihn hungrig.

Er hatte während der Schicht nicht genug gegessen. Die Tatsache, dass seine Existenz, wenn man das so nennen konnte, seine Kollegen bei der Marine Patrol beschämte, hatte ihm den Appetit geraubt. John Smith wartete auf eine Antwort. Nestor war verwirrt, er wusste nicht, ob er sich dazu auslassen sollte oder nicht.

»Schätze, das fragen Sie besser *sie*«, sagte er.

»Wen?«

»Na ja ... die *Kubaner* eben.«

»Das habe ich«, sagte John Smith. »Aber die trauen mir nicht so recht. Für die meisten bin ich ein Außenstehender. Die wollen nicht viel rauslassen ... wenn ich sie nach ethnischen Einstellungen, Nationalität und solchen Sachen frage. Das sind Punkte, da trauen sie dem *Herald* einfach nicht über den Weg, basta.«

Nestor lächelte, aber nicht vor Vergnügen. »Damit haben Sie absolut recht.«

»Warum müssen Sie da lächeln?«

»Weil da, wo ich herkomme, aus Hialeah, da sagen die Leute, ›*Miami Herald*‹ und im nächsten Atemzug, ›*Yo no creo.*‹ Man könnte meinen, der Name der Zeitung wäre *Yo No Creo en el Miami Herald.* Wissen Sie, was das heißt, ›*yo no creo*‹?«

»Natürlich. ›Das glaube ich nicht.‹ *Yo comprendo.* Und das Gleiche, Nestor, passiert Ihnen auch gerade.«

Der Reporter nannte ihn zum ersten Mal beim Vornamen. Das störte Nestor. Was sollte er davon halten? War der Mann einfach freundlich, oder benutzte er den Vornamen, wie man ihn gegenüber einem Untergebenen benutzte ... einem *fumigador* zum Beispiel? Viele Kunden nannten seinen Vater vom ersten Augenblick an Camilo. »Die verdrehen alles«, sagte der Reporter. »Die nehmen Ihre Tat, die ich — ich glaube, das habe ich mit meinem Artikel ziemlich klargemacht — die ich für eine mutige und überzeugende Tat halte, und verdrehen sie, machen daraus eine feige Tat!«

»Feige!«, sagte Nestor. Das erschreckte ihn, es traf einen Nerv. »Die können mir ja viel um die Ohren hauen, *traidor* und so was, aber ›feige‹ hat noch keiner gesagt. Wie zum Teufel kann irgendwer das für ›feige‹ halten? … Jesus Christus … Das möche ich gern sehen, dass sich einer auch nur annähernd so was traut … ›Feige.‹« Er schüttelte den Kopf. »Haben Sie das selbst gehört, das Wort … *feige?*«

»Ja. ›*Cobarde*‹ … sagen sie dauernd.«

»Sie?«, fragte Nestor. »Woher wissen Sie das? Ich denke, es redet keiner mit Ihnen.«

»Ein paar schon«, sagte John Smith. »Aber von denen habe ich das nicht gehört. Ich hab's im Radio gehört, und nicht nur einmal.«

»*Welcher* Sender? Wo haben sie das gesagt?«

»In den spanischsprachigen«, sagte John Smith. »›*Cobarde*‹. Ich glaube, auf zwei oder drei Stationen.«

»Arschlöcher«, murmelte Nestor. Er spürte, wie Adrenalin durch seine Adern pumpte. »Was soll daran *cobarde* sein? Was denken die, dass sie *so was* sagen?«

»Mit Denken halten die sich nicht auf. Der Gedankengang, wenn man das so nennen kann, ist der: Man kann leicht den *pez gordo* geben und sich *valiente* aufführen, wenn man die anderen *peces gordos* im Kreuz hat, den Polizeiapparat, die Küstenwache, den *Miami Herald*.« Er kicherte. »Und sicherheitshalber hängen sie wahrscheinlich noch ein *Yo no creo en el Miami Herald* dran. Haben Sie keinen von den Latino-Radiosendern gehört?«

»Keine Zeit«, sagte Nestor. »Wenn Sie wüssten, was in den letzten vierundzwanzig Stunden alles passiert ist …« Er hielt inne. Er ahnte, dass er jetzt gefährlichen Boden betrat. »… dann wüssten Sie, was ich meine.«

»Warum erzählen Sie mir nicht einfach, was alles passiert ist?«, fragte John Smith. Er schaute Nestor jetzt mit einer Intensität in die Augen, die nicht zu John Smith gehörte. Nestor ahnte, dass das der ReporterBlick sein musste, ähnlich dem CopBlick, mit dem Polizisten die Leute einschüchterten. Nicht, dass die beiden Blicke die gleichen waren. Er schaute jetzt die Schnapsflaschen-Lightshow an. Jeder Kollege, mit dem Nestor jemals über das Thema gesprochen hatte, hielt die Pressemeute für eine Bande Weicheier. Nestor hätte gewettet, dass auch der, der jetzt gerade neben ihm an der Bar saß, ein Weichei war. Das lag an seiner sanften Art zu sprechen und seinen guten Manieren … Er war so einer — wenn man die auch nur andeutungsweise körperlich bedrohte, knickten sie ein und hauten ab. Aber die älteren Kollegen sagten auch, dass sie wie kleine Spinnen waren, wie Schwarze Witwen. Sie konnten zubeißen und einem höllische Schmerzen verursachen.

Deshalb schaute er John Smith fest ins Gesicht und sagte, »Ich weiß nicht, ob das so eine gute Idee ist.«

»Warum?«

»Na ja, dafür bräuchte ich wahrscheinlich erst eine Genehmigung.«

»Von wem?«

»Weiß ich auch nicht genau, hab so ein Verfahren noch nie mitgemacht. Mindestens von einem Bereichsleiter, würde ich sagen.«

»Das verstehe ich nicht«, sagte John Smith. »Nachdem Sie den sogenannten ›Untergrundführer‹ vom Mast geholt hatten, haben Sie doch auch mit mir gesprochen. Wer hat Ihnen denn da die Genehmigung erteilt?«

»Keiner, aber das war was ande —«

Plötzlich wurde John Smith aggressiv und schnitt Nestor das Wort ab. »Und wer hat die positivste Story über Sie geschrieben? ... die der Wahrheit am nächsten kam? Habe ich mich Ihnen gegenüber auf irgendeine Weise unfair verhalten?«

Der Mann durchbohrte ihn mit seinem Reporterblick.

»Nein«, sagte Nesor. »Aber —«

Der Reporter ließ nicht locker. »Weshalb glauben Sie, dass ich Sie jetzt in ein schlechtes Licht rücken will? Die Leute, die Ihnen Ärger machen, sind die vom *El Nuevo Herald* — ich hoffe, Sie haben gelesen, was die geschrieben haben.« Nestor wandte den Blick ab und nickte langsam. »Die Latino-Radio- und Fernsehsender versuchen Sie fertigzumachen!«, fuhr der Reporter fort. »Und gestern, das war noch nicht alles. Die werden heute genauso weitermachen. Wollen Sie nicht jemanden auf Ihrer Seite haben? Wollen Sie etwa die *piñata* spielen, auf die die ganze Bande nach Herzenslust eindreschen kann? Sicher, ich kann einen netten kleinen Artikel schreiben, in dem ich analysiere, was Sie getan haben und warum das absolut notwendig und menschlich war. Aber das ist dann bloß ein Meinungsartikel, und noch nicht mal von einem Redakteur. Ich brauche Einzelheiten, die nur Sie mir liefern können.«

Das Schlimme war, dass der Reporter John Smith recht hatte. Das Wort *cobarde* spukte immer noch in Nestors Kopf herum. Sein Ehrgefühl verlangte, dass so eine Beleidigung nicht ohne Antwort blieb. Mein ist die Rache, spricht der Herr — und was passiert in der Zwischenzeit mit deinem Job, großmächtiger Rächer? Wenn er zum Vorteil des Reporters auspackt ... auch wenn er das Präsidium mit keinem Wort kritisiert … ein großer Zeitungsartikel über seine persönliche Rolle in einer so große Aufmerksamkeit erregenden Polizeiaktion — er wusste, was das Präsidium davon halten würde, dafür benötigte er kein schriftliches Protokoll. ::::::Trotzdem, jedem —*jedem* — muss eine Sache unmissverständlich klargemacht werden. Nestor Camacho ist nie und nimmer ein *cobarde* … ihr Arschlöcher … aber das klarzustellen ist ja wohl nicht meine Aufgabe, oder? Das ist die Aufgabe des Präsidiums … aber die Wahrscheinlichkeit, dass sie das auch tun würden, war gleich null. Sicher, sie würden ihre Entscheidung rechtfertigen, den Burschen von dem Mast runtergeholt zu haben, aber den Cop, der da raufgeklettert war und das erledigt hatte, über den würden sie nicht in Jubelarien ausbrechen —::::::

Nestor war nicht klar, was für einen Eindruck er auf John Smith machte. Er schaute nicht den Reporter an, sondern in den Spiegel hinter den angestrahlten Schnapsflaschen. Er schaute nicht mal sich selbst an, obwohl er sein Spiegelbild direkt vor sich hatte. Er fuhr mit der rechten Hand über die Knöchel der linken Hand und dann mit der linken Hand über die Knöchel der rechten Hand und mit der rechten Hand über die Knöchel der linken Hand und mit der linken Hand —

Erst in diesem Augenblick erkannte er, was für ein Bild der Unentschlossenheit er abgab. »Okay, Nestor«, sagte John Smith. »Hier ist mein Vorschlag: Sie liefern mir die Einzelheiten, und ich verspreche Ihnen, dass ich Sie nicht zitieren oder auch nur andeuten werde, dass ich mit Ihnen gesprochen habe.«

»Aber die Sachen, die nur ich wissen kann, die deuten doch direkt auf mich.«

»Hören Sie«, sagte John Smith, »das Problem hatte ich schon öfter, und ich weiß, wie man damit umgeht. Ich werde auf jede Menge anderer Quellen verweisen. Was glauben Sie, wie die großen Polizeigeschichten in die Zeitung kommen? Ich meine nicht diese nackten Nachrichten, dass dies oder das Verbrechen passiert ist. Ich rede über die Insiderstory, wie ein großes Verbrechen aufgeklärt wurde, wer wen verpfiffen hat, solche Sachen. Das läuft doch so: Cops geben Reportern Informationen, mit denen der Reporter glänzen kann, und Reporter schreiben Geschichten, in denen die Cops glänzen. Beide Seiten wissen, wie man die andere Seite schützt. Das passiert ständig, und damit meine ich *ständig*. Wenn Sie keinen Kanal finden, über den Sie Ihre Geschichte unter die Leute bringen können, dann machen das andere für Sie, die Jungs im Rathaus zum Beispiel ... und eins können Sie mir glauben, die Geschichte von denen wird Ihnen ganz und gar nicht gefallen. Für die sind Sie doch nur dieses ... dieses ... *lästige Insekt*, das seine kubanischen Landsleute piesackt. Hören Sie zu, ich kann Ihre Geschichte unter die Leute bringen — und gleichzeitig klarstellen, dass Sie *niemals* mit mir kooperieren würden. Ich werde schreiben, dass Sie auf Anrufe nicht reagiert haben, was der Wahrheit entsprechen wird. Es entspricht schon jetzt der Wahrheit. Um halb zehn heute Abend habe ich die Marine Patrol angerufen und wollte Sie sprechen, aber die stellen keine Privatgespräche auf Patrouillenboote durch.«

Erschrocken sagte Nestor, »Sie meinen, die *wissen* schon, dass Sie mich sprechen wollten?«

»Natürlich!«, sagte John Smith. »Wissen Sie was, ich brauche jetzt ein Bier. Wollen Sie auch eins?«

Ein Bier? Wie konnte der Mann plötzlich an Bier denken? Das erstaunte Nestor. Es ärgerte ihn. Andererseits ... vielleicht wäre ein Bier gar nicht so übel. Vielleicht würde ihn das ein bisschen beruhigen, den Adrenalinfluss verlangsamen ... Wenn er jetzt irgendeine andere Droge zur Hand hätte, würde er die auf der Stelle einwerfen ... und eine Flasche Bier war ja nun ziemlich milder Stoff. »Ähh ... ja«, sagte er. »Ich nehme auch eins.«

John Smith hob die Hand, um den Barkeeper auf sich aufmerksam zu machen. Als er die zwei Bier bestellte, regte sich wieder Nestors Groll. ::::::Schließlich ist es nicht *sein* Arsch, der hier auf dem Spiel steht.:::::: Während John Smith ihm den Rücken zuwandte, redete er weiter, als wäre ihre Unterhaltung für keine Sekunde unterbrochen gewesen. »Eins ist natürlich klar!«, sagte er. »Wenn ich eine Geschichte über Sie mache — und das kriegen die natürlich sehr bald mit — müsste ich natürlich versuchen, direkt Kontakt mit Ihnen aufzunehmen. Wenn ich das nicht täte, würde das einen komischen Eindruck machen. Das ist das übliche Prozedere.«

Ihr Bier kam. Nestor wartete erst gar nicht auf John Smith. Er nahm seins von der Theke und trank ... einen langen kräftigen Schluck ... und sofort schwappte eine warme Woge von seinem Magen nach oben ins Gehirn, breitete sich in seinem gesamten zentralen Nervensystem aus ... und schien ihn *tatsächlich* zu beruhigen.

Er begann mit dem Ende seiner Schicht vor vierundzwanzig Stunden ... und damit, dass alle seine Kollegen schier ausgeflippt waren und ihm in ihrer launigen CopManier erzählt hatten, wie er die ganze Stadt elektrisiert hatte ... und er nach Hause gefahren war ... wie auf Flügeln ... und gleich an der Haustür mit einer Riesenüberraschung empfangen worden war.

»Da steht also mein Vater. Er wartet schon auf mich, steht da, breitbeinig wie ein Ringer, die Arme verschränkt, ungefähr so —«

— plötzlich brach er mitten im Satz ab und schaute John dem Reporter tief in die Augen ... schaute ihn einige Sekunden lang an, Sekunden voller Spannung, wie er hoffte … Als er weitersprach, tat er das in einer anderen Tonlage, einer, die exakt zu seinem Blick passte.

»Sie erinnen sich noch an das, was Sie mir gerade versprochen haben? Wie Sie mit dem umgehen werden, was ich Ihnen jetzt erzähle?«

»Ja …«

»Dass Sie in Zusammenhang mit den Quellen meinen Namen raushalten?« Er schaute ihn schärfer an.

»Ja …«

»Ich will bloß sichergehen, dass wir uns da richtig verstehen.« Er ließ wieder ein paar Sekunden verstreichen. »Wenn nicht … wäre ich sehr … sauer.«

Dann kostete er diesen speziellen Blick richtig aus. Und erst jetzt wurde ihm klar, dass es sich dabei um seinen CopBlick handelte. Ohne ein Wort vermittelte der Blick eine Botschaft. Hier mache ich die Regeln. Ich habe die ultimative Macht, und ich werde nicht zögern, Sie umzunieten, wenn Sie mich dazu zwingen. Und jetzt wollen Sie natürlich wissen, was mich dazu »zwingen« könnte. Nun ja, zunächst einmal der *Bruch eines mündlichen Vertrags*.

Der hellhäutige *americano* wurde totenblass — so jedenfalls kam es Officer Camacho vor. Der Journalist John Smith öffnete leicht die Lippen … sagte aber nichts. Er nickte nur und neigte zaghaft, kaum merklich die Stirn.

Ehe Nestor sich versah … schüttete er John Smith sein Herz aus. Er saß an der Bar des Isle of Capri im glamourösen Glanz der leuchtenden Schnapsflaschen und ließ *alles* raus. Er konnte diesem *americano* — den er genau zweimal in seinem Leben gesehen hatte — gar nicht genug erzählen. Er spürte den überwältigenden Drang … nicht zu beichten, denn er hatte nicht gesündigt … *nur noch ein Bier* sondern irgendwem, irgendeinem zumindest halbwegs unparteiischen Menschen von seiner Pein und Erniedrigung zu erzählen, von seiner Zurückweisung — schlagartig! — in weniger als vierundzwanzig Stunden! — durch all jene, die ihm am nächsten standen, und durch namenlose Tausende seiner eigenen Leute, *nur noch ein Bier* seiner kubanischen Landsleute, die nur zu gern glaubten, was sie aus dem einflussreichsten Medium, dem spanischsprachigen Radio, und sogar aus dem altmodischen Medium, das niemand unter vierzig auch nur in die Hand nahm, den Zeitungen, erfuhren ... von seinem Vater, der in der Tür seines Hauses stand, das auch Nestors Haus war, breitbeinig wie ein Ringer, die Arme über der Brust verschränkt — wie ein *wütender* Ringer ... *nur noch ein Bier* und von Nachbarn, die er schon sein ganzes Leben kannte, die ihm den Rücken zuwandten, sobald sie ihn kommen sahen ... und, um dem Ganzen die Krone aufzusetzen, von seinen Kollegen, die ihn noch vierundzwanzig Stunden zuvor in den Himmel gehoben hatten *nur noch ein Bier* ... und nun diesen besudelten Mann aus ihrer Mitte kühl und peinlich berührt anschauten ... *nur noch ein Bier — in cervisia veritas* ... alles, *alles,* bis zu seinem klingelnden Handy in der Hosentasche, während er zwanzig Meter über dem Bootsdeck *haarscharf* am Tod vorbeischrammt und versucht sich Faust an Faust mit einem Mann zwischen den Beinen an einem dreißig Meter langen Tau hinunterzuhangeln ... und dann fängt das gottverdammte Handy an zu *piep-piep-piepsen* und schickt ihm haufenweise SMS, und die Leute — seine eigenen Leute — *cubanos* — kreischen von der Brücke am Rickenbacker Causeway runter und wünschen ihm die Pest an den Hals ... *alles,* sogar von Magdalenas kalten Augen, als er ihr *!CONCHA!* ins Gesicht schreit —

Dreieinhalb Stunden lang presste Nestor auch noch den letzten Tropfen seiner Seelenpein aus sich heraus ... und hätte auch dann noch nicht aufgehört, wenn das Isle of Capri nicht um 4 Uhr geschlossen hätte. Die beiden jungen Männer standen jetzt draußen auf der Straße. Nestor fühlte sich wacklig auf den Beinen. Sein Gleichgewichtssinn war … weg. Seinem Gang fehlte es an … Flüssigkeit. Na ja, kein Wunder … nach dem Stress der letzten beiden Tage … zu wenig Schlaf … auch zu wenig Essen, wenn man es genau bedachte. Auf den Gedanken, dass er nach neun Bier und einem Tequila, so viel Alkohol, wie er noch nie an einem einzigen Abend getrunken hatte, stockbesoffen sein könnte, kam er nicht.

Aber der *americano periodista* kam drauf. Er schaute Nestor an und sagte, »Sie wollen ja wohl nicht mehr nach Hause *fahren,* oder?«

Nestor lachte kurz und bitter auf. »Nach Hause? So was hab ich nicht mehr.«

»Und wo wollen Sie die Nacht über bleiben?«

»Keine Ahnung«, sagte Nestor, nur dass es sich anhörte wie *keianung*. »Im Auto, wenn's sein muss … Nein! Ich hab's … Ich fahr rüber zu Rodriguez und hau mich in seiner Fitnessbude auf 'ne Matratze.«

»Ist da nicht geschlossen?«

Wieder ein kurzes, bitteres Lachen. »Geschlossen? Für Cops ist nirgends geschlossen.« Sogar Nestor nahm verschwommen wahr, dass er CopSprüche klopfte.

»Nestor« — wieder sein Vorname, eine Unverschämtheit — »ich glaube, Sie sind zu erschöpft, um noch *irgend*wohin zu fahren. Ich habe eine Schlafcouch in meiner Wohnung, um diese Zeit höchstens fünf Minuten von hier. Wie wär's?«

Machte er Witze? Bei einem *americano periodista* übernachten? Aber das Wort, das der *periodista* benutzt hatte … *erschöpft.* Allein es laut ausgesprochen zu hören machte ihn noch erschöpfter … erschöpft, nicht betrunken … nicht betrunken, ausgelaugt … noch nie hatte er sich so ausgelaugt gefühlt. Er sagte, »Vielleicht haben Sie recht.«

Später konnte Nestor sich kaum noch an die Fahrt zu John Smiths Wohnung erinnern … oder daran, dass er auf der Couch in dem engen kleinen Wohnzimmer bewusstlos geworden war … oder, dass er alles vollgekotzt hatte …

Als Nestor aufwachte und in die bewusste Welt zurückkehrte, war es noch nicht so spät, wie er gehofft hatte. Ganz schwach drang das erste Licht des Tages durch das Stück groben Leinenstoffs, das vor dem einzigen Fenster des Zimmers als provisorischer Vorhang diente. Ihm war so schlecht wie noch nie in seinem Leben. Wenn er jetzt versuchte den Kopf anzuheben, würde er gleich wieder bewusstlos werden. Das brauchte er erst gar nicht auszuprobieren, das wusste er auch so. Die Hirnhälfte in der Kopfseite, auf der er lag, war ein einziger See aus Schmerz und Übelkeit. Er wagte es nicht, diesen See auch nur um ein Grad zur Seite zu neigen, sonst würde die Kotze — er konnte sie schon riechen — *riechen* — wie eine Fontäne aus ihm herausschießen. Er erinnerte sich vage daran, dass er auf den Teppich gekotzt hatte, bevor er umgekippt war.

Er kapitulierte und schloss wieder die Augen. *Musste* sie schließen. Augenblicklich schlief er wieder ein. Er schlief schlecht. Immer wieder wachte er ruckartig auf. Das Wichtigste war, nicht die Augen aufzumachen. Das gab ihm wenigstens eine Außenseiterchance, wieder einzuschlafen … egal wie aufgewühlt der Schlaf auch sein mochte.

Als er schließlich endgültig aufwachte, bildete das Leinentuch eine Fläche aus grellen Lichtpunkten. Es musste fast Mittag sein. Er wagte es, den Kopf ein paar Zentimeter anzuheben. Diesmal war es furchtbar, aber nicht unmöglich. Er schaffte es, seine Beine über die Sofakante nach außen zu bewegen und sich aufzusetzen … und senkte den Kopf hinunter zwischen die Oberschenkel, damit etwas mehr Blut in seinen Kopf strömen konnte. Dann hob er den Kopf wieder an, stützte die Ellbogen auf die Knie und legte die Hände auf die Augen. Er wollte nichts mehr sehen von diesem winzigen, stinkenden, strohgelben Zimmer. Er wollte gar nichts tun, aber er wusste, es half nichts, er musste es irgendwie ins Badezimmer schaffen.

Er stöhnte laut auf, einzig aus dem Grund, sich selbst dabei zuhören zu können, wie elend und paralysiert er sich fühlte. Er stöhnte noch mal. Dann hörte er Schritte. Der Fußboden knarzte. Was für eine Bruchbude … Andererseits hatte er nicht mal eine *Bruchbude*.

»Guten Morgen. *Buenos días*. Wie geht's Ihnen?«

Da stand John Smith … in der Tür zum Bad. Nestor hob den Kopf gerade so weit an, dass er ihn von Kopf bis Fuß sehen konnte. Der *americano* stand da und war so *americano* angezogen, dass es zum Ärgern war … die Khakihose so akkurat gebügelt, dass man sich an der Bügelfalte in den Finger schneiden konnte … das blaue Button-down-Hemd, am Hals zwei Knöpfe offen, mit an jedem Arm exakt um zwei Manschettenlängen aufgekrempelten Ärmeln … alles so … so … Hätte Nestor das Wort *preppy* gekannt und verstanden, hätte er gewusst, warum ihn der Anblick so aufregte.

Aber er sagte nur, »Beschissen … aber ich schätze, ich werd's überleben …« Er schaute John Smith fragend an. »Ich dachte, Sie wären schon zur Arbeit gefahren.«

»Nun ja, da ich vorhabe, eine Geschichte über *Sie* zu schreiben, bin ich wohl gerade bei der Arbeit. Ich dachte mir, ich warte wenigstens noch, bis Sie aufwachen.«

Da ich vorhabe, eine Geschichte über Sie zu schreiben. In seinem labilen Zustand traf Nestor der Gedanke wie ein Stromschlag. Sein Mut sank. Was hatte er getan? Warum hatte er dem Kerl letzte Nacht ... diesen ganzen Scheiß erzählt? War er verrückt? ... all diese *intimen* Dinge? Er verspürte den Drang, die Sache abzublasen — jetzt sofort! Aber dann dachte er sich, dass er dann vor dem *americano* wie ein Schwächling dastehen würde ... erst stülpte er sein Innerstes nach außen und breitete es zur Prüfung vor ihm aus, und dann knickte er ein ... schüttete ihm großmäulig vier Stunden lang sein Herz aus, und jetzt, verkatert, mit brummendem Schädel ... fing er an zu jammern und zu betteln, »Ich nehme alles zurück! Bitte, bitte, ich war betrunken, das ist alles! Das können Sie mir nicht antun! Haben Sie Mitleid! Erbarmen!« — und das, die Furcht, als Schwächling, Jammerlappen und Angsthase dazustehen, war jetzt mehr als alles andere der Grund, dass er den Mund hielt ... die Furcht, als Angsthase dazustehen! Das allein hielt Nestor Camacho davon ab ... seinen Bedenken nachzugeben.

»Schließlich muss Sie jemand zu Ihrem Wagen zurückfahren«, sagte der *americano*. »Das sind leicht zehn Kilometer, und ich bin mir nicht sicher« — er senkte eine Augenbraue und verzog die Lippen zu einem leicht spöttischen Lächeln — »ich bin mir nicht ganz sicher, ob Sie sich noch daran erinnern, wo der steht.«

Das stimmte. Nestor konnte sich nur noch an eine Bar erinnern, die eine ziemlich glamouröse Lightshow hatte ... Lichter, die von unten die Schnapsflaschen anstrahlten und hellbraun, bernsteingelb und lohfarben aufleuchten ließen und sich an den geschwungenen Flaschenkörpern in tausend winzigen Lichtblitzen brachen. Er konnte nicht sagen, warum, aber die Erinnerung an das schimmernde Tableau hatte eine beruhigende Wirkung auf ihn.

John Smith schlug vor zu frühstücken. Aber der Gedanke, irgendetwas Festes herunterzuschlucken, löste bei Nestor Ekel aus. Er begnügte sich mit einer Tasse schwarzem Instantkaffee. Gottallmächtiger, was für dünnen Kaffee tranken die *americanos*.

Dann saßen sie in John Smiths Volvo und fuhren zum Isle of Capri. John Smith hatte so recht. Als er in der Nacht aufgewacht war und auch, als er sich schließlich von der Couch erhob, hatte er sich nicht daran erinnern können, wo er seinen Wagen abgestellt hatte.

Sie fuhren zur Jacinto Street und bogen dann in die Latifondo Avenue ein ... und je länger er darüber nachdachte, desto mehr war er davon überzeugt, dass John Smith ein guter Mensch war. Gestern Abend hatte ihn der *americano* aufgelesen ... *von der Straße!* ... hatte ihm einen Platz zum Übernachten angeboten ... und sogar den ganzen Morgen gewartet, bis er ausgeschlafen hatte ... und fuhr ihn jetzt zu seinem Wagen zurück. Seine Angst davor, was dieser große blasse *periodista americano* über ihn schreiben würde, begann sich zu legen. *Yo no creo en el Miami Herald!* ... aber John Smith hatte recht damit, dass die, die die Macht hatten, seine Geschichte ... seine Karriere ... sein *Leben!* ganz nach Belieben verdrehen würden, solange er keine Stimme hatte, die für ihn sprach ... und wenn es die Seiten des *Yo No Creo En El Herald* sein mussten.

»John«, sagte er — und hielt dann inne, weil er von sich selbst überrascht war. Er hatte ihn noch nie mit seinem Vornamen angesprochen, eigentlich mit gar keinem Namen. »Ich möchte Ihnen für alles danken. Gestern Abend nach der Schicht — ich meine, da war ich so am Arsch — ich war ... ich war so beschissen drauf wie noch nie in meinem Leben. Sie haben einen gut bei mir, mehr als einen. Wenn ich irgendwas für Sie tun kann, sagen Sie's einfach.«

John Smith sagte nichts. Zuerst schaute er ihn nicht mal an. Er schaute weiter geradeaus auf die Straße, als er ihm schließlich antwortete. »Da gibt es tatsächlich was. Aber ich dachte, das ist jetzt nicht der richtige Zeitpunkt dafür. Sie haben ja jetzt erst mal genug Stoff zum Nachdenken.«

»Nein, nein, raus damit. Wenn ich etwas für Sie tun kann, gerne.«

Nach einer weiteren langen Pause drehte John Smith den Kopf zu Nestor. »Nun ja … ich brauche Zugang zu Polizeiakten« — er schaute wieder auf die Straße, dann wieder zu Nestor — »es geht um Informationen über einen bestimmten Mann, der in Sunny Isles lebt.«

»Wer ist der Mann? Wie heißt er?«, fragte Nestor.

»Hmm …«, sagte John Smith. »Außer mit meinen Redakteuren habe ich darüber noch mit niemandem gesprochen. Aber wenn ich mich nicht irre, steckt da eine große Geschichte drin. Der Name ist Sergej Koroljow. Klingelt da was?«

»Hmmmm … nein.«

»Erinnern Sie sich nicht an diesen russischen Oligarchen — so haben sie ihn immer genannt, den russischen Oligarchen — diesen Russen, der dem Miami Museum of Art einen Haufen wertvoller Gemälde überlassen hat? Ist noch gar nicht so lange her … Bilder von Chagall und Kandinsky und ähhh von diesem russischen ›Suprematisten‹, wie er sich selbst bezeichnet hat … der Name fällt mir gerade nicht ein, jedenfalls ein berühmter moderner Künstler. Egal, jedenfalls hat das Museum diese Gemälde auf knapp siebzig Millionen Dollar geschätzt — *Malewitsch!* So hieß der Bursche! — der sich selbst einen Suprematisten genannt hat … Kasimir Malewitsch. Pures Gold, das Museum hat gleich seinen Namen geändert, es heißt jetzt Koroljow Museum of Art.«

Nestor schaute John Smith lange und ratlos an. Er hatte dem *americano* seit der Sekunde nicht mehr folgen können, als er von diesem Schakal oder wie der hieß … und Kandinsky und Malewitsch … und dann auch noch vom Koroljow Museum of Art angefangen hatte.

»Der Punkt ist der«, sagte John Smith. »Ich habe einen sehr zuverlässigen Hinweis bekommen, dass das alles Fälschungen sind, das ganze Siebzig-Millionen-Dollar-Paket.«

»Ohne Scheiß?«

»Ja, meine Quelle ist zuverlässig. Das ist nicht der Typ, der einem Klatschgeschichten auftischt.«

»Hat das Museum *Geld* für die Bilder bezahlt?«

»Nein, das ist ja das Komische. Das war eine Schenkung, hundert Prozent. Für unseren Oligarchen sind dabei nur ein Dinner und jede Menge Lobhudeleien abgefallen.« Seine Vorstellungskraft ließ nach. *»Mierda«*, sagte Nestor. »Ich weiß gar nicht, ob das überhaupt ein Verbrechen ist, wenn er kein Geld bekommen hat. Da muss ich mich erst erkundigen.«

»Das weiß ich auch nicht«, sagte John Smith. »Wie auch immer, das ist eine Wahnsinnsgeschichte. Ich meine, alle waren da, Bürgermeister, Gouverneur, Maurice Fleischmann, jedes hohe Tier von Miami, und alle versuchen sich gegenseitig zu überbieten mit ihrem Lob für einen Hochstapler. Das erinnert mich an das Theaterstück von Gogol, *Der Revisor*. Haben Sie das jemals — egal, ist jedenfalls ein klasse Stück.«

::::::Nein, das hab ich nicht *jemals* — mein blasser *americano* …:::::: Aber sein Groll verpuffte schnell. Er war ein seltenes Exemplar, dieser John Smith. Nie zuvor hatte Nestor instinktiv gespürt, dass jemand so anders war als er. Der Bursche hatte keine einzige Latinofaser im Leib. Auch als Cop konnte er ihn sich nicht vorstellen, keine drei Sekunden. Er hatte etwas Farbloses, Schwächliches an sich. Diese Sorte — man konnte sich nur schwer vorstellen, dass sie aggressiv genug werden konnte, um auch nur einen CopBlick zustande zu bringen. ::::::Trotzdem ist er, ein *americano,* meine einzige

Hoffnung. Nur er kann verhindern, dass *mein eigenes Volk, meine eigene Familie!* — wie ein Sturm über *mich hinwegfegt.*::::::

Als John Smith vor dem Isle of Capri anhielt, erkannte Nestor den Laden kaum wieder. In der Mittagssonne sah er klein, grau und tot aus. Wie konnte der jemals glamourös ausgesehen haben? Nicht ein Hauch von *Glanz* … eine billige kleine Spelunke, mehr nicht. Er sah seinen Camaro, Gott sei Dank. Er konnte sich nicht erinnern, dass er ihn da abgestellt hatte.

Er bedankte sich noch einmal bei John Smith und versprach, so viel wie möglich über den Russen herauszufinden. Als er aus dem Wagen stieg, überkam ihn ein merkwürdiges Gefühl. Im nächsten Augenblick würde John Smith losfahren, und er, Nestor Camacho, würde verlassen zurückbleiben. Das war das Gefühl … *verlassen* … es breitete sich allmählich in seinem ganzen zentralen Nervensystem aus. Jetzt … das war wirklich *merkwürdig*. Er verspürte den irrationalen Drang, den *americano* zu bitten, noch etwas zu bleiben … wenigstens bis er zur nächsten Schicht in die Marina der Marine Patrol fahren musste. Ich bin allein! … so allein wie noch nie zuvor in meinem Leben! Und die Schicht bei der Marine Patrol würde es nur noch schlimmer machen. Bei Schichtende gestern um Mitternacht, da hatten ihn seine »Kameraden«, seine »Brüder«, angeschaut, als wünschten sie, sie müssten ihn nicht anschauen. Und das war nur der erste Tag nach der Geschichte mit dem Mann auf dem Mast. Heute Abend würden sie sich fragen, warum er nicht einfach so anständig sein könnte … sich in Luft aufzulösen … so wie es alle anständigen gebrandmarkten Männer taten.

::::::Warum springst du nicht gleich in den Fluss und ersäufst dich, du elender kleiner *maricón?*:::::: Menschen, die sich in Selbstmitleid ergingen, hatte er immer verachtet. Damit verloren sie alle Würde. Und jetzt genehmigte er, Nestor Camacho, sich selbst diese perverse Erleichterung, sich vor dem Kampf — und all den Arschlöchern — zu drücken, indem er aufgab und halb hoffte, man würde ihn ein drittes Mal in die Tiefe stoßen. Aber dann wäre endlich Schluss mit dem Elend, oder?

Tatsächlich musste Ertrinken etwas Friedliches haben … wenn man mal den ersten Schock, nie mehr atmen zu können, nie mehr einen weiteren Atemzug tun zu können, überwunden hatte. Aber den ersten Schock hatte er ja schon hinter sich, oder? Wofür genau sollte er noch leben? Für seine Familie? Seine Freunde? Sein kubanisches Erbe? Die Menschen, die er liebte? Die große romantische Liebe seines Lebens? Vielleicht für John Smiths Beifall. Darüber musste er lachen … dreckig lachen. John Smith würde seinen dritten Untergang sicher sehr gern beklatschen. Dann konnte er noch eine Schmalzgeschichte, die das Leben schrieb, aus dieser ganzen Scheiße herausquetschen. Nestor sah den gespielt aufrichtigen Ausdruck in John Smiths Gesicht so deutlich vor sich, als stünde er direkt vor ihm.

Dieser hinterhältige dürre WASP! Alles für eine Story … das ist seine Aufrichtigkeit … Andere Gesichter tauchten auf … lebhaft … lebhaft … für den Bruchteil einer Sekunde am Brückengeländer auf dem Rickenbacker Causeway. In diesem Sekundenbruchteil — eine Frau in den Vierzigern … nie zuvor in seinem Leben hatte er ein so hässliches Gesicht gesehen. Sie bespuckte ihn. Sie raste. Sie versuchte ihn mit tödlichen Blitzen aus den tief liegenden Augen ihres verzerrten Gesichts umzubringen. Er hörte das Buhgeschrei, das aus allen Richtungen auf ihn einprasselte, auch von unten, von all den kleinen Booten, die aus keinem anderen Grund hinausgefahren waren, als um ihn abzuschießen. Und — wer … ist … das? ::::::Tatsächlich, das ist Camilo el Caudillo! Er steht direkt vor mir, mit selbstgefällig über der Wampe verschränkten Armen … und da ist meine einfältig lächelnde Mutter, triefend vor Mitgefühl, wohl wissend, dass das Wort des Caudillos das Evangelium ist … Yeya und Yeyo — hah!:::::: Alle Camachos halten ihn für den Ultimativen Verräter … Onkel Andres' angeheirateter Cousin Hernán Lugo, der sich auf Yeyas Geburtstagsparty anheischig gemacht hatte, ihm einen Vortrag zu halten … Rafael Ruiz' Vater, der ihm bei Ricky's den Kopf um fünfundvierzig Grad zuwandte, damit er ihm aus dem Mundwinkel sagen konnte, *Te cagaste* — »Du hast alles verschissen, und dich selbst hast du auch noch besudelt« … Mr. Ruiz mit seiner glänzenden Glatze, der genau vor ihm sitzt, mit dem Rücken zu ihm, und ihn aus dem Mundwinkel anraunzt. Alle, die ganze Bande, würden ihn nur zu gern untergehen sehen … einige, wie seine eigene Familie, um den Makel ein für alle Mal zu tilgen … andere, wie Mr. Ruiz, damit sie spannende, grotesk ausgeschmückte Geschichten erzählen können … »Da schleicht er sich heimlich mit der Sonnenbrille ins Café und glaubt, ich erkenne ihn nicht« … und dann, Señor Comemierda Ruiz, kippen Sie wahrscheinlich gleichzeitig noch Ihr verlogenes Mitgefühl über die Geschichte … Oh, wie würde Ihnen das gefallen, wenn mich die Strömung jetzt davontragen und der Sog bis auf den Grund hinunterziehen würde … nun —

Ich will verflucht sein, wenn ich das mache!

Weil ihr euch alle die Hände reiben würdet, und das missgönne ich euch zutiefst! Tut mir leid, aber die Genugtuung verschaffe ich euch nicht! Und wenn euch das nicht passt, gebt nicht mir die Schuld. Mr. Ruiz mit seinem *te cagaste* im Morgengrauen ist schuld. Und jetzt könnt ihr euch alle mal ins Knie ficken!

»Kann sein, dass Sie das finden komisch«, sagte Jewgeni Soundso — den Nachnamen hatte Nestor nicht verstanden — »Aber ich muss Ihnen stellen die Frage. Was Sie wissen über die Kunst?«

Nestor wusste nicht, was er sagen sollte. Er verzweifelte langsam. Es war 15:15 Uhr. Seine Schicht begann in einer Dreiviertelstunde. Das war jetzt sein dritter Besuch bei einem Craigslist-Inserenten in den letzten drei Stunden ... er musste dieses Zimmer einfach bekommen. Als Untermieter des großen, knochigen, etwas buckligen Russen mit schwerem Akzent konnte er es sich leisten ... er musste es einfach bekommen! Noch so eine Nacht wie letzte Nacht, als er keine andere Wahl gehabt hatte und wie ein streunender Hund bei diesem Reporter des *Yo No Creo En El Herald* untergekrochen war, würde er nicht überleben! Er und dieser Jewgeni unterhielten sich in dem erbärmlich kleinen Eingangsbereich zwischen den beiden kleinen Zimmern der Wohnung ... In dem Eingangsbereich befanden sich noch eine winzige dreckige Küche, ein winziges dreckiges Bad und die klappernde, mit Aluminium verkleidete Wohnungstür, die in billigen Wohnungen wie dieser Standard war. Jewgeni war anscheinend »Grafikkünstler«. Er bezeichnete die Wohnung, für die er einen Untermieter suchte, als sein »Atelier«. Nestor wusste nicht, was ein Grafikkünstler war, aber ein Künstler war ein Künstler, und er lebte und arbeitete in seinem Atelier. ... und jetzt fragte er, was er, Nestor, über Kunst wüsste? Was wusste er über Kunst? Sein Mut sank. ::::::*¡Dios mío!* Bei einer Unterhaltung über Kunst fliege ich schon beim zweiten Satz auf. Hat absolut keinen Sinn, ihm irgendwas vorzumachen. Verdammt! Am besten, ich schaue ihm in die Augen und trage es wie ein Mann.::::::

»Was ich über Kunst weiß? Um die Wahrheit zu sagen ... nichts.«

»Jawoll!«, rief Jewgeni aus. Er hob die Faust bis auf Schulterhöhe und rammte den Ellbogen nach unten wie ein amerikanischer Sportler. »Sie hier wollen einziehen? — einverstanden, mein Freund, Sie haben das Zimmer!« Als er Nestors verblüfftes Gesicht sah, sagte er, »Mit der grafischen Kunst im Moment läuft es nicht so gut, deshalb ich muss vermieten. Das Letzte, was ich will, ist jemand, der glaubt, er was versteht von der Kunst, und der dauernd will über die Kunst reden und mir gute Ratschläge geben!« Er schlug die Hand vor die Augen, schüttelte den Kopf und schaute dann wieder Nestor an. »Glauben Sie mir, ich mir nichts kann vorstellen, was ist schlimmer. Sie sind Polizist. Wie würde Ihnen gefallen, wenn einer denkt, dass er weiß alles über Ihren Job oder Sie dauernd löchert mit irgendwelchen Fragen über Ihre Arbeit? Nach einer Woche Sie werden verrückt!«

Außerdem wollte er nicht da wohnen, wo die Russen wohnen, in Sunny Isles oder Hallandale. Die würden ihn auch verrückt machen. Hier, in diesem Atelier in Coconut Grove, fühle er sich mehr zu Hause. Außerdem passte es auch gut, dass er am liebsten vom Nachmittag bis in die Nacht hinein arbeitete — genau dann, wenn Nestor Dienst hatte.

::::::Perfekt:::::: dachte Nestor. ::::::Wir sind beide Fremde, du aus Russland, ich aus Hialeah. Vielleicht schaffen wir es in Miami.:::::: Er schrieb sofort einen Scheck aus und zeigte Jewgeni seine Dienstmarke, falls er sich die Dienstnummer notieren wollte. Jewgeni zuckte nur mit den Achseln. »Wozu?« Er schien genauso scharf darauf zu sein, das Zimmer zu vermieten, wie Nestor, es zu mieten.

Über Sachen wie diese redete der Chief mit niemandem … mit *niemandem* … Schließlich war er kein Idiot … Eher redeten die Leute über ihr Sexleben — manchmal, wenn Polizisten unter sich waren, konnten sie einfach das Maul nicht halten — oder über ihre Finanzen, ihre verkorksten Ehen oder ihre Sünden im Angesicht Gottes … über *alles andere* als ihren Status in dieser Welt … ihren Platz in der Gesellschaft, ihr Prestige oder den demütigenden Mangel daran, den Respekt, den man ihnen entgegenbringt, den Respekt, den man ihnen versagt, ihren Neid und Groll auf die, die in Respekt baden dürfen, wo immer sie auch auftauchen …

Das alles ging dem Chief in einem einzigen *Blip* durch den Kopf, als er mit seinem Fahrer Sergeant Sanchez in seinem Dienst-Escalade vor dem Rathaus vorfuhr. Miamis Rathaus war ein merkwürdig kleines Gebäude, das allein auf einem 2000 Quadratmeter großen Rechteck Land stand, das man in der Biscayne Bay aufgeschüttet hatte. Der Cadillac Escalade allerdings war ein riesiges, vollkommen schwarzes Schlachtschiff mit verdunkelten Scheiben und keinem einzigen Merkmal, das es als Polizeifahrzeug auswies … wenn man von der niedrigen schwarzen Querstange auf dem Dach, mit Suchscheinwerfern und Blinklichtern, absah und dem Lämpchen auf dem Armaturenbrett, das nicht größer als ein Vierteldollar war und irgendwelche ominösen röntgenstrahlblauen Strahlen aussandte. Sobald der Wagen zum Stehen gekommen war, *sprang* der Chief ziemlich behände von seinem Beifahrersitz … er saß immer vorne, neben Sergeant Sanchez. Das war das Letzte, was die Leute von ihm denken sollten, dass er ein alter Trottel sei, den man *herumchauffieren* musste. Wie viele Männer Ende vierzig wollte er jung, athletisch, maskulin wirken … also *sprang* er und imaginierte sich selbst als Löwen, Tiger oder Panther … auf jeden Fall eine Vision von geschmeidiger Kraft. Was für ein Anblick! Jedenfalls glaubte er das … schließlich konnte er schlecht jemanden fragen, richtig? … Er trug ein Hemd im Militärstil, Krawatte und Hose, alles in dunkelstem Dunkelblau, schwarze Schuhe und eine dunkle Wrap-around-Sonnenbrille. Keine Jacke, sie waren schließlich in Miami … es war zehn Uhr morgens an einem Septembertag, der kosmische Heizstrahler stand hoch am Himmel, und es hatte schon 31 Grad. Links und rechts von seinem Hals, der seiner Meinung nach aussah wie ein Baumstamm, prangten vier goldene Sterne auf seinem marineblauen Hemdkragen … machte insgesamt eine Acht-Sterne-Galaxie … und oben auf dem besternten Baumstumpf saß sein … dunkles Gesicht. Er maß eins dreiundneunzig, brachte 230 Pfund auf die Waage, hatte massige, breite Schultern und war unverkennbar Afroamerikaner … und er war der Polizeipräsident.

Oh, Mann, wie sie *schauten,* die Leute, die ins Rathaus gingen oder es gerade verließen — und wie er das genoss! Der Escalade stand in dem Rondell direkt vor dem Eingang. Der Chief trat auf den Randstein. Er hielt kurz inne. Er spreizte die Arme, winkelte die Ellbogen an, drückte die Schultern so weit es ging durch und atmete tief ein. Es sah aus, als *dehhhhhnte* er sich, nachdem er so lange in dem Wagen eingesperrt gewesen war. Tatsächlich zwang er sich dazu, seinen Brustkorb aufzupumpen. Jede Wette, dass er gleich doppelt so mächtig wirkte … aber natürlich konnte er schlecht jemanden *fragen,* richtig? …

Er war noch dabei, sich zu dehnen, sich aufzuplustern, als —

»Hey, Chief!« Ein noch junger Mann, dem aber schon jetzt das *Lebenslänglich Rathaus* aus jeder Pore quoll … helle Haut, wahrscheinlich Kubaner … trat aus dem Eingang, strahlte ihn ehrerbietig an, hob die Hand zur Schläfe und deutete einen Salut an. Hatte er den Burschen schon jemals gesehen? Arbeitete er im *Bureau of* — tja, wo zum Henker? Egal, er zollte Ehrerbietung … Der Chief segnete ihn mit einem großmütigen Lächeln und sagte, »Hi, Champ!«

Kaum hatte er seine Schulter wieder nach vorn gerollt und in die normale Position gebracht, überholte ihn ein Paar mittleren Alters … auf dem Weg ins Rathaus. Sie sahen auch wie Kubaner aus. Der Mann drehte ihm den Kopf zu und sagte, »Hallo, Chief!«

Ehrerbietung. Der Chief segnete ihn mit einem großmütigen Lächeln und schenkte ihm ein »Hi, Champ!«.

Es folgten schnell hintereinander noch ein »Hey, Chief«, ein »Hallo, Chief!«, dann ein »Hi, Cy!« — die Abkürzung für Cyrus, seinen Vornamen — und ein »Wie wär's mit hitzefrei, Cy!«, da war er noch nicht mal am Eingang. Den Bürgern schien es Spaß zu machen, ihre Ehrerbietung in einen Reim mit Cy zu verpacken. Sein Nachname, Booker, war wohl zu viel für ihre poetischen Fähigkeiten, was in seinen Augen auch ganz gut so war. Die Versuche könnten sonst leicht in Gespött oder eine rassische oder persönliche Beleidigung abgleiten … *hooker, spooker, kooker, mooker* … Ja, war schon ganz gut so …

Der Chief sagte »Hi, Champ!« … »Hi, Champ!« … »Hi, Champ!« und »Hi, Champ!«.

Ehrerbietung! Der Chief war exzellenter Laune an diesem Morgen. Der Bürgermeister hatte ihn ins Rathaus bestellt für eine kleine … »Strategiebesprechung« … wegen dieses Marine Patrol Officers Nestor Camacho und dieser Mann-auf-dem-Mast-Geschichte. Auf seinem Gesicht breitete sich ein Lächeln aus, das nur ihm selbst galt, niemandem sonst. Das würde sicher amüsant werden, dem guten alten Dionisio dabei zuzuschauen, wie er sich wand. Immer wenn es um Angelegenheiten ging, die ungünstig für den Bürgermeister liefen oder ihn auf die Palme brachten, dann nannte der Chief ihn im Geiste bei seinem richtigen Namen, *Dionisio* Cruz. Der Bürgermeister hatte alles Menschenmögliche getan, dass ihn die ganze Welt ganz einfach Dio nannte, so wie William Jefferson

Clinton Bill und Robert Dole Bob genannt worden waren. Der Bürgermeister glaubte, Dionisio, der fünfsilbige Name, den er mit dem griechischen Gott des Weines und der Lustknaben gemeinsam hatte, sei für einen Politiker zu viel des Guten. Er war nur knapp eins siebzig groß, hatte eine üppige Wampe, aber er strotzte vor Energie, hatte die sensibelste Antenne im Politikbetrieb, eine laute Stimme und sprühte vor selbstgefälliger guter Laune, mit der er einen rammelvollen Saal begeistern und sich mit Haut und Haaren einverleiben konnte. Mit alldem konnte der Chief gut leben. Er machte sich keine Illusionen über die Erfordernisse des politischen Tagesgeschäfts. Er war nicht der erste afroamerikanische Polizeipräsident von Miami, sondern der vierte. Er machte sich keine Sorgen um die afroamerikanische Wählerschaft, die war nicht ausschlaggebend. Sorgen machten ihm ... Unruhen.

1980 war ein kubanischer Polizist angeklagt worden, einen in Gewahrsam befindlichen afroamerikanischen Geschäftsmann ermordet zu haben ... indem er auf den schon am Boden liegenden Mann einprügelte, bis dessen Schädel aufplatzte und das Gehirn zu sehen war. Zwei kubanische Kollegen des Polizisten sagten vor Gericht gegen ihn aus. Sie seien bei der Tat anwesend gewesen und nannten ihn als Täter. Aber eine ausnahmslos weiße Jury befand ihn für unschuldig, und er verließ das Gerichtsgebäude als freier Mann. Daraufhin brachen in Liberty City die schlimmsten Unruhen in der Geschichte Miamis und vielleicht des ganzen Landes aus, das Gemetzel dauerte vier Tage. In der Folge kam es in den Achtzigerjahren und darüber hinaus zu einer Serie von Unruhen. Ein Fall nach dem anderen landete vor Gericht, in denen kubanische Polizisten Afroamerikaner getötet hatten. Liberty City, Overtown und andere afroamerikanische Viertel wurden zu brennenden Lunten, und die Bombe ging immer hoch. Die letzten Unruhen hatte es erst vor zwei Jahren gegeben. Danach hatte Dio Cruz den stellvertretenden Polizeichef Cyrus Booker zum Chief befördert. Kapiert? Keiner von unseren, einer von euren Leuten ist der Boss im Polizeipräsidium.

Das war ein ziemlich durchsichtiges Manöver. Zur gleichen Zeit gab es im Präsidium fünf stellvertretende Polizeichefs, die Afroamerikaner waren — und der Bürgermeister nahm … *mich*. Der Chief hatte sich dafür entschieden zu glauben, dass Dio Cruz ihn aufrichtig mochte und bewunderte … aufrichtig.

Aber an diesem Morgen war es Gott sei Dank sein Kumpel und Bewunderer Dionisio höchstpersönlich, der von seinen eigenen Leuten in die Mangel genommen wurde. Normalerweise passierte das *ihm,* dem Chief. Wenn er mit Außenstehenden redete, in der Regel Weißen, gingen die meist stillschweigend davon aus, dass die Schwarzen — »die afroamerikanische Gemeinde« lautete die derzeit korrekte Bezeichnung, die Weiße aussprachen, als würden sie dabei über die Scherben von explodierten Glühbirnen gehen — dass also die Schwarzen »doch furchtbar stolz« sein müssten, dass »einer von ihnen« jetzt an der Spitze der Polizei stünde. Tja, wenn sie so stolz auf ihn waren, dann hatten sie eine komische Art, das zu zeigen. Jedes Mal, wenn ein Rekrutierer einen jungen Afroamerikaner ansprach und meinte, dass der doch einen fantastischen Cop abgeben würde — der Chief hatte solche Einsätze selbst schon absolviert — dann sagte der Bursche, »Warum sollte ich meine eigenen Leute verraten?«, oder etwas in der Richtung. Ein junger Kerl hatte die Unverfrorenheit gehabt, dem Chief mitten in sein schwarzes Gesicht zu sagen, »Erklären Sie mir eins: Warum soll ich den Scheißkubanern dabei helfen, meine Brüder zu verprügeln?« Nein, wenn er auf den Straßen der »schwarzen Gemeinde« irgendeine Art von Respekt genoss, dann nur, weil er AUTORITÄT verkörperte ... im Moment. Er verkörperte die Autorität eines OBERBOSSES ... im Moment. *Mmm hmmm* ... Dem Verräter von Polizeiboss pisst man besser nicht ans Bein, Bruder. Der kriegt dich am Arsch, und dann heißt's »Suizid durch Cop«. Selbstmord durch Bullenkugel, glatt durch die Brust, und dann liegt da eine Knarre neben deiner Leiche, von der du nicht mal wusstest, dass du sie dabeihattest, und die sagen, du hättest mit der Knarre, von der du nicht mal wusstest, dass du sie dabeihattest, auf einen Bullen gezielt, und dann hätten sie leider keine Wahl gehabt. Notwehr. Und du weißt nicht mal, dass du grade Selbstmord begehst. Aber genau das isses, wenn du die Knarre ziehst, von der du nicht mal wusstest, dass du die dabeihattest, und auf die Selbstmord-Einheit zielst. Alles klar? — hey, du hörst ja nicht mal zu. Oh, tut mir jetzt echt leid, Bruder. Keine Chance, jetzt hast du's verschissen, jetzt isses vorbei, jetzt kannst du nicht mehr zuhören.

Die kubanischen Selbstmord-Einheiten ... und was hieß das für ihn? Ah ja, richtig ... er war dann der Verräter von Polizeiboss. Er war froh, dass es diesmal der Bürgermeister war, der sich den Schwanz in der Tür eingeklemmt hatte.

Bevor er für die große »Strategiebesprechung« das Rathaus betrat, schaute er zufällig an der Fassade hoch, und sein Lächeln wurde so breit, dass die Gaffer sich sicher fragten, was der Polizeipräsident so lustig fand. Wenn man Cy Booker fragte, hatte Miami das bizarrste Rathaus aller großen Städte des Landes. Es war ein kleines, weißes, zweistöckiges Stuckgebäude im Art-moderne-Stil, den man inzwischen Art déco nannte und der in den Zwanziger- und Dreißigerjahren in Mode war. Pan American Airways hatte es 1938 als Terminal für seine neue Flotte von Wasserflugzeugen gebaut, die auf ihren wulstigen Schwimmern in der Biscayne Bay starteten und landeten. Aber die Zukunft des Wasserflugzeugs war schnell wieder Vergangenheit. 1954 übernahm die Stadt den Bau, machte daraus ein Art-moderne-Rathaus — und ließ das Logo von Pan American Airways dran! Jawoll! — und zwar nicht nur an einer Stelle. Das Logo — eine Weltkugel mit Art-moderne-Flügeln, in die Lüfte gehoben von Art-moderne-Strahlen der aufgehenden Sonne — dieser typische Art-moderne-Touch, der durch den prometheischen Griff des Menschen nach den Sternen eine strahlende Zukunft verhieß, wurde endlos wiederholt und bildete einen Fries PAN AM PAN AM PAN AM PAN AM PAN AM, der unter dem Dachsims das gesamte Gebäude umschloss. Es hatte etwas glorreich Albernes … ein Großstadtrathaus, das stolz das Logo eines stillgelegten Wasserflugzeugterminals einer Fluglinie zur Schau stellte! … aber das war Miami, Punkt …

Auch der Konferenzraum des Bürgermeisters im ersten Stock war nicht wie jeder andere Konferenzraum eines Bürgermeisters einer großen Stadt. Die Decke war niedrig, es gab keinen Tisch, sondern nur ein paar Stühle, die unterschiedlich groß und bequem waren. Es sah aus wie in der etwas heruntergekommenen Lounge eines in die Jahre gekommenen Fitnessklubs. Alle Räume im oberen Stock, einschließlich des Büros des Bürgermeisters, waren klein und eng. Zweifellos hatten hier früher die *work-a-daddies* geschuftet, die sich bei der Operation Wasserflugzeug um Buchführung, Aufträge und Wartung gekümmert hatten. Jetzt war es das Reich des Bürgermeisters. Ein Spruch, über den man sich in allen Rathäusern des Landes aufregte, ging dem Chief durch den Kopf: »Für die Bürokraten reicht's allemal.«

Als er sich dem Raum näherte, konnte er einen Blick durch die offene Tür werfen. Der Bürgermeister war schon da, außerdem sein Kommunikationschef, wie man die Pressefritzen jetzt offiziell nannte, ein großer schlanker Mann namens Efraim Portuondo, der als attraktiv hätte gelten können, wenn er nicht so mürrisch gewesen wäre ... außerdem Rinaldo Bosch, ein kleiner Mann mit birnenförmiger Figur, der erst vierzig Jahre alt, aber schon so kahl wie ein Schalterbeamter war. Er war der Stadtdirektor, ein Titel ohne große Bedeutung bei einem Bürgermeister wie Dionisio Cruz.

Als der Chief durch die Tür trat, riss der Bürgermeister seinen Mund so weit auf, als wollte er ... sich den Chief, seinen finsteren Pressefritzen und seinen kleinen kahlen Stadtdirektor ... auf einen Sitz einverleiben:

»Heyyyy, Chief, kommen Sie rein! Setzen Sie sich! Schnaufen Sie erst mal durch und sammeln Sie sich! Machen Sie sich auf was gefasst! Gibt Arbeit heute Morgen, eine wahre Plage Gottes!«

»Ist das das Gleiche wie eine Plage Dios?«, fragte der Chief.

Plötzliche Stille ... währenddessen sich die translinguale Stringenz des Witzes in den drei kubanischen Köpfen verlinkte ... Gott gleich Dios ...

Kurzes bellendes Gelächter von Kommunikations- und Stadtdirektor. Sie konnten sich nicht zurückhalten, machten es aber kurz. Sie wussten, dass Dio Cruz so was nicht lustig fand.

Der Bürgermeister bedachte den Chief mit einem kühlen Lächeln. »Okay, da Sie ja so fließend Spanisch sprechen, werden Sie sicher auch wissen was ›*A veces, algunos son verdaderos coñazos del culo*‹ heißt.«

Kommunikationsdirektor Portuondo und Stadtdirektor Bosch lachten wieder kurz auf und schauten dann dem Chief mitten ins Gesicht. An ihren erwartungsvollen Augen erkannte er, dass der gute alte Dionisio ihn gerade zurechtgewiesen hatte und sie seinen Konter gar nicht erwarten konnten. Aber der Chief hielt es für schlauer, *nicht* auf einer Übersetzung zu bestehen. Also lachte er und sagte »Hey, war nur ein Witz, Herr Bürgermeister, war nur ein Witz!«.

Das »Herr Bürgermeister« war nur ein sanft ironischer Einschub, den er sich nicht verkneifen konnte. Er nannte ihn sonst nie »Herr Bürgermeister«. Wenn sie unter sich waren, nannte er ihn »Dio«. In Anwesenheit anderer nannte er ihn nie irgendwas. Er schaute ihn nur an und sprach. Er konnte nicht genau erklären, warum, aber er hielt es grundsätzlich für einen Fehler, vor dem guten alten Dionisio zu buckeln.

Er sah, dass der Bürgermeister ohnehin genug von dem kleinen Zwischenspiel hatte. Er konnte es nicht ertragen, zweiter Sieger zu sein. Der gute alte Dionisio setzte sich mit seinem finsteren Das-ist-eine-ernste-Sache-Blick auf einen Stuhl. Die anderen setzten sich ebenfalls.

»Okay, Chief«, sagte der Bürgermeister. »Sie wissen, dass wir uns in einer beschissenen Lage befinden, und ich weiß, dass wir uns in einer beschissenen Lage befinden. Dieser Officer, dieses Bürschchen Camacho bekommt den Befehl, den Kerl von dem Mast runterzuholen. Also klettert er hoch und schafft ihn runter, aber vorher muss er noch unbedingt so einen Hochseilzirkus veranstalten. Die Geschichte kommt im Fernsehen, und jetzt regt sich die halbe Stadt auf, dass wir hier rumsitzen und dabei zuschauen, wenn der Anführer einer Anti-Castro-Untergrundorganisation legal gelyncht wird. Auf so was kann ich gut verzichten.«

»Wir wissen noch gar nicht, wer das überhaupt ist. Die Küstenwache sagt, kein Mensch hat je von dem Burschen gehört, und kein Mensch hat auch jemals was von dieser Untergrundbewegung El Solvente gehört, von der er behauptet, dass er ihr Anführer ist.«

»Ja, sicher, aber erzählen Sie das mal den Leuten, die uns jetzt im Nacken sitzen. Die blenden das einfach aus. Diese ganze Geschichte ist wie eine Panik, wie ein Aufstand oder so was. Die Leute glauben das ... die halten den Typen für einen Scheißmärtyrer. Wenn wir was anderes sagen ... dann heißt's, das ist bloß irgendein mieser Trick, und wir wollen nur alles unter den Teppich kehren.«

»Was sollen wir sonst machen?«, fragte der Chief.

»Wo ist dieser Bursche, der von dem Mast — jetzt, in diesem Augenblick?«

»In Gewahrsam auf einem Schiff der Küstenwache, bis sie ihre Entscheidung verkünden, was sie mit ihm machen. Wahrscheinlich warten sie erst mal ein bisschen ab, bis sich alles beruhigt. Bis dahin ist er unsichtbar.«

»Also, das Gleiche machen wir mit Officer Camacho. Schafft ihn irgendwohin, wo er unsichtbar ist.«

»Und wohin?«

»Oh ... *hmmmmm* ... ich hab's! Schafft ihn raus in dieses Industriegebiet Richtung Doral«, sagte der Bürgermeister. »Da verirrt sich kein Mensch hin, da werden nur Koksöfen repariert und Baumaschinen gewartet.«

»Und was soll er da draußen machen?«

»Was weiß ich ... im Streifenwagen rumfahren, die Bürger beschützen.«

»Aber das wäre eine Degradierung«, sagte der Chief.

»Warum?«

»Weil er so angefangen hat. Er war Streifenpolizist. Die Marine Patrol ist eine Spezialeinheit. Er kann nicht degradiert werden. Damit geben wir zu, wir haben einen Fehler gemacht, und der Officer hat Mist gebaut. Er hat aber nichts falsch gemacht. Es ist alles nach Vorschrift gelaufen, ganz normal ... bis auf eins.«

»Und das wäre?«, fragte der Bürgermeister.

»Officer Camacho hat sein Leben riskiert, um das Leben eines anderen zu retten. Genau besehen ist er ein Held.«

»Schon«, sagte der Bürgermeister. »Aber man hätte den Kerl gar nicht zu retten brauchen, wenn der Officer nicht versucht hätte, ihn zu packen.«

»Auch wenn Sie dieser Meinung sind, es war trotzdem eine Heldentat. Er hat in zwanzig Meter Höhe die Beine um den Kerl geschlungen und sich dann Faust an Faust an dem Tau bis ganz nach unten gehangelt. Tja — das wird Ihnen nicht gefallen, aber wir müssen Officer Camacho die Tapferkeitsmedaille verleihen.«

»Was!?«

»Jeder weiß, dass er sein Leben riskiert hat, um den Mann zu retten. Die ganze Stadt hat zugeschaut. Alle seine Kollegen bewundern ihn, durch die Bank. Sie halten ihn alle für einen tapferen Mann, aber natürlich würden sie das nie sagen — das ist tabu. Wenn er die Medaille nicht bekommt, dann wittert jeder sofort Politik.«

»Jesus Christus!«, sagte der Bürgermeister. »Und wo soll die Verleihung stattfinden? Etwa im großen Saal vom Freedom Tower?«

»Nein … das kann man in aller Stille erledigen.«

Der Kommunikationsdirektor Portuondo schaltete sich ein. »Das läuft so: Man gibt am Tag nach der Zeremonie eine Presseerklärung heraus mit allen möglichen Bekanntmachungen, Belobigungen, Beschlüssen zur Verkehrsführung, völlig egal, und irgendwo weiter unten, an achter Stelle oder so, taucht dann die Auszeichnung von Officer Camacho auf. Reine Routine.«

»Okay. Trotzdem müssen wir noch dafür sorgen, dass der Bursche unsichtbar bleibt. Wie soll das gehen, wenn man ihn nicht mehr auf Streife schicken kann?«

»Bleibt nur eine horizontale Versetzung«, sagte der Chief. »Zu einer anderen Spezialeinheit. Dazu zählen die Marine Patrol, da ist er jetzt, das CST — Crime Suppression Team, das SWAT-Team, das —«

»Hey!«, sagte der Bürgermeister. »Wie wär's mit der Berittenen Polizei! Die sieht man nur im Park, sonst nie. Klar, setzt den Burschen auf ein Pferd!«

»Geht nicht«, sagte der Chief. »Das nennt man eine horizontale Versetzung mit *Haken*. Auf einem Pferd im Park ... das wäre in einem Fall wie diesem zu offensichtlich.«

»Haben Sie eine bessere Idee?«, fragte der Bürgermeister.

»Ja!«, sagte der Chief. »Das SWAT-Team. Das ist die größte Machotruppe von allen, weil die immer in der Schusslinie stehen. Die meisten sind jung, so wie Officer Camacho, man muss körperlich in Bestform sein. Das Training — dazu gehört übrigens auch, dass man aus dem sechsten Stock auf eine Matratze springen muss ... eine Matratze. Wenn du dich nicht traust, war's das, kein SWAT-Team. Man muss jung sein, um so was unverletzt zu überstehen, aber das ist nicht alles. Wenn man älter wird, passt man ein bisschen besser auf seine Knochen auf. Ich hab das hundertmal erlebt. Du wirst älter, du steigst auf, du wirst besser bezahlt, der Ehrgeiz juckt dir in den Fingern. Alle deine Instinkte sagen dir, ›Du bist jetzt zu kostbar, du hast zu hart gearbeitet, um so weit zu kommen, du hast eine strahlende Zukunft vor dir. Wie kannst du das alles aufs Spiel setzen und etwas derart Bescheuertes tun und aus dem sechsten Stock ... auf eine Scheißmatratze springen?‹« Der Chief sah, dass sie ihm gespannt zuhörten, Dionisio Cruz, der Pressefritze Portuondo und der kleine kahle Stadtdirektor. Sie schauten ihn mit großen naiven Jungenaugen an. »Von da oben, wenn man vom Dach eines sechsstöckigen Gebäudes auf die Matratze runterschaut ... sieht das verdammte Ding so groß aus wie eine Spielkarte, und genauso dünn. Wenn ein älterer Mann da oben steht und runterschaut, fängt er an sich über ein paar letzte Dinge Gedanken zu machen ... wie sie in der Kirche sagen.« Jawoll! Jetzt hatte er die drei Kubaner am Haken. Und jetzt der Todesstoß. »Jedes Jahr, wenn für die Kandidaten des SWAT-Teams dieser Ausbildungsabschnitt auf dem Programm steht ... springe ich selbst da runter. Ich will, dass diese Burschen denken, ›Jesus Christus, wenn der Chief das schafft ... und ich an der Kante von dem Dach da stehe ... und schaffe es nicht, da runterzuspringen ... dann stehe ich für den Rest meines Lebens als jämmerliches Weichei da.‹ Ich will, dass diese Jungs sich *weigern* zu versagen.«

Einen Augenblick lang sagte keiner der Kubaner ein Wort. Dann konnte der Bürgermeister seine Gefühle nicht mehr länger im Zaum halten. »Scheißbrillant!«, platzte es aus ihm heraus. »Das ist die Lösung! Wenn dieser verdammte Camacho so auf Action steht — dann rauf aufs Dach mit ihm, zeigen Sie ihm die Matratze!«

Tief in seinem Innern kicherte der Chief. ::::::Treffer!:::::: Aber plötzlich ::::::Oh, Scheiße!:::::: fiel ihm etwas ein, ein großes Etwas ... aber er hatte ja mit seinen neunzig Sekunden SWAT-Team-Folklore mit sich selbst in der Hauptrolle den Bürgermeister und seine Jasager unbedingt in glupschäugige kleine Jungs verwandeln müssen ... Er senkte den Kopf, bewegte ihn langsam hin und her und hin und her und brummte laut, »Verdammt!« Dann schaute er die drei an und presste die Lippen so fest aufeinander, dass das Fleisch darunter und darüber hervorquoll. »Der Junge würde perfekt ins SWAT-Team passen, aber es geht nicht. Wir können nicht einfach jemanden aus politischen Gründen ins SWAT-Team versetzen. Das würden die sofort merken. Jeder Cop kennt Nestor

Camacho, jedenfalls jetzt. Im Moment haben wir einundvierzig Anwärter fürs SWAT-Team. Alles Freiwillige ... knallharter Konkurrenzkampf! Niemand kann sich in die Rekrutierung des SWAT-Teams einmischen, nicht mal der Chief!«

»Einundvierzig wollen das machen?«, sagte der Bürgermeister. »Einundvierzig Cops sind scharf drauf, aus dem sechsten Stock auf eine Matratze zu springen? Für einen Job, bei dem ihnen die Kugeln um die Ohren fliegen?«

Der Chief tippte sich an die Stirn, was besagen sollte, »Mitgedacht!«. »Sie haben sich die Frage selbst beantwortet, Dio! Scharf darauf, dass ihnen Kugeln um die Ohren fliegen. Genau das ist es! Das ist eine ganz bestimmte Sorte Cops, die sich dafür bewerben. Verstehen Sie?«

Der Bürgermeister schaute kurz verdrießlich zur Seite. »Also ... es ist mir egal, wo Sie Officer Camacho verstecken, solange Sie ihn vom Wasser fernhalten. Okay? Aber wohin Sie Ihren Fernsehakrobaten auch verfrachten — wie hieß das noch mal? — *horizontale Versetzung?* — also, egal wo Sie ihn hinschaffen, er muss diese Sache durchziehen. Das ist meine Bedingung.«

»*Welche* Sache?«, fragte der Chief.

»Na, diese Sache mit der Matratze. Wenn er so gottverdammt scharf auf Action ist und mir mit seinem Scheiß unbedingt auf die Eier gehen muss, dann will ich auch, dass Sie den Burschen aufs Dach raufschicken — und ihm die Matratze zeigen!«

Am nächsten Nachmittag rief Nestor von seinem iPhone John Smith an. »John«, sagte er. »Wie wär's mit einem Kaffee? Ich muss Ihnen was sagen.«

»Was?«

»Das kann ich Ihnen nicht einfach so erzählen. Das muss ich Ihnen zeigen. Ich will das Lächeln auf Ihrem Gesicht sehen.«

»Hey, Sie sind heute ja richtig *gut drauf*. Sie hätten Ihr Gesicht *gestern* sehen sollen. Man hätte meinen können, Sie hätten Ihren letzten Freund verloren.«

»Da ist was Wahres dran«, sagte Nestor. »Aber ich bin es leid, dauernd wütend zu sein, wütend auf alle, die sich von mir abgewandt haben. Aber eins bewirkt Wut wenigstens: Man dreht richtig auf, kommt richtig in Fahrt. Wissen Sie, was ich gestern gemacht habe, nachdem Sie mich abgesetzt hatten und bevor ich zur Schicht musste? Ich habe bei Craigslist nach einer Wohnung gesucht und tatsächlich eine gefunden. In Coconut Crove. Drei Stunden an einem Sonntagnachmittag, und die Sache war erledigt. Wut ist eine herrliche Sache, wenn man *richtig* wütend ist.«

»Das ist fantastisch, Nestor!«

»Na ja, eigentlich ist es eine Bruchbude, viel zu klein, zur Untermiete bei einem ›Grafikkünstler‹, was immer das ist. Außerdem höre ich dauernd diese verdammten durchgeknallten Kids, die bis 4 Uhr morgens auf der Grand Avenue rumhängen. Die hören sich an wie streunende Katzen. Kennen Sie dieses komische Geräusch, dieses komische *Jaulen,* das Katzen machen, wenn sie die ganze Nacht draußen sind ... dieses Jaulen nach Sex? So hören sich diese Kids an. Kennen Sie das Geräusch?«

»Mann, Nestor, Sie sind wirklich gut drauf heute!«, sagte John Smith.

»Bin ich nicht — hab ich doch gesagt. Ich bin wütend«, sagte Nestor. »Hey, wo sind Sie gerade?«

»In der Redaktion.«

»Okay, dann bewegen Sie mal Ihren Arsch. Wir treffen uns im Della Grimalda, das ist ein Restaurant gleich bei Ihnen um die Ecke.«

»Ich weiß nicht. Wie gesagt, ich bin in der Redaktion — außerdem, glaube kaum, dass das Della Grimalda Ihre Kragenweite ist.«

»Ist es auch nicht. Das ist der springende Punkt. Da gibt es sicher keine Cops, und ich will keinem anderen Cop über den Weg laufen, wenn ich Ihnen zeige, was ich habe.«

Ein langer Seufzer … Nestor spürte, dass John Smith schwach wurde. »Okay, im Della Grimalda. Aber was wollen Sie ausgerechnet da?«

»Zwei Tassen Kaffee«, sagte Nestor.

»Das Della Grimalda ist ein richtiges Restaurant. Man kann da nicht einfach reinmarschieren, sich hinsetzen und zwei Kaffee bestellen.«

»Ich bin mir zwar nicht sicher, aber ich wette mit Ihnen, dass ein Cop das kann — und er muss nicht mal was zahlen dafür.«

Als John Smith das Della Grimalda betrat, saß Nestor schon gemütlich inmitten des ganzen Glitzergedönses an einem Fenstertisch für zwei — und trank einen Kaffee. John Smith setzte sich, und eine sehr attraktive Kellnerin brachte ihm auch einen Kaffee. Im ganzen Restaurant waren nur noch zwei andere Gäste, gut zehn Meter entfernt, die anscheinend gerade ein üppiges Mahl beendeten. Auf ihrem Tisch funkelten eine Armada aus Stielgläsern jeder Größe und Geschwader an silbernen Bestecken.

»Tja«, sagte John Smith. »Das muss ich Ihnen lassen. Sie haben es geschafft.«

Nestor zuckte mit den Achseln, zog unter seinem Stuhl ein DIN-A4-Kuvert hervor und überreichte es John Smith. »Greifen Sie zu!«

John Smith öffnete es und zog ein Stück Pappkarton heraus, fünfzehn mal zweiundzwanzig, auf dem eine große Fotografie klebte. Seit dem Moment, als ihm schwante, auf was er da gestoßen war, hatte Nestor sich auf John Smiths Gesichtsausdruck gefreut. Der blasse WASP enttäuschte ihn nicht. Er hob seinen Blick von der Fotografie und schaute Nestor verwundert an.

»Wo zum Teufel haben Sie *das* her?«

Das ungewöhnlich scharfe digitale Farbfoto zeigte Sergej Koroljow am Steuer eines knallroten Ferrari Rocket 503 — und auf dem Schalensitz neben ihm Igor Drukowitsch. Igor trug einen gewachsten Schnurrbart, der an beiden Seiten *endlos* lang war. Koroljow sah wie ein echter Star aus, wie üblich, aber jedermanns Blick blieb sofort an Igor hängen, an Igor und seinem Schnurrbart. Der Schnurrbart war ein echtes Kunstwerk. Zwischen Nase und Oberlippe hob er ab und schwang zu beiden Seiten weit, weit aus — eine erstaunliche Spannweite — mit gewachsten und gezwirbelten Spitzen. Igor war ein großer Mann, wahrscheinlich knapp fünfzig Jahre alt. Auf die Ich-bin-ein-Künstler-Manier trug er ein langärmeliges schwarzes Hemd, das bis zum Brustbein offen stand und der Welt freie Sicht auf seine breite, behaarte Brust bot. Sie war ein haariges Prunkstück, fast so beeindruckend wie sein Schnurrbart.

»Erinnern Sie sich noch, als Sie mich gefragt haben, ob ich Ihnen Zugang zu Polizeiakten verschaffen könnte? Das ist ein Foto aus dem Polizeipräsidium Miami-Dade. Aufgenommen vor vier Jahren.«

»Warum haben die sich für Koroljow und Drukowitsch interessiert?«

»Die Personen an sich haben die überhaupt nicht interessiert. Ich wette, davon haben Sie noch nie gehört, aber alle Polizeibehörden hier in der Gegend machen das. Wenn die jemanden in einem Wagen sehen, der ihnen verdächtig oder auch nur irgendwie untypisch vorkommt, dann halten sie ihn unter irgendeinem Vorwand an — zehn oder zwanzig Sachen über dem Tempolimit, das Nummernschild fängt mit bestimmten Zahlen an, die Zulassungsplakette löst sich ab — irgend so ein Scheiß halt. Dann überprüfen sie den Ausweis, nehmen die Daten auf und machen Fotos wie das hier. Warum sie Koroljows Wagen angehalten haben? Keine Ahnung. Ist jedenfalls ungewöhnlich, und es riecht nach einem *Haufen* Geld.«

John Smith konnte sich nicht von dem Foto losreißen. »Nicht zu fassen!«, sagte er immer wieder und fragte dann, »Wie *genau* sind Sie da rangekommen? Haben Sie einfach bei der Polizei von Miami-Dade angerufen und gefragt, ob sie was über die beiden hätten, und die haben es Ihnen dann einfach gegeben?«

Nestor kicherte das zufriedene Kichern des Mannes, der Geheimnisse kennt, die sein Gegenüber nicht kennt. »Nein, sie haben es mir nicht einfach gegeben. Ich habe einen früheren Kollegen von der Marine Patrol angerufen. So was bekommt man nie über die üblichen ›Kanäle‹. Da muss man das sogenannte *Brothernet* anzapfen.«

»Was ist das *Brothernet?*«

»Wenn du einen Kollegen aus dem *Brothernet* um einen Gefallen bittest, dann wird er dir helfen, wenn es ihm irgend möglich ist. Das ist das *Brothernet*. Und mein Kumpel —«

»Mein Gott, Nestor«, sagte John Smith, der wie hypnotisiert das Foto anstarrte. »Das ist fantastisch. Wenn wir irgendwann beweisen müssen, dass Koroljow Igor schon die ganze Zeit gekannt hat — voilà, die beiden auf Spritztour in seinem 500 000-Dollar-Spielzeug. Was wir jetzt noch brauchen, sind mehr Informationen über Igors Privatleben. Vielleicht kann ich ihm ja irgendwo scheinbar zufällig über den Weg laufen.«

»Tja, da gibt's noch was, das mein Kumpel mir gesteckt hat. Das steht in keiner Akte. Das ist zwar nur reines Hörensagen, aber *es heißt,* dass Igor — und der Bursche ist ja wirklich kaum zu übersehen — also, *es heißt,* dass er Stammgast in einem Stripschuppen in Sunny Isles ist. Der Laden heißt Honey Pot. Und, sind Sie dabei? Wir gehen in einem Stall voll Nutten auf Schnurrbartsuche!«

8

COLUMBUS DAY REGATTA

Die zweite Oktoberwoche — na und? Die große tropische Bratpfanne am Himmel brachte das Blut noch immer zum Kochen, versengte das Fleisch und verwandelte die Augäpfel, egal wo man hinschaute, trotz der mitternachtsschwarzen Sonnenbrillen, die sie beide trugen, in schmerzende Migränekugeln.

Magdalena saß auf dem Beifahrersitz von Dr. Lewis' Cabrio, und der Wind fuhr ihr durchs Haar. Aber die Luft war warm wie Suppe. Der Luftstrom, der durch ihre Haare wehte, fühlte sich an wie Wasser aus dem HEISSwasserhahn. Die Seitenfenster waren hochgedreht, und die Klimaanlage lief auf Hochtouren. Aber sie brachte nur ein laues kühles Lüftchen zustande, das ihr hin und wieder über die Schienbeine strich. ::::::Vergiss die Klimaanlage, Norman! Klapp einfach das Verdeck wieder hoch, Herrgott noch mal!::::::

Aber sie hütete sich davor, es laut zu sagen. Norman wollte es ... *flamboyant* ... ein weißes Audi-A5-Cabrio mit runtergeklapptem Verdeck ... es musste runtergeklappt sein ... im Wind wehendes Haar ... es musste im Wind wehen ... sein ziemlich langes hellbraunes Haar und ihr sehr langes schwarzes Haar ... wehende Haarkaskaden hinter schwarz glänzenden Wrap-around-Sonnenbrillen ... Sonnenbrillen mussten sein ... all das, folgerte sie, war *flamboyant*.

Vor zwei Monaten hatte Norman ihr einen kleinen Vortrag zu *flamboyant* gehalten. Damals wusste sie nicht, warum. Übrigens hatte sie keine Ahnung gehabt, was *flamboyant* bedeutete. Inzwischen platzte sie nicht einfach mehr damit heraus, wenn sie nicht wusste, was ein Wort bedeutete. Jetzt ließ sie ihn einfach reden und googelte dann die Begriffe. Aha ... *flamboyant* ... das Wesentliche war anscheinend ... in diesem Augenblick ... dass man, wenn man keinen Mercedes, Ferrari oder nicht einmal einen Porsche fuhr ... das mit einem *flamboyanten* Auftritt wettmachen musste ... und wenn ein bescheidener Audi A5, wie er ihn fuhr, *flamboyant* sein sollte, dann musste er aufsehenerregend weiß sein und durfte nur mit runtergeklapptem Verdeck gefahren werden ... musste auf den Vordersitzen mit einem wirklich gut aussehenden Paar bestückt sein, das große schwarz glänzende Sonnenbrillen trug ... und nur so strotzte vor Jugend und Glamour. Keins dieser Details durfte fehlen, und das runtergeklappte Verdeck war eins davon.

Im Augenblick, hier draußen auf dem MacArthur Causeway, war dieser *flamboyante* Auftritt einfach nur mörderisch. Magdalena verglühte. Kurz vor Miami Beach stand ein Schild, auf dem FISHER ISLAND stand. In den letzten beiden Tagen hatte Norman ihr sicher zehn Mal erzählt, dass sein Boot in der Fisher Island Marina lag und dass sie nach Fisher Island Fisher Island Fisher Island fahren und mit dem Boot eine kleine Spritztour nach Elliott Key zur Columbus Day Regatta machen würden. Offenkundig ging er davon aus, dass ihr die Bedeutung klar war ... so offenkundig, dass sie es nicht wagte zuzugeben, noch nie von Fisher Island gehört zu haben.

Norman bog vom Causeway ab und fuhr über eine Rampe hinunter zu einem Fährsteg. Die Fähre hatte schon angelegt.

Vor dem weißen, mindestens drei Stockwerke hohen Rumpf sah alles zwergenhaft klein aus. Direkt vor ihnen hatten sich drei Autoschlangen gebildet, die auf ihre Abfertigung warteten, offenbar von Wachmännern in den weiter vorn zu sehenden Kontrollhäuschen. Warum stellte sich Norman am Ende der längsten Schlange an? Sollte sie ihn fragen — oder würde sie damit nur eine weitere Dimension ihrer unendlichen Unwissenheit preisgeben?

Ihre Sorge war überflüssig. Norman brannte darauf, es ihr selbst zu erzählen. »Siehst du die Schlange da drüben?« Er streckte den Arm und Zeigefinger so weit es ging nach vorn, als sei die Schlange einen Kilometer und nicht nur fünf Meter entfernt. Die monströse mitternachtsschwarze Sonnenbrille verdeckte die Hälfte seines Gesichts, trotzdem konnte Magdalena sehen, dass er leicht lächelte.

»Das sind die Bediensteten«, sagte er.

»Die Bediensteten?«, fragte Magdalena. »Die Bediensteten müssen alle diese Spur nehmen? So was hab ich ja noch nie gehört.«

»Hausangestellte, Masseurinnen, Personal Trainer, Friseure, so was alles. Die Insel ist Privateigentum. Sie gehört den Leuten, die darauf Land besitzen. Sie machen die Vorschriften. Das ist das Gleiche wie eine bewachte Wohnanlage, außer dass es eine ganze Insel ist. Und die Fähre ist der Wachposten.«

»Ich hab noch nie von einer bewachten Wohnanlage gehört, die eine eigene Fahrspur für die Unterschicht hat«, sagte Magdalena. Sie wusste nicht, warum sie das so aufregte. »Was ist mit Krankenschwestern? Angenommen, man würde mich zu einem Patienten auf die Insel rufen?«

»Du auch«, sagte Dr. Lewis und lächelte noch ein bisschen breiter. Anscheinend amüsierte er sich bestens ... besonders über die Tatsache, dass er sie so auf die Palme gebracht hatte.

»Dann würde ich mich weigern«, sagte Magdalena ein bisschen hochmütig. »Ich würde den Patienten ablehnen. Ich lasse mich nicht wie das Hausmädchen behandeln. Weil ich es nicht bin. Ich habe eine Fachausbildung. Ich habe zu hart gearbeitet, um mich so behandeln zu lassen.«

Normans Lächeln steigerte sich in den Kichermodus. »Aber damit brichst du deinen Eid als Krankenschwester.«

»Okay, okay«, sagte Magdalena. »Was ist mit dir? Wenn du einen Hausbesuch auf Fisher Island hättest, würdest du dich in dieser Schlange anstellen?«

»Ich habe noch nie von einem Psychiater gehört, der Hausbesuche macht«, sagte Norman. »Aber völlig unmöglich ist es nicht.«

»Und du würdest dich also in diese Schlange stellen?«

»Im Prinzip ja«, sagte er. »Aber natürlich würde ich sofort zur Spitze der Schlange vorfahren und sagen, ›Das ist ein Notfall.‹ Ich habe noch nie gehört, dass irgendwer den Mumm gehabt hätte, einem Arzt bei einem Notfall zu sagen, er möge sich doch bitte an die Vorschriften halten. Man muss sich bloß aufführen wie Gott. Und das sind Ärzte in einem Notfall ja auch.«

»Das Problem ist, dass du das selber glaubst«, sagte Magdalena ziemlich verärgert.

»HahhhHHHockhockhock hock hock! Du bist echt komisch, Magdalena. Weißt du das? Aber du brauchst dir keine Sorgen zu machen. Wenn du nach Fisher Island fährst, bin ja immer ich dabeiiiihahahock hock hock hock!«

»Haha«, sagte Magdalena. »Ich lach mich tot.«

Das erheiterte Norman nur noch mehr. »Jetzt hab ich dich richtig auf der Rolle, was, Baby ...« Sie hasste es, wenn er sich über sie lustig machte.

»Willst du die volle Wahrheit wissen?«, sagte er. »Ich hab's gar nicht nötig, in der Bedienstetenschlange einen auf Gott zu machen. Siehst du die kleine Vignette da oben?« Er zeigte auf ein rundes Ding, das etwa so groß, aber dünner als eine Vierteldollarmünze war und oben links an der Innenseite der Windschutzscheibe klebte. »Das ist eine Vignette für Kapitaleigner. Diese Schlange ist nur für Kapitaleigner. Du bist jetzt in der Oberschicht, Kleines.«

Magdalena wurde nur noch gereizter. Plötzlich war es ihr egal, ob Norman sie für ungebildet hielt oder nicht. »Und was soll das heißen, *Kapitaleigner?*«

Norman grinste sie breit an. »Das soll heißen, und tatsächlich *heißt* es das auch, dass man auf der Insel Grundbesitzer oder Grundeigentümer ist.«

Magdalena wurde immer gereizter. Er machte sich lustig über sie — und gleichzeitig bombardierte er sie mit Worten, die sie nicht kannte. Was zum Teufel war eine Vignette? Was zum Teufel war der Unterschied zwischen Grundbesitzer und Grundeigentümer? Was zum Teufel war Kapital? Und wenn sie das nicht wusste, wie sollte sie dann wissen, was ein Kapitaleigner war?

Sie schaffte es nicht mehr, ihren Ärger mit Höflichkeit im Zaum zu halten. »Und jetzt erzählst du mir gleich, dass du auf Fisher Island ein *Haus* hast. Du hast nur vergessen, es mir zu sagen, stimmt's?«

Anscheinend witterten die Sensoren des guten Doktors diesmal echten Zorn. »Nein, ganz und gar nicht. Ich will nur sagen, dass ich eine Vignette habe und einen Ausweis für Kapitaleigner.« Er zog eine Chipkarte aus der Brusttasche seines Hemdes, hielt sie ihr für den Bruchteil einer Sekunde hin und steckte sie wieder ein.

»Okay, du hast also kein Haus auf der Insel. Woher dann dieser ganze Kram … der Ausweis und das alles … und dann dieses Gerede von ›Oberschicht‹?«

Das Cabrio rollte ein paar Meter vor und blieb wieder stehen. Norman drehte ihr den Kopf zu, lächelte schlitzohrig und zwinkerte ihr mit einem funkelnden Auge zu. Es war ein Lächeln, das durchblicken lassen sollte, *Ich werde dir jetzt ein kleines Geheimnis verraten.*

»Sagen wir einfach, ich habe gewisse Vereinbarungen getroffen.«

»Welche?«

»Nun ja … ich habe jemandem einen sehr großen Gefallen getan. Eine *Quid-pro-quo*-Situation. Sagen wir, das da« — er zeigte auf die Vignette — »ist das *Quid* für das *Quo*.«

Er war sehr zufrieden mit sich … *quid pro quo* … Magdalena konnte sich vage daran erinnern, die Wendung schon mal gehört zu haben, aber sie hatte keine Ahnung, was sie bedeutete … Sie war jetzt an dem Punkt, wo jede neue Wendung, mit der er sie überfiel, ihren Zorn aufs Neue entfachte. Das Schlimme war, ihm war gar nicht bewusst, dass er sie mit irgendetwas überfiel. Er schien davon auszugehen, dass sie diese Wendungen kannte, weil jeder gebildete Mensch sie kannte. Das machte es irgendwie noch schlimmer. Das streute *erst recht* Salz in die Wunde.

»Also schön, Mr. Oberschicht«, sagte sie. »Jetzt will ich's aber genau wissen. Die Schlange hier neben uns, für wen ist die?«

Offenbar glaubte er, dass sie sich wieder ein bisschen abgeregt hatte. Er lächelte wissend und sagte, »Die Schlange ist für die, die man *haute bourgeoisie* nennen könnte.«

Jetzt wurde sie wirklich sauer. Er fing schon wieder an. Sie hatte eine ungefähre Vorstellung davon, was mit *bourgeoisie* gemeint war, aber was zum Teufel sollte … *oot* heißen? Ach was, scheiß drauf! Raus damit! »Was zum Teufel heißt —«

»Das sind Mieter, Hotelgäste und Besucher« — Norman fuhr ihr in seinem Überschwang, seiner Freude an verschlüsselten Statusranglisten der Fisher-Island-Population einfach über den Mund. Er hatte nie ein vulgäres Wort von ihr gehört, nicht mal ein »was zum Teufel«, und er hörte es auch jetzt nicht. »Wenn einer von denen keine Chipkarte hat — sagen wir, weil sie gerade ankommen und zu ihrem Hotel wollen — dann rufen die erst im Hotel an, ob sie auch wirklich erwartet werden, und lassen sie erst dann durch.«

»Norman, weißt du eigentlich, wie —«

Walzt einfach über sie drüber: »Die machen ein Foto von dem Besucher und eins vom Nummernschild, auch wenn der Kerl eine Chipkarte vom Hotel hat. Und ich sag dir noch was. Kein Hotelgast kann bar oder mit Kreditkarte zahlen. Niemand auf der Insel. Alles wird über die Chipkarte abgerechnet. Die ganze Insel ist ein einziger großer Privatklub.«

Magdalena machte eine übertriebene, zornige, alles umfassende Armbewegung, die Norman so überraschte, dass er kurz den Mund hielt, gerade lange genug, dass Magdalena auch etwas sagen konnte.

»Na, ist das nicht wunderbar?«, fragte sie. »Da haben wir die Oberschicht, die Mittelschicht und die Unterschicht .... *zack, zack, zack* ... und Leute wie ich gehören zur Unterschicht.«

Norman kicherte, er fasste ihre Ironie irrtümlicherweise als Alberei auf. »Neeiiiiin ... nicht *wirklich* Unterschicht. Mehr untere Mittelschicht. Wenn du *wirklich* Unterschicht wärst, sagen wir, wie ein Handwerker, Bauarbeiter oder Gärtner, oder irgendwer, der einen Laster fährt oder einen von diesen beschrifteten Lieferwagen — weiß nicht ... Pizzafahrer, Bodenleger oder Klempner, was weiß ich — die lassen sie auf diese Fähre erst gar nicht drauf. Die haben eine eigene, die läuft die Insel von der anderen Seite an.« Er deutete ungefähr nach Westen. »Die kommt direkt aus Miami. Ich habe die nie gesehen, aber ich glaube, das ist so ein alter offener Lastkahn.«

»Norman … also ich weiß wirklich nicht, dieses Fisher Island —«

Im nächsten Augenblick rollten sie wieder vorwärts, diesmal bis zum Kontrollhäuschen. Eine schwarz-weiße Schranke versperrte ihnen den Weg. Ein uniformierter Wachmann mit einem *Revolver!* — nein, doch nicht, mit einem Scanner — stand vor der Haube des Audi und zielte damit auf das Nummernschild und dann auf die Vignette. Als er Norman sah, lächelte er breit und sagte, »Hey-ey-ey-ey, Doc!« Er ging zur Fahrerseite. »Ich hab Sie im Fernsehen gesehen! Ja! Das war fantastisch! Wie hieß die Sendung noch gleich?«

»Wahrscheinlich *60 Minutes*«, sagte Dr. Lewis.

»Genau!«, sagte der Wachmann. »Irgendwas mit — weiß nicht mehr. Aber ich hab Sie gesehen und sag noch zu meiner Frau, ›Hey, das ist Dr. Lewis!‹«

Der gute Doktor setzte ein ernstes Gesicht auf und sagte: »Und, Buck — ich hoffe, Sie haben Dr. Lloyd angerufen, wie ich Ihnen gesagt habe.«

»Klar, hab ich gemacht! Ist gleich besser geworden! Weiß nicht mehr genau, wie das hieß, was er mir da gegeben hat!

»Wahrscheinlich Endomycin.«

»Genau, das war's, Endomycin.«

»Freut mich, dass es geholfen hat, Buck. Dr. Lloyd ist einer der Besten.«

Norman zog seinen Kapitaleignerausweis aus der Brusttasche, aber sein Kumpel Buck schaute kaum hin. Er winkte sie durch und rief ihnen hinterher, »Schönen Tag noch!«

Dr. Lewis knipste ein Lächeln an, das Magdalena inzwischen als sein selbstgefälliges Lächeln kannte. »Dir ist sicher aufgefallen, dass Buck nicht ein einziges Mal in sein Wachhäuschen geschaut hat. Er müsste eigentlich auf seinen Bildschirm schauen, ob da nebeneinander zwei Bilder auftauchen, das aus seinem Computersystem und das, das er gerade mit seinem Scanner gemacht hat. Genauso mit der Nummer auf der Vignette und der im Computer. Dir wird sicher auch auffallen, dass unsere Schlange zuerst auf die Fähre fährt, das heißt, wir fahren drüben auch als Erste wieder runter.«

Er schaute sie an, als warte er auf ein Lob. Ihr fiel keine passende Antwort ein. Machte das auch nur den geringsten Unterschied? Die Überfahrt zu seiner Trauminsel dauerte gerade mal sieben Minuten.

»Buck und ich sind Kumpels«, sagte Norman. »Schadet nicht, wenn man sich die Namen dieser Leute merkt und ein bisschen mit ihnen plaudert. Das deuten sie als Respekt, und mit ein bisschen Respekt kommt man sehr weit in dieser Welt.«

Für Magdalena bedeutete Buck etwas anderes. Kein Latino hieß jemals Buck. Der Name war durch und durch *americano*.

Auf der Fähre wurden sie in einer der Kapitaleignerschlangen bis fast nach ganz vorn gelotst. Norman war wie berauscht. »Wenn du über den Wagen vor uns schaust, kannst du die Insel sehen.«

Magdalena war die verdammte Insel inzwischen vollkommen egal. Sie wusste nicht genau, warum, aber das ganze Thema erregte ihre Feindseligkeit. Fisher Island … es hätte sie nicht im Mindesten gestört, wenn die Insel plötzlich auf den Grund der Biscayne Bay versunken wäre. Trotzdem lehnte sie sich aus dem Fenster. Was sie vor allem sah, war der Kotflügel des schwarzen Mercedes vor ihnen und der Kotflügel des hellbraunen Wagens, der in der Schlange neben ihnen ganz vorn stand. Zwischen den beiden Kotflügeln sah sie … etwas. Sie nahm an, dass das Fisher Island war … das wenige, was sie da sah … erschien ihr nicht ansatzweise bemerkenswert.

Sie zog den Kopf zurück und sagte, »Fisher Island ist wahrscheinlich sehr« — brennend gern hätte sie irgendetwas Bissiges gesagt, nur um Norman in seiner Statusbesoffenheit zu reizen, aber sie riss sich zusammen und sagte, »sehr *anglo.*«

»Hmm, ich weiß nicht …«, sagte Norman. »In solchen Kategorien denke ich gar nicht.« ::::::Ja, ja, schon klar!:::::: »Ich hoffe, du auch nicht. Ist ja nun nicht gerade so, als müsste man die Anglos und Latinos *zählen,* um mitzukriegen, dass hier Diversität herrscht. Latinos haben in ganz Südflorida das Sagen, nicht nur politisch, die leiten auch die erfolgreichsten Unternehmen. *Mich* stört das nicht.«

»Natürlich nicht«, sagte Magdalena. »Weil eure Leute ja den Rest des Landes kontrollieren. Für euch ist Südflorida doch nur eine Miniausgabe von … von … Mexiko oder Kolumbien oder so.«

»Oho!«, sagte Norman. Er lächelte sie wieder breit an. »›Eure Leute!‹ Dann bin ich also einer von denen!? Hab ich mich dir gegenüber etwa jemals so verhalten?«

Magdalena merkte, dass sie übers Ziel hinausgeschossen war. Sie ärgerte sich. Mit der sonnigsten Stimme, zu der sie im Augenblick fähig war, sagte sie, »Natürlich nicht, Norman.« Sie legte ihren Kopf an seine Schulter und streichelte mit beiden Händen seinen Oberarm. »Tut mir leid. Ich hab's nicht so gemeint. Ich bin glücklich, dass ich … einfach mit dir zusammen sein kann … Verzeihst du mir? Es tut mir wirklich leid.«

»Da gibt's nichts zu verzeihen«, sagte Norman. »Wir machen eine kleine Spritztour, es ist ein herrlicher Tag, und ich werde dir heute etwas zeigen, das dich verblüffen und dir mehr Spaß machen wird, als du dir überhaupt vorstellen kannst.«

»Und was ist das?«, fragte sie und fügte schnell hinzu, »Liebling.«

»Wir fahren mit dem Boot … zur Columbus Day Regatta.«

»Und was willst du mir da zeigen?«

»Sage ich dir nicht! Das muss man *erleben*.«

Und tatsächlich durften die Wagen ihrer Schlange, der erlauchten Kapitaleignerschlange, als Erste an Land der legendären Fisher Island rollen. Sie waren die Erlauchten — Norman konnte es sich nicht verkneifen, sie noch einmal darauf hinzuweisen.

::::::Also gut, soll mir recht sein. Ich werde nicht mehr darauf herumreiten. Soll er seinen Kleinejungenspaß an diesem Statusgedöns haben. Und in *60 Minutes* machte er einen so selbstsicheren Eindruck. Im landesweiten Fernsehen!::::::

Von der Anlegestelle fuhren sie auf einer breiten Straße namens Fisher Island Drive Richtung Osten. Norman erklärte ihr gern, dass dies tatsächlich die einzige Straße auf Fisher Island sei. Wahnsinn! Die einzige! Sie führte in einer großen Schleife rund um die Insel. Sicher, jede Menge anderer Straßen zweigten vom Fisher Island Drive ab, aber das waren alles Privatstraßen, die zu Privatbesitz führten.

Die Landschaft entsprach nicht der üppig tropischen Pracht, die sie erwartet hatte. Es gab jede Menge Palmen … und jede Menge Meerblick … aber wo waren all die Anwesen, die sie sich vorgestellt hatte? Sie sah eine Handvoll kleiner Häuser, die laut Norman »casitas« genannt wurden — *casitas!* Sie hatte auf die exklusive Fisher Island fahren müssen, um *casitas* zu sehen!? … obwohl sie zugeben musste, dass diese hier ein bisschen eleganter aussahen als die in Hialeah, wenn man eine *casita* überhaupt jemals elegant nennen konnte.

Sie fuhren an einigen großen Häusern mit hübschen grünen Rasenflächen, dichtem Gebüsch und prachtvollen Pflanzen — Bougainvilleen? — vorbei, aber im Grunde sah die Insel nur wie eine große Wohnanlage an. Es gab einige langweilige moderne Wohntürme aus Glas Glas Glas Glas reine Fassade reine Fassade reine gestreifte Fassade und auch einige Parzellen mit niedrigeren Wohnblocks, die älter und eleganter aussahen … weiß gestrichen … viel Holz … die man sich mit einiger Mühe als Teil eines Tropenparadieses vorstellen konnte. Dann —

Wow! Da! Ein richtiger *Landsitz!* Auf einer Hügelkuppe stand ein riesiges Herrenhaus — hieß das nicht so, »Herrenhaus«? — inmitten einer Parklandschaft, die zu prachtvoll und pompös angelegt war, als dass man sie aus dem Fenster eines fahrenden Autos hätte überblicken können … riesige, prähistorisch aussehende Banyan-Bäume mit ihren gewundenen und verschlungenen Baumstämmen und gewaltigen Ästen, die höher in den Himmel reichten als die Äste von jedem Baum, den sie je gesehen hatte —

Norman genoss es sichtlich, sie an seinem Wissen teilhaben zu lassen. Das Anwesen hatte früher den Vanderbilts gehört und war jetzt das Fisher Island Hotel and Resort. Norman zeigte darauf, als gehörte es ihm. Das Vergnügen, das er an solchen Dingen fand, ging Magdalena auf die Nerven. Es war Teil von … *irgendetwas* … das sie nicht ausstehen konnte.

Nicht weit hinter dem Hotel tauchte die Fisher Island Marina auf. Das war *wirklich* ein beeindruckender Anblick. Über hundert Boote waren an Liegeplätzen festgemacht, die Norman *Slips* nannte. Viele davon ausgewachsene, dreißig Meter lange Jachten, manche noch viel größer. Das ganze Ambiente roch nach … Geld … ohne dass Magdalena auch nur ansatzweise Abstufungen des Reichtums ausmachen konnte. Zahllose Angestellte gingen an oder von Bord oder über die hölzernen — *Kaiwege?* — zwischen den Liegeplätzen. So viel

Flaggen, so viele verspielte Namen, deren Buchstaben die prächtigen, strahlend weißen Rümpfe zierten, *Honey Bear, Gone with the Wind, Bel Ami,* so viele dickliche Bootsbesitzer mit glatten, butterweichen Wangen — zumindest hielt Magdalena sie dafür — die Norman ach so beiläufig, ach so freundlich grüßte, *Hi Billy* und *Hi Chuck* und *Hi Harry* und *Hi Cleeve* und dann *Hi Clayborne, Hi Clayton, Hi Shelby, Hi Talbot, Hi Govan* — ::::::dabei sind sie alle Bucks und Chucks, oder etwa nicht? — *americanos!* Alle, jeder Einzelne von ihnen!::::::

In diesem Augenblick sagte Norman, »Hi Chuck!« *Noch ein Chuck! Chuck und Buck!* Ein großer, dicker Mann mit rotem Gesicht ... im Arbeitshemd mit aufgekrempelten Ärmeln und einer Baseballkappe auf dem Kopf, beides mit dem Schriftzug FISHER ISLAND MARINA ... ging auf sie zu.

»Hey, Dr. Lewis! Und, alles senkrecht?« Dann bemerkte er Magdalena, die hinter Norman stand. »Oh, tut mir leid, Ma'am. War nicht so gemeint.«

Sein großes Gesicht wurde noch ein bisschen röter. Magdalena hatte keine Ahnung, worum es ging.

»Chuck«, sagte Norman und zeigte auf Magdalena. »Das ist Magdalena, Miss Otero. Magdalena ... Chuck. Chuck ist der Hafenmeister.«

»Sehr erfreut, Sie kennenzulernen, Miss Otero«, sagte Chuck.

Magdalena lächelte schwach. Dieser Chuck war nicht nur einfach ein *americano*. Er war ein reinrassiger *americano*. Ein echter Redneck. Wieder regten sich ihre feindseligen Gefühle.

Chuck sagte zu Norman, »Und, wollen Sie raus?«

»Dachte mir, ich mache eine kleine Spritztour mit Magdalena, ihr Jungferntrip mit dem Speedboot«, sagte Norman. »Ach, übrigens, ich glaube, der Tank ist ziemlich leer. Könnte ein bisschen länger dauern die Fahrt.«

»Kein Problem, Dr. Lewis. Wenn Sie rausfahren, macht Harvey Ihnen das Baby noch voll.« Die Stimme ging Magdalena auf die Nerven.

::::::Und Latinos, die Harvey heißen, hat's auch noch nie gegeben.::::::

Chuck drehte sich um und rief, »Hey … Harvey!«

Norman kicherte und blies die Backen auf, breitete die Arme aus, bog sie an den Ellbogen nach innen, ballte die Fäuste und sagte zu Magdalena, »Chuck ist ein Monster, was? … und so ziemlich der netteste Bursche der Welt.«

Als sie Norman so in Monsterpose vor sich stehen sah, bekam Magdalena ein mulmiges Gefühl. ::::::Ja, sicher, und ihr seid Brüder, oder?:::::: Sie fragte sich, ob den beiden bewusst war, so verschieden sie auch waren, dass sie zum gleichen Stamm gehörten … ja, ein mulmiges Gefühl. Sie wollte einfach nur weg von Fisher Island.

Norman führte sie auf einen schmalen Holzsteg und zeigte auf eins der Boote. »Tja, das ist es … Es ist nicht das größte in der Marina, aber eins kann ich dir garantieren. Es ist das schnellste. Wart's ab.«

Neben all den anderen Booten wirkte es klein, aber es war schnittig, modern, sehr stromlinienförmig. Es sah schon nach *Speed* aus. Es erinnerte sie an ein Cabrio. Es hatte kein Verdeck. Und das Cockpit war klein, wie das eines Cabrios. Vorne waren zwei Schalensitze. Wie nannte man den Fahrer? Sie wusste es wirklich nicht. Vielleicht Pilot? Kapitän? Hinter dem Fahrersitz befanden sich zwei Sitzreihen aus hellbraunem Leder mit weißen und dunkelroten Nähten. Wurden die Sitze in einem offenen Boot tatsächlich mit echtem Leder bezogen? Jedenfalls sah es wie Leder aus. Durch das kleine Cockpit wirkte der Bootsrumpf viel länger, als er tatsächlich war. An dem weißen Rumpf verlief an beiden Seiten vom Bug bis zum Heck ein etwa fünfzehn bis zwanzig Zentimeter breiter, rot eingefasster hellbrauner Streifen. Am Bug stand, auf dem hellbraunen Streifen, in fetten, aber höchstens zehn Zentimeter hohen, weißen und ebenfalls rot eingefassten Buchstaben das Wort HYPOMANIC. Die Buchstaben neigten sich scharf nach vorn.

»Das ist der Name des Schiffs — des Boots — *Hypomanic?*«

»So was wie ein Insiderwitz«, sagte Norman. »Manische Depression, das sagt dir doch was, oder?«

Kurz angebunden: »Ja.« Das brachte sie wirklich auf die Palme ::::::Ich bin eine examinierte Krankenschwester, und er fragt sich, ob ich weiß, was eine manische Depression ist.::::::

»Nun ja«, sagte er. »Ich hatte schon viele Patienten mit manischer Depression, mit bipolarer Störung. Männer — ein paar Frauen waren auch dabei — erzählen mir, dass wenn sie in eine hypomanische Phase kommen — ›hypo‹ heißt unter« ::::::Oh, vielen herzlichen Dank, dass du mich wissen lässt, was *hypo* bedeutet:::::: »also in die Phase, bevor sie anfangen verrückte Sachen anzustellen und zu sagen, dass das die absolute Ekstase ist. Jede Empfindung wird verstärkt. Irgendwer sagt etwas nur mäßig Komisches, und sie brechen gleich in brüllendes Gelächter aus. Ein bisschen Sex? Ein einziger kleiner Orgasmus, und sie glauben, sie hätten gerade ein *Kairos*-Erlebnis gehabt, den ultimativen Kick der Glückseligkeit. Sie fühlen sich zu allem fähig und machen jeden nieder, der ihnen schaden will. Wie es so schön heißt, sie lassen sich einen Scheiß gefallen, von niemandem. Sie arbeiten zwanzig Stunden am Tag und glauben, weiß Gott was für Wunderwerke sie vollbringen. Auf der Straße, wenn der Typ hinter ihnen auf die Hupe drückt, springen sie aus dem Wagen, fuchteln dem anderen mit der Faust vor der Nase rum und brüllen, ›Warum schiebst du dir deine Scheißhupe nicht in den Arsch und spielst ‚Jingle Bells‘ drauf, du verdammte Schwuchtel?‹ Einer meiner

Patienten hat mir erzählt, dass er genau das gemacht hat, und der andere hat sich nicht getraut, auch nur einen Muckser zu machen, weil er dachte, dass er einen Irren vor sich hat — was natürlich stimmte! Derselbe Patient hat mir erzählt, dass, wenn man Hypomanie auf Flaschen ziehen und verkaufen könnte, dann wäre man über Nacht der reichste Mensch der Welt.« Er deutete mit einer ausladenden Armbewegung auf die Buchstaben an seinem Boot. »Voilà, mein Zigarettenboot ... die *Hypomanic.*«

»Zigaretten?«

»So nennt man diese Boote. Seit den Zeiten, als sie damit Zigaretten geschmuggelt haben, weil sie so schnell sind. Allerdings ist mir schleierhaft, warum sich jemand die Mühe machen sollte, Zigaretten zu schmuggeln.«

»Wie schnell?«

Norman schenkte ihr sein *besonderes* Lächeln. Er war zufrieden mit sich. »Das sage ich dir nicht — ich werd's dir *zeigen.* Siehst du, wie weit der Rumpf über das Cockpit hinausragt? Da stecken zwei Rolls-Royce-Motoren drin, jeder mit 1000 PS für Tausende Pfund Schub.«

Lange Pause —

::::::Das sind zweitausend Pfund, und zweitausend Pfund sind eine Tonne ... Ich frage mich, ob das Boot überhaupt eine Tonne *wiegt* ... und außerdem hat Norman so etwas an sich ... er kommt mir nicht gerade sehr stabil vor. Warum lasse ich mich überhaupt darauf ein? Aber wie soll ich es ihm sagen? ...::::::

— schließlich: »Aber ist das nicht ziemlich schwierig für einen einzigen ... Fahrer? — sagt man Fahrer? — ich meine, so viel Kraft unter Kontrolle zu behalten?«

Norman verzog die Lippen und bedachte sie mit einem Lächeln, das bedeuten sollte, »Ich weiß schon, worauf du hinauswillst. Nicht nötig, um den heißen Brei herumzureden.«

»Keine Angst, Kleines«, sagte er. »Ich weiß, was ich tue. Aber wenn es dich beruhigt, ich habe einen Bootsführerschein. Ohne den darfst du gar nicht raus in die Bucht. Ich kann dir nicht *genau* sagen, wie oft ich mit diesem Boot schon draußen in der Bucht war, aber es war *sehr* oft, *sehr sehr* oft. Wir machen einen Deal, okay? Wir fahren jetzt raus, aber wenn dir mulmig wird oder so, dann drehen wir sofort um und fahren zurück.«

Das beruhigte sie zwar nicht, aber wie die meisten Menschen hatte sie nicht den Mut, ihre Angst zuzugeben. Sie lächelte matt. »Nein, nein, es ist nur so, dass ich noch nie von einem Rennboot mit einem so großen Motor gehört habe …«

::::::Hört sich *Rennboot* zu mickrig an? Ist er jetzt sauer?::::::

»Keine Angst«, sagte er noch einmal. »Los, hüpf rein. Wir lassen es ganz langsam angehen.«

Norman schwang sich mit einem einzigen Satz über die Reling in sein hypomanisches Wasserfahrzeug und bot dann ihr zum Einsteigen galant die Hand. Er setzte sich dicht hinter die Windschutzscheibe ans Lenkrad, und sie setzte sich neben ihn. Fühlte sich an wie Leder …

Er drehte den Zündschlüssel um, und die Motoren heulten mit furchterregendem Lärm auf, bis er sie wieder drosselte. Es erinnerte sie an die jungen Burschen und ihre Motorräder in Hialeah. Dieses Geheule schien der Sinn ihres Lebens zu sein.

Langsam steuerte Norman das Boot rückwärts aus seinem Liegeplatz. Die Motoren gaben dumpf grollende Geräusche von sich. Dabei fiel Magdalena eine Frau ein, die in Hialeah nicht weit weg von ihr gewohnt hatte. Sie hatte immer einen Pitbull an der Leine, wenn sie spazieren ging. Der Hund sah so schwer aus wie sie. Er erinnerte Magdalena an einen Hai. Er hatte überhaupt kein Hirn — nur ein Paar Augen, ein Paar Kiefer und die Fähigkeit, das durch die Adern menschlicher

Wesen fließende Blut zu riechen. Der Pitbull tötete schließlich ein fünfjähriges Mädchen, indem er ihm glatt den Arm aus der Muskel-Sehnen-Kappe riss und dann den halben Kopf abnagte, wobei er mit einer Backe, einem Auge und einem Ohr anfing und sich dann mit seinen Zähnen im Schädel verbiss. Hinterher gaben viele Nachbarn zu, dass sie genauso viel Angst vor der hirnlosen Bestie gehabt hatten wie Magdalena selbst. Aber niemand hatte den Mut gehabt, seine tödliche Angst vor dem Pitbull offen einzugestehen.

Und so erging es Magdalena auch jetzt, als die Motoren der hirnlosen *Hypomanic* an der Leine Leine Leine in ein dumpfes Grollen Grollen Grollen Grollen verfielen ... und die *Hypomanic* langsam auf die Ausfahrt der Marina und den Redneck Harvey Redneck Harvey Redneck Harvey zusteuerte ...

Redneck Harvey pumpte Benzin in das Zigarettenboot. Selbst die im Leerlauf brummenden Motoren ließen Magdalena erahnen, wie viel Benzin sie verbrauchten. Sie erschauerte. Die Bestie war hirnlos. Der Redneck Harvey war hirnlos. Der für sein Gefährt mit einem Bootsführerschein ausgestattete Kapitän, Dr. Lewis, war nicht hirnlos. Er war nicht stabil. Das hatte sie schon vor dem *60-Minutes*-Interview gespürt — aber während der Aufzeichnung selbst hatte er sich als absolut souverän und als brillanter Taktiker erwiesen. Aber jetzt hatte ihre Angst diese Leistung zunichtegemacht. Wenn er in diesem lächerlich übermotorisierten Ruderboot in Schwierigkeiten geriet, konnte er sich nicht einfach *herausreden*.

Die Öffnung, durch die man aus der Marina in die Biscayne Bay gelangte, führte zwischen zwei Felsmauern hindurch, die etwa eineinhalb Meter aus dem Wasser ragten und die gesamte Marina abschirmten. Als sie ganz langsam durch die Öffnung tuckerten, drehte Norman sich zu Magdalena um, zeigte auf die Mauern und sagte, »Flutwehr!«

Er musste fast schreien. Die Motorengeräusche selbst bei so langsamer Fahrt plus der Bootsverkehr draußen in der Bucht plus der wenn auch schwache Wind machten einen solchen Lärm, dass Norman ziemlich laut werden musste, um sich verständlich zu machen. Magdalena hatte nicht die leiseste Ahnung, was »Flutwehr« bedeuten könnte. Sie nickte nur. Aber im Augenblick nahm ihr lückenhaftes Vokabular auf ihrer Panikhitliste nur noch einen hinteren Platz ein. Sie hatte keine Angst davor, sich in die Bucht hinauszuwagen. Ihr Vater war stolzer Besitzer eines der Motorboote, die auf Bootsanhängern überall in Hialeah zu sehen waren. Sie schaute durch ihre Sonnenbrille hinaus aufs Wasser, auf die wie immer an sonnigen Tagen großartige Biscayne-Bay-Wasserlandschaft, auf deren Oberfläche schwerelos glitzernde Lichtpunkte tänzelten ... und doch sank sank sank ihr Mut ... Sie war einem *hypomanischen* Charakter ausgeliefert! Und das war er — *mindestens!* Er hielt sich für unbesiegbar! So hatte er auch den Großinquisitor zerquetscht! Aber das Meer war kein Ort für Unbesiegbare! Und sie hatte das alles *zugelassen!* Reine Schwäche! Das Eingeständnis, »Ich habe Angst, ich will da nicht raus!«, war ihr zu peinlich gewesen.

In diesem Augenblick schaute Norman, der das Lenkrad mit beiden Händen fest umklammert hielt, sie mit teuflischem Blick an und rief, »Okay, Kleines — FESTHALTEN!«

Und dann verwandelte sich das Grollen der Motoren explosionsartig in ohrenbetäubendes Brüllen. Das Brüllen war kein Geräusch — es war pure Gewalt. Die Gewalt erfasste ihren Körper, zerrte an ihrem Brustkorb und erschütterte sie von innen heraus. Alle anderen Sinneswahrnehmungen waren ausgeschaltet. Selbst wenn sie hätte schreien wollen, der Schrei wäre nicht imstande gewesen, ihren Mund zu verlassen. Der Bug des Boots stieg langsam auf. Er stieg so hoch auf, dass sie von ihrem Platz nicht mehr sehen konnte, wohin sie fuhren. Konnte Norman am Lenkrad es sehen? Machte es überhaupt den geringsten Unterschied, wenn er es sah? Obwohl sie noch nie zuvor in so einem Boot gefahren war, sie wusste, was jetzt kam. Das sollte er sein … *der große Augenblick*. Das ganze Boot ritt auf seinem Heck. Nun ja, juchhu! Das sollte also ein Höllenspaß sein. Mädchen sollten bei dem Nervenkitzel anfangen zu kreischen. Magdalena fühlte sich wie damals als junger Teenager, als ihr die Jungs unbedingt zeigen wollten, wie draufgängerisch sie Auto fuhren. Sie aber war nur nervös gewesen wegen der langweiligen, hohlen Jugend ihrer Chauffeure und deren sinnloser Helldriver-Allüren. Norman war zweiundvierzig, aber sie fühlte sich jetzt genauso. Oh, mittleres Alter, wie langweilig und hohl! Die Allüren, wie sinnlos! Wie lange würde das noch dauern? Nestors Marine Patrol, machten die nicht Jagd auf solche Idioten? Aber auch der Gedanke an Nestor rief nur ein hohles Gefühl in ihr hervor.

Schließlich ließ Norman es gut sein, und der Bug senkte sich wieder. »Na, wie war das?!«, schrie er. »Einhundertsechzehn Stundenkilometer! Auf dem Wasser! Einhundertsechzehn!«

Magdalena versuchte nicht mal zu antworten. Sie lächelte nur. Sie fragte sich, ob das Lächeln so geheuchelt aussah, wie es sich anfühlte. Die Hauptsache war, nicht mal ansatzweise freudige Erregung zu zeigen. Nur die kleinste Andeutung — und er würde sich *verpflichtet* fühlen, es gleich noch mal zu versuchen. Der Bug lag wieder auf dem Wasser, aber die *Hypomanic* durchschnitt das Wasser nicht, wie es die anderen Boote hier draußen taten … Sie glitt nicht übers Wasser wie die Segelboote … Wie *das* da! Es war riesig! War das vielleicht eine … Jacht? In Magdalenas Vorstellung konnte eine Jacht nur ein sehr großes Boot mit riesigen Segeln sein ... Aber an diesem gleißenden Tag waren alle Segelboote leuchtende weiße Segeltuchflächen in einer Bucht ... voller gleißender Sonnenblitze, die sich an jeder kleinen Welle brachen von hier bis zum Horizont ... nicht dass sie sich an welchem Detail auch immer in dieser gleißenden Seelandschaft lange hätte erfreuen können ... denn Normans Vorstellung von einer Bootspartie mit seinem Zigarettendampfer bestand darin, die Geschwindigkeit von hundertzehn auf neunzig zu drosseln ... immer noch so schnell, dass das Boot ruckelt und hüpft ... und weiterhüpft ... hypomanisch springt ... und springt ... Der *Hypomane* am Steuer hüpft und springt über die Oberfläche des Wassers ... *rast* so schnell an den anderen Booten vorbei ... dass Magdalena sie nur vorbeiwischen sieht. Ein selbstverliebtes, ehrfürchtiges Lächeln machte sich auf Normans Gesicht breit. Er umklammerte das Lenkrad mit beiden Händen ... Grinsend schoss er mit dem Boot *hierhin* und *dorthin* ... *hierhin,* um entgegenkommende Boote zu umkurven ... *dorthin,* um ein Boot nach dem anderen zu überholen.

Niemand, den sie umkurvten oder überholten, schien die wilde Fahrt der *Hypomanic* genauso lustig zu finden wie Norman. Auch seine Beifahrerin nicht. Nur Norman ... nur Norman ... Die Menschen auf den anderen Booten kniffen die Augen zusammen, schauten böse, schüttelten den Kopf, zeigten der HYPOMANIC den Mittelfinger, rissen den Unterarm nach oben, zeigten mit dem Daumen nach unten und brüllten ihren Zorn heraus. Zumindest nach dem Ausdruck auf ihren Gesichtern zu urteilen, denn keiner der beiden auf der *Hypomanic* konnte natürlich auch nur ein Wort verstehen. Sicher nicht Norman am Lenkrad seines Zigarettenboots. Er saß vorgebeugt auf seinem gepolsterten Pilotensitz und lebte eine glückliche Fantasie aus.

Dann konnte er sich nicht mehr länger zurückhalten. Noch zweimal drehte er sich zu Magdalena um und brüllte, »FESTHALTEN!« … grinsend, als wollte er sagen, »Na, noch mehr gefällig? Dann bist du hier richtig!« Noch zweimal drückte er den Gashebel bis zum Anschlag nach vorn. Noch zweimal stieg der Bug in die Höhe und wurde Magdalena durch die plötzliche Gewalt tief in ihren Sitz gedrückt und kam sie sich vor wie eine Idiotin, dass sie es überhaupt so weit hatte kommen lassen. Noch zweimal schoss das Boot in hypomanischer Gier nach Überlegenheit und Großkotzigkeit vorwärts. Noch zweimal schoss es mit Vollgas wie ein verwischter Strich an dümpelnden Booten vorbei. Als der Tacho beim zweiten Mal auf einhundertachtundzwanzig Stundenkilometer kletterte, reckte Norman triumphierend die Faust in die Luft und warf Magdalena einen kurzen Blick zu. Kurz, weil selbst ein hypomanischer Charakter wie er es nicht wagte, das vor ihm liegende Wasser länger als eine Sekunde aus den Augen zu lassen.

Als er das Tempo schließlich drosselte und der Bug sich wieder senkte, sagte Magdalena zu sich selbst ::::::Bitte, dreh dich jetzt nicht um, fang nicht an zu grinsen und sag bitte nicht, »Schätz mal, wie schnell wir waren!«, und verschone mich bitte mit einem um Bewunderung bettelnden Blick.::::::

Er drehte sich um, schaute sie mit seinem selbstverliebtehrfürchtigen Lächeln an und sagte, »Ich kann's selbst nicht glauben!« Er deutete auf den Tacho. »Hast du das gesehen?! Ich fass es nicht?! *Einhundertachtundzwanzig Stundenkilometer!* Ich schwöre, ich hab noch nie gehört, dass ein Zigarettenboot so schnell war! Ich hab's *gespürt!* Ich wette, du auch!« Und dann bettelte sein Blick wieder um Bewunderung. ::::::Alles, bloß *das* nicht! Sonst macht er's gleich noch mal. Er ist ganz fiebrig vor Stolz.:::::: Also bedachte sie ihn mit einem totgeborenen Pflichtlächeln, der Sorte Lächeln, die jeden normalen Mann hätte erstarren lassen. Nicht so Norman, er nahm es als erfrischende Brise.

Das Zigarettenboot legte die dreißig Kilometer nach Elliott Key in *Null Komma nichts* zurück. Sie wussten, dass sie das Korallenriff erreicht hatten, nicht weil sie es sehen konnten … sondern weil sie es nicht sehen konnten. Das Riff selbst war nicht zu erkennen, es verschwand unter einem promiskuitiven Bootsstau, der schon einen knappen Kilometer vor dem Riff begann und anscheinend Tausende — *Tausende* — von Booten umfasste, manche vor Anker liegend, andere, bis zu zehn, Seite an Seite miteinander vertäut. Kleine Jollen mit Außenbordern brummten zwischen den größeren Booten umher … Was war *das?* … ein Kajak, im Bug ein Junge, stehend, paddelnd, dahinter ein Junge und ein Mädchen, bequem zurückgelehnt, mit Plastikbechern in der Hand.

Musik aus Gott weiß wie vielen Lautsprechern dröhnte über das Wasser — Rap, Rock, Running Rock, Disco, Metro-Billy, Reggae, Salsa, Rumba, Mambo, Monback — und verknäulte sich über einem laut wabernden Geräuschteppich aus zweitausend, viertausend, achttausend, sechzehntausend Lungen, die schrien, brüllten, kreischten, johlten, lachten, vor allem *lachten lachten lachten lachten lachten* ein gekünsteltes Lachen, das jedem verkündete, dass *hier* die Post abgeht und wir mittendrin sind … Da waren Motorboote mit zwei oder drei Decks, gewaltige Boote, überall, auf denen menschliche Gestalten herumhüpften und mit den Armen fuchtelten und — tanzten — und —

Norman hatte das Zigarettenboot mitten in den Wahnsinn dieser Regatta hineingesteuert und tuckerte jetzt langsam, sehr langsam mit den sehr dumpf dumpf dumpf grollenden grollenden grollenden grollenden Tausend-Pferdestärken-

Motoren … um dieses Boot herum … zwischen diesen beiden hindurch … an einer Reihe Seite an Seite eng sehr eng miteinander vertäuten Boote entlang … und schaute zu den Leuten hoch … die tanzten und tranken und quiekten und lachten lachten lachten lachten wir sind mittendrin, wir sind mittendrin! Wo die Post abgeht! abgeht! abgeht! abgeht! zum Beat — immer zum Beat — aus oktofonischen, Elektro-Beats ausspuckenden Lautsprechern, Beats, Repro-Beats und die Sänger, immer Mädchen, selbst nur noch Beats … keine Melodie … nur Repro-Beats … Kontrabass, Drums, Beat-Girls …

Je näher sie dem Riff kamen — sehen konnten sie es immer noch nicht — desto mehr Boote waren Seite an Seite zusammengebunden, und zwar an der breitesten Stelle des Rumpfs. Trotz der verschieden hohen Decks bildeten die so vertäuten Boote eine einzige große Partyfläche. Ein Mädchen in einem Tangabikini — so viel blondes Haar! — stakst über die schmale Verbindungsplanke zwischen zwei Booten — und *kreischt* wie? ängstlich? kokettierend? aufreizend? aus schierem Überschwang darüber, da zu sein, *wo die Post abgeht?* — und junge Burschen strecken ihr die Arme entgegen, um sie abzustützen. Ein anderes Mädchen in einem Tangabikini *springt* über die Planke auf das andere Deck. Die Jungen jubeln leicht ironisch, und einer schreit in einer Tour, »*Ich will! Ich will!* …«, und aus den Lautsprechern wummert wummert wummert *der Beat der Beat der Beat der Beat.*

::::::und Norman, was glaubt der, was er hier macht?:::::: Vor der zusammengezurrten Bootsreihe gab Norman seinen tausend Pferden plötzlich einen großen Schluck Benzin zu saufen und ließ die Motoren AUFBRÜLLEN, und all die betrunkenen Teenager auf den Decks schauten runter und johlten voller Ironie. Durch den Bootshaufen schlängelten sich viele kleine Boote … Jollen, Motorboote und immer wieder das Kajak — richtig, *genau das Kajak!* — der immer noch … irgendwas … singende Paddler im Bug war inzwischen betrunken … und hinter ihm der Bursche und das Mädchen, genauso betrunken, lagen mit ausgestreckten Beinen da … und glitten dicht an ihnen vorbei, und Magdalena kann das auf der Seite liegende Mädchen sehen und ihren nackten Hintern und den rosa Tanga, dessen Schnur zwischen den Hinterbacken verschwindet, und den Jungen in schlabbrigen Badeshorts, der einen Arm unter ihren Kopf geschoben hat und mit der anderen Hand ihre Schulter festhält. Es sah verdammt unbequem aus, so auf dem Boden des Kajaks zu liegen … aber was machte das schon, oder? … Die Hälfte der auf den Decks, auf allen Decks tanzenden Mädchen trug Tangas, die ihre Hintern in zwei perfekte, pflückreife Melonen teilte … und keine drei Meter entfernt klettert ein Mädchen an der Leiter eines Doppeldeck-Motorboots aus dem Wasser — ihr Hintern, ihre Hinterbacken, ihr … ihr … ihr *Arsch* — kein anderes Wort passt besser — hat die rote Schnur ihres Tangas vollkommen verschluckt, sodass Magdalena nur ahnen kann, dass sie überhaupt existiert … Das Wasser hat die Haare des Mädchens zu einer nassen Fläche geglättet, die ihr bis weiter unter den Schultern am Rücken klebt, und das Wasser lässt ihre Haare dunkel aussehen, obwohl Magdalena wetten würde, dass sie in Wirklichkeit blond sind — *las gringas!* — so viele tummeln sich auf den Decks! Ihre blonden Haare hüpfen beim Tanzen. Sie leuchten, wenn sie ihre Köpfe herumwerfen, um zu kreischen … zu kokettieren … zu lachen lachen lachen lachen auf den Decks, wo die Post abgeht … in Elliott Key … bei dieser Sexregatta, die in ihr gegen alle Vernunft den Wunsch hervorruft, ihnen allen — allen diesen *gringas!* — zu zeigen, was sie zu bieten hat. Sie setzt sich kerzengerade auf in ihrem Sitz im

Zigarettenboot, zieht den Bauch ein und drückt die Schultern zurück, damit sich ihre Brüste perfekt aufrichten, weil sie will, dass alle *esos gringos y gringas* sie anschauen, und sie *will* sie dabei ertappen, wie sie sie anstarren … der da! … *der* da? … der da drüben? —

Und Norman gibt seinen Motoren wieder zu saufen und lässt sie diesmal wirklich AUFBRÜLLEN und setzt ein joviales Lächeln auf und deutet und winkt, ohne jemand Bestimmten anzuschauen — ins Leere, soweit Magdalena das erkennen kann, lässt die großen Motoren brüllen wie nie zuvor und dann wieder verstummen. Magdalena sagte: »Norman — was … soll … das … alles?«

Ein wissendes Lächeln: »Wirst du gleich sehen. Du siehst zum Anbeißen aus. Einfach so bleiben.« Er machte ihre Pose nach und drückte die Brust raus. Unwillkürlich war Magdalena zufrieden mit sich.

Sie tuckerten ::::::weshalb?:::::: an der bis jetzt längsten Bootsreihe entlang. Magdalena zählte dreizehn — oder waren es vierzehn? — große Boote, von denen die beiden letzten Segelboote waren, eins davon ein Schoner mit gewaltigen Segeln. Die riesige Bootsparade begeisterte Norman. Er ging jetzt aufs Ganze und ließ seine grollenden Motoren wieder AUFBRÜLLEN … breit und selbstbewusst grinsend … imaginären Menschen zuwinkend …

Sie waren an der Hälfte der Reihe entlanggeglitten, als ein junger Bursche brüllte, »Hey, Mann! Hab ich Sie nicht neulich im Fernsehen gesehen?«

Norman grinste breit und jovial und sagte: »Gut möglich!«

»*60 Minutes*, stimmt's?«, rief der Bursche.

Jetzt konnte Magdalena den Burschen auch sehen. »Sie waren hammerhart, Mann! Diesen kleinen Wichser … ich meine, den hatten Sie wirklich an den Eiern, Mann!«

Soweit Magdalena das von da unten beurteilen konnte, handelte es sich um einen gut aussehenden Burschen — Anfang zwanzig? — mit langen, braunen, dichten, lockigen Haaren, die er wie Tarzan zu einer sonnengebleichten Löwenmähne nach hinten gekämmt hatte, und makellos brauner Haut, die seine langen weißen Zähne bei jedem Lächeln aufleuchten ließen. Und er lächelte viel. Er war etwas rot geworden, weil ein fernsehbekannter Schloktordoktor zu ihm hochschaute ... wie auch immer der heißen mochte.

»Jetzt hab ich's!«, schrie der Bursche. »Doktor — Lewis!«

»Norman Lewis!«, rief Norman. »... und das ist Magdalena!«

»Ich will!«, sagte der Bursche. Er hörte sich betrunken an. In einer Hand hielt er einen Jumbobecher.

»Ich auch!«, sagte ein anderer Bursche.

Nicht gerade Magdalenas Geschmack. Es klang irgendwie höhnisch. Ironische Pfiffe ... Inzwischen hatte sich eine kleine Menschentraube an der Reling versammelt. Der sonnenverbrannte Bursche mit den weißen Zähnen rief nach unten, »Hey, Dr. Lewis — Norman — warum kommen Sie und Madeleine nicht rauf?«

»Magdalena!«, sagte Norman.

»Ich will!«, sagte der blonde Bursche. Anscheinend war er sehr stolz auf die subtil sexuelle Metaphorik dieser Aussage.

»Ich auch«, sagte der andere Bursche, und alle lachten. Da oben an der Reling herrschte jetzt schon ziemliches Gedränge.

»Warum kommen Sie und Magdalena —«

»Ich will!«, brüllten zwei der Burschen an der Reling im Chor, und die anderen fielen ein, *»Ich will unbedingt!«*

»— nicht rauf und trinken einen Schluck!«, beendete der erste Bursche seinen Satz.

»Nun ja …«

Norman hielt inne, als würde ihm zum ersten Mal in seinem Leben so eine Einladung angetragen. »Okay! Klasse! Gern!«

Der sonnengebräunte Bursche sagte ihm, er solle umdrehen und auf der anderen Seite der Bootsreihe wieder zurückfahren, bis zum Heck der *First Draw,* da könnten sie über die Bootsleiter an Bord kommen.

»Klasse!«, sagte Norman.

Er wendete das Zigarettenboot, ließ die Maschinen kurz AUFBRÜLLEN, um sie gleich wieder zu drosseln und grollend grollend grollend davonzutuckern. »Kaum sehen sie dich im Fernsehen, schon umstrahlt dich eine Aura«, sagte Norman. Er war sehr zufrieden mit Dr. Norman Lewis. »Das Erinnerungsvermögen der Leute geht zwar gegen null, aber ich wusste, dass noch ein bisschen von dem Charisma übrig ist — und ich hatte recht.« Er machte eine kurze Pause. »Klar, die *Hypomanic* hat sicher nicht geschadet. Diese Jungs stehen auf Zigarettenboote. Die haben … *Wasserstraßen-Credibility!* Ich wusste, wenn ich meinen tausend Pferdchen die Peitsche gebe, dann würden die die Ohren spitzen. Und du, Kleines —« er stülpte übertrieben die Lippen vor, als wollte er ihr einen Schmatz geben — »du hast natürlich auch nicht geschadet! Hast du das gesehen? Wie sie dich mit ihren Augen förmlich verschlungen haben! Und dieses *Gegröle. ›Ich will! Ich will! Ich will!‹* Hat dir sicher gefallen, oder? Auf dem Boot ist keine Einzige, die in deiner Liga spielt. Da gibt's kein Vertun, Kleines, du bist einfach umwerfend!«

Und dann legte er seine Hand auf die Innenseite ihres Oberschenkels.

»Norman!« Gleichzeitig hatte sie gegen seine Interpretation des Gejohles nichts einzuwenden.

Seine andere Hand hielt das Lenkrad. Als dächte er an nichts anderes als daran, das grollende Zigarettenboot um die Kurve zu steuern, schaute er aufmerksam geradeaus.

»Norman! *Lass das!*«

Also nahm er die Hand von ihrem Oberschenkel — und schob sie nach oben in Richtung ihrer Hüfte … und fuhr dann mit den Fingern unter das Gummiband ihres Bikinihöschens.

»Hör auf damit! Norman! Bist du *verrückt?*« Sie packte seine Hand und riss sie weg. »Verdammt, Norman —«

Sie verstummte plötzlich. Die Finger krochen in ihren Slip, vor aller Augen — *ekelhaft!* Und *kindisch!* Der Exhibitionismus eines *ungezogenen Jungen*. Und das als Zugabe zu dem offenen Eingeständnis, dass er, Dr. Norman Lewis, landesweit bekannter Psychiater, auf eine erniedrigende und entwürdigende Art und Weise an einer Reihe Boote entlangtuckert in der beschämenden, idiotischen Absicht … bei der Bootsparty von einem Haufen Kindern mitmischen zu dürfen — *einem Haufen Kindern!* Jungen, die im Teenagerslang brabbelten, Mädchen, die halb nackt über Bootsdecks hoppelten in Tangas, die ihre Hintern in zwei frische Melonen teilten, und dann weiß Gott wo verschwanden — und trotzdem war sie *aufgeregt*. Sie *spürte* … das Heraufziehen eines leichtsinnigen Bacchanals, in dem ihr *umwerfender* Körper die Hauptrolle spielen würde. Ein Kribbeln in ihren Lenden … bis sie es *bedauerte,* keinen Tanga zu tragen. War der schwarze Bikini, den Norman weiter erforschte, *klein genug*, um das lüsterne Verlangen zu vollenden … jeden bewussten Gedanken, der sie zurückhielt … *abzuschütteln?* Aber der bewusste Gedanke war zäher, als sie vermutet hatte. Er bewirkte, dass sie sich aufrichtete. ::::::*Schluss jetzt … sofort!*::::::

»Hör auf, Norman!«, sagte sie. »Jeder kann uns sehen!«

Aber sie hatte seine Hand einen Hauch zu lange gewähren lassen, sodass ihr *Hör auf* keine moralische Kraft besaß und nur mehr gesellschaftlicher Zierrat war. Als Norman sie anschaute, mit einem leichten Lächeln, das seine geöffneten Lippen umspielte, wusste sie, dass er jede Nervenzelle ihrer widerstreitenden Gefühle erspürt und erkannt hatte, in welch schwacher und verletztlicher Verfassung sie sich befand.

Als die *Hypomanic* das Heck der *First Draw* erreichte, wartete an der Bootsleiter schon ein Kontingent Gaffer. Johlendes *»Ich will!« »Ich will!« »Ich will!« »Ich will!«* begleitete die zuerst an Deck kletternde Magdalena. Sie konnte die Blicke spüren, die ihre Brüste umfassten, ihre Brustwarzen kitzelten, ihren Bauch massierten, der bis hinunter zu ihrem Venushügel entblößt war und sich in einem kleinen Bogen leicht nach vorn wölbte. Sie konnten ihre Augen nicht von ihr losreißen!

»Ich will!«

»Ich will!«

»Ich will!«

Trotzdem war das Johlen kaum zu hören. Aus den Lautsprechern auf Deck WUMMERTE WUMMERTE WUMMERTE WUMMERTE der BEAT BEAT BEAT. Vorne auf dem Deck sah sie Mädchen, die miteinander tanzten ... und fast nackt waren. Eine ganze Horde, deren Tangas ... zwischen ihren *Arschbacken* verschwanden ... sie hüpften herum, bewegten ihre Hüften, als würden sie mit ihren bloßen Hinterteilen im Sattel sitzen, warfen ihre Köpfe mit den blonden Mähnen hin und her — blonde *americanas!!* — und plötzlich fühlte sie sich eingekesselt ... von einer vulgären Horde Ausländer ...

Und dann die jungen Burschen in Badehosen ... Haut, die aussah wie Vanillecreme, wie Flan ... Latinos hatten Muskeln, die man sehen konnte — sie dachte plötzlich an Nestor und verscheuchte den Gedanken sofort wieder — dieser Bursche, der direkt vor ihr stand, wie alt war der? — fünfundzwanzig? — ein Flanhautkerl, der sie jetzt fragte, »Hey, gehörst du zu *dem?*«

Sie wusste, dass er Norman meinte, der jetzt hinter ihr die Leiter hochkletterte.

Norman nahm Magdalenas Hand und ging mit ihr schnurstracks zu dem Burschen, der sie eingeladen hatte. Er stellte sich als großer schlanker Mann heraus, wahrscheinlich Anfang zwanzig.

Er trug eine dieser ultralangen Badehosen mit grotesk hässlichem Hawaiimuster, die gerade in waren. Trotzdem, aus der Nähe hatte er eine Beförderung von Junge zu jungem Mann verdient, zumindest äußerlich.

Als er Norman sah, fiel ihm die Kinnlade herunter, und er sagte mit großen Augen, »Dr. Lewis! Das ist so *coooool!* Gerade erst habe ich Sie in *60 Minutes* gesehen — und jetzt sind Sie hier ... auf *meinem Boot!* Das ist *sooooooo cooooooool!*«

Seine Ehrfurcht schien echt zu sein — und Magdalena sah, wie sich echte Dankbarkeit auf Normans Gesicht ausbreitete, in Form eines Lächelns, das besagte, »Na also, so gefällt mir das schon besser.« Er streckte die Hand aus. Der junge Mann schüttelte sie und fühlte sich bemüßigt zu sagen: »Tja, eigentlich ist das gar nicht *mein* Boot, es gehört meinem Vater.«

Norman sagte auf die denkbar freundlichste Art, »Wie heißen Sie?«

»Cary!« Treffer — Cary. Er gehörte dazu, er war einer aus der Generation, die ohne Nachnamen auskommt. Einen Nachnamen zu benutzen galt als aufgeblasen ... als zu offensichtlicher Hinweis auf deine Herkunft ... ethnisch, rassisch, manchmal sozial. Den Nachnamen benutzte man nur, wenn man ein Formular ausfüllen musste.

»Cary, das ist Magdalena«, sagte Norman.

Cary zeigte seine unvergleichlichen Zähne und sagte, »Ich will! Das ist ein Kompliment, ehrlich!«

Die Menge, die sich inzwischen versammelt hatte, um einen Blick auf den angeblich berühmten Dr. Lewis zu werfen, wer immer das auch sein mochte, brach in Gelächter und Gejohle aus.

»*Ich* will!« Gelächter.

»*Ich* will!« Gelächter.

»*Ich* will!« Gelächter.

»*Ich* will!« Mehr Gelächter.

»*Ich* will *unbedingt!*« Brüllendes Gelächter.

»Das ist ein *großes* Kompliment«, sagte Cary. »Ehrenwort!«

Eine Woge von Verlegenheit … und Glückseligkeit … In den meisten Dingen waren kubanische Mädchen nicht anders als *americanas*. Den halben Tag lang fragen sie sich … oder ihre Freundinnen … »Hat er mich bemerkt? Ehrlich, glaubst du wirklich? Der Blick eben, was meinst du, was sollte der bedeuten?«

Magdalena fiel keine einzige Erwiderung ein, die die Glückseligkeit … nicht zerstört hätte. Wenn sie offen auf das Kompliment einging, würde sie sich anhören wie eine kleine unkultivierte Latina, und wenn sie schicklich versuchte, etwas cool und geistreich Selbstironisches zum Besten zu geben, würde sie dastehen wie eine verlegene kleine Kreatur, die den Neid der anderen fürchtete. Klugerweise tat sie das einzig Unverfängliche. Sie stand da, errötete und unterdrückte ein Lächeln … über all die Glückseligkeit!

Die Sonne stand zwar inzwischen ein bisschen tiefer, aber es war höchstens halb sechs, als Magdalena dieses ironische *Wuuuuhuuuups* hörte, das junge Männer anscheinend so gerne von sich geben ... Es kam vom Boot nebenan ... und da war sie ... eine blonde *americana,* die sich gerade ihres Bikinioberteils entledigt hatte — Mit durchgedrücktem Rücken und weit ausgebreiteten Armen stand sie da ... an einer Hand baumelte das Oberteil ... und ihre in die Höhe gereckten Brüste verkündeten allen, »Schluss jetzt mit dem Versteckspiel. Jetzt wird ... *gelebt!*«

»Los, komm!«, sagte Norman ... mit selig lüsternem Gesicht ... »Das musst du sehen«, sagte er, als er sie an der Hand nahm und hastig zur Reling zog, damit sie besser sehen konnten. »Jetzt geht's los!«

Die Blonde mit den Brüsten vollführte ein paar leichte Hüftschwünge und zeigte ihren johlenden Bewunderern, wie stramm ihre pektoralen Prachtstücke waren ... wie sie jeder Schwerkraft spottend in die Luft ragten ...

»*Was* geht los?«, fragte Magdalena.

»Die Regatta ist im Grunde eine Orgie«, sagte Norman. »Das wollte ich dir zeigen. So was muss man zumindest *einmal* gesehen haben.« Aber er schaute Magdalena nicht an, als er das sagte. Wie jeder andere Mann auf dem Boot hatte er nur Augen für die entfesselten nackten Brüste. *Sie* ließ ihren Blick kreisen, schaute hierhin und dorthin, wie eine Komödiantin, die den koketten Vamp gab und mit Nachdruck ihre Botschaft verkünden wollte: »Na und, ich amüsiere mich bloß ein bisschen ... Sex ist nichts als Ironie ... das kann man doch nicht ernst nehmen« ... während ihre Hüften hierhin und dorthin schwangen und *zwar* ... auf die spaßige Tour, natürlich, weil es ja nicht ernst gemeint war ... aber doch so ernst, dass jeder ihren Körper in dem hellbraunen, fast hautfarbenen Tanga sehen konnte ...

Plötzlich unterbrach das Mädchen die kleine Vorstellung, verschränkte die Arme vor den Brüsten, verbeugte sich lachend und richtete sich dann wieder kerzengerade auf, immer noch lachend, und wischte sich mit den Handrücken die Augen ab, als hätte sie sich ach so köstlich amüsiert. Aber dann drückte sie wieder den Rücken durch und schüttelte ihre Brüste ... ohne die Hüften mitschwingen zu lassen ... und ging breit lächelnd auf drei ihrer *americana*-Freundinnen zu, die sich den Arsch ablachten. Eine der drei riss die Arme in die Höhe wie ein Football-Schiedsrichter bei einem Touchdown. Die Blonde versuchte nicht mehr, ihre Brüste mit den Armen zu verbergen. Sie posierte mit den Händen auf den Hüften, drückte wieder ihr Kreuz durch und lächelte unablässig weiter, während sie sich mit den drei Mädchen unterhielt — keiner sollte glauben, dass ihr das, was sie gerade getan hatte, peinlich war.

Der Erfolg der Vorstellung hatte keine Entblößungswelle zur Folge. Sie kam eher zufällig, mal hier, mal da ins Rollen. Magdalena und Norman setzten ihre Tour von Boot zu Boot fort ... von Deck zu Deck ... dreizehn verschiedene Decks ... manche ragten *so* weit aus dem Wasser, andere *so* weit, manche nicht mal *so* weit, und andere ragten kaum weiter aus dem Wasser als Normans Zigarettenboot. Norman blieb immer wieder stehen und plauderte ... *jakjakjakjakjakjakjakjakhock-hockhock* ... mit seinen Fans — die eigentlich keine Fans waren ... mehr Leute, die gerade erst erfahren hatten, wie bedeutend er war ... und Magdalena stand dabei und lächelte interessiert, langweilte sich aber schon bald so, dass sie einfach in die Gegend schaute und beobachtete, wie da oder dort ... oder da *hinten* — fünf- oder sechshundert Meter weit weg auf irgendeinem Boot, das zu einer anderen Bootsreihe gehörte — ein Mädchen sein Oberteil abnahm ... einfach so, ohne dass irgendwer *wuhuu-hu-huuuu* johlte ... und die Sonne sank noch ein bisschen weiter ... und die Jungs wurden noch ein bisschen betrunkener ... so betrunken oder so geil, dass sie den Mut aufbrachten, sich unter die tanzenden Mädchen auf dem Deck zu mischen ::::::Und da, wieder das Kajak!:::::: Es schlängelte sich immer noch zwischen den Booten hindurch. Der Ruderer stand vorn, mit dem Paddel in der Hand, wie ein Gondoliere. Das Pärchen lag immer noch hinten im Boot. Das Mädchen hatte das Tangaoberteil abgelegt, lag auf dem Rücken und protzte mit ihren großen Brüsten. Sie hatte die Beine geöffnet. Der Hauch von Tangaslip verhüllte kaum etwas. Der Junge, der immer noch seine langen Shorts anhatte, lag auf der Seite. Seine Beine lagen auf einem ihrer Unterschenkel. Anscheinend schaute *todo el mundo* nach unten, um herauszufinden, ob der Junge erregt war. Magdalena konnte nichts erkennen … und dann waren sie schon wieder verschwunden … um ihre *exhibición* anderen Booten vorzuführen. Hier auf Deck … reife Melonen … reif … Inzwischen waren alle Decks verdreckt … übersät mit jeder vorstellbaren Form von Müll und Abfall plus, hier und da, Kotzelachen, manche noch nass, manche schon sonnengetrocknet … und überall Bierdosen und Bierflaschen und große Plastikbierbecher der Solo Cup Company … dem Kultbecher bei Saufgelagen und Parkplatzpartys … Hunderte auf jedem Deck … Solo-Becher … in ihrem traditionellen Rostrot … und jeder anderen vorstellbaren Farbe … blassrosa, maisgelb, königsblau, marineblau, aquablau, viridiangrün, braunrot, fuchsienrot, kellerbodengrau, müllsackbraun, jeder Farbe außer schwarz … verstreut, zerquetscht, zerfetzt oder noch intakt irgendwo am Rand … und jedes Mal, wenn das Boot schaukelte, gewöhnlich wegen der Heckwellen von Rennbooten, rollten die Flaschen und Dosen über das Deck … die Bierdosen mit einem billig blechernen Klappern … die Flaschen mit einem billig hohlen Raunen … rollten rollten rollten über den platt gedrückten Müll, die ausgetretenen Kippen, die billigen Plastikperlen, die glitschigen

Bierlachen, die benutzten Kondome, die Kotzefritten … klackerten klackerten klackerten über eine Brille mit zerbrochenem Bügel, einen vergessenen Flipflop … kullerten kullerten kullerten gegen die Plastikbecher, und bald herrschte auf den Decks ein einziges REIBEN und WETZEN, und die Musik dröhnte lauter BEAT klong BEAT klong BEAT klong BEAT klong BEAT klong BEAT klong, und immer mehr Mädchen warfen ihre Tops ab und trugen nur noch ihre dünnen Tangaschnüre in der Ritze der *genau jetzt! genau in diesem strammen geschwollenen labialen Augenblick reifen Melonen … reifen Melonen* … und jetzt ging's zur Sache … keine Tanzschritte mehr, keine Lindy Hops, keine Twists wie eben, als die Mädchen noch unter sich waren … nein, *jetzt ging's zur Sache* … ans WETZEN …

Sie schaut zu Norman … der vorgebeugt dasteht … von diesem Anblick … gefesselt … verschlungen … verzehrt … die Lippen lächelnd verzogen, erst vor Belustigung, dann vor Hunger … Er ist *hungrig!* … Er will ein *Stück* —

»Oh, Scheiße!« Es klang, als hatte er die Worte eigentlich nur leise vor sich hin murmeln wollen … Aber sie hörten sich an wie ein erregter Aufschrei. Die Erregung hatte ihn so gepackt, dass sich dieses *Oh, Scheiße* wie ein ersticktes Krächzen durch seine zugeschnürte Kehle presste. Jedenfalls war es nicht an *sie* gerichtet … Sein Lächeln hatte sich in ein Pulsieren verwandelt … Belustigung Erregung Belustigung Erregung Belustigung Erregung … Sein Blick war auf ein Paar geheftet, das keinen Meter vor ihnen stand … Der *americano,* groß, rotblondes Haar, athletischer Körperbau mit ersten Ansätzen eines über den Bund seiner Shorts quellenden Speckrings — dieser *americano* stand hinter einem Mädchen BEAT klong BEAT klong BEAT klong STOSS wetz STOSS wetz STOSS wetz wetz wetzend HINTER ihr klong STOSS mit dem aufgeschwollenen Schritt seiner Shorts gegen ihre Hinterbacken RAMM ramm ramm ramm … so hart, dass die Vorderseite seiner Shorts fast ganz in der reifen Rinne verschwand … Um die Rinne weiter zu öffnen, beugte sie sich vor, wodurch ihre nackten Brüste herunterhingen … mit jedem STOSS schwangen sie nach vorn STOSS wetz STOSS Tanga Tanga Tanga Tanga, baumelten sie nach vorn und schwangen wieder zurück —

Die americanos! Nicht, dass kubanische Jungen besonders — aber die *americanos* … die waren wie Hunde im Park! Der Gedanke, dass ein ganzes Deck voller junger Männer und Frauen taten, was der richtigen Sache so nahekam BEAT klong BEAT klong BEAT klong BEAT klong STOSS wetz STOSS wetz STOSS wetz STOSS wetz Hunde im Park STOSS wetz STOSS *reib reib reib* ihre geschwollenen Schwänze, nur in Zaum gehalten von ihren Shorts, im Schritt der Mädchen rieben REIB REIB REIB … diese Gringas hätten genauso gut völlig nackt sein können! … Bikinis? Brüste zügellos REIBEND. Man kann nur die kaum noch sichtbaren Schnüre des Tangaslips BEAT klong BEAT klong BEAT klong an ihren Hüften sehen … ansonsten nackte Mädchen mit Burschen stoßend WETZEND reibend BEAT klong BEAT klong …

Es wurde dunkel … aber an den Rändern des Horizonts im Westen ein Rest von leuchtendem Glühen … ein vor verblassendem Gold schimmerndes violettes Band … Im Norden, wo … irgendwo … Miami lag, konnte sie kaum noch Lichter erkennen … auch nicht im Osten und auf dem Meer dahinter … und dennoch war es immer noch hell genug, dass Magdalena annehmen konnte, dass dieser bunte Strahlenkranz aus — wie vielen? — tausend Booten? — sich *in dieser Welt* befand … dass er ausreichte, um sie glauben zu machen, dass Miami tatsächlich … da oben war … und der Ozean da draußen … und sie sich tatsächlich … trotz der sich dicht an dicht drängelnden Boote … in der Nähe eines bekannten geografischen Orts befanden, Elliott Key. Sie hatte kaum etwas gesehen davon, zwischen all den Booten … die *hier* in der Biscayne Bay lagen … von der sie immer noch etwas sehen konnte, obwohl das Licht immer schwächer wurde. Auf jedem der Boote war eine Party im Gange …

Wildes Johlen. Menschen hasteten. Menschen, eben noch tanzend, hasteten plötzlich zum Heck des Bootes.

Norman zog Magdalena in die gleiche Richtung.

»Was ist los?« Sie mussten jetzt brüllen, um sich verständigen zu können.

»Keine Ahnung!«, brüllte Norman zurück. »Aber das müssen wir unbedingt sehen!«

Magdalena stolperte hinter Norman her, der ihre Hand fest umklammert hielt und sie mitzog.

Große Aufregung auf dem Achterdeck. Handys klingelten. Zwei waren programmiert mit LMFAOs »I'm Sexy and I Know It« und Pitbulls »Hey Baby«. Die *Piep Piep Pi-pieps* von eingehenden SMS waren überall zu hören.

Ein junger *americano* schrie über das allgemeine Tohuwabohu hinweg, »Das glaubt ihr *nie!*«

BEAT klong BEAT klong BEAT klong BEAT klong — trotzdem konnte Magdalena es jetzt hören. Es kam von vorn, alle schrien, brüllten, pfiffen auf zwei Fingern, johlten und *wuhu-hu-huuu* — höhnisches Wuhu-huu-wuhu, aber diesmal so laut. Der lärmende Tumult schwappte ihnen entgegen wie eine Welle … und war schließlich so nah, dass er die Musik erstickte … und der lärmende Tumult und das Dröhnen von Rennbooten … wie eine Walze über sie hinwegrollte —

Die Menschenmenge an der Reling war so dicht, dass Magdalena nichts sehen konnte. Wortlos packte Norman sie mit beiden Händen unterhalb des Brustkorbs, hob sie nach oben und über seinen Kopf, sodass sie wie ein Kind mit baumelnden Beinen auf seinen Schultern sitzen konnte … Hinter ihm ärgerliches *Grummeln Grummeln Grummeln Grummeln.* Norman achtete nicht darauf. Im nächsten Augenblick —

— die Rennboote … Hinter dem ersten drei Wasserskiläufer an langen Zugseilen … drei Mädchen … drei Mädchen in wahnwitzigem Tempo hinter einem Rennboot … alle drei *splitterfasernackt* … drei Mädchen ohne einen Fetzen am Leib, zwei Blondinen, eine Brünette … große *americana*-Körper! Nahezu vollendet abgemagerte Körper! … Der Anblick des dreizehn Boote breiten Partydecks macht sie an … Alle drei nehmen eine Hand vom Zugseil, drücken ihren Rücken durch, biegen ihren Oberkörper fast im Fünfundvierzig-Grad-Winkel nach hinten und reißen den freien Arm in einer Geste hemmungloser Leidenschaft in die Luft … gewaltiger Jubel und lautes Gelächter von jedem Boot … spöttisches *Wuhu-huhuuu* — aber sogar der Spott war ein einziger Jubelsturm — glücksbesoffen — Das nächste Rennboot — Jesus Christus! —

— zog einen jungen Mann so nackt, wie Gott ihn schuf — der der Columbus Day Regatta … *eine riesige Erektion* vorführte … so voller Jugend und so berstend vor Blut, dass sie sich im Fünfzehn-Grad-Winkel nach oben schwang … drei jungfräuliche Mädchen mit ungezügelten Titten! … Gott Priapos, *der berstende Schwanz der ungezügelten Jugend!* … all das vor der flüchtig glänzenden Kuppel der Dämmerung …

Der Jubel von den Booten steigerte sich zu einem Urschrei, der nicht aus den Herzen kam, sondern zwischen den Lenden aufstieg, animalisches *Wuhu, wuu-huu-hu, Blöök, Blöök, Blöööööken, arrrrgh ah haaahhs arrrrghhHHHock hock hock* — das letzte brünftig brünftige Brüllen unverkennbar aus Normans Schlund …

»Hast du das gesehen? Hast du es gesehen, Kleines? Der Kerl hat gerade jedes bekannte Prinzip des zentralen Nervensystems gebrochen! Kein Mann kann den Druck aushalten, der beim Wasserskifahren auf die vordere und hintere Oberschenkelmuskulatur, auf die beiden großen Rückenmuskeln und die Oberarmmuskeln einwirkt — und dabei so eine Erektion zustande bringen ... das ist unmöglich — aber er hat's geschafft, hat's einfach geschafft!«

::::::Ah, der Wissenschaftler, der gelehrte Forscher, er analysiert die animalischen Grenzbereiche des menschlichen Wesens.:::::: Magdalena fragte sich, ob Norman sich bewusst war, wie oft er versuchte, die eigene sexuelle Erregung hinter seinen Theoriemauern zu verbergen ... und selbst jetzt noch die Bucht nach einem der jungen runden Mädchenhintern aus der Wasserski-Sexshow absuchte, um einen letzten flüchtigen Blick darauf erhaschen zu können.

Die Show war vorbei, aber die *americanos* waren wie Norman von Wollust entflammt. Ihre zitternden Hände schafften es kaum, beim Simsen die winzigen Tasten ihrer Smartphones zu treffen. Ihre Handys klingelten in einer Dysphonie aus »Hips Don't lie«, »On the Floor«, »Wild Ones«, aus Rihanna, Madonna, Shakira, Flo Rida, aus Aufzeichnungen von Lachanfällen und flötenden brasilianischen Salsas, und all das gespickt mit plötzlichem *Piep Piep Piep* für Anrufe und SMS klong SMS klong BEAT klong WETZ klong STOSS klong BEAT klong TANZEN klong WIEDER klong auf dem DECK klong DECK klong ENTFLAMMT klong vor WOLLUST klong WOLLUST klong WUHU WUHU WUUUHU — und urplötzlich will *todo el mundo* wie im Rausch auf das andere Deck ... *dahin!* Norman packt Magdalena am Unterarm und stürzt sich mit ihr in die wilde Flucht. Was für ein Aufruhr —

»*Norman!* Was ist —«

Er ließ sie erst gar nicht ausreden. »Keine Ahnung! Werden wir gleich *sehen!*«

»Was um Himmels willen soll —«

»Wir müssen das *sehen!*« Norman sagte das so, als sei das angesichts der vorwärtsdrängenden Meute die einzig rationale Möglichkeit.

»Nein, Norman — du bist verrückt!«

Sie versucht ihn in die andere Richtung zu ziehen, als eine Horde Jungen und Mädchen über die Reling klettert und auf das Deck ihres Bootes springt und *WUHU-HU! WUHUUU!* an ihnen vorbeistürmt und dann von ihrem Boot auf das nächste und vom nächsten auf das nächste — HORDEN von Menschen, die alle in die gleiche Richtung drängen! Magdalena gab auf und ließ sich vom heißhungrigen Norman mitziehen, hangelte sich an der Reling hoch, sprang auf das nächste Deck, hangelte sich wieder hoch, sprang wieder herunter und hastete über ein Deck nach dem anderen, bis sie schließlich auf dem letzten Boot der Reihe, auf dem einzigen Segelboot, dem Schoner mit den zwei hoch aufragenden Masten, eine Menschenmenge, eine von Lichtstreifen zerstückelte Menschenmenge sehen konnte. Aber warum?

Magdalena wollte nicht an Nestor denken, er schlich sich gegen ihren Willen in ihre Gedanken ::::::Gott, der erste Mast ist so hoch … so hoch wie ein Bürogebäude … und Nestor war bis zur Spitze hochgeklettert, Faust an Faust.::::::

»Ich hab's ge-aaahnt, *hock hock hock,* ja, ja, ich wusste es!«, sagte Norman. Und zwar äußerst fröhlich. So fröhlich, dass er instinktiv den Arm um Magdalenas Schultern legte und sie an sich zog. »Ohohooo, jawoll, ich glaube, ich … weiß … es«, sagte er. Offensichtlich legte er es ganz darauf an, dass sie fragte, »Was? — du mein einzig Allwissender.« Aber diese Genugtuung würde sie ihm nicht verschaffen. *Sie* hatte die anschwellenden Misstöne, bevor sie auf das Boot geklettert waren, nämlich nicht vergessen.

Auf dem Vorderdeck des Schoners brandete Jubel auf. Das riesige Großsegel war plötzlich aufgeleuchtet wie ein Lampenschirm — nein, wie eine Leinwand. Es war um neunzig Grad gedreht worden, sodass es wie eine Kinoleinwand vor den Menschen auf dem Vorderdeck aufragte, und das Licht, erkannte Magdalena jetzt, kam von einem Beamer am Bug. Ein Bild erschien auf dem Segel — ein Ausschnitt von einem Körperteil? — aber eine schwache Windböe kräuselte das Segel, sodass Magdalena es nicht erkennen konnte. Im nächsten Augenblick legte sich der Wind, und ein riesiges Bild erschien auf dem riesigen Segel des Schoners — ein erigierter Penis, etwa zwei Meter lang und einen halben Meter dick. Aber wo war die Spitze, die Eichel? Sie war in einer Höhle verschwunden — aber eine Höhle konnte es nicht sein, denn sie dehnte sich aus und zog sich wieder zusammen und bewegte sich auf und ab und auf und ab ... *Dios mío!* Das waren die Lippen einer Frau! Projiziert auf das Großsegel! Ihr Kopf war vom Kinn bis zur Stirn mindestens dreieinhalb Meter hoch.

Magdalenas Herz machte einen Satz ... Porno! ... ein auf ein gigantisches Segel projizierter gigantisch vergrößerter Pornofilm ... verwandelte Hunderte von *americanos* in Schweine, in eine stampfende *iiiii eh iiiii* quiekende Schweineherde, und weshalb? Wegen eines Pornofilms!

Und eins von diesen *americano*-Schweinen war Dr. Norman Lewis. Er stand auf dem überfüllten Deck direkt neben ihr ... und versuchte der sabbernden Huldigung zu widerstehen, die sich schleichend über sein ganzes Gesicht ausbreiten wollte ... die Augen auf ein Segel geheftet, das von hier ... bis *weit nach oben* reichte ... während schweinische Körperteile auftauchten, über das Segel glitten und ineinander eindrangen ... triefend und schiebend und saugend und sabbernd und schlabbernd ... Frauenbeine so groß wie Bürotürme, gespreizt ... weit gespreizt ... die äußeren Schamlippen dreimal so groß wie der Eingang des Miami Beach Convention Center ... der Pornodoktor Lewis ist berauscht ... berauscht von der pornografischen Parallelwelt ... er will durch diese Pforte eindringen, oder will er, dass seine *Augen* eindringen?

»Keine Ahnung, was du vorhast, Norman, aber mir reicht's jetzt.«

Er hört sie nicht mal. Er kreist sabbernd in seiner eigenen Welt.

Sie packt seinen Ellbogen und schüttelt ihn ... heftig. Norman schaut sie erschrocken ... aber vor allem verblüfft an. »Wie kann man jetzt nur —«

»Los, Norman, wir gehen.«

»Gehen ...«

»Zurück. Ich will zurück nach Miami.«

Verwirrt: »Zurück? Wann?«

»Jetzt sofort, Norman.«

»Warum?«

»Warum?«, sagt Magdalena. »Schau dich doch an. Du siehst aus wie ein sabbernder Dreijähriger ... wie ein sabbernder Pornosüchtiger —«

»Sabbernder *Porno*süchtiger« — aber er nimmt die Worte gar nicht auf. Er ist weit weg, seine Augen wandern zurück zu dem Segel ... wo die ein Meter breiten Lippen eines dreieinhalb Meter hohen Frauenkopfes an der dreißig Zentimeter langen Klitoris einer anderen Frau knabbern.

»Norman!«

»Ähmm, was?«

»Was? Wir *gehen! Aus!*«

»*Gehen?* Der Abend hat doch gerade erst angefangen. Das ist Teil der Erfahrung!«

»Die da« — Magdalena schwenkte den Kopf in Richtung der Menge »— werden diese fantastische, diese jämmerliche Erfahrung ... ohne dich machen. Du gehst!«

»Und wohin?« Es war offensichtlich, dass er gar nicht richtig begriff, worüber sie redeten ... Seine Augen wanderten zurück zu dem Segel —

»WIR GEHEN, NORMAN, UND DAS MEINE ICH ERNST!«

Normans Gesichtsausdruck ließ jetzt auf geringfügig mehr Aufmerksamkeit schließen, aber nicht viel mehr. »Wir können gar nicht«, sagte er. »Im Dunkeln ist das mit dem Speedboot viel zu gefährlich.«

Magdalena stand da und schaute ihn an, als könnte sie es nicht fassen. Normans Augen waren schon wieder auf die vergrößerten Körperteile gerichtet. Ein gewaltiger ... gespaltener Arsch ... war auf der Leinwand zu sehen. Die Hände eines Riesen drückten die Backen auseinander. Der Anus füllte die unermessliche Leinwand aus. Er war so tief wie eine Schlucht in den Bergen von Peru.

»Wenn du was von mir willst, Norman«, sagte sie mit angespannter, abgehackter Stimme, »ich bin im Boot und versuche etwas zu schlafen.«

»Schlafen?«, sagte Norman mit einer Stimme, in der die Fassungslosigkeit darüber durchklang, dass sie daran auch nur *denken* konnte. Immerhin hatte sie jetzt wenigstens seine ganze Aufmerksamkeit. Er sagte mit harter Stimme, »Also, jetzt hör mal genau zu! Es ist Pflicht, die Nacht durchzumachen. Das ist der Kern der ganzen Erfahrung! Wenn du die Augen aufmachst, wirst du heute Nacht Dinge erleben, die du nie für möglich gehalten hättest. Du wirst das Bild einer Menschheit vorgeführt bekommen, die sich aller Regeln entledigt hat. Du wirst menschliches Verhalten auf der Stufe von Zwergschimpansen und Pavianen erleben. Und genau darauf steuert der Mensch zu! Du wirst hier draußen am Ende der Welt die Zukunft zu sehen bekommen! Dir wird eine außergewöhnliche Vorschau auf das uns drohende *un*-menschliche, durch und durch animalische Schicksal des Menschen geboten werden. Glaub mir, die Behandlung von Pornografiesüchtigen ist keine begrenzte Spezialdisziplin der Psychiatrie. Sie ist ein essenzielles Bollwerk *jeder* Gesellschaft gegen Entartung und Selbstzerstörung. Und es reicht mir nicht, mir meine Daten aus den Erzählungen meiner Patienten und ihren Lebensgeschichten zusammenzuklauben. Diese Menschen sind schwach und nicht sehr analytisch. Sonst würden sie sich von so was nicht so steuern lassen. Man muss das *mit eigenen Augen sehen.* Und deshalb werde ich — um diese erbärmlichen Seelen von Grund auf kennenzulernen — die ganze Nacht hierbleiben.«

Jesucristo ... das waren die dicksten Theoriemauern, die Norman jemals hochgezogen hatte! Eine uneinnehmbare Festung! ... eine unnachahmliche Konstruktion, mit der er jedem Kritiker den Boden unter den Füßen wegzog.

Sie gab auf. Was hatte es für einen Sinn, mit ihm zu streiten? Keinen!

Aber das Ende des Krieges brachte ihr keinen Frieden. Sie schaute in der Dunkelheit in alle Richtungen. Bevor die Sonne untergegangen war ... war Miami da hinten gewesen, im Norden, obwohl man von hier aus nur etwas gesehen hatte, das die Größe eines kleinen Fingernagelschnitzels hatte. Key Biscayne konnte man von hier nicht sehen, aber man wusste, wo es lag, im Nordosten. Florida City war da drüben im Westen ... und das unermessliche Meer war schwarz wie die Nacht .... nein, *schwärzer* ... *unsichtbar* ... das berühmteste Stück Ozean des ganzen Landes ... verschwunden. Sie hatte nicht die leiseste

Ahnung, wo Norden war, wo Westen war, kein Gefühl dafür, wo sie überhaupt war. Es *gab* keinen Rest der Welt — nur diese Flottille mit verdorbenen Irren. Und sie saß hier fest, war genötigt, die Verwesung, die pustulöse Fäulnis vollkommener Freiheit mit anzusehen. Sogar der Himmel war vollkommen dunkel — bis auf einen einzigen Lichtstrahl auf einer großen Fläche Segeltuch, auf der sich schmutzige, schwitzige, glitschige Körperteile wanden … alles, was vom Leben auf der Erde geblieben war, auf den Punkt gebracht. Magdalena war mehr als deprimiert. Etwas daran machte ihr Angst.

9

SOUTH BEACH OUTREACH

Mit dem deutschen Jena-Fernglas, das zur Ausstattung der Crime Suppression Unit gehörte, fühlte Nestor sich wieder wie ein neunjähriger Junge. Er staunte wie ein Kind, wenn er durch dieses fabelhafte Technikspielzeug schaute. Die *comemierdas,* die er in diesem Augenblick observierte, befanden sich etwa zwei Blocks entfernt auf der Vorderveranda einer Bruchbude im Overtown-Ghetto. Mit dem Jena-Fernglas konnte er sogar auf diese Entfernung die Brillis in den Rändern ihrer Ohren zählen. Der Kleinere, der mit der helleren Haut, der auf einem alten Holzstuhl saß, hatte eins … zwei … drei … vier … fünf … sechs … *sieben* Glasbrillis an nur einem Ohr … so dicht nebeneinander, dass sie sich berührten … sieben Piercings auf fünf Zentimeter Ohr … ein perforierter Hier-abreißen-Falz an einem einzigen winzigen Ohr. Der andere Mann, ein richtiger Schrank, mindestens 250 Pfund, vielleicht sogar mehr, lehnte mit verschränkten Armen neben einem vergitterten Fenster an der Hauswand … die verschlungenen Unterarme wirkten so groß wie das Schwein bei einer Spanferkelparty in Hialeah … er hatte drei Brillis in jedem Ohrenrand. Beide Männer trugen weiße maßgeschneiderte Baseballkappen — ohne den verstellbaren Riemen am Hinterkopf — die Schirme noch so glatt und noch mit den New-Era-

Stickern drauf wie am Tag, als sie gekauft wurden. Beide trugen jungfräulich weiße, noch von keinem Schmier- oder Schmutzfleck der Straßen Miamis besudelte NuKill-Sneakers. Beides, die Kappen wie die Schuhe, schrien allen entgegen, die sich auskannten und neidisch auf solche Details waren, »Brandneu! Ich bin cool! — und ich kann mir was NEUES *leisten* — jeden Tag!«

Hmmmmm ... ob diese kleinen Glitzerdinger echt sind, echte Diamanten ... *Neeee* ... Das alles sah nicht mal annähernd nach einer großen Transaktion aus. Die mit Klunkern vollgenieteten Ohren. Die hätten sich auch gleich Schilder um den Hals hängen können, auf denen stand: HEY, BULLE! KOMM, FILZ MICH! Die Observation ging auf den Tipp eines abgefuckten Drogenspitzels zurück, der jeden Dealer in Overtown verpfiff, von dem er je gehört hatte, der verzweifelt nach jedem Strohhalm griff, um seiner eigenen, dritten Verurteilung als Dealer zu entgehen, die ihm zwanzig Jahre hinter Gittern einbringen konnte.

Ohne die Augen von den beiden Männern auf der Veranda abzuwenden, sagte Nestor, »Sarge, ist Ihnen das ganze Glitzerzeug aufgefallen, mit denen sich die beiden ihre Ohren vollgetackert haben?«

»Klar«, sagte der Sergeant. »Hab mal was drüber gelesen. Alle Bimbos lieben so einen Scheiß. Egal ob Uganda, Yoruba, Ubangi oder Overtown. Was man tätowieren kann, wird tätowiert. Was man nicht tätowieren kann, wird mit Glitzerscheiß zugepierct.« Nestor wand sich innerlich ... wegen des Sergeants. Der Sergeant hätte es nie gewagt, zu irgendwem außer einem anderen kubanischen Polizisten so etwas zu sagen. Das Präsidium hatte eine ganze Kampagne angeleiert, *susurando,* um die Beziehungen zu amerikanischen Schwarzen zu verbessern. In Slums wie Overtown und Liberty City wurden kubanische Polizisten von Schwarzen als fremde Invasoren betrachtet, die eines Tages wie Fallschirmjäger vom Himmel geschwebt waren, das Polizeipräsidium übernommen und damit angefangen hatten, Schwarze zu drangsalieren … Schwarze, die schon immer in Miami gelebt hatten … Sie sprachen eine fremde Sprache, diese Invasoren. Sie taten alles, um keinen Papierkram erledigen zu müssen, weil die Formulare in Englisch waren. Statt sich damit abzuplagen, schleiften sie einen schwarzen Verdächtigen einfach hinter das nächste Gebäude und prügelten ihm so lange auf die Nieren, bis er Blut pisste und den Invasoren alles gestand, was er gestehen sollte. So jedenfalls wollte es die mündliche Überlieferung in den Straßen von Overtown.

Nestor und der Sergeant saßen in einem Zivilfahrzeug, einem drei Jahre alten Ford Assist. Es war nicht leicht, einen Zweitürer mit einem so hässlichen Design auf den Markt zu bringen, aber Ford hatte es geschafft. Der Sergeant, Jorge Hernandez, saß am Steuer und Nestor auf dem Beifahrersitz. Der Sergeant war nur sechs oder sieben Jahre älter als Nestor. Er wusste alles über die Mann-auf-dem-Mast-Geschichte und fand, Nestor hatte sich prächtig geschlagen. Nestor fühlte sich wohl in seiner Gegenwart. Mit ihm konnte er sogar ein bisschen herumflachsen. Nicht zu vergleichen mit dem *americano*-Sergeant, der einen jede zweite Sekunde daran erinnern musste, dass man Kubaner war — etwas für ihn derart Fremdes, dass er ein nettes kleines Wort benutzte, nämlich *Kanadier,* wenn er mit anderen Rednecks ungestraft über einen reden wollte.

Die Seiten- und Heckscheiben waren schwarz getönt. Was als Tarnung allerdings nicht ausreichte, wenn man die Verdächtigen mit einem Fernglas durch die Windschutzscheibe beobachtete. Also hatten sie vor die Frontscheibe ein großes silbernes Sonnenschutzschild geklemmt. Die beiden Okulare des Fernglases hatten sie durch den Spalt zwischen Schild und Dachhimmel geschoben.

Sie trugen beide Zivilkleidung. Es gab Einsätze *in Zivil,* und es gab *verdeckte* Einsätze, und in der Crime Suppression Unit — die, weiß der Himmel, warum, CST und nicht CSU genannt wurde — operierten sie entweder auf die eine oder die andere Art. Nestor gefiel das. So wurde man zum Detective, auch wenn man gar nicht über den Dienstrang verfügte. Bei verdeckten Einsätzen versuchte man wie seine Beute auszusehen, was in der Regel bedeutete, dass man daherkam wie ein *comemierda* mit Dreitagebart, vor allem unter dem Kinn und an den Seiten, und mit Haaren, die man seit mindestens einer Woche nicht mehr gewaschen hatte. Mit gewaschenen Haaren wäre man sofort erkannt worden. Verglichen damit waren Einsätze in Zivil förmlich. Nestor und der Sergeant trugen Jeans, saubere Jeans, mit Ledergürteln und blauen T-Shirts, die in der Hose steckten ... *in der Hose!* — konnte man heutzutage als junger Mensch noch förmlicher auftreten? Selbstredend liebte Nestor die T-Shirts. Natürlich trug er eine Nummer zu klein. Im Gürtelholster steckte bei der CST ein bösartig aussehender Automatikrevolver. Bei Zivileinsätzen trug ein Beamter der CST eine fein geflochtene Metallhalskette mit der goldenen Dienstmarke, die genau in der Mitte der Brust auf dem T-Shirt hing. Nicht zu übersehen. Der Vorteil bei Zivileinsätzen war, dass man eine ganze Polizeieinheit in Zivilfahrzeugen an einen bestimmten Ort rufen konnte, ohne dass überall im Viertel die Alarmsirenen losgingen. Die CST war jedenfalls eine Spezialeinheit, eine Eliteeinheit, und sie war Nestors ganzes Leben geworden. Was hatte er sonst für ein Leben? Er war seit Monaten deprimiert. Sein Vater und seine ganze Familie hatten ihn zur Unperson erklärt ... Nun ja, nicht alle … seine Mutter rief ihn noch hin und wieder an und konnte wahrscheinlich nicht einmal ansatzweise begreifen, dass ihr Zuspruch ihn völlig kaltließ. Für sie bestand warmherziger und liebevoller Zuspruch darin, dass sie im Wesentlichen sagte, »Ich weiß, dass du dich fürchterlich an deinem eigenen Volk versündigt hast, mein Sohn, aber ich verzeihe dir und werde dich nie im Stich lassen … auch wenn sonst niemand in Hialeah dir so schnell verzeihen wird.«

»Was machen sie jetzt?«, fragte der Sergeant.

»Nicht viel, Sarge«, sagte Nestor, dessen Augen immer noch am Fernglas klebten. »Alles beim Alten. Der Kleine schaukelt auf den Hinterbeinen seines Stuhls. Der Große steht neben der Tür, ab und zu sagt der Kleine was zu dem Großen, der geht dann rein und kommt, vielleicht eine Minute später oder so, wieder raus.«

»Kannst du ihre Hände sehen?«

»Klar, Sarge, kann ich. Sie kennen doch die Jena-Ferngläser.«

Allein beim Aussprechen des Namens wurde Nestor deutlich bewusst, wie ermüdend es war, pausenlos durch dieses Meisterwerk optischer Ingenieurskunst zu starren. Der Ausschnitt war so vergrößert und gleichzeitig so scharf, dass er das Gefühl hatte, der Apparat würde ihm die Augäpfel aus dem Schädel reißen, wenn er ihn nur einen Zentimeter bewegte. Der Sergeant hielt nicht länger als eine Viertelstunde durch, und er auch nicht. Man bräuchte ein Stativ für das Armaturenbrett, aber er hatte keinen Schimmer, ob es so etwas überhaupt gab.

Nestor hatte immer haufenweise neue Ideen für die Polizeiarbeit, und Magdalena hatte ihm immer gern zugehört, wenn er … ihr seine Ideen und seine Geschichten über das Meer erzählte oder zumindest über die Biscayne Bay, als er noch bei der Marine Patrol war. Oder sie hatte nur so getan, als ob … was wahrscheinlich das Gleiche war. Er hatte immer an ihr bewundert, dass sie nie versuchte ihre Gefühle zu verbergen. Schöntuerei hasste sie wie die Pest. Das war für sie die achte Todsünde. ::::::Oh, Manena! Wahrscheinlich weißt du bis heute nicht, was du mir angetan hast! Du warst nicht auf Yeyas Geburtstagsparty, um mich zu *sehen*. Dich hat nicht mal interessiert, was ich gerade erst durchgemacht hatte. Du warst da, um mir den Todesstoß zu versetzen, und das ohne jede Vorwarnung. Du warst in den letzten Wochen ein bisschen kühl, aber ich hatte das nur zu gern auf andere Dinge geschoben. Habe ich dir je erzählt, was ich gefühlt habe, wenn ich neben dir lag? Ich wollte in deinen Körper nicht einfach nur *eindringen* … Ich wollte so vollkommen in dich eindringen, damit wir beide eins würden … mein Brustkorb sollte deinen Brustkorb umschließen … mein Becken sollte sich mit deinem Becken verbinden … für immer … meine Lungen sollten jeden deiner Atemzüge atmen … Manena! Du und ich, wir waren ein Universum! Das andere Universum da draußen, es drehte sich um *uns* … Wir waren die Sonne! Es ist ziemlich dumm von mir, dass ich dich nicht aus meinen Gedanken verbannen kann. Ich bin sicher, dass ich aus deinen schon lange verschwunden bin … ich und Hialeah … *Ich treffe mich mit jemand anderem* … Da wusste ich, dass es irgendein *americano* war. Das glaube ich noch immer … Wir haben uns alle was vorgemacht in Hialeah, stimmt's? — nur du nicht. Hialeah *ist* Kuba. Es ist umgeben von *noch mehr* Kuba … ganz Miami gehört uns, der ganze Großraum Miami gehört uns. Wir halten es besetzt. Wir sind Singapur oder Taiwan oder Hongkong … Aber tief in unseren Herzen wissen wir alle, dass wir nur eine Art kubanischer Freihafen sind. Die wirkliche Macht, das wirkliche Geld, die wirkliche Action, der Glamour, das alles gehört den *americanos* … und ich weiß jetzt, dass du da immer mitmischen wolltest … und das alles hat dich von mir entfernt —::::::

Das Auftauchen einer neuen Gestalt in der augenzerfetzenden Vergrößerung des Fernglases katapultierte ihn zurück in die Welt, die zwei Blocks vor ihm lag.

»Da kommt jemand«, sagte Nestor leise, als würde er mit sich selbst sprechen. Seine Augen klebten am Fernglas. »Von der Rückseite des Hauses, Sarge. Er geht zu dem Burschen, der auf dem Stuhl sitzt.« Oh ja, Nestor hatte an jenem Tag mit dem Mann auf dem Mast seine Lektion gelernt. Nie wieder! Nie wieder würde er mehr als einen Satz sagen, ohne ein Sarge oder Lieutenant unterzubringen, oder was auch immer erforderlich war. Beim Spiel »Sarge-Dropping« war er einer der Champions der gesamten Polizeitruppe. »Es ist ein … Jesus Christus, ich kann nicht mal die Hautfarbe erkennen, Sarge, der Kerl ist der letzte Penner« … wobei er keine Sekunde die Augen vom Fernglas nahm.

»Kannst du seine Hände sehen?«, fragte der Sergeant scharf.

»Ja, Sarge, kann ich … Der Typ sieht echt wie ein Crackhead aus … geht ganz gebückt, wie ein Achtzigjähriger … Haare, als hätte er sie mit Klebstoff gekämmt und dann eine Nacht drauf geschlafen … Mann, ist der verdreckt … juckt mich schon beim Hinschauen, Sarge … Der sieht aus wie ein rausgerotzter Schleimbatzen, der jetzt die Wand runtersabbert …«

»Scheiß drauf«, sagte der Sergeant. »Du sollst nur die Hände im Auge behalten.« Der Sergeant war der festen Überzeugung, dass Drogendealer kein Hirn hatten, besonders die aus Overtown und dem anderen großen Slum der Schwarzen, Liberty City. Sie hatten nur Hände. Sie verkauften Drogen, bunkerten Drogen, versteckten Drogen, rauchten Drogen, schnupften Drogen und erhitzten Drogen auf Alufolie, damit sie die Dämpfe inhalieren konnten ... alles mit ihren Händen, alles mit ihren Händen.

»Okay«, sagte Nestor. »Er spricht mit dem Kleinen auf dem Stuhl.« Der Sergeant beugte sich vom Fahrersitz so weit zu ihm herüber, dass Nestor spürte, wie scharf er darauf war, selbst durchs Fernglas zu schauen. Aber er wusste auch, dass er es nicht tun würde. Bei der Übergabe könnten sie etwas mit den Händen von dem Schleimbeutel verpassen.

»Er greift in seine Hosentasche, Sarge. Er zieht etwas heraus ... einen *Fünfdollarschein,* Sarge.«

»Bist du *sicher?*«

»Ich kann Abraham Lincolns Augenbrauen erkennen, Sarge. Ehrlich, kein Scheiß! Der Bursche hat Wahnsinnsaugenbrauen ... Okay, er gibt dem Kleinen den Schein ... Der Kleine knüllt den Fünfer zusammen ... Der Große kommt jetzt von der Tür rüber ... Mann, der sieht echt fies aus, der Wichser ... er schaut den Crackhead fies an ... Jetzt bückt er sich hinter den Stuhl von dem Kleinen. Und der Kleine greift jetzt mit beiden Händen hinter seinen Stuhl ... jetzt kann ich überhaupt keine Hände mehr sehen.«

»Such die gottverdammten Hände, Nestor! Such sie!«

Verdammte Scheiße, wie soll er das machen? Dann tauchen die Hände des Kleinen wieder auf, Gott sei Dank. Sie sind jetzt wieder vor seinem Körper. »Er drückt dem Crackhead was in die Hand, Sarge —«

»*Was? Was* drückt er ihm in die Hand?!«

»Sieht aus wie ein kleiner Würfel, Sarge. Wenn Sie mich fragen, sieht ganz nach einem Rock aus. In Bounty-Küchenkrepp eingewickelt.«

»Wie kommst du auf Bounty? Bist du sicher?«

»Ganz sicher, Sarge. Das Fernglas, irre scharf. Ich weiß, wie Bounty aussieht. Kann mir gar nicht vorstellen, wie die *americanos* gelebt haben, bevor es Bounty gab.«

»Scheiß auf Bounty, Nestor! Wo ist der Scheißwürfel jetzt?«

»Der Crackhead stopft ihn sich in die Hosentasche ... Er dreht sich um und geht wieder. Zurück hinters Haus. Mann, wenn Sie den sehen könnten, Sarge. Der hat *eeeechte* Probleme mit der Feinmotorik.«

»Dann ist der Deal abgeschlossen — richtig?«

»Ich hab Abe Lincolns buschige Augenbrauen gesehen, Sarge.«

»Okay«, sagte der Sergeant. »Wir brauchen drei Wagen.«

Der Sergeant forderte bei ihrem CST-Captain im Präsidium per Funk drei Wagen an, Zivilfahrzeuge mit zwei Beamten pro Wagen, Teams wie der Sergeant und Nestor in ihrem Ford Assist. Eine Einheit würde an dem Crackhaus vorbeifahren, in der Nähe zwischen zwei Häusern in einer Einfahrt Position beziehen und wie der Sergeant und Nestor zur Tarnung ein Sonnenschutzschild hinter die Frontscheibe klemmen. Eine zweite Einheit würde in die Gasse hinter dem Haus fahren, um die Rückseite zu sichern — und möglicherweise noch den schwankenden Crackhead zu erwischen, der den Kauf getätigt hatte. Die dritte Einheit würde hinter dem Sergeant und Nestor parken. Der Sergeant und Nestor würden die Razzia anführen. Sie würden so nah wie möglich an die Veranda des Hauses und die beiden Brilli-*cucarachas* heranfahren. Dann würden alle acht Polizisten aus ihren Wagen springen und in einer Demonstration geballter Schlagkraft mit den blitzenden Dienstmarken auf der Brust und den gut sichtbaren Holstern an den Gürteln auf das Haus zulaufen, um jeden Gedanken an bewaffneten Widerstand im Keim zu ersticken.

Das war der Zeitpunkt, als die *cucarachas* mit den Piercings unangenehm werden konnten … Nestor hätte schwören können, dass er das Adrenalin *spürte,* das von seinen Nieren ins Herz schoss und es in den Rennmodus jagte. Wenn verdeckte Ermittler des CST das Haus unter die Lupe genommen und hier ein paar Tage lang Käufe getätigt hätten, dann wäre wahrscheinlich ein SWAT-Team gerufen worden. Aber diese Crackbude sah einfach zu mickrig aus, um die Sache so hoch zu hängen. Nestor und wahrscheinlich auch der Sergeant sahen das allerdings anders. Der Sergeant war schließlich kein Idiot. Wo Drogen waren, da konnten auch Waffen sein … und die beiden würden schließlich als Erste da reingehen … Und genau in diesem Augenblick musste Nestor unwillkürlich an etwas denken, das ein Astronaut mal in einer Fernsehdokumentation gesagt hatte: »Vor jedem Start habe ich mir im Stillen gesagt, ›Bei diesem Flug werde ich sterben. *Diesmal* werde ich sterben. Aber ich sterbe für etwas, das größer ist als ich. Ich sterbe für mein Land, mein Volk und einen gerechten Gott.‹ Ich habe immer daran geglaubt — und tue es noch — dass es einen gerechten Gott gibt und wir Amerikaner Teil seines gerechten Plans für die Welt sind. Und deshalb werde ich ehrenvoll sterben und fürchte mich nur vor einer Sache: mit meinem Tod die Bestimmung, die Gott auf Erden für mich hatte, nicht erfüllen zu können.« Nestor liebte diese Zeilen und glaubte an ihre Weisheit und musste immer, wenn es bei seiner Arbeit gefährlich wurde, an sie denken … Hast du das für einen gerechten Gott getan … oder für einen *americano*-Sergeant? Also, was? Sei ehrlich!

Nestor hatte das Fernglas immer noch auf die beiden Schwarzen mit den Ohrbrillis gerichtet. Was war das nur für eine Gegend, wo dieser Abschaum lebte? Overtown … überall Müll. Die Gebäude waren klein, dazwischen viele Lücken …

wo die Häuser abgebrannt, abgerissen oder mangels Pflege einfach in sich zusammengefallen waren … würde ihn nicht überraschen. Und überall auf den verwaisten Grundstücken … Müll … keine Müll*haufen* … denn die hätten zumindest die Möglichkeit offengelassen, dass irgendwer die Haufen noch wegschaffen würde … Nein, es war ein Teppich aus Müll. Als hätte ein unvorstellbar großer Riese zufällig eine unvorstellbar große Abfalltonne über Overtown ausgekippt, sich dann die unvorstellbar große Sauerei angeschaut, sich gedacht, *Ach was, scheiß drauf!*, und wäre weiter seiner Wege gezogen. Überall Müll, allseits und allerorten. Der Müll türmte sich an den Zäunen, und Zäune waren … überall. Wenn man in Overtown überhaupt irgendein ehrliches Geschäft aufziehen konnte, dann mit Maschendrahtzäunen. Hauseigentümer, die das nötige Geld hatten, zäunten jeden Quadratzentimeter ihres Besitzes mit Maschendraht ein. Man hatte das Gefühl, wenn man ein Maßband nähme und nachmessen würde, dass man in jedem Block sicher auf einen Kilometer Maschendrahtzaun käme. Überall sah man Gebüsch, das unter einem Maschendrahtzaun herauswuchs oder durch einen hindurchwuchs … nicht Büschel oder Büsche oder Buschgruppen, nein, ein *einziges* Dickicht, der Überrest von etwas, das die Menschen in einer längst vergangenen Epoche Unterholz genannt hatten … und das jetzt Teil des an die Zäune gewehten Abfalls geworden war. Wenn man überhaupt Abfall sah, der in kackbraunen Plastikmüllsäcken steckte, dann landete er am Ende wahrscheinlich doch verstreut auf der Straße. Die Hälfte der Säcke wurde von Waschbären aufgerissen. Sogar im Innern des Wagens konnte Nestor noch einen Hauch des Gestanks riechen. Draußen in der tropischen Hitze war er atemberaubend. Es gab die Zäune — und es gab die Eisengitter. In ganz Overtown gab es kein einziges Erdgeschossfenster, das nicht vergittert war. Nestor sah eins direkt vor sich, in der Bruchbude der Schwarzen. Unter der Veranda und an der einen Seitenwand, die er sehen konnte, lag Müll. Nach einiger Zeit sahen die Bruchbuden selbst wie verstreuter Abfall aus. Sie waren noch kleiner als *casitas* und in furchtbarem Zustand. Fast alle waren weiß gestrichen, die Farbe war jedoch inzwischen beschmiert, hatte Risse, platzte auf und blätterte ab.

Während sie auf die anderen Einheiten warteten, mussten dem Sergeant ähnliche Gedanken durch den Kopf gegangen sein, denn er sagte plötzlich beiläufig, »Weißt du, was das Problem mit Overtown ist … Overtown. Die abgefuckten Leute hier — die kriegen das einfach nicht *geregelt*.«

::::::Oh Sarge, oh Sarge! Bei mir brauchst du ja kein Blatt vor den Mund zu nehmen, aber irgendwann … irgendwann … vergisst du mal, wo du gerade bist, und dann bist du raus.::::::

Das Funkgerät knackte. Die drei anderen Einheiten waren in unmittelbarer Nähe. Der Sergeant gab ihnen Anweisungen. Nestor spürte wieder, wie sein zentrales Nervensystem aufdrehte aufdrehte aufdrehte aufdrehte.

Der Sergeant klappte die Sonnenblende hoch, die auf seiner Seite den Sonnenschutzschild hielt. »Okay, Nestor, runter damit und nach hinten.« Nestor klappte seine Sonnenblende hoch, nahm den Schild herunter, schob ihn wie ein Akkordeon zusammen und legte ihn hinter seinen Sitz.

Der Sergeant schaute in seinen Seitenspiegel. »Okay, Nuñez und García sind im Wagen hinter uns.« Nestor spürte, wie sein Nervensystem aufdrehte aufdrehte aufdrehte aufdrehte, damit er dazu fähig war, andere menschliche Wesen ohne Zögern angreifen zu können. Das war nichts, worüber man *entscheiden* konnte, wenn der Augenblick gekommen war. Man *hatte* schon entschieden … Er hätte das keinem Menschen erklären können.

Der Sergeant funkte die Leitstelle an. Keine dreißig Sekunden später kam die Antwort, Q, L, R. »Also, Nestor, es geht los«, sagte der Sergeant in sachlichem Tonfall. »Und Tempo! Der Große gehört dir. Der Kleine und ich existieren nicht für dich. Du setzt den großen *cózzucca* außer Gefecht, du kümmerst dich um nichts anders.«

Sergeant Hernandez lenkte den Ford Assist langsam und ruhig die zwei Blocks bis zu der Drogenhöhle und den beiden schwarzen Crackdealern. Er hielt direkt vor ihnen, riss ruckartig die Tür auf, schwang sich über den Maschendrahtzaun und landete direkt vor der Veranda und den beiden schwarzen Männern — alles in einer solchen Geschwindigkeit, dass Nestor den Eindruck hatte, es handelte sich um eine einstudierte Turnübung. ::::::Was soll *ich* machen?! Er ist dreißig Zentimeter größer als ich! Aber ich *muss!*:::::: Da gab es nichts zu entscheiden. Entscheiden? Er öffnete die Beifahrertür, lief vorne um den Wagen herum … noch dreieinhalb, vier Schritte bis zum Zaun. Er sprintete los wie bei einem Hundertmeterlauf, sprang hoch, griff nach der obersten Stange — *packte sie* — Rodriguez' Fitnessbude! — *schwang* seine Einssiebzig über den Zaun — *und war drüber.* Er landete unsicher, konnte sich aber Gott sei Dank auf den Beinen halten. Präsenz war *alles* in so einer Situation. Nestor *pumpte* sich auf, bis seine Muskeln das zu enge T-Shirt praktisch sprengten. Er setzte den CopBlick auf. Der CopBlick sendete eine simple Botschaft aus: *Ich bestimme hier* … ich, die glänzende goldene Dienstmarke auf dem dunkelblauen T-Shirt und der Revolver in meinem Gürtelholster … alles klar? … Das ist unser Stil, der Stil von *wir, die wir herrschen* … und immer mit dem CopBlick, einem Blick wie ein Laserstrahl.

Die beiden schwarzen Männer reagierten, wie die kleinen Fische, in diesem Fall die Händler vor Ort, das unterste Glied der Drogenkette, immer reagierten: *Wenn wir uns bewegen, dann glauben die, wir hätten was zu verbergen. Wir müssen nur cool bleiben.* Der Kleine auf dem Holzstuhl sackte ein bisschen zusammen und starrte den Sergeant an, der direkt vor ihm stand, keinen Meter entfernt. Der Große lehnte immer noch an der Hauswand. Zwischen ihm und der Eingangstür befand sich das vergitterte Fenster.

Der Sergeant sprach inzwischen mit dem Kleinen auf dem Stuhl. »Na, Jungs, was macht ihr hier draußen?«

Schweigen ... Dann kniff der Kleine die Augen zusammen, was er sicher für eine coole Reaktion im Angesicht der Gefahr hielt, und sagte, »Nichts.«

»Nichts?«, sagte der Sergeant. »Habt ihr einen Job?«

Schweigen ... zusammengekniffene Augen ... »Bin gefeuert worden.«

»Gefeuert wo?«

Schweigen .... er sackte noch ein bisschen mehr auf seinem Stuhl zusammen ... zusammengekniffene Augen ... *sehr* cool ... »Da, wo ich gearbeitet habe.«

Der Sergeant neigte den Kopf leicht zur Seite, steckte kurz seine Zunge in die Backe und spielte dann ein bei Cops beliebtes Spielchen. Er äffte trocken die ausweichenden Worte der Kakerlake nach: »Du bist also da, wo du gearbeitet hast, gefeuert worden.« Der Sergeant schaute ihn jetzt einfach an, mit immer noch zur Seite geneigtem Kopf. Dann sagte er, »Uns sind Beschwerden zu Ohren gekommen ...« Er deutete mit dem Kopf eine Rundumbewegung an, die nahelegen sollte, die Beschwerden seien aus der Nachbarschaft gekommen. »Es heißt, ihr arbeitet ... *hier*.«

Nestor sah, dass sich der Große kaum merklich an der Wand entlang auf das vergitterte Fenster zubewegte, also auch auf die Tür zu, die einen Spalt offen stand. Dem Sergeant musste das auch aufgefallen sein, denn er wandte den Kopf leicht Nestor zu und sagte leise aus dem Mundwinkel, *»Manténla abierta.«*

Die beiden Worte lösten augenblicklich ein ganzes Geflecht an Schlussfolgerungen aus … die allesamt augenblicklich zu verstehen von Nestor erwartet wurde. Erstens wusste jeder kubanische Polizist, dass wenn sie in Gegenwart von Schwarzen in Overtown oder Liberty City Spanisch miteinander sprachen, sofort Paranoia ausbrach … unmittelbar gefolgt von Wut. Eine Richtlinie der *susurando*-Kampagne verbot allen Latino-Polizisten, und vor allem Kubanern, Spanisch zu sprechen, wenn es nicht unbedingt nötig war. Allein die Tatsache, dass der Sergeant die Sprache wechselte, war also schon ein Alarmsignal. *Manténla abierta* hieß: Halt sie offen. Was war offen? Nur eine einzige Sache, die augenscheinlich wichtig war: die Haustür — auf die sich der Große ganz langsam zubewegte. Und warum war das wichtig? Nicht nur, damit man leichter in das Haus eindringen und es durchsuchen konnte — sondern auch, damit man es auf legale Weise tun konnte. Sie hatten keinen Durchsuchungsbeschluss. Sie konnten das Haus nur unter zwei Voraussetzungen legal betreten. Eine war, dass sie hereingebeten wurden. Was überraschend oft vorkam. Wenn ein Polizist fragte, »Haben Sie was dagegen, wenn wir uns mal umschauen?«, dann dachte sich der Amateursünder wahrscheinlich, »Wenn ich sage, ›Klar hab ich was dagegen‹, dann fassen sie das als Schuldeingeständnis auf.« Also sagt der Sünder, »Nein, kein Problem«, selbst wenn er weiß, dass das, wonach die Polizisten suchen, offen herumliegt. Die andere Voraussetzung war bei »Verfolgung eines Flüchtigen« erfüllt. Wenn ein Verdächtiger durch eine Tür in sein Haus rannte, durften die Polizisten das Haus durch diese Tür betreten … bei »Verfolgung eines Flüchtigen« — aber nur, wenn die Tür offen war. Wenn sie geschlossen war, durften sie sie nicht gewaltsam öffnen — wenn sie keinen Durchsuchungsbeschluss hatten. *Manténla abierta* — nur zwei Worte. »Nestor, pass auf, dass der große *cózzucca* die Tür nicht zumacht.« Viele Latinos, sogar die, die fließend Englisch konnten, sprachen das Wort »cocksucker«, Schwanzlutscher, *cózzucca* aus. Auch der Sergeant sprach es *cózzucca* aus. Nestor hatte es selbst gehört. Erst vor zwei Minuten hatte es der Sergeant laut gesagt. *Cózzucca* war ein zentraler Begriff in der CopLogik.

All das ging Nestor in den Sekunden durch den Kopf, bevor der Sergeant fragte, »Wie wär's, wenn du mir erzählst, was du hier arbeitest.«

Schweigen. Dann sagte der Kleine, »Weiß nicht. Hab keine Arbeit. Sitz einfach nur da.«

»Ach, sitzt einfach nur da?«, sagte der Sergeant. »Und wenn ich dir jetzt sage, dass dir gerade irgend so ein *cózzucca* fünf Dollar für ein so kleines Päckchen gegeben hat?« Er deutete mit Zeigefinger und Daumen an, wie klein das Päckchen gewesen war. »Wie heißt das bei euch? Ist das keine Arbeit?«

Während der Große der Fingerakrobatik des Sergeants zuschaute, begann er sich seitwärts vor das vergitterte Fenster zu schieben, wieder ein Stückchen weiter zur Tür hin. Nestor bewegte sich einen Meter vor ihm in die gleiche Richtung. In dem Augenblick, als der Sergeant die Worte »Ist das keine Arbeit?« sagte, machte der Große einen Satz auf die Tür zu. Nestor sprang auf die Veranda und schrie, »HALT!« *¡Manténla abierta!* Der große Mann erreichte die Tür, bevor Nestor ihn aufhalten konnte. Wegen seiner Größe musste er sie aber noch mindestens einen halben Meter weit öffnen, um überhaupt hineingelangen zu können. Nestor stürzt zur Tür … und kann gerade noch einen Fuß zwischen Türrahmen und Tür schieben, bevor der Große sie zuschlagen kann. Es tut höllisch weh! …

Nestor trägt keine festen Polizistenschuhe mit Ledersohle, sondern nur CST-Sneakers. Der große Mann tritt nach Nestors Zehen, er versucht auf sie draufzustampfen. Eine Adrenalinwelle schwappt durch Nestors Körper. Nestor hat die Willenskraft Willenskraft Willenskraft Willenskraft, die ihn um zehn Zentimeter wachsen lässt — gerade groß genug, um aus vollem Hals zu brüllen, »Miami Police! Zeig mir deine Hände! Zeig mir deine Hände!« Der Widerstand auf der anderen Seite der Tür — lässt schlagartig nach! Nestor stürzt nach vorn — die *Augen!* — er sieht überall *Augen!* — auf dem dunklen und in tuberkulösem Blau glühenden Fernsehschirm, in der Millisekunde, bevor er der Länge nach auf den Boden schlägt. ::::::Wo ist der große Kerl? Ich bin im Innern des Hauses ... wenn der große Kerl eine Waffe hat ... in den Sekunden, die ich brauche, um wieder auf die Beine zu kommen, bin ich vollkommen schutzlos — was ist das? — kann nicht mal den kleinsten Scheiß sehen! Diese gottverdammte $29,95-CVS-CopSonnenbrille, *supremo* dunkelst mit Goldsteg ... von der Sonne ins Dunkle gestürzt — die haben die Fenster verhängt, damit niemand von draußen reinschauen kann — verdammte kubanische CopSonnenbrille! Ich bin drin, kann aber nichts sehen, bin praktisch blind.:::::: Er rappelt sich auf ... Der Augenblick dehnt dehnt d e h n t sich zur Ewigkeit, aber seine Motorik ist paralysiert paralysiert p a r a l y s i e r t ... er sieht nichts außer Augen Augen Augen A u g e n ... und das tuberkulöse Glühen! Er ist auf den Beinen — die Augen — was zum Teufel ist *das?* Jesus Christus! Das ist ein weißes Gesicht! Nicht nur eine hellhäutige schwarze Frau, sondern *richtig weiß!* ... mit einem schwarzen Kind im Arm ... ::::::wo zum Teufel bin ich hier gelandet?::::::

— all das rauschte durch seinen Kopf in den weniger als zwei Sekunden, seit er durch die umkämpfte Tür und auf den

Boden gestürzt war — und immer noch keine Spur von dem schwarzen Riesen — ::::::Ich bin eine große fette Zielscheibe … durch nichts geschützt außer meine Amtsgewalt … *Ich bin ein Cop*:::::: fängt an zu brüllen: »MIAMI POLICE! ZEIG MIR DEINE HÄNDE! ZEIG MIR

— vier Sekunden —

DEINE HÄNDE!« … Babys fangen an zu weinen — Jesus Christus! *Babys!* … seitlich, etwa einen Meter fünfzig entfernt: ein Junge mit hellbraunem Gesicht und ein Mädchen, sechs oder sieben Jahre alt ::::::Ich kann sie kaum *sehen*:::::: strecken ihm zu Tode erschrocken … gehorsam! … ihre offenen Hände entgegen. WIR ZEIGEN DIR UNSERE HÄNDE! … Weinende Babys! Fast genau vor ihm eine dicke Mama mit einem brüllenden Baby … Mama? — brüllendes Baby? — in einer Crackhöhle? Wie die aussieht! — sitzt auf dem Boden, mit dem Baby im Arm, was aber nicht ihren vorquellenden Bauch verdecken kann … zu viel für die zu engen Jeans, von der sie nicht mal hätte träumen dürfen … graue, wirr abstehende Haare, irgendeine Mädchenfrisur, für die sie viel zu alt war … dicke Backen, tiefe Furchen im Gesicht … streitlustig: »Was wollt ihr von meinem Sohn? Was seid ihr nur für *Menschen?* — er hat nix getan! War nie einen Tag im Knast, und ihr

— sechs Sekunden —

kommt hier rein und —« Sie schüttelt angewidert den Kopf … Jesus Christus, das ist keine Crackhöhle, das ist eine gottverdammte Kinderkrippe! … ein kleiner Raum, ein Drecksloch … kein Licht … die Fenster verhängt … auf dem Boden zwei Teller, mit noch ein bisschen Essen drauf, vergessen … ein Mädchen, vielleicht zehn Jahre alt, hockt vor einem anderen

Teller … Jesus, die essen auf dem Boden … fast gar keine Möbel … an der Rückwand eine kleine Couch, auf der ein fetter Junge mit weit aufgerissenen Augen kauert … da hinten ein alter Holztisch und irgendwo *da drüben* ein Fernseher, der wie radioaktiv glüht … Scheiße! Nestor hört eine leise Stimme, »Scheiß auf die Bullen … mach sie platt, die Penner« … geht auf dich,

— acht Sekunden —

Kumpel … entweder der Wichser fickt dich, oder du fickst ihn« … dann quietschende Reifen und ein lautes Krachen … klirrende Glassplitter auf Asphalt … »Na, ihr Schweine, wie gefällt euch das?« … allerdings: alles sehr leise … Nestor dreht den Kopf zu dem Teil des Zimmers … das tuberkulös funkelnde Blau eines Fernsehers … zwei Jungen, elf oder zwölf Jahre alt, vielleicht schon dreizehn oder vierzehn … Nestor geht auf sie zu … »MIAMI POLICE! ZEIG MIR DEINE HÄNDE!« … Moment, du Schwachkopf! Die beiden schwarzen Jungen haben nicht mal Angst … der blau glühende Fernsehschirm beleuchtet die jungen Gesichter auf die ekelerregendste Art, die man sich vorstellen kann … Wieder die leise Stimme, wie bei einem Gespräch im Hintergrund … »Leckt mich, ihr

— elf Sekunden —

fetten Bullenschweine! Ich blas euch das Hirn raus!« Nestor schaut auf den Bildschirm … wo gerade der Titel aufleuchtet: »Grand Theft Auto Overtown« … »Grand Theft Auto *Overtown?*« … hab schon mal von »Grand Theft Auto« gehört, Videospiel … aber Scheiße, das *ist* Overtown! … und in der Scheißwelt da in der Kiste gibt es Helden in Overtown! — tapfere Männer, die wie der Teufel fahren und sich einen Scheiß um Cops und ihre sogenannte Amtsgewalt kümmern! Fick *dich,* Officer! Leck mich, Officer! Und die beiden Jungs da — die sind bereit! Da stürmt irgendein kubanischer Polizist in ihre Bude mit seiner Dienstmarke um den Hals und seiner *supremo* dunkelsten Sonnenbrille und seinem Revolver im Holster und brüllt, »Miami Police! Zeig mir deine Hände!« — und was tun die beiden Bürschchen? — zusammenzucken? — katzbuckeln? — um Gnade winseln? Verdammt, nein. Die spielen einfach weiter »Grand Theft Auto Overtown«. Ein paar Leute wissen eben, was Overtown wirklich ist … ein Ort, wo die Kerle Mumm in den Knochen haben … und den verfickten fremden Invasoren sagen, sie sollen sich ins Knie ficken und sich verpissen. Wer immer sich das Spiel ausgedacht hat, das hat er jedenfalls gewusst. Die Typen da auf dem Bildschirm sagen: Wir haben Mumm in den Knochen, weil wir uns nicht verarschen lassen, ihr spanischissenen Wichser! Grand Theft Auto Overtown!

— vierzehn Sekunden —

Da, *noch eine Mama!* Sie sitzt auf dem Boden mit einem verängstigten kleinen Mädchen … sieht viel zu alt aus, um noch am Daumen so nuckeln, aber es nuckelt mit ganzer Kraft … Diese Mama ist überhaupt nicht fett. Sie hat breite Schultern und lange, schlanke Arme … und graue, zurückgekämmte Haare … aber sie *hasst* die Besatzungsmacht … Was ist das hier für ein Laden? … Wann hat es jemals eine Razzia in einer Drogenhöhle nur mit Frauen und Kindern gegeben? … und weinenden Babys? … und Kindern, die dich und deine *Amtsgewalt* derart verachten, dass sie direkt vor deinen Augen »Grand Theft Auto Overtown« spielen … Augen, Augen, Augen — und *da drüben* — wieder das reine weiße Gesicht — eine junge Frau — ängstlich —

— achtzehn Sekunden —

Eine Stimme brüllt hinter ihm in der Tür: »MIAMI POLICE! ZEIG MIR DEINE HÄNDE!« Sergeant Hernandez, der zur Unterstützung ins Haus stürmt … Den dünnen hellhäutigen Kleinen hat er wahrscheinlich schon Nuñez übergeben … Sergeant Hernandez schreit, »Nestor, *¿tienes al grueso? ¿Localizaste el grueso?*« (Hast du den Großen erwischt?)

»¡No!«, sagte Nestor. *»¡Mira detrás de la casa, Sargento!«* (Behalten Sie den hinteren Teil des Hauses im Auge, Sergeant!)

»Sprecht Englisch, verdammt!« Die große Mama. Sie ist aufgestanden, das Baby in ihren Armen schreit wie am Spieß. Eine Frau wie ein Bär. Ihr reicht es. Sie lässt sich das Benehmen der Besatzungstruppen nicht länger bieten. »In meinem Haus dulde ich kein Affengebrabbel.«

»Das ist dein Haus?«, brüllte der Sergeant.

»Ja, das ist *mein* Haus — und es ist —«

»Wie heißt du?«

»— das Haus dieser Leute —« Sie machte eine ausladende Handbewegung, die jeden im Raum einschloss. »Es ist das Gemeinde—«

— dreißig Sekunden —

»Wie *heißt* du?«, sagte der Sergeant. Er schaute ihr mit seinem bohrendsten, durchdringendsten CopBlick in die Augen.

Aber die große Mama gab weiter die harte Lady. »Warum sollte ich gerade euch das sagen?«

»Weil ihr beide, du und dein großes Maul, verhaftet seid. Jeder in diesem Raum ist verhaftet! Vor diesem Haus werden Drogen verkauft!«

»Oho, Droooooogen werden hier verkauft«, sagte die große Mama mit einer Stimme, die an Hohn nicht zu überbieten war.

»Mann, das ist ein Gemeindezentrum hier!« — das Baby auf ihrem Arm fing wieder an zu plärren.

Von hinten: »MIAMI POLICE! KEINE BEWEGUNG!« und *»Miami Police! Keine Bewegung!«* hallte es in eigenartig atonalem Einklang. Nuñez und García stürmten durch die Vordertür. Zwei weitere Babys fingen an zu schreien, das machte jetzt drei. Eine verdammt verwirrende Situation. Hier der große, strenge Sergeant Jorge Hernandez in vollem Bariton — »Ihr seid verhaftet! Ihr verkauft Drogen!« Dort der Chor aus schreienden Babys, manchmal drei, manchmal zwei ... wenn nämlich eins aus dem Trio in ein entsetzlich krampfartiges Schweigen verfällt — die Sekunden verstreichen — findet es jemals aus dem Schweigen wieder zurück, oder zerreißt es die kleinen Lungen? ... und dann findet es zurück — die Akkus wieder aufgeladen — und kreischt Kindsmord Kindsmord Kindsmord ... Wie soll man sich bei so einer Oper verhalten? Wie soll man da eine copmäßige Habtachtaufmerksamkeit herstellen, in einem dunklen kleinen Raum voller großmäuliger Mamas, die alle winzige Schreihälse in ihren Armen wiegen?

Häääääh? — Nestor sieht, dass sich der Tisch im hinteren Teil des Raums an einer Seite etwa um zehn Zentimeter hebt ... *klingelingelingeling* ... ein Geräusch, als ob Messer oder Gabeln oder Löffel auf den Boden fallen ... Der Sergeant sieht es auch ... stürzt darauf zu ... Nestor stürzt von der anderen Seite zum Tisch ... Im gleichen Augenblick schießt der große Hurensohn darunter hervor und wie ein Monster vor ihnen in die Höhe ... »Polizei! KEINE BEWEGUNG, DU SCHEISSWICHSER!«, bellt der Sergeant ... der Riese zögert kurz, schätzt die Gefahr ab ... sieht rot ... und macht einen Schritt auf den Sergeant zu ... will ihn zerquetschen wie eine Wanze ... der Sergeant schnippt mit dem Zeigefinger den

Holsterverschluss auf — *Nein, Sarge!* — zu spät! Der Riese stürzt sich auf ihn, will ihm an die Gurgel … die Pistole — *nutzlos* — der Sergeant zerrt mit beiden Händen an den riesigen Fingern, die seinen Hals umklammern. Nestor wirft sich *WAMMMM* auf den Rücken des Riesen. Der Mann ist *riesig,* schiere Kraft, fast hundert Pfund schwerer als Nestor … Nestor schlingt seine Beine um den Unterleib der Bestie und verschränkt sie an den Fußgelenken … hängt wie ein kleiner Amokaffe auf dem Rücken des Riesen … der die Arme hochreißt und nach hinten greift, um sich das Ärgernis vom Rücken zu patschen … verschafft dem Sergeant genug Zeit, dass der seine Pistole aus dem Holster reißen kann … »Nein, Sarge!«, ruft Nestor — greift dem Monster unter die Achseln, reißt die Hände hoch und verschränkt sie hinter dessen Nacken … Oh ja, Nestor erinnert sich noch sehr gut! Beim Ringen in der Highschool nannte man den Griff »Doppelnelson« … ein *unerlaubter* Griff, weil man dabei gegen die Schädelbasis drückt und so das Genick des Gegners brechen kann … Oh ja, und wie er sich erinnert! … die Beinschere wurde »Figure Four« genannt … der Nelson und der Figure Four — ein heißer *Ritt!* — reite den Hurensohn, bis er sich nicht mehr bewegen kann! … drück den Kopf und den Nacken des Mistkerls nach unten, bis er um Gnade winselt — nur dass er wegen der abgeschnürten Luftröhre kein Wort mehr herausbringt … «Unnnngggggh … unnnnngggggghh« … und verzweifelt versucht, Nestors Hände von seinem Hinterkopf zu zerren … keine Chance … gegen Nestor und seine in Rodriguez' Fitnessbude gestählten Kletterarme. Unmöglich, die Schmerzen zu ertragen … *Unnnngggghhhhiiii!* … *Unnnnnngggggghhhhhhiiiiii!* … Nestor spürt, dass er nach hinten kippt … der Riese will seinen kleinen Peiniger unter seinem Rücken begraben … will ihn auf den Boden schleudern und mit seinem Gewicht zermalmen ... sie kippen zusammen nach hinten ... Nestor versucht mit seiner Beinschere den Körper des Riesen umzudrehen ... sie krachen auf den Boden ... nicht der Große auf den Kleinen, sondern nebeneinander. Der Riese wälzt seinen Körper herum, versucht mit seinem schieren Gewicht Nestor zu erdrücken *knirsch* aber sooft er sich auch herumwälzt *knirsch* Nestor hat ihn fest in der Beinschere. Der Riese wälzt und wälzt sich *knirsch knirsch* es *knirscht* jedes Mal, wenn er sich auf seinen Bauch wälzt ... wälzt sich immer wieder mit dem kleinen Affen auf dem Buckel auf seinen Bauch *knirsch* und der kleine Affe klammert sich an den Rücken des Riesen und ist drauf und dran, ihm das Genick zu brechen — »Sarge, nein!« Sergeant Hernandez hat sich befreit, steht da mit gezogener Waffe ... versucht auf den Riesen zu zielen ... ineinander verschlungene Körperteile. ::::::Wenn er schießt, wen trifft er?:::::: »Nein, Sarge, nicht! Ich hab ihn!« ... Der Doppelnelson drückt den Kopf des Riesen auf dessen Brust ... Sein Stöhnen geht in Schreien über *uuunnngohohohohOGHOHHHH!* ... ein letzter erstickter Schrei, und plötzlich ist er nur noch ein großer Sack Fett — der Riese beginnt nach Luft zu schnappen ... er keucht ... er schmatzt ... strampelt mit den Beinen ... versucht seine gewaltigen Oberschenkel einzusetzen, als ob er damit den Griff von Nestors Figure-Four-Beinschere knacken könnte. Großer Fehler ... verbraucht noch das letzte bisschen Luft in seinen Lungen ... Krächzen, Krächzen ... klägliches Würgen und Winseln ... Kampf um Sauerstoff ... Nestor hat den Schädel des Monsters nach vorn gedrückt ... so weit seine Arme reichen ... Die Augen des Riesen sind glasig, der Mund steht weit offen ... er hört sich an wie eine riesige sterbende Kreatur ... Gut! ... »Na los, Wichser, wälz dich rum!«, brüllt er der Bestie ins Ohr und drückt den Nacken noch weiter nach vorn ... der Bär versucht noch einmal, sich zur Seite zu wälzen, um sich etwas Luft zu verschaffen ... Nestor lässt ihn gewähren *knirsch* bis er schließlich das schon blutige Gesicht des Mannes zum letzten Mal auf den Boden knallt ... und der Riese alle Hoffnung und männlichen Stolz fahren lässt und — *pffffft* — jede Muskelspannung aus seinem Körper entweicht. Er erschlafft ... er ist erledigt ... zu nichts anderem mehr fähig, als auf dem Boden zu liegen und aus den Lungen absterbende Laute durch seinen Schlund zu pressen.

»Okay, du ***hhhn*** du-mmes ***hn hn hn hnn hnn*** ...«, sagt Nestor, der selbst völlig außer Atem ist. *Weichei!* — nichts hätte er jetzt lieber gesagt, um alle im Raum an dem männlichen Triumphgefühl teilhaben zu lassen, dass er einen 250-Pfund-Mann in ein hilfloses Weichei verwandelt hat! ... Am äußersten Rand der Klippe kann er sich gerade noch zurückhalten — aber dann tut er es doch: »Du dummes *Weichei!* Keinen ***hnnnn*** Muckser mehr ***hnhn*** wenn ich ***hnn*** jetzt ***hnhn*** loslasse!«

Der Riese grunzt noch einmal. Er ist nicht mehr fähig, ein Geräusch von sich zu geben. Nestor löst seine verschränkten Hände vom Hinterkopf des Mannes und schaut sich zum ersten Mal um. Der Sergeant schaut lächelnd zu ihm hinunter ... aber ein Lächeln, das ausdrückt, »Fantastisch — aber täusche ich mich, oder bist du gerade völlig ausgerastet?« So verstand es Nestor zumindest. Er bemühte sich gelassen zu wirken und sagte langsam und leise, »Sarge ... ***hnnhnn*** ... Hector soll mir ein paar ***hnhn*** Handschellen bringen ... ich ***hnhn*** ... ich glaube nicht ***hnhn*** dass dieser ***hnn hnn hnn hnn*** Scheißkerl Ruhe gibt.«

Hector Nuñez kam mit den Handschellen, und sie fesselten dem Riesen die Hände auf den Rücken ... Er lag einfach da ... vollkommen regungslos, bis auf den Brustkorb, der sich hob und senkte, während die Lungen krampfhaft Sauerstoff einsogen … Nestor war inzwischen aufgestanden. Er, Nuñez und der Sergeant standen über ihrem großen gestrandeten Wal.

»Los, drehen wir ihn um«, sagte Nestor. »Jedes Mal, wenn er sich auf den Bauch gewälzt hat, war da dieses komische *Knirschen,* Sarge. Haben Sie das gehört?« Hatte er nicht. »Jedes Mal, wenn er sich rumgewälzt hat und unter mir lag, Sarge. Als ob er irgendwas auf seiner Brust oder seinem Bauch hätte, das diese knirschenden Geräusche gemacht hat.«

Also drehten sie den Mann auf den Rücken. Der Kerl war so massig und gleichzeitig so weggetreten, dass sie alle drei anpacken mussten. Als ob man einen 300-Pfund-Sack Zement umdrehte. Einmal öffneten sich kurz seine Augen, die sie trübe anschauten. Sein Gesicht war vollkommen ausdruckslos. Nur der Mund arbeitete. Die pumpenden Lungen hielten ihn geöffnet. Aus den Tiefen des Rachens kam ein sägendes Geräusch.

»Weißt du, was komisch ist?«, fragte der Sergeant.

»Was, Sarge?«

»Das T-Shirt steckt in der Hose. Seit fünf, vielleicht sogar zehn Jahren ist das der erste von diesen Pennern in ganz Overtown, der sein T-Shirt in der Hose hat.«

»Da steckt was drunter«, sagte Nuñez. »Als wären da … Klumpen oder so was unter dem T-Shirt.«

Nuñez und Nestor bückten sich und versuchten dem Mann das T-Shirt aus der Hose zu ziehen. Der Bauch war so groß, die Brust hob und senkte sich so heftig, und das T-Shirt steckte so tief in der Hose — es war eine elende Plackerei. Schließlich kam der Mann zu sich. Seine Atmung hatte sich beruhigt, die Todespanik war einfacher Todesangst gewichen.

»Muhhfugggghh«, sagte er immer wieder. »Du muhhfuggghh.« Er schaute aus dem Augenwinkel zu Nestor hoch, feuerte ein paar tödliche Blicke auf ihn ab und fing dann an zu brabbeln. »Irgendwann … krieichdich … abschlachten … foltern … abstechen …« Das war, was Nestor verstand. Und plötzlich kam etwas über ihn, das er noch nie zuvor gespürt hatte … der Drang zu töten … zu *töten* … Er kniete sich neben dem Kopf der Bestie auf den Boden, schaute ihm in die roten irren Augen und sagte, »*Was* war das, du Arschloch? *Was* war das?« Dann drückte er den Ellbogen gegen den Kiefer des Monsters und erhöhte den Druck immer weiter, bis er spürte, dass die Zähne in die Backe schnitten. »*Was* war das, du kleines dreckiges Arschloch? *Was* willst du?« — und drückte weiter, bis sich das Gesicht des Mannes vor Schmerz verzerrte —

Eine Hand schüttelte seine Schulter. »Nestor! Herrgott noch mal, Nestor, das reicht!« Es war der Sergeant.

Eine Woge der Schuld … Nestor erkannte zum ersten Mal, dass er sich in einen Rausch steigern konnte, wenn er jemandem Schmerzen zufügte. Noch nie hatte er das gespürt.

Als sie schließlich das T-Shirt aus der Hose gezerrt hatten, sahen sie Splitter von irgendetwas. Nestors erster Gedanke war, dass die Bestie ein Stück billiges gelbes Porzellan unter ihrem T-Shirt hatte … dass es zerbrochen und zerbröckelt war … aber was in Gottes Namen machte das für einen Sinn? Bei genauerer Betrachtung sah es mehr wie eine große Tafel Erdnusskrokant aus, die zerbröselt war.

»Verdammt«, sagte der Sergeant und kicherte müde. »Hab noch nie gesehen, dass jemand das Zeug am Bauch versteckt hat. Wisst ihr, was das ist, Jungs?« Nestor und Nuñez schauten erst auf das zerbröselte Zeug und dann zum Sergeant. »Das ist eine Crackplatte … genau … Der Lieferant vermischt den Scheiß zu einer Art Teig … rollt den zu einer Platte wie der hier und backt das, wie Pasteten oder so. Und das verkaufen sie dann an so Brilliblödmänner wie die hier. Die zerschneiden das Ding in sogenannte Rocks, die sie dann für zehn Dollar das

Stück verkaufen. Das Crack, das da auf dem Bauch von dieser fetten Zecke liegt, kann gut dreißigtausend Dollar wert sein. Die könnten diese kleinen Bröckchen auch so verkaufen, wie sie da liegen. Sogar die winzigen Brösel können die noch verhökern. Wenn so ein Crackhead Nachschub braucht, ist er nicht wählerisch.«

»Aber warum versteckt er das Zeug an seinem Bauch, Sarge, unterm T-Shirt?«

»Kapiert ihr nicht, was da gerade gelaufen ist?«, fragte der Sergeant. »Der Typ steht draußen auf der Veranda, und plötzlich tauchen wir auf. Also rennt er ins Haus, um die Crackplatte zu verstecken oder loszuwerden. Wahrscheinlich lag das Zeug hier einfach offen rum, auf dem Tisch da, der sich vorhin bewegt hat. Er schnappt sich die Crackplatte, krabbelt unter den Tisch, stopft sich das Zeug unters T-Shirt und das T-Shirt in die Jeans. Er hat vor, sich bei der erstbesten Gelegenheit durch die Hintertür zu verpissen und das Crack irgendwie loszuwerden, damit er, wenn sie ihn schnappen, den Stoff wenigstens nicht am Körper hat. Aber er ist ein Hitzkopf, unser großer Bimbo, und ein Großkotz, der sich von niemandem dumm anmachen lässt. Als ich ihn dann einen Scheißwichser nenne, da schaltet sich sein Verstand aus, wenn er überhaupt welchen hat. Das Großmaul übernimmt, er sieht rot, will mir nur noch den Kopf abreißen und in den Arsch schieben. Ich war gerade dabei, ihm eine Kugel zu verpassen, da ist Nestor ihm ins Kreuz gesprungen.«

»Wie zum Teufel hast du das gemacht, Nestor?«, sagte Nuñez. »Dieser Fleischberg ist doppelt so groß wie du.«

Musik *Musik* MUSIK in Nestors Ohren! »Ich hab *nichts* gemacht«, sagte das Muster an Männlichkeit mit geziemender Nonchalance. »Ich musste das Arschloch nur dreißig Sekunden *neutralisieren,* den Rest hat er selbst erledigt.«

Aus seinem Rachen kam immer noch dieses sägende Geräusch … Mordlust sprühte ihm aus den Augäpfeln … Sein Hass auf die kubanischen Invasoren war jetzt für alle Ewigkeit in Beton gegossen. Diesbezüglich würde sich seine Meinung nicht mehr ändern. Er war von einem kubanischen Cop gedemütigt worden, der nur halb so groß war wie er … und dann hatten der und ein anderer kubanischer Cop noch nachgelegt und ihn ein *Stück Scheiße* und Variationen von ein *Stück Scheiße* genannt.

»Wo ist der andere Pisser, Sarge, der Kleine mit dem Schnurrbart?«, fragte Nestor.

Der Sergeant schaute zu der Verandatür, der Tür, durch die sie alle hereingekommen waren. »García hat ihn. Er ist draußen vor der Tür, er und Ramirez. Ramirez hat den Crackhead geschnappt, den Wichser, der den Stoff gekauft hat.«

»Wo hat er ihn erwischt, Sarge?«

»Der lag irgendwo im Straßengraben und hat versucht seinen Rock aus der Hosentasche zu fummeln.«

Nestor sah jetzt, dass sich inzwischen sechs CST-Beamte im Innern der Bruchbude aufhielten und dafür sorgten, dass alle Zeugen und möglichen Täter sich nicht vom Fleck rührten. Die drei Babys schrien nach wie vor wie am Spieß … *Das weiße Gesicht* … Nestors Augen suchten im Halbdunkel des Hauses nach der Frau … und fanden sie, das weiße Gesicht und das schwarze schreiende Baby in ihren Armen … Er konnte nicht viel erkennen, aber er konnte die großen, weit aufgerissenen — verängstigten? — Augen in einem weißen Gesicht sehen, das nicht hierhergehörte … in diese vermüllte, heruntergekommene Drogenhöhle in Overtown … Es war eine Drogenhöhle, klar, ein Umschlagplatz für Crack-und-Kokain-Handel. Kaum zu glauben angesichts der Frauen und Kinder und kreischenden Babys … aber vielleicht erschien ihnen … ihr, der Frau mit dem weißen Gesicht … sein großer Sieg, die Demontage des Monsters, genauso unwirklich und unbedeutend …

Jetzt lief das übliche Prozedere an … man redet mit den Festgenommenen und Zeugen … einzeln, unter vier Augen, ohne dass die anderen mithören konnten. Ein CST-Beamter konnte so, wenn er Glück hatte oder schlau genug war, auf nützliche Informationen stoßen. Aber er achtete auch auf Widersprüche in ihren Geschichten … Warum sind Sie hier? Von wo sind Sie hierhergekommen? Wie sind Sie hierhergekommen? Wen von den Leuten im Raum kennen Sie? Kennen Sie die beiden Burschen mit den weißen Baseballkappen? Nein? Gut, wissen Sie, was die hier machen? Nein? Wissen Sie, wem das Haus hier gehört? Keine Ahnung? Wirklich? Sie sagen also, dass Sie einfach so in ein Haus reinmarschieren, dessen Besitzer Sie nicht kennen, dass Sie nicht wissen, was hier vorgeht, und dass Sie keinen von den anderen Leuten hier kennen? Dann hat Ihnen der Heilige Geist den Weg gezeigt? Oder haben Sie Stimmen gehört? Eine unsichtbare Hand hat Sie hergeführt? Ihre Gene vielleicht? … und so weiter.

Zwei Beamte bezogen draußen Stellung, einer vorne, einer hinter dem Haus, für den Fall, dass ein verärgerter Stammgast der Drogenhöhle sich aus dem Staub machen wollte.

Dann begann das Verhör. Der Sergeant und Nuñez entfernten die Brocken der zerbrochenen Crackplatte vom Bauch des Riesen. Sein ganzes Gewicht drückte auf die hinter dem Rücken gefesselten Arme. Er beschwerte sich, worauf der Sergeant sagte, »Halt dein dreckiges Maul, Weichei. Du bist ein Nichts. Du gehörst jetzt mir. Du wolltest mich umnieten, Weichei? Du wolltest mir die Luft abdrehen? Mal sehen, wer jetzt wem was abdreht. Wir treten dir in deinen Arsch, bis dir die Scheiße zum Hals rauskommt, du schwules Weichei.

Du willst einen Cop umnieten, du vollgeschissene Dreihundert-Pfund-Schwuchtel?«

Ächzend hievten Nuñez und der Sergeant den riesigen Mann in eine sitzende Position. »Hatte keine Ahnung, dass Scheiße so schwer ist«, sagte der Sergeant. »Okay, Weichei, wie heißt du?«

Der Mann schaute den Sergeant eine halbe Sekunde lang voller Hass an, senkte dann den Kopf und schwieg.

»Pass auf, ich weiß, dass du nichts als Scheiße im Hirn hast. Du bist schon blöd geboren. Mach dir nichts vor. *Uga uga uga!*« Der Sergeant hob die Schultern, bog die Finger nach innen und tat so, als kratze er sich wie ein Affe die Achselhöhlen. »Aber ein, zwei Sachen hast du seitdem doch gelernt, oder? Inzwischen hast du dich zu einem echten Vollidioten ausgewachsen. Das ist ein großer Fortschritt, aber du bist so komplett verblödet, dass du nicht mal weißt, was ein Idiot ist, geschweige denn ein Vollidiot. Hab ich recht?« Der Riese hockte mit geschlossenen Augen und herunterhängender Kinnlade da. »Von heute an will ich, dass du jeden Morgen, wenn du aufstehst, in den Spiegel schaust — du weißt, was ein Spiegel ist, oder? Oder habt ihr keine Spiegel im Dschungel? Du schaust also in den Spiegel und sagst, ›Guten Morgen, Arschgesicht.‹ Du weißt, was ›Morgen‹ bedeutet? Hast du irgendeine Scheißahnung — von *irgend*was? — du verblödeter Haufen Scheiße? Du weißt doch, was ›verblödet‹ bedeutet, oder? Schau mich an, Schrumpfkopf! Ich frag dich was! Wie heißt du? Du hast doch einen *Namen,* oder? Oder bist du so verblödet, Schrumpfkopf, dass du dich nicht mal daran erinnerst? Du sitzt bis zum Hals in der Scheiße, Schrumpfkopf. Wir haben so viel Crack auf deiner großen fetten Wampe gefunden, das reicht für dreimal lebenslänglich. Im Knast kannst du dann für den Rest deines verschissenen Lebens mit

Untermenschen rumhängen, die genauso verblödet sind wie du. Manche von denen haben überhaupt kein Hirn mehr im Schädel. Aber ich glaube, du hast wenigstens noch ein bisschen was übrig. Also, zähl bis zehn.« Der gebrochene, zusammengesackte Riese rührte sich nicht. »Okay, ich gebe dir einen Tipp. Es fängt mit ›eins‹ an. Okay, dann zähl bis drei. Du weißt doch, was *drei* ist, oder? Kommt nach *eins* und *zwei*. Also los, zähl bis drei. Du willst also nicht kooperieren? Dann verrotte, du Drecksvieh!«

»Sarge«, sagte Nuñez. »Lassen Sie mich mit ihm reden, okay? Machen Sie eine Pause, kommen Sie erst mal wieder runter. Okay?«

Der Sergeant schüttelte überdrüssig den Kopf. »Okay. Aber denk dran: Das Arschloch wollte mich umnieten.« Dann ging er weg.

Nestor ging zu dem weißen Mädchen ... *¡Coño!* — es war dunkel in dem Raum, so wie die alle Fenster verhängt hatten. Aber das Gesicht des Mädchens war so weiß, es leuchtete wie ein Engel in der Dunkelheit. Er war vollkommen fasziniert — wodurch ihm bewusst wurde, dass er klatschnass war, so schwitzte er. Er fuhr sich mit der Hand übers Gesicht und versuchte sich den Schweiß abzuwischen. Was aber nur zur Folge hatte, dass er jetzt auch noch eine schweißnasse Hand hatte. Am schlimmsten war das T-Shirt. Es war vollkommen durchnässt ... und weil es sowieso zu eng war, klebte es ihm auf der Haut und ließ seinen ganzen Oberkörper nass aussehen, was er ja auch war. Konnte es das Mädchen überhaupt ertragen, sich ihm so weit zu nähern, dass sie sich unterhalten konnten? — eine Sorge, die fast nichts mit der Befragung zu tun hatte, die er durchführen sollte. Als er näher kam — dieses reine weiße Gesicht! — erschien sie ihm so schön wie Magdalena, aber auf eine vollkommen andere Art. In Gegenwart von Männern trug Magdalena einen Gesichtsausdruck zur Schau, der besagte, »Ich weiß *genau,* was ihr gerade denkt. Also fangen wir direkt damit an, okay?« Dieses Mädchen sah vollkommen unschuldig und arglos aus, eine nichts ahnende Madonna, die es nach Overtown verschlagen hatte. Sie hatte immer noch das schwarze Baby im Arm — ein Mädchen, wie er jetzt sah. Das Kind schaute ihn an — misstrauisch? — einfach neugierig? Wenigstens weinte es nicht. Es war ein hübsches Ding — sogar mit dem Schnuller im Gesicht, an dem es ernsthaft nuckelte ... *swiii-uuuup glubsch swiii-uuuup glubsch.* Nestor lächelte die Kleine an, als wollte er sagen, »Lasset die Kindlein zu mir kommen, hindert sie nicht daran, denn ich bin hier in friedlicher Mission.«

»Ich bin Officer Camacho«, sagte er zu der weißer-als-weißen Madonna. »Tut mir leid, dass ich so ...« Ihm fiel kein passendes Adjektiv ein, mit dem er andeuten konnte, dass er *wusste,* wie eklig verschwitzt er war. Sogar »nass« ... würde zu roh klingen. Also deutete er mit den Fingern auf seine Brust und zuckte hilflos mit den Schultern. »... aber wir müssen jedem, der den Vorfall beobachtet hat, ein paar Fragen stellen. Warum gehen wir nicht raus auf die Veranda?«

Das Mädchen fing heftig an zu blinzeln, sagte aber nichts. Sie nickte schwach und folgte Nestor auf die Vorderveranda. Das Kind nahm sie mit.

Draußen sah er sie zum ersten Mal bei Licht. ::::::*¡Dios mío!* Sie ist so *exótica!*:::::: Er konnte nicht aufhören, sie anzuschauen. Blitzschnell taxierte er sie. Ihre Haut war so weiß und glatt wie ein Porzellanteller. Aber ihr Haar war schwärzer als schwarz ... tja, glatt, dicht, schimmernd und so üppig auf die Schultern fallend wie das von jeder *cubana,* aber schwärzer als schwarz ... und ihre weit geöffneten Augen ... schauten ihn voller Furcht an — und deshalb umso atemberaubender —

und schwärzer als schwarz … aber in einem porzellanweißen Gesicht. Die Lippen waren zierlich und auf eine bestimmte geheimnisvolle Art geschwungen, die Nestor — ohne triftigen Grund — für »französisch« hielt — vielleicht französisch, aber nicht rot, mehr auberginefarben … kein Lippenstift … sie trug überhaupt kein Make-up — aber Moment mal! Das stimmte nicht ganz! Gerade hatte er den Lidschatten bemerkt. ::::::Auf den Rand der unteren Lider hat sie Lidschatten aufgetragen! — da kommen ihre großen Augen erst richtig groß raus! Und sagen Sie mir bloß nicht, das wüsste sie nicht … und hey, sagen Sie mir auch nicht, sie wüsste nicht, wie kurz ihr Rock ist — oder stellt der *ganz zufällig* ihre wunderbar langen Beine zur Schau, die Sorte, die man geschmeidig nennt … welche andere weiße *americana* würde es *wagen,* in Overtown in eine verlauste Drogenhöhle zu marschieren mit derart geschmeidigen, verführerischen Beinen?:::::: … Besonders verwegen schaut sie im Augenblick allerdings nicht aus. Sie blinzelt blinzelt blinzelt blinzelt … Ihr Mund ist leicht geöffnet, weil sie so schnell atmet … und damit heben und senken sich ihre Brüste. Die eine Bluse aus Oxfordstoff bedeckt, grob gewebt, Button-down, nur der oberste Knopf geöffnet, was schon die *Andeutung* von Sinnlichkeit erstickt — obwohl so gut versteckt, sind sie in Nestors Augen perfekt, diese Brüste … und irgendwie rührt ihre offensichtliche Angst Nestors Herz an … Nestor der Beschützer … Sofort überkamen ihn die gleichen Gefühle wie an jenem Tag, als er auf der Calle Ocho Magdalena kennengelernt hatte. Er war Polizist, und sie war die Jungfrau. Er war zwar ein *ritterlicher* Polizist — aber in seinem Innersten immer noch zu 100 Prozent Polizist. Nicht, dass Magdalena auch nur eine Sekunde verängstigt gewesen wäre. Trotzdem, das Gefühl, ein starker ritterlicher Krieger zu sein, der sich der Jungfrau annimmt, war das gleiche.

»Wie heißen Sie?«, fragte er.

»Ghislaine.«

»*Jizz-lane* … wie schreibt man das?«

»G, h, i, s, l, a, i, n, e.«

»G, *H?*«

Ghislaine mit H nickte, und Nestor senkte den Blick, als schaute er auf die Notizen, die er sich gerade gemacht hatte, verzog die Lippen und schüttelte den Kopf in uralter CopManier, die besagte, »Das Leben ist doch schon hart genug. Warum müsst ihr *tontos* alles noch komplizierter machen?«

Zu irgendeinem Pisser hätte er jetzt gesagt, »Und, Nachnamen haben wir keinen?« Aber in ihrem Fall, die exotische Ghislaine betreffend, sagte er nur, »Und wie ist Ihr Nachname?«

»Lon-tj-ee«, sagte sie. So hörte es sich zumindest für Nestor an. Sie hielt sich gegen die Sonne die Hand über die Augen.

»Wie schreibt man das?«

Swiii-uuuup glubsch swiii-uuuup glubsch — nuckelte das Kind in ihren Armen.

»L, a, n, t, i, e, r. Das ist Französisch, wie Bouvier.«

::::::Was ist ein Bu-vj-ee? Bei meinem Glück ist das sicher was, das *todo el mundo* kennt.::::::

Aber bevor er das oder sonst irgendetwas hätte fragen können, sagte diese Ghislaine mit dem schneeweißen Gesicht, »Bin ich jetzt … verhaftet?« Ihr Stimme versagte kurz, bevor sie »verhaftet« herausbrachte. Ihre Lippen zitterten. Sie sah aus, als würde sie jeden Augenblick anfangen zu weinen.

Ahhh, der Krieger fühlte sich jetzt besonders ritterlich … ein bisschen nobel sogar. »Ach was, natürlich nicht«, sagte er ziemlich erhaben. »Hängt alles davon ab, warum Sie hier sind. Und genau das will ich von Ihnen wissen. Aber eins vorab: Sie sind besser dran, wenn Sie mir die volle Wahrheit erzählen.«

Sie schaute mit ihren großen Augen in seine Augen und sagte: »Ich bin von South Beach Outreach.«

South Beach Outreach … »Was ist South Beach Outreach?«, fragte er.

»Wir sind freiwillige Helfer«, sagte sie. »Wir arbeiten mit dem Children's Services zusammen. Wir versuchen Familien in Armenvierteln zu helfen, besonders den Kindern.«

»Fa*milien*?«, sagte Nestor mit der wissenden Stimme des Cops, der sich auf der Straße auskannte. »Das ist ein Crackhaus. Ich kenne jede Menge Crackheads« — noch während die Worte aus seinem Mund kamen, war er sich der maßlosen Übertreibung bewusst, deren einziger Grund war, Eindruck auf das junge Schneewittchen zu machen — »und Crackheads haben keine Familien. Die sind süchtig, sonst denken die an gar nichts. Fa*milien?*«

»Sicher, Sir, Sie wissen darüber natürlich mehr als ich, aber ich glaube — das ist nicht das erste Mal, dass ich hier bin, und ich weiß, dass einige hier Kinder haben, und ich weiß, dass sie sich um ihre Kinder kümmern.«

Nestor schaffte es nicht mal bis zum »mehr als ich«. Nach dem *»Sir«* kriegte er nichts mehr mit. *Sir?* Er wollte nicht, dass sie ihn *Sir* nannte. *Sir* bedeutete, dass sie ihn für so distanziert, unnahbar und spießig hielt wie jemanden, der viel älter war als sie. Aber er konnte sie ja schlecht bitten, ihn Nestor zu nennen … »Officer« wäre besser als »Sir«, aber wie sollte er ihr — oder sonst wem — das mitteilen, ohne wie ein kompletter Blindgänger in Sachen Etikette dazustehen.

Also sagte er, »Wenn das eine Familie ist, wo ist dann die Mutter?«

Mit zittriger Stimme: »Die Mutter ist seit der Geburt der Kleinen« — sie schaute auf das Baby — »in einer Entzugsklinik in Easter Rock. Kennen Sie Easter Rock?«

»Ja klar«, sagte Nestor. Er kannte die Klinik und war überrascht. Easter Rock war ein vornehmes Rehazentrum für vornehme Leute. »Wie ist sie denn da untergekommen?«

»Wir haben uns, das heißt, South Beach Outreach hat sich eingeschaltet. Sie wollten sie in eine Justizvollzugsanstalt für Drogenabhängige stecken.«

»Was soll das heißen, ›eingeschaltet‹?«

»Na ja, unsere Präsidentin, Isabella de la Cruz, hat sich dafür starkgemacht. Sie kennt jede Menge Leute.«

Sogar Nestor hatte schon von Isabella de la Cruz gehört. Ihr Mann Paolo hatte eine große Reederei. Isabella de la Cruz tauchte ständig in der Zeitung auf, auf diesen Gruppenfotos, wo alle in Reih und Glied dastehen und weiß der Himmel worüber grinsen.

»Und was haben Sie mit der ganzen Geschichte zu tun?«, fragte Nestor.

»Ich bin eine freiwillige Helferin«, sagte Ghislaine Lantier. »Wir haben quasi den Auftrag, auf die Kinder in solchen … ähhh … schwierigen Familien aufzupassen. Ich hasse das Wort ›dysfunktional‹. Oft bleibt das Kind, wie in diesem Fall« — sie schaute wieder auf ihren kleinen Schützling — »bei einer Verwandten, meistens ist das die Großmutter, manchmal eine Pflegefamilie. Die Kleine hier ist in der Obhut ihrer Großmutter, deren Bekanntschaft Sie ja schon gemacht haben.«

»Meinen Sie etwa die große Frau, die dem Sergeant gesagt hat, er kann sich mal ins … ähhh … die dem Sergeant ziemlich über den Mund gefahren ist?«

Auf Ghislaines zitternden Lippen zeigte sich der Hauch eines Lächelns. »Fürchte ja.«

Nestor schaute in die düstere Drogenhöhle. Da saß sie, etwa drei Meter hinter der Tür, die großmäulige Großmama. In der

Dunkelheit erkannte Nestor sie nur an ihrem *Big-Momma*-Umfang. García befragte sie … vermutlich. Sie redete in einer Tour ::::::Was ist das, was sie da in der Hand hält? Ein verdammtes iPhone! Das ist hier angeblich die ärmste Gegend von ganz Miami — aber jeder hat ein iPhone.:::::: Er drehte sich wieder um.

»Aber Ghislaine, *Sie* haben das Baby im Arm und nicht die Großmama mit dem losen Mundwerk.«

»Die braucht auch mal eine Pause. Sie muss auch noch für die zwei Kinder von einer ihrer Töchter sorgen. Insgesamt muss sie sich um fünf kümmern. Meine Aufgabe ist, ein paarmal die Woche vorbeizuschauen, um sicherzustellen, dass auch andere Dinge nicht zu kurz kommen … Beaufsichtigung, Ansprache, Zuneigung, Mitgefühl … Sie *wissen* schon …«

Nein, *wusste* er nicht. Ghislaines Sprachfertigkeit schüchterte Nestor ein. Sie konnte Worte wie »Beaufsichtigung, Ansprache« und was nicht noch alles herunterrattern, als wäre es das Normalste von der Welt. Magdalena war intelligent, aber sie konnte nicht so reden. Auch die kleinen Eigenheiten ihrer Ausdrucksweise schüchterten Nestor ein, weil sie *korrekter* klangen als das, was er gesagt hätte, wenn er das Gleiche hätte sagen wollen. Sie sagte, »das Kind, *wie in diesem Fall*« statt »wie das hier«. Oder sie sagte, *»in der Obhut«*. Kein Mensch in Overtown sagte »Obhut«. »In der Obhut ihrer Großmutter, *deren Bekanntschaft Sie ja schon gemacht haben*«, sagte sie, anstatt *»die Sie ja schon kennen«*.

»Okay, Sie arbeiten also als Freiwillige bei South Beach Outreach mit. Wohnen Sie in South Beach?«

»Ich habe zufällig davon erfahren. Ich wohne in einem Studentenwohnheim der University of Miami.«

»Sie studieren da?«

»Ja.«

»Gut. Ich brauche Ihre aktuelle Adresse und eine Telefonnummer, für den Fall, dass wir noch ein paar Fragen haben.«

»Fragen? Worüber?« Sie sah jetzt wieder so verängstigt aus wie am Anfang.

»Das ist ein ernster Fall«, sagte Nestor. »Drei von den Pennern da drin haben wir schon verhaftet.« Er deutete zur Eingangstür der Bruchbude.

Ghislaine schaute ihn nur an … sehr lange … und sagte dann schüchtern, »Sie sind alle jung. Vielleicht besteht noch Hoffnung.«

»Sie wissen, was die da drin getrieben haben?«

Sie presste jetzt so fest die Lippen aufeinander, dass man sie nicht mehr sehen konnte. Ihre Körpersprache verriet, dass sie gewusst hatte, was in dem Haus vorging. Sie schaute ihn wieder lange an … »Wir kümmern uns nur um die Bedürfnisse und Lebensumstände der Kinder. Wir bilden uns kein Urteil. Wenn wir das täten, dann würden wir nie …«

»Bedürfnisse und Lebensumstände?!«, sagte Nestor. Er deutete mit ausgestrecktem Arm zur Eingangstür des Hauses. »Das ist ein *Crackhaus,* Herrgott noch mal!«

»Wenigstens sind sie so bei ihrem eigenen Fleisch und Blut. Ich glaube, das ist sehr wichtig!« Zum ersten Mal war ihre Stimme lauter geworden. »Ihre Großmutter« — sie schaute wieder auf das Kind in ihren Armen — »ist da drin. So schlecht das Umfeld auch sein mag. Und Halbbrüder von ihr. Ihr *Vater* ist da drin, obwohl ich zugeben muss, dass er nichts mit dem Kind zu tun haben will.«

»Ihr *Vater?*«

Ghislaine schaute ihn jetzt verängstigter an als je zuvor. Ihre Stimme zitterte wieder. »Ja … der, mit dem sie sich gerade geprügelt haben.«

Nestor war sprachlos. »Dieser — Fleisch und Blut? — Sie glauben, dass — die haben keinen Funken Moral im Leib! — ›zu keiner Gefühlsregung fähig‹, wie die Staatsanwälte sagen — das ist ein gottverdammter *Crackdealer,* Ghislaine! Ob der sein Kind anschaut oder ihm nur so aus Spaß den Kopf abreißt« — Nestor warf einen kurzen Blick auf das Kind — »das macht für den keinen Unterschied. Das ist ein *Tier!* Herrgott!«

Ghislaine senkte den Kopf und schaute auf den Boden der Veranda. Sie verschluckte immer wieder die Worte, während sie flüsternd sagte, »Ich weiß ... Er ist grauenhaft ... Er ist ganz stolz darauf, dass er der Erzeuger von Kindern ist ... aber er wird sich nie um sie kümmern ... Das ist für die Frauen so — er ist so abstoßend — dieser riesengroße —« Sie hob den Kopf und schaute Nestor an. »Ich konnte es nicht fassen, dass Sie ihn besiegt haben ... und so schnell.«

Musik ... hörte Nestor Geigenklänge? ... die anschwellende Melodie einer Ouvertüre? »Diese Penner sind vielleicht ›riesengroß‹, aber es sind Vollidioten«, sagte er — den Sergeant zitierend, ohne ihn zu erwähnen. »Nur ein Vollidiot legt sich mit einem Officer der Miami Police an«, sagte er und verteilte das Lob bescheiden auf die gesamte Polizeitruppe, anstatt alles selbst einzuheimsen. »Wir besiegen sie nicht. Wir lassen sie sich selbst besiegen.«

»Trotzdem — er ist sicher doppelt so schwer wie Sie.«

Nestor musterte ihr Gesicht. Sie meinte es offensichtlich todernst. Und sie machte Musik ... sie machte Musik ... Und jetzt kommt, was er darauf sagen würde! *Irgendwann, wenn das alles vorbei ist, würde ich mich gerne mit Ihnen zusammensetzen, und dann erzählen Sie mir mehr über diesen Children's Services.* Los, riskier was! Lass deine Gefühle raus! *Wie kann man nur zulassen, dass so ein Penner auch nur in die Nähe eines Kindes kommt? Ich kann das einfach nicht glauben ...*

… Er würde sagen: *Wie wär's, wenn wir uns irgendwo auf einen Kaffee treffen?* Und sie würde sagen: *Gute Idee … Wir bei South Beach Outreach kriegen ja nie den Standpunkt der anderen Seite zu hören, den der Polizei. Ich habe heute etwas Wichtiges gelernt. Kriminologie ist eine Sache. Aber mit dem Verbrechen direkt konfrontiert zu werden, vor Ort, wo es drauf ankommt, ist etwas ganz anderes. Einen Mann zu überwältigen, der so groß und stark ist wie der, den Sie gerade überwältigt haben — in so einer Lage hilft einem keine Kriminologie der Welt. In so einer Lage, da hat man es drauf oder nicht!*

Oder irgendwas in der Art … und die Musik würde langsam anschwellen, wie der Crescendo-Akkord einer Orgel, der den Brustkorb zum Schwingen bringt.

10

DER SUPER BOWL DER KUNSTWELT

Es war Dezember, der meteorologisch langweiligste Monat in Miami Beach. Stellen Sie sich einen Bildband vor, in dem auf jeder Seite das gleiche Foto zu sehen ist … auf jeder Seite … 12 Uhr mittags unter einem makellosen, wolkenlosen, grellblauen Himmel … auf jeder Seite … eine tropische Sonne, die jene seltenen alten Vögel auf den Gehwegen, Fußgänger, in plumpe abstrakte schwarze Schatten verwandelt … auf jeder Seite … endlose Ansichten vom Atlantischen Ozean, wobei mit »endlos« die schmalen Lücken zwischen den Häuserblocks gemeint sind … wenn Sie in einem bestimmten Winkel zwischen den glänzenden blassrosacremefarbenen Türmen mit Eigentumswohnungen hindurchspähen, die das funkelnde Meer vor den ahnungslosen Gaffern abschirmen, die nach Miami Beach kommen und glauben, dass sie einfach runter an den Strand fahren können, um sich die Strände, die träge Liegestuhl-&-Sonnenschirm-Meute, die plätschernden Wellen und den glitzernden und gleißenden Ozean anzuschauen, der sich in einem perfekten 180-Grad-Bogen bis zum Horizont dehnt … wenn Sie alle paar Wohntürme *genau richtig* hindurchspähen, können Sie einen flüchtigen Blick auf einen spindeldürren, kugelschreiberminendünnen, senkrechten Streifen

Ozean erhaschen — *blip* — und schon ist er weg … auf jeder Seite … flüchtig — *blip* — und schon ist er weg … auf jeder Seite … auf jeder Seite —

Um 12 Uhr mittags an diesem speziellen Dezembertag, Viertel vor, um genau zu sein, befanden sich Magdalena und Norman allerdings nicht unter freiem Himmel … sondern in der erlesenen, wenn auch *juckend-kratzenden* Gesellschaft von Maurice Fleischmann und seiner künstlerischen Beraterin Marilynn Carr, »A. A.«, wie er sie nannte … kurz für »Art Adviser«. Tatsächlich benutzte er das Kürzel als Spitznamen für sie … »Hey, A. A., schau dir das mal an« … oder so in der Art … Die vier versuchten in Würde, soweit das möglich war, ihren Platz in einer Warteschlange zu verteidigen, die weniger einer Schlange als einem Gedränge vor einem iranischen Flugschalter ähnelte. Bei den etwa zweihundert unruhigen Menschenseelen handelte es sich hauptsächlich um Männer mittleren Alters, von denen, wie man Magdalena mitteilte, elf Milliardäre — *Milliardäre* — waren, wenn man Maurice mitzählte, zwölf. Sie wanden sich wie Maden in Erwartung dessen, was sie auf der anderen Seite einer zentimeterdicken Glaswand erwartete, gleich hinter einem schmalen Einlass, Eingang D des Miami Beach Convention Center, . Das Convention Center nahm einen ganzen Häuserblock in Miami Beach ein. Ein normaler Mensch konnte jahrelang durch diesen Eingang D ein und aus gehen, ohne sich seiner Existenz bewusst zu sein. Das war der Punkt. Normale Menschen *wussten* nicht und *sollten* auch nicht wissen, dass sich da drinnen … fünfzehn Minuten vor Beginn des Gegockels und Geldgerangels auf der Miami Basel … Milliardäre und zahllose dreistellige Millionäre wanden wie Maden. Sie waren alle *Getriebene*.

Die Maden! … Mit sechs oder sieben hatte Magdalena auf einem Gehweg in Hialeah einen kleinen toten Hund gesehen, einen Straßenköter. Ein regelrechter Schwarm Insekten wühlte sich in eine große klaffende Wunde im Hinterteil des Hundes — nur dass es eigentlich keine Insekten waren. Sie sahen mehr wie Würmer aus, kurze, weiche, leichenblasse Würmer; und es herrschte auch nicht die Ordnung wie in einem Schwarm. Es war ein chaotisches Schlängeln, Glitschen, Winden, Schlingern, Sich-ineinander-Verknoten und Gegeneinander-Kämpfen, wuselnde Maden, die über- und untereinander, rücksichtslos, buchstäblich kopflos, wie in Raserei an das tote Fleisch zu gelangen versuchten. Später erfuhr sie, dass es sich um azephale Larven handelte. Sie *hatten* keinen Kopf. Sie hatten nur die Raserei. Sie hatten keine fünf Sinne, sie hatten nur einen, den *Trieb,* und der *Trieb* war alles, was sie spürten. Sie waren vollkommen blind.

Seht sie euch an! ... die Milliardäre! Sehen aus wie Kunden, die um Mitternacht wegen des 40-Prozent-auf-alles-After-Christmas-Sale das Macy's belagern. Nein, so gut sehen sie nicht aus. Sie sehen älter und schmuddeliger und verbrauchter aus ... schließlich sind sie *americanos,* die ganze Bande. Sie tragen vorgewaschene, am Hintern durchhängende Jeans, zu große T-Shirts und zu große Poloshirts, die über der Hose hängen, um Platz für den Bauch zu schaffen, schmutzige Khakihosen, *häääässs*-liche, verschrumpelte Kniestrümpfe in Gummimattenschwarz, Zaunlattengrün und Wischmoppbraun ... und Sneakers. Magdalena hatte noch nie so viele alte Männer gesehen — sie waren praktisch alle in mittlerem Alter oder älter — die Sneakers trugen. *Da* und *da* und da *drüben* — nicht nur Sneakers, sondern richtige Basketballschuhe. Und warum das alles? Weil sie wahrscheinlich glaubten, dass sie in den Teenyklamotten jünger aussahen. War das ihr Ernst? So waren ihre Rundrücken, Hängeschultern und Fettranzen ... ihre verkrümmten Wirbelsäulen, nach vorne gereckten Hälse, schwabbligen Backen und ledrigen Kehllappen ... erst recht nicht zu übersehen.

Um die Wahrheit zu sagen, Magdalena war das alles ziemlich egal. Sie hielt es für lustig. In erster Linie war sie neidisch auf A. A. Diese *americana* war hübsch und jung und, was sich fast von selbst verstand, blond. Sie war elegant, aber sehr einfach gekleidet ... und sehr sexy ... ein makellos schlichtes, praktisches, ärmelloses schwarzes Kleid ... aber kurz ... es endete etwa dreißig Zentimeter über ihren Knien und zeigte jede Menge von ihren schönen schlanken Oberschenkeln ... und wirkte, als betrachtete man ihren *ganzen* schönen schlanken Körper. Magdalena hatte nicht den geringsten Zweifel, dass sie sexyer war als dieses Mädchen, dass sie schönere Brüste, schönere Lippen und schöneres Haar hatte ... langes, volles, dunkel glänzendes Haar im Gegensatz zu dem sexlosen blonden Bob dieser *americana,* den sie von diesem englischen Mädchen abgekupfert hatte — wie hieß die noch mal? — Posh Spice ... Sie wünschte nur, sie hätte, um *ihre* nackten Beine zeigen zu können, auch einen Minirock angezogen ... und nicht diese enge weiße Hose, die hauptsächlich die tiefe Spalte ihres perfekten kleinen Hinterns hervorhob. Aber dieses »A. A.«-Mädchen hatte noch etwas anderes. Sie *wusste Bescheid.* Reiche Menschen wie Fleischmann dabei zu beraten, welche teure Kunst sie zu kaufen hatten, war ihr Beruf, und sie wusste alles über diese »Messe«. Wenn jemand »Miami Art Basel« sagte, in der Annahme, das sei der volle Name, dann würde sie denjenigen auf die höflichste Art darauf hinweisen, dass der offizielle Name Art Basel Miami Beach lautete ... und dass die, die Bescheid wussten, den Namen nicht zu »Miami Art Basel« abkürzten. Nein, sie nannten sie »Miami Basel«. Sie konnte sechzig *Ich-weiß-Bescheid*-Sprüche pro Minute abfeuern.

In diesem Augenblick sagte A. A. gerade, »Also frage ich sie — ich frage sie, was sie interessiert, und sie sagt, ›Ich suche was Avantgardistisches … einen Cy Twombly oder so.‹ Und ich denke, ›Einen *Cy Twombly?*‹ Cy Twombly war Avantgarde in den *Fünfzigern!* Ich glaube, er ist vor ein paar Jahren gestorben. Die meisten seiner Zeitgenossen sind auch schon tot oder machen es nicht mehr lange. Wenn deine ganze Generation tot ist oder so gut wie, dann gehört man nicht mehr zur Avantgarde. Man ist vielleicht bedeutend, vielleicht ikonisch, so wie Cy Twombly, aber man ist nicht mehr *Avantgarde.*«

Sie sagte das nicht zu Magdalena. Sie schaute sie nicht mal an, nie. Warum seine Aufmerksamkeit, geschweige denn seine Worte, an einen kleinen Niemand verschwenden, der wahrscheinlich von nichts eine Ahnung hatte? Das Schlimmste daran: Sie hatte recht. Magdalena hatte noch nie von Cy Twombly gehört. Sie wusste auch nicht, was »avantgardistisch« bedeutete, obwohl sie es irgendwie ahnte, so wie A. A. das Wort benutzte. Und was bedeutete *ikonisch?* Sie hatte nicht die leiseste Ahnung. Sie hätte darauf gewettet, dass auch Norman es nicht wusste, dass er nicht ein Wort von dem verstanden hatte, was unsere sexy geschäftsmäßige Miss A. A. gerade gesagt hatte. Aber Norman erzeugte eine Aura um sich, die die Leute glauben ließ, er wüsste *alles* über *alles,* egal was wer gerade erzählte.

Ikonisch war ein Wort, das nun, nur noch wenige Minuten vor Anbruch der magischen Stunde um Mittag, in allen Gesprächen auftauchte. Die wuselnden Maden wurden immer nervöser.

Ganz in der Nähe sagte ein Mann mit einer hohen Stimme, »Okay, es ist vielleicht kein *ikonischer* Giacometti, aber es ist trotzdem ein *großartiger* Giacometti, aber neiiiiin —« Magdalena erkannte die Stimme. Ein Hedgefonds-Milliardär aus

Greenwich? — aus Stamford? — egal, jedenfalls aus Connecticut. Sie kannte ihn von der BesJet-Party von vor zwei Tagen.

Eine Frau sagte: »Heutzutage würde Koons bei einer Auktion *untergehen!*«

»— Hirst, wenn Sie mich fragen. Der würde noch so viel bringen wie ein toter Fisch, der fünfzehn Minuten in der Sonne gelegen hat.«

»— was haben Sie gerade gesagt? Prince ist doch *der*, der total out ist.«

»— meinen Sie den Fisch bei Stevie's, das Vierzigmillionenteil, das schon angefangen hat zu stinken!«

»— ikonisch, dass ich nicht lache.«

»— ich schwöre, sie hat tatsächlich ›simplifiziert‹ gesagt.« Magdalena kannte die Stimme mit dem Akzent sehr gut, von der Dinnerparty gestern Abend, die Michael du Glasse und seine Frau Caroline Peyton-Soames im Casa Tua gegeben hatten. Sie erinnerte sich sogar noch an den Namen, Heinrich von Hasse. Er hatte Milliarden gemacht mit der Produktion von … irgendwas mit Industrierobotern? … was war das noch mal? Egal, jedenfalls hatte er vor sechs Monaten auf der Art Basel in der Schweiz so viele Millionen für Kunst ausgegeben, dass man praktisch auf jeder Party, bei der Maurice, Norman und sie gewesen waren, über ihn gesprochen hatte.

»— wirst du ja gleich sehen, Baby. Eine Masernepidemie!«

»— und keine Sekunde Bedenkzeit!«

»Ein Blick! — Okay? — *Gekauft!* Mehr Zeit ist nicht …«

»Die Art Basel in Basel?« A. A. schaltete sich wieder ein. »Sind Sie jemals in Basel *gewesen?* Nur Helsinki ist schlimmer. Nirgendwo was Anständiges zu essen. Das Essen ist nicht mal *annähernd* so gut wie hier. Der Fisch schmeckt, als wäre er auf dem Rücksitz eines Honda geliefert worden, und dann der Preis —«

»— hat der immer meine Beraterin angebaggert, Herrgott noch mal!«

»— glaube, fünfzehn Minuten lassen sie dir Zeit, aber fünf Minuten später —«

»— doppelt so teuer wie hier. Und dann die sogenannten historischen Hotels in Basel! Historisch ist da nur eins — das Waschbecken im Bad! Igitt! Das sind noch diese alten Dinger, Sie wissen schon. Die könnte man eine Woche lang Tag und Nacht schrubben, die würden immer noch so grau aussehen wie deine alte bettlägerige Oma mit Mundgeruch. Keine Ablagen, und dann diese alten grauen Eisenbecher, die da an die Wand geschraubt sind, wo man seine Zahnbürste reinstellen soll. Einfach ...«

»Ich bin *was?*«

»— was ich gesagt habe. Unhöflich. Geben Sie mir mal die Nummer von Ihrer Mutter. Der werde ich was über Sie erzählen!«

»Und, was wollen Sie dann machen — Putin anrufen, dass er mir Plutonium in den Cappuccino kippt?«

Fleischmann fasste sich so unauffällig wie möglich in den Schritt und versuchte, sich an seinen juckenden Herpespusteln zu kratzen. Allerdings schaffte er es nie so unauffällig, dass Magdalena es nicht bemerkt hätte. Mindestens alle zwei Minuten warf ihr Fleischmann einen seiner dreiundsechzig Jahre alten *Blicke* zu ... bedeutungsschwanger ... und lüstern. Laut Normans Diagnose war das ein und dasselbe. Die Bedeutung *war* lüstern. Allein der Anblick eines umwerfenden Mädchens wie Magdalena war für einen Pornografiesüchtigen wie Fleischmann *Live*-Pornografie ... besser als jedes Striplokal. So unappetitlich sie auch waren, Magdalena *liebte* diese Blicke. Diese bedeutungsschwanger lüsternen Blicke zog sie von jeder Art Mann auf sich — sie *liebte* das, *liebte* das, *liebte* das. Erst schauten sie ihr ins Gesicht — Norman sagte, ihre wissenden Lippen ließen Ekstase erahnen, auch wenn nicht der Anflug eines Lächelns auf ihnen zu sehen war. Dann schauten sie auf die Brüste — ihre irgendwie *perfekten* Brüste. Sie war sich dessen bewusst, *immer!* Dann tasteten sich die Blicke zwischen ihre Beine ... um dort *was* zu finden, in Gottes Namen?

Alle alten Männer in dieser zappelnden Madenbrut würden ... wenn sie hüftschwingend vor ihnen und ihrem Reichtum auf und ab paradierte ... *dahinschmelzen!* Sie träumten davon, ihr Geld ... *in ihr* ... zu versenken.

Als hätte eine dieser Märchenbuchfeen, die Kinder so lieben, ihren Zauberstab über Miami geschwungen ... und — *schwuppdiwupp!* — die Stadt in die Miami Basel verwandelt ... Die Zauberformel wirkte nur eine Woche, eine magische Woche in jedem Dezember ... wenn die »Kunstmesse« Miami Basel ins Miami Beach Convention Center einzog ... und famose Menschen aus Amerika, Europa, Japan, sogar aus Malaysia, sogar aus China, Hongkong und Taiwan, sogar aus Südafrika, aus *todo el mundo,* in Schwärmen von Privatflugzeugen vom Himmel herabschwebten ... um teure zeitgenössische Kunst zu kaufen ... oder den famosen Menschen beim Kaufen *zuzuschauen* ... in ihr geistiges Ambiente aus Kunst und Geld einzutauchen ... die gleiche Luft wie sie zu atmen ... kurz, um da zu sein, *wo die Post abgeht* ... bis die Fee eine Woche später wieder ihren Zauberstab schwang und — *schwuppdiwupp!* — alles verschwand ... die Kunst aus aller Welt, die Privatflugzeuge aus aller Welt, die famosen Menschen, die aus aller Welt vom Himmel herabgeschwebt waren, und — *pfffft!* — jede Spur von Kultiviertheit und Weltläufigkeit.

In diesem Augenblick jedoch standen all diese Kreaturen noch unter dem Bann des Feenzaubers.

Für die Öffentlichkeit wurde die Miami Basel erst zwei Tage später geöffnet ... aber für diejenigen, die *Bescheid wussten,* die *Insider,* war die Miami Basel schon seit drei Tagen eine wüste Tour de Force aus Stehempfängen, Dinnerpartys, After-Partys, heimlichen Kokainorgien und der rasanten Jagd nach Frischfleisch. Fast überall konnten sie ihrem gesellschaftlichen Status mithilfe der anwesenden Film-, Musik- Fernseh-, Mode- und sogar Sportberühmtheiten, die nichts über Kunst wussten und auch gar keine Zeit hatten, sich darum zu kümmern, einen netten kleinen Schub geben. Die Promis wollten nur eins ... da sein, *wo die Post abging.* Für sie und die Insider war die Miami Basel in dem Augenblick vorbei, wenn der erste Ahnungslose aus dem Volk seinen Fuß in die Hallen setzte.

Ohne Maurice Fleischmann hätte auch Magdalena zu diesen Ahnungslosen gehört. Als Maurice Norman und sie eingeladen hatte ... auf Normans Drängen hin ... hatte sie nie auch nur von der Miami Basel gehört. Unter Psychiatern war privater Umgang mit einem Patienten äußerst verpönt. Die Effektivität des Psychiaters setzte in nicht geringem Maße seine gottähnliche Stellung weit über der weltlichen des Patienten voraus, egal welche diese auch sein mochte. Der Patient musste von dem von ihm bezahlten Gott abhängig sein, nicht andersherum. Aber Maurice war von Norman hypnotisiert. Er glaubte, die »Genesung« von seiner »Krankheit« hinge vollkommen von Norman ab, obwohl — oder vielleicht auch weil — Norman ihm immer wieder erzählte, dass es sich dabei nicht um eine Krankheit, sondern um eine Schwäche handele. Weil Norman oft im Fernsehen war und von vielen Leuten in Miami wie eine Berühmtheit behandelt wurde, empfand es Maurice als Privileg, ihn überallhin mitzuschleppen. Niemand kam auf den Gedanken, dass Maurice Fleischmann Normans

Patient war. Sie waren zu bekannt und verkehrten auf Augenhöhe in denselben Kreisen. Was konnte daran ungewöhnlich sein?

An jedem Tag nach Normans letztem Termin hatten Fleischmann und sein Fahrer, ein kleiner Ecuadorianer namens Felipe, Norman und Magdalena in einem großen schwarzen Escalade SUV mit getönten Scheiben von den Lincoln Suites abgeholt. Der erste Stopp am ersten Tag war die Eröffnungsveranstaltung für die Insider, eine Cocktailparty, die unter dem Namen *Toffs at Twilight* bekannt war. Ein Mann namens Roy Duroy veranstaltete diese Party jedes Jahr in seinem eigenen Hotel, The Random in der Collins Avenue, das etwas südlich von den Lincoln Suites lag. The Random war ein typisches Hotel aus der Zeit des viel gepriesenen South Beach Retro Boom. Ein schlauer Bauunternehmer wie Duroy kauft ein kleines verschlamptes Hotel, in der Regel 80 Jahre alt oder älter, klatscht ein bisschen Farbe drauf, verpasst den Zimmern einen Internetanschluss, ändert den Namen von Isle of Capri oder Surfride in etwas hippes Flippiges wie The Random und erklärt es zum architektonischen Art-déco-Juwel. Und dann hatte man ein kleines verschlamptes *Juwel*. Die Rückseite des Grundstücks versöhnte damit. Von dort hatte man Zugang zum Meer. Duroy hatte haufenweise große Sonnenschirme mit magentaroten, weißen und apfelgrünen Streifen aufstellen lassen. Sehr farbenprächtig, diese Sonnenschirme. Als Maurice, Norman und Magdalena eintrafen, war *Toffs at Twilight* schon in vollem Gange. Einhundert, zweihundert Miami-Basel-Insider drängelten sich trinkend an den Tischen unter den Sonnenschirmen oder wandelten trinkend zwischen den Sonnenschirmen. Alle tranken und inszenierten eine rauschende Brandung aus großmäuligem Tratsch, aus *Bla Bla Bla Bla!* und *Kreisch Kreisch Kreisch Kreisch!*

Was Magdalena die Sprache verschlug, war der Aufruhr, den die bloße Anwesenheit von Maurice hervorrief. Roy Duroy höchstpersönlich eilte ihm sofort entgegen und begrüßte ihn mit einer innigen Umarmung. Seine Schmeicheleien rieselten wie Rosenblüten auf Maurice herab. Von dem Augenblick an, als Maurice die farbenprächtige Sonnenschirmlandschaft betreten hatte, eilten so viele Leute auf ihn zu, dass er sich eine Stunde lang keine zehn Zentimeter vom Fleck rühren konnte. Magdalena hatte von Anfang an gewusst, dass Maurice ein Milliardär mit »Einfluss« war. Trotzdem ging ihr Normans Foto von Maurice' herpesverseuchten Genitalien nicht mehr aus dem Kopf. Doch hier, beim *Toffs at Twilight,* erblickte sie Maurice *el Grande*.

Währenddessen schmollte Norman ein bisschen. Bis jetzt hatte ihn noch niemand erkannt. Er hatte noch nicht mal seine bewährte Taktik angewandt, mit seinem Gelächterr*rahHAHock hock hock* Aufmerksamkeit zu erregen. Grummelig sagte er zu Magdalena, Roy Duroy wolle nur Maurice' Geld für seine durchgeknallte Schnapsidee, das The Random zu einer Kette auszubauen.

Dann stiegen die drei wieder in ihren großen schwarzen Escalade und fuhren weiter zum High Hotel, ebenfalls in South Beach, wo BesJet, eine Firma, die Flugzeuge an Unternehmen und die Superreichen vermietete, einen Cocktailempfang gab ... und wo die donnernde Brandung ... der großmäulige Tratsch, das *Bla Bla Bla Bla!* und *Kreisch Kreisch Kreisch Kreisch!* sogar noch lauter waren ... Magdalena war sprachlos. Auf der anderen Seite des Raums entdeckte sie zwei Filmstars, Leon Decapito und Kanyu Reade. Kein Zweifel! *Leon Decapito und Kanyu Reade!* — leibhaftig! ::::::Leon Decapito und Kanyu Reade ... und *ICH* ... Gäste auf derselben Cocktailparty.:::::: Aber nicht mal solchen Stars konnte mehr Aufmerksamkeit zuteilwerden als Maurice. Mit einem bis zum letzten Backenzahn strahlenden Lächeln eilte der Präsident von BesJet auf Maurice zu. Als sich die beiden die Hand schüttelten, legte der Präsident seine Linke auch noch obendrauf, als ob sie einen Schwur besiegelten. Sicher fünf Mal erzählte er Maurice, dass morgen die 170. Bes-Jet-Maschine extra für die Miami Basel einfliegen würde. Zweifellos war ihm bekannt, dass Maurice sein eigenes Flugzeug hatte. Er wollte einfach nur mit Maurice sprechen, weil er von allen Reichen Miamis, die sich Privatflüge leisten konnten, anscheinend derjenige war, mit dem man gesprochen haben *musste*. Norman wurde eindeutig immer griesgrämiger. Von der BesJet-Party ging es weiter ins elegante, teure Restaurant Casa Tua zu einem großen Dinner von *Status,* dem neuen Magazin, das in aller Munde war, weil es Ranglisten für Menschen in allen nur denkbaren Lebensbereichen veröffentlichte.

Kein Schritt, den Magdalena jemals über eine Türschwelle gesetzt hatte, hatte sie in der Gesellschaft so weit gebracht … und kaum hatte sie den Speisesaal betreten, entdeckte sie unter den hundert oder mehr Gästen die berühmten Gesichter von Tara Heccuba Barker! … Luna Thermal! … Rad Packman! … Sie konnte es nicht fassen. Sie atmete die gleiche Luft wie sie! Trotzdem, um keinen von ihnen hätten die *Status*-Leute ein größeres Tamtam veranstalten können als um Maurice. In seiner Begrüßungsrede erwähnte der Chefredakteur von *Status* Maurice *zweimal* …

Nach dem Essen bekam Norman endlich seine Chance. Eine große mondgesichtige Frau erkannte ihn, winkte noch ein paar andere hinzu, und kurze Zeit später war Norman der Star einer großen Gesprächsrunde, die ganz begierig den Worten des berühmten Dr. Lewis zum Thema Sucht nach Pornografiii*ahhHAHAHock hock hock* lauschte. In null Komma nichts hatten sich acht oder neun Leute um ihn versammelt.

Magdalena, die neben Maurice stand, fand sich rein zufällig in einer Gesprächsrunde wieder, die aus Maurice und dreien seiner Höflinge bestand, alles Männer in mittleren Jahren. Der einzige, den Magdalena kannte, war Burt Thornton, den sie schon oft im Fernsehen gesehen hatte ... und der in irgendeinem Immobilienschlamassel oder so steckte ... Die beiden anderen waren ein Soundso Hernan und ein Soundso Kershner. Maurice ließ sich gerade über die Tücken von »Hypothekenpyramiden« aus, was wohl, wie Magdalena annahm, Thorntons Problem war. Sie war sich nie deplatzierter vorgekommen. Selbst wenn sie gewusst hätte, worüber um alles in der Welt sie redeten, hätte sie es nicht gewagt, auch nur einen Piepser zu sagen. Noch weniger wagte sie es, die Runde zu verlassen und ihr Glück bei all den alten Menschen zu versuchen, die anscheinend auf dem Sprung waren, zu der einen oder anderen angesagten Après-Party-Party weiterzuziehen. Aus einer Gruppe, die gerade an der Maurice-Fleischmann-Runde vorbeikam, löste sich ein Mann — »Maurice!« — und umarmte ihn: die männliche Variante der gehauchten Damenküsschen unter gesellschaftlich Gleichgestellten. ::::::*¡Dios mío!* In meinem ganzen Leben habe ich noch nie einen so umwerfenden Mann gesehen!:::::: Maurice stellte ihn schnell vor. »Sergej, das ist Burt Thornton ... Burt, das ist Sergej Koroljow.«

»Ist mir ein Vergnügen, Mr. Thornton.«

»Oh, es ist mir eine *Ehre!*«, sagte Burt Thornton.

Sergej Koroljows europäischer Akzent — war das Russisch? — machte ihn für Magdalena nur noch umwerfender. Er sah jung aus, zumindest in dieser Gesellschaft — Mitte dreißig? Er war so groß, wie es sich ein Mädchen nur wünschen konnte, und sein *Körper.* Attraktiver waren Männer nicht zu haben. Kantiges Kinn, umwerfend blaue Augen — und sein Haar, hellbraun mit einigen blonden Strähnen, war dicht und schwungvoll nach hinten gekämmt. *Romantisch.* Und die charmante Art, wie er lächelte und Mr. Thornton mit diesen vier Worten begrüßte, »Ist mir ein Vergnügen.« Es klang so, als meinte er es wirklich. Kurz bevor Maurice ihn Mr. Hernan vorstellte ::::::er hat mich angeschaut — und ganz sicher *nicht zufällig!*:::::: Und dann als er Mr. Kershner vorgestellt wurde ::::::noch mal! Jetzt weiß ich, dass es *kein* Zufall war!::::::

Maurice schien das auch aufgefallen zu sein, denn er sagte, »Oh, und das, Sergej, ist Magdalena Otero.« Der umwerfende Mann wandte sich Magdalena zu. Er bedachte sie mit dem gleichen höflichen, charmanten Lächeln. Er streckte die Hand aus, als wollte er ihr die Hand schütteln — verbeugte sich dann, hob ihre Hand und hauchte ihr einen Kuss auf den Handrücken. »Miss Otero.« Als er sich wieder aufrichtete, mischte er den Hauch einer versteckten Andeutung in sein Lächeln und blickte ihr viel zu lange tief in die Augen — dann ging er mit seiner Gruppe weiter. ::::::*¡Dios mío, mío, mío!*::::::

Magdalena flüsterte Maurice zu: »Wer *ist* das?«

Maurice kicherte. »Jemand, der dich gern näher kennenlernen würde, nehme ich an.« Dann setzte er sie ins Bild.

Norman war auch glücklich. Schließlich hatten sie doch noch erkannt, wer er war. Was für ein Kick! Ein Kick, der Norman so aufputschte, dass er gerüstet war für eine After-Party in einem sogenannten Museum of the Instant im Design District, wo eine Performance-Künstlerin namens Heidi Schlossel ein Kunstwerk mit dem Namen *Ent-fickt* vorführen würde. Beim *Status*-Dinner hatte jeder darüber gesprochen.

Magdalena hatte noch nie vom Museum of the Instant, vom Design District, von Performance-Art oder Performance-Künstlern, geschweige denn einer Heidi Schlossel gehört. Norman war nur geringfügig besser informiert. Er hatte schon mal vom Design District gehört, wusste aber auch nicht, wo er war. Maurice, inzwischen ein beglaubigter Platzhirsch der Miami Basel, konnte es kaum erwarten.

Magdalena nahm Norman beiseite. »Diese Performance-Art-Sache — die heißt *Ent-fickt.* Wir haben keine Ahnung, was das ist. Willst du das wirklich riskieren« — sie deutete nach hinten zu Maurice — »ihn zu so was mitzunehmen?«

»Das ist ein Museum«, sagte Norman. »Kann ja nicht so schlimm sein, oder?«

Also wieder in den Escalade … und ab zum Design District … einer Gegend voller leer stehender Lagerhäuser und kleiner Fabriken … Das Museum of the Instant war eine Bruchbude … und zu klein für die hineindrängenden Insider der Miami Basel … In dem einzigen halbwegs passablen Ausstellungsraum stapelten sich an einer Wand Hunderte abgefahrener schwarzer Reifen. An einem schiefen, rohen Holzpfosten hing ein Schild:

EINGEBORENENMÜLL DES TAGES

— Sammlung des Museum of the Instant —

Aus der Lautsprecheranlage dröhnte ein Rhythmus-Track, *»BOOMchilla BOOMchilla BOOMchilla BOOMchilla …«* Hinter dem Haufen schmutziger schwarzer Reifen tritt eine große, weibliche, schwarz gekleidete Gestalt hervor. Sie hat kalkweiße Haut … und lange schwarze Haare, die wallend auf die gepolsterten und plissierten Schultern einer akademischen Robe fallen, wie sie Studenten bei der Abschlussfeier tragen.

Die Robe ist weit geschnitten. Sie fällt schwer auf den Boden. Die Gestalt lächelt nicht.

Sie steht regungslos da, macht keinen Pieps, dreißig Sekunden lang. Wahrscheinlich ist das Heidi Schlossel.

Sie hebt ihre Hände, führt sie hinter dem Nacken zusammen und löst einen Verschluss.

Die Robe fällt plötzlich und vollkommen von ihren Schultern, *plomp*. Als ob sie eine Tonne schwer wäre.

Sie stand jetzt splitterfasernackt vor einem großen Haufen aus schwerem schwarzem Stoff … starr, aufrecht. Ihr Gesicht war ausdruckslos … Sie sah aus wie ein Untoter aus einem Horrorfilm … ohne eine einzige Naht.

Magdalena flüsterte Norman zu, »Lass uns gehen — sofort!« Sie nickte zu Maurice. Norman schüttelte nur den Kopf … Nein.

Die nackte Frau schien für diese Rolle, was immer sie auch darstellen sollte, fünfzehn Jahre zu alt und fünfzehn Pfund zu schwer zu sein. Mit der toten Stimme der Untoten begann sie zu sprechen. »Männer haben mich gefickt … sie haben mich gefickt, haben mich gefickt, durchgefickt, ins Knie gefickt —« … und so ging es weiter, das Ich-war-ein-verfickter-Zombie-Gedicht — bis sie plötzlich einen Daumen und zwei Finger in ihre Vagina einführte, eine Wurst herauszog, sozusagen lebendig wurde und schrie »Ent-fickt!« — worauf sie eine zweite, mit der ersten verbundene Wurst herauszog — »Ent-fickt!« — und dann noch eine und noch eine — »Ent-fickt!« und »Ent-fickt!« und »Ent-fickt!« und »Ent-fickt!«. Magdalena konnte nicht fassen, wie viele Würste die Frau in ihrer Vagina untergebracht hatte.

Maurice' Hand krampfte sich um seine Genitalien. Aber anstatt sie mit der Hand zu reiben, bewegte er … um nicht aufzufallen … unter der Hand seinen Körper hin und her.

Magdalena stieß Norman an und flüsterte laut, »Maurice!« Norman achtete nicht auf sie. Er starrte auf Heidi Schlossel und ihre nächste Wurst. Magdalena war es inzwischen egal, ob man sie hörte. »Herrgott noch mal, Norman! Schau dir Maurice an!«

Norman warf ihr einen bösen Blick zu ... schaute aber dann doch zu Maurice. Erst starrte er ihn nur an ... kalkulierend ... kalkulierend ... stieß dann einen tiefen, selbstverleugnenden Seufzer aus und legte ... sanft ... einen Arm um Maurice' Schultern ... neigte den Kopf zu ihm und sagte wie zu einem Kind ... »Maurice, wir müssen jetzt gehen.«

Wie ein gehorsames Kind, das weiß, dass es seine Eltern enttäuscht hat, ließ Maurice sich aus dem Museum of the Instant führen.

Maurice war schweigsam ... und reumütig ... aber Norman ärgerte sich. Er schüttelte den Kopf, ohne Magdalena und Maurice anzuschauen.

»Was ist los, Norman?«, fragte Magdalena.

»Da soll noch eine große After-Party ganz in der Nähe steigen. In der Galerie Linger in Wynward, wo immer das ist.« Er schüttelte weiter den Kopf. »Aber das können wir jetzt wohl vergessen.«

Später fragte Magdalena herum und erfuhr, dass bei Linger, einer großen Galerie, eine »Privatsammlung« fotorealistischer pornografischer Gemälde, was immer das bedeuten sollte, *fotorealistisch,* und Skulpturen homosexueller Orgien gezeigt wurden.

Warum beschäftigte sich die sogenannte avantgardistische Kunst so viel mit Pornografie?, fragte sich Magdalena. Was um alles in der Welt war der Grund dafür? ... Und wer ärgerte sich mehr darüber, das alles nicht sehen zu können, der Patient ... oder der Arzt?

Aber jetzt, am letzten Abend, war alles so, als wäre nichts gewesen. Alle drei, Maurice, Norman und sie selbst, stürzten sich vor dem Dinner in die nächste Runde aus Partys und Empfängen … und das Dinner am letzten Abend war wirklich etwas Besonderes. Michael du Glasse und seine Frau, Caroline Peyton-Soames, waren die Gastgeber. *Michael du Glasse* und *Caroline Peyton-Soames!* … das, wenn man Magdalena fragte, glamouröseste Paar in Hollywood … ein Dinner für hundert Leute im Ritz-Carlton … und Magdalena Otero, kürzlich noch wohnhaft in Hialeah, war ihr Gast … und hatte einen erhabenen und unvergesslichen Augenblick lang die rechte Hand ihrer beiden Gastgeber berühren dürfen.

In schätzungsweise fünf Minuten würde sich eine Doppeltür in der Glaswand öffnen und die alten Männer, die alten Maden, würden als Erste die Schätze auf der anderen Seite in Augenschein nehmen … Miami Basel! … Zwei Stunden lang hätten die Maden, und nur sie, den ganzen Laden exklusiv für sich … was auch immer im Namen Gottes das war, der »ganze Laden« …

»— verpissen? Verpissen *Sie* sich, Sie fette —«

»*AhhggghHAHAHHHHock hock hock hock* … Hast du den großen Ochsen gesehen, der sich da gerade zwischen den beiden Leuten durchquetschen wollte? Zu eng, ist einfachhh*aaagghHAHHHHock hock hock hock* stecken geblieben! War einfach zu fett, sein Bauch*ahhHock hock hock!*«

Maurice Fleischmann schaute Norman ausdruckslos an. Dann schaute er sich unter seinen wuselnden Artgenossen um, was der Grund für Normans Ausbruchh*hock hock hock* war. Er sah nichts. Er war perplex. Aber Magdalena wusste inzwischen Bescheid. Norman fing immer dann an zu gackern, wenn er verunsichert war, besonders in Gegenwart von Leuten, von denen er sich in die Defensive gedrängt oder denen er sich unterlegen fühlte. Zum Beispiel Fleischmann. Es war seine Methode, in einer Unterhaltung das Kommando zu übernehmen. Jeder, sogar ein wirklich reicher Mensch wie Fleischmann musste schon ein Herz aus Stein haben, um nicht zu lächeln und zu kichern und das Spiel dieses großherzigen Burschen mitzuspielen, der von seinem eigenen Gelächter über weiß Gott was mitgerissen, durchgeschüttelt und paralysiert wurde … Warum sollte er sich überhaupt in eine Unterhaltung von Fleischmann einmischen — wenn er doch schon dessen armseliges pornoverseuchtes Hirn kontrollierte? Warum? — allmählich dämmerte es Magdalena. Es war Norman *sehr* wichtig, dass sein Boot in einer Marina wie der von Fisher Island vor Anker lag — aber er hatte keinen Besitz dort. Maurice Fleischmann machte es möglich. Oder Normans Anwesenheit im Kreis der bedeutendsten VIPs der Miami-Basel-VIPs, will heißen, der reichsten der Reichen, der wahrscheinlichsten der wahrscheinlichen Käufer, der hasardeurischsten der Hasadeure, die alle über- und untereinanderwuselten, um als Erste die auf 8300 Quadratmetern zum Verkauf stehenden Wunder der Miami Basel bestaunen zu können. Was machte Norman hier? Maurice Fleischmann machte es möglich.

Ganz vorne in der Schlange gab es irgendeine Auseinandersetzung … der große Ochse, pausenlos quatschend, allem Anschein nach wütend … wenn das Kinn in die Höhe fährt, bildet sich ein Reifenstapel aus Fett in seinem Nacken ::::::Und was der anhat! … ein gewöhnliches weißes T-Shirt, eigentlich ein Unterhemd. Wie das aussieht! … hängt aus der Jeans raus, einer Big Boy BodiBilt Jeans … spannt sich über dem aufgedunsenen Bauch … sieht aus wie einer von diesen großen Gymnastikbällen aus Plastik, wirklich ekelhaft.::::::

Magdalena tippte Norman auf den Arm. »Norman —«

»Ja, das ist er«, sagte Norman. »Einen Augenblick noch … Der Bursche ist einfach einmaliiiigg*HahhhHAHAHock hock hock!«*

Als er anfing zu gackern, fiel Magdalena auf, dass seine kleine Vorstellung schon nicht mehr ihr galt, sondern Fleischmann.

»Ist gerade ein paar Sekunden her, da hat der Kerl versucht sich an vierter oder fünfter Stelle in die Schlange reinzuquetschen … und *jeeeetztoooahHHHHock hock hock … ist* er an erster Stelle« …

Fleischmann sieht angefressen aus. Er täuscht nicht mal ein Lächeln über Normans Gegacker vor. Er ist besorgt. Er schlendert zu Norman hinüber und wirft einen Blick auf den Kerl.

»Hey, A. A.«, sagt Fleischmann. »Komm mal her.« Sie kommt, und er sagt, »Ist das nicht Flebetnikow?«

»Oh, ja«, sagt sie. »Unverkennbar.« Fleischmann beugt sich zu A. A. vor und senkt die Stimme: »Dieser aufgeblasene Arsch. Er weiß, dass ich an Doggs interessiert bin — und jetzt schau ihn dir an. Räumt mit seiner Sumoringerwampe buchstäblich die Leute aus dem Weg, und jetzt steht er direkt vor der Tür.«

A. A., ebenfalls mit gesenkter Stimme: »Aber warum sollte er deshalb persönlich herkommen? Glauben Sie nicht …«

»Er ist milliardenschwer und einer von Putins Lakaien. ›Ich reiße mir alles unter den Nagel, was *du* willst, nur um *dir* zu zeigen, dass *du* gegen mich keine Chance hast.‹ Deshalb!«

»Wer ist *er?*«, fragte Norman.

Fleischmann nahm Norman eindeutig übel, dass er sich in eine vertrauliche Unterhaltung einmischte. »Haben Sie vielleicht schon mal was über russische Oligarchen gehört?«

Dann wandte er sich wieder an A. A. und sagte, »Das Einzige, was wir jetzt …«

Es war das »vielleicht«, das Norman ärgerte. Schlug Fleischmann da etwa den nachsichtig gereizten Tonfall an, mit dem man Trottel abfertigte? Das würde sich Norman keine Sekunde lang bieten lassen.

»Über russische Oligarchen?«, sagte er. »*Von* russischen Oligarchen, das trifft's schon besser *ahaaahhhHAHAHAHock hock hock!* Ich wurde bei diesen Vögeln schon von drei verschiedenen Psychiatern zurate gezogen. Ob ich schon was über russische Oligarchen gehört habe*aaahHAAAHock hock hock!*«

Magdalena wusste, dass das gelogen war.

»Nun, ich bezweifele ernsthaft, dass Sie jemals bei einem derart widerwärtigen zurate gezogen wurden«, sagte Fleischmann kurz angebunden, während er sich wahrscheinlich fragte, wie ihm die Kontrolle über das Gespräch entgleiten konnte.

Ohne ein weiteres Wort ließ Fleischmann Norman stehen, ging ein Stück an der Glaswand entlang und zog ein Handy aus der Innentasche seiner Jacke. Er schaute sich kurz um, um sicherzugehen, dass weder Norman noch sonst wer ihn belauschen konnte. Dann telefonierte er etwa vier, fünf Minuten. Als er wieder zurückkam, war er besserer Laune.

»Wen haben Sie angerufen, Maurice?«, fragte Magdalena.

Fleischmann bedachte sie mit einem kokett jungenhaften Lächeln. »Das wüssten Sie wohl gern.«

In diesem Augenblick verstummte die Madenmeute. Jenseits der Glaswand war aus dem Nichts eine Frau aufgetaucht, eine blonde, knochigknorpelige *americana,* die versuchte in einer Röhrenhose in Art World Black und einem T-Shirt mit V-Ausschnitt in Art World Black jung auszusehen. Gott sei

Dank hing ihr ein Mitarbeiterausweis der Miami Basel um den Hals. Die Plastikkarte verdeckte gnädigerweise den Teil ihres Brustbeingerippes, wo ihr Dekolleté hätte sein sollen. Sie öffnete die Glastüren, setzte ein sprödes Lächeln auf und deutete in die Halle. Es war geradezu gespenstisch, wie die Masse der Maden schweigend in die Halle quoll.

Flebetnikow *platzte* wie ein riesiger Korken durch den Eingang. Er kam kurz aus dem Tritt und musste einen kleinen Zwischenschritt einlegen, um das Gleichgewicht zurückzugewinnen. Der große Bauch hüpfte und schwankte unter seinem T-Shirt. Der Russe führte die Meute an … mit abgewinkelten Ellbogen, als wollte er sichergehen, dass niemand ihn überholte. Erst jetzt fiel Magdalena auf, dass er Basketballschuhe trug. Sie schaute auf Fleischmanns Füße. Auch er trug Sneakers! … hellbraune Sneakers, die fast die gleiche Farbe hatten wie seine Popelinhose … nicht so aufdringlich wie die des Russen, aber trotzdem Sneakers! … Vorwärts! Rein in die Kunstwelt! Schneller!

Jetzt quetschten sich Magdalena, Fleischmann, Norman und A. A. durch die Tür. Um den hechelnden alten Männern nicht in die Quere zu kommen, war die knorpelige Frau in Art World Black klugerweise einen Schritt zurückgetreten. Es war kein Ansturm … der Strom geriet nicht völlig außer Kontrolle … aber Magdalena konnte trotzdem den Druck spüren … Ein Mann war so dicht hinter ihr, dass sie neben ihrem Ohr seinen röchelnden Atem hören konnte. Sie wurde von der Flut der alten Knochen mitgerissen, die es nicht erwarten konnten, *da* reinzukommen, was immer *da* auch war.

Der schmale Durchgang führte in die Hauptausstellungshalle. Dieser Raum allein sah aus, als hätte er die Größe eines ganzen Häuserblocks … die Decke war — wie hoch? — drei Stockwerke? — vier Stockwerke? — und lag im Dunkeln.

Die Lichter hingen darunter, wie die Lichter einer Stadt — Lichter von unglaublich langen Gassen, Straßen, Avenuen — die der Ausstellungsstände von Galerien aus ganz Europa, Asien und den Vereinigten Staaten … sicher Hunderte! Kunst zu verkaufen! Ein gigantischer Basar … der sich vor ihnen ausbreitete, den bedeutendsten Maden der Welt … Alles für sie! … Ein Blick! — Okay? — Gekauft!

Der Pulk der überreizten alten Männer begann sich aufzulösen … sie fanden ihre Sprache wieder, doch alle wurden übertönt von einer belfernden Stimme.

»Verpiss dich, Schwachkopf! Steck dir dein Stück Papier sonst wohin!«

Es war Flebetnikow, der versuchte, seinen dicken Bauch an einem Wachmann vorbeizuschieben, der sich zwischen ihm und den unwiderstehlichen Schätzen aufgebaut hatte … Der Wachmann trug eine dunkle, blaugraue Uniform, die mit allen möglichen polizeiähnlichen Insignien bepflastert war, inklusive einer glänzenden Dienstmarke. Magdalena erkannte die Sorte auf den ersten Blick … Das war nicht irgendein Sicherheitsmann, sondern ein klassischer Florida-Redneck … dichtes kurz geschorenes rotblondes Haar … fleischig, schwabblig … massige Unterarme, die wie zwei Schinken aus einem kurzärmeligen Hemd ragten … Mit einer Hand hielt er Flebetnikow ein offiziell aussehendes Schriftstück unter die Nase.

Flebetnikow schlug es zur Seite, schob sein Gesicht dicht vor das des Rednecks und brüllte mit seiner tiefsten spuckesprühenden Stimme, »Geh mir aus dem Weg! Verstanden?« Dann drückte er mit dem Handballen gegen die Brust des Rednecks, als wollte er ihm sagen, »Ich meine es ernst! Entweder lässt du mich durch, oder ich schaffe dich eigenhändig aus dem Weg!«

Großer Fehler. Schneller, als Magdalena schauen konnte, packte der Redneck den Arm des Russen und verdrehte ihn so, dass Flebetnikow augenblicklich erstarrte, seine Stimme, sein Körper, seine Seele. Er machte keinen Muckser mehr. Instinktiv schien er zu wissen, dass er es hier mit einem kernigen Burschen vom Lande zu tun hatte, der nichts lieber täte, als einen fetten Russen bewusstlos zu prügeln und an die Schweine zu verfüttern.

Magdalena drehte sich zu Fleischmann und Norman um — aber sie waren nicht mehr neben ihr, sondern schon einen Meter weiter. Fleischmann stieß Norman in die Seite, und die beiden schauten sich grinsend an. Ihnen voraus marschierte in sagenhaftem Tempo A. A., die vermutlich schnurstracks auf den Stand mit den Doggs-Exponaten zusteuerte, um den Vorsprung zu nutzen, den der Wachmann ihnen verschafft hatte.

Überall wühlten und wimmelten die Maden mit ihren Beratern hektisch den Ausstellungsständen ihrer Träume entgegen. Da drüben! — da werden sie handgreiflich! ... Anscheinend die beiden Hedgefondsmanager — irgendwo aus Connecticut — hatte Fleischmann gesagt ... Noch weiter vor Magdalena ein lautes gackerndes *HaHaHHHHock hock hock* und Norman, der sich zu den beiden pummeligen kleinen Faustkämpfern umdrehte ... aber nicht Fleischmann. Er und seine A. A., Miss Carr, denken nur ans Geschäft und gehen direkt auf einen Stand zu. Eine große Made — Magdalena erkennt ihn wieder, aus der Warteschlange — tritt von der Seite auf die beiden zu, lächelt herzhaft und sagt, »Na, wie läuft's Marilynn?« A. A. schaut ihn für den Bruchteil einer Sekunde mit einem genervten Blick an, der nicht fragt *wer,* sondern *was* ist denn das für eine *Kreatur* ... die in einem derart kritischen Augenblick meine Aufmerksamkeit beeinträchtigt, attackiert? Sie ignoriert ihn.

Norman betritt nach ihnen den Stand und stellt sich neben sie … und einen großen Mann, der, obwohl er noch gar nicht so alt wirkt, graue Haare und gruselig blassgraue Augen hat, die aussehen wie die schiefen Augen eines Huskys, oder wie auch immer diese Hunde heißen, die oben am Polarkreis die Schlitten durch den Schnee ziehen.

A. A. sagt, »Maurice, Sie kennen sicher Harry Goshen.«

»Nein, tut mir leid«, sagt Fleischmann. Er wendet sich dem Mann mit den gruselig grauen Augen zu, lächelt ihn knapp und kühl an und schüttelt ihm dann die Hand.

Diese blassen Augen … sie waren gespenstisch und bedrohlich. Der Mann trug einen Anzug, der ebenfalls blassgrau war, und eine hellblaue Krawatte … der erste Mann mit Jackett und Krawatte, den Magdalena heute zu Gesicht bekam … schwarze Schuhe, die so perfekt poliert waren, dass die Falte zwischen Zehen und Fußrücken schimmerte. Das musste der Besitzer der Galerie sein … oder zumindest ein Händler … Reiche Sammler, das hatte sie jetzt kapiert, gingen in Lumpen und Sneakers.

Fleischmann, A. A. und der polaräugige Harry Goshen standen vor einer Reihe stabiler Kisten aus Ahornholz, jede etwa zehn Zentimeter hoch und zwischen zwanzig und sechzig Zentimetern lang, farblos, makellos, aber mit so vielen Schichten Klarlack überzogen, dass sie einen förmlich anschrien. Harry Goshen öffnete den Deckel von einer der größeren Kisten … die vollständig, inklusive Deckel, mit schokoladenfarbenem Wildleder ausgekleidet war … und hob eine große runde Platte aus mattem Glas heraus, vielleicht fünf Zentimeter dick … Harry Goshens Haltung, seine angespannten Hände und Arme, verriet, dass das verdammte Ding schwer war. Er drehte es um fünfundvierzig Grad … und das Glas wurde überflutet von Licht … und da, tief ins

Glas eingraviert … meisterhaft eingraviert, bis ins kleinste Detail —

»Geht in Richtung Art déco«, sagte A. A. zu Fleischmann.

— wurde ein Flachrelief sichtbar, eine junge Frau mit langen welligen Haaren —

A. A. hielt eine Fotografie hoch. »Sieht ihm ziemlich ähnlich, was meinen Sie?«

— und ein junger Mann mit kurzen welligen Haaren … die fickten … und man konnte »alles sehen«, wie es so schön heißt, und »alles« wurde überflutet von durchscheinendem Licht.

Norman war so aufgeregt, dass sich ein dümmliches Grinsen auf seinem Gesicht ausbreitete und er sich weit vorbeugte, damit ihm nicht das kleinste Detail von »allem« entging. Fleischmann schien total perplex. Sein Blick wanderte von dem pornografischen Relief zu A. A., zurück zu dem pornografischen Relief und wieder zu A. A. … *Was soll ich davon halten, A. A.?*

Der blassgrauäugige Goshen hebt aus einer anderen lackierten Kiste eine weitere runde Platte … dreht sie, bis … *da!* … ein Mann und eine Frau sichtbar werden … die es auf andere Art treiben … die nächste Platte … anal … die nächste … drei Gestalten, zwei Frauen und ein Mann … treiben es in anatomisch unmöglicher Kombination … die nächste … zwei Frauen und zwei Männer … treiben es … mit Fingern, Zungen, Mündern, ganzen Unterarmen, die in schmutzigen Öffnungen verschwinden … Fleischmanns panischer Blick wandert von der lichtdurchfluteten Glasplatte zu Marilynn Carr … und wieder zurück … Zeit ist der entscheidende Faktor … *andere* Käufer werden jeden Augenblick auftauchen … Flebetnikow, um genau zu sein … Magdalena tritt näher heran … Fleischmann schaut seine A. A. an … bettelnd … Sie dreht den

Kopf um einen Hauch zur Seite, was heißt, nein ... Magdalena kann ihre leiser als leise geflüsterten Worte hören, »Kein ikonischer Doggs« ... Die nächste ... treiben es ... Fleischmanns panischer Blick wandert zu Marilynn Carr. Ohne ein Wort hebt und senkt sie ganz langsam das Kinn ... was heißt, ja! ... Fleischmann wendet sich sofort an den gespenstischen Husky, der mit gespenstisch leiser Stimme sagt, »Drei.« Fleischmann wendet sich zu Marilynn Carr und schaut sie verzweifelt an ... Wieder hebt und senkt sie ganz langsam das Kinn ... Fleischmann wendet sich verzweifelt an den gespenstischen Goshen und flüstert mit kehliger Stimme, »Ja« ... und Goshen klebt einen roten Punkt auf die lackierte Kiste mit der Platte ... Wieder werden schnelle Blicke ausgetauscht ... hin und her ... Flüstern, verzweifelte Signale ... Goshen sagt, »Zweieinhalb.« Fleischmann krächzend, »Ja« ... und wieder ein roter Punkt auf einer anderen lackierten Kiste ... Keine 45 Sekunden sind vergangen.

Ein Grölen! Ein Brüllen! Da kommt er! Flebetnikows massige T-Shirt-Gestalt hat sich anscheinend losreißen können. Er stürmt auf den Stand zu. Er ist wütend, brüllt etwas auf Russisch, zu wem auch immer ... dann auf Englisch, »Gottverdammter Hurensohn, ich reiß dir die Eier ab!« ... Goshen tut so, als hätte er nichts gehört oder als wäre es ihm einfach egal ... Kein tobender Russe würde ihm diesen *Lauf* versauen! Flebetnikow knurrt und brüllt und schwört, dass er *allen* die Eier abreißen würde. Er kommt näher. Fleischmann macht einen gelassenen Eindruck, beschleunigt aber sein Unternehmen ... noch ein roter Punkt (»dreieinhalb«) ... noch ein roter Punkt (»eins«) ... rote Punkte rote Punkte rote Punkte (»zwei,« »vier« für das Orgienrelief, großer Gott! ... dann »neun eins sieben« —) ... all die roten Punkte ::::::Das meinen sie wahrscheinlich, wenn sie von »Masern« sprechen.::::::

Wenn diese Zahlen bedeuteten, was Magdalena glaubte, dass sie bedeuteten, dann hatte Fleischmann gerade in weniger als fünfzehn Minuten 17 Millionen Dollar ausgegeben, oder $17 Millionen minus $83 000, wenn »neun eins sieben« für $917 000 stand. Und wenn Marilynn Carr mit ihren hellen weißen Oberschenkeln und ihrem englischen Bob 10 Prozent vom Verkäufer bekam, dem gespenstischen Husky, und 10 Prozent vom Käufer, Fleischmann, dann hatte sie gerade $3 400 000 verdient, vorausgesetzt, es stimmte, was Norman ihr über die Provisionen erzählt hatte. Flebetnikows russisches Gebrüll kam näher und näher.

A. A. sagte zu Fleischmann, »Ich glaube, es ist besser, wir verschwinden jetzt. Ich *kenne* Flebetnikow. Das ist nicht der rationale Typ.«

Zum ersten Mal seit Beginn der Transaktionen lächelte Fleischmann. »Aber dann entgeht uns doch der ganze Spaß.«

Fleischmann bestand darauf zu bleiben. Er baute sich direkt vor dem Eingang des Ausstellungstands auf. A. A. sah nervös aus. Fleischmann bot plötzlich ein Bild der Glückseligkeit.

Unter russischem Gebrüll erreichte Flebetnikow den Stand. Ein großer, dunkelhäutiger, ängstlich dreinblickender Mann begleitete ihn.

»Das ist Luschnikin«, flüsterte A. A. Fleischmann zu. »Er berät die meisten Oligarchen.«

Flebetnikow knurrte wie ein Bär. Er brüllte Luschnikin auf Russisch an … das letzte Wort war »Goshen«. Erst jetzt bemerkte er Fleischmann. Verwundert und argwöhnisch schaute er Fleischmann an. Hatte er vielleicht ein schlechtes Gewissen?

»Genosse Flebetnikow«, sagte Fleischmann mit dröhnender Stimme. »Ich höre, Sie interessieren sich für Doggs.« Er deutete mit dem Daumen hinter sich. »Ich auch. Aber der gute Stoff ist schon weg. Auf der Miami Basel muss man schnell sein. Man muss sich ranhalten. Wenn ich Ihnen einen Rat geben darf, einfach nur artig in der Gegend rumstehen, das reicht nicht. ›Ein Blick! — Okay? — Gekauft!‹ Sie verstehen.«

Flebetnikows Gesichtsausdruck verriet nicht, ob er den sarkastischen Unterton herausgehört hatte oder nicht. Er blinzelte. Er sah verwirrt aus. Dann brüllte er, »Luschnikin!«, und betrat ohne ein weiteres Wort den Ausstellungsstand.

Fleischmann entfernte sich glucksend. Zweifellos hatte er den Genossen Flebetnikow vor Augen, der jetzt traurig und niedergeschlagen vor den roten Punkten stand. Norman und A. A. hefteten sich an Fleischmanns Fersen. Auf Normans Gesicht machte sich ein verhangenes Lächeln breit, ein gleichsam inneres Lächeln. Allein durch die Tatsache, dass er diesem Vorfall hatte beiwohnen dürfen, fühlte er sich, wenn Magdalena das richtig verstand, in einen reichen Mann verwandelt. Er schaute nicht mal, wo sie war, so sehr war er in seiner imaginären Welt versunken. Er war schon zehn oder fünfzehn Meter gegangen, als ihm einfiel, dass sie ja auch noch da war. Er wollte auf keinen Fall von seinen glorreichen Freunden getrennt werden, blieb aber doch kurz stehen und schaute sich um. Als er sie entdeckte, winkte er sie mit einer ausholenden Armbewegung zu sich ... ohne allerdings auf sie zu warten. Er drehte sich sofort wieder um, um den glorreichen Fleischmann auch ja nicht zu verlieren.

Weil sie nicht wusste, was sie sonst hätte tun sollen, ging sie hinter Norman her. In allen Ständen in der Nähe des Eingangs ... rote Punkte. Es war erstaunlich. Wie schnell so viele Stücke verkauft worden waren ... Rote Punkte, rote Punkte, rote Punkte ... »Eine Masernepidemie« ... ja klar — darüber hatten sie gesprochen! All die roten Punkte ... die in Fleischmanns Fall 17 Millionen Dollar wert waren ... Wer weiß, wie viele Millionen all die anderen roten Punkte ausmachten!

Allmählich wurde ihr übel. Bei dem Gedanken, wie oberflächlich und schamlos verschwenderisch diese Menschen waren! Diese *americanos!* Bei dem Gedanken, dass Fleischmann fast 17 Millionen Dollar für sieben obszöne Glasplatten ausgegeben hatte … $17 Millionen in dreizehn oder vierzehn Minuten, aus Angst, dass ein fetter Russe in einem T-Shirt diesen idiotischen Krempel vor ihm in die Finger kriegen könnte … eine private 17-Millionen-Dollar-Ausstellung … alles für den schönen Schein! … Norman kapierte das nicht … Er war wie hypnotisiert. Das kleine kubanische Mädchen namens Magdalena existierte nicht mehr. Norman hatte sie aus seinem Kopf verbannt. Ihre Verachtung loderte auf wie Feuer. Entwickelte sich zu einem *Flächenbrand.* Es bereitete ihr grimmige Befriedigung, das Feuer weiter zu füttern. Dieser *Mistkerl.* ::::::Wenn's um Geld geht, schleimst du dich bei jedem ein, Norman. Keine Zurschaustellung von Geld ist dir zu billig, oder? *Beleidigt mich!* Warum soll ich mir das noch länger bieten lassen?::::::

Unwillkürlich, ungewollt, schossen vier Dinge ins Wernicke-Zentrum ihres Gehirns: ihr BMW … zugelassen auf den Namen von Dr. Norman Lewis, da er streng genommen ja auch ihm gehörte; ihr Gehalt … das sie in Form eines von Dr. Norman N. Lewis unterschriebenen Schecks erhielt; ihre Wohnung, die sie inzwischen als ihr Zuhause betrachtete … Eigentum von Dr. Norman Lewis; die Überbrückung einer Durststrecke bei der Rückzahlung ihres Studiendarlehens … hatte glücklicherweise Dr. Norman N. Lewis übernommen … Die rebellische Aufwallung fiel schnell in sich zusammen.

Sie schluckte ihren Stolz hinunter und trottete weiter Richtung VIP-Lounge. Eine Reihe etwa eineinhalb Meter hoher Trennwände schleuste all die, die dieselbe Luft wie die sehr bedeutenden Menschen atmen durften, durch einen Gang, an dessen Ende ein Wachmann stand. Wieder ein großer Redneck. Was, wenn er sie nicht durchließ? Er sah aus wie die Karikatur seiner Spezies. Was, wenn er ihr Schwierigkeiten machte?

Der Mann warf einen flüchtigen Blick auf die laminierte VIP-ID-Karte an ihrem Hals und winkte sie durch. Dem hier hätten sie SCHEISSEGAL auf die Stirn tätowieren können.

Was den herausragenden Status der in die VIP-Lounge der FIZ (Fuggerzberuf Industriebank Zürich) Geladenen ausmachte, war die bloße Tatsache, dass man Zutritt erhalten hatte. Ansonsten war der Raum ein einziges Meer aus »Industriemöbeln«, wie es im gewerblichen Immobiliengeschäft hieß, einfache moderne Stühle und kleine Tische aus so viel Plastik wie möglich. Die sehr bedeutenden Menschen konnten sich dortselbst hinsetzen, ein wenig verschnaufen und sich bei einem Drink ihre Miami-Basel-Kriegsgeschichten von heiß umkämpften Objekten erzählen, was so viel hieß wie sehr bedeutenden Tratsch austauschen.

Weit draußen in diesem Meer saß Magdalena an einem Tisch mit Fleischmann, A. A. und Norman, den sie nun demonstrativ ignorierte. Sie war der Meinung, dass sie sich wenigstens so viel Selbstachtung schuldig sei. Madame Carr gab plötzlich die Stimmungskanone ihrer kleinen Gesellschaft. Magdalena fragte sich, ob Norman oder gar Fleischmann eine Ahnung hatte, welcher der 3,4 Millionen möglichen Gründe dafür verantwortlich war. Im Augenblick beantwortete sie gerade eine Frage von Norman … Norman, der Magdalena einmal geraten hatte, »Sei vorsichtig mit Fragen. Fragen sind der sicherste Weg, deine Unwissenheit zu offenbaren.« Wie dem auch sei, Norman hatte eine Frage gestellt, und Marilynn sagte, »Wie Doggs gelernt hat, mit Glas zu arbeiten? Er arbeitet nicht mit Glas oder sonst irgendwas. Haben Sie noch nie von ›No Hands Art‹ und ›De-Skilled Art‹ gehört?«

»Möglich, dass ich schon mal irgendwo davon gehört habe — na ja, eigentlich nicht«, sagte Norman lahm, zumindest lahm für seine Verhältnisse.

»Kein avantgardistischer Künstler legt heutzutage noch selbst Hand an sein Material oder nimmt selbst ein Werkzeug in die Hand«, sagte A. A.

»Was meinen Sie mit *Werkzeug,* A. A.?«, fragte Fleischmann.

»Na ja, das Übliche«, sagte sie. »Malpinsel, Lehm, Stecheisen, Meißel ... eben alles aus dem Manuellen Zeitalter. Nehmen Sie die Malerei. Das ist so Fünfzigerjahre! Erinnern Sie sich noch an Schnabel, Fischl, Salle, diese ganze Truppe? Fünfziger, auch wenn die ihre fünfzehn Minuten in den Siebzigern hatten. Die neuen Künstler, wie Doggs, betrachten diese Leute, als kämen sie aus einem anderen Jahrhundert, nun ja, wenn man es genau nimmt, stimmt das ja auch. Die benutzten noch ihre Hände für ihre kleinen visuellen Tricks auf Leinwand. Die waren entweder hübsch und nett und gefielen den Leuten oder hässlich und verwirrend und ›provozierten‹ die Leute. *Provozierten* ... gottogott —« Lächelnd schüttelte sie den Kopf, als wollte sie sagen, »Kaum zu glauben, wie das früher alles war!«

»Und Doggs, wie *macht* der das?«, fragte Fleischmann. »Komisch, darüber habe ich noch nie richtig nachgedacht.«

»Das ist wirklich faszinierend«, sagte A. A.. »Er hat sich — also Doggs — er hat sich dieses Callgirl gegriffen, Daphne Deauville, die den Gouverneur von New Jersey den Job gekostet hat — und die dann wegen dieser Geschichte einen Job als Kolumnistin für die New Yorker *City Light* bekommen hat? Ich konnte es nicht *fassen!* Egal, jedenfalls engagiert Doggs einen Fotografen, damit der ihn dabei fotografiert … wie er ihr das Hirn aus dem Schädel *fickt*« — in letzter Zeit war es für wagemutige Frauen *chic* geworden, in Unterhaltungen mit Männern das Wort *ficken* zu benutzen — »und noch das eine oder andere mit ihr anstellt. Er schickt die Fotos zu Dalique, und die setzen ihre Kobolde darauf an, die Fotografien dreidimensional in Dalique-Glas zu ritzen. Doggs hat die Stücke nie selbst berührt — nie. Er hatte mit der Arbeit an sich nichts zu tun. Wenn er die Fotografien überhaupt mal selbst berührt hat, dann höchstens, um sie in den Briefumschlag an Dalique zu stecken. Obwohl, er hat sicher einen Assistenten, der das für ihn erledigt. *No Hands* — das ist ein bedeutendes Konzept heute. Der Künstler setzt nicht mehr seine sogenannten ›Fertigkeiten‹ ein, um die Leute hinters Licht zu führen. Er ist kein Zauberer mehr. Seine Hände spielen keine Rolle mehr. Das ist natürlich das *Konzeptuelle* an der ganzen Sache. So verwandelt er das, womit der manuelle Künstler *eine Wirkung* erzeugt … in etwas, das den Betrachter zwingt, auf eine tiefere Art über das Kunstwerk nachzudenken. Es ist fast so, als würde er eine vierte Dimension erfinden. Und so entsteht das beste, das zeitgenössischste Werk der ganzen kommenden Generation. Fast alle von Doggs' Objekten auf dieser Messe sind ikonisch. Jeder, der eins von deinen Stücken zu Gesicht bekommt, Maurice, wird sagen, ›Mein Gott! Das ist Doggs am Anfang seiner klassischen Periode.‹ Ich bin fest davon überzeugt, dass es genau das ist: avantgardistisch und gleichzeitig klassisch. Solche Kunst ist nicht jeden Tag zu haben! Glauben Sie mir, Maurice! Heute haben Sie … wirklich … *zugeschlagen!*«

Wirklich *zugeschlagen* … Fleischmann sah sehr zufrieden aus, aber sein Lächeln war das perplexe Lächeln eines Menschen, der sich sein Glück nicht erklären kann. Es war offensichtlich, dass er kein einziges Wort von A. A. s Ausführungen verstanden hatte. Weshalb Magdalena sich gleich besser fühlte, denn auch sie hatte kein Wort verstanden.

Anstatt als Abbild einer siebzehn Millionen Dollar schweren Verblüffung einfach nur dazusitzen, stand Fleischmann auf, entschuldigte sich bei A. A. und sagte, er sei gleich wieder da. Da die Tische eng beieinanderstanden, musste Magdalena aufstehen, um ihn durchzulassen. Zufällig schaute sie sich im Raum um. Ihr Herz machte einen Satz. Da war *er,* nur vier Tische hinter ihr, der Russe, den sie nach dem Dinner gestern Abend so kurz, so *innig!* kennengelernt hatte. Und er schaute ihr *mitten ins Gesicht.* Sie war so überrascht und aufgeregt, dass sie nicht wusste, was sie tun sollte. Winken? Zu seinem Tisch rennen? Einen Kellner mit einer Nachricht schicken? Einer Blume? Einem Taschentuch? Ihrer Halskette mit dem winzigen Herzanhänger? Als ihre Gedanken sich wieder gefangen hatten, hatte er sich schon wieder den sechs oder sieben Leuten an seinem Tisch zugewandt. Aber sie war sich *sicher.* Er hatte *nur sie* angeschaut.

Was? Jetzt war es Norman. Er stand auf und fragte A. A., ob sie vielleicht zufällig wüsste, wo die Herrentoilette sei. ::::::Vielleicht kann er einfach meine bösen Blicke nicht mehr ertragen und will deshalb nicht mehr neben mir sitzen.:::::: A. A. zeigte in die gleiche Richtung, in die Fleischmann gegangen war. »Die ist nebenan in der BesJet-Lounge«, sagte sie. »Hier gibt's keine.«

Ohne Magdalena eines Blickes zu würdigen, zog er ab. Jetzt waren nur noch die beiden Frauen übrig, A. A. und Magdalena, die sich gegenübersaßen und keine Ahnung hatten, worüber sie reden sollten.

Magdalena hatte eine Idee. Das war ihre Chance! Sie setzte sich wieder, ihr Rücken war jetzt dem Russen zugewandt, während A. A. in seine Richtung schaute. Bis jetzt hatte A. A. noch kein einziges Wort mit ihr gesprochen. Sie hatte sie nicht mal angeschaut. Magdalena stand wieder auf und lächelte A. A. übertrieben breit an. Grinste sie? Egal, sie war fest entschlossen, das Lächeln durchzuhalten. Sie ging um den Tisch herum, lächelnd, grinsend. Ihre Lippen spannten sich so über und unter ihren Zähnen, dass sie das Gefühl hatte, sie schnitt eine Grimasse.

A. A. sah perplex aus. Nein, misstrauisch. Offensichtlich hatte sie nichts weniger erwartet, als dass Magdalena mit ihr ins Gespräch kommen wollte. Dieses ahnungslose kleine Ding, das mit dem berühmten Pornoarzt hier aufgekreuzt war … Magdalena las all das aus ihrem Gesicht, das und den Wunsch, das ahnungslose kleine Ding möge doch bitte jetzt das Passende tun — nämlich freundlicherweise aufhören zu grinsen, sich von ihr fernhalten … und in Luft auflösen … All das *und noch mehr* konnte Magdalena unter dem blonden Bob erkennen, der auf einer Seite gescheitelt war und quer über Stirn und Auge zur anderen Gesichtshälfte schwang … aber jetzt, nach all dem betonharten Gegrinse, gab es kein Zurück mehr … und sie schob den Stuhl, auf dem gerade noch Fleischmann gesessen hatte, dicht neben A. A. s Stuhl … sodass ihre Köpfe nur noch einen halben Meter voneinander entfernt waren … aber was sollte sie sagen? *No Hands* schoss ihr plötzlich durch den Kopf —

»— Miss Carr — Marilynn — darf ich Sie Marilynn nennen?«

»Natürlich« — mit distanziertem, bohrendem Blick, der sagte, »Nenne mich, wie du willst, Kindchen, und dann aber ab durch die Klappe in den Keller, okay?«

»Marilynn« — Magdalena war sich bewusst, dass ihre Stimme einen Tonfall angenommen hatte, den sie noch nie von sich gehört hatte. »Was Sie vorhin über die *No Hands Art* gesagt haben, das war *so-o-o-o* faszinierend! Warum ist diese Kunst so bedeutend?«

Die Bitte um Expertise nahm A. A.s Mimik etwas von ihrer Kühle. Aber dann stieß sie einen tiefen Seufzer aus, den Seufzer eines Menschen, der weiß, dass ihm eine mühselige … und sinnlose Aufgabe bevorsteht. »Nun«, sagte sie. »Sind Sie vertraut mit dem Satz ›Alle große Kunst dreht sich um Kunst‹?«

»Nei-i-i-n …« Magdalena lächelte weiter kongenial und fixierte mit weit aufgerissenen Augen ihre Lehrerin, ganz die wissensdurstige Schülerin, die die Quelle gefunden hat.

Wieder ein vor Überdruss triefender Seufzer. »Er bedeutet, dass es nicht ausreicht, beim Betrachter eine Wirkung zu erzeugen. Ein Kunstwerk muss die Kunst bewusst reflektieren —« Sie hielt abrupt inne. Sie beugte sich auf intime, vertrauliche Art zu Magdalena vor. »Darf ich *Sie* auch was fragen? In welcher Beziehung stehen Sie zu — also, woher kennen Sie Ihren Freund, Dr. Norman Lewis? Ich habe gehört, er ist ein prominenter Psychiater … Pornografiesucht oder so was?«

Magdalena wusste nicht, was sie antworten sollte. Seine Freundin? Einfach nur gute Freunde? Angestellte? Im Moment spielte das keine Rolle. Die Hauptsache war, dass sie genau im Blickfeld des Russen Sergej Koroljow saß. Sollte das Interesse an seinen Tischgenossen einmal so lange nachlassen, dass er in ihre Richtung schaute, sollte er eine zufriedene, ja fröhliche junge Frau sehen … die an ihrem Tisch in eine vertrauliche Unterhaltung verwickelt war, die augenscheinlich zu einer Clique gehörte und sich vollkommen wohlfühlte in der geistigen Atmosphäre einer VIP-Lounge … und in den inneren Zirkeln der Art Basels dieser Welt — kurz, ein wunderschönes Wesen, das *dazugehört* und dort zu Hause ist, wo *die Post abgeht.*

»Oh, ich arbeite bei ihm«, sagte sie zu A. A.. »Ich bin psychiatrische Krankenschwester.« Hörte sich besser an als einfach nur *Krankenschwester*.

»Und dann hat er sie einfach so zur VIP-Eröffnungsfeier der Miami Basel eingeladen?«, sagte A. A. »Netter Boss.« Sie schaute Magdalena mit einem hinterhältigen und bedeutungsschwangeren Lächeln in die Augen.

::::::Miststück! Was soll ich darauf sagen?!:::::: Ihr Gehirn digigoogelte nach einer Antwort und fragte sich gleichzeitig, ob sie so aufgeregt aussah, wie sie sich fühlte. Nach einer zu langen Pause: »Ich glaube, Mr. Fleischmann hat die VIP-Ausweise besorgt. Er ist ja so-o-o-o großzügig!«

»Ja, das ist er wirklich«, sagte A. A. »Egal, also Dr. Lewis, der …«

»Und er verlässt sich *absolut* auf Ihr Urteil«, sagte Magdalena.

»Wer?«

»Mr. Fleischmann. Das sieht man *sofort!*« Magdalena war alles recht, was das Gespräch von Norman wegführte. Und *Gott sei Dank* zauberten ihre Schmeicheleien ein *aufrichtiges* Lächeln in das englische Bob-Gesicht.

»Das *hoffe* ich!«, sagte A. A. »Er hat heute wirklich ein paar sehr gute Entscheidungen getroffen.«

»Ich wünschte, ich würde nur *halb* so viel von Kunst verstehen wie Sie, Marilynn. Ein *Zehntel,* ein *Hundertstel.* Ich muss zugeben, ich hatte bis heute noch nie von Jed Doggs gehört.«

»Jeb«, sagte A. A.

»Jeb?«

»Sie sagten ›Jed‹, er heißt *Jeb* Doggs. Über den Status ›Nachwuchskünstler‹ ist er inzwischen hinaus, und ›Aufsteigender Stern‹ hat er, glaube ich, auch schon wieder abgelegt. Er hat es geschafft. Er hat jetzt richtig Fahrt aufgenommen.

Ich freue mich sehr für Maurice … und was *er* sich erst freuen wird, wenn er sieht, wie steil es mit Jeb Doggs aufwärtsgeht.«

::::::Geschafft! Diese eitle Schlampe, jetzt geht es ihr nur noch um sich selbst, die Norman-Magdalena-Story ist vergessen.::::::

Aus dem Augenwinkel sah sie, dass Koroljow sich von seinen Tischgenossen abwandte und in ihre Richtung schaute ::::::nein, nicht zu mir:::::: zu einem Punkt weit neben ihr. Als er sich wieder umwandte, hielt sein Kopf auf halbem Wege inne ::::::Jetzt schaut er *mich* an … schaut immer noch … *immer noch!*::::::

Magdalena hielt es nicht mehr aus, sie konnte nicht mehr länger die Coole spielen. Sie wandte die Augen von den Lippen der immer noch sprechenden A. A. ab. Sie schaute ihn an. A. A. schaute *sie* an. ::::::Die Chance darf ich mir nicht entgehen lassen!:::::: Sie setzte ein Lächeln auf, das ihm sagen sollte: »Ja, ich bin es tatsächlich. Das Mädchen, dessen Hand Sie zu lange gehalten haben! … und ja, das dürfen Sie gern noch mal machen!«

Koroljow erwiderte das Lächeln auf eine Art, die Magdalena sagte, »Keine Angst, das werde ich!« Und dann lächelte er sie ein paar Sekunden zu lange an. Und Magdalena presste die Lippen auf eine Art zusammen, die ihm sagte, »Ich platze vor Gefühlen und Erwartung! Beeil dich, bitte!«

Koroljow wandte sich wieder seinen Tischgenossen zu … und A. A. sagte, »Ein Freund von Ihnen? Sergej Koroljow? Verstehen Sie mich nicht falsch, aber ich habe noch nie eine Krankenschwester getroffen, die so viele gewichtige Persönlichkeiten kennt. Ich möchte nichts unterstellen, aber mir fällt auf, dass Sie und Fleischmann als Magdalena und Maurice miteinander verkehren« … und wieder diese bedeutungsschwangere Lächeln.

::::::Ich bin so *dumm!* Warum musste ich ihr erzählen, dass ich als Krankenschwester bei Norman arbeite? Warum habe ich überhaupt *»Krankenschwester«* gesagt? Warum habe ich nicht einfach gesagt, »Oh, wir sind Freunde ...« und hätte sie glauben lassen, was sie will? Jetzt muss ich sagen, »Nun ich arbeite tatsächlich für Norman ... aber ich gehe auch mit ihm aus.« Ausgehen! Heutzutage ist *ausgehen* ein Euphemismus für *ficken*. Dumm! Dumm! Aber das ist der einzige Ausweg. A. A. durchbohrt mich mit ihren Blicken. Sie hat jetzt diesen — diesen *giftigen* Ausdruck in ihrem Gesicht, sie hebt ihre Augenbrauen auf eine Art, die besagt, »Was gibt's da zu überlegen? Das ist doch eine ganz einfache Frage. Was versuchen Sie zu verbergen?« *Verdammt!* und noch mal *Verdammt!* Tja ... also dann.::::::

»Ähh ... wie gesagt, es ist so, ich arbeite für Dr. Lewis — Norman. Aber ich gehe auch mit ihm aus —«

— ein leises »Ahhhhh ...« kam aus A. A.s Mund. Sie konnte es nicht unterdrücken ... ein nicht aufzuhaltendes *Ahhhhh* <<<Da hab ich ja einen dicken Fisch an Land gezogen!>>> —

»— und Norman und —« Magdalena hielt kurz inne ::::::»Mr. Fleischmann« oder »Maurice?« Ähhh ... Maurice.::::::»Norman und Maurice sind gute Freunde, und so habe ich auch ihn kennengelernt.«

A. A.s Blick war jetzt supertoxisch ... *Bingo, Volltreffer!* ... Magdalena wusste ganz genau, was *ihr* jetzt durch den Kopf ging. <<<Aha! Unser fabelhafter Sexperte fickt also seiner eigenen kleinen Krankenschwester das Hirn aus dem Schädel! Diese Story lässt sich doch ausschlachten!>>>

In diesem Augenblick ... *Gott sei Dank* ... tauchten Norman und Maurice wieder auf. Sie schlängelten sich zwischen den Tischen hindurch. Sie waren über irgendetwas sehr erfreut, sehr zufrieden. Noch vor ein paar Sekunden hätten sie ihr gar nicht lange genug wegbleiben können, um dem attraktiven Russen die Zeit für einen Annäherungsversuch zu verschaffen. Und jetzt — sei dankbar für die kleinen Dinge! Die beiden Männer saßen wieder am Tisch, und damit war auch das Thema <<<Der gute Doktor fickt seine ungezogene Krankenschwester>>> vom Tisch. »Ihr ratet nie, wen wir drüben in der BesJet-VIP-Lounge getroffen haben!« Maurice platzte vor Vergnügen. Er grinste, und seine funkelnden Augen wanderten von A. A. zu Magdalena, von Magdalena zu A. A. — nein, mehr als das … die Augen blitzten, strahlten, leuchteten. »Flebetnikow. Mann, war der *angefressen!* Hat der rumgebrüllt. Ihr hättet ihn hören sollen! Irgendein verdammter Leuteschinder — genau das Wort hat er benutzt, ›Leuteschinder‹ — wo hat er bloß das Wort her? Sein Englisch ist dermaßen schlecht — ein verdammter Leuteschinder von Wachmann hat ihn aufgehalten. ›Irgendein verdammter *Redneck*‹ — keine Ahnung, wo er das wieder aufgeschnappt hat, *Redneck* — konnte sich gar nicht beruhigen wegen dieses ›verdammten dummen Rednecks‹. Soll froh sein, dass der dumme verdammte Redneck ihm nicht auch noch seinen fetten Ranzen weich geklopft hat. Und als er den Redneck endlich los ist, erzählt er mir, war das beste Zeug schon alles weg.«

»Und was haben Sie gesagt?«, fragte A. A.

Jetzt schaltete sich Norman ein. »Ihr hättet*ttaahhhHAHH-Hock hock hock* hören sollen, wa*ssahhhock hock hock* Mauriiiiice*gghehehehahhhHAHAaghhhock hock hock* gesagt hat! Er sagt zu dem Kerl — er sagt, ›Meine Güte, das ist ja schrecklich. Das muss ich der Messeleitung melden*nnahhhHAHHHhock hock hock!* An welchem Künstler waren Sie denn interessiert?«, fragt Maurice. Und er, ›Spielt keine Rolle mehr, ist alles weg!‹« Norman muss natürlich demonstrieren, dass er den russischen

Akzent genauso gut nachmachen kann wie Maurice. »Und dann*nnAHHHH hock hock hock!* legt Maurice ihm den Arm um die Schulter und sagt, ›Das ist ja fürchterlich, das tut mir ja so-o-o-o leiiid*ddahhhHAHHock hock hock!*‹ Es tut ihm so-o-o-o leiiid*ddahhhhahhock hock hock!* Ich dachte, Maurice kommen gleich die Trääänen*nnaahhhHAHAHAHock hock hock hock!*«

»Was soll's?«, sagte Maurice. »Er hatte es nicht anders verdient. Dieser Flebetnikow ist der Typ, der sich immer vordrängelt, vorwärtsdrängelt, vorwärtsdrängelt — genau wie er an der Tür jeden aus dem Weg gedrängelt hat, bis er schließlich ganz vorn in der Schlange war.«

Magdalena tat der fette Mann leid. Maurice Fleischmann hatte überall Verbindungen — er hatte die Macht, sich mit einem einzigen Anruf irgendeinen großen Redneck zu besorgen, der ihm diesen großen Bären, diesen russischen Milliardär aus dem Weg räumte. Mit gesenkten Augen saß sie grübelnd da. Sie bemerkte nicht den großen Mann, der sich von hinten Fleischmann näherte, bis er fast vor ihrem Tisch stand. Es war der Russe, Sergej Koroljow, endlich! Sie spürte förmlich das Adrenalin, das binnen eines Sekundenbruchteils ihre Herzkammern flimmern ließ ::::::Verdammt! Warum hat er so lange gewartet! *Jetzt* hat er sich durchgerungen ... *jetzt,* wo Maurice und Norman wieder da sind! Jetzt läuft alles so, wie es immer läuft ... wenn Männer sich treffen, die sich für die Größten halten. Die ganze Zeit geht's ihnen nur darum, einen auf dicke Hose zu machen, ohne dass es zu sehr auffällt ... Frauenrechte ... Lachhaft. Wenn Männer dieser Sorte sich treffen, existieren Frauen nicht ... es sei denn, sie sind zufälligerweise selbst Stars ... Wir sind nur anwesend. Wir besetzen den Raum.:::::: »Maurice!«, sagte Koroljow auf die erdenklich herzlichste Art. »Hätte ich mir ja denken können, dass Sie hier sind!« Er umarmte Maurice auf die männliche Art, die unter europäischen Männern üblich ist — wenn sie auf der etwa gleichen gesellschaftlichen Stufe stehen. Dann machte er eine ausgreifende Armbewegung zur Ausstellungshalle hin. »Und, schon was gesehen, das Ihnen gefällt?«

»Oh ja, einiges«, sagte Maurice mit einem wissenden Lächeln, das ungeniert darauf hinwies, dass *Oh ja, einiges* Ausdruck erlesensten Understatements war. »Aber erst möchte ich Ihnen A. A. vorstellen, meine künstlerische Beraterin, Marilynn Carr. Wenn Sie irgendetwas über zeitgenössische amerikanische Kunst wissen wollen ... *egal was* ... müssen Sie mit Marilynn reden. Sie war mir heute schon eine unschätzbare Hilfe. Sie hat mir den Tag *gerettet!* A. A. ... Sergej Koroljow.«

»Oh, ich weiß!«, sagte A. A., stand auf und umfasste mit beiden Händen Koroljows ausgestreckte Hand. »Es ist mir eine große Ehre! Sie haben uns — Sie haben Miami — zu einem künstlerischen Anziehungspunkt verholfen.«

Koroljow sagte schmunzelnd, »Vielen Dank, zu freundlich.«

»Nein, nein, ich meine es ernst!«, sagte A. A. »Ich war neulich Abend Gast bei dem Festessen im Museum. Sie sind sich hoffentlich im Klaren darüber, wie viel Sie für die Kunst in Miami getan haben — diese hinreißenden, einfach hinreißenden Chagalls!« ::::::Wie die ihren Schleim über ihm auskippt, seine ganze Aufmerksamkeit auf sich zieht, wie sie sich aufspielt ... *Oh, diese hinreißenden Chagalls!* ... und ich weiß nicht mal, was ein Chagall ist.::::::

Plötzlich ein grauenvoller Gedanke ::::::Vielleicht ist er nur an unseren Tisch gekommen, um A. A. kennenzulernen. Allein der Anblick! Wie sie seine Hand hält — mit *beiden* Händen — und einfach nicht wieder loslässt!::::::

Magdalena sucht in seinem Gesicht nach Hinweisen. ::::::Gott sei Dank! In seinem Blick ist nichts als lauwarme, formelle Höflichkeit zu erkennen.::::::

Inzwischen ist Maurice schon ganz steif vor Ungeduld ... er hat beide Ellbogen auf Hüfthöhe in rechtem Winkel abgespreizt ... ist verärgert über die Unterbrechung seines obligatorischen Vorstellungsrituals. Schließlich setzt er A. A. s Schleimerei mit lauter Stimme ein Ende, »— und das ist Dr. Norman Lewis, Sergej. Sie erinnern sich sicher noch an Norman, neulich im Casa Tua.«

»Oh, ja!«, sagte Koroljow. »Jemand an unserem Tisch hat noch gesagt, dass er Sie erst neulich im Fernsehen gesehen hat. Worüber haben Sie noch gleich geredet? Ist mir im Moment entfallen.«

»Schön, Sie wiederzusehen, Mr. Koroljow!«, sagte Norman aufgekratzt. »Ich weiß nicht, welche Sendung gemeint war, aber wahrscheinlich ging es um Suchtverhalten. Das ist üblicherweise mein Thema.« ::::::Üblicherweise ... welche Sendung ... wahrscheinlich! ... Durfte ja nicht fehlen, der Hinweis, dass du eigentlich *immer* im Fernsehen bist, nicht wahr, Norman?:::::: »Mir obliegt die aussichtslose Pflicht, den Leuten zu erklären, dass es Sucht im medizinischen Sinne gar nicht gibt. Sie wollen es einfach nicht glauben*nnaahhhHAHAHA-Hock hock hock!* Sie glauben lieber, dass sie*eehhhHAHock hock hock* krank sind!«

Maurice wollte das Thema nicht weiter vertiefen. Schnell lenkte er Koroljows Aufmerksamkeit auf Magdalena.

»Und Sie erinnern sich sicher auch noch an Magdalena, Sergej.«

»Natürlich!«, sagte Koroljow. »Sehr gut sogar.« Er streckte die Hand aus und sie ihre. Ohne ein weiteres Wort zu sagen, hielt er viel zu lange ihre Hand. Er schaute sie genauso an wie vorhin von seinem Platz aus, sandte ihr die gleiche Botschaft, außer dass diese jetzt ihre Augen förmlich überschwemmte … bevor er mit monoton höflicher Stimme sagte, »Ich freue mich sehr, Sie wiederzusehen.«

Dann wandte er sich wieder an Maurice und griff in die Innentasche seines Jacketts. »Darf ich Ihnen meine Karte geben? Ich verstehe rein gar nichts von zeitgenössischer amerikanischer Kunst. Ich habe nur darüber gelesen … über Jeb Doggs und so …« ::::::Hatte er schon von Maurice' »Triumph« erfahren?:::::: »… aber ich kenne mich ein bisschen mit russischer Kunst aus, neunzehntes und beginnendes zwanzigstes Jahrhundert. Wenn ich Ihnen also irgendwie behilflich sein kann … ich würde mich freuen, wenn wir in Verbindung bleiben könnten.«

Er hielt Maurice eine Karte hin, und Maurice nahm sie an sich. Er hielt A. A. eine hin, und sie nahm sie an sich *Oh, vielen, vielen Dank schleim schleim schleim.* Koroljow hielt Norman eine hin, und Norman fing an zu gackern, konnte sich aber vor seinem nächsten *Hock-hock-hock-hock*-Anfall gerade noch zusammenreißen und nahm sie an sich. Dann hielt Koroljow Magdalena eine hin. Sie streckte die Hand aus, und er ließ die Karte über ihre Finger gleiten und drückte sie fest in ihre offene Hand, wobei er von unten mit seinem Daumen ihren Handrücken drückte und ihre Augen mit Blicken überschwemmte überschwemmte überschwemmte ::::::viel zu lange!:::::: bevor er sich umdrehte und zu seinem Tisch zurückging.

Dieses Spielchen mit der Karte ::::::Jetzt bin ich mir *sicher* … Das war kein Zufall!:::::: flutete ihren Blutkreislauf mit einer Dosis Serotonin, deren Wirkung sicher noch lange anhalten würde. Von diesem Augenblick an begann sie einen Plan zu spinnenspinnenspinnen ersinnensinnensinnen, wie sie ihn wiedersehen könnte.

Norman war nichts Ungewöhnliches aufgefallen. Aber Maurice' Lustantenne musste gezittert haben, denn etwa zehn Minuten später fragte er sie, »Haben Sie Koroljow früher schon mal getroffen?«

»Nur gestern Abend«, sagte sie und bemühte sich um einen beiläufigen Tonfall. »Als Sie mich ihm vorgestellt haben.«

Sergej Koroljow — *er war so umwerfend!*

11

GHISLAINE

Die Suche nach einem langärmeligen Hemd, um die berühmten — sie waren heute buchstäblich in den Nachrichten gewesen — diese berühmten Nestor-Camacho-Muskeln zu verhüllen, kostete ihn einige Mühe. Aber er hatte keine Wahl. Dann fiel ihm das karierte Flanellhemd ein, das er ganz unten in den Schrank gestopft hatte, den er sich mit Jewgeni teilte. Klar, dass ein Hemd aus Flanellstoff mit dunklem Karomuster nicht nicht nicht die ideale Wahl für einen heißen heißen heißen Miamihalogenheizstrahlertag wie diesen war … aber es war das Beste, was er gerade zur Hand hatte. Das Hemd war sogar ziemlich hässlich, und er ließ es über die Hose hängen, sodass er aussah wie ein sittsamer Futtersack … das alles, weil er wusste, dass die Geschichte im *Herald* von heute Morgen das Hammerthema bei seinen Kollegen in der CST sein würde. Die Story war auf der Titelseite, mit einer kleineren Version des Fotos von ihm ohne Hemd nach dem Mastvorfall.

Und tatsächlich, kaum saß Nestor mit Hernandez, Nuñez und Flores, einem weiteren Kollegen aus der Einheit, in einer Nische im Kermit's, einem kleinen Diner in der Nähe der großen CVS Pharmacy … apropos, gleich um die Ecke von jedem Diner in Miami schien es irgendeinen großen Laden von CVS zu geben … egal, jedenfalls hatten sie sich gerade gesetzt, da sagte Hernandez, »Wer ist dieser John Smith, Nestor? Was kostet das eigentlich, wenn man sich seinen persönlichen PR-Fritzen anheuert?«

Uffff! Das ging direkt in die Magengrube. Aber Nestor blieb cool und log in scherzhaftem Tonfall, »Soweit ich weiß, Sarge, ist das eben ein Bursche, der sofort merkt, wenn er ein echtes Talent vor sich hat.« Treffer. Nuñez und Flores lachten genüsslich. Sergeant Hernandez nicht. »Aber der hat das doch gar nicht gesehen. Der war nicht dabei. Allerdings, wenn man das hier liest —« Hernandez hob den *Yo No Creo En El Herald* hoch, als fasste er etwas Giftiges an, und las laut vor. »›Der fünfundzwanzigjährige Polizist Nestor Camacho, der vor wenigen Monaten mit einem waghalsigen Kletterakt einen panischen Flüchtling aus Kuba von einem zwanzig Meter hohen Bootsmast geholt und dafür vom Polizeipräsidium die Tapferkeitsmedaille erhalten hatte, versetzte gestern seine Kollegen — und zwei verdächtige Personen in einem Crackhaus in Overtown — mit einer weiteren Demonstration seiner Stärke in Ekstase‹ — was zum Teufel ist *Ekstase?*« Genüssliches Kichern von Nuñez und Flores. »›Camacho und sein Partner, Sergeant Jorge Hernandez‹, seines Zeichens leider noch ohne Heldenstatus —« Wieder Kichern von Flores und Nuñez, worauf Hernandez angesichts seines neu entdeckten humoristischen Talents förmlich aufblühte —

Nestor unterbrach ihn. »Hey, Sarge, also wirklich, das steht da nicht!«

»Meine Güte, habe ich mich da etwa verlesen?«, sagte Hernandez. Er las weiter. »Camacho und sein ganz und gar nicht legendärer Partner, der im Land der Legenden noch jungfräuliche Sergeant Jorge Hernandez, versuchten —«

Nestor verdrehte die Augen und stöhnte, »Jetzt — reicht's — aber ...«

»— ›TyShawn Edwards, sechsundzwanzig, und Herbert Cantrell, neunundzwanzig, aus Overtown wegen Drogenvergehen zu verhaften‹«, fuhr Hernandez fort, »›als die Dinge eine mörderische Wendung nahmen. Laut Polizeiangaben hatte Edwards, eins fünfundachtzig und 275 Pfund, Hernandez' Hals gepackt und würgte ihn, als Camacho, eins siebzig und 160 Pfund, Edwards von hinten ansprang, ihn mit einem Ringergriff, einem sogenannten Figure Four mit Doppelnelson, umklammerte und ihm wie ein Rodeoreiter so lange zusetzte, bis Edwards nach Luft japsend zusammenbrach. Nuñez fesselte Edwards' Hände auf den Rücken und machte ihn dingfest. Camacho schreibt einem unorthodoxen Trainingsprogramm‹ —«

Nestor fiel ihm ins Wort. »Okay, Sarge — SARGE! Wir haben's kapiert, alles klar?« Nestors Wangen glühten vor Verlegenheit.

»Klar, *du* hast es kapiert«, sagte Hernandez. »Aber was ist mit Nuñez und Flores und den anderen aus der Einheit? Die Hälfte von denen lesen nie den *Yo No Creo En el Herald.* Willst du denen das *vorenthalten?*«

Er las weiter laut vor ... und ergötzte sich köstlich an Nestors Unbehagen. Nestors Backen glühten so, dass er das Gefühl hatte, sein Kopf sei ein einziger leuchtend roter Ball. Und jetzt kamen auch noch Nuñez und Flores richtig in Fahrt. Sie fingen an zu johlen ... »*Wuhuuu! Wuhuhuuu!*« ... während der Artikel jede Einzelheit von Nestors Heldentat auflistete.

»Hey, Sarge!«, sagte Flores. »Und was war mit Ihnen? Die letzte Szene von Ihnen war, als so ein großer *Neger* sie am Wickel hatte, und dann kam nichts mehr. Hat der Sie etwa umgelegt oder was?« Nuñez, Flores und der Sergeant brachen in Gelächter aus.

Flores sagte zu Hernandez, »Was meinen Sie, wo hat der Bursche die ganzen Einzelheiten her? So Sachen wie, dass er dem Penner am Rücken klebt wie ein Rodeoreiter.«

Hernandez schaute zu Nestor und sagte, »Tja ...?«

Mierda ... Nestor wusste nicht, ob dieses *Tja ...?* nun ein Vorwurf war oder nicht.

»Was schauen Sie *mich* an?«, sagte er. »Gleich nach dieser Geschichte auf dem Mast haben sie zu mir gesagt, na los, beantworte ein paar Fragen. Captain Castillo stand direkt neben mir. Aber nach dieser Sache hat kein Mensch was davon gesagt, dass ich irgendwelche Fragen beantworten soll. Woher kriegen diese Typen ihre Einzelheiten in den Polizeigeschichten eigentlich? Da heißt es dann immer ›laut Polizeiangaben‹ oder ›sagte die Polizei‹ oder ›sagte ein Polizeisprecher‹ ... ich meine, wer ist ein ›Polizeisprecher‹ ... und wer sagt denn da was, wenn es heißt ›die Polizei sagte‹? Die Pressestelle? — und woher kriegen *die* die Einzelheiten? Rufen die die Beamten an, die den Fall bearbeiten? Die müssen *irgendwen* fragen. Verstehen Sie, was ich meine?«

::::::Nichts davon ist direkt gelogen ... aber was, wenn Hernandez oder Nuñez oder Flores mich auf den Kopf zu fragen? Komme ich dann mit meinen Ausflüchten auch noch durch? Wahrscheinlich liest keiner von ihnen den *Herald*. Aber angenommen, sie zählen einfach eins und eins zusammen ... John Smith plus John Smith plus John Smith.:::::: Abgesehen von seiner Paranoia fühlte er sich auch noch schuldig.

Genau in diesem Augenblick fing die linke Brusttasche seines karierten Flanellhemdes an zu vibrieren: Nestor zieht das Handy aus der Tasche und sagt, »Camacho.«

Am anderen Ende der Leitung eine Mädchenstimme: »Spreche ich mit Officer Camacho?«

»Ja, hier ist Officer Camacho.« Er wiederholte das »Officer Camacho«, um dem Sergeant, Nuñez und Flores zu zeigen, dass es sich um ein Dienstgespräch handelte.

»Officer Camacho, hier ist Ghislaine Lantier. Wir haben gestern gesprochen, erinnern Sie sich?«

»Ähhh … ja, natürlich.« Beim Klang ihrer Stimme spürte er einen Kick, den er sich nicht erklären konnte. Er war einfach da.

»Wahrscheinlich hätte ich Sie nicht anrufen sollen, weil das gar nicht in Ihren Zuständigkeitsbereich fällt … aber ich brauche einen Rat.«

»Worüber?« Er sah sie vor sich, als würde sie direkt vor ihm stehen … die bleiche helle Haut, das dunkle Haar, die großen, weit aufgerissenen, unschuldigen … ängstlichen Augen … und ihre Beine. Auch ihre Beine kamen ihm sofort in den Sinn.

»Es hat nichts damit zu tun, was gestern passiert ist. Die Geschichte ist etwas kompliziert, und mir ist niemand eingefallen, den ich sonst hätte anrufen können. Dann habe ich heute Morgen die große Geschichte über Sie im *Herald* gesehen und dachte mir, versuch es einfach. Ich hatte noch Ihre Karte. Bis heute Morgen, als ich die Zeitung gelesen habe, hatte ich keine Ahnung, dass Sie der Polizist aus dem Fernsehen sind, der den kubanischen Flüchtling von dem Mast runtergeholt hat.«

Und der Engel sang! »Bleiben Sie dran«, sagte Nestor, legte die Hand aufs Telefon und sagte zu seinen Kollegen, »Ist wichtig, ich bin gleich wieder da.«

Dann stand er auf, ging nach draußen auf den Gehweg und sagte in sein Handy, »Ich gehe woandershin, wo es ein bisschen leiser ist. Da drin ist es zu laut.«

Woanders war der große CVS an der nächsten Ecke. Hinter der Eingangstür, zwei schweren automatischen Glasschiebetüren, befand sich im Abstand von etwa einem Meter fünfzig die gleiche Tür noch einmal und schuf so eine Art Vorraum. Nestor lehnte sich an eine Seitenwand und sagte zu Ghislaine Lantier, »Tut mir leid, hat ein bisschen gedauert, aber hier ist es besser.« Mit »besser« meinte Nestor, dass ihr Anruf ihn vor weiteren Fragen von Hernandez über sein Verhältnis zu John Smith bewahrt hatte. Eine glatte Lüge, dass er den Mann gar nicht kannte, wäre sinnlos gewesen. Wer konnte wissen, ob ihn nicht vielleicht jemand in der letzten Nacht mit John Smith gesehen hatte, erst im Isle of Capri und dann, wie sie zu ihm nach Hause gefahren waren? Plötzlich hatte er eine düstere Vision: von einer Untersuchung des Präsidiums über die geheime Zusammenarbeit eines Polizisten mit einem *periodista*. Oh Mann! Ein fünfundzwanzigjähriger einfacher Polizist, der Informationen ohne Genehmigung von oben an die Presse weitergibt? *¡Dios mío!* Immer düsterer wurde das Schicksal, das er sich in seinen Gedanken ausmalte … Er stand in der Luftschleuse eines CVS … und klammerte sich an dieses Gespräch mit Ghislaine Lantier, als hinge sein Leben davon ab.

»Also, wie kann ich Ihnen helfen?«, sagte er zu ihr. »Es geht nicht um die Sache von gestern. Hab ich das richtig verstanden?«

»Ja … es geht um — ich gehe ein großes Risiko ein, wenn ich das Ihnen erzähle, einem Polizeibeamten! Aber irgendwie bin ich mir sicher, dass ich Ihnen vertrauen kann. Ich wünschte, ich könnte es meinem Vater erzählen … ich meine, natürlich *werde* ich es ihm erzählen, aber ich kann es ihm nicht einfach so hinwerfen und sagen, ›Friss oder stirb!‹ Können Sie das verstehen?«

»Hmmm … nein«, sagte Nestor und lachte. »Sie haben mir noch nicht mal gesagt, worum es eigentlich geht. Ein *bisschen* was müsste ich schon wissen.«

»Ich kann Ihnen das nicht am Telefon erklären. Können wir uns irgendwo treffen? Als wir uns neulich unterhalten haben, nach diesem Kampf — ich kann es nicht richtig erklären, aber irgendwie waren Sie mir sympathisch. Ich wusste, dass Sie nicht einfach nur da waren, um die Leute zu verhaften. Ich hab irgendwie *gespürt* —«

Nestor unterbrach sie. »Okay, warum treffen wir uns nicht irgendwo auf einen Kaffee, dann können Sie mir in aller Ruhe alles erzählen, einverstanden?« Gute Idee, aber hauptsächlich wollte er sie davon abbringen, seinen Charakter zu analysieren. Er kam sich allmählich vor wie … er wusste nicht, was — na ja, dieses ganze Gerede, wie nett er zu ihr gewesen war … »Heute geht es nicht mehr. Meine Schicht fängt gleich an. Aber wie wär's mit morgen?«

»Hmmm … bis eins habe ich Seminare.«

»Seminare?«

»Ja, in der Uni. Da bin ich gerade.«

»Ja, richtig, das hatten Sie erwähnt. Okay, dann treffe ich Sie da um Viertel nach eins. Wo genau? Meine Schicht fängt um vier an, wir haben also genug Zeit …«

Nestor zog das Gespräch über ihren Treffpunkt bewusst in die Länge. Mit einem Auge schielte er immer auf seine Uhr. Er wollte so lange in der Luftschleuse des CVS bleiben, bis er sicher sein konnte, dass die anderen das Kermit's verlassen hatten und zur Schicht gefahren waren. Einer würde schon für ihn bezahlen, wahrscheinlich Hernandez. Aber er hatte sowieso nur einen Kaffee gehabt … das Geld konnte er ihm später geben. Das Wichtigste war, dass er sich nicht wieder auf diese verdammte Diskussion einlassen musste.

Das Mädchen plapperte weiter über einen Treffpunkt auf dem Campus … und hoffte, oh mein Gott, dass sie nicht einen schrecklichen Fehler machte, schließlich sei er, nett hin oder her, ein Polizeibeamter. Das sei was anderes, als mit einem Rechtsanwalt zu sprechen ... und so plapperte sie nervös weiter, und die Worte sprudelten nur so aus ihr heraus, bis Nestor nur noch mit halbem Ohr zuhörte. Stattdessen hatte er wieder ihre Beine vor Augen ... ihre Beine und ihre Alabasterhaut. Er schaffte es gerade noch rechtzeitig zur Schicht.

Am nächsten Tag kurz vor 13 Uhr fuhr Nestor in seinem Camaro zum Rendezvous, oder was immer das war, mit Ghislaine Lantier auf den Campus der University of Miami. ::::::*¡Santa Barranza!*:::::: Die ästhetischen Freuden von Landschaftsarchitektur und Gartenbaukunst waren bislang an ihm vorübergegangen, aber jetzt konnte sogar er nicht umhin, davon Notiz zu nehmen ::::::Ein Wahnsinn, diese Anlage!::::::

Üppig grüner Rasen bedeckte jeden Zentimeter des Campus' und erstreckte sich, so kam es Nestor hinter dem Lenkrad des Camaro jedenfalls vor, über endlose Entfernungen. Die Grünfläche sah so opulent und gleichförmig aus, als hätte Gott sie ausgerollt wie Kunstrasen. Majestätische Alleen aus soldatisch aufgereihten Königspalmen mit glatten, hauchzartgrauen Stämmen bildeten zu beiden Seiten der Gehwege gewaltige Säulengänge. Sie führten durch Gottes grüne Auen zu den Eingängen eines jeden größeren Gebäudes.

Diese imposanten Wege ließen die gewöhnlichsten Gebäude, weiße moderne wie auch mit Tonziegeln gedeckte im Kolonialstil, prunkvoll aussehen. Doch die Alleen waren nur der hervorstechendste Teil dieser Baumshow. Es gab Hunderte — Tausende? — niedriger Schatten spendender Bäume, die üppige Blätterdächer mit einem Durchmesser von fünf Metern und mehr schufen ... sie waren überall ... sie spendeten Schatten für Terrassen und waren Sonnenfilter für blühende Rabatten mit exotischen tropischen Blumen. Üppig, das war das passende Wort. Man hätte meinen können, Coral Gables hätte die jährliche Niederschlagsmenge von Oregon.

Es war Mittagszeit, Studenten verließen die Gebäude und zerstreuten sich.

::::::Die sehen aus wie nette Jungen und Mädchen, die rundum glücklich sind ... in ihren T-Shirts und Shorts, Jeans und Flipflops. Sie sind schlau, sie oder ihre Eltern. Ihr Weg führt sie direkt in die Schaltzentralen. Diese jungen Menschen, die gerade jetzt — genau *hier* — auf dem Campus herumlaufen, die machen vielleicht nicht viel her, aber die mischen alle mit! Die haben am Ende alle die Abschlüsse, die man *braucht,* BA und BS und so was. Sogar bei der Polizei brauchte man heutzutage, wenn man etwas werden wollte, vier Jahre College mit Abschluss. Um es bis zum Captain zu bringen, brauchte man so einen Abschluss, und schon für den Lieutenant war er ein gewaltiger, *gewaltiger* Wettbewerbsvorteil. Ohne diese Buchstaben hinter dem Namen konnte man nicht mal darauf *hoffen,* mehr als Sergeant zu werden.::::::

Nestor trat aufs Gas, und der aufgemotzte Motor des Camaro gab ein röhrendes, die Ungerechtigkeit der Welt beklagendes Geräusch von sich. Er rauschte auf dem San Amaro Drive der Richter Library, der größten Bibliothek auf dem Campus, und seinem Treffen, seiner polizeilichen Ermittlung, seiner Was-auch-immer, seinem Rendezvous mit Ghislaine entgegen.

Klar, dass die Richter Library einen Säulengang aus Palmen hatte. Gott sei Dank. Er verhinderte, dass das weitläufige, aber nur zwei Stockwerke hohe Gebäude aussah wie eine Lagerhalle. Er war zehn Minuten zu früh dran. Ghislaine hatte gesagt, sie sollten sich vor dem Eingang treffen. Er parkte genau an der Stelle, wo der Säulengang auf die Straße traf und beobachtete die ein und aus gehenden Menschen. Gelegentlich tauchte auch ein älter aussehender Mensch auf. Er grübelte noch immer darüber nach, worum es bei diesem … Treffen … eigentlich ging.

Keine Minute vor 13:15 Uhr kommt ein Mädchen aus der Bibliothek — eine Vision — bekleidet mit einem Strohhut mit schwarzer Schleife und sonnenschirmbreiter Krempe, einer gesitteten langärmeligen Bluse — und *sonst nichts!* Ghislaine! ::::::Du siehst *Gespenster*, du Idiot! Du siehst nur das, was du sehen *willst!*:::::: Nun erkennt der Idiot, dass weiße Shorts die unsagbaren Freuden verhüllen, die ein solches Zittern in seinen Lenden ausgelöst haben … Wie bei der Hälfte der Mädchen, die er bis jetzt auf dem Campus gesehen hatte, sind ihre Shorts *kurz*. Sie enden vielleicht zwei Zentimeter unterhalb des Schritts ::::::All die lüsternen Freuden, die sich darunter verbergen. Aber die schlanken weißen Beine, makellos glatt wie Alabaster, die sind echt, und das Prickeln, das durch seine — Herrgott, Camacho, jetzt reiß dich zusammen!::::::

Sie geht unter dem Säulengang auf ihn zu. Erst als sie schon fast vor dem Camaro steht, erkennt sie, *das ist Nestor* hinter dem Steuer. Sie lächelt … zaghaft … mehr nervös als sonst was, wenn er das richtig sieht.

»Hi!«, sagte Nestor. »Springen Sie rein.«

Sie warf einen Blick auf die DUBs, wie Autoverrückte wie Nestor ihre speziell angefertigten Felgen nannten. Sie waren verchromt, sodass bei jeder Radumdrehung tausend Lichtblitze von tausend funkelnden Oberflächen die Stimmung des Betrachters aufhellten — oder den Fahrer als protzigen Proll stigmatisierten. Um die Wahrheit zu sagen, Ghislaines Stimmung schien der Anblick nicht aufzuhellen. Sie betrachtete die glitzernden DUBs, als verströmten sie einen Hauch von Kriminalität, so wie Tattoos.

Als sie auf den Beifahrersitz glitt, musste sie erst die Beine zusammenfalten, bevor sie sich richtig hinsetzen konnte, und dabei rutschten ihre Shorts so weit nach oben, dass sie das Fleisch bis zur Hüfte entblößten — ::::::Herrgott, Nestor! Du führst dich auf wie ein Dreizehnjähriger, der zum ersten Mal in seinem Leben dieses aufwühlende Kribbeln in der Beckengegend spürt. Das sind nichts weiter als zwei Beine — okay? — und du bist ein Cop.::::::

Laut sagte er, »Na, fühlen Sie sich heute besser?« Er schlug einen aufmunternden Ton an, als wollte er sagen, *Natürlich geht's Ihnen heute besser, jetzt, wo Sie ein bisschen Zeit hatten, über alles nachzudenken.*

»Eigentlich nicht«, sagte sie. »Aber ich bin Ihnen wirklich dankbar, dass Sie kommen konnten.« Was für offene, unschuldige, verängstigte Augen sie hatte!

»Und, wo trinken wir jetzt unseren Kaffee?«, fragte er. »Hier gibt's doch sicher irgendwo eine Cafeteria, oder?«

»Ja ...« Aber sie sagte es sehr zögerlich.

»Okay, wohin Sie wollen. Ist mir egal.«

»Starbucks?« — als würde sie eine Bitte vortragen, die er wahrscheinlich ablehnen würde.

»Okay, warum nicht?«, sagte Nestor. »Ich war noch nie in einem Starbucks. Das ist meine große Chance.«

Der Starbucks befand sich im Erdgeschoss in einer Passage, die sich von der Vorder- bis zur Rückseite durch das gesamte Bibliotheksgebäude zog. Es war der einzige kommerzielle Laden weit und breit. *Der legendäre Starbucks!*

Das Innere ... was für eine Enttäuschung ... Der Laden hatte nichts Nobles an sich. Kein großer Unterschied zu Ricky's — billige Stühle und Tische, wie bei Ricky's ... die Tische voller Zucker, den niemand wegwischte, wie bei Ricky's ... plastiküberzogene Pappbecher, Papierservietten,

Klarsichthüllen, die kleinen Plastikstäbchen, mit denen man den Kaffee umrührte, wie bei Ricky's … eine Theke, die so hoch war wie die Mädchen groß, die dahinter arbeiteten, wie bei Ricky's … Aber zwei Sachen waren anders … Erstens, keine *pastelitos* und deshalb auch kein Ambrosiaduft … Zweitens, der Laden war rammelvoll. Aber in dem Geplapper und Gebrabbel hörte er kein einziges spanisches Wort.

Nestor und Ghislaine warteten vor der Theke in einer langen Schlange, um ihre Bestellung aufzugeben. Zufällig schaute Nestor in die große Glasvitrine neben ihm — was zum Teufel war *das?* Da lagen nicht nur Kuchen und Gebäck, sondern auch abgepacktes Essen … Sachen wie Hähnchen-Salat-Wraps, Sesamnudeln mit Tofu, Estragon-Hühnchen-Salat auf Achtkornbrot, Ensaimada. Als sie es schließlich bis an die Spitze der Schlange geschafft hatten, bestand Nestor großspurig darauf, beide Kaffees zu bezahlen. Er reichte dem Mädchen einen Fünf-Dollar-Schein — und war *von den Socken!* Er bekam einen Dollar zwanzig zurück. Seine Großspurigkeit hatte ihn $3,80 gekostet. Eins neunzig für einen Becher Kaffee! In der Calle Ocho bekam man einen Becher kubanischen Kaffee, der wahrscheinlich um Längen besser war als dieses Zeug hier, für fünfundsiebzig Cent! Mit dem Preis für einen Kaffee konnte man niemanden mehr schockieren als einen Polizisten. Er ging mit Ghislaine zu einem kleinen runden Tisch … auf dessen heller Platte Zucker verstreut war. Wütend stand er wieder auf, holte eine Papierserviette und wischte demonstrativ den Tisch ab. Ghislaine schaute ihn mit großen, unschuldigen Augen an und wusste nicht recht, was sie davon halten sollte. Schlagartig wurde Nestor bewusst, dass er sich in seinen eigenen Vater verwandelt hatte … GEDULD auf einer Gruft. Er beruhigte sich und setzte sich an den Tisch. Aber er ärgerte sich noch immer dermaßen über den Preis des Kaffees, dass er Ghislaine anschaute, als wäre *sie* für die gottverdammten Preise in diesem Laden verantwortlich. Plötzlich verfiel er in einen geschäftsmäßigen Ich-hab-nicht-den-ganzen-Tag-Zeit-Ton und fauchte sie förmlich an, »Also, was wollen Sie mir erzählen? Worum geht's?«

Ghislaine war bestürzt über die Verwandlung ihres verständnisvollen Ritters in einen stinknormalen, übellaunigen, schikanösen Bullen. Nestor sah es sofort an ihrem Gesicht. In ihren großen Augen stand jetzt Angst. Sie schien kaum das Zittern ihrer Lippen kontrollieren zu können — und Nestor überkam ein tiefes Gefühl der Schuld. GEDULD auf einer Gruft, dem Grame lächelnd — in Form … eines überteuerten Bechers Kaffee!

Schüchtern, voller Angst, sagte Ghislaine, »Es geht um meinen Bruder, um ihn mache ich mir Sorgen. Er ist fünfzehn und geht auf die Lee de Forest High School.«

»Waassss?«, sagte Nestor. Es hörte sich an wie ein leises pfeifendes Geräusch, das zwischen seinen Zähnen hervordrang. ::::::*Dios mío* … ein netter höflicher fünfzehnjähriger weißer Junge aus guter Familie, der auf die de Forest geht. Ich darf gar nicht dran denken, was der arme Junge durchmacht. Keine Ahnung, wer von denen schlimmer ist, die *Neger*-Gangs oder die haitianischen Gangs.::::::

»Kennen Sie die de Forest?«

»Jeder Polizist in Miami kennt die Lee de Forest High School.« Er sagte das mit einem demonstrativ mitfühlenden Lächeln.

»Dann wissen Sie ja auch über die Gangs Bescheid«, sagte Ghislaine.

»Und ob.« Wieder mit einem Gesichtsausdruck voller Mitgefühl und Liebenswürdigkeit.

»Also, mein Bruder — er heißt Philippe. Er war immer ein netter Junge … Sie wissen schon, still, höflich, fleißig — im letzten Jahr auf der Junior High hat er noch Sport gemacht.« ::::::Diese großen unschuldigen Augen! Ich brauche sie nur anzuschauen und schäme mich für mich selbst. Und das alles wegen eines Bechers Kaffee.:::::: »Wenn Sie ihn heute sehen würden«, sagte Ghislaine, »dann würden Sie glauben, er gehört zu irgendeiner afroamerikanischen Gang. Was meines Wissens nicht stimmt, aber sein ganzes Gebaren ist so, als gehörte er zu einer … die ausgebeulte Hose, die so weit runterhängt, dass man denkt, ›Noch ein Zentimeter, dann verliert er sie‹ … und um den Kopf das Bandana mit ›den Farben‹. Und dann stolziert er auf so eigentümliche Art, so wie alle diese Gangmitglieder gehen.« Sie schlenkerte den Oberkörper hin und her. »Und wie er *spricht!* Jeder Satz fängt mit ›Mann‹ an. *Mann* dies, *Mann* das — und nichts ist gut oder schlecht. Es ist entweder cool oder nicht cool. Dauernd sagt er Sachen wie ›Okay, Mann, für mich ist das cool.‹ Und jede *einzelne* dieser Sachen macht meinen Vater wahnsinnig. Mein Vater unterrichtet, er ist Professor für französische Literatur an der EGU. Ach ja, das Schlimmste habe ich noch gar nicht erzählt — mein Bruder hat jetzt angefangen mit seinen neuen ›Freunden‹ kreolisch zu sprechen! Das halten sie für extrem cool, weil sie so einem Lehrer eine Beleidigung mitten ins Gesicht schleudern können! Und die Lehrer verstehen nicht, was sie sagen. Damit hat der ganze Ärger an der de Forest überhaupt erst angefangen. Mein Vater erlaubt es nicht, dass wir zu Hause kreolisch sprechen. Ich glaube, Philippe hat das bei anderen Schülern in der Lee de Forest aufgeschnappt.«

»Moment, Moment«, sagte Nestor. »Kreolisch ist Haitianisch, oder?« Ghislaine nickte … sehr langsam … »Das heißt … ihr *Bruder* ist *Haitianer?*«

Ghislaine stieß einen tiefen Seufzer aus. »Ich wusste, dass das —« Sie verstummte und seufzte. »Okay, dann kann ich Ihnen auch gleich die ganze Geschichte erzählen, das gehört alles zusammen. Ja, mein Bruder ist Haitianer, mein Vater ist Haitianer, meine Mutter war Haitianerin, und ich bin auch Haitianerin. Wir sind alle Haitianer.«

»Sie sind … *Haitianerin?*«, sagte Nestor, der nicht wusste, wie er es anders hätte ausdrücken sollen.

»Aber sie hat doch so helle Haut«, sagte Ghislaine. »Das denken Sie doch, oder?«

Ja, genau das dachte er … aber Nestor fiel absolut nichts ein, wie er sie auf möglichst taktvolle Weise darauf hätte ansprechen sollen.

»Es gibt jede Menge hellhäutige Haitianer«, sagte Ghislaine. »Nun ja … nicht gerade *jede Menge* … aber doch ziemlich viele. Deshalb nehmen uns die Leute auch nicht als Haitianer wahr … weil wir hellhäutig sind. Unsere Familie, die Lantiers, stammt von einem General Lantier ab, einem der Kommandeure der französischen Truppen, die im Jahr 1802 Haiti besetzt haben. Mein Vater hat auf dem Gebiet intensive Forschungen betrieben … darüber, dass wir Haitianer sind … Aber nicht weil er sich schämt, Haitianer zu sein, überhaupt nicht. Sondern weil man in diesem Land, wenn man sich als Haitianer outet, sofort in eine Schublade gesteckt wird. ›Oh, Sie sind also Haitianer.‹ Und das bedeutet dann, dass man unmöglich *das* oder *das* sein kann oder dass man nicht imstande ist, *das* oder *das* zu tun. Und wenn man den Leuten erzählt, dass man französischer Abstammung ist, dann glauben sie dir das einfach deshalb nicht, weil sie sich alle nicht vorstellen können, dass jemand, der in Haiti geboren und aufgewachsen ist, französisch sein kann. Aber das sind die Lantiers.«

Nestor war sprachlos. Er wusste nicht, was er denken sollte. Er war darauf vorbereitet gewesen, dass sie sich als irgendein seltener Paradiesvogel entpuppen würde, so wie sie aussah ... *Haitianerin!* — und jetzt behauptet sie auch noch, von Franzosen abzustammen!

Sie lächelte Nestor zum ersten Mal an. »Schauen Sie mich nicht so an! Verstehen Sie jetzt, warum unser Vater uns geraten hat, das Thema nie anzusprechen? Sobald man das tut, denken sich die Leute, ›Oh, ein Haitianer ... einer von *denen* ... hmmm, ob man sich auf den verlassen kann?‹ ... Na los, geben Sie es zu! Hab ich recht oder nicht?«

Jetzt musste auch Nestor lächeln. Teils weil lächeln einfacher war, als sich eine passende Antwort einfallen zu lassen ... teils weil ihr Lächeln ihr Gesicht aufleuchten ließ. Sie wurde ein anderer Mensch ::::::*strahlend* ... das ist das Wort, aber sie ist gleichzeitig verletzlich ... sie braucht jemanden, der seinen beschützenden Arm um ihre Schultern legt ... und was für Beine!:::::: — allein für diesen Gedanken hasste er sich! Sie war die personifizierte Anmut ... und da war noch etwas anderes ... Sie war *schlau*. Das war ihm nicht von vornherein bewusst gewesen. Die Dinge, die sie wusste, das Vokabular, das sie benutzte ... das wurde ihm erst nach und nach klar. Sie redete über das »Gebaren« ihres Bruders ... Nestor kannte niemanden, der so ein Wort benutzen würde. Und niemand, den er kannte, würde jemals sagen, »stolziert er auf so eigentümliche Art« ... Vielleicht würden sie »stolzieren« sagen ... aber keiner würde jemals den Ausdruck »auf so eigentümliche Art« benutzen ... oder »meines Wissens«. Er hatte nicht einen einzigen Freund, der jemals »meines Wissens« gesagt hätte. Alle sagten einfach »soweit ich weiß«. Und wenn er wirklich mal so etwas wie »meines Wissens« hörte, dann kam ihm das instinktiv komisch und gekünstelt vor.

»Egal«, sagte Ghislaine. »Ich musste Ihnen das alles erzählen, weil es entscheidend damit zu tun hat, was auf der de Forest passiert ist. Mein Bruder war dabei, als das passiert ist.«

»*Was passiert ist?* — als der Lehrer diesen Jungen niedergeschlagen hat?«

»Als er *angeblich* diesen ›Jungen‹ zu Boden geschlagen hat, ja. Dieser ›Junge‹ ist ein großer, ziemlich harter haitianischer Bursche, er heißt François Dubois. Er ist der Anführer einer Gang oder so. Die Jungen haben alle Angst vor ihm … und ich fürchte, zu ›alle‹ gehört auch mein Bruder. Ich bin sicher, dass es genau andersherum war. Der Lehrer, Mr. Estevez, ist ein großer Mann, aber ich bin sicher, dass Dubois *ihn* niedergeschlagen hat … und um das zu vertuschen, hat Dubois die anderen Jungen unter Druck gesetzt, damit sie der Polizei erzählen, alles hätte damit angefangen, dass Mr. Estevez *ihn* niedergeschlagen hat. Und mein armer Bruder gibt sich dafür her. Philippe versucht verzweifelt, von den harten Burschen anerkannt zu werden … Dieser Dubois hat Philippe und noch vier andere Jungen dazu gezwungen, ihn bei der Polizei zu decken. Alle anderen aus der Klasse sagen, sie wüssten nicht, was passiert ist, sie hätten nichts gesehen. So haben sie sich aus der Sache herausgewunden. So brauchen sie vor der Polizei nicht zu lügen und erregen auch nicht den Zorn von Dubois und seiner Gang.« *Den Zorn erregen.* »Ein Lehrer schlägt einen Schüler — das ist heutzutage eine ernste Angelegenheit. Kein *einziger* Schüler, nicht einer sagt aus, dass Dubois den Lehrer geschlagen hat. Mr. Estevez hat also nicht mal *einen* Zeugen, der für ihn aussagt, und Dubois hat vier oder fünf. Und dann wird Mr. Estevez von der Polizei aus dem Schulgebäude geführt. Die Hände auf dem Rücken, in Handschellen.«

»Und was hat Philippe gesagt, was passiert ist?«

»Darüber wollte er weder mit mir noch mit meinem Vater reden. Er sagt, er hat nichts gesehen, und er will nicht drüber reden. Ich wusste sofort, dass da was im Busch ist. Ich meine, wenn in der Schule irgendwas Spektakuläres passiert — oder auch nur irgendwas annähernd Spektakuläres — dann sprudelt das aus einem Jungen doch nur so heraus. Wir haben nur aus ihm herausgekriegt, dass alles damit angefangen hat, dass dieser Dubois zu Mr. Estevez irgendwas auf Kreolisch gesagt hat und dass alle Haitianer in der Klasse angefangen haben zu lachen. Mr. Estevez —«

»Moment, Moment«, sagte Nestor. »Er redet nicht mit Ihnen — woher wissen Sie dann, dass dieser Dubois ihn und die vier anderen Jungs dazu angestiftet hat, für ihn zu lügen?«

»Mein Vater und ich haben ein Gespräch belauscht, das er auf Kreolisch mit einem Jungen aus seiner Klasse geführt hat, Antoine, einer aus Dubois' Gang. Sie wussten nicht, dass wir im Haus sind. Ich verstehe kein Kreolisch, aber mein Vater hat gesagt, dass sie über die anderen vier gesprochen haben.«

»Wer sind die vier?«

»Weiß ich nicht«, sagte Ghislaine. »Ein paar andere Jungs aus ihrer Klasse. Ich kenne keinen von denen. Sie haben nur die Vornamen genannt …«

»Erinnern Sie sich an die Vornamen?«

»Einen weiß ich noch, weil er englisch war … ›Fat Louis‹.«

»Und die anderen drei?«

»Hmm, ich glaube, einer hieß Patrice. Ja, und die beiden anderen … die fingen mit *H* an … So viel weiß ich noch … hmmm … Hervé und Honoré! … Genau, Hervé und Honoré.«

Nestor zog Notizblock und Kugelschreiber aus seiner Brusttasche und notierte sich die Namen.

»Was wollen Sie jetzt machen?«

»Weiß ich noch nicht genau«, sagte Nestor. »Aber ich habe eine Idee.«

Ghislaine senkte den Blick und verschränkte ihre Finger. »Verstehen Sie jetzt, warum ich mit der Polizei nicht darüber sprechen wollte? Soweit ich weiß, sind Sie verpflichtet, diese Informationen weiterzugeben, und vielleicht reicht das ja schon, um Philippe in Schwierigkeiten zu bringen.«

Nestor fing an zu lachen. »Selbst wenn ich mich jetzt als *knallharter Bulle* entpuppen sollte, Ihrem Bruder droht im Augenblick keine Gefahr. Erstens geht das, was Sie mir gerade erzählt haben, nicht mal als Hörensagen durch. Was ich habe, sind die Hirngespinste seiner Schwester. Außerdem fällt nichts, was innerhalb der Lee de Forest High School oder irgendeiner anderen öffentlichen Schule in Miami passiert, in die Zuständigkeit unserer Behörde.«

»Warum nicht?«

»Das Schulsystem hat seine eigene Polizei. Wir hatten da von Anfang nichts zu sagen.«

»Das wusste ich nicht. Die haben *ihre eigene Polizei*. Warum?«

»Diese Geschichte habe *ich* jetzt vom Hörensagen«, sagte Nestor. »Offiziell soll sie an den Schulen die Ordnung aufrechterhalten. Aber wenn Sie mich fragen, soll sie hauptsächlich Schadensbegrenzung betreiben. Sie soll schlechte Nachrichten unter Verschluss halten. Bei der Sache in der de Forest hatten sie keine Chance. Das hat sich zu einem Tumult ausgewachsen, da gab's nichts mehr unter Verschluss zu halten.«

Ghislaine schwieg. Sie schaute Nestor nur an — mit einem flehentlichen Blick. Schließlich sagte sie, »Bitte helfen Sie mir, Nestor!« *Nestor!* Nichts mehr mit Officer Camacho. »Sie sind meine einzige Hoffnung — Philippes Leben könnte ruiniert sein … bevor es überhaupt angefangen hat.«

In diesem Augenblick strahlte sie wieder wie ein Engel, wie ihn sich Nestor strahlender nicht vorstellen konnte. Er wollte den Arm um sie legen und ihr Beschützer sein. Er hatte keine Ahnung, was er ihr sagen sollte. Er wollte sie nur in den Arm nehmen und ihr versichern, dass er auf ihrer Seite stünde.

Mit dem beruhigendsten Gesichtsausdruck, zu dem er fähig war, stand er auf, schaute auf seine Uhr und sagte, »Ich muss jetzt los. Meine Nummer haben Sie. Sie können mich jederzeit anrufen, *zu jeder Zeit.*«

Sie verließen Seite an Seite den Starbucks. Sie waren ungefähr gleich groß. Er wandte ihr den Kopf zu, beugte sich zu ihrem Gesicht vor und sagte, »Ich hab da schon ein paar Ideen, aber vorher muss ich noch Nachforschungen anstellen.«

Er legte ihr den Arm um die Schulter und zog sie im Gehen näher zu sich heran. Es sollte eine kumpelhafte Geste sein, nach dem Motto: »Kopf hoch, Mädchen. Du brauchst dir keine Sorgen zu machen.« Er hob geheimnisvoll die Augenbrauen. »Selbst wenn alle Stricke reißen, irgendwas können wir … *immer* … machen.« Auf dem *wir* lag das Gewicht des gesamten Polizeiapparats.

Sie schenkte ihm einen Blick, mit dem man einen Volkshelden hätte weihen können. Er — um die Wahrheit zu sagen — dachte an ihre Beine und senkte scheinbar zufällig den Blick, um sie neben seinen Beinen gehen zu sehen. So lang, jung, stramm und nackt … Er riss sich schnell wieder zusammen.

»Also«, sagte er. »Gibt es irgendeine Möglichkeit, wie ich mit Philippe sprechen könnte, ohne dass es so aussieht, als würde ich ihn als Polizist über einen Fall ausquetschen?« Ghislaine knetete wieder ihre Finger. »Sie könnten vielleicht irgendwann nachmittags wie zufällig da sein, ich meine, bei uns im Haus, wenn er gerade von der Schule nach Hause kommt. Geht das?«

»Sie haben Ihr Ziel in Kürze erreicht«, sagte die Frau in der GPS-Wolke. Okay, das war alles computerisiert, diese Frauenstimme, aber trotzdem — ::::::Wie machen die das?:::::: Wie damals in Broward, als er auf der rutschigen Straße ins Schleudern geriet und rückwärts in einen Bach schlitterte. Das Wasser schwappt über die Stoßstangen des Camaro, er sitzt da und fragt sich, wie er da jetzt wieder rauskommt, und diese Frau sagt mit der denkbar gelassensten Stimme, »Ihre Route wird neu berechnet,« und in null Komma nichts sagt sie zu ihm, er soll im Bachbett fünfhundert Meter flussaufwärts fahren und dann nach links in eine alte stillgelegte Landstraße abbiegen, die da ins Wasser ragt — und er fährt exakt fünfhundert Meter mitten durch den Bach und biegt ab — und es funktioniert! Sie hatte recht! Er war wieder auf dem Trockenen! ::::::Aber wie machen die das?::::::

Jetzt bremste er auf ihr Geheiß ab, und Häuser tauchten am Straßenrand auf, Häuser, wie man sie damals im zwanzigsten Jahrhundert gebaut hat ... weißer Stuck, lehmfarbene, abgerundete Dachziegel und so weiter.

Die Grundstücke waren schmal, kaum ein Haus war breiter als zehn Meter ... aber es gab jede Menge hoher schattiger Bäume, die darauf hindeuteten, dass er sich in einem älteren Viertel befand ... Die Sonne stand fast senkrecht am Himmel, und die Bäume warfen fleckige Schatten auf die Stuckfassaden und Vorgärten. Die Häuser standen alle ziemlich nah an der Straße. Trotzdem leuchteten die Rasenflächen in üppigem Grün, überall sah man Büsche und farbenprächtige Blumen wie Fuchsien, Lavendel, gelbe Schwertlilien und hellrote Petunien ... Nette Gegend! Er war im Nordosten Miamis, der sogenannten Upper East Side ... wo jede Menge bessergestellte Latinos und Anglos wohnten — übrigens auch jede Menge schwule Latinos und Anglos. Direkt angrenzend im Westen, auf der anderen

Seite des Biscayne Boulevard, lagen Little Italy, Liberty City, Little River, Buena Vista, Brownsville … Nestor konnte sich vorstellen, dass die Latinos und Anglos der Upper East Side Gott jeden Tag für den Biscayne Boulevard dankten, der sie von dem Ödland auf der anderen Seite abschirmte.

»Sie haben Ihr Ziel erreicht«, sagte die unsichtbare Königin der magischen GPS-Sphäre.

Nestor hielt am Straßenrand und schaute nach rechts. ::::::Was ist *das? Hier* … wohnt Ghislaines Familie?!:::::: Er hatte noch nie so ein Haus gesehen … Es hatte ein Flachdach, von dem man nur den Rand sehen konnte … weiße Stuckwände mit zwei schmalen schwarzen Streifen, die etwa dreißig Zentimeter unter der Dachkante das ganze Haus umfassten … ein paar Dutzend schmaler Fenster, die eins neben dem anderen einen riesigen Bogen bildeten, der sich von einer Seite des Hauses bis über die Hälfte der Vorderfront erstreckte. Er stand einfach da und gaffte, bis sich die Haustür öffnete und er ihre Stimme hörte.

»Nestor! Hi! Kommen Sie rein!«

Das Lächeln auf Ghislaines Gesicht! Die schiere unverhohlene Freude, als sie ihm entgegeneilte! Er wollte einfach stehen bleiben, die Brust aufgepumpt wie die des Prinzen in *Schneewittchen,* und die Arme ausbreiten, damit sie sich ihm an die Brust werfen konnte! Was für ein Anblick! Ghislaine! — in ihrer langärmeligen Bluse, den kürzer-als-kurzen Shorts, den herrlich langen, nackten Beinen! Erst in letzter Sekunde konnte er sich zurückhalten. ::::::Du bist hier, um Ermittlungen durchzuführen, verdammt, nicht um Weiber aufzureißen. Allerdings, niemand hat mich dazu bevollmächtigt — worum geht es hier eigentlich?::::::

Sie stand jetzt direkt vor ihm, schaute ihm in die Augen und sagte, »Sie sind zehn Minuten zu früh!« — als sei das das liebevollste Kompliment, das eine Frau einem Mann machen konnte. Er war sprachlos.

Zu seiner Verwunderung nahm sie seine Hand — allerdings nicht, um sie zu halten, sondern nur, um ihn zum Haus zu ziehen. »Na los, gehen wir rein! Möchten Sie einen Eistee?« — und dabei strahlte sie ihn die ganze Zeit lächelnd, mit der reinsten und schutzlosesten Liebe an. So kam es Nestor zumindest vor.

Sie führte ihn ins Wohnzimmer, in das durch die vielen Fenster das Licht strömte. Die anderen Wände füllten vom Boden bis zur Decke Bücherregale, die nur unterbrochen wurden von einer Tür und einigen Lücken, in denen drei riesige Werbeplakate hingen, auf denen Männer mit Hüten zu sehen waren, nach den Hüten zu urteilen europäische Plakate, für die sie warben: »Chapeaux-Mossant«, »Manolo Dandy«, »Princeps S. A. Cervo Italia« …

»Schauen Sie sich ruhig um!«, sagte Ghislaine. Aus ihrer Stimme klang unerklärliche Begeisterung. »Ich hole den Eistee!«

Als sie mit dem Eistee zurückkam, sagte sie, »Und, wie finden Sie es?«

»Ich … ich weiß nicht, was ich sagen soll«, sagte Nestor. »Das ist das … das erstaunlichste Haus, das ich je gesehen habe.« Er hatte erst »eigenartigste« sagen wollen.

»Alles Daddys Werk«, sagte Ghislaine. Sie verdrehte belustigt die Augen: *Tja, was will man machen?* »Alles Art déco, innen und außen. Wissen Sie, was Art déco ist?«

»Nein«, sagte Nestor und schüttelte leicht den Kopf. Wieder so eine Sache, bei der er sich in Ghislaines Gegenwart — *hmmmmmnicht* gerade unwissend, aber unkultiviert vorkam.

»Das ist ein französischer Designstil aus den Zwanzigerjahren. Heißt auf Französisch ›*Les Arts décoratifs*‹. Dass das

Französisch ist, bedeutet eine Menge für Daddy. Ich bin sicher, es ist auch der Grund, warum er das Haus überhaupt gekauft hat. Es ist nicht sehr groß und auch nicht gerade eindrucksvoll, aber es ist ein original Art-déco-Haus. Die Sessel hier und der Couchtisch sind authentische Art-déco-Möbel.« Sie deutete auf einen der Sessel und sagte, »Warum setzen wir uns nicht?«

Sie setzten sich in die Art-déco-Sessel. Sie nippte an dem Tee und sagte, »Allein die Sessel haben Daddy ein *Vermögen* gekostet. Es ist eins von Daddys zentralen Anliegen« ::::::*zentralen Anliegen*:::::: »dass Philippe und ich unsere französischen Wurzeln immer in Ehren halten. Zu Hause dürfen wir nur französisch sprechen. Daddy hält Kreolisch für eine verabscheuungswürdige« ::::::*verabscheuungswürdige*:::::: »Sprache, auch wenn er sie selbst an der EGU unterrichten muss. Er sagt, sie ist *so-oo-oo-oo* primitiv. Er kann sie nicht ausstehen. Deshalb war Daddy *stinksauer,* als Philippe von der Schule nach Hause kam und Kreolisch mit diesem Antoine gesprochen hat, der von zu Hause nichts anderes kennt als Kreolisch ... und Philippe offensichtlich von diesem, Entschuldigung ... *Schwachkopf* anerkannt werden wollte. Und als Philippe dann auf Daddys Fragen auf Kreolisch geantwortet hat, nur um diesen Trottel zu beeindrucken ... da war Daddy dann richtig angefressen. Ich meine, ich *liebe* Daddy, und ich bin sicher, Sie werden ihn auch mögen, wenn Sie ihn kennenlernen« ::::::*wenn ich ihn kennenlerne? was soll das jetzt bedeuten ... ?*:::::: »aber er ist ein ganz klein bisschen« — sie hob Daumen und Zeigefinger hoch und hielt sie so dicht zusammen, dass sie sich fast berührten — »ein ganz klein bisschen versnobt. Zum Beispiel habe ich gleich gemerkt, dass er nicht zeigen wollte, wie angetan« ::::::*angetan,* nicht *froh*:::::: »er war, als ich ihm gesagt habe, dass ich mich bei South Beach Outreach engagieren will. Ich bin davon überzeugt, er war davon mehr angetan, als er —«

»Was sagt Philippe dazu, zu seinen französischen *Wurzeln* und so?« Nestor hatte ihr nicht ins Wort fallen wollen, aber ihm fehlte einfach die Geduld, sich noch mehr von Daddys Snobismus und South Beach Outreach und diesem ganzen gesellschaftlichen Kram anzuhören.

»Philippe ist erst fünfzehn«, sagte Ghislaine. »Ich bezweifele, dass er sich überhaupt irgendwelche Gedanken darüber macht. Nicht bewusst jedenfalls. Im Moment will er nur ein *Neg* sein, ein schwarzer Haitianer, wie Antoine und dieser Dubois, und *die* wollen so sein, als gehörten sie zu einer amerikanischen schwarzen Gang, aber was *die* von den amerikanischen schwarzen Gangs sein wollen, das weiß ich auch nicht.« Und so unterhielten sie sich über Philippes Schwierigkeiten, über Schulen und Gangs.

»Diese Stadt ist so zerrissen in verschiedene Nationalitäten, Rassen und ethnische Gruppen«, sagte Ghislaine. »Natürlich kann man versuchen, das alles einem Fünfzehnjährigen wie Philippe zu erklären, nur hört der nicht zu. Und wissen Sie was? Selbst wenn er es verstehen würde, es würde nicht den geringsten —«

Ghislaine legte plötzlich einen Finger auf die Lippen — *pssst* — wandte sich der Rückseite des Hauses zu und … lauschte … Fast im Flüsterton sagte sie zu Nestor, »Ich glaube, das ist er. Philippe. Er kommt immer hinten durch die Küche.«

Nestor schaute in die Richtung. Er hörte, wie jemand, wahrscheinlich Philippe, etwas Schweres auf den Küchentisch fallen ließ … und die Kühlschranktür öffnete.

Ghislaine beugte sich vor … und sagte mit der gleichen Flüsterstimme, »Das macht er immer als Erstes, wenn er von der Schule nach Hause kommt: Er holt sich was Kaltes zu trinken. Wenn er glaubt, dass Daddy da ist, nimmt er Orangensaft. Wenn er weiß, dass Daddy nicht da ist, wie heute, eine Cola.«

Wamm. Die Kühlschranktür. Ghislaine schaute misstrauisch in die Richtung und drehte sich dann wieder zu Nestor um. »Daddy versucht erst gar nicht, ihm Cola zu verbieten, aber immer wenn er sieht, dass Philippe eine trinkt, sagt er zu ihm, ›Und, schmeckt wie flüssiger Zucker, oder?‹ oder irgendwas in der Art. Das macht Philippe rasend, er kann das nicht ausstehen. Wenn Daddy versucht witzig zu sein, traut Philippe sich nicht zu lachen ... weil Daddy oft irgendeine Art von *unterschwelligem Sarkasmus* einbaut, mit dem er dann klarkommen muss. Er ist erst fünfzehn. Manchmal denke ich, dass ich mal mit Daddy darüber reden sollte.« Sie schaute Nestor an, als könnte er ihr einen weisen Rat geben.

Nestor lächelte sie so warmherzig an, wie er konnte ... ein Lächeln, das ihm ein paar Sekunden zu lang geriet. »Das kommt auf Ihren Vater an«, sagte er. *Das kommt auf Ihren Vater an?* Was sollte *das* bedeuten? ... Es bedeutete, dass er abgelenkt war ... Er liebte Ghislaines verletzlichen, schutzlosen Gesichtsausdruck ... der ihm zu sagen schien, »Ich verlasse mich ganz auf Ihr Urteil.« Als sie sich so zu ihm vorbeugte, war ihr Gesicht keine fünfzig Zentimeter von den Knien ihrer übergeschlagenen Beine entfernt. Ihre Shorts waren ziemlich kurz. Ihre Beine waren der fleischliche Ausdruck verletzlicher, schutzloser Unschuld. Er wollte sie in den Arm nehmen ::::::Lass den Quatsch, du Idiot! Schon schlimm genug, dass du deine Nase in einen Fall für die Schulpolizei steckst. Jetzt gibt's nur eins —:::::: Er riss sich zusammen und schlug sich die Vorstellungen fleischlicher Verlockungen aus dem Kopf. Aber sein Lächeln, sein Blick blieben unverändert. Ebenso Ghislaines ... bis sie plötzlich die Lippen leicht zusammendrückte ... was Nestor interpretierte als, »Wir können nicht alles aussprechen, was wir auf dem Herzen haben, oder?«

Plopp! Die anschwellende Blase zerplatzte in dem Augenblick, als sie hörte, dass ihr Bruder aus der Küche kam. Sie rief, »Philippe, bist du das?«

»Ja.« Man hörte das Bemühen des Jungen, seine fünfzehnjährige Stimme wie einen männlichen Bariton klingen zu lassen.

»Kannst du mal eben kommen«, sagte Ghislaine. »Ich möchte dir jemanden vorstellen.«

Eine Pause … dann, »Okay.« Irgendwie hatte er es geschafft, seine Stimme noch tiefer im Schlamm seiner tödlich genervten Langeweile zu versenken.

Ghislaine hob die Augenbrauen und verdrehte die Augen. *Tut mir leid, aber da müssen wir jetzt durch.*

Philippe, ein großer, aber spindeldürrer Junge kam ins Wohnzimmer mit dem typischen schleppend schwankenden Gang, den Nestor sofort als den *Pimp Roll* erkannte. Der Schritt seiner Jeans hing ihm praktisch zwischen den Knien … an der Gürtellinie, auf Höhe der Hüften, schauten etwa zwanzig Zentimeter einer grell gemusterten Boxershort heraus. Auf seinem schwarzen T-Shirt prangte in protzig gelben Buchstaben der Name einer *Neg*-Band, die sogenannten Rasta-Rap machte und von der Nestor schon mal gehört hatte, UZ MUVVUZ. Unter dem Schriftzug schaute man in das aufgerissene, vor Zähnen starrende, dunkle Maul eines Alligators. Als krönenden Abschluss hatte sich Philippe ein Bandana in schrillem Grün, Gelb und Rot mit weißen Streifen um die Stirn geschlungen … ein Café-au-Lait-Körper, gehüllt in das schon ziemlich überholte Klamottenklimbim eines schwarzen Street Dude … ein Teenager mit Babygesicht und Gang-Bandana! Der Junge hatte ein zartes Gesicht, zumindest für einen Haitianer, dachte Nestor … fast Anglo-Lippen … aber eine ein bisschen zu breite Nase … Es war ein freundliches Gesicht … sogar jetzt, als er sich mit zusammengezogenen Augenbrauen, verschobenem Kinn und finsterem Blick im Zimmer umschaute, als wollte er alle Welt wissen lassen, »Ihr könnt mich mal!« … es war trotzdem ein *freundliches* Gesicht.

Ghislaine stand auf und sagte, »Philippe, ich möchte dir Officer Camacho vorstellen. Ich hab dir von ihm erzählt, weißt du noch? … der Zeitungsartikel über diese Geschichte in Overtown, als ich für South Beach Outreach da war? Officer Camacho ist der Polizist aus dem Artikel.«

Nestor war inzwischen auch aufgestanden. Philippe schaute ihn an. Der Gesichtsausdruck des Jungen hatte sich völlig verändert. Was genau ging auf einmal in ihm vor? War er … misstrauisch? … einfach nur überrascht? … perplex? … oder vielleicht erschrocken über das gewaltige Muskelgebirge in Marineblau-Chiaroscuro, das da plötzlich vor ihm stand? Als sie sich die Hände schüttelten, nahm er seinen ganzen CopCharme zusammen und sagte, »Hi, Philippe!« CopCharme war die Kehrseite der CopBlick-Medaille. Der CopBlick funktionierte, weil der Polizist das Selbstvertrauen dessen hatte, der weiß, dass er die Macht hatte und die offizielle Erlaubnis, sie einzusetzen — und *du* nicht. Der CopCharme funktionierte aus dem gleichen Grund. Ich habe die Macht — und *du* nicht — aber im Augenblick ist meine einzige Absicht die, herzlich und freundlich zu sein, weil ich dich bis jetzt akzeptiere. Strahlenden CopCharme empfand ein einfacher Zivilist in der Regel als das Geschenk eines Mannes, dem es erlaubt war, Gewalt anzuwenden. Nestor spürte, wie sich das Verhalten des Jungen vollkommen veränderte, aus einer Dankbarkeit heraus, die ihm gar nicht bewusst war.

Erst schaute Philippe ihn einfach perplex an … der *basso profondo* war schlagartig verschwunden … und einem ängstlichen Teenagertenor gewichen, als Philippe seinen ganzen Mut zusammennahm und sagte, »Wow … Ich hab Sie gestern Abend online gesehen!«

Nestor verströmte weiter seinen CopCharme. »Ehrlich?«, sagte er.

»Ja, ich hab das Bild von Ihnen und diesem Riesenkerl gesehen. Der war *echt* groß! Wie kämpft man gegen so einen?«

»Na ja, das ist eigentlich nicht wirklich ein Kampf«, sagte Nestor. »Man versucht nicht, dem Kerl wehzutun. Man wälzt sich einfach so lange mit ihm im Dreck rum, bis man ihn festnehmen kann.«

»Im *Dreck* rumwälzen?«

»So nennen wir das«, sagte Nestor. »›Im Dreck rumwälzen‹. Das kann auf dem Fußboden sein oder dem Gehweg oder mitten auf der Straße — das passiert oft — und oft liegt man wirklich im Dreck, aber das nennt man alles ›im Dreck rumwälzen‹.«

»Aber der Kerl war so *groß!*«, sagte der Junge.

»Das macht es oft einfacher«, sagte Nestor. »Viele von den richtig großen Burschen fressen sich mit Absicht fett, weil sie dann noch größer werden. Und die haben keine Ahnung, was Training ist. Die wollen einfach *groß* aussehen.«

»Training?«

»Sie halten sich nicht fit«, sagte Nestor. »Sie joggen nicht. Die meisten machen noch nicht mal Gewichtheben. Dieser große Bursche war auch so einer. An so einen muss man sich nur festklammern und warten, bis er sich ausgepowert hat. Er schmeißt seine fette Wampe hin und her, weil er dich abschütteln will, und weil er nicht in Form ist, geht ihm bald die Luft aus. Er fängt an zu japsen und zu röcheln, und das war's dann. Man muss sich nur festhalten, die Arbeit erledigt der schon selbst.«

»Aber wie halten Sie sich fest? Der Kerl war ein Riese.«

»Jeder Polizist hat andere Griffe, aber ich bevorzuge den guten alten ›Figure Four mit Doppelnelson‹. In den meisten Fällen reicht der«, sagte Nestor so nonchalant, wie er konnte. Dann erklärte er Philippe den Figure Four und den Doppelnelson.

Inzwischen hatte Philippe sein *Neg*-Gang-Gehabe vollkommen abgelegt. Er war einfach ein fünfzehnjähriger Junge, der sich fasziniert eine Heldengeschichte aus dem richtigen Leben anhörte. Ghislaine sagte, sie sollten sich doch setzen. Was Philippe bereitwillig tat ... er, der eben noch mit seinem Benehmen und Tonfall deutlich zu erkennen gegeben hatte, was so ziemlich das Letzte war, was er wollte: ins Wohnzimmer zu kommen, wo — *Ich möchte dir jemanden vorstellen* — sicher ein Erwachsener auf ihn wartete. Nestor deutete auf den Sessel, auf dem er eben noch selbst gesessen hatte. Philippe setzte sich. Nestor setzte sich auf die Sofakante und beugte sich zu Philippe vor.

Die beiden unterhielten sich hauptsächlich über bestimmte Aspekte der Polizeiarbeit, über die Philippe sich schon immer den Kopf zerbrochen hatte. Nestor stellte Philippe einige Fragen zu seiner Person und seinen Interessen und ob er jemals Sport betrieben habe ... so groß, wie er sei. Philippe gab zu, dass er mal daran gedacht habe, im Baketballteam seiner Highschool zu spielen, dass er sich aber aus diesen und jenen Gründen dagegen entschieden habe. »Auf welche Highschool gehst du?«, fragte Nestor.

»Auf die de Forest«, sagte Philippe mit ausdrucksloser Stimme.

»Ehrlich?«, sagte Nestor. »Auf die de Forest?«

Ghislaine schaltete sich ein. »Philippe ist in der Klasse, wo es diesen Zwischenfall gegeben hat. Ein Lehrer hat einen

Schüler angegriffen, es hat Demonstrationen gegeben, und den Lehrer hat man verhaftet. Philippe war dabei, als es passiert ist.«

Nestor schaute Philippe an. Philippe saß wie erstarrt da. Sein Gesicht war eine weiße Wand. Offensichtlich lag sein Interesse, das Thema zu vertiefen, bei null.

»Ja, ich erinnere mich«, sagte Nestor. »Jeder Polizist erinnert sich daran. Der Lehrer — wie hieß der noch mal? — Estevez? — ist wegen gefährlicher Körperverletzung angeklagt«, sagte Nestor. »Das ist *wesentlich* schwerwiegender als einfache Körperverletzung. Dafür könnte er ziemlich lange einfahren.«

Philippe … immer noch ein Eisblock.

»So weit ich mich erinnere, haben unsere Dienststelle und die von Miami-Dade, Hialeah und Doral sofort reagiert, als die Meldung reinkam. Muss ein ziemlicher Auftrieb gewesen sein, die Polizisten von überall … Sirenen, Blaulichter, Megafone — war wahrscheinlich ziemlich verrückt. Schätze, die nehmen so eine Geschichte, wenn ein Lehrer einen Schüler angreift, sehr ernst. Jedenfalls hat am Ende die Schulpolizei das in die Hand genommen. Wir haben damit nichts mehr zu tun, aber ich weiß noch, dass ich mich gefragt habe, wie das wohl alles angefangen hat. Du warst doch dabei, Philippe. Was war der Auslöser?«

Philippe schaute Nestor nur an. Sein Blick war vollkommen ausdruckslos. Als er schließlich antwortete, hörte er sich an wie ein Zombie. »Mr. Estevez hat François, so hieß der, nach vorne vor die Klasse gerufen. François hat irgendwas auf Kreolisch gesagt, und dann haben alle angefangen zu lachen. Mr. Estevez ist richtig sauer geworden und hat François gewürgt« — er machte nach, wie er ihn in den Schwitzkasten nahm — »und niedergeschlagen.«

»Und das hast du alles gesehen?«, fragte Nestor.

Philippe öffnete leicht den Mund. Er machte jetzt einen eingeschüchterten Eindruck. Er hatte keine Ahnung, was er sagen sollte. Man konnte praktisch sehen, wie es in seinem Kopf rumorte — Berechnungen, Möglichkeiten, Risiken, Lügen. Er brachte kein Wort heraus. Schließlich deutete er ein zögerndes, leichtes Nicken an, offenbar ein Ja, ohne das Ja aussprechen zu müssen.

»Warum ich frage, ist Folgendes«, sagte Nestor. ::::::Zeit, aufs Ganze zu gehen:::::: »Hast du Mitschüler die Patrice Légère, Louis Tremille — Fat Louis mit Spitznamen — Honoré Buteau und Hervé Condorcet heißen?«

Philippes Gesichtsausdruck löste sich auf, jetzt sprach pure Angst aus ihm. Der Besuch dieses Polizisten, der angeblich mit der harmlosen Anwesenheit seiner Schwester in diesem Crackhaus zu tun hatte, wandte sich plötzlich auf unheimliche Weise gegen *ihn*. Wieder war es ihm unangenehm, mit Ja oder Nein zu antworten. Er verfiel auf eine Antwort, die sich sofort selbst infrage stellte:

»Ähhh ... ja?«, sagte Philippe.

»Warum ich frage, ist Folgendes«, sagte Nestor noch einmal. »Ich habe mit einem Detective gesprochen, den ich kenne. Er arbeitet bei der Schulpolizei und sagt, dass einer dieser Jungen seine Geschichte widerrufen hat und dass sie glauben, dass die anderen drei auch widerrufen werden. Alle vier hatten ursprünglich ausgesagt, dass der Lehrer, Estevez, diesen — wie hieß er noch gleich? — François? — dass Estevez diesen François angegriffen hat, aber jetzt sagen sie, dass es genau umgekehrt war. Estevez hat diesen Jungen — François? — in Notwehr in den Schwitzkasten genommen, nachdem der *ihn* angegriffen hatte. Wenn das stimmt, dann haben sich diese vier Jungs jede Menge Kummer erspart ... Verstehst du? … Man könnte sie jetzt schon wegen Falschaussage anklagen. Aber das wird man nicht, wenn sie jetzt die Wahrheit sagen. Hast du eine Ahnung, was passiert wäre, wenn die bei ihrer Geschichte geblieben und als Zeugen vereidigt worden wären? *¡Dios mío!* Sie hätten sich des Meineids und der Falschaussage schuldig gemacht! Die sind alle sechzehn oder siebzehn. Sie könnten als Erwachsene verurteilt werden, und da reden wir über echten Knast. Und dann der Lehrer, Estevez! Weiß Gott, was das Gefängnis bei ihm anrichten würde! Er würde für Jahre mit einem Haufen von Gangmitgliedern zusammengesperrt, denen jede Fähigkeit zur Empathie fehlt.«

Er hielt inne, schaute Philippe scharf an und wartete darauf, dass er fragte, was »Fähigkeit zur Empathie« bedeutete. Aber Philippe war wie versteinert, er brachte kein Wort heraus. Also sagte Nestor es ihm.

»Die Hälfte des Abschaums, die im Gefängnis sitzt, ist unfähig zu Empathie. Das heißt nicht nur, dass sie nicht zwischen Gut und Böse unterscheiden können und sich einen Scheiß darum scheren — sie empfinden auch keinerlei Mitgefühl für andere Menschen. Sie kennen kein Schuldgefühl oder Mitleid oder Bedauern — außer man verweigert ihnen etwas, das sie gerade wollen. Was passiert da wohl vier Jungen von der de Forest? — Teenagern? — solchen Kindern reißen die einfach die Hosen runter und — Gottallmächtiger! Na ja, die Einzelheiten erspare ich dir lieber. Jedenfalls hast du keine Ahnung, wie glücklich sich die Jungen schätzen können, dass sie so früh mit der Wahheit rausgerückt sind. Wenn man sie später erwischt, *Wuuuuh!*« Nestor schüttelte den Kopf und sagte mit einem bitteren Lachen, »Die hätten überhaupt kein *Leben* mehr. Einatmen, ausatmen, das wär's!« Wieder ein bitteres Lachen … »Ach, übrigens, wie war dieser Lehrer überhaupt, dieser Estevez?«

Philippe öffnete den Mund ... ohne dass ein Wort herauskam ... *Todesqualen* ... Er atmete ein paarmal tief ein und aus ... und sagte schließlich mit leiser, piepsiger Kinderstimme, »Na ja ... er war ... ganz okay.«

»Philippe!«, sagte Ghislaine. »Du hast mir erzählt, dass du ihn wirklich *magst!*«

»Und Patrice, Fat Louis, Honoré und Hervé, was halten die von ihm?«, fragte Nestor.

»Ich ... ich weiß nicht.«

Nestor spürte, dass Philippe abwehrbereit auf jede weitere Frage wartete. Vielleicht hatte er ihn schon zu sehr in die Enge getrieben. »Ich versuche nur mir vorzustellen, wie sie da im Gerichtssaal sitzen und mit ansehen, wie man ihren Lehrer ins Gefängnis schickt. Also ich möchte jedenfalls nicht an ihrer Stelle sein.« Er sah nach unten und schüttelte den Kopf, während ein freudlos verzerrtes Lächeln auf seinen Lippen erschien. *Tja, schätze, so ist das Leben.*

»Ich muss jetzt wieder los«, sagte Philippe. Der sprießende Bariton war verschwunden. Er war nur noch ein verängstigter Junge mit dem überwältigenden Verlangen, sich in Luft aufzulösen. Luft kann man nicht sehen.

Er schaute seine Schwester an, als wollte er sie um Erlaubnis bitten, aufstehen und gehen zu dürfen. Ghislaine gab ihm keinen Hinweis, weder dafür noch dagegen. Das übernahm Nestor. Er stand auf und bedachte Philippe mit einer Riesenportion strahlendem CopCharme, den dieser sofort als Okay auffasste und förmlich von der Couch aufsprang. Nestor streckte ihm die Hand hin ... strahlend, wie ein Geschenk ... Ich habe die Macht — nicht *du* — aber im Augenblick ist meine einzige Absicht die, herzlich und freundlich zu sein, weil ich dich bis jetzt akzeptiere. Sie gaben sich die Hand. »War nett, dich kennenzulernen, Philippe!« ... und drückte ein wenig fester zu als nötig … Philippe erschlaffte wie eine Pfingstrose. Er schaute Ghislaine mit panischen, flehenden Augen an, »Bitte, hilf mir!« — und ging dann in die Küche. Diesmal keine Spur von *Pimp Roll.*

Sie hörten, wie die Hintertür auf- und wieder zuging. Ghislaine ging in die Küche, um nachzuschauen, ob er auch wirklich gegangen war … und kehrte dann für die Manöverkritik ins Wohnzimmer zurück.

»Woher haben Sie die Nachnamen von diesen vier Jungen?«, fragte Ghislaine. »Von Patrice, Fat Louis — wie hießen die anderen noch?«

»Hervé und Honoré.«

»Ist Ihnen Philippes Gesichtsausdruck aufgefallen? Wahrscheinlich hat er gedacht, dass die Polizei schon alles weiß. Ernsthaft, woher haben Sie die Nachnamen?«

»Das war nicht schwer«, sagte Nestor. »Der Detective bei der Schulpolizei, den ich eben erwähnt habe, wir waren früher zusammen bei der Marine Patrol. Ja, ist mir aufgefallen, das hat Ihren Bruder echt umgehauen.«

»Was meinen Sie … wie tief steckt Philippe mit drin?«

»Er hat Angst«, sagte Nestor. »Er wollte nicht ein Wort über die Sache rauslassen. Ich nehme an, dass er vor diesem Dubois Angst hat. Ein übler Bursche, meint mein Freund, Jugendstrafen ohne Ende. Deshalb wollte ich, dass jetzt alle wissen, es gibt Schlimmeres, als sich vor diesem Dubois zu fürchten.«

»Dass jetzt *alle* wissen?«, sagte Ghislaine.

»Na ja, ist doch klar, was Ihr Bruder jetzt als Erstes tut. Er erzählt den anderen vier, dass die Polizei sich über ihre Aussagen Gedanken macht, und zwar nicht nur die Schulpolizei, und dass einer von ihnen seine Aussage widerrufen hat. Und jeder sagt natürlich, dass *er* es nicht war, aber alle fragen sich, wer der Verräter ist. Meiner Meinung nach fangen sie jetzt alle an, sich gegenseitig zu misstrauen, und jeder überlegt sich, ›Wenn ich lüge, um Dubois zu decken, dann blüht mir das und das. Das ist schlimmer als das, was Dubois mir antun kann.‹ Außerdem glaube ich, dass es ganz nützlich ist, wenn sie sich ein paar Gedanken über den Lehrer machen, diesen Estevez, und was mit *ihm* passiert. Die können doch nicht alle vollkommen gefühllos sein. Philippe ganz sicher nicht!«

»Ich *weiß,* dass Philippe das nicht ist«, sagte Ghislaine. Sie hielt inne ... versank in Gedanken ... und rief plötzlich, »Ihm fehlt etwas viel Schlimmeres, Nestor! Ihm fehlt Mut! Er ist ein Baby! Er schleimt sich bei nichtsnutzigen Verbrechern ein! Wie diesem Dubois! Den fürchtet er mehr als den Tod — und deshalb springt er auf dieses widerliche Machogehabe an, deshalb will er, dass sie ihn *mögen!* ... Ich bin sicher, dass sie über ihn lachen, wenn er nicht dabei ist, und trotzdem plappert er ihnen alles nach. Hat er Angst davor, wegen Meineids eingesperrt zu werden? Hat er Angst vor den schrecklichen Dingen, die ihm im Gefängnis zustoßen könnten? Weiß er, wie das Gewissen ihn plagen wird, wenn Estevez mit seiner Hilfe im Gefängnis landet? *Ja!* — er erkennt das alles genau. Aber das ist *nichts* im Vergleich zu der Angst, die er vor diesen harten Kerlen hat, diesem Dubois und all den anderen. Er bewundert sie, weil sie härter und gewalttätiger sind als er! Und jetzt zittert er bei dem Gedanken, was für unaussprechliche Scheußlichkeiten sie ihm antun werden, wenn er sie verrät. Es ist schlimmer als unausprechlich — es ist unvorstellbar! In seinem Kopf ist das der ultimative Horror! ... Er ist nur ein armes kleines Baby, Nestor, ein armer kleiner Junge!«

Sie presste die Lippen aufeinander, die Mundwinkel senkten sich ... die Haut an ihrem Kinn bebte, bis sie aussah wie eine zitternde Feige ... ihre Augen wurden feucht ...

::::::Ja? Nein? Vollkommen okay, wenn ich jetzt tröstend meinen Arm um sie lege — richtig? Richtig … tröstend.:::::: Also tat er es.

Sie standen nebeneinander, als er ihr seine Hand mit einer Kopf-hoch-Mädchen-Geste auf den Rücken legte. Sie hielt den Kopf gesenkt, hob ihn nun aber an und schaute ihm aus höchstens zehn Zentimetern Entfernung mitten ins Gesicht. Nestor drückte ihre Schulter, wodurch sich ihr Gesicht noch ein bisschen dem seinen näherte. Ihr Gesichtsausdruck war ein einziges ursprüngliches Flehen um Hilfe.

»Machen Sie sich keine Sorgen. Wenn es sein muss, dann kümmere ich mich auch noch um diesen Schläger, diesen Dubois«, sagte Nestor mit gedämpfter, aber ziemlich pompöser Stimme.

Den Blick immer noch auf sein Gesicht gerichtet, sagte Ghislaine nur ein einziges, fast unhörbar geflüstertes Wort: »Nestor …« Sie öffnete leicht die Lippen.

Die Lippen hypnotisierten ihn. ::::::Schluss jetzt, Nestor! Das ist eine polizeiliche Ermittlung, Herrgott noch mal! Aber das ist eindeutig eine Aufforderung! Mehr als alles andere braucht sie jetzt Trost und Schutz. Richtig? … richtig. Es geht allein darum, sie wieder aufzurichten. Richtig? … richtig!:::::: Seine Lippen kamen den ihren jetzt so nah, dass sie nur noch ein Auge hatte, mitten auf der Stirn, genau über ihrer Nase —

Das Geräusch eines Schlüssels im Schloss der Haustür, höchstens zweieinhalb Meter von der Stelle entfernt, wo sie standen. *Huch!* Ihre Köpfe fuhren ruckartig auseinander, und Nestor zog seinen verfänglichen Arm zurück an seinen Körper — *Wusch!*

Die Tür ging auf. Ein großer, schlanker Mann, eine fünfzig Jahre alte Version von Philippe … stand vor ihnen … verdutzt und verlegen … Auch Nestor war verdutzt und verlegen …

Für den Bruchteil einer Sekunde standen sie alle drei wie erstarrt da … *grässliche Verlegenheit!* Der Mann trug ein hellblaues Hemd mit offenem Kragen, aber darüber einen marineblauen Blazer. In dem Blazer verkörperte er für jeden jungen Menschen den Schrecken schlechthin: Würde!

Ghislaine wagte sich vorsichtig aufs Eis:

»Daddy, das ist Officer Nestor Camacho! Du hast Philippe um ein Haar verpasst! Er ist vor ein paar Minuten gegangen!«

::::::Was sollte das jetzt heißen? ›Sicher, im Moment sind wir allein, aber wir sind noch nicht lange allein‹ — Gottallmächtiger! War es das, was sie ihm sagen wollte?::::::

In Lantiers Kopf überschlugen sich die schmutzigen Schlussfolgerungen ::::::Mein Gott, *der* Officer Camacho! Wir haben Prominenz im Haus! Er ist berühmt! Warum steht er so dicht neben meiner Tochter — das sind *höchstens* ein paar Zentimeter? Und warum sind ihre Gesichter so rot? Warum sind sie so verlegen? Was soll ich jetzt tun? Ihm gleich die Hand hinstrecken? Philippe war eben noch da? … Na und? Soll ich ihn in meinem Haus willkommen heißen? Soll ich dem berühmten Officer Camacho danken? … *wofür?* … Hat er meine Tochter angefasst? Ist der Mistkerl hier, um sich an sie ranzumachen? Warum hat mir niemand gesagt, dass er kommt? Wie er aussieht … diese Bodybuilderfigur, die aufgeblähten Muskeln unter dem glänzenden Polohemd. Er hat eine Auszeichnung bekommen! Dauernd Berichte in Zeitung und Fernsehen über seine Heldentaten! Er ist *bedeutend!* Welches Recht gibt ihm das, sich an Ghislaine ranzumachen? Sie ist ein Kind! Er ist ein gottverdammter kubanischer Polizist! Ein kubanischer *Polizist!* Was macht der hier? Ein *kubanischer* Polizist! Warum steht er so dicht neben ihr? — *ein kubanischer Polizist! Qu'est-ce que c'est? Quel projet fait-il? Quelle bêtise!* Was ist hier los?::::::

12

JIU-JITSU-JUSTIZ

Gegen 18:30 Uhr schloss Magdalena die Tür zu ihrer Briefkastenwohnung auf — das heißt zu der Wohnung, die sie sich offiziell mit Amélia teilte — trat einen Schritt hinein und *UHHhhhnnnngggghhhhhsssseufzte* viel lauter und länger als beabsichtigt.

Sie hörte eine männliche Stimme, die aus dem Wohnzimmer kam. »Moment, ich darf doch sehr bitten … Ich behaupte nicht mal *ansatzweise,* dass das gesetzeswidrig ist — obwohl ich —« Die Stimme eines zweiten Mannes schaltete sich ein: »Aber das ist doch gar nicht der Punkt, oder? Ein Fehler — ein *Fehltritt,* wie Sie das nennen — in dieser Sache —« Aber als Magdalena die nörgelnde, dröhnende Stimme hörte, mit der der erste Mann sagte, »Ich behaupte nicht mal *ansatzweise*«, wusste sie bereits, dass im Wohnzimmer nur Amélia war, die sich auf ihrem großen Plasmafernseher irgendeine Nachrichtensendung anschaute.

Die Stimmen wurden plötzlich leiser und waren nur noch ein kaum hörbares blubberbrummeliges Murmeln Murmeln Murmeln, dann ein lachendes *Honk Honk Honk Honk* und dann noch mehr Murmelmurmelmurmelmurmel, und plötzlich stand Amélia in der Tür: T-Shirt, Jeans, Ballerinas, den Kopf zur einen Seite geneigt und den Mundwinkel auf der anderen Seite nach oben gezogen, sodass das Auge darüber fast geschlossen war, womit sie andeutete, »Achtung, mach dich auf Spott gefasst.«

»Was war *das* denn?«

»Was war *was?*«, fragte Magdalena.

»Das Stöhnen gerade. *¡Dios mío!*«

»Das war kein *richtiges* Stöhnen«, sagte Magdalena. »Das war ein Seufz-Stöhnen.«

»Ein *Seufz-Stöhnen* …«, sagte Amélia. »Verstehe … heißt das, dass es von Herzen kam?«

Magdalena verdrehte die Augen in der Ich-bin-völlig-erledigt-Manier himmelwärts und sagte ziemlich bitter: »Ja, von Herzen oder von irgendwo da unten. Da fallen mir mehrere Möglichkeiten ein.«

Sie ging an Amélia vorbei ins Wohnzimmer, ließ sich aufs Sofa fallen und seufzstöhnte wieder, »Ahhhuunnngggghhhh.« Sie schaute zu Amélia hoch, die ihr ins Wohnzimmer gefolgt war. »Es ist Norman … Ich weiß nicht, wie lange ich diesen *Dr. Wonderful* noch ertragen kann«, worauf sie mit einer detaillierten Schilderung von Normans Verhalten auf der Miami Basel begann. »Wie er Maurice Fleischmann praktisch mit der Nase auf diesen Pornodreck stößt, damit er ihn bei der Stange halten und weiter benutzen kann, um seinen eigenen erbärmlichen sozialen Aufstieg zu fördern, das ist einfach skrupellos — das ist schlimmer als skrupellos … das ist *grausam,* was er Maurice antut —«

Tatsächlich, auf dem Bildschirm waren drei von genau der Sorte von todernsten Klugscheißern zu sehen, die sie sich vorgestellt hatte, als sie im Flur die Stimmen gehört hatte … die unvermeidlichen dunklen Anzüge, die unterschiedlich fülligen Überreste an Haaren auf den kahlen Eierköpfen, Eierköpfe, die dazu bestimmt waren, mit ihren pathetischen Ansichten zu

Politik und öffentlicher Ordnung jeden zu paralysieren. Der Fernseher war so groß, dass ihre Arme, ihre Beine und die sich unaufhörlich bewegenden Lippen so groß wirkten, als würden sie hier bei ihnen im Zimmer ihr langweiliges Geschwafel verbreiten, wovon Magdalena, Gott sei Dank, nur ein leises Gebrummel mitbekam, während sie fortfuhr, dass »Normans Liebe zu Norman sogar dann noch peinlich wäre, wenn er sich dezent produzieren würde, aber dezent ist Norman nun mal ganz und gar nicht. Manchmal möchte ich nur noch kotzen.«

Sie registrierte nur am Rande, dass die Anzüge vom Bildschirm verschwanden und ein Werbespot lief. Ein Mann in den Vierzigern im Golf-Outfit hüpft wie ein Basketball *tschappa tschappa taschappa tschappa* mitten in einem Wohnzimmer herum, und eine etwas jüngere Frau und zwei Kinder zeigen mit den Fingern auf ihn und lachen, dass ihnen die Tränen über die Backen laufen *tschappa tschappa taschappa tschappa*. Der hüpfende Mann verschwand, was Magdalena aber nur auffiel, weil plötzlich der Bildschirm viel heller wurde. Sie steckte mitten drin in ihrem Bericht über die Columbus Day Regatta — »Norman war richtig *gierig* darauf, als der große Pornoarzt erkannt und auf eins von den Booten eingeladen zu werden.« Beiläufig warf sie einen kurzen Blick auf den Bildschirm, der gerade wieder aufleuchtete. Ein zweiter Werbespot. Ein Zeichentrickfilm, in dem dreißig oder vierzig Schweine mit Flügeln in militärischer Formation über einen strahlend blauen Himmel flogen und sich dann, eins nach dem anderen, aus der Gruppe lösten und wie Kampfbomber erdwärts stürzten, worauf ein einziger Name auf dem Bildschirm erschien, ANASOL, und Magdalena erzählte: »Die Mädchen haben ihre Tangas aus ihren Arschbacken herausgezogen, dann haben die Jungen ihre Shorts ausgezogen und haben sie auf dem Deck vor allen anderen gevögelt, von hinten, und Norman wollte, dass ich mein Bikinioberteil auch ausziehe, und dabei wäre es sicher nicht geblieben.« Sie nahm nur am Rande wahr, dass ein Nachrichtensprecher auf dem Schirm auftaucht. Ein Reporter steht in einer schmuddeligen Turnhalle und hält einem großen, muskelbepackten Mann, der um die fünfunddreißig Jahre alt ist, sein Mikro unter die Nase. Magdalena bemerkte verschwommen die jungen, um die zwanzig Jahre alten Burschen, die hinter den beiden herumstanden ... Was hätte uninteressanter sein können?

... Sie war nur daran interessiert, Amélia von Norman zu erzählen, »wie er da mitten auf dem Deck sitzt, eingezwängt zwischen vierzig oder fünfzig anderen Leuten, die meisten Männer, die aussahen, als könnten sie selbst eine Therapie wegen Pornosucht gebrauchen — ich meine, sofort, auf der Stelle — ich konnte es nicht fassen. Es war gruselig. Die projizieren auf die riesigen *riesigen* Segel von einem Boot Pornofilme, und *¡Dios mío!* Norman ist der Schlimmste von allen! Und unter seiner Badehose, als hätte er da eine Zeltstange, es ist so offensichtlich! So viel zum Thema pornosüchtig! Er ist vollkommen verzückt — auf den riesigen Segeln, die Erektionen sahen gigantisch aus, und wenn die Mädchen ihre Beine spreizten, als könnte da ein Mann aufrecht reinmarschieren. Ich konnte es einfach nicht fassen!« Magdalena verspürte einen derartigen Drang, Amélia jede Einzelheit zu erzählen, dass ihr gar nicht auffiel, als auf dem Bildschirm genau so ein Boot auftaucht, ein Schoner mit sehr hohen Masten und mächtigen Segeln, und ganz oben auf dem höchsten Mast ringen zwei kleine Gestalten, von denen die größere ihre Beine um die Hüfte der kleineren geschlungen hat, die jeden Augenblick in den Tod stürzen kann, und die größere fängt an, sich an dem Tau nach unten zu schwingen, Faust an Faust, mit der kleineren Gestalt zwischen den Beinen, bis runter aufs Deck, den Kameras entgegen, und jetzt kann man das Gesicht des Retters sehen — »Magdalena!«, sagte Amélia. »Ist das nicht dein Freund?«

Magdalena schaute zum ersten Mal bewusst auf den Bildschirm. »*¡Dios mío!* Nestor!«

Ihr stockte der Atem ... Damals hatte sie diese Bilder im Fernsehen nicht gesehen. An jenem Tag hatte sie genug damit zu tun gehabt, all ihren Mut zusammenzunehmen, um ihrer Mutter den Kopf zu waschen und Hialeah ein für alle Mal abzuhaken ... und jetzt war sie auch nicht in der Stimmung, um sich auch nur eine Sekunde mit Nestors Triumph abzugeben ... doch die Neugier gewann schließlich die Oberhand: »Mach das mal lauter, Amélia!«

Womit Amélia instinktiv gerechnet hatte, denn sie hielt die Fernbedienung schon in der Hand und drehte lauter. Sie schauten in Nestors Gesicht, das ihnen zugewandt war, und hörten das Geschrei, das Gebuhe und die Verwünschungen, die von der Brücke auf ihn herabprasselten, ein regelrechter Orkan in Spanisch, Englisch und weiß Gott wie vielen anderen Sprachen. ::::::Gut! Seine eigenen Leute hassen ihn! Was nützt ihm da die viele Publicity — richtig? ... *richtig!* ... Dieser ganze Hialeah-Scheiß — entweder man wird ihn los, oder man verstrickt sich so darin, bis er einem die Luft abschnürt ... und Nestor war ein Teil davon, oder? ein *großer* Teil ... Wie können sie es *wagen,* diese *americanos,* seinen Ruf dermaßen aufzupolieren und eine Art Helden aus ihm zu machen? Wie können sie es *wagen,* damit indirekt anzudeuten, dass meine Entscheidung, einer ... *Berühmtheit?* ... den Laufpass zu geben, falsch gewesen ist.::::::

»¡Caramba!«, sagte Amélia. »Er ist wirklich schnuckelig, dein kleines Hialeah-Schätzchen!«

Magdalena wurde still, gereizt und schroff. »Er ist *nicht* mein ›Schätzchen‹, Hialeah hin oder her.«

Amélia hatte sie auf der Rolle, und sie konnte nicht widerstehen, das auszukosten. »Okay, er ist *nicht* dein Hialeah-Schätzchen. Aber du musst zugeben, er sieht wirklich scharf aus!« Auf dem Bildschirm ist das Zeitungsfoto von Nestor mit entblößtem Oberkörper zu sehen. »Er könnte glatt Modell stehen für eine Statue von so einem griechischen Gott.« Amélias spöttisches Gesicht strahlte geradezu vor guter Laune. »Bist du sicher, Magdalena, dass du es dir nicht noch mal überlegen willst? Oder du arrangierst was, dass ich mich mal mit ihm treffen kann.«

Magdalena klappte den Mund auf, aber sie brachte kein Wort heraus. Ihr fiel keine passende Retourkutsche ein. Sie wusste, dass ihr Gesicht vollkommen erstarrt war, und sie konnte nichts daran ändern. ::::::Herzlichen Dank, Amélia! *Vielen* herzlichen Dank … für deine kurze Zusammenfassung meiner Gefühle … wirklich nett von dir … Und vielen Dank auch, dass du mir das alles unter die Nase reibst.::::::

Eine Armada aus geflügelten Zeichentrickschweinen jagt in unglaublichem Tempo über den sonnigen hellblauen Himmel … so schnell, dass sie einen weißen Raketenschweif hinter sich herzieht … untermalt von Wagners martialischem »Walkürenritt« … Ein Schwein nach dem anderen löst sich aus der Formation und stürzt sich wie ein Kampfbomber auf ein unbekanntes Ziel in der Tiefe. Eine tiefe Baritonstimme aus dem Off sagt: »Wirkt sanft … kraftvoll … schnell … *und trifft immer ins Schwarze* … Versprochen! … ANASOL« … Gleichzeitig füllt der Name ANASOL den ganzen Bildschirm aus.

»Anasol …«, sagte Jewgeni. »Was ist das, Anasol?«

»Nichts, was du wissen musst, glaub mir«, sagte Nestor. »Irgendeine Salbe.« Er und Jewgeni saßen vor dem Fernseher in Jewgenis Atelier. Es war etwa halb eins, und Nestor war gerade von seiner Vier-bis-Mitternacht-Schicht bei der Crime Suppression Unit zurückgekommen. Sie schauten sich die Lokalnachrichten an, die um 18 Uhr und noch einmal um Mitternacht ausgestrahlt wurden.

Blip. Das sogenannte Nachrichtenteam taucht wieder auf, drei Männer und eine Frau, die an einem vielleicht fünf Meter breiten, geschwungenen TV-modernistischen Schreibtisch sitzen, wo sie von einem Teleprompter die Nachrichten ablesen ... alle vier kichernd und grimassierend, um zu demonstrieren, wie launig und angenehm sie sich die Zeit in der Werbepause vertrieben haben ... und um auf den letzten Teil der Sendung überzuleiten, den unterhaltsameren Block mit den Geschichten, die das Leben schreibt. Der Moderator sagt, »Nun, Tony, die Wirtschaftsnachrichten in Miami haben eine etwas verschlungene Wendung genommen, um nicht zu sagen, eine verknotete, oder?«

Tony, der Sprecher für die Wirtschaftsnachrichten, wiegt den Kopf von Seite zu Seite, »Hey, Bart, hat Ihnen etwa irgendwer gesteckt, dass es in der nächsten Meldung um Seile und den wirtschaftlichen Aspekt des Seilkletterns geht, oder ist das reiner Zufall?«

Dann versenkt er seinen Blick in den Teleprompter und fährt fort, »Seilklettern, bei dem man nur die Arme und nicht die Beine einsetzen darf, war mindestens tausend Jahre lang ein populärer Sport in Europa und Amerika — bis vor etwa fünfzig Jahren, als es für die Olympischen Spiele von 1932 aus dem Programm gestrichen wurde und Schulen und Universitäten diesem Beispiel folgten. Das endgültige Ende schien gekommen ... Bis ein Mann aus Miami das Seilklettern wieder zum Leben erweckt hat ... und Südfloridas blühende Fitnessstudiobranche in Aufruhr versetzte. Ein Aufruhr, der seitdem nicht mehr verebbt ist.«

Nestors Herzschlag beschleunigte in den roten Bereich. ::::::*¡Dios mío!* Das gibt's doch nicht, das kann doch unmöglich *die* Geschichte sein!«::::::

Oh doch, sie ist es! Auf dem Bildschirm erscheinen Aufnahmen von einem jungen Mann, der auf einem Schoner Faust an Faust am Seil eines zwanzig Meter hohen Vormasts hochklettert. Menschen, die vom Deck und von einem kleinen Motorboot nach oben schauen, Menschen, die von einer Brücke nach unten schauen, aufgeregt und besorgt, jubelnd, buhend und weiß Gott was kreischend. Eine Teleobjektiv zoomt auf den Kletterer. Er trägt die unförmigen Shorts und das kurzärmelige Poloshirt eines Miami Marine Patrol Officers, dessen Schultern und Oberarme muskulös, ja muskelbepackt sind. Das Teleobjektiv holt sein Gesicht ganz nah heran, es ist deutlich zu erkennen —

Nestors Gehirn und sein gesamtes zentrales Nervensystem sind betäubt von etwas, das viel stärker ist als Erregung, nämlich schicksalhafte Spannung. ::::::Das bin ich, okay, aber *¡Dios mío!* — das Schicksal treibt mich ... tja, *wohin?*::::::

Aus dem Off die Stimme von Wirtschaftsnachrichtensprecher Tony: »Und das ist Officer Nestor Camacho von der Miami Marine Patrol, der in der Biscayne Bay — was Sie da sehen, ist der Rickenbacker Causeway — am Flaschenzugseil des zwanzig Meter hohen Vormasts eines Freizeitseglers hinaufklettert, um die kleine Gestalt, die Sie an der Mastspitze in dem kleinen Schalensitz erkennen können, zu *retten,* wie manche sagen — oder *festzunehmen und durch seine Abschiebung ins Verderben zu stürzen,* wie viele von Camachos kubanischen Landsleuten sagen.«

In einer kurzen, schnell geschnittenen Sequenz zeigen die Aufnahmen ::::::*mich!*:::::: und ::::::*meine!*:::::: Heldentat, wie ::::::*ich! meine!*:::::: Beute packe und nach unten auf Deck in Sicherheit bringe.

Aus dem Augenwinkel bemerkte Nestor, dass Jewgeni ::::::*mich*:::::: durchdringend anschaute. Aber er traute sich nicht, den Blick zu erwidern. Es fiel ihm schon schwer genug, das euphorische Zittern im Zaum zu halten, das sein Nervensystem erbeben ließ.

Der Mann aus dem Off, Tony, sagt: »Jeder Bodybuilder in Südflorida — von denen es zahllose gibt — hat bei dieser ›Rettungsaktion‹ … oder ›Festnahme‹ … wie Sie wollen … nur eins gesehen: den Körperbau und die schiere Kraft dieses jungen Polizisten aus Miami.« Kurz wird das Originalfoto aus dem *Herald* eingeblendet, das Nestor mit nacktem Oberkörper zeigt.

»Seit jenem Tag«, fährt Wirtschaftsnachrichtensprecher Tony fort, »hat sich die Ehrfurcht in ein Fitnessfieber verwandelt. Vor vier Tagen hat der gleiche junge Officer, Nestor Camacho, eine weitere erstaunliche Demonstration seiner Kraft abgeliefert, als er in Overtown einen zwei Meter großen, 275 Pfund schweren Mann, der des Drogenhandels beschuldigt wird, überwältigt und festgenommen hat, als dieser versuchte einen Kollegen zu Tode zu strangulieren.« Auf dem Bildschirm ist das Zeitungsfoto des riesigen, geschlagenen TyShawn Edwards zu sehen, der mit trüben Augen, gesenktem Kopf und auf den Rücken gefesselten Händen abgeführt wird — von drei Beamten der Polizei von Miami, die neben ihm wie Zwerge wirken. »Der Ansturm auf Kletterseile unter den Fitnessfans begann in dem Augenblick, als der junge Polizist den Mast hinaufkletterte — nur dass es gar keine Kletterseile mehr gab. Im gesamten Gebiet von Greater Miami gibt es anscheinend nur eine einzige brauchbare Anlage — und das ist die, wo Nestor Camacho in den vergangenen vier Jahren trainiert hat. Sie befindet sich in Hialeah und heißt — aufgepasst! — ›Rodriguez' Ññññññoooooooooooo!!! Qué Gym‹ …

Sie haben richtig gehört, ›Rodriguez' Ññññññooooooooooooo!!! Qué Gym‹. Earl Mungo von Channel One ist in diesem Augenblick in Hialeah und stellt Ihnen Mr. Jaime Rodriguez und sein Fitnessstudio vor.«

Blip. Auf dem Bildschirm erscheint Jaime Rodriguez, neben ihm steht der Reporter Earl Mungo. Das plötzlich denkwürdige Seil, knapp vier Zentimeter im Durchmesser, hängt — gut sichtbar — etwa zweieinhalb Meter hinter den beiden. Das Fernsehteam hat eine Gruppe von meist muskelbepackten Bodybuildern angelockt, Kunden von Rodriguez, die drei Reihen tief den Bildschirm füllen. Rodriguez trägt ein schwarzes ärmelloses T-Shirt, das so eng ist, dass es wie aufgemalt wirkt.

Earl Mungo sagt: »Jaime, wie erleben Sie hier vor Ort den Hype, den dieses Seil in der gesamten Fitnessbranche von Südflorida ausgelöst hat?«

»Oh Mann, es wird immer schlimmer! Bodybuilder aus ganz Südflorida rennen uns die Bude ein!« Gelächter! »Und seit Nestor neulich diesen Riesen da flachgelegt hat, ist echt die Hölle los. Alle wollen plötzlich Mitglied werden, ich musste fürs Büro einen ganzen Schwung Mädchen anheuern, damit wir die Sache in den Griff kriegen, ganz abgesehen von den neuen Trainern. Manchmal komme ich mir vor wie im Irrenhaus.« Beifälliges Gelächter und Pfiffe von den Jungs. Einer schreit, »*Yo,* Irrenhaus! *yo!*« Noch mehr Gelächter.

»Warum genau ist Seilklettern so eine erstklassige Trainingsmethode?«

»Für die Ergebnisse, die man mit Seilklettern erzielt, müsste man vier oder fünf Übungen mit Gewichten kombinieren, und sogar dann ist das Ergebnis nicht so gut. Man stärkt den Bizeps — logisch — aber außerdem tut man noch jede Menge für einen großen Muskel, von dem die meisten Leute noch nie was gehört haben. Der heißt Brachialis, der ist unter dem Bizeps. Wenn Sie den richtig trainieren, dann kriegen Sie da einen *Mordsmuskel.*« Er hebt den Arm und spannt den Muskel an, der aussieht wie ein großer steiler Felsen. »Allein mit Gewichten kann man den Brachialis nur sehr schwer ausbilden, aber mit Seilklettern wird er ein Vollkracher. Nestor hat an diesem Seil hier seit vier Jahren nonstop trainiert, und eins kann ich Ihnen sagen, Mann, *das zahlt sich echt aus!*«

Earl Mungo sagt strahlend in die Kamera, »Tja, Tony, Bart, jetzt wisst ihr Bescheid — Seilklettern, *das zahlt sich echt aus!* Für Bodybuilder ist das wie die Auslieferung des neuen iPhone. Man *muss* es einfach haben. Und alles begann hier an diesem Ort — in Hialeah, in Rodriguez' — tut mir leid, Jungs, aber einmal muss ich es noch probieren: in Rodriguez' Ññññññooooooooooooo!!! Qué Gym!«

Der Moderator leitete noch über zum nächsten Thema — als Jewgeni mit ehrfürchtiger, verblüffter und gedämpfter Stimme sagte: »Nestor, ich hatte keine Ahnung — die ganze Zeit ich hatte keine Ahnung, dass du bist … der Polizist, der geholt hat den Mann von dem Mast. Ich hab dich gesehen im Fernsehen, und dann du kommst hierher, und ich immer noch habe keine Ahnung, dass du das bist! Du bist berühmt! Mein Mitbewohner — mein *Mitbewohner* — ich wohne zusammen mit einem berühmten Mann!«

»Ich bin nicht berühmt, Jewgeni«, sagte Nestor. »Ich bin nur ein Cop.«

»Nein —«

»Ich habe nur getan, was man mir befohlen hat, und wenn sich dann rausstellt, dass das das Richtige war, dann ist der Cop ein ›Held‹ … für ungefähr zehn Minuten. Er ist nicht berühmt. ›Berühmt‹ ist was anderes.«

»Nein, nein, nein, nein, Nestor! Du hast doch gerade gesehen! Berühmt ist, wenn wegen einem eine ganze Branche durchdreht. Berühmt ist, wenn man Ikone wird für ganz viele Menschen!«

»Tja, danke …«, sagte Nestor, der nur eine verschwommene Ahnung davon hatte, was eine *Ikone* war. Er machte eine wegwerfende Geste zum Bildschirm, schnaubte und wandte den Blick dann ganz vom Fernseher ab. »Die blasen doch alles auf, diese Affen.« ::::::Eine Lüge im Namen der Bescheidenheit ist keine richtige Lüge, oder? … Sie hat etwas ziemlich … Großzügiges und Rücksichtsvolles … aber was, wenn diese Affen nur einfach die Wahrheit gesagt haben? … Kann ich anhand der Indizien beweisen, dass sie das einfach nur erfunden haben? … Eine *Ikone?* Ich muss das googeln.::::::

Als er allein war, googelte er es sofort. Er dachte darüber nach und dachte darüber nach. Als er schließlich ins Bett ging, war es Viertel vor zwei.

Er schlief sofort ein, und seine Träume segelten auf einer großen Flutwelle Serotonin davon.

¡Caliente! Caliente baby … Got plenty fuego in yo' caja china … Means you needs a length a Hose put in it … Ain' no maybe 'bout it … Hose knows you burnin' up wit'out it … Don'tcha — Bulldog war schon halb durch den Song durch, als Nestor es schließlich schaffte, aus dem dichten, dichten hypnopompischen Nebel aufzutauchen und zu begreifen … *try deny it* … dass die männliche Stimme sein iPhone war, das neben der Matratze auf dem Boden lag —

— Wie spät ist es? … *'Cause Hose knows dyin' a try it* … Die Leuchtanzeige der kleinen Uhr auf dem Boden zeigte 4:45 Uhr an. *But Hose only gives it free* … und zum ungefähr fünfzigsten Mal verfluchte er sich dafür, dass er als Klingelton für sein iPhone ein Lied heruntergeladen hatte … *To his fav'rite chay-ree-tee, see?* … Wer ruft um Viertel vor fünf an?! Wer?! … *Hose' fav'rite cha-ree-tee.* … Er stützte sich mühsam auf einen Ellbogen … *An' 'at's me* … um den richtigen … *An' 'at's me, see?* … Knopf zu finden … Yo *Yo!* … und … *Yo Yo! Mismo!* … und drückte drauf — »Camacho.« So meldete er sich immer. Warum Zeit mit dem anderen Quatsch verschwenden?

»Nestor …« Es war eine Latino-Stimme. Sie sagte nicht »Nes-*ter*«. »Jorge Hernandez — Sergeant Hernandez.«

»Sarge …«

»Ich weiß, wie spät es ist«, sagte Sergeant Hernandez. »Tut mir leid, dass ich dich geweckt habe, aber es gibt was, das du unbedingt wissen musst.«

Jetzt war Nestor hellwach. Er fragte sich, was in Herrgotts Namen er mitten in der Nacht unbedingt wissen musste. Es war stockdunkel. Er war sprachlos.

Der Sergeant redete weiter. »Steh auf und geh online. Auf YouTube.«

»YouTube?«

»Du kennst doch Mano Perez, aus dem Morddezernat? Der hat mich vor einer Minute angerufen, er hat gerade in die Zeitung von heute reingeschaut — und er sagt, ›Du bist auf YouTube! Du und Camacho!‹ Ich bin fast aus meinem Scheißbett gefallen. Also geh ich auf YouTube — und es stimmt tatsächlich! *Ich* bin in diesem Scheißfilmchen … und *du* auch, Nestor!«

Nestor fühlte sich, als hätte ihm jemand einen Stromstoß in die Schädeldecke gejagt. »Das ist ein Witz, oder?« Er merkte in seinem hypnopompischen Nebel sofort, wie dumm diese Frage war. Würde Sergeant Hernandez ihn um Viertel vor fünf anrufen, um ihn zu verarschen? … Unmöglich. »Sie und ich, Sarge? Ich verstehe nicht. Wir beide?«

»Es geht um diesen großen *comemierda-Neger,* den wir in der *comemierda*-Crackbude in Overtown eingebuchtet haben. Irgendein Arschloch da hatte ein Handy und hat dieses Scheißvideo aufgenommen. Kann nur mit einem Handy gemacht sein, alles ruckelt und ist verschwommen. Aber dich und mich kann man deutlich erkennen, diese Wichser! Über die Bilder hat einer drübergesprochen, damit auch jeder mitkriegt, wie wir heißen und was für abgefuckte Kubaner wir sind. Quälen diesen armen *Neger,* der da mit schmerzverzerrtem Gesicht auf dem Boden liegt, und dann fesseln wir diesem Dschungelaffen auch noch so die Beine, dass er keinen Muskel mehr bewegen kann —« ::::::Herrgott, Sarge, hoffentlich haben die das nicht auch auf Band … »Dschungelaffe«.::::::

»— Ich meine, der Kerl liegt da auf dem Boden, und du kniest auf seinem Rücken und schreist ihm in sein Scheißohr, ›*Was* war das, du Arschloch? *Was* war das? *Was* war das, du kleines dreckiges Arschloch?‹ und so weiter und so weiter. Und dann sage ich, ›Nestor! Herrgott noch mal, das reicht!‹ In dem Film sieht das so aus, als würdest du den Burschen foltern oder so, und ich versuche dich davon abzuhalten, ihn umzubringen. Dann brabbelt diese Stimme was von Frauen und Kindern in diesem ›angeblichen Crackhaus‹, wo es doch in Wahrheit eine Kinderkrippe ist. Ich meine, *Scheiße* — dieser Wichser, der das alles erzählt, den sieht man nie.«

Schuld … eine Welle aus Schuld schwappte über Nestor hinweg. Er erinnerte sich an diesen Augenblick — eigentlich war es weniger eine *Erinnerung* als ein *Gefühl* … dieses schreckliche Gefühl — den Wunsch zu töten — den *Irrsinn! Töten!* … Er konnte sich nicht bewusst an die Umstände erinnern … nur an dieses Gefühl der *Schuld!* … eine Bestie am Rande des Irrsinns gewesen zu sein —

»— und dann hört man«, fuhr der Sergeant fort, »wie ich sage, ›Der ist ein Hitzkopf, unser großer Bimbo, ein Großkotz, der lässt sich nicht dumm anmachen, von *nie*mandem, *nie*mals, *nie* und nimmer.‹ Dieses verschissene Weichei nennt das einen ›geschmacklosen und beleidigenden‹ Versuch, einen schwarzen Akzent nachzumachen — *geschmacklos und beleidigend!* — und dass ich unterstellen würde, dass Schwarze ignorant und primitiv wären. Jesus! Das ist noch das wenigste! Dieser Arsch hat versucht, mich *umzubringen!* Der hat mich mit beiden Händen gewürgt, der wollte mir die Luft abdrehen. Ich hatte schon die Pistole in der Hand, als du dich auf ihn gestürzt hast. Und jetzt heißt es, dass ich ihn kaltblütig abgeknallt hätte, wenn du mich nicht — *abgelenkt* hättest! — plus, ich habe ihn Bimbo genannt. Na und, wo ist das Problem? Ich habe mit dir geredet, nicht mit ihm, unmöglich, dass der das hören konnte. Und ein Bimbo ist — keine Ahnung, was das ist. Ist nur ein Wort. Ich hab ihn nicht beleidigt und Wichser oder so was genannt, was er natürlich ist, ein Wichser.«

::::::Sarge, du kapierst es *immer noch nicht*, oder? Halt's Maul — Wichser, Pavian und was du sonst noch an Namen für *los negros* draufhast. Die darfst du nicht mal denken! — geschweige denn laut aussprechen, nicht mal vor mir.:::::: Was Nestor aber sagte, war: »Der Kerl wollte Sie erwürgen, Sarge! Was sagen die dazu?«

»Davon sieht man nichts, *null!* Kein Wort darüber, dass es vielleicht einen *Grund* dafür gegeben haben könnte, dass dieses schwarze Monster mit der Fresse im Dreck liegt, zum Beispiel, dass zwei Polizisten ihn gerade verhaftet haben oder so. Außer dass die beiden Polizisten Kubaner sind. Man soll denken, dass der einzige *Grund* ist, dass Kubaner brutale Arschlöcher sind, deren Lebensinhalt es ist, *los negros* zu schikanieren, zu misshandeln, niederzumachen und sie Affen und Scheißhaufen zu nennen und wie Affen und Scheißhaufen zu behandeln. Ist absolut sinnlos, den Leuten zu erklären, dass sie sich mal in unsere Lage versetzen sollen, weil sie sich nämlich nicht mal *ansatzweise* vorstellen können, was es heißt, wenn man sich mit so einem Riesengorilla im Dreck rumwälzt. Und eins sag ich dir, Nestor: Bei Sonnenaufgang stecken wir bis zu den Knien in dieser Scheiße, und zu Mittag steht sie uns bis zum Arsch ...«

»Sarge, Sie sollten besser nicht so reden, auch nicht vor mir. Irgendwann flutscht ihnen das später mal so raus, und dann sitzen Sie richtig in der Scheiße. *Wir* sitzen dann richtig in der Scheiße.«

»Ich weiß, ich weiß, du hast ja recht. Ist wie Gurgeln mit Zyanid ... Also, wir müssen uns jetzt was überlegen. Wir brauchen einen PR-Mann. Wo zum Henker *findet* man so einen PR-Mann? ... selbst wenn wir ihn *bezahlen* könnten, was ich nicht kann. Wie steht's mit dir?«

»Warum gehen wir nicht einfach zum Chief?«, sagte Nestor.

»Das ist nicht lustig, Nestor.«

»Ich meine es ernst, Sarge. Er ist kein schlechter Kerl. Als sie mich von der Marine Patrol zur CST versetzt haben, habe ich mich bestimmt eine halbe Stunde mit ihm unterhalten.«

»Ist mir egal, von mir aus kann er der heilige Franziskus persönlich sein. Was kann er schon machen? Er ist *un negro,* Nestor! Was glaubst du wohl, warum die ihn zum Chief gemacht haben? ... Damit seine schwarzen Brüder sagen konnten, ›*Hey,* cool, der Chief ist jetzt einer von uns. Der ist auf *unserer* Seite. Der kümmert sich um *uns!*‹«

::::::Jesus! Redet der einen Scheißdreck daher! So viel zum Thema Kopf und Kragen ... Wenn er so weiterquatscht, ist er am Arsch!:::::: Laut sagte er, »Warum tauchen wir nicht einfach unter, Sarge?«

»Was redest du da für einen Scheiß, Camacho? Sag mal, bist du jetzt völlig –«

»Schon gut, Sarge, war nur ein Witz, war nur ein Witz. Also, wo treffen wir uns?«

»Ähhh …« Lange Pause … »Ach, Scheiße … Komm wie üblich ins Präsidium, wir können im Wagen reden. Und halt die Augen offen. Bei der Sache hält dir keiner den Rücken frei. Wenn erst mal die Sonne aufgegangen ist, ist dir nicht mehr nach Spaßen zumute.«

Nestor schaltete das Handy aus und blieb, auf den Ellbogen gestützt, auf der Matratze liegen. Er war wie katatonisch erstarrt. Seine Augen fixierten einen nicht vorhandenen Punkt in der dünnen Luft. ::::::Ich rutsche durch einen kleinen Spalt … in ein Paralleluniversum! Jetzt reiß dich zusammen, Nestor.:::::: Paralleluniversum, das Wort kannte er aus dem Fernsehen, er hatte es mal in einer von diesen gruseligen Geschichten über Grässlich Purpurne Dimensionen gehört. Also bitte, Camacho, jetzt keine grässlich purpurnen Dimensionen. Um die Wahrheit zu sagen, er war schockiert und hatte Angst.

YouTube YouTube YouTube YouTube … der verängstigte Teil von ihm wollte sich das gottverdammte Filmchen gar nicht anschauen … aber der Rest von ihm riss ihn hoch, und er robbte den einen Meter durch dreckige Klamotten und dreckige Handtücher und verschiedene leere Schachteln und Staub und Gewölle … bis zu seinem Laptop. Er setzte sich auf, lehnte sich an die Wand und … und, mein Gott, da war er, gleich auf der Startseite … in dem Crackhaus. Er ist hingerissen vom Anblick seiner selbst auf dem kleinen Bildschirm … Nestor der Siegreiche!! Die riesige Bestie liegt mit dem Gesicht nach unten auf dem Boden. ::::::Was für ein Anblick! Die

Bestie ist zweimal so groß wie ich, aber ich bin der Sieger! Ich sitze rittlings auf seinem Rücken ... *Da!* Der Doppelnelson und der Figure Four, keine Chance. Meine Hände sind hinter seinem Nacken verschränkt, ich ramme sein Gesicht mit aller Kraft auf den Boden. Mein Gott!::::::

Vom Kampf mit der Bestie waren seine Muskeln schon aufgepumpt, sie platzten förmlich vor Blut. Jetzt, direkt vor ihm auf dem kleinen Bildschirm, schlägt er den Kopf der Bestie, rammt er sein Gesicht, mit letzter Kraft auf den Boden. ::::::Ich bin ... *aufgepumpt!*:::::: Der gewaltige Druck durch den Doppelnelson biegt den Kopf der Bestie so weit nach vorn, dass er, Nestor, ihm das Genick hätte brechen können, wenn er das wirklich gewollt hätte. Sogar auf dem kleinen Bildschirm ist deutlich zu erkennen, dass das Gesicht der Bestie bis zur Unkenntlichkeit verzerrt ist — vom *Schmerz!* Sein Mund steht offen. Er will schreien. Aber sein Verlangen nach Sauerstoff ist stärker. Das einzige Geräusch, das aus seinem 275 Pfund schweren Körper dringt, ist »Urrrrrrrunhhh ... urrrrrrruhunhhh ... urrrrrrrunhhh!«. Hört sich an wie eine sterbende Ente. Ja! Eine Ente, die krächzt. Noch dreißig Sekunden maximaler Druck — und das wär's gewesen! Mausetot, oh, du schwarze Bestie! Wie hypnotisiert verfolgt Nestor auf dem kleinen Bildschirm seinen Triumph. Irre! Nestor war sich seines Gesichtsausdrucks gar nicht bewusst gewesen. ::::::Mein Gott! Habe ich wirklich meine Zähne so gefletscht? Habe ich wirklich so grässlich, so bösartig gegrinst?::::::

Verzaubert von sich selbst, seinem Anblick, kann Nestor den Blick nicht von sich abwenden. Er beobachtet — und hört — wie Nestor Camacho schreit*hnnnn hnhn hnn*. Er ist selbst außer Atem *hnnnn hnhn hnn* schleudert dem Riesen Beleidigungen ins Gesicht, »Du dummes *Weichei!*« Alle im Raum sollten wissen, fällt ihm jetzt ein, dass er das Monster ganz allein erledigt und gedemütigt hatte. Er sieht, wie er sich vorbeugt, bis sein Mund nur noch fünf oder sechs Zentimeter vom Ohr der Bestie entfernt ist, wie er brüllt, »*Was* war das, du Arschloch? *Was* war das?«

Bei diesen Worten ist es aus mit Nestors Hochstimmung. Er will das Fenster wegklicken ... Ab jetzt wird es nur noch schlimmer, oder? ... Was hat er getan? ... Er weiß, was als Nächstes kommt ... und da ist es auch schon ... Die Beschimpfungen, seine eigenen und die des Sergeant, ergießen sich in wahnwitzigem Tempo über den Fleischhaufen — und der Haufen fängt Feuer. In den Scheiterhaufen schleudert Nestor ein letztes »*Was* war das, du kleines dreckiges Arschloch?«.

Erst jetzt, während er auf den Bildschirm seines Laptops schaut, kapiert Nestor erst richtig. Erst jetzt, nachdem er all das gehört hat, begreift er, wie schlimm die ganze Geschichte ist ... das Nestor-Camacho-Vorstellungsvideo, von YouTube für die ganze Welt.

Und was sieht die Welt in diesem Video? Wo beginnt die YouTube-Geschichte? Die Welt sieht einen schwarzen Gefangenen, der mit dem Gesicht nach unten auf dem Boden liegt, wehrlos, hilflos, von Schmerzen gepeinigt, um jeden Atemzug ringend, *urrrrrrunh* stöhnend wie noch kein menschliches Wesen jemals zuvor gestöhnt hat, auf Gedeih und Verderb zwei kubanischen Polizisten ausgeliefert. Von denen einer auf dem Rücken des Gefangenen sitzt und angesichts der Aussicht, seinem Opfer gleich mit einem Doppelnelson das Genick brechen zu dürfen, entzückt grinsend seine zweiunddreißig grausamen Zähne fletscht, und der andere einen halben Meter daneben hockt, jederzeit bereit, dem Gefangenen mit seinem 44er-Revolver das Hirn wegzublasen. Beide demütigen ihren schwarzen Gefangenen, verhöhnen seine Männlichkeit, nennen ihn einen schwachsinnigen Untermenschen. Gibt es nichts, vor dem diese beiden kubanischen Polizisten zurückschrecken in ihrem Wahn, diesen schwarzen Mann zu misshandeln, der, soweit der Zuschauer weiß, überhaupt nichts getan hat? … So *beginnt* die YouTube-Version … und so *endet* sie wahrscheinlich auch.

Nicht der geringste Hinweis auf die lebensbedrohliche Situation, die dieser abstoßenden »Misshandlung« vorausging, nicht einmal eine Andeutung, dass dieser arme schwarze Mann tatsächlich ein junger, kräftiger, 275 Pfund schwerer Crackhauskrimineller war, nichts darüber, dass die ganze Geschichte vielleicht dadurch ausgelöst worden sein könnte, dass er den Sergeant um ein Haar mit seinen riesigen Händen erwürgt hätte, dass das Leben des Sergeant nur durch die prompte Reaktion von Officer Camacho gerettet worden war, der sich mit seinen mickrigen hundertsechzig Pfund auf die Bestie gestürzt, mit ein paar Ringergriffen den 275-Pfund-Crackhauskriminellen attackiert und sich mit ihm im Dreck herumgewälzt hatte, bis dieser außer Atem, kraftlos, willenlos, seines Mumms und seiner Männlichkeit beraubt … aufgab … wie ein Weichei. Wie konnte irgendein Mensch abstreiten, dass auch ein Polizist im Angesicht des Todes einen Adrenalinschub hat, überwältigender als alle Fesseln höflicher Konversation, und sofort danach trachtet, diesen potenziellen Mörder zu vernichten aus dem abscheulichsten Ekel heraus, der aus den dunkelsten, verschlungensten Tiefen seines Hasses in sein Stammhirn schießt? Wie konnte irgendein Mensch, selbst der sanftmütigste und begriffsstutzigste, das nicht verstehen?!

Aber nichts an dem YouTube-Filmchen informierte diesen Menschen über die erste Hälfte der Geschichte, die *ausschlaggebende* Hälfte … *Nichts!* Und ohne die erste Hälfte wird die zweite Hälfte zur Fiktion! Zur Lüge!

Und eins sag ich dir, Nestor: Bei Sonnenaufgang stecken wir bis zu den Knien in dieser Scheiße, und zu Mittag steht sie uns bis zum Arsch. Nestor spürt, wie sie ansteigt, dabei war es noch dunkel draußen.

Und es war *immer noch* dunkel, als der Chief, ein Frühaufsteher, um 6 Uhr einen Anruf auf seinem Privatanschluss bekam. Jorge Guba, einer von Dios Lakaien, sagte ihm, der Bürgermeister wolle ihn in eineinhalb Stunden zu einer Besprechung im Rathaus sehen. *Um halb acht?* Ja. Ob der Chief schon den YouTube-Clip gesehen hätte?

Also warf der Chief einen Blick auf den YouTube-Clip. Genauer, er schaute ihn sich dreimal an. Dann schloss er die Augen, senkte den Kopf und massierte sich mit einer Hand die Schläfen … mit dem Daumen die eine Seite, mit Mittel- und Ringfinger die andere. Dann sagte er leise:

»Das hat mir gerade noch gefehlt.«

Griesgrämig weckte er seinen Fahrer Sanchez und sagte ihm, er solle den Wagen vorfahren. Als sie um 7:20 Uhr in das Rondell vor dem kleinen Rathaus einbogen, wurde er schlagartig noch griesgrämiger. Vor dem Eingang des ehemaligen Pan-Am-Gebäudes wartete schon ein Trupp der sogenannten »Medien« auf ihn, etwa ein Dutzend Männer, angezogen wie Obdachlose, denen aber die Mikrofone und Notizblöcke und vor allem die zwei Ü-Wagen, auf deren Dächern drei Meter hohe Satellitenschüsseln für die Liveübertragung in die Luft ragten, Bedeutung verliehen. Diesmal war der Chief nicht so aufgeräumter Stimmung, als er seinem großen schwarzen Escalade entstieg. Verdammt, ihm blieb nicht mal die Zeit, tief Luft zu holen und seine mächtige schwarze Chief-Brust bis zum Anschlag aufzupumpen, da machte sich die Meute schon wie ein Moskitoschwarm über ihn her. *Polizeiübergriff* und *rassistische Beleidigungen* waren die beiden Begriffe, mit denen der brummende Moskitoschwarm ihn piesackte, während er sich seinen Weg ins Rathaus bahnte.

Das hatte ihm gerade noch gefehlt.

In der Fitnessklub-Lounge von Konferenzraum drängelten sich zahlreiche Lakaien des Bürgermeisters: sein Pressesprecher Portuondo und sein Stadtdirektor Bosch, wie neulich … außerdem Hector Carbonell, der Staatsanwalt ::::::Staatsanwalt?:::::: und die beiden grauen Eminenzen Alfredo Cabrillo und Jacque Díaz, zwei Anwälte, die Dio schon seit dem Jurastudium kannte und die er immer hinzuzog, wenn es schwierige Entscheidungen zu treffen galt ::::::schwierige Entscheidungen?:::::: Machte inklusive Bürgermeister sechs. Die gesamte Truppe war kubanisch.

Als der Chief den Raum betrat, gab sich Dio wie üblich als der personifizierte Überschwang. Breites Lächeln und »Aaaah, Chief! Kommen Sie rein! Setzen Sie sich!« Er deutete auf einen Polstersessel. »Sie kennen ja alle … Oder?« Die anderen fünf Kubaner bedachten den Chief mit einem sparsamen Dreiunddreißig-Grad-Lächeln. Als sie alle auf den bunt durcheinandergewürfelten Polstersesseln und Lehnstühlen Platz genommen hatten, beschlich den Chief ein komisches Gefühl. Dann fiel ihm auf, dass der Bürgermeister und seine Lakaien in Hufeisenform dasaßen … ein schlampiges Hufeisen, aber ein Hufeisen … und der Chief saß genau in der Mitte zwischen den Schenkeln … mit viel Platz zwischen ihm und dem nächsten Sessel an jeder Seite. Der Bürgermeister saß in einem hohen Lehnstuhl, im Scheitelpunkt des Hufeisens, ihm direkt gegenüber. Die Federn des Sessels, in dem der Chief saß, waren anscheinend nicht mehr die besten, denn er sank so tief ein, dass er kaum über seine Knie hinaussah. Er hatte den Eindruck, als schaute Dio aus seinem Lehnstuhl auf ihn hinunter.

Kühl blickte die versammelte Truppe ihn an … von Lächeln keine Spur. Der Chief kam sich vor, als säße er auf einer Anklagebank vor Geschworenen, die ihn mit grimmigen Fratzen taxierten.

»Ich glaube, alle kennen den Grund für unsere Zusammenkunft.« … Der Bürgermeister blickte in die Gesichter seiner Truppe … Alle nickten … Dann schaute er den Chief an.

»Also, was ist los mit diesem Bürschchen, Ihrem Camacho?«, fragte er. »Der Junge tritt ganz allein einen Rassenaufstand los.« Er meinte es ernst. »Wem will er als Nächstes ans Bein pissen? Den Haitianern vielleicht? Ein einfacher Cop, Herrgott noch mal, kein stellvertretender Polizeichef, noch nicht mal ein Captain. Fünfundzwanzig Jahre alt und schon Experte auf dem Gebiet, wie man die halbe Stadt zur Weißglut bringt.«

Der Chief wusste, was als Nächstes kommen würde. Dio würde von ihm verlangen, Camacho zu feuern. Der Chief hatte dieses Gefühl nicht oft … das Gefühl, unsicher zu werden … An guten Tagen brachten sein Selbstbewusstsein und Charisma Dio und seine Kubanerbande aus der Fassung. Er war an Schießereien beteiligt gewesen, hatte echte Feuergefechte bestanden. Er hatte sein Leben riskiert für Polizisten, die unter seinem Kommando standen, darunter auch Kubaner, weiß Gott. Er hatte zwei Tapferkeitsmedaillen verliehen bekommen. Er hatte Ausstrahlung. Von den Kubanern in diesem Raum müssten sich zwei nebeneinanderstellen, um auf seine Schulterbreite … drei, um auf seine Nackenbreite zu kommen … vierzig, vielleicht sogar vierhundert, um die Entschlossenheit aufbringen zu können, mit der er seine Haut für das riskierte, was richtig war … Er war tatsächlich von diesem sechsstöckigen Haus auf eine Matratze gesprungen, die von da oben so groß wie eine Spielkarte aussah …

Um es ganz klar zu sagen, er war ein Mann ... was niemand sonst in diesem Raum war. Sein Selbstbewusstsein, seine Vitalität, dieser gewisse *Blick* in seinen Augen. In dieser Arena spielte seine Hautfarbe keine Rolle. Er verströmte die erlesenste, die strahlendste aller Auren ... wer seiner angesichtig wurde, kam nicht umhin zu sagen ... *was für ein Mann!* Allerdings nahmen sie ihn in diesem Augenblick nicht so wahr ... Das spürte er ... In diesem Augenblick sahen sie nur *un negro* ... und dieses verdammte *negro* traf exakt den Punkt ... wenn nämlich dieser *negro* nicht *un negro, nuestro negro, unser* Neger wäre, der das tut, was wir ihm sagen, dass er tun soll, dürfte sich nicht mal in diesem Raum aufhalten ... keiner von Dios Lakaien hatte überhaupt gewagt, mit der Wimper zu zucken ... sogar Dio ... aber er wusste, was sie in diesem Augenblick dachten ... auch nur so ein schwarzer verkleideter Bimbo.

Das brachte den Chief wieder in Schwung. »Was *los* ist mit Camacho?«, sagte er und schaute dem Bürgermeister mit einem 300-Watt-Blick in die Augen. »Tja, wenn Sie schon fragen« — in der Truppe zuckten jetzt einige Augenbrauen — sie hatten den Chief gegenüber dem Bürgermeister noch nie einen sarkastischen Ton anschlagen hören — »die kurze Antwort, die lange Antwort und die Antwort dazwischen lautet, er ist ein verdammt guter Cop.«

Schweigen. Dann sagte der Bürgermeister, »Okay, Cy, er ist ein verdammt guter Cop. Schätze, das müssen wir Ihnen glauben. Schließlich sind Sie der oberste Cop in dieser Stadt, der Polizeipräsident von Miami. Also, was ist das Problem? Wir haben Ihren verdammt guten Cop und noch einen anderen Cop auf YouTube, wie sie einen Bürger unserer afroamerikanischen Gemeinde als Tier und Bimbo und Untermenschen mit einem Hirn voller Scheiße beschimpfen —«

»Das ist ein Drogendealer, Dio!« In die jetzt lautere Stimme des Chiefs mischten sich einige nicht sehr souveräne Untertöne.

»Und deshalb ist es in Ordnung, diesen Verdächtigen — diesen afroamerikanischen *Verdächtigen* — anzumachen, als wenn er einer Rasse von Untermenschen, einer Horde Tiere angehört? Das wollen Sie damit ja wohl nicht andeuten, Cy, oder wollen Sie das?«

»Sie müssen das im *Kontext* betrachten, Dio, die ganze —«

»Der Kontext ist, dass Ihr gottverdammt guter Cop einen Kübel Scheiße über unsere afroamerikanische Gemeinde auskippt! Wenn das ein guter Kontext ist, dann haben wir ein noch *größeres* Problem. Und das Problem lautet Führungsqualität. Woran sollte es sonst liegen?«

Der Chief war perplex — so perplex, dass er kein Wort herausbrachte. Was zum Teufel lief hier plötzlich ab? Sollte er etwa wegen eines fünfundzwanzigjährigen kubanischen Cops namens Nestor Camacho seinen Job, seine ganze Karriere aufs Spiel setzen? Und das sollte *männlich* sein? Nach fünfzehn Jahren harter Arbeit, in denen er immer 200 Prozent gegeben, in denen er sein Leben riskiert, in denen er den Rassismus hinter sich gelassen hatte, als wäre er eine Bremsschwelle auf der Straße zum Ruhm, in denen er sich als Führungspersönlichkeit bewiesen hatte ... Das sollte er aufs Spiel setzen ... wegen irgendeines kubanischen Hitzkopfs? Aber wie sollte er da herauskommen ... ohne zu offenbaren, dass ein einziger Satz von Dio, der wie eine Granate zwischen seinen Beinen eingeschlagen war, den angeblich *Ultimativen Mann* in ein Weichei verwandelt hatte?

Dionisio wusste sofort, dass er mit diesem einen Punch den Kampf beendet hatte ... denn er ließ seinen Sarkasmus fallen und schlug nun einen beschwichtigenden Wiedergutmachungston an. »Als ich Sie zum Chief ernannt habe, Cy, hatte ich vollstes Vertrauen in Ihre Fähigkeiten, Ihren Mut und viele andere Qualitäten, die Sie zu einer geborenen Führungspersönlichkeit machen, und das habe ich immer noch. Während Ihrer gesamten Amtszeit hatte ich noch nie das Gefühl, dass meine Entscheidung falsch gewesen sein könnte … Ich hatte auch die Hoffnung, dass sich mit Ihnen als unserem Chief viele Fehler aus der Vergangenheit nicht wiederholen würden. Zum Beispiel hoffte ich, unserer afroamerikanischen Gemeinde zeigen zu können, dass sie jetzt, obwohl sie früher vielleicht zu kurz gekommen war, dass sie jetzt nicht nur irgendwen hätte, der für ihre Interessen eintritt … sondern den besten MANN überhaupt. Das ist eine gute Sache, und es ist auch ein kraftvolles Symbol. Also, nach der Sache mit dem Mann auf dem Mast sollten Sie Camacho eine Zeit lang kaltstellen. Und was haben Sie gemacht? Sie haben ihm einen Orden umgehängt und ihm eine *horizontale Versetzung* spendiert. Sie haben ihn nicht auf ein Pferd im Park gesetzt, weil da hätte er ja nur gottverdammten Ratten und Eichhörnchen auf die Nerven gehen können. Oh nein, denn das wäre ja eine horizontale Versetzung mit einem *Haken* gewesen, so haben Sie das doch genannt, oder?« Der Bürgermeister redete sich wieder in Rage und ließ den Kampfhund namens Sarkasmus von der Leine. Er wusste genau, dass der Chief angezählt war. »In einer Lage wie dieser geht es nicht um Einzelschicksale. Sie wissen, was ich meine? Sie wollen einen Ihrer Männer schützen, das ist lobenswert. Aber in diesem Augenblick stehen Sie und ich in der Pflicht, Hunderte, Tausende, Zehntausende von Menschen zu schützen, die den Feinheiten dieser Geschichte nicht folgen können. Verstehen Sie?«

Unwillkürlich nickte der Chief … und erkannte im selben Augenblick, dass er genau das Gleiche, nämlich unterwürfig nicken, erst vor wenigen Sekunden schon einmal getan hatte ... Sicher bewundern sie die jiu-jitsu-mäßige Argumentationskunst ihres Chefs ... *Einfach so* reduziert er den Schwarzen Superman auf die Omnipotenz einer geräucherten Auster — *sie,* das sind die Lakaien. Sie schauen nur. Nicht finster. Nein, sie sind fasziniert, wie kleine Jungen. Sie haben die besten Plätze im Theater ... und werden Zeugen, wie der Unglaublich Schrumpfende Chief ... schrumpft. Unser Dionisio Cruz schafft alle. Gerade mal eins sechsundsiebzig groß, aber er wird mit jedem Eins-dreiundneunzig-*Supernegro* fertig, der sich ihm in den Weg stellt. Deshalb ist er ... der *caudillo*. Er wirft *el negro* nichts vor, er bedroht *el negro* nicht ... oder zumindest nicht so, dass man ihn in irgendeiner Form belangen könnte ... er wirft einfach sein Netz aus, und ruck, zuck ... *Erwischt!* ... *el negro* zappelt im Netz ... schlägt Löcher in die Luft ... gefangen in einem Netz aus Worten.

»Alles, was die Leute wissen, ist«, sagte der Bürgermeister, »da ist dieser junge Cop, dieses Bürschchen — der erst wie lange bei der Polizei ist? — vier Jahre? — und überall, wo der auftaucht, da sind ihm die vier apokalyptischen Reiter auf den Fersen ... Rassismus, Chauvinismus, ethnische Verunglimpfung und ... ähhh ...« Bis zu diesem Punkt war alles prächtig gelaufen. Jetzt steckte er fest. Ihm wollte die vierte berittene Geißel nicht einfallen. »... ähhh ... und der ganze Rest eben«, beendete er lahm seinen Satz. »Sie wissen, was ich meine?«

Was für ein Bockmist! Er konnte nicht dasitzen und zu so einem Quatsch einfach nur *nicken*. »Nein, Dio«, sagte er. »Weiß ich nicht.« Aber es hörte sich genauso lahm an wie Dios mickriges *ähhh ... und der ganze Rest eben*. Genauso zaghaft wie sein *Nicken* zuvor. Er hatte ohne Mumm gesprochen ... Es war sehr edel von ihm, dass er einen seiner Männer verteidigte, zudem einen so unbedeutenden ... aber war es wirklich edel, wenn er damit alles aufs Spiel setzte, was er für seine echten Brüder tun konnte?

::::::Als ob Dio meine E-Mails tatsächlich lesen würde.::::::

»Hören Sie, Cy, es geht nicht darum, ob Camacho ein guter oder ein schlechter Cop ist. In dem Punkt will ich Ihnen ja gerne recht geben. Aber die ganze Geschichte ist aus dem Ruder gelaufen. Er symbolisiert etwas, das jeden in dieser Stadt bis ins Mark erschüttert. Ihre Loyalität, die ich bewundere, ändert nichts an der Lage. Ich bin sicher, dass der Junge nicht mal ansatzweise so weit gedacht hat. Aber Tatsachen sind Tatsachen. In den letzten paar Monaten hat er es zweimal geschafft, ganze Gemeinden in Aufruhr zu versetzen ... Die geifern vor Zorn ... Er hat sie behandelt wie den letzten Dreck. Angesichts all dessen, glauben Sie nicht, dass das Präsidium möglicherweise auch weiterhin seiner Arbeit nachgehen kann, ohne die Dienste dieses fünfundzwanzigjährigen Bürschchens in Anspruch zu nehmen?«

::::::Hab mich schon die ganze Zeit gefragt, wann er endlich auf den Punkt kommt. Jetzt heißt es den Kopf einziehen.::::::

»Ich verstehe, was Sie meinen«, sagte er. Aber er sagte es seufzend, wie ein Mann, der sich — widerwillig natürlich — in sein Schicksal fügt. »Und es gefällt mir gar nicht.« Die letzten Worte waren kaum mehr als ein Flüstern.

Miene und Tonfall des Bürgermeisters wurden jetzt väterlich. »Cy, ich möchte Ihnen ein paar Dinge über diese Stadt erzählen. Wahscheinlich kennen Sie das alles schon, aber manchmal hilft es einem, wenn man sie noch mal hört. *Mir* hilft es jedenfalls ... Soweit ich weiß, ist Miami die einzige Stadt weltweit — *weltweit* — deren Bevölkerung zu mehr als fünfzig Prozent aus Neueinwanderern besteht ... *Neu*einwanderern, also Einwanderern, die in den letzten fünfzig Jahren gekommen sind … und das ist schon Wahnsinn, wenn man es genau bedenkt. Also, was heißt das? Erst gestern habe ich darüber mit einer Frau geredet, einer Haitianerin, und die sagt zu mir, ›Wenn Sie Miami wirklich verstehen wollen, Dio, müssen Sie vor allem eins begreifen. In Miami, da hasst jeder jeden.‹«

Portuondo, sein Pressefritze, kicherte, als hätte sein Boss einen Witz gerissen. Dio warf ihm einen tadelnden Blick zu und fuhr dann fort: »Aber damit können wir uns nicht zufriedengeben. Wir haben eine Verantwortung, Sie und ich. Was wir aus Miami machen müssen, ist — nein, keinen Schmelztiegel, das ist unmöglich, nicht zu unseren Lebzeiten. Wir können die Leute nicht *verschmelzen* … aber wir können sie zusammenschweißen … *zusammenschweißen* … Was ich damit meine? Ich meine damit, wir können sie nicht miteinander *vermischen*, aber wir *können* sichere Räume für jede Nationalität schaffen, für jede ethnische Gruppe, für jede Rasse, und sicherstellen, dass sie alle gleich gut leben können. Sie wissen, was ich meine?«

Der Chief hatte keinen Schimmer. Er wollte sagen, dass er in seinem ganzen Leben noch nie so einen Bockmist gehört hätte, aber er traute sich nicht. Was war bloß mit ihm passiert, dem alten Chief? Er wusste es, aber er wollte es nicht in Worte fassen, nicht mal in Gedanken. Was passiert war … war in dem Augenblick passiert, als Dio gesagt hatte, »… dann haben wir ein noch größeres Problem. Und das Problem lautet Führungsqualität.« In Sekundenbruchteilen spulte sich im Kopf des Chiefs der Rest des Komplotts ab. Dio brauchte Chief Booker nur zu feuern und zu sagen, »Wir haben ihn mit einer Position betraut, die Führungsqualität verlangt, und er konnte nicht mal seine eigenen Leute im Zaum halten. Ein Mann mit Führungsqualitäten würde für eine Atmosphäre sorgen, in der solche Dinge nicht passieren, nicht passieren können. Deshalb werde ich einen neuen Chief berufen, jemanden, der stark genug ist, für eine Veränderung der mentalen Atmosphäre zu sorgen, eine echte Führungspersönlichkeit ... und er wird *ebenfalls* aus unserer afroamerikanischen Gemeinde stammen.«

Afroamerikanische Gemeinde, so ein Scheiß. Der Chief fragte sich, ob er oder einer von den Kubanern, die ihn anschauten, um auch ja keinen einzigen köstlichen Augenblick dieses meisterhaften Anschisses zu verpassen — ob überhaupt *irgendwer* jemals zuvor gehört hatte, dass Dionisio Cruz, dem Bannerträger der Demokratie, der Ausdruck *afroamerikanische Gemeinde* über die Lippen gekommen war ... außer in Anwesenheit einer Fernsehkamera oder eines Hüters des Pressewesens ... Der Chief konnte es nicht ausstehen, wenn ein schleimiger weißer Heuchler wie Dio diesen Ausdruck gebrauchte. *Weiß?* Jeder Kubaner hier im Raum hielt sich für weiß. Ein echter Weißer sah das anders. Die sollten sich mal in Pine Crest oder im Coral Beach Yacht Club oder bei irgendeinem Treffen der Villagers of Coral Gables blicken lassen. Da würden sie ihnen das Kraushaar schon glatt ziehen! Für die echten weißen Jungs waren sie alle braun, farbig, nur einen Hauch oder zwei heller, als er selbst war.

Sie wissen, was ich meine? Diesmal antwortete der Chief nicht mit einem schwächlichen Nicken. Diesmal schüttelte er den Kopf. *Nein.* Aber sein Kopfschütteln war eine kraftlose Kurskorrektur, ein müdes *Nein,* so unerheblich, dass der gute alte Dio es nicht mal zur Kenntnis nahm. »Das führt uns zu der Frage, was nun aus unserem Officer Camacho werden soll«, sagte der Bürgermeister. »Er ist halb Miami ein Dorn im Auge. Sie kennen das mit dem Dorn? Aus der Bibel? Dieses kleine Staubkorn, das im Auge festsitzt? Ist nur ein kleines Staubkorn, aber es ärgert einen. Es ärgert einen maßlos. In der

Bibel scheinen die Leute größtenteils damit beschäftigt zu sein, sich solche Dornen aus dem Auge zu ziehen. Ein Dorn bringt einen nicht um, aber er kann einem den Tag versauen. Sie wissen, was ich meine?«

::::::Nein:::::: aber diesmal machte sich der Chief nicht die Mühe einer wie auch immer gearteten Antwort. Er war sich sehr deutlich bewusst, wie er auf die anderen Kubaner im Raum wirken musste. Er war inzwischen mehr und mehr in den Tiefen des Sessels versunken. Also richtete er sich auf und drückte langsam seinen Rücken durch, um diesen kubanischen Brownies eine wenigstens halbwegs eindrucksvolle Vorstellung von seinem mächtigen Brustkorb zu vermitteln. Es war allerdings wirklich ein nur halbwegs gelungener Versuch. Wie lange konnte er es sich noch leisten, vom Bürgermeister angepisst zu werden, bevor er entweder jeglichen Anspruch auf Männlichkeit einbüßte — oder aufstand, die etwa zwei Meter bis zum Lehnstuhl des Bürgermeisters ging, ihn mit einer Hand an den Haaren hochzog und ihm in sein kackbraunes Gesicht schlug … erst mit der Innenseite seiner Hand dann dem Rücken seiner Hand mit der Handfläche dann dem Handrücken der Handfläche dem Handrücken der Handfläche dem Handrücken Handfläche Handrücken Handfläche Handrücken Handfläche Handrücken HandflächeHandrückenHandflächeHandrücken, bis sein braunes Gesicht so rot wie ein roher Hackfleischklumpen war und er anfing zu schluchzen, weil ihn ein echter MANN zutiefst gedemütigt hatte —

::::::— ja klar, Superman … Und, wer sitzt jetzt hier auf seinem Hintern, sprachlos, mit offenem Maul?::::::

»Also, wie ziehen wir Camacho und Sergeant Hernandez aus dem Verkehr? Ich habe schon öfter als Sie Bösewichter gefeuert, egal unter welchen Umständen. Ich kann Ihnen nur sagen, auf die sanfte Tour läuft das nicht. Sie müssen da mittendurch, Sie müssen sagen: ›Die beiden hier haben sich als Rassisten entpuppt. Solche Leute haben in unserer Polizei nichts zu suchen.‹ Nur so kann man das durchziehen. *Peng! Peng!* Kurz und schmerzlos. Ein Satz — nein, zwei Sätze — und die Sache ist gegessen.« Er rieb sich klatschend über die Handflächen, nach dem Motto: »Na also, die Sache ist vom Tisch, das hätten wir sauber erledigt«. Dann presste er die Lippen aufeinander und zwinkerte dem Chief zu, als wollte er sagen, »Na, jetzt sind Sie doch auch froh, dass wir das gelöst haben, oder?«

Dieses Zwinkern, das war der Knackpunkt ... dieses kleine Zwinkern ... dieses Zwinkern war eine zu starke Beschneidung der Männlichkeit des Chiefs. Ahnungslos saßen Dionisios Lakaien da und kosteten die Demütigung aus bis aufs Äußerste. Ist er nicht ein Hund, unser guter alter Dionisio? *Schnipp schnapp schnipp schnapp schnipp schnapp* macht die Schere, und in null Komma nichts ist *el negro Großkotz* in klitzekleine Fetzen gehäckselt.

Das kleine Zwinkern — die blasierten ausdruckslosen kubanischen Fratzen — dem Chief kam es vor, als hätte er per Astralwanderung seinen eigenen Körper verlassen und blickte auf ein anderes Wesen, als er blaffte, »Das geht nicht, Bürgermeister Cruz.«

Das war keine simple Feststellung. In seiner Stimme klang brodelnde Wut durch. Im Gegensatz zu Dio oder Dionisio signalisierte das »Bürgermeister Cruz«, dass es an der Zeit war, Tacheles zu reden.

»Warum nicht?«, fragte der Bürgermeister.

»Das würde die Moral der gesamten Polizeitruppe untergraben.« Der Chief wusste, dass das eine grobe Übertreibung war, aber sie war nun mal auf dem Tisch, und so legte er nach.

»Jeder Cop, der sich schon einmal mit einem von diesen beschissenen Crackheads herumschlagen musste, der sich mit so einem Kotzbrocken im Dreck rumwälzen oder die Waffe ziehen musste, jeder kann sich sofort in die Lage von Camacho und Hernandez versetzen. Jedem schießt sofort das Adrenalin in die Adern. Jeder weiß, wie es ist, wenn man um das eigene Leben kämpft und keine Ahnung hat, mit wem man es zu tun hat, und jedem ist klar, dass er nach diesem Kampf nicht mehr derselbe ist. Jeder weiß, wie es sich anfühlt, wenn sich Angst in puren Hass verwandelt. Da gibt's kein Dazwischen. Wenn man alles auf Band aufzeichnen würde, was ein Cop zu so einem Drecksack sagt, nachdem er ihn schließlich überwältigt hat und wieder so weit zu Atem gekommen ist, dass er überhaupt was sagen kann, dann würden seine Worte jedem Bürger in Miami die Haare vom Kopf ätzen. Das ist das Wesen der Bestie, und machen wir uns doch nichts vor, in so einer Situation ist man ein Tier.«

Schweigen. Die Leidenschaft und Unverfrorenheit des Chiefs waren ein Schock. Nach ein paar Sekunden hatte sich der Bürgermeister wieder gefangen. »Was diese beiden Cops da über Afroamerikaner gesagt hatten, das stört Sie gar nicht ... Sie als den höchsten afroamerikanischen Beamten in dieser Stadt?«

»Klar, die *Worte* gefallen mir nicht«, sagte der Chief. »Diesen Scheiß muss ich mir anhören, seit ich vier oder fünf Jahre alt bin, und ich kenne den Drang zu töten. Aber ich war auch schon in derselben Situation wie Camacho und Hernandez — sehr oft. Und ich weiß, dass noch der widerwärtigste Gedanke, den man jemals gedacht hat — das Tier in dir spricht ihn laut aus. Hören Sie, Dio, das Ganze ist in einem Crackhaus passiert. Man *muss* Angst haben, wenn man in so eine Bude reingeht, denn wo Rauschgift ist, da sind auch Waffen. So wie es aussieht, hat der größte Kerl in dem Haus versucht Hernandez zu erwürgen. Hernandez zieht seine Waffe und hätte den Kerl erschossen, wenn Camacho sich nicht auf ihn gestürzt und mit ihm im Dreck rumgewälzt hätte. Hernandez schießt nicht, weil er Angst hat, er könnte Camacho treffen. Camacho klammert sich mit irgendeinem Ringergriff an ihm fest, bis dem Kerl die Luft ausgeht, bis er völlig ausgelaugt ist und aufgibt. Wenn er es geschafft hätte, Camacho abzuschütteln, dann hätte er ihn umgebracht und ihm obendrein noch den Kopf abgerissen. Nichts davon kapiert man, wenn man nur die Abschrift von einer Bandaufzeichnung liest.«

»Okay, okay«, sagte der Bürgermeister. »Ich verstehe Ihren Standpunkt. Hier ist meiner: Wir haben eine große afroamerikanische Bevölkerung, und die haben wir schon sehr lange. So eine Geschichte kann neue Rassenunruhen auslösen. Bei Unruhen geht es um immer dasselbe, das Strafrechtssystem. Aber dazu wird es in meiner Amtszeit nicht kommen. Camacho und Hernandez ... die beiden *gehen,* Cy ... zum Wohle der Stadt.«

Der Chief schüttelte wieder langsam den Kopf und schaute dem Bürgermeister dabei die ganze Zeit in die Augen. »Geht nicht«, sagte er. »Geht nicht.« Es brodelte wieder in ihm.

»Sie lassen mir nicht viel Spielraum ... Chief Booker ...« Die plötzliche Förmlichkeit des Bürgermeisters war unheilvoller als die des Chiefs. Er hatte mehr Macht. »*Irgendwer* muss gehen.«

Hurensohn! Das haute den Chief um ... und schickte ihn auf die Bretter ... Er spürte, wie seine Aufsässigkeit schwand ... Dieser Job war das Größte, was er in seinem Leben hatte ... seine Familie eingeschlossen ... *Chief der Polizei von Miami* — das hätte er sich nie träumen lassen, als er vor fünfzehn Jahren zur Polizei gegangen war ... als junger *schwarzer* Cop ... und jetzt leitete er die Polizei in einer der größten Städte Amerikas … dank des Mannes, der hier vor ihm saß, Dio … und jetzt zwang er diesen Mann, ihn von diesem Thron zu stoßen … und es war ein langer Weg bis nach unten … für den *Ex*-Chief, ihn, und sein Gehalt von $104 000 und sein Haus in Kendall … das $680 000 gekostet hatte … was er sich nie hätte leisten können, wenn ihm nicht die UBT-Bank mit einem Kredit von $650 000 zum erstklassigen Zinssatz von 1,2 % unter die Arme gegriffen hätte … was die Bank nie getan hätte, *nie*, wenn es nicht so wichtig für sie gewesen wäre, Bürgermeister Cruz einen Gefallen zu erweisen … einen Kredit, den sie schneller kündigen würde, als er *Subprime-Kreditnehmer* aussprechen konnte … und ihn damit *einfach so* vom Thron stieß … ihn, den MANN, obwohl SCHWARZ, degradiert zu einem weiteren der vielen schwarzen Subprime-Versager … Er müsste die Kinder von der Lorimer School nehmen … ganz zu schweigen von dem monströsen Stigma, als Verräter an seinem eigenen Volk dazustehen. Dafür würde Dionisio schon sorgen. Er war kein Genie, unser Dio, nicht im landläufigen Sinne, aber er war sicher ein Genie, wenn es darum ging, seine eigene Haut zu retten … und ein mörderisches Genie, wenn er keine andere Wahl hatte —

— und all diese Gedanken schossen ihm in dieser einen Mikrosekunde der Erkenntnis, in einem Gewitter von Neuronenblitzen, durch den Kopf und *pulverisierten* auf einen Schlag seine Prinzipien und seinen Mut —

— aber nicht seine verfluchte Eitelkeit. Nicht für eine einzige Sekunde. Sein neuer Vorsatz lautete, vor Dios kubanischer Lakaientruppe, diesen Brownies und Zimmerpalmen … seiner Jury … nicht als Feld-Wald-und-Wiesen-Schwächling dazustehen. Wie gern würden sie erleben, dass der Große Mann, der Chief, der *gran negro,* vor dem guten alten Dio zu

Kreuze kroch, so wie *sie alle* vor ihm zu Kreuze krochen. Nichts würden sie *lieber* sehen.

Sein Gehirn arbeitete fieberhaft ... und dann hatte er es ... oder er hatte zumindest *etwas*. »Also gut«, sagte er, »aber wenn ich Ihnen noch einen Rat geben darf.« ::::::Na also, ich habe klein beigegeben, aber es sieht nicht so aus! *Ich* bin es, der *ihm* einen Rat gibt!:::::: Laut sagte er, »Camacho und Hernandez — wegen so einer Sache gefeuert? — komplett aus dem Dienst entfernt? Da wird die Gewerkschaft aber mächtig auf den Putz hauen. Die zwei an der Spitze, die reißen gern das Maul auf, und beide sind Kubaner. Die werden die Geschichte einen ganzen Monat aufkochen, das wird das reinste Inferno, und die Schwarzen bei denen« ::::::Ich will verflucht sein, wenn ich das Wort »Afroamerikaner« in den Mund nehme und mich anhöre, als würde ich über Glasscherben laufen, genau wie sie:::::: »die sehen sich gleich von Horden Kubanern umzingelt, die ihnen den Stinkefinger zeigen. Sie wissen, was ich meine?« ::::::Gott, habe ich das gerade wirklich gesagt? *Sie wissen, was ich meine?*:::::: »Wir haben da was anderes, was besser funktioniert. Wir nennen das ›von ihren Aufgaben entbinden‹. Der Beamte muss seine Waffe abgeben und wird in den Innendienst versetzt. Und das verkünden wir mit großem Tamtam — ein einziges Mal. Jeder kapiert das sofort — jeder. Wenn wir einem Cop die Waffe und die Dienstmarke abnehmen, weiß jeder, dass das einer öffentlichen Kastration gleichkommt. Danach weiß keiner mehr und kümmert sich auch keiner mehr drum, ob derjenige überhaupt noch lebt. Er verschwindet einfach. Er ist ein lebender Toter.« Er schaut dem Bürgermeister weiter in die Augen. Er versucht so offen und ehrlich auszusehen wie nur irgend möglich.

Der Bürgermeister schaut seinen Stadtdirektor an, dann Portuondo, seinen Pressefritzen. Die Lakaien bemühen sich, aber sie können keinen Hinweis darauf entdecken, was sie nun zu denken haben. Sie schauen ihren Boss an wie fünf Kaffeetassen auf einem Küchenregal.

Schließlich wendet sich der Bürgermeister wieder an den Chief. »Einverstanden. Aber ich nehme Sie beim Wort … die beiden *verschwinden*. Sie wissen, was ich meine? … Wenn ich von den beiden auch nur noch den leisesten Rülpser höre, dann verschwindet jemand anders. Und Sie … *wissen* … was ich meine.«

Zwei Stunden später in Dr. Norman Lewis' Büro, das heißt gegen 10:30 Uhr, lag Magdalena nichts ferner als YouTube oder ihr alter Hialeah-Beau Nestor Camacho. Für sie waren die infantilen Tage ihrer Jugend in einer trüb und trüber werdenden, in einer abgenutzten, abgestoßenen, abservierten Vergangenheit versunken. An diesem Morgen war sie besessen von dem strahlenden Neubeginn, der … *ihn* in *ihr* Leben geführt hatte. *Er* hatte sie für Freitag, schon in ein paar Tagen, zum Abendessen ins Chez Toi eingeladen. Was Restaurants anging, gab es nichts Imposanteres in Miami als das Chez Toi, so jedenfalls Norman. Sie hatte noch nie davon gehört. Chez Toi! Wenn Norman darüber sprach, tat er das im Ton gesellschaftlich religiöser Ehrfurcht. Sicher, er war auch aufgeregt, also Norman, aber bei Weitem nicht so aufgeregt wie *sie*.

Manchmal schlug ihr Herz buchstäblich, *buchstäblich,* schneller, wenn sie daran dachte … genauer, wenn sie an *Sergej* dachte. Aus Angst, sie könnte in seinen Augen *versagen,* konnte sie tatsächlich spüren, wie es unter ihrem Brustbein schneller schlug … Was sollte sie anziehen? Sie besaß nicht ein Stück Garderobe, mit dem sie auch nur hoffen konnte, auf die Leute im Chez Toi … oder auf *ihn* … Eindruck zu machen. Sie würde *a la cubana* gehen müssen ... mit ihrem Dekolleté protzen ... ihre Augenhöhlen in nachtklubschwarze Tümpel verwandeln, in denen strahlende Augäpfel schwammen ... ihr langes wallendes Haar so voluminös auf die Schultern drapieren, wie es ihr mit Fructis-Shampoo, Pflegespülung und Conair-Föhn möglich war ... ihr Kleid, egal welches, in etwas verwandeln, das nicht mehr sein würde als eine ihre Brüste, ihre Taille, ihre Hüften, ihren »Arsch« und ihre Oberschenkel umhüllende Frischhaltefolie ... nur die *Ober*schenkel ... mindestens vierzig Zentimeter oberhalb ihrer Knie ... Und dieses Gesamtwerk würde sie auf fünfzehn Zentimeter hohen Stilettos ausstellen. Sexy — das war das Konzept. Lass ihn brodeln ... deinen Körper! Überspiele die fehlende Kultiviertheit mit Sex!

Oder würde sie einfach nur billig und trashig aussehen? Ihre gute Laune rauschte in den Keller. Wer *war* sie überhaupt? Was sollte sie darstellen bei diesem niveauvollen Dinner? Eine Angestellte von Dr. Lewis, dem großzügigen Dr. Lewis, der zu solchen Veranstaltungen eben auch mal eine Angestellte mitnahm? Oder sollte sie es andersherum versuchen und durchblicken lassen, dass sehr viel mehr dahintersteckte, und so Sergej und die Welt wissen lassen, dass ein Prominenter wie Dr. Norman Lewis verrückt nach ihr war, Krankenschwester hin oder her?

Rummmms! Der nächste Anschlag auf ihre Selbstsicherheit. Vielleicht machte sie sich ja Illusionen über diese ganze Geschichte ... Sergej hatte mit keinem *Wort* sein Interesse an ihr zum Ausdruck gebracht, mit keinem *gesprochenen Wort* ... Er hatte ihr nur auf *eine gewisse Art* in die Augen geschaut und heimlich seine Finger in ihre Handfläche gedrückt ... Vielleicht war er immer so in Gegenwart von Frauen, ein chronischer Charmeur ... Ja, aber so die Handfläche eines Mädchens zu drücken — das war so merkwürdig, dass es etwas bedeuten musste … und hatte er ihr nicht nur einmal auf *diese gewisse Art* in die Augen geschaut, sondern dreimal … und ihr Herz schlug und schlug und schlug unter ihrem Brustbein, es schlug so laut, dass — was, wenn Norman es hören konnte? Sie war schon paranoid … Sie durfte sich keinesfalls irgendwie anmerken lassen, dass sie sich auf den Abend freute. Immer wenn Norman das Dinner erwähnte, gab sie sich die größte Mühe, gleichgültig zu reagieren.

Vor ihr auf dem Schreibtisch lag ein aufgeschlagenes Magazin aus dem Wartezimmer, in das sie aber kaum einen Blick warf, so versunken war sie in dieses Märchen — in dem ausschließlich der Freitagabend, Sergej Koroljow und Magdalena Otero existierten. Sie hatte gar nicht bemerkt, dass Norman aus seinem Allerheiligsten gekommen war und keine zwei Meter neben ihr stand.

»Muss ja ein tolles Magazin sein«, sagte er.

Magdalena schaute verlegen auf, als hätte man sie bei irgendetwas ertappt. »Nein«, sagte sie. »Ich hab bloß über was nachgedacht.« Sie öffnete schnell den Terminkalender und wechselte das Thema. »Dein nächster Termin ist in einer Viertelstunde, um elf, ein neuer Patient. Er heißt Stanley Roth, mehr weiß ich nicht.«

»Der ist Händler bei so einem neuen Hedgefonds, der Optima heißt«, sagte Norman. Er lächelte. Er fand »Optima« amüsant. »Ich habe schon mit ihm telefoniert.«

»Optima?«, sagte Magdalena. »Wie der Staubsauger?«

»Ja«, sagte Norman glucksend. »Ein Haufen junger Burschen. Du wirst lachen, wenn ich dir Mr. Roths kleines Problem —« Er unterbrach seinen Gedankengang. »Was ist das eigentlich für ein Magazin?«

»Es heißt —« Sie musste überlegen. *»La Hom? … Loam?«*

Norman nahm das Heft vom Schreibtisch. *»Lom«,* sagte er und deutete auf den Namen unten auf der Seite, *L'Homme.* »Das ist Französisch. ›Der Mann.‹ Schau dir die an«, sagte er und hielt ihr die Seite hin. »Alle männlichen Models heutzutage sehen aus wie die beiden. Spindeldürr. Als litten sie unter schwerem Proteinmangel. Eingefallene Wangen, Sechs- oder Siebentagebart, trübseliger Hundeblick, als hätten sie gerade fünf harte aidsverseuchte Jahre hinter sich, weil sie sich von den anderen Knastis zu oft haben vögeln lassen. Ich pack's nicht. Weil solche Luschis für diese Klamotten modeln, sollen junge Männer das kaufen? Aber vielleicht ist ja heute dieser Aids-Schwuchtel-Look topmodeee*ahhHHHHock hock hock hock* ... Die sehen aus wie diese ausgezehrten jungen Männer, die Egon Schiele immer gemalt hat. So schwach und kränklich, dass man glaubt, diese Skelette müssten jeden Augenblick in sich zusammenfallen und den Geist aufgeben.«

»Wer?«, fragte Magdalena. »Sheila?«

»Das ist Deutsch«, sagte Norman. »S-c-h-i-e-l-e. Egon Schiele. Ein Österreicher.«

»Und der ist berühmt?«, sagte Magdalena ... mürrisch ... Dieser ganze Kunstkrempel, den die *americanos* für so wichtig hielten ...

»Oh ja, sehr«, sagte Norman. »Nun ja, berühmt für Leute, die Ahnung von österreichischer Kunst im frühen zwanzigsten Jahrhundert haben, so wie ich. Ich halte mich wirklich —« Er unterbrach abrupt seinen Gedankengang, wandte den Blick ab und machte ein deprimiertes Gesicht. Er sah so traurig aus, wie Magdalena ihn noch nie gesehen hatte.

»Ja«, sagte er. »Ich habe ›Ahnung‹ von österreichischer Kunst im frühen zwanzigsten Jahrhundert, stimmt. Ich habe ›Ahnung‹ von diesen Fünfundsiebzig-Dollar-Bildbänden, davon habe ich ›Ahnung‹. Gestoßen bin ich auf Schiele und

Gustav Klimt, Richard Gerstl, Oskar Kokoschka, die ganze Truppe, vor etwa zwanzig Jahren. Auf einer Auktion hätte ich diesen fantastischen Schiele kaufen können, für fünfundzwanzigtausend. Aber da steckte ich noch in meinem Medizinstudium, ich hatte nicht mal annähernd fünfundzwanzigtausend Dollar für ein ›Kunstwerk‹ übrig. Ich habe praktisch von der Hand in den Mund gelebt. Genauso die acht Jahre als Assistenz- und Krankenhausarzt nach dem Studium. Dann mache ich schließlich meine eigene Praxis auf, fange an ein bisschen Geld zu verdienen und mich freizuschwimmen, und diese Österreicher, die — tja, die waren inzwischen abgegangen wie Raketen! Vor ein paar Jahren ist *genau das Gemälde* für 25 *Millionen* verkauft worden. Eine *tausendfache* Wertsteigerung.«

Er hielt inne ... Der skeptische, zaghafte Blick, mit dem er Magdalena anschaute, schien zu sagen, *Ich weiß nicht, ob ich ihr das alles erzählen soll oder nicht.* Anscheinend hatte er sich entschieden, *Ach was, scheiß drauf,* weil er ihr dann alles erzählte.

»Früher«, sagte er, »da haben die Leute geglaubt, dass alle Ärzte reich sind. Wenn man da wohnte, wo die Ärzte wohnen, dann wusste man, das ist das beste Viertel der Stadt. Das stimmt nicht mehr. Wenn man auf Honorar arbeitet, dann kann man kein echtes Geld machen. Ärzte, Anwälte — wir bekommen Geld für die Zeit, die wir für einen Fall aufwenden, pro Stunde soundso viel. Wie Geigenlehrer oder Schreiner. Wenn du Urlaub machst oder auf die Jagd gehst oder schläfst — kein Honorar. Und jetzt schau dir Leute wie Maurice an. Spielt keine Rolle, ob die schlafen, vor sich hin träumen, Tennis spielen oder eine Kreuzfahrt machen. Oder ob sie das machen, was Maurice normalerweise macht, nämlich in jeder freien Sekunde zumindest mit einem Finger und einem Daumen seinen erigierten Phallus zu bearbeiten, ohne dass er einer seiner Herpespusteln zu nahe kommt. Selbst wenn er das

Schlimmste tut, wozu er in seinem Zustand in der Lage ist, seine Firma, American ShowUp, arbeitet Tag und Nacht für ihn weiter. Die liefert Messestände, drehbare Plattformen, Bühnen, Zelte, die Ausrüstung für alles, was man sich vorstellen kann, für Automobilmessen und medizinische Kongresse, aber auch für ganz normale Tagungen. Glaub mir, wenn man so wie Maurice 80 Prozent dieser Branche in den USA kontrolliert, dann bringt das Milliarden. Deshalb braucht man ein *Produkt*. Deshalb gehe ich dauernd ins Fernsehen. Da geht's nicht nur um die Publicity. Du musst zugeben, ich mache mich nicht schlecht im Fernsehen. Ich könnte mir vorstellen, auch so eine landesweite Sendung wie Dr. Phil zu machen. Der sahnt richtig ab damit. Er hat was in der Hand, das er verkaufen kann. Je mehr Sender seine Show übernehmen, desto mehr Geld macht er. Der arbeitet nicht mehr auf Honorar. Der ist jetzt ein Lizenzunternehmen. Der legt sich aufs Ohr oder macht Urlaub in Istanbul, und die ganze Zeit verdient sein Unternehmen weiter Geld. Mir schweben da auch noch einige Ableger vor, Onlinegeschichten wie E-Books, Kindle, so was, sogar Papierbücher — weißt schon … gedruckte.«

Magdalena war verblüfft, ja schockiert. »Was redest du da, Norman? Du hast eine … eine … Berufung — Du hast etwas, das so viel … so viel wertvoller ist als das, was diese … diese Dr. Phils haben, die sind jetzt *Schauspieler* im Fernsehen. Ärzte — auch Schwestern — ich erinnere mich gut an den Tag, als ich meine rechte Hand gehoben habe — Ärzte und Schwestern leisten einen Schwur, ihr Leben den Kranken zu widmen. Ich erinnere mich an den Tag, weil ich stolz darauf bin. TV-Ärzte wenden sich vom hippokratischen Eid ab. Sie verschreiben sich dem Geldverdienen und dem Promidasein. Wenn ich an Dr. Phil denke, frage ich mich, was der seinen Kindern erzählt, was er macht? … vorausgesetzt, er hat Kinder.«

Norman wirkte bedrückt. Vielleicht fühlte er sich sogar schuldig, was gar nicht zu ihm passte — was ganz und gar nicht zu ihm passte. Leise — leise für Norman — sagte er, »Sicher sagt er ihnen, dass er auf diese Weise viel mehr Menschen helfen kann, Menschen überall im Land, Menschen auf der ganzen Welt — vielleicht geht er sogar so weit zu sagen, ›heilen‹, ich helfe nicht nur der ganzen Welt, ich heile sie. Wenn mir meine Eltern das gesagt hätten, als ich sechs oder sieben war, hätte ich ihnen wohl geglaubt … Wie auch immer, du hast recht, Magdalena.« Auch das kam nicht sehr oft bei ihm vor. Vielleicht fühlte er sich *tatsächlich* schuldig. »Selbst wenn man nur ab und zu ins Fernsehen geht, so wie ich, wird dir das von deinen Kollegen, anderen Ärzten, vorgeworfen. Früher hielt ich das einfach für Neid. Heute bin ich mir nicht mehr so sicher. Schätze, es hat zum Teil auch mit dieser Ehre zu tun — aber trotzdem sind sie alle Neidhammel.«

»Verstehst du denn nicht?«, sagte Magdalena. »Es geht um Ehre. Wir machen das nicht für Geld, du und ich. Wir machen es für die Ehre. Da kommt jemand wie Maurice in die Praxis, mit einer Sucht, die nach und nach sein Leben auffrisst. Ein Milliardär — und, ruht er deshalb in sich selbst? Er ist ein Wrack! Letzte Woche auf der Miami Basel habe ich bestimmt hundertmal gesehen, wie er versucht hat, sich zwischen den Beinen zu kratzen, ohne dass es einem auffällt. Er ist mitleiderregend … und völlig abhängig von dir. Was ist mehr wert, sein ganzes Geld oder deine Fähigkeit, Menschen heilen zu können? Er ist da unten und du da oben.« Sie streckte die eine Hand nach unten und hielt die andere etwa einen Meter höher. »Es spielt keine Rolle, wie viel Geld *du* hast. Du bist Dr. Norman Lewis. Du hast eine *Gabe*. Verstehst du das nicht?«

Norman nickte kaum sichtbar, schaute auf den Boden und sagte kein Wort. War das Bescheidenheit angesichts der Tatsache, dass sie ihm gerade eine so große Bedeutung im Leben der Menschen zugeschrieben hatte? Anwandlungen von Bescheidenheit hatte sie bei ihm noch nie bemerkt. Sein Blick war nach unten gerichtet … worauf? Anscheinend auf den Teppichboden. Ein perfekter Teppichboden, praktisch, mit feinem weißem Windowpane-Karo auf waldgrünem Grund. Nicht schlecht … und vielleicht eine Fünf-Sekunden-Betrachtung wert.

»Worüber denkst du nach, Norman?«

»Ach … nichts …« Er schaute sie immer noch nicht an, und sie hatte noch nie erlebt, dass seine Stimme so verklungen war wie gerade.

Ein widerwärtiger Gedanke schlich sich in ihren Kopf. Er war so widerwärtig, dass sie ihn am liebsten sofort wieder vergessen hätte. Maurice hatte pro Woche drei Termine bei Norman, das machte pro Woche fast $3 000 Honorar. Soweit sie das beurteilen konnte, machte Maurice nicht die geringsten Fortschritte, in mancher Hinsicht verschlechterte sich sein Zustand sogar. Seine leprösen Genitalien waren eine Katastrophe — sein Drang, sich Pornos anzuschauen und zu masturbieren, schien mit jeder Woche heftiger zu werden. Die ganze Geschichte war so widerwärtig, dass sie sich weigerte, noch länger darüber nachzudenken. Warum versuchen, Norman zu analysieren? Das ging zu weit. Norman war sicher einer der renommiertesten Psychiater im Land. Wie konnte sie sich anmaßen, seine Motive anzuzweifeln … oder gar sich zu fragen, ob er vielleicht davon profitierte, Maurice einer derart langen Therapie zu unterziehen. Das war das Widerwärtige daran! Wie konnte sie ihrer Fantasie nur so die Zügel schießen lassen? Das würde sie nicht zulassen. Und doch begann sie sich zu fragen, wer aus dieser Arzt-Patient-Beziehung den größeren Nutzen zog. Wie hatte Norman es geschafft, für sein

Zigarettenboot einen Liegeplatz in der berühmten Marina auf Fisher Island zu bekommen? … Maurice … Wie hatte er es geschafft, bei dem irren Andrang für die Miami Basel einen der vordersten Plätze in der Warteschlange zu ergattern? Maurice. Wie hatte er es geschafft, von einer der prominentesten Persönlichkeiten der Kunstwelt Miamis, Sergej Koroljow, zu einem Dinner ins Chez Toi eingeladen zu werden? … Weil Sergej auf der Miami Basel gesehen hatte, dass er zu Maurice' Entourage gehörte … Jeder, der nicht erkannte, dass Norman ein schamloser Trittbrettfahrer war, musste blind sein.

Sie suchte nach einer Möglichkeit, wie sie Norman auf das Thema ansprechen konnte, ohne dass es zu sehr auffiel. Sie stellte ihm eine ganz simple Frage. »Glaubst du, dass Maurice am Freitagabend auch kommt?«

Es war, als hätte sie den Schalter umgelegt, der Norman zurück in die Realität beförderte. »Oh ja, sicher! Er hat mich schon darauf angesprochen. Er glaubt, dass Koroljow ein wichtiger neuer Freund von ihm werden könnte. Außerdem ist er ganz vernarrt ins Chez Toi. *Und wie!* Es hat exakt den Nimbus, den Maurice für sehr wichtig hält. Ich kenne es, es ist genau das, was auf Menschen wie Maurice Eindruck macht.«

»Nimbus?«, sagte Magdalena.

»Einen besonderen Ruf, ein gewisses gesellschaftliches Niveau.«

»Nimbus«, sagte Magdalena mit tonloser Stimme.

»Die geben eine schwarze Mitgliedskarte aus. Mit der hast du Zutritt in die Cocktail-Lounge im ersten Stock. Ohne lassen sie dich da nicht rein.«

»Hast du so eine Mitgliedskarte?«

Norman hielt kurz inne. »Nein … eigentlich nicht. Aber ich war schon mal in der Lounge.«

»Oft?«, fragte Magdalena.

»Ab und an.« Norman machte wieder eine Pause. Er schaute etwas verzagt, was gar nicht seine Art war. »Nun ja, genau genommen … zweimal, glaube ich.«

»Mit wem warst du da?«

Lange Pause … Stirnrunzeln … dann: »Mit Maurice.«

»Beide Male?«

Längere Pause … ein unsicherer finsterer Blick: »Ja.« Norman schaute sie scharf an. Magdalena verhörte ihn, sie hatte ihn ertappt … nicht bei einer Lüge, aber bei einer Unterlassungssünde … er hatte ihr etwas verschwiegen, das seine Abhängigkeit von Maurice — seinem Patienten — enthüllen könnte. Er änderte den Kurs und wurde wieder heiterer. »Aber ich kenne Maurice viel besser als die meisten, vielleicht besser als irgendwer sonst. Jeder in Miami will in seinen Dunstkreis, die Kunstsammler, die Kunsthändler — *Kunst*händler! Da kannst du einen drauf lassaa*hHHHHock hock hock hock!* — die Museumsdirektoren, die Politiker, alle, wirklich alle Geschäftsleute — und ganz besonders unser neuer Freund Koroljow. Erinnerst du dich, wie Koroljow sich auf der Miami Basel auf Maurice gestürzt hat? Er hat ihm praktisch die Füße geküsst, wie ein kleiner russischer Leibeigener. Maurice verfügt eben über das einflussreichste Netzwerk in ganz Südflorida.« Er lächelte breit, dann schaute er Magdalena ernst in die Augen. »Deshalb müssen wir — du *und* ich — alles Menschenmögliche tun, um Maurice von dieser furchtbaren Schwäche, von dieser süchtig machenden Schwäche zu befreien. Aus einer Schwäche muss nicht unbedingt eine Sucht werden, aber es ist möglich. Du hast es genau richtig gesagt, Magdalena, sie frisst ihn auf. Das müssen wir verhindern. Er ist nicht nur reich und einflussreich. Er ist auch ein anständiger Mann, dem daran liegt, für die Gemeinschaft Gutes zu tun. Wir müssen unsere Arbeit machen, Magdalena! Deshalb versuche ich auch außerhalb unserer Sitzungen in seiner Nähe zu bleiben. Ich hatte das Gefühl, dass es *wichtig* für mich war, ihn auf die Miami Basel zu begleiten, obwohl die meisten Psychiater so etwas nie tun würden. Es gibt so viele aufregende Dinge in dieser Stadt, die wie die Miami Basel sind, zutiefst amoralisch. Die Menschen fühlen sich wohl mit Pornografie, solange sie von ›kultivierter‹ Provenienz ist.«

::::::*Provenienz?*::::::

»Maurice hätte in diesem Treibsand versinken können und wäre nie wieder aufgetaucht. Aber wir haben das verhindert, Magdalena. Wir sind bis zum Schluss an seiner Seite geblieben.«

Das Komische daran ist … vielleicht *glücklicherweise* … dass er jedes Wort davon glaubt, dachte Magdalena. Er meint es todernst. Pflichtbewusst versagte sie sich jede gegenläufige Interpretation.

13

A LA MODA CUBANA

Es war etwa fünf vor zwölf, als der Sergeant und Nestor die drei Blocks vom Starbucks bis zum Polizeipräsidium in der 400 East Second Avenue N. W. gingen. Als sie das Gebäude betraten, behielten sie ihre CopSonnenbrillen auf, obwohl sie die Lobby und den Wartebereich in ein trübes Halbdunkel tauchten ... das aber doch nicht so dunkel war, dass ihnen nicht die Polizisten aufgefallen wären, deren kritische Blicke ihnen folgten.

»Wenn mir einer von diesen Trotteln dumm kommt, beiße ich ihm seine Scheißnase ab«, sagte der Sergeant.

Der Truppe blieb die drohende Nasen-OP erspart, da in diesem Moment die heiße *cubana* namens Cat Posada — uh-huuh, *Cat* — aus dem Nichts auftauchte — jedenfalls aus dem Nichts für zwei Männer, die hinter ihren CopSonnenbrillen ein Leben im Zwielicht führten. Cat schenkte ihnen ein makelloses Girl-from-Ipanema-Lächeln — *ahhhhhh* — und sagte, sie möchten ihr folgen. Anscheinend war der Chief klug genug, um zu wissen, dass nichts die Verwundungen eines jungen Polizisten so gut heilt wie die Reize eines jungen Mädchens.

Im Lift nach oben übte Nestor die Körperhaltung, mit der er dem Chief gegenübertreten wollte: *Ich bin ein echter Cop* ...

Schultern zurück, Kopf zurück, Kinn nach unten, vorschriftsmäßiger Kasernenhofstil. Bei der Kinnhaltung war er unsicher … die Lippen sahen dabei so komisch aus — und genau in diesem Augenblick schaute ihn der Sergeant an und sagte, »Was ist denn mit dir los?« Nestor dachte, wenn er sich jetzt über das Thema auslassen würde, dann würde ihn das bei der entzückenden Cat Posada sicher Punkte kosten … Warum kümmerte ihn das überhaupt? Es kümmerte ihn eben. Warum kümmerte es ihn, was für einen Eindruck er auf irgendwelche Typen in einer Videospielhalle machte, die er sicher nie wiedersehen würde? … oder auf das Mädchen an der Kasse bei Starbucks? … oder auf zwei junge schwarze Burschen, die ihm gestern auf der Straße entgegengekommen waren und ihn nicht mal bemerkt hatten? Versuchte er den harten Burschen zu mimen, damit sie erst gar nicht auf die Idee kamen, ihn anzumachen? Sein halbes Leben fragte man sich, was man für einen Eindruck auf diesen oder jenen vollkommen Fremden machte …

Im zweiten Stock wurden Nestor und der Sergeant von der entzückenden Cat durch einen langen, schmalen, zu düsteren Flur geführt, den kleine Büros mit offenen Türen säumten … in denen die Hamster im Laufrad der Bürokratie ihre Arbeit verrichteten und die sie fast alle als die beiden Rassisten aus dem YouTube-Video wiedererkannten … Jeden Blick empfand er als Anklage … *Un negro* schaute in seine Richtung, nichts weiter, er schaute nur in seine Richtung. Nestor war peinlich berührt, er fühlte sich zu Unrecht verurteilt. Er wollte stehen bleiben und es *erklären … es war ganz anders! — zumindest in* meinem *Fall!* … Sie kamen zu einem Eckbüro, und er fragte sich, ob die umwerfende Cat — Männer sind furchtbar! Selbst wenn etwas schwer auf ihm lastete, etwas, das ihm Angst machte, war sie für Nestor die entzückende, umwerfende Cat — also, er fragte sich, ob sie später vielleicht mit ihm auf einen Kaffee gehen würde? Die unvergleichliche Cat bedeutete ihnen, kurz zu warten, und ging ins Büro. Sie hörten, wie sie sagte, »Chief, Sergeant Hernandez und Officer Camacho sind da.« Dann kam die Wundervolle, die Unwiderstehliche wieder, lächelte sie an, zeigte ins Büro und ging einfach davon, ohne sich noch einmal umzudrehen. *Plopp.* Das Hirngespinst zerplatzte.

Der Gesichtsausdruck des Chiefs verunsicherte Nestor. Er saß an seinem Schreibtisch und hob kaum den Kopf, als Nestor und der Sergeant das Büro betraten. Jetzt *hob* er den Kopf und zeigte mit dem Zeigefinger wie mit einem Revolver auf zwei Stühle mit gerader Rückenlehne, die nebeneinander vor seinem Schreibtisch standen.

»Nehmen Sie Platz«, sagte er in nicht gerade gastfreundlichem Tonfall.

Stühle mit gerader Rückenlehne ... ein Eckbüro mit großen Fenstern und einem Blick auf ... eigentlich gar nichts. Es war viel kleiner und weniger imposant, als Nestor sich vorgestellt hatte.

Der Chief lehnte sich in seinem großen Drehstuhl zurück und schaute sie einen Augenblick einfach nur regungslos an, ein Augenblick, der sich dehnte und d e h n t e ... Nestor wurde sich schmerzhaft bewusst, wie groß der Mann ... und wie dunkel sein Gesicht war ... das, plus die dunkle marineblaue Uniform des Chiefs, machte Nestor hyperschmerzhaft das Weiß in seinen Augen bewusst. Er sah so gewaltig aus, als gehörte er zu einer völlig anderen Gattung des *Homo sapiens*. Ein Polizistenhimmel aus goldenen Sternen, vier auf jeder Seite seines Kragens, gab dem mächtigen Hals des Chiefs offiziellen Charakter.

Schließlich sprach der Chief. »Haben Sie beide auch nur die geringste Ahnung, was Ihre kleine YouTube-Vorstellung in den letzten sechs Stunden angerichtet hat?«

Er hatte das »angerichtet hat« noch nicht zu Ende gesprochen, da fiel ihm der Sergeant schon ins Wort. »Es tut mir leid, Chief, aber das war keine ›kleine Vorstellung,‹« sagte er mit funkelnden Augen. »Ich habe meine dienstliche Pflicht erfüllt! Und irgendein … *Mistkerl* … versucht mich jetzt reinzureiten … indem er eine … *gefälschte* Version dieses äh äh äh illegalen Videos auf YouTube stellt!«

Nestor war fassungslos. ::::::Um Himmels willen, Sarge, Sie sind verrückt! Das ist Insubordination hoch drei!::::::

Auch der Chief war fassungslos. Was für eine Unverfrorenheit! Er beugte sich über den Tisch und brüllte dem Sergeant mitten ins Gesicht, »Sie behaupten also, dass das eine Fäschung ist? Dass Sie das gar nicht sind? Dass Ihnen irgendwer diese Worte in den Mund gelegt hat? Dass irgendein *Arschloch* sie reinreiten will? Und dass der irgendwie ihre Stimme fälschen kann, die dann diesen gottverdammten Ku-Klux-Klan-Dreck daherschwadroniert? Wer *ist* dieser teuflische *Mistkerl,* Sergeant? Das würde ich gern wissen!«

»Also, das war so, Chief. Was ich da sage, das sage ich gar nicht. Das in diesem YouTube-Dings ist nicht das, was ich gesagt habe … Verstehen Sie? Ich sage, der Mistkerl hat aufgenommen, was ich sage, aber er sagt nicht, dass er rausgeschnitten hat, warum ich sage, was ich sage!«

Ein Brüllen: »Halten Sie den Mund, Sergeant! Kein Mensch gibt einen Scheiß darauf, was Sie sagen, dass Sie gesagt haben! Was Sie gesagt haben, ist jetzt im beschissenen World Wide Web, und Sie haben sich sehr klar ausgedrückt. Haben Sie überhaupt eine Ahnung, was Sie für eine Bombe mit Ihrem rassistischen YouTube-Auftritt gezündet haben? Haben Sie eine Ahnung, wie viele Webseiten, Blogs und Nachrichtenkanäle sich auf das Scheißvideo gestürzt haben?«

»Das ist nicht *mein* Auftritt, Chief—«

»Was ist los mit Ihnen, Hernandez? Sind Sie taub? Oder verblödet? Wissen Sie nicht, was *Mund halten* bedeutet?«

Das »Hernandez« ist ein Schlag in die Magengrube. Jorge Hernandez ist nicht mehr Sergeant. Das erregt seine Aufmerksamkeit, mehr als der Anschiss. Er richtet sich auf, sitzt kerzengerade auf dem Stuhl und hört dem Chief mit offenem Mund zu.

»Ich bekomme seit sechs Uhr morgens, und da war das verdammte Ding noch keine zwei Stunden draußen, Anrufe, E-Mails, SMS und Tweets — und die kommen nicht nur aus Overtown, Liberty City und Little Haiti. Die kommen aus der ganzen gottverdammten Welt! Die Scheiße kommt bis aus Frankreich. Einer schreibt, ›Ihr mit eurem frommen Gerede über Menschenrechte und Freiheit und dem ganzen Kram — jetzt sehen wir ja, wie es in eurem Rechtssystem wirklich zugeht‹ — so eine Scheiße schicken die *mir,* Hernandez, und was *ich* da zu lesen kriege —«

Hernandez — der Kerl ist unglaublich! Wieder versucht er, dem Chief ins Wort zu fallen! »Chief, das stimmt nicht, weil —«

Er kommt nicht dazu, den Satz zu beenden. Der Blick des Chiefs lässt ihn erstarren. Der Chief sagt kein Wort. Er schaut Hernandez nur mit einem unheilvollen Ich-prügel-dir-die-Scheiße-aus-dem-Hirn-Lächeln an, das besagt: *»Du kleine Schwuchtel! Wenn du diese Sache informell regeln willst, brauchst du nur ein Wort zu sagen, dann gehen wir vor die Tür, und ich wickel dir dein Gedärm um den Schädel wie einen Turban.«* Der Sergeant verstummt.

Der Chief sprach weiter, jetzt leiser und ruhiger. »Und was *ich* da zu lesen kriege, ist nichts im Vergleich zu dem, was der Bürgermeister abkriegt. Das ist eine gottverdammte Flut aus Scheiße, eine Sintflut aus Scheiße. Das sind nicht die üblichen

Bilder, wo man aus zehn Metern Entfernung Polizisten sieht, die irgendein armes, auf dem Boden liegendes Schwein mit ihren Gummiknüppeln vermöbeln und keiner weiß, warum, und keiner kriegt mit, was die da sagen. Diesmal ist die Kamera ganz nah, die klebt praktisch auf Ihren Gesichtern, die nimmt jedes Wort von Ihnen auf und nicht nur das, auch Ihren Gesichtsausdruck, und der sagt mehr als euer Gebrüll.«

Der Chief machte eine Pause ... eine bedeutungsvolle Pause. Er schaute erst den Sergeant an, dann Nestor, und beide Male nicht sehr wohlwollend. »Hat einer von Ihnen beiden schon mal in einem Stück mitgespielt? Ich meine ... auf der Bühne?«

Keiner von beiden sagte ein Wort. Schließlich schüttelte erst der Sergeant, dann Nestor den Kopf.

»Dachte ich mir«, sagte der Chief. »Dann war das also keine große Schauspielkunst. Sie haben der ganzen Welt einfach eine authentische Vorführung Ihrer rassistischen Borniertheit geliefert, eine hübsche unverfälschte Vorführung.«

Wütend schaute der Chief sie an, und diesmal war es Nestor, den es drängte, sich einzumischen. ::::::Das ist nicht fair! Was hab ich denn gesagt? Sie können mich nicht einfach mit dem Sergeant in einen Topf schmeißen! Wissen Sie überhaupt, wie das alles angefangen hat? Sie sind doch kein ahnungsloser Bürohengst, oder? Sie glauben doch nicht, dass der Anfang von dem Video auch der Anfang von der ganzen Geschichte ist, dass zwei kubanische Cops einfach so aus Spaß diesen großen schwarzen Fleischberg umhauen und beschimpfen?!:::::: und dann konnte Nestor nicht mehr an sich halten:

»Das ist nicht fair, Chief« — seine Stimme wurde lauter, ein kreischender Unterton machte sich bemerkbar — »Ich habe nur gesagt —«

»Sie auch, Camacho! Mund halten! Sie beide sperren jetzt die Ohren auf und merken sich sehr genau jedes meiner

Worte.« Der Chief hielt inne. Er schien noch unschlüssig zu sein, ob er Nestor eine Breitseite verpassen sollte. Anscheinend hatte er sich dagegen entschieden. Denn als er fortfuhr, klang er wie jemand, der ohne Umschweife seine Gedanken formuliert. »Ich weiß, dass dieses Video alles auslässt, was erklären kann, warum es so weit gekommen ist. Ich kenne das Verlangen, so einen Dreckskerl zu töten, der gerade versucht hat, einen selbst zu töten, weil ich das öfter erlebt habe als Sie. Ich kenne das Verlangen, so einen Mistkerl mit jeder nur denkbaren Beleidigung zu bombardieren. Weil ich auch das oft genug erlebt habe. Aber Sie beide mussten ja unbedingt die Sau rauslassen. Sie mussten mit dem borniertesten Scheiß daherkommen, den man heutzutage in Amerika verzapfen kann. Sie mussten ein gottverdammtes *Wörterbuch* an Beleidigungen runterrattern und hätten damit die Gefühle von Schwarzen garantiert nicht schlimmer verletzen können. Auch das kenne ich alles. Und ich *lass mir* diese Scheiße nicht mehr gefallen, und jedem Idioten, der mir damit kommt, breche ich jeden Knochen im Leib, vom Oberarm über die Hüftgelenkpfanne bis zum Zungenbein. Ich mache *jeden* verschissenen Redneck fertig, der so einen Scheiß über mir auskippt, das schwöre ich.«

Nestor *zerriss* es fast. ::::::Aber *ich* doch nicht! Ich habe nichts Falsches gesagt!:::::: Warum er trotzdem den Mund hielt, hatte zwei Gründe … Erstens hatte er eine Heidenangst vor dem Chief und davor, wozu er fähig sein würde. Zweitens, wenn er die Schuld auf den Sergeant schob … dann würde er geächtet — von allen, der Bruderschaft, der gesamten Polizei, von Hernandez, Ruiz, sogar von *americanos* wie Kite und McCorkle von der Marine Patrol und, ja, auch vom Chief selbst. ::::::So einen Anschiss würde ich mir von meinem Vater, meinem *papi,* nicht mehr bieten lassen, aber von dem großen schwarzen Mann hinter dem Schreibtisch, von dem schon. Die Cops sind mein Leben, die einzigen Menschen, die ich noch habe. Was, wenn sich in sechzig Sekunden herausstellt, dass der knochenzermalmende Zorn des Chiefs nur der Vorlauf war, um uns rauszuschmeißen, mich und den Sergeant, uns zu feuern, uns fallen zu lassen wie zwei heiße Kartoffeln? ::::::

Als Nächstes sagte der Chief, »Keine Angst, ich werde Sie nicht feuern, und ich werde Sie auch nicht degradieren. Ich glaube, dass ich Sie ganz gut kenne. Sie sind zwei Cops ...« Er machte eine Pause, um die Worte wirken zu lassen. »Nun ja, was immer Sie sind — Sie, Hernandez, sind wahrscheinlich ein beinharter, unverbesserlicher Rassist — jedenfalls haben Sie beide Tapferkeitsmedaillen bekommen, und die bekommt man nicht einfach nur verliehen, damit die Moral der Truppe gehoben wird. Aber was wir jetzt kurzfristig zeigen müssen, das ist nicht Verständnis und Vergebung für menschliche Schwächen.«

Als er »menschliche Schwächen« sagte, lächelte er leicht. Es war das erste leutselige Lächeln, seit er mit seinem Vortrag begonnen hatte. Okay, dachte Nestor ::::::aber was soll so komisch sein an »menschlicher Schwäche«, außer der Chief wollte uns zeigen, dass er weiß, was für eine bescheuerte Redewendung das ist? Und wer ist »wir« — oder ist das auch nur eins von diesen bescheuerten Wörtern, die Politiker immer sagen, wenn sie meinen, »Sie sitzen hier nicht nur einem einzelnen Mann gegenüber, sondern der Macht.«? ::::::

»Wir müssen Sie vom Dienst suspendieren«, sagte der Chief. »Aber wie gesagt, das ist eine kurzfristige Maßnahme, keine dauerhafte. Sie werden normal weiterbezahlt.«

Nestor schaute den Sergeant an. Der Sergeant saß mit zusammengepressten Lippen und verkrampften Kinnmuskeln da. Er schien etwas darüber zu wissen, was »vom Dienst suspendieren« bedeutete, was Nestor nicht wusste. Nestor nahm seinen Mut zusammen und fragte, »Chief … was genau bedeutet das? Wir kommen rein und machen Büroarbeit?«

»Nein«, sagte der Chief. »Wenn man vom Dienst suspendiert ist, dann macht man gar keine Arbeit.« Das Gesicht des Chiefs war wieder wie versteinert.

»Man macht *gar keine* Arbeit?« Als er die Frage ausgesprochen hatte, schaute Nestor nicht mehr den Chief an, sondern wandte sich unwillkürlich an den Sergeant. Irgendwie hatte er das Gefühl — mehr nicht, nur ein Gefühl — dass er vom Sergeant eine direktere Antwort bekommen würde.

Der Sergeant schaute den Chief mit einem schmalen, fast aufmüpfigen Lächeln an.

»Nein, Sie werden keine Arbeit machen«, sagte der Chief. Das Gesicht wieder versteinert. »Und Sie kommen auch nicht rein. Sie werden sich täglich von acht Uhr morgens bis sechs Uhr abends zu Hause für Anrufe verfügbar halten.«

»Anrufe, um was zu …« Nestor war zu kraftlos, um den Satz zu beenden.

»Um nichts zu tun«, sagte der Chief. »Sie haben sich nur für die Anrufe verfügbar zu halten.«

Nestor schaute ihn ausdruckslos an, katatonisch.

»Und Sie liefern Ihre Marke und Ihre Dienstwaffe ab.«

::::::Abliefern? … meine Marke und meine Dienstwaffe? … nichts tun?::::::

»Am besten geben Sie sie mir … gleich jetzt.«

Nestor schaute den Sergeant an, der resigniert den Chief anschaute. Er hatte das von Anfang an gewusst. Nestor war sprachlos. Schlimmer, die höllische Angst war wieder da.

Keine Stunde nachdem Camacho und Hernandez sein Büro verlassen hatten, überreichte Cat Posada dem Chief einen per Boten zugestellten Brief, wobei sie auf eine Weise die Augenbrauen hob, die besagte, »Oho, was haben wir denn hier?«

Der Chief dachte das Gleiche, aber er ließ es sich nicht anmerken, bis sie sein Zimmer wieder verlassen hatte. ::::::Mein Gott, diese Cat Posada, die ist *dermaßen* scharf — aber ich werde den Teufel tun und mir *da* die Finger verbrennen.:::::: Er schaute wieder auf den Brief und schüttelte seufzend den Kopf. Der Absender war mit Kugelschreiber in die obere linke Ecke geschrieben. Der Name lautete Nestor Camacho. Der Chief hatte noch nie einen Officer erlebt, der kaum eine Stunde nach seiner Suspendierung seinen Einspruch einreichte. ::::::Schlechter Zug, Camacho. Egal was Sie jetzt sagen — es wird Sie nur noch tiefer reinreiten.::::::

Er schlitzte das Kuvert auf und las,

Sehr geehrter Chief Booker,
hochachtungsvoll möchte ich fragen, ob es einem vom Dienst suspendierten Officer erlaubt ist, Informationen weiterzugeben, die er bekommen hat, bevor er suspendiert wurde? In der Hoffnung, dass es erlaubt ist, akzeptieren Sie bitte hochachtungsvoll das Folgende zum Fall des Lehrers José Estevez, der nach einer Auseinandersetzung an der Lee de Forest Senior High School festgenommen wurde.

::::::Der Bursche übertreibt's ein bisschen mit seinem Hochachtungsvollscheiß, und geschliffener Ausdruck ist auch nicht gerade seine Stärke.:::::: Aber während der Junge weiter vor sich hin stammelte, ergab sich allmählich ein Sinn. Er behauptete, dass der Schüler François Dubois, den Estevez angeblich angegriffen hatte, der Anführer einer Gang sei und dass er und die Gang mindestens vier Schüler genötigt hätten, gegenüber den ermittelnden Beamten falsche Angaben zu machen. Er nannte die Namen und sagte, »Zwei sind sechzehn, zwei sind siebzehn Jahre alt. Es sind keine ›harten Burschen‹, das sind keine Gangmitglieder« — er setzte harte Burschen in Anführungszeichen, zweifellos, weil ihm keine gewandtere Wendung eingefallen war — »das sind einfach nur Jungs. Sie haben schon jetzt Angst, dass sie durch ihre Falschaussage ernste Probleme kriegen.« Die Ausdrucksweise wurde immer holperiger, aber das Potenzial, das in diesen Informationen steckte, gefiel dem Chief … und wie.

Er bemühte nicht mal die Gegensprechanlage, um Cat Posada ins Zimmer zu rufen. Er brüllte zur Tür hinaus, »Miss Posada! Rufen Sie Lieutenant Verjillo an. Er soll herkommen! Sofort!«

Gott sei Dank hatte er Camacho falsch eingeschätzt. Er hatte keinen Einspruch eingelegt. Er war einfach ein guter Cop.

Magdalena bewahrte ihre elegante Kleidung unter ihrer offiziellen Adresse auf, in der kleinen Wohnung in der Drexel Avenue, die sie zusammen mit Amélia Lopez gemietet hatte. Oft, offen … und *lautstark* hatte sie ihrer Mutter unter die Nase gerieben, dass sie Hialeah und dem kubanischen Leben in Hialeah den Rücken gekehrt hatte. Dennoch steckte noch so viel katholische Erziehung in ihr, dass sie den äußeren Schein wahren wollte. Für den Fall, dass zufällig ein alter Freund oder ein Verwandter … ihre Mutter oder ihr Vater, obwohl sie das nie wagen würden … Amélia mit irgendeiner hanebüchen rührseligen Geschichte dazu bringen sollte, sich Zutritt zu der Wohnung zu verschaffen. Sie wollte, dass es so aussah, als würde sie tatsächlich dort leben. In Normans Wohnung hatte sie nur ihre weißen Schwesternuniformen und einige legere Freizeitklamotten wie Jeans, Ringel-T-Shirts, Bikinis, Tanktops, Shorts, Strandkleider, Baumwollpullover und Ähnliches.

Und so befand sie sich am Freitag im Innern ihres begehbaren Kleiderschranks — im *Innern* des Schranks ihrer moralischen Wohnung — und versuchte in rasender Eile, etwas Passendes zum Anziehen zu finden. Noch hatte sie nichts am Körper als einen Minislip, während sie sich panisch durch die zwei Kleiderstangen voller Klamotten wühlte wühlte wühlte und dabei immer lauter vor sich hin brabbelte ... »Oh mein Gott ... das darf nicht wahr sein ... das hing doch direkt neben *dem* hier.« *Wühl wühl wühl* »Oh, *Scheiße* ... nichts, nichts ... Chez Toi ... Was soll ich bloß —«

»*Dios mío, qué pasa,* Magdalena?« Amélia stand in der Tür. Sie trug T-Shirt und Jeans. Magdalena schaute nicht mal auf. Keine der beiden genierte sich, wenn sie die andere nackt sah ... oder fast nackt wie jetzt Magdalena.

»Ich kann nichts zum Anziehen finden. *Es lo qué pasa.*«

Amélia kicherte. »Wer kann das schon? Wohin gehst du denn?«

Amélia war ein schönes Mädchen aus Peru, allerdings nicht so schön wie *sie* ... sie hatte ein rundes Gesicht mit großen dunklen Augen und endlos lange, dunkel schimmernde Haare. Sie hatte ungefähr Magdalenas Größe, war aber einen Hauch zu fest um die Knöchel ... Etwas gab es allerdings, worum Magdalena sie beneidete: Sie war kultiviert, zumindest im Vergleich zu jeder anderen Krankenschwester, die sie kannte. Amélia war sechsundzwanzig. Sie hatte ihren Bachelor an der EGU gemacht, bevor sie überhaupt daran gedacht hatte, auf die Schwesternschule zu gehen. Irgendwie kannte sie sich aus ... sie hatte eine Antenne für gewisse Dinge ... Sie war wirklich erwachsen, zumindest in Magdalenas Augen ... wirklich erwachsen wirklich erwachsen wirklich erwachsen – und Magdalena antwortete: »In irgend so einen Laden, der Chez Toi heißt.«

»In irgend so einen Laden, der Chez Toi heißt«, sagte Amélia. »Man macht keine Witze, wenn es um so einen Laden geht.«

»Warst du da schon mal?«

»Ich? Würde nicht mal versuchen, da reinzukommen. Unmöglich, da eine Reservierung zu kriegen, und die Preise sind irrwitzig. Wer führt dich aus? Lass mich raten ... dein Freund Dr. Norman Lewis.«

»Genau.« Magdalena beschlich ein seltsam bedrückendes Gefühl bei diesem Eingeständnis, und sie wusste nicht genau, warum eigentlich. Aus irgendeinem Grund wurde ihr das sexuelle Band zu ihrem Arbeitgeber lästig und peinlich. »Volltreffer ... aber hilf mir trotzdem, okay? Ich finde nichts, das zu so einem Laden passt. Ich habe einfach nichts Elegantes.«

Amélia ging in den Wandschrank, während Magdalena mit unter den Brüsten verschränkten Armen davor stand. Amélia zog einen Bügel nach dem anderen zur Seite, schnell, wie eine Maschine *klack* ... *klack* ... *klack* ... *klack*. Dann hielt sie inne, drehte sich um und schaute Magdalena an.

»Weißt du was?«, sagte sie. »Du hast recht. Du hast nichts Passendes. An deiner Stelle würde ich was anderes versuchen.«

»Was anderes versuchen?«, sagte Magdalena. »Norman kann jede Minute da sein.«

»Ich habe eine Idee«, sagte Amélia. Sie kam mit einem kurzen schwarzen Rock aus dem Wandschrank.

»*Das?* Das ist ein ganz gewöhnlicher Baumwollrock. Den habe ich bei Forever 21 gekauft. Der reicht gerade mal bis *hier.*« Sie hielt ihre Hand etwa in die Mitte ihrer Oberschenkel.

»Sekunde, dann zeig ich's dir. Das sieht umwerfend aus!« Sie lachte auf eine leicht schelmische Art. »Du wirst hin und weg sein!« Sie rannte fast in ihr Zimmer und rief dabei, »Und zieh den BH erst gar nicht an!«

Sie war ruck, zuck wieder da und grinste sie breit an. Was sie in der Hand hielt, sah für Magdalena wie ein Mieder aus, aber eins aus schwarzer Seide mit zwei schwarzen Seidenkörbchen im Oberteil. Unter jedem Körbchen verliefen drei Reihen von etwas, das wie Reißverschlüsse aussah, senkrecht nach unten.

»Was ist *das?*«, sagte Magdalena. »Sieht wie ein Mieder aus.«

»Das *ist* wie ein Mieder«, sagte Amélia. »Das ist ein Bustier.«

»Ein *Bu-st-iee?* Glaube, ich hab schon mal davon gehört, aber ich hab noch nie jemanden gesehen, der so was anhat.«

»Das ziehst du einfach über den schwarzen Rock an — das sieht rattenscharf aus.«

»Ist das dein Ernst?« Magdalena schaute das Ding an. »Ich weiß nicht, Amélia. Die werden glauben, ich bin eine *Nutte*.«

»Bustiers sind gerade total in. Blätter mal die Magazine durch, überall Bustiers.«

»Und was trage ich darüber?«

»Nichts! Das ist doch der Punkt! Auf den ersten Blick sieht das wie ein Dessous aus. Hier, diese schmalen Linien — wie Reißverschlüsse. Aber auf den zweiten Blick merkt man, dass das Seide ist. Außerdem verhüllt es von der Hüfte aufwärts genauso viel wie ein Ballkleid — *sogar mehr,* wenn du dir anschaust, was die Models heutzutage so tragen.«

Magdalena schaute höchst skeptisch. »Ich weiß nicht …«

»Jetzt pass mal auf, Magdalena. Wie willst du aussehen? Wie eine *cubana,* die auf *americana* macht? Mit einem anständigen Kleidchen aus der Ramschkiste im Kaufhaus?«

Magdalena stutzte. Sie war sprachlos … und ging im Kopf wie ein Buchhalter alle ihre Möglichkeiten durch. »Ich weiß nicht … Ich weiß einfach nicht …« Frustriert ballte sie ihre kleinen Fäuste. »Und jeden Moment taucht Norman auf, und das im Chez Toi ist wirklich wichtig.«

»Du musst das Beste aus dir machen«, fuhr Amélia fort. »Und zwar *a la moda cubana!* Nur noch ein paar Kleinigkeiten. Hast du eine goldene Halskette? Eine ganz normale, nichts Protziges.«

»Ich habe *eine*.«

Magdalena drehte sich um und öffnete die Schublade einer Kommode. Sie nahm eine Halskette heraus, an der ein kleines goldenes Kreuz hing.

»Ein Kreuz!«, sagte Amélia. »Das ist *perfekt!* Du weißt gar nicht, wie perfekt das ist. Na also, alles erledigt«, sagte Amélia. »Zieh den Rock an, schlüpf in das Bustier, ich mache dir hinten den Reißverschluss zu, und schon bist du startklar.«

Magdalena stieß einen verzweifelten Seufzer aus, gehorchte aber trotzdem. Amélia zog den Reißverschluss am Rücken hoch, der so tief ausgeschnitten war, dass man bis etwa fünfzehn Zentimeter oberhalb der Taille nackte Haut sehen konnte.

»Jetzt die Halskette.« Magdalena legte sich die Halskette um.

»Perfekt!«, sagte Amélia. »Los, schau in den Spiegel.«

Magdalena war schockiert. Das Bustier hatte ihre Brüste so weit nach oben gedrückt, dass sie sich leicht wölbten und das Dekolleté sehr sichtbar war.

»Oh, mein Gott«, sagte Magdalena. »Wie groß sie aussehen.«

»Genau das war der Sinn der Sache, oder?«, sagte Amélia. »Du siehst fantastisch aus. Und, das Kreuz? Ich hab's dir gesagt. *Perfekt.*«

Das Kreuz lag genau da, wo das Dekolleté begann.

»Die Jungfrau auf dem Hügel, Magdalena, und des Teufels Spielfeld zu deinen Füßen! Du musst nur Selbstvertrauen zeigen. Das ist *dein* Abend, Magdalena! Du musst viel lächeln. Wenn es sein muss, lächle die leeren Wände an, aber lächle. Alle im Chez Toi werden auf *dich* zukommen, nicht umgekehrt. Und weißt du, was das Geheimnis ist? Dein Entree ist *a la moda cubana*. Du brauchst nicht zu *schauspielern!* Du wirst der lockerste, selbstbewussteste Mensch in dem ganzen Laden sein!«

Der Pfeifer auf Magdalenas Kommode fing an zu pfeifen, und Amélia erschrak sich fast zu Tode ... Magdalenas Klingelton ... Nestor hatte ihn für sie hochgeladen — ein Mann, der eine Melodie pfeift, die aber niemand kannte. Er liebte solche Spielereien. Auf sein eigenes Handy hatte er irgendeinen Hip-Hop-Song hochgeladen. Wie hieß der noch mal? Ja, richtig. »Caliente! Caliente baby ... Got plenty fuego in yo' caja china« — was aber nicht die Spur von Wehmut in Magdalena hervorrief. Ihr kam nur der Gedanke, was für *Babys* sie gewesen waren ... immer auf der Suche nach dem leeren Bett eines Freundes, wo sie niemand überraschen konnte, wenn sie ihr verstohlenes *Rein-und-raus-und-rein-und-raus-und-rein-und-raus-Spielchen* spielen wollten ... Sie konnte nicht glauben, was für Kinder sie gewesen waren ... immer nur *rein und raus und rein und raus und rein und raus* — »Hallo?«

»Magdalena, ich dachte, du würdest unten auf mich warten!« Norman, natürlich. »Ich kann hier nicht parken.« Norman, gereizt und sauer.

»Bin gleich unten!« Magdalena drehte sich schnell wieder um und begutachtete sich noch einmal im Spiegel. »Ich weiß einfach nicht, Amélia ...«

»Aber ich«, sagte Amélia. »Das Chez Toi *braucht* dich. Die *brauchen* ein bisschen Sex, und der kommt in sehr hübscher

Verpackung! Du hast ein Kreuz auf deinem Busen. Du bist ein reizendes, einfaches Mädchen, zu jung für Affektiertheiten. Und du bist ja eigentlich gar nicht nackt, du *siehst* nur so aus.«

Magdalena betrachtete immer noch das Wesen im Spiegel. Sie war wie gebannt von sich. »*Oh Dios mío*, Amélia!« Ihre Stimme zitterte leicht. »Ich hoffe, du hast recht! Jetzt habe ich sowieso keine Zeit mehr zum Umziehen. Norman bringt mich um!«

»Du bist eine Vision, Magdalena, eine *Vision*. Zwei Dinge darfst du nicht vergessen. Du hast dich in eine Jungfrau zurückverwandelt. Du bist eine Jungfrau mit einem Kreuz auf deinem Herzen! Du bist jünger, schöner und reiner als jede andere Frau im Chez Toi. Und zweitens — sei selbstbewusst. Du bist *besser* als diese … diese Snobs …«

Als sie unten aus dem Lift trat und zu Normans Wagen ging, war ihr Mumm, den sie ja überhaupt nur diesem Fummel zu verdanken hatte, schon wieder dahin. Was *machte* sie da? Eine *Jungfrau* … ja klar, eine Jungfrau, die sich alle Mühe gab, wie eine Schlampe auszusehen … in einem Bustier. Was war sie nur für ein *Idiot!*

Aber als sie die Tür von Normans Audi öffnete, breitete sich schlagartig ein lüsternes Lächeln auf seinem Gesicht aus. »*Wow*, was sehen meine Augen?«, sagte er. »Das Chez Toi kann mich mal! Los, wir fahren gleich in meine Wohnung!«

Magdalena setzte sich auf den Beifahrersitz. »Was meinst du, ist das nicht ein bisschen zu extrem?«

»*Du* bist extrem, Magdalena.« Er schaute sie immer noch wollüstig an. Von Norman war nicht das objektivste Urteil zu erwarten. ::::::Beim Thema Sex rastet er fast aus, mein berühmter Pornosuchtpsychiater.:::::: Trotzdem, seine Reaktion war ermutigend. Zumindest war ihre Aufmachung kein Totalflop, der sofort ins Auge sprang. ::::::Sei selbstbewusst! Tja, das dauert wohl noch. Aber vielleicht habe ich eine Außenseiterchance.:::::

Als sie die Lincoln Road hinunterfuhren, sagte Norman, »Hast du dieses Dings auf YouTube gesehen?«

»Welches Dings?«

»Das musst du dir anschauen! Ein Video mit zwei Cops aus Miami — beide weiß — auf einem großen schwarzen Kerl, den sie gerade verhaftet haben. Der liegt auf dem Boden, die Hände auf den Rücken gefesselt, und die beiden auf ihm drauf und immer mit dem Ellbogen gegen den Kopf und Beleidigungen ohne Ende, außer *Nigger* alles, was du dir vorstellen kannst! Musst du dir unbedingt anschauen.«

Muss ich mir unbedingt was anschauen? Tatsächlich hörte Magdalena nur mit halbem Ohr auf das, was er sagte. Alles, was zählte, war, was *er* davon halten wird. Wird *er* finden, dass ich wie ein Flittchen aussehe … oder ist Normans Reaktion glaubhaft? Sie schaute an ihrem Busen hinunter. Nichts hatte sich verändert. Man sah … *alles.*

Sie erreichten das Chez Toi, und Norman übergab den Audi dem Parkservice. »Das ist es? Eine Hecke?«, sagte Magdalena.

»Das ist es«, sagte Norman. »Es ist hinter der Hecke.« Sie standen nur ein paar Schritte vor einer Ligusterhecke, die etwa drei Meter hoch war. Eine *gewaltige* Ligusterhecke. Sie war makellos getrimmt und oben vollkommen eben. Das Portal war aus der Hecke herausgeschnitten … ein Rechteck, weit über zwei Meter hoch, fast eineinhalb Meter breit — und mindestens einen Meter tief … ein Rechteck, perfekt getrimmt bis zum letzten winzigen Ligusterblättchen. Es war schon fast dunkel, und im Zwielicht konnte man die Hecke leicht für eine Befestigung halten, einen abschreckenden Wall aus solidem Mauerwerk.

»Ich sehe gar kein Schild.«

»Es gibt keins«, sagte Norman im Tonfall eines Menschen, der sich *in solchen Dingen auskennt.*

Magdalenas Herz schlug schneller. Wieder gingen ihr grundlegendere Dinge durch den Kopf. Wieder befiel sie Verzweiflung. Was, wenn sie sich täuschte! Was hatte denn Sergej letzte Woche zu ihr gesagt? *Nichts!* — kein einziges persönliches Wort! Lediglich nichtssagende Höflichkeiten, die jeder anständige Mensch sagt, wenn er jemandem vorgestellt wird. Sie hatte sich das alles zusammengereimt aus seinen Blicken und Gesten, aus seinem Lächeln, was auf Gefühle seinerseits hindeuten konnte, aber nicht musste. Er hatte ihr lange, suchend und bedeutungsvoll, in die Augen geschaut .... *dreimal.* Angenommen, seine Blicke hatten nach gar nichts *gesucht* und auch gar nichts *angedeutet.* Angenommen, sie waren nur *ihr* lang vorgekommen. Egal, jetzt würde sie es auch nicht mehr erfahren. Jetzt war sie hier, und er da drüben, vermutlich, auf der anderen Seite dieser Hecke ... und sie war immer noch auf diesem irrwitzigen Trip, runter rauf runter rauf rauf rauf, bis das nächste kleine Was-wenn sie wieder runter- und die nächste schwache Hoffnung sie wieder hochzog ... und so war es ihr sieben Tage lang ergangen, in jedem wachen Augenblick —

»Aber woher wissen die Leute, dass es hier ist?«, fragte Magdalena.

»Die *Leute* wissen es nicht«, sagte Norman. »Es ist zwar allen zugänglich, aber es ist trotzdem wie ein Privatklub. Wenn sie dich nicht kennen oder jemand ein Wort für dich einlegt, bekommst du nur sehr schwer einen Tisch. Dass die kein Schild haben ... na ja ... das gehört zur Aura des Chez Toi.«

Magdalena hatte keine Ahnung, was eine »Aura« war ... aber das war nicht der passende Augenblick, um eine Begriffserklärung zu bitten.

Sie standen jetzt fast vor dem kuriosen Portal, dem rechteckigen Durchgang, der mit einer Präzision aus der Ligusterhecke herausgeschnitten war, die einen einfachen Steinmetz vor Neid hätte erblassen lassen. Vor ihnen zwei Paare, die auf Englisch in höchster Lautstärke ihrer Verzückung freien Lauf ließen. Danach gingen sie und Norman durch den förmlichen, pingelig prüde kupierten Heckentunnel und — da lag es vor ihnen, das Chez Toi, Dein Heim. Magdalena wusste natürlich, dass sich das Restaurant in einem Haus befand, aber ihre Fantasie hatte sich ein herrschaftliches Haus ausgemalt. Dies hier war nicht herrschaftlich. So viel war trotz der zunehmenden Dunkelheit zu erkennen. Nach Miamis Maßstäben war es ein altes, ein sehr altes Haus, eins der wenigen noch verbliebenen Beispiele des Mediterranean-Revival-Baustils, der vor hundert Jahren modern gewesen war. Fast der gesamte Vorgarten war jetzt eine Terrasse, ein Panorama aus weichem Kerzenlicht auf Tischen im Freien, an denen Menschen speisten. Über ihnen noch mehr Kerzenlicht, in altmodischen Laternen, die an den Zweigen der ausladenden Schwarzdornakazien hingen. Das Kerzenlicht wirkte Wunder auf den weißen Gesichtern der Anglos … die überall waren … Sie schienen auch noch den letzten Platz hier draußen besetzt zu haben. Ihre Stimmen bildeten ein einziges Summen und Plätschern … das nie anschwoll.

Es war herrlich hier draußen, aber *¡Dios mío!,* es war *¡heiß!*

Sie gelangten in einen Raum, der wie die Vorhalle eines großen alten Wohnhauses aussah, das es für sehr lange Zeit auch gewesen war, komfortabel, aber keineswegs luxuriös … nahe am Meer, aber nicht direkt am Wasser … und sicher nicht das, was Magdalena von dem gesellschaftlich bedeutendsten Restaurant in Miami erwartet hatte … Vor ihnen befand sich eine Treppe, ganz ohne pompös geschwungene Geländer und

Brüstungen … links und rechts je eine Rundbogentür … allerdings hatte man die Bögen nach zehn Sekunden wieder vergessen … und doch drang darunter ein lärmiges Summen und Plappern hervor, Gelächter, ob kreischend oder *basso profondissimo,* der absurd verzückte Taumel von Sterblichen, die wussten, dass sie dort angekommen waren, *wo die Post abging.* Wer das einmal gehört hatte, so wie Magdalena auf der Miami Basel, würde dieses Geräusch bis in alle Ewigkeit sofort wiedererkennen.

An einer Seite stand der Maître d'hôtel an einem Pult und konferierte mit sechs Gästen, vier Männern und zwei Frauen. Der Dienstbare, sprich der Maître d'hôtel, war sofort als solcher zu erkennen. Er war der, der wie ein Gentleman gekleidet war. So war das anscheinend heutzutage. Er trug einen cremefarbenen leichten Kammgarnanzug und eine Krawatte im dunkelsten Auberginetton. Die anderen vier Männer, die Gäste, trugen kein Jackett. Gemäß der aktuellen Mode, selbst unter älteren Männern wie diesen, trugen sie ein Hemd mit offenem Kragen. So kamen die tiefen, neben den Nasenflügeln abwärtsstrebenden und in Backen und Kehllappen übergehenden Furchen und jene Ouvertüre des Alters, die Sehnen zu beiden Seiten des Adamsapfels, dick wie Harfensaiten, besser zur Geltung. Der Maître d'hôtel begleitete sie hinaus auf die Terrasse und widmete sich dann mit einem angenehmen Lächeln und einem »Bonsoir, Monsieur, Madame« Norman und Magdalena. Das war's dann mit Französisch, es sei denn, man ließ den Namen des Restaurants gelten. »Willkommen im Chez Toi.« Er hatte ein angenehmes Lächeln an sich — und nicht das, was ein kleines Mädchen aus Hialeah in einem eleganten Lokal wie diesem instinktiv fürchtete, nämlich die Attitüde des *maître de votre destin,* des Herrschers über dein Schicksal. Norman fragte nach Koroljow und seiner Tischgesellschaft, und der Maître d'hôtel sagte, sie nähmen gerade den Aperitif in der Bibliothek, wie er das nannte. Er begleitete sie zu der Rundbogentür, durch die der verzückte Lärm drang.

Mr. Koroljow ... Magdalena knetete ihre Hände und spürte, wie sie zitterten. Jetzt waren Norman und sie im Raum der Verzückten. Männer und Frauen gestikulierten überschwänglich, um dies oder jenes zu unterstreichen, und verdrehten die Augen ... *Nein, wirklich, das ist das Erste, was ich höre!* oder *Mein Gott, ist das zu fassen?* ... und alles übertönend das Lachen, so viel Lachen, dass die ganze Welt wusste, jeder Einzelne von ihnen war integraler Bestandteil dieser exaltierten Versammlung von Halbgöttern. Magdalena hatte beim Betreten des Chez Toi bei Venus, der Göttin der Verführung, geschworen, dass sie cool bleiben würde, ja unnahbar, als wäre sie vollkommen erhaben über die Männer in diesem Raum. Stattdessen wurde sie sofort in den überwältigenden, fiebrig delirierenden Strudel hineingerissen. Ihre Blicke schossen *wild wild wild* umher ... auf der Suche nach ... *ihm.* Die Bibliothek, wie der Maître d'hôtel den Raum genannt hatte, schien hauptsächlich als ein kleines Esszimmer zu dienen. An den Wänden standen Bücherregale mit richtigen Büchern, was die gemütliche *Chez-toi-Dein-Heim*-Atmosphäre noch verstärkte. Die Tische waren an die Wände geschoben worden, damit Mr. Koroljow und seine Gäste zur Cocktailstunde genügend Platz zum Streunen und Stromern, zum Gickeln und Gockeln hatten ... aber wo war *er?* Angenommen, er war *nicht* da und diese ganze —

— plötzlich ließ Norman sie stehen und tauchte in die taumelnde Menge ein.

»Norman!«

Norman blieb kurz stehen, drehte sich mit einem schuldbewussten Lächeln zu ihr um und hielt einen Zeigefinger hoch, um ihr zu sagen: *Keine Sorge, bin gleich wieder da.*

Magdalena war schockiert … und geriet in Panik … Was sollte sie tun, ein vierundzwanzigjähriges Mädchen unter all den alten Leuten — sie waren alle so alt! — und so weiß! — und sie war ein kleines kubanisches Mädchen, eine Krankenschwester namens Magdalena Otero, in ein Bustier gepresst, das ihnen ihre fast nackten Brüste entgegenreckte wie zwei große Portionen Flan!

Und dann wurde sie wütend. Als Norman seinen Zeigefinger hochgehalten hatte, hatte er ihr nicht bedeutet, dass er gleich wieder da wäre … oh nein … bewusst oder unbewusst hatte er ihr zu verstehen gegeben, ich bin die Nummer eins, und ich habe jemanden entdeckt, der so unendlich bedeutender ist, als du es bist, und, tut mir leid, den muss ich mit meinem Ich-bin-der-berühmte-Dr.-Porno-Charme bezirzen, bevor ich ihn wieder aus den Augen verliere!

Was sollte sie jetzt tun? Einfach warten wie eine Nutte auf einen Freier? Die Leute schauten sie schon an … oder begafften sie nur das Bustier und ihre Brüste? ::::::*Gottverdammter Norman!*:::::: Sie erinnerte sich daran, was Amélia gesagt hatte. Sei selbstbewusst … wenn du mit keinem reden kannst, dann lächele selbstbewusst. Sie setzte ein selbstbewusstes Lächeln auf … aber so allein mit einem selbstbewussten Lächeln herumzustehen war auch nicht viel besser als mit einem langen Gesicht … *Ahh!* Sie entdeckte an der nächstgelegenen Wand ein Gemälde, ein großes … mindestens eins zwanzig mal einen Meter … Sie würde so tun, als schaute sie es sich höchst interessiert an … Sie stand davor … zwei halbrunde Gebilde, eins schwarz, eins weiß, auf beige-grauem Untergrund. Die beiden Gebilde waren blödsinnig in schiefen Winkeln angeordnet ::::::*Ayúdame, Jesús* … Man musste schon ein Schwachkopf sein, um sich so ein Stück *mierda* genauer anzuschauen … Nicht mal die alten Idioten, die auf der Miami Basel Millionen für so einen Nonsens ausgaben, waren so zurückgeblieben, sich sowas *anzuschauen*.::::: Sie gab auf und wandte sich wieder dem Raum zu, *wo die Post abging*. Hysterisches Gelächter beherrschte den Raum … *kreisch! kreisch! kreisch! kreisch!* die Frauen *ho! ho! ho! ho!* die Männer … aber genau in diesem Augenblick hörte sie von der anderen Seite des Raums ein Lachen, das alles ins Wanken brachte *»aahaaAAAHock hock hock hock«* … und Magdalena schaute in die Richtung, laserte sich durch all das verzückte Lachen, bis sie einen großen blonden Kopf entdeckte, der auf und ab hüpfte, Norman, der sich vor einer Frau produzierte. Einer sehr attraktiven Frau — dreißig? — aber wie sollte man das überhaupt noch wissen? — helle Haut, oh, so hell … volle dunkle Haare, in der Mitte gescheitelt, die theatralisch aus der Stirn nach hinten schwangen … hohe Backenknochen, hageres, kantiges Kinn, Lippen rot wie Rubine, Augen so leuchtend und hypnotisch blau wie die blauesten Diamante*eeehhhhHAGGHHHOCK-hock hock hock*… Die Rubine und Diamanten hatte sie erfunden, nur um sich selbst noch mehr zu bemitleiden und noch zorniger zu werden auf Norman, aber das Lache*eeehhoghhh-HHHock hock hock* war real, viel zu real, du herzloser, gefühlloser Hurensohn! *Bin gleich wieder da* — ja sicher, du bist gleich wieder da, sobald du deinen ersten Stich gemacht hast bei irgendeiner *americana* mit Haaren so dunkel wie die Nacht und Haut so weiß wie Schnee! Wir *haben* keinen Schnee, wir Kubaner, wie du ja vielleicht weißt, schlau, wie du bist —

»Miss Otero!«

Eine Stimme hinter ihr, eine Stimme mit Akzent. Sie drehte sich um, und da war *er* — ER … der Märchenprinz, so attraktiv und strahlend und vieles andere, wovon sie eine volle Woche geträumt hatte. Mit einem *Blip* von unglaublicher Geschwindigkeit senkte sich Sergejs Blick, inspizierte ihre Brüste, die das Bustier zu sprengen drohten — und *blippte* wieder nach oben.

Magdalena bemerkte es … und mochte es … und in diesem Augenblick war der Zorn verschwunden, den Norman in ihr entfacht hatte. Einfach so. *¡Mirabile visa!* wie eine der Nonnen, Schwester Clota, immer zu sagen pflegte. *¡Was für ein wundervoller Anblick! ¡Die Erhabenheit höchstselbst!* Aber im nächsten Augenblick, hellwach in der traumlos realen Welt, stürzte die Liebesbomberin aus Hialeah in all ihrer Erhabenheit ab, zerschellte und brannte aus, so wie immer wieder in der vergangenen Woche, wenn sie sich in ihrer Obsession verloren hatte. Warum hatte er sich ihr gerade jetzt genähert? … während sie ein saudummes Gemälde »studierte« und damit überspielen wollte, dass sie ein armes Ding, ein gesellschaftlicher Außenseiter war. Na ja, das lag doch auf der Hand. So freundlich, wie er war, wollte er sie nur vor einer gesellschaftlichen Blamage bewahren. Was für ein grauenvolles Rendezvous! Was sah er in ihr? … Ein albernes Dummerchen, das sein Mitleid brauchte! Es war demütigend — *demütigend!* — so demütigend, es ließ sie jede Rolle, in die sie hätte schlüpfen können, schlagartig vergessen … die der flirtenden Unschuld, des Vamps, der Schülerin Äskulaps, des Gottes der Heilkunst, der barmherzigen Mutter der schwer beladenen Sexbessenen, des Groupies des großen russischen Oligarchen und philantropischen Kunstsammlers. Also reagierte sie, ohne es zu wollen, vollkommen aufrichtig … ihr fiel die Kinnlade herunter, ihr Mund klappte auf, und ihre Lippen öffneten sich …

Als ob das helfen würde, machte Sergej sich daran, sie mit seinem Charme zu überschütten. »Ich freue mich sehr, Sie zu sehen, Magdalena!« Schon tauchte ein anderer Gast neben ihm auf, der mit einem schiefen Lächeln nur auf den Augenblick wartete, dass seine Lippen aufhörten sich zu bewegen und er Sergej in Beschlag nehmen konnte.

Sergej beugte sich zu Magdalena vor und sagte leise, »Auf der Miami Basel hatten wir kaum Gelegenheit, uns zu unterhalten.« Wieder *blippte* er mit dem schnellsten, schlüpfrigsten Augenzwinkerer hinunter zu ihrem Bustierbusen.

Inzwischen war Magdalena so nervös, dass sie am Nagel ihres kleinen Fingers knabberte. Der Klang seiner intimen, leisen Stimme pumpte wieder rotes Blut und dessen Bodyguard, die Hinterlist, in ihren Organismus. Sie konnte es buchstäblich spüren. Langsam zog sie den kleinen Fingernagel von ihren knabbernden Zähnen zurück, legte die Hand auf ihr Dekolleté und brachte ihre Lippen dazu, auf eine bestimmte, ungemein vergnügte Art zu lächeln ... und sagte dann mit leiser und rauchiger Stimme, »Oh ja, ich erinnere mich ...«

Inzwischen drängten sich drei Leute um Sergej, deren glänzende Augen gierig Blickkontakt suchten. Einer von ihnen, ein kleines Wiesel von Mann, dessen Hemdkragen in sich zusammengefallen war, weil die Krawatte fehlte, klopfte ihm linkisch auf die Schulter. Sergej schaute Magdalena an, verdrehte bedrückt die Augen und sagte, »Fortsetzung folgt ...« Dann ergab er sich seinen Höflingen, nicht ohne sich vorher noch einen letzten schnellen Blick auf ihren Busen zu gönnen.

Magdalena stand wieder allein da, aber diesmal störte es sie nicht. Nicht im Geringsten. Für sie existierte nur eine einzige Person im Chez Toi, und jetzt wusste sie, dass er interessiert war ...

Kurze Zeit später tauchte Norman wieder auf. Als sie ihn sah, setzte er ein schmallippiges Gesicht auf und schüttelte den Kopf, wie Männer es immer tun, wenn sie sagen wollen, »Ich schwöre, Liebling, ich hab alles versucht.«

»Tut mir ehrlich leid. Ich hatte jemanden gesehen, den ich unbedingt sprechen musste, und ich war mir nicht sicher, ob ich ihn noch mal erwischen würde. Hab ja nicht gewusst, dass —« Er verstummte, als er das heitere freundliche Lächeln auf Magdalenas Gesicht sah.

»So, so, du hast ihn also aufgespürt.«

»Ähhh, ja.«

Sie lächelte nur über diese kleine Genderlüge. Was machte das schon für einen Unterschied? »Ich bin so glücklich, Liebling«, sagte sie.

Er schaute sie komisch an, als witterte sein Radar Ironie. Wahrscheinlich wegen des »Liebling«. Aus irgendeinem Grund war Norman nicht der Typ, der Magdalenas Herzen Kosenamen entlockte. Er studierte ihr Gesicht. Wenn er ein guter Schüler gewesen wäre, hätte er gesehen, dass sie zutiefst glücklich war. Auch das hätte ihn nach Lage der Dinge verwirrt.

Kurz darauf erschien der Maître d'hôtel in dem cremefarbenen Kammgarnanzug in der Tür zur Bibliothek und sagte mit lauter, aber ausgesprochen heiterer Stimme, »Das Dinner ist serviert!«

Sergej stand neben ihm. Er lächelte seinen Schäfchen zu und schwang sein Kinn in weitem Bogen in Richtung eines anderen Raums, *Bitte, folgen Sie mir!* Das taten sie dann auch, und das Summen und Geplapper, das Kreischen und die Hohos wurden, wenn das überhaupt möglich war, noch lauter. Sie marschierten durch das Foyer ... in den anderen Raum.

Norman war schwer beeindruckt. Er beugte sich zu Magdalena vor und sagte, »Weißt du was? Er hat die ganze untere Etage gemietet, und es gibt nur zwei!«

»Ja, scheint so«, sagte Magdalena, die zu glücklich war, um sich in diesem Moment groß Gedanken darüber zu machen, was irgendwer über irgendwas sagte.

Sie schaute hinunter auf ihren glorreichen Busen. Der Gedanke, dass sie *Angst* davor gehabt hatte, das Bustier würde ihrem Platz in der Gesellschaft und der Welt schaden!

Die Herde drängte durch die Tür, eine vibrierende Masse, begierig, jeden Tropfen der gesellschaftlichen Weihe aufzusaugen, die sie in dem anderen Raum erwartete. Noch nie hatte sie so einen Speisesaal gesehen. Er passte zum Konzept des Chez Toi, nichts an ihm war pompös. Trotzdem war er spektakulär … auf seine eigene beiläufige Art. Die Wand gegenüber dem Eingang war keine Wand, sondern eine sich über die gesamte Breite des Raums erstreckende Theke, hinter der sich die legendäre Küche des Chez Toi befand. Sie war riesig. Sechs Meter gleißendes — *gleißendes* — Kupfer … Töpfe, Pfannen, Küchenutensilien jeder Art hingen an Haken so tief von der Decke herunter, dass ihr Spiegeln die Essenden blendete. Die Köche und Souschefs und der Rest der weiß gewandeten Armee mit *toques blanches* auf den Köpfen wuselten in der Küche herum, inspizierten dies und das … und, bemerkte Magdalena, drückten auf Knöpfe. Drückten auf Knöpfe? Oh, ja. Computer steuerten die Grill-, Back- und Bratöfen … sogar die Kühlschränke, die rotierenden Regalfächer in den Vorratsschränken … Nicht gerade die traditionelle Art, aber jeder war gewillt, diesen Eingriff der digitalen Welt des einundzwanzigsten Jahrhunderts in die alte analoge Holzofenidylle auszublenden. Die Show aus kupfernem Handwerkszeug und paradierenden *toques blanches* diente als Kulisse.

Ein Tisch mit einer massiven, schlichten Platte aus Kastanienholz bildete das Zentrum des Raums. Nein, er *beherrschte* den Raum. Er war etwa sechs Meter lang, eins zwanzig breit und reichte von *hier* … bis *da*. Er gehörte zu der Sorte Koloss, die zur Erntezeit auf einer Farm ganz praktisch war, wenn die hungrigen Arbeiter in ihren Latzhosen hereinkamen, um sich mit Pfannkuchen und Ahornsirup den Magen vollzuschlagen und mit Kaffee und noch unvergorenem Cidre abzufüllen, bevor sie sich wieder an ihre Arbeit machten. Dieser Tisch erinnerte nicht an so eine Szene. Er war die Bühne für ein Ensemble, eine Kollektion, ein atemberaubend himmlisches Sternbild aus langstieligen Gläsern jeder Größe, die vor jedem Platz in Trauben, ätherischen Gebilden, Wolken, durchsichtig glitzernden Blasen arrangiert waren, Gläser so zart und klar, so glänzend und schimmernd im Schein des Lichts, mit Rundungen, die von so vollendeter Glasbläserkunst kündeten, dass es sogar einem eben erst aus Hialeah geflohenen vierundzwanzigjährigen Mädchen erscheinen musste, als ob so ein Glas bei der Berührung mit der winzigsten aller Gabelzinken in sehr hohem Ton, in *Eis* über dem hohen C, das Wort *»Kristall!«* singen würde. Flankiert wurde jede dieser engelsgleichen Anordnungen von Defilees an Tafelsilber, von einem solch stupenden Aufgebot an Werkzeugen, dass Magdalena sich fragte, wofür die alle da waren. An jedem Platz stand eine Platzkarte, die offensichtlich ein professioneller Kalligraf per Hand gefertigt hatte. Nun folgte ein Zwischenspiel, in dem die nach wie vor plappernden Gäste sich zwischen den Tischen herumtrieben und sich immer wieder vorbeugten, um die ihnen zugewiesenen Plätze zu finden … ein Auftrieb ohnegleichen … Sergej machte im Akkord Leute miteinander bekannt … und bedachte Magdalena jedes Mal mit einem besonderen Lächeln, wenn er sie irgendwem vorstellte … alles alten Leuten, zumindest in ihren Augen. Verwirrend … all die Namen nichts als Silben, zum einen Ohr hinein, zum anderen hinaus. Als das erledigt war, fand sich Magdalena auf einem Platz wieder, vier Plätze von Sergejs entfernt, der am Kopf des Tisches saß. Rechts von ihm saß eine Anglo-Frau, eine in Magdalenas Augen sehr schöne, aber auch blasierte Frau, die wahrscheinlich über vierzig war. Links von Sergej saß — *¡Oh, Dios mío!* — eine berühmte kubanische Sängerin — jedenfalls unter Kubanern berühmt — Carmen Carranza. Ihre Haltung war majestätisch, aber sie war nicht mehr jung. Auch war sie nicht das passende Model für das Kleid, das sie trug. Es hing schlaff an ihrem Brustbein und erregte nicht die Satyrn, sondern die Gesundheitsfanatiker. Wo war nur das ganze Kollagen geblieben? — das Kollagen in den inneren Kurven ihrer kaum noch vorhandenen Brüste. Warum hatte sie auf dem knochigen Terrain zwischen den Brüsten Körper-Make-up aufgelegt — ein früher Übergriff von kleinen Altersflecken? Zwischen der verwelkten Sängerin und Magdalena saß ein alter Anglo mit schütteren Haaren, dessen Wangen wie aufgeblasen wirkten — *perfekt*. Kaum eine Falte in seinem Gesicht, das auf Höhe der Wangenknochen ein Roséton zierte, so perfekt, als wäre er ein Hauch Rouge. Der alte Knabe trug Anzug und Krawatte, und auch nicht irgendeinen Anzug. Er war aus Seersucker-Stoff mit pinkfarbenen Streifen — mit Weste. Magdalena konnte sich nicht erinnern, jemals einen Mann mit Weste gesehen zu haben. Und dann die Krawatte — sie sah aus wie ein Himmel voller Feuerwerkskörper, die in alle Richtungen und allen vorstellbaren Farben ihre Funken versprühten. Er schüchterte sie vom ersten Augenblick an ein ... Aber er entpuppte sich als ausgesprochen *amistoso y amable*. Er behandelte sie nicht wie eine Aussätzige, die aus unerfindlichen Gründen Einlass ins Chez Toi gefunden hatte.

Tatsächlich erweist sich der alte Mann, Ulrich Strauss, als freundlich, witzig, sehr schlau und nicht im Geringsten herablassend. Sergej eröffnet das Dinner mit einem Toast, in dem er mit anerkennenden Worten seine Ehrengäste willkommen heißt, den neuen Direktor des Koroljow Museum of Art, Otis Blakemore aus Stanford, der zwei Plätze rechts von Sergej sitzt, und dessen Frau, die alle Mickey nennen und die zur Linken Sergejs sitzt. ::::::*¡Dios mío!* Sie ist die schöne Frau mit den hochtoupierten Haaren, die Norman gerade erst in der Bibliothek angebaggert hat ... und sie ist keine *americana,* sondern eine *cubana.*:::::: Die Kellner beginnen den Wein einzuschenken, und Magdalena, die sonst keinen Alkohol trinkt, ist diesmal froh, mit einem Schluck ihre Nerven beruhigen zu können.

Um den langen und ziemlich schmalen Tisch haben sich zweiundzwanzig Menschen versammelt. Die lebhaften Unterhaltungen sind so laut, dass man von seinem Gegenüber oder wenn der Sprecher drei oder vier Plätze weiter sitzt, kaum etwas verstehen kann. Zwischen Magdalena und Mr. Strauss entspinnt sich ein amüsantes Gespräch über die Miami Basel. Mr. Strauss sagt, dass er passionierter Sammler antiker Möbel und kleinformatiger gegenständlicher Bildhauerei des siebzehnten, achtzehnten und neunzehnten Jahrhunderts ist. Er fragt, wie Magdalena Sergej kennengelernt hat ... ein Quereinstieg, um herauszufinden, wer dieses kleine Mädchen in dem sexy Mieder ist — soll heißen, wie sie zu ihm steht? Sie sagt nur, dass sie ihn letzte Woche auf der Miami Basel kennengelernt hat.

Dann interessieren Sie sich also für zeitgenössische Kunst.

Eigentlich nicht, sie war nur mit »ein paar Leuten« da.

Wie fanden Sie es?

Ehrlich gesagt, nicht besonders. Ziemlich hässlich — absichtlich hässlich! Und so pornografisch! Sie beschreibt in allgemeinen, schicklichen Worten ein paar Exponate. Der Wein tut seine Wirkung.

Strauss zitiert ein Bonmot von Tom Stoppard: »Moderne Kunst ist Imagination ohne Handwerk.« Dann sagt er, zeitgenössische Kunst würde man als einen albernen Dummejungenstreich betrachten, wenn nicht ansonsten intelligente Menschen sie auf eine höhere Ebene gehoben hätten … auf der *tonnenweise* Geld den Besitzer wechselt.

Ein Glas Wein später erzählt Magdalena, was sie gesehen hat: wie sogenannte Berater reiche alte Männer am Nasenring herumführen und diesen erzählen, *Also, keine Diskussion. Ihr Geschmack soll doch zeitgemäß sein, oder etwa nicht?* Magdalena ist wenigstens noch nüchtern genug, um Fleischmann oder seine Beraterin nicht beim Namen zu nennen.

Er wisse, sagt Strauss, dass Sergej genauso denke und nur auf die Miami Basel gehe, um sich über den Zirkus zu amüsieren. Der neue Direktor des Koroljow Museum of Art, sagt Strauss, habe einen ziemlich konservativen Geschmack und betreibe sein Haus mit einem wissenschaftlichen Ansatz. Die Chagalls, die Sergej ihm gestiftet habe, verkörperten gerade noch das Verständnis von moderner Kunst, die das Museum bereit sei zu akzeptieren.

An Sergejs Ende des Tischs wird über allgemeine Themen gesprochen. Sie reden über das YouTube-Video, in dem zwei weiße Polizisten einen Schwarzen verprügeln und rassistisch beleidigen. »Weiß«, nicht »kubanisch«, weil niemand die Sängerin oder die anderen wichtigen Kubaner am Tisch verärgern will. Magdalena kann also gar nicht auf den Gedanken kommen, dass Nestor daran beteiligt gewesen sein könnte.

Sie reden über den Streit zwischen dem Bürgermeister und dem Polizeichef.

Sie reden über die anhaltenden Probleme in Haiti.

Sie reden über den wieder erstarkenden Immobilienmarkt.

Magdalena ist nicht nur zu schüchtern, um sich in die Unterhaltung einzuschalten. Sie hat keine Ahnung, worum es überhaupt geht. Sie kennt nicht mal die Hälfte der verwendeten Ausdrücke. Also trinkt sie noch einen Wein.

Dann kommt die Runde auf das Thema Miami Basel. Mr. Strauss erzählt von Gerüchten, dass Händler und künstlerische Berater geheime Absprachen träfen, um Hedgefondsmanagern und anderen Betuchten zweistellige Millionenbeträge aus der Tasche zu ziehen.

Mr. Strauss sagt, »Meine Freundin Miss Otero kann Ihnen erzählen, wie das läuft. Sie hat es selbst erlebt.«

Er schaut sie an in der Annahme, dass sie nun wiederholen wird, was sie ihm gerade erzählt hat. Plötzlich sind all die Erwachsenen an diesem Ende des Tisches verstummt und schauen Miss Otero an ... und ihre Brüste, aber sie wollen unbedingt wissen, was sie zu sagen hat — dieses junge Ding, das angezogen vollkommen nackt aussieht.

Magdalena spürt den Druck. Sie weiß, dass sie sich weigern sollte, aber sowohl Sergej wie auch Mr. Strauss und alle anderen schauen sie unverblümt an und erwarten *irgendetwas* ... oder ist sie etwa nur eine dahergelaufene Schlampe ohne eine einzige Gehirnzelle im Schädel? Außerdem hat sie als einziges Beispiel nur das Erlebnis mit Fleischmann anzubieten ... und sie will auf keinen Fall, dass Maurice — und Norman — erfahren, was sie über das Thema denkt. Sie sitzen am anderen Ende des Tisches, würden also nicht mitkriegen, was sie erzählte ... aber wer weiß, ob sie nicht später, nach dem Dinner, irgendwie Wind davon bekämen? Jedenfalls kann sie nicht wie ein verängstigtes Kind einfach nur dasitzen! ... Nicht vor Sergej!

Also fängt sie an ... mit angemessen dezenter Stimme ... doch alle elf an ihrem Ende des Tisches beugen sich sofort nach vorn, um auch ja nichts zu verpassen ... dieses kleine *scharfe* Teil! ... bei dem sie sich schon die ganze Zeit fragen, was sie so denkt, wenn überhaupt, während sie über ihre Brüstung in die Welt schaut. Sie spricht ein bisschen lauter, wobei es ihr vorkommt, als hörte sie die Stimme von jemand anderem. Aber die drei Gläser Wein machen es ihr leichter, und sie fängt an, einigermaßen flüssig zu erzählen.

Sie spricht flott und locker über all die Pornografie, die in den Blutkreislauf der Miami Basel eingespeist worden ist …

::::::Ich habe schon viel zu viel gesagt! Aber alle starren mich an! Wie kann ich jetzt aufhören, ohne wie eine dumme Gans dazustehen?! Immer mehr hören auf zu reden — um *mir* zuzuhören! Wie kann ich jetzt einfach … *den Mund halten?* Das ist mein Augenblick, um *groß rauszukommen*. Um mir ihren *Respekt* zu verschaffen!::::::

Sie registriert nicht, wie viele diese »immer mehr« schon sind.

— Als sie auf *einen bestimmten Sammler* zu sprechen kommt, der von seinem Berater herumgeführt wird ::::::Ich muss aufhören, *sofort!* Das ist ein privater Speisesaal, niemand macht noch einen Muckser … nur ich rede noch immer. Maurice sitzt *gleich da drüben* am anderen Ende des Tisches! Norman auch! Aber das ist *mein Augenblick!* Den kann ich mir nicht entgehen lassen!:::::: stürzt sie sich blindlings in die Geschichte ::::::ich kann nicht anders:::::: und beschreibt die künstlerischen Berater als Zuhälter, die einen hohen Preis verlangen für … Ekstase — *Ekstase!* — für den perfekten *Kick*, berühmte Spieler sein zu dürfen in einem magischen Markt, der aus nichts als heißer Luft besteht. Was um Himmels willen ist denn diese sogenannte Kunst, für die sie auf der Miami Basel ein Vermögen aufrufen? Moderne Kunst ist Imagination ohne Handwerk. Dann wendet sie sich bescheiden, ja schüchtern an ihren Tischnachbarn und fragt, »Wer, sagten Sie, hat das noch mal gesagt?« Mit Schaudern nimmt sie wahr, dass die gesamte Tischgesellschaft verstummt ist. Sie hat weder Maurice' Namen noch den des Künstlers genannt, dessen Arbeiten er gekauft hat … noch den von Marilynn Carr, seiner künstlerischen Beraterin, aber Maurice und Norman sind nicht dumm.

Sie wirft ihnen einen kurzen Blick zu. Beide schauen perplex, als hätte man ihnen ohne Grund auf die Nase geschlagen. Und doch kann sie nicht … *aufhören* … nicht in Anwesenheit von Sergej und ihrem neuen Freund, Mr. Strauss. Ihr fällt nur eine Lösung ein … das Thema zu wechseln … weg von den künstlerischen Beratern, hin zum Eröffnungstag der Miami Basel, zu der irrsinnigen Balgerei der Reichen, von denen sich jeder als Erster auf die Exponate stürzen wollte, die zu mögen man ihnen geraten hatte. Im Verlauf dieser kleinen klatschsüchtigen Abhandlung flicht sie immer wieder beschwichtigende Kommentare ein, zum Beispiel, »Natürlich ist nicht jeder Kunstsammler so« oder »Manche künstlerische Berater sind natürlich absolut ehrenhaft — das ist mir schon klar«, aber es ist zu spät. Fleischmann weiß, dass es in dieser pikanten Geschichte um *ihn* geht. Und Norman weiß es auch. Er wird fuchsteufelswild werden. Norman glaubt, sich im Kielwasser von Maurice' Erfolg gesellschaftliches Ansehen verschaffen zu können — und was macht seine eigene Angestellte, eine Krankenschwester? … sie sabotiert ihn nach Kräften.

Sergej strahlt. Er ist hundertprozentig ihrer Meinung, in jedem Punkt. Das war sensationell! *Sie* war sensationell!

Obwohl sie seinen Namen kein einziges Mal erwähnt hat, muss sie wegen dem, was sie gerade über Maurice gesagt hat, den Rest des Dinners schmorend in Schuld und Scham ertragen. Schwester Clotas Mädchen begehen nie solchen Verrat. Sie fühlt sich so schuldig, dass sie die gierige Aufmerksamkeit gar nicht genießen kann, die ihr nun von jedem an ihrem Ende des Tisches zuteilwird. Eine Frage nach der anderen! *Was für eine interessante junge Frau!* Und … *Allein der Gedanke, was wir dachten, als wir sie zum ersten Mal gesehen haben!*

Die Aufmerksamkeit macht alles nur noch schlimmer. Schuld! Schuld! Schuld! Schuld! Wie hatte sie das Maurice nur antun können? Norman wird außer sich sein … *zu recht!*

Sobald das Dinner beendet ist, steht sie auf, geht lächelnd auf Sergej zu und streckt die Hand aus, als wollte sie sich bei ihm bedanken … was für ein Anblick: das Abbild des höflichen, angemessen dankbaren Gastes.

Und Sergej war das Abbild des liebenswürdigen Gastgebers. Er umschloss die dargebotene Hand mit beiden Händen … und sagte mit vollendet schicklichem Lächeln und vollendet höflichem Gesichtsausdruck, ganz so, als hielte er sich streng ans Protokoll:

»Wie kann ich Sie erreichen?«

14

MÄDCHEN MIT GRÜNEN SCHWÄNZEN

Der angebliche Tummelplatz für Igor Drukowitschs angebliche Sexspielchen war das Honey Pot, das letzte Gebäude in einer heruntergekommenen Ladenzeile in einer unscheinbaren Seitenstraße der Collins Avenue in Sunny Isles, wo Miami Beach ins Festland übergeht. Es sah aus, als wäre es ursprünglich ein Lagerhaus gewesen … groß, trist, gesichtslos, nur ein Stockwerk hoch. Aber davor stand ein blendend grelles, von hinten angestrahltes Plastikschild … ein gewaltiges Ding … mindestens sieben Meter breit … mit leuchtend blutorangenen, von roten und gelben Neonröhren eingefassten Buchstaben: THE HONEY POT. Diese reißerische Inszenierung war auf einen frei stehenden Eisenmast montiert, der etwa vier Stockwerke hoch war. Bei Dunkelheit konnte niemand über die Collins Avenue fahren, ohne es anzugaffen:

THE HONEY POT

Das Schild war riesig riesig riesig leuchtend leuchtend leuchtend grell grell grell, aber es befand sich auch mehr als zehn Meter über dem Boden. Zu dem etwa ein Dutzend Männern, die darunter vor dem Eingang des Klubs standen, drang nur wenig mehr als das trübe elektrische Schimmern, das wie überall im Nachtleben von Greater Miami die Straßen beherrschte. Und zwar als ein Hauch von ekligem Orangeadegelb, der von oben die weißen Gesichter einfärbte ...

Nestor musste an ungesund aussehende, hyperverdünnte Orangeade denken, als er und John Smith vor dem Honey Pot standen. Ungesund? Ungesund sah auch John Smiths helles weißes Gesicht aus, in das er gerade schaute. Unangenehm für John Smith ... aber das Ganze hatte auch eine unangenehme Wirkung auf Nestors Nerven. Was zum Teufel wusste er schon über Striplokale? Im Stadtgebiet von Miami gab es 143 davon — es war eine verdammte *Industrie!* — aber Nestor Camacho hatte nie auch nur eins von innen gesehen. Die ganze Fahrt hatte er John Smith mit Polizeigeschichten über diese schmuddeligen Bunker unterhalten. Schade, dass es nicht *seine* Geschichten waren, weil nämlich dadurch der Eindruck entstanden war, dass er diese Form der Lasterhöhle in- und auswendig kannte. *Eitelkeit! Eitelkeit!* ::::::Ein echter Cop, der sich nicht in der Stripperszene auskannte? *Also wirklich!*:::::: Wenn alle Stricke rissen, dann konnte er sich vielleicht irgendwie *durchmogeln* ... Schließlich hatte John Smith von Anfang an zugegeben, dass er noch nie in so einem Etablissement gewesen war.

Sie standen jetzt also vor dem Honey Pot und diskutierten über ihre Taktik. »Wir sind nicht hier, um uns den ganzen Scheiß anzuschauen, der da drin abgeht, okay?«, sagte Nestor. Ganz geschäftsmäßig. Der Boss spricht. »Wir sind hier, weil wir einen Russen suchen, der Igor Drukowitsch heißt und einen Riesenschnauzbart hat.« Er hielt sich die Zeigefinger und Daumen unter die Nase und schwang sie bis zu den Ohren. »Wir durchsuchen den Laden nach Igor Drukowitsch, das ist alles. Keine Ablenkungen gestattet. Alles klar?«

John Smith nickte und sagte dann, »Sind Sie *sicher,* dass Sie deswegen keine Schwierigkeiten bekommen? ›Vom Dienst suspendiert‹ heißt doch wohl, dass Sie keine polizeilichen Ermittlungen durchführen dürfen, oder?«

Erst dachte Nestor, dass John Smith kalte Füße bekäme, jetzt, da sie ... in diesem verwirrend orangeadegelben Halbdunkel ... tatsächlich vor dem Striplokal standen ... Wenn er, Nestor, in letzter Sekunde einen Rückzieher machte, dann würde das ihm, John Smith, die Schmach ersparen, es selbst zu tun.

»Das sind keine polizeilichen Ermittlungen«, sagte Nestor. »Ich werde niemandem meine Dienstmarke unter die Nase halten. Außerdem haben sie mir die sowieso abgenommen.«

»Aber Sie stehen doch ... unter Hausarrest, oder?«

»Von acht Uhr morgens bis sechs Uhr abends, ja, danach kann ich machen, was ich will.«

»Und das hier, das wollen Sie jetzt?«

»Ich habe doch gesagt, ich will Ihnen bei Ihrer Geschichte mit Koroljow helfen. Also, da sind wir. Wenigstens haben wir das hier.« Aus einer Jackentasche zog er eine laminierte Kopie des Fotos, das er über das *Brothernet* von der Polizei in Miami-Dade bekommen hatte: Igor neben Koroljow in dessen Wagen. »Wenigstens wissen wir, wie der Bursche aussieht und dass die beiden sich kennen. Das ist kein schlechter Anfang.« Der Eingang des Honey Pot war eine einfache Metallschiebetür, die locker fünf Meter breit war und aussah, als stammte sie noch aus den Zeiten, bevor das Honey Pot in die Lagerhalle eingezogen war. Direkt dahinter befand sich eine Glaswand mit zwei Glastüren, die in einen Raum führten, der wie das Foyer eines Kinos aussah.

In dem Augenblick, als der Boss und sein orangeadegesichtiger Schüler ins Innere traten, bohrte sich ein hämmerndes

BEAT-*onngh klong* BEAT-*onngh klong* BEAT-*onngh klong* BEAT-*onngh klong* in ihr zentrales Nervensystem. Es war kein schneller Beat und auch nicht fürchterlich laut, aber unerbittlich. Er blieb immer gleich und ging immer so weiter BEAT-*onngh klong* BEAT-*onngh klong*. Irgendwo musste es auch noch eine Melodie dazu geben, aber davon konnte man in dem kleinen eingemauerten Kabuff, das als Kassenraum diente, nichts hören. Hinter einem geschwungenen Tresen stand ein dickbäuchiger weißer Mann in den Vierzigern, der ein weißes Poloshirt trug, das orangefarbene Honey-Pot-Logo auf die Brusttasche gestickt. Er war der Kassierer. John Smith gab ihm vierzig Dollar für beide. Der Mann mühte sich nach Kräften um Jovialität. Er lächelte und sagte, »Amüsiert euch, Jungs!« Das Lächeln sah hinterhältig aus, wie ein an den Mundwinkeln hochgezogener Strich. Nestor stieß die Tür zum eigentlichen Club auf … BEAT-*onngh klong* BEAT-*onngh klong* BEAT-*onngh klong* … und tatsächlich, unter dem BEAT war auch noch Musik zu hören, Musik vom Band. Gerade sang ein Mädchen mit einer Teenagerstimme, »I'm takin' you to school, fool, an' if you don' get it, I don' give it, an' if I don' give it, *you* don' get it. Get it, fool? You cool with that?« Aber schon nach wenigen Sekunden spielte der Song schon keine Rolle mehr. Er wurde von dem BEAT-*onngh klong* BEAT-*onngh klong* verschluckt.

Schwenk — Nestors und John Smiths Köpfe drehten sich simultan. So viele Augen beobachteten sie! An der Seite, gleich neben der Tür, durch die sie gerade gekommen waren, befand sich eine Bar, die durch eine gut zwei Meter hohe Zwischenwand vom Rest des Clubs abgetrennt war. Sie war gesteckt voll mit Frauen, jungen Frauen mit aufgebockten weißen Beinen, aufgepumpten weißen Brüsten und dreihundert Watt grellen Augäpfeln — weißen Mädchen und *nur* weißen Mädchen mit weißen Gesichtern, nuttig dekoriert mit Lidstrich, Lidschatten und dicker schwarzer Wimperntusche ... Libido zu vermieten ... von weißen Mädchen an ausschließlich *weiße* Kunden ... *¡Dios mío!* wenn sich in so einem Laden Weiße, Schwarze, Braune und Gelbe vermischten! Keine Stunde würde das gut gehen! Es gäbe eine Explosion! Nichts würde übrig bleiben außer Blut und Sexschutt —

»Alles klar, Jungs?« Aus dem Dunkeln war plötzlich ein großer bulliger Mann Ende vierzig aufgetaucht ... der das Honey-Pot-Poloshirt trug, an dessen Brusttasche eine Plastikkarte steckte mit dem orangefarbenen Honey-Pot-Logo und der Aufschrift: ASSISTANT OPERATIONS MANAGER.

»Noch jede Menge freie Plätze —« Er hielt inne und schaute Nestor an. Er runzelte so heftig die Stirn, dass die beiden Augenbrauen sich zusammenzogen wie zwei kleine Muskeln, die seine Nasenwurzel zerquetschen wollten. »*Heyyyy* ... kenne ich Sie nicht?«

::::::Dieses verdammte YouTube! Ich und mein Achttagebart — *klasse Tarnung!*:::::: Aber inzwischen war Nestor darauf vorbereitet. »Gut möglich«, sagte er. »Wie lange arbeiten Sie schon in dem Laden?«

»Wie lange ich schon hier arbeite?« Anscheinend hielt er die Frage für unverschämt. Er kniff ein Auge zusammen, taxierte Nestor mit dem anderen. Hau ich dem Bürschchen gleich eine rein, oder lass ich ihn noch mal laufen, so feucht, wie der noch ist hinter den Ohren? Anscheinend hatte er sich für Letzteres entschieden, denn nach einer bedrohlichen Pause sagte er, »Ungefähr zwei Jahre.«

»Das passt«, sagte Nestor. »Früher bin ich öfter mit einem Freund hier gewesen, Igor.« Er bemerkte John Smiths gequälten Gesichtsausdruck. »Kennen Sie Igor? Er ist Russe! Und hat so einen Schnauzer!« Nestor machte wieder die Schnurrbartgeste unter seiner Nase nach. »Die Hälfte der Zeit habe ich keine Ahnung, wovon der überhaupt redet, aber ein klasse Kerl« … Er lächelte und schüttelte wehmütig den Kopf, *Ja, ja, die guten alten Zeiten.* »Wissen Sie, ob er noch ab und zu vorbeikommt?«

»Ich glaube, ich weiß, wen Sie meinen«, sagte der Mann und wirkte jetzt etwas beruhigter. »Ja, der kommt noch öfters.«

»Das gibt's doch nicht«, sagte Nestor mit weit aufgerissenen Augen … ein glücklicher Junge. »Ist er heute Abend auch da?«

»Weiß nicht. Meine Schicht hat gerade erst angefangen.« Er deutete mit einer vagen Geste in den Raum. »Ist noch jede Menge Platz.« <<<BEAT*-onngh klong* BEAT*-onngh klong* BEAT-onngh *klong* BEAT*-onngh klong* BEAT*-onngh klong*>>>

Der Ärger stand John Smith ins blasse Gesicht geschrieben. Er presste die Kinnladen und die Zähne aufeinander. »Weiß nicht, Nestor, ob das so eine gute Idee war, Igors Namen zu erwähnen und diesem Burschen zu erzählen, dass Sie ihn kennen. Was, wenn er in einer halben Stunde kommt, und der Bursche erzählt ihm, dass jemand nach ihm gefragt hat?«

Nestor sagte, »Dieser Bursche — haben Sie die Plastikkarte an seiner Brust gesehen, seinen Titel, Assistant-soundso-Manager? Wenn Sie mich fragen, sieht der aus wie ein RAUSSCHMEISSER.« John Smith lächelte ganz leicht.

»Der Bursche hatte diesen YouTube-Blick«, sagte Nestor, »ich musste ihm einen anderen Grund liefern, weshalb er mich kennen könnte. Igors Namen hätte ich vielleicht nicht erwähnen sollen, okay, aber jetzt wissen wir wenigstens, dass er immer noch herkommt.«

John Smith sagte leise, aber nicht *sehr* leise, »Das haben wir schon vorher gewusst.«

»Was ist, John?«, sagte Nestor. »Warum so übervorsichtig? Manchmal muss man eben ein bisschen Dampf machen, damit was vorwärtsgeht.«

John Smith wich seinem Blick aus und sagte nichts darauf. Er sah nicht glücklich aus.

Ihre Augen gewöhnten sich langsam an das Halbdunkel. Sie konnten jetzt sehen, dass das grelle Licht an der Wand gegenüber von einer Bühne kam. Offenbar startete gerade eine Show. <<<BEAT-*onngh klong* BEAT-*onngh klong* BEAT-*onngh klong* BEAT-*onngh klong*>>> Männer drängten sich am Bühnenrand. Sie jubelten, johlten, schrien, machte seltsame Geräusche. Nestor und John Smith sahen nur ihre Silhouetten. Sie sahen aus wie ein einziges, riesiges urzeitliches Tier, das sich pulsierend vor Lust krümmte und schlängelte ... und ihnen die Sicht *versperrte*.

Aus der Dunkelheit tauchte ein Mädchen auf fünfzehn Zentimeter hohen High Heels auf, mit langen blonden Haaren, einem Hauch von schwarzem *cache-sexe* und einer sehr dünnen, langärmeligen, weit offenen Bluse, die ihre Brüste fast ganz entblößte. Sie ging direkt an den Männern vorbei, kaum eineinhalb Meter entfernt, und hatte einen jungen Anglo — Mitte zwanzig? — an der Hand. Er trug ein Muskelshirt — *ein Muskelshirt!* — eine dreckige blaue Jeans und eine Baseballkappe mit nach hinten gedrehtem Schirm. Die beachtliche Wölbung im Schritt der Jeans versuchte er erst gar nicht zu verbergen. John Smith schaute verblüfft — ja fasziniert. Er konnte seinen Blick nicht abwenden, bis die beiden durch eine breite, von einem Rausschmeißer bewachte Öffnung in der gegenüberliegenden Wand verschwanden. Über dem Eingang hing ein ziemlich imposantes Schild, auf dem stand, »Privater CHAMPAGNERRAUM für geladene Gäste«. Das Paar war jetzt nicht mehr zu sehen, aber John Smith starrte weiter auf den Eingang. Als sei er völlig versunken in dieser scharfen kleinen Sunny-Isles-Darbietung.

Nestor schüttelte den Kopf. »Also wirklich, John,« sagte er. »Das ist ein Striplokal. Da laufen Mädchen ohne Klamotten rum, okay? Aber *wir* haben was zu erledigen. Wir suchen nur nach *einem* scharfen Körper, dem von Igor.«

Es gab zwar Theaterscheinwerfer in dem Nachtklub, aber keine Theatersitze. Der Zuschauerraum sah aus wie die Ausstellungsfläche eines unbeleuchteten Möbelladens ... Sofas, Sitzbänke, Loveseats, Beistelltische, die ungeordnet herumstanden. Die einzigen Einrichtungsgegenstände, die man deutlich sehen konnte, waren zehn oder zwölf Barhocker, die vor einer Seite der Bühne standen.

Während er sich durch das Halbdunkel der Möbellandschaft schlängelte, wunderte sich Nestor, wie viele kaum bekleidete Mädchen sich über in den Sesseln rekelnde Männer beugten. Der Laden war nicht annähernd voll. Soweit Nestor wusste, waren Frauen, alle Frauen, im Honey Pot gern gesehen, aber er sah nur die Sorte, die darauf aus war — *raaatsch* — Reißverschlüsse aufzureißen und jeden Fetzen Stoff, den sie am Leib hatten, auf den Boden fallen zu lassen. Mehr Mädchen, als er sich jemals hätte vorstellen können, gingen hier in der Möbellandschaft-Lounge auf die Jagd und schleppten ihre Beute dann zu jener Tür, von der John Smith so hypnotisiert gewesen war. Jede Menge reizender verdorbener Mädchen sah er — aber keinen Igor.

Gerade war eine Show zu Ende gegangen. Gut, denn nun waren mehrere der hohen Hocker am Bühnenrand frei. Sie setzten sich ... es war, als säße man an einem Esstisch ... und die Bühne war der Tisch, wo man all die saftig-verdorbenen Mädchen begutachten, sich die Lippen lecken ... und dann *verspeisen* konnte ... *alles* verspeisen konnte.

Nestor nahm ihre Tischgenossen auf den Barhockern unter die Lupe … Keine sonderlich stilvolle Truppe. Die Garderobe in Striplokalen war leger, aber diese Gestalten waren auf das Niveau von Unterhemden und bedruckten T-Shirts herabgesunken. Die Hälfte von ihnen hatte anscheinend Dollarscheine zwischen den Fingern. Warum, das begriff Nestor erst, als eine Kellnerin mit Getränken für die erste Bühnenreihe anrückte. So abgerissen sie auch aussahen, alle warfen als Trinkgeld Eindollarscheine auf das Tablett des Mädchens. Ein regelrechter Blizzard in Grün. Hauptsächlich zur Tarnung bestellten Nestor und John Smith Bier. Das Mädchen brachte zwei Bier und die Rechnung über $17,28. John Smith, der Kassenwart, gab dem Mädchen einen Fünfzigdollarschein. Sie kam mit vier Fünfern, ein paar Münzen … und *zwölf* Eindollarscheinen zurück, nur für den Fall, dass sie das Protokoll noch nicht begriffen hatten, das lautete: Was sich bewegt, kriegt Trinkgeld. John Smith gab ihr vier von den zwölf.

Die körperlose Stimme eines Conférenciers — woher sie kam, konnten sie nicht ausmachen — verkündete mit der dieser Profession eigenen fröhlichen Würde: »Und jetzt, sehr geehrte Damen und Herren, Applaus für … NATASHA!«

Vereinzeltes Klatschen und Johlen … BEAT *klong* BEAT *klong* BEAT *klong* … dann schwang sich im hinteren Teil der Bühne die angekündigte »Natasha« um eine Stange. Wie die Tänzerin davor war auch »Natasha« blond, außerdem eine hübsche Blonde, nicht umwerfend, aber umwerfend genug für dieses Publikum … gut genug auch für John Smith. Er konnte seine Augen nicht losreißen … Der libidoentwöhnte Nestor Camacho konnte … er schaute sich die Männer, die nach und nach zur Bühne vorkamen, um einen besseren Blick zu haben, genau an … »Natasha« trug ein leuchtend gelbes Kostüm, das aussah wie eine Soldatenuniform für kleine Jungs. Der

Militärkragen der Jacke umschloss eng ihren Hals. Vorne verliefen zwei Reihen großer weißer Knöpfe senkrecht nach unten und endeten etwa zehn Zentimeter oberhalb ihres Bauchnabels ... den ein winziges glänzendes Goldringpiercing zierte ... Die Hose begann etwa eine Handbreit darunter, reichte aber nur bis zum Ansatz ihrer Oberschenkel. Ihre unfassbar langen Beine endeten in hochhackigen gelben Schuhen ... All das registrierte Nestor nur aus dem Augenwinkel ... Sein Kopf war in eine andere Richtung gedreht ... seine Augen hielten nach einem Russen mit gewachstem schwarzem Schnurrbart Ausschau ... »Natasha« schwang sich, den Schritt gegen die Stange gepresst, die Beine ausgestreckt, hierhin und dorthin. *Raaatsch* — mit einem einzigen *Ratsch* öffnete sie die Jacke, und ihre Brüste sprangen heraus. Sie waren nicht sehr groß, aber für dieses Publikum groß genug. Sie lächelte anzüglich, während sie sich BEAT *klong* STOSS *klong* VÖGEL *klong* SCHIEB *klong* PUMP *klong* und sonst wie um die Stange schwang.

Nach einem letzten Schwung ließ sie die Stange los und ging BEAT *klong* BEAT *klong* SCHIEB *klong* STOSS *klong* auf Nestor und John Smith zu. Nestor hätte nichts kälter lassen können. Er schaute in die Gesichter einer Horde von Männern, die die Lust in Ziegenböcke verwandelt hatte ... Jesus Christus! ... klasse Tänzerin, unser Mädchen ... *raaatsch!* — aber der Reißverschluss an den Seiten der Kinderuniformhose, die jetzt eigentlich von ihr abfallen müsste — »Natasha« bekam den Reißverschluss nicht auf BEAT *klong* BEAT *klong* BEAT *klong* sie musste aufhören zu tanzen, sie musste sich jedes Hosenbein einzeln herunterzerren, während BEAT *klong* BEAT *klong* BEAT *klong* die Musik vom Band einfach weiterspielte. Es wurde ein bisschen peinlich. Aber das Warten lohnte sich! Dieses Publikum verlangte nicht viel ... Jetzt, wo vorher die Hose gewesen war ... nichts, absolut nichts ... der Schritt vollkommen nackt, nicht ein einziges Schamhaar ... Brazilian Waxing ... Bühne frei für den Star der Show, die Vulva. Das Publikum war zufrieden. Jetzt bis auf die weit offene Kinderuniformjacke vollkommen entblößt, stieß und pumpte ihre Vulva. »Natasha« warf die Arme zurück, und schon flog auch die kleine gelbe Jacke zu Boden und BEAT *klong* SCHRITT *klong* HINTERN *klong* SPALTE *klong* PERI *klong* NEUM *klong* sinkt sie direkt vor John Smith zu Boden und kriecht nackt auf allen vieren herum ... in diesem Fall, auf ihren Knien und Ellbogen ... Ihr Hintern reckt sich wie der eines Pavians oder Schimpansen John Smith entgegen und bietet ihm das volle Bild ihres Perineums und seiner verbotenen Falten, Ritzen, Spalten, Furchen, Melonenhälften, verführerischen Schamlippen, Geschlechtsöffnungen — der ganze fleischige Bogen. BEAT *klong* BEAT *klong* GRELLE *klong* BÜHNEN-*Lampen* KNALLEN *Spot* PORNO *Spot* LUST *Spot* PERI *Spot* NEUM *Spot* BEAT *klong* STOSSende DRÄNGELnde MÄNNER stürzen VORwärts STECKEN Dollarscheine IN die SPALTE ihres Hinterns ... John Smith ist wieder hypnotisiert ... die Augen aufgerissen, der Mund weit offen ... während Nestor die Gesichter der dicht gedrängten Männer vor der Bühne mustert ... ein gewachster Schnurrbart ... ein gewachster Schnurrbart ... nur danach hält *er* Ausschau ... Ein großer Busfahrer in der Uniform der Städtischen Verkehrsbetriebe Miami Beach johlt »Huh huh huh huh!«, ironisch, aber doch unübersehbar erregt von dem, was er da sieht ... und greift über John Smiths Schulter, um nicht eine, sondern gleich zwei Eindollarnoten in die Spalte zu stecken ... Also gut, Zeit für ein weiteres Tarnmanöver ... Nestor streckt seinen Arm über John Smith hinweg und steckt *drei* Dollarnoten in die Spalte ... und schließlich steckt John Smith — zimperlich? — ehrfürchtig? — am

Altar des Teufels? — eine Dollarnote in die SPALTE von »Natashas« ARSCH, und BEAT *klong klong* BEAT *klong klong* BEAT *klong klong* TODO el MUNDO hat DOLlars FÜR die SPALTE von »Natashas« ARSCH. Das WECHSELGELD der KELLnerin, alles Ein-DOLLAR-Noten … für die SPALTE im ARSCH eines HÜBSCHEN Mädchens oder für MEIN Tablett. Jeder Mann mit dem BEAT Privileg eines Platzes *klong* am Bühnenrand fühlt sich durch seine EHRE verpflichtet einen Dollarschein *klong* in die SPALTE *klong* ihres ARSCHS zu stecken, und ruck, zuck ist die GESamte SPALTE vollGESTOPFT mit DOLlarNOTen, und immer mehr werden reingesteckt BEAT und stopfen die anderen *klong* Scheine noch tiefer in die *klong* Spalte … bis das BEAT hübsche Mädchen aussieht *klong* als schaute aus ihrer SPALTE in ihrem Hintern ein großer grüner Pfauenschwanz. BEAT *klong* BEAT —

Als die Musik verstummte, schaute »Natasha« John Smith in die Augen … fixierte ihn mit ihren Augen … immer noch auf Händen und Knien, direkt vor ihm … die herunterhängenden nackten Brüste praktisch in seinem Gesicht … und *zwinkerte*. Dann stand sie auf und ging zurück in die Kulissen, wobei sie sich noch zweimal umdrehte und ihm zuzwinkerte. Ihre Haltung war bestechend, ihr Gang der einer Königin, nicht zu schnell und nicht zu langsam … das Abbild einer damenhaften jungen Frau, wenn sie nicht splitternackt gewesen wäre und ein promiskuitiver Haufen Dollarscheine IN DER SPALTE IHRES ARSCHS gesteckt hätte. Nicht einmal griff sie nach hinten, um ihn herauszuziehen oder sonst wie anzudeuten, dass er überhaupt existierte. Warum sollte sie ihre Würde aufs Spiel setzen? Als sie die Bühne zur Hälfte durchschritten hatte, begannen die Scheine von selbst herauszufallen. Aber warum sollte sie zurückblicken auf die geldgrüne Schleppe, die hinter ihr zu Boden fiel? Sofort erschienen zwei kleine Männer mit Besen und Schaufel, Mexikaner, soweit Nestor das beurteilen konnte, und kehrten die Dollarscheine auf, darunter viele, die die Männer in ihrer Verzweiflung einfach in ihre Richtung geworfen hatten, weil sie es nicht mehr geschafft hatten, sie in die Spalte zu stecken.

John Smiths blasses Gesicht war jetzt rot. War er verlegen? War er erregt? Nestor hatte keine Ahnung. Blasse wohlerzogene *americanos* wie John Smith konnte er nicht einschätzen. Was ihn anging, er war zu tief unten im Tal der Tränen, als dass ihn flatternde Geldfahnen in den ARSCHSPALTEN von Huren aufheizen würden. Und das waren sie, jede Einzelne von ihnen, HUREN.

— BEAT *klong* BEAT *klong* BEAT *klong* BEAT *klong* BEAT *klong*.

Nestor schaute sie kaum an. Er musterte die Männer, die noch vor der Bühne standen. Gleich hinter dieser Gruppe — was ist mit *dem* da? Nestor starrte zu einem stämmigen Mann, dessen schwarzes Hemd zur Hälfte aufgeknöpft war, damit man auch ja seine breite behaarte Brust sehen konnte. Er hatte keinen großartigen Schnurrbart ... nur einen Zottelbart, der kaum über die Mundwinkel hinausreichte ... aber das aufgeknöpfte schwarze Hemd und die große schmuddelige Brustmatte erinnerten Nestor sofort an das Foto von Igor, das er von den Miami-Dade-Cops bekommen hatte. Er kannte das Foto in- und auswendig ... das schwarze Hemd, die behaarte Brust, sogar die tiefen Falten links und rechts von der Nase, die am Mund vorbeiführten und sich dann in seinen Backen verloren ... der verzerrte Mund, der wahrscheinlich *cool* wirken sollte.

Er beugte sich zu John Smith vor. »Vielleicht sehe ich ja Gespenster. Der Typ da hat zwar einen recht mickrigen Schnurrbart, aber ich könnte schwören, das ist Igor!«

Er drehte sich wieder um, um ihn John Smith zu zeigen, aber — *mierda!* — der Mann war verschwunden.

Ohoo! Eine Schar spärlich bekleideter Mädchen machte sich über sie her. Als Erstes griff sich eine Blondine John Smith — bestand das ganze Universum aus Blondinen? Sie trug einen sehr kurzen Jeansrock mit einem Oberteil wie das einer Latzhose … Träger aus Jeansstoff über den Schultern … nur dass sie darunter nichts trug und ihre Brüste an den Seiten herausquollen. Man konnte die untere Wölbung ihrer Brüste sehen. Der Rock sah aus wie — *ein Zupfer!* — und weg ist das Ding! … und liegt als winziger Stoffhaufen auf dem Boden. Sie begrüßte John Smith — indem sie ihm an der Innenseite fest den Oberschenkel drückte, anzüglich lächelte und sagte, »Hi! Ich heiße Belinka. Amüsierst du dich?«

Wo war der Bursche hin? Nestor sah ihn wieder … er unterhielt sich vertraulich mit einem Rausschmeißer. John Smith war in diesem Augenblick nicht in der Lage, über ihre Mission nachzudenken. Er dachte nur darüber nach, was da gerade von seinem Oberschenkel Besitz ergriffen hatte … der *Innenseite* seines Oberschenkels … nicht weit weg von — Das blasse weiße Gesicht des Mr. John Smith errötete im blutigsten Rot, das Nestor je gesehen hatte. Als Antwort auf ihre Frage fiel ihm nur ein, »Nnnh hnnh.« Nestor amüsierte sich köstlich über John Smiths Notlage, wagte es aber nicht, den Anblick noch länger zu genießen — *wo ist der verdammte Kerl jetzt schon wieder hin? Vor einer halben Sekunde war er noch da!*

»Ich wette, du möchtest noch ein bisschen *mehr!*«, sagte »Belinka«.

John Smith blieb stumm, ihm fehlten die Worte. Schließlich stammelte er — vor Verlegenheit ganz verzweifelt, »Äh, ich … glaube schon …«

Ich glaube schon. Das war dermaßen lahm, Nestor war begeistert, trotzdem schaute er sich nicht um. *Jeden Moment* … seine Augen durchsuchten die Möbellandschaft … jeden Moment —

Im nächsten Augenblick spürte er eine Hand an der Innenseite seines eigenen Oberschenkels.

»Hi! Ich heiße Ninotschka! Ich hab sofort gesehen —«

»Hi«, sagte Nestor, ohne sie anzuschauen. Er behielt die Möbellandschaft im Auge. »Was ist das für ein Name?«, fragte er gelangweilt.

»Ein russischer«, sagte sie. »Wo schaust du hin?«

»Du bist Russin? Ehrlich?«, sagte er. Seine Augen schweiften immer noch durch die Möbellandschaft.

»Ohne Scheiß jetzt! Du bist Russin?«

Lange Pause. Schließlich: »Nein, aber meine Eltern … Was suchst du denn da?«

»Bist du hier in der Gegend aufgewachsen?«, fragte Nestor — und schaute sie immer noch nicht an.

Wieder eine Pause.

»Nein«, sagte sie. »In Homestead.«

Er grinste in sich hinein. ::::::Das ist dein erstes wahres Wort. Homestead ist eine so miese Gegend, kein Lügner würde jemals zugeben, dass er aus Homestead kommt.:::::: Zu ihr sagte er nichts.

Der Nutte reichte es jetzt. Er spielte mit ihr, machte sich lustig über sie. Das Spiel konnte man auch zu zweit spielen. Sie ließ ihre Hand etwas höher an seinem Oberschenkel hinaufgleiten und sagte, »Und wie heißt du?«

»Ray«, sagte Nestor.

»Bist du oft hier, Ray?«, fragte die Hure.

Nestor beobachtete weiter die Leute in dem Glamourösmeine-Fresse-Nachtklub.

»Weißt du, Ray, du hast ein wirklich großes Rohr.« Dann nahm sie die Hand von seinem Oberschenkel und umfasste seine Genitalien ... sanft, aber ganz. »Ein sehr, sehr großes Rohr«, sagte sie. Sie lächelte ihn spöttisch an.

»Dein Rohr wird ja *größer* ... Wie wär's mit einem dicken nassen Schmatz auf dein Rohr?«

Aus dem Mundwinkel, ohne die geringste wie auch immer geartete Veränderung des Tonfalls: »Nein, danke.«

»Na los«, sagte sie. »Du willst es doch.« Sie streichelte ihn zwischen den Beinen und sagte, »Ich kann es spüren.«

Nestor wandte sich zum ersten Mal zu ihr um — und blickte sie an. »Ich sagte, nein, danke, und das heißt auch nein, danke.«

Der CopBlick. »Ninotschka« zog die Hand zurück und wagte es nicht, auch nur einen Ton zu sagen. Nestor drehte sich sofort wieder um und schaute zu der Seite, auf der er und John Smith den Klub betreten hatten ... Und plötzlich — ein elektrischer Ruck ging durch sein Herz ::::::Jesus Christus! Der Typ da hinten, neben der Bar ... der in dem schwarzen Hemd ... Er hat ein Mädchen am Arm, buchstäblich am Arm ... sieht aus wie ein züchtiger Sonntagspaziergang, nur dass sie eine halb nackte Stripperin ist, und da drüben ist *die Tür!*::::::

Nestor wirbelte auf seinem Hochsitz herum und sprang auf den Boden. »Ninotschka« erschrak so, dass sie zurückfuhr und gegen »Belinka« stieß, die sich gerade über John Smiths Oberschenkel beugte. *Wamm!* Die beiden Mädchen landeten rückwärts und mit senkrecht in die Luft ragenden Beinen auf dem Boden. John Smith saß wie versteinert auf seinem Barhocker. Er schaute mit heruntergeklappter Kinnlade zu Nestor.

»Ich sehe den Typen!«, sagte Nestor. »Er geht zu *dieser Tür* da drüben! Los geht's!«, sagte er über die Schulter zu John

Smith und sah ihn *blip* aufrecht auf seinem Barhocker sitzen — *stocksteif!* Möbellandschaft. ::::::Los, beweg dich, *lauf!*:::::: Aber weil in dem Ozean aus Sofas … zu viel fett gepolstertes Mobiliar zu chaotisch arrangiert war … zu viele Kunden sich mit ausgestreckten Beinen in den gepolsterten Wogen lümmelten … zu viele Hurenhintern in die Luft ragten, weil sie mit gesenktem Kopf vor ihren Kunden standen, um ihre Schäferstündchen klarzumachen … zu viele kleine Beistelltische die freien Räume verstopften … bestand seine einzige Hoffnung darin, über die Beine der Kunden zu *springen* … die Hintern der Nutten zu *umkurven* … und über die Beistelltische zu *hüpfen* … *bango!* … schon sprintete er los …

Die in den Plüschpolstern versunkenen Männer — sie sind verschreckt … sie fühlen sich beleidigt … sie sind wütend … und sie gehören auch nicht gerade zu den vornehmsten in Miami-Dade County — schwarzes Hemd, behaarte Brust! … Nestor wendet für den Bruchteil einer Sekunde den Kopf — ::::::Das ist er! — ganz sicher! Ich weiß es, das ist Igor! Minischnauzer, aber Igor!:::::: Irgendeine Hure hat ihn am Arm! Sie gehen durch den hinteren Teil der Möbellandschaft, da, wo er und John Smith reingekommen sind … Sie gehen zu *der Tür!*

Die Tür vor Igor zu erreichen wurde plötzlich zu einem dringlicheren Problem als alles, was er bislang in seinem Leben zu bewältigen gehabt hatte. In der Sekunde bevor er den Kopf wieder nach vorn wandte, gab er Gas und … *Jesus Christus!* … Er würde mitten in sie reinkrachen! … drei Männer und zwei Huren, die sich gegenübersaßen, dazwischen ein Beistelltisch … kein Platz, keine Zeit, rechtzeitig zu bremsen … Nur eine Möglichkeit — er *sprang* über den Beistelltisch … stieß eine von den Huren auf die eine, einen Fettsack auf die andere Seite … »VERDAMMTES AAARSCHLOCH!«

Der Fettsack … ::::::Wo kommt der jetzt her? … Alt, aber eine Stimme wie Donnerhall!::::::

… »SCHWUCHTEL!« … Eine der Huren …

»WICHSER!« … ein anderer Mann … sabbernd vor Geilheit …

… Jetzt springen sie alle auf und kreischen … »DRECKSACK!« … »SCHEISSKERL!«…

Der völlig durchgeknallte hüpfende springende Drecksack ::::::Wie kommen die dazu, *mich* so anzumachen?!:::::: schafft es auf die andere Seite der Möbellandschaft … *Die Tür* ist — wie weit? — noch zehn Meter entfernt … *Oh, Scheiße* — ein Rausschmeißer … er löst sich von *der Tür* … und kommt direkt auf mich zu … breit wie ein Schrank … große platte Visage, wie ein Samoaner … Keine Chance, an dem vorbeizukommen … der CopBlick?! … Die Bestie steht jetzt direkt vor ihm, versperrt ihm den Weg —

»Warum so eilig, Kumpel?« *Diese Stimme,* oh Mann! *Der CopBlick?* Nestor blieb etwa eine halbe Sekunde, um sich zu entscheiden — *bango!* — das ist ein harter Brocken! Keine Chance! Könnte ein Bulle nach Feierabend sein, kleiner Nebenjob, schwarz … Bevor er die Entscheidung in seinem Gehirn auch nur ausformulieren konnte, brach der echte Nestor Camacho aus ihm heraus. Er zog den Kopf ein, spielte den Ängstlichen und deutete hinter sich zu dem Krawall in der Möbellandschaft … Mit schriller Stimme, gepeinigt, zitternd, verängstigt: »Die bringen sich gegenseitig um! Die sind völlig ausgerastet! Fast hätte es mich erwischt!«

Der Rausschmeißer beäugte Nestor. Nicht dass er ihm unbedingt glaubte — aber der Tumult in der Möbellandschaft war jetzt das größere Problem … Überall Gebrüll: »SCHLUSS MIT DEM SCHEISS« … »ICH WARNE DICH!« … GOTTVERDAMMICH!« … »DU KLEINER PISSER!« Sie übertönten sich gegenseitig mit ihrem Geschrei ... Überall Aufruhr. »Du wartest *hier!*«, sagte er zu Nestor. Er deutete mit dem Finger auf die Stelle, wo Nestor stand. »Du rührst dich nicht *vom Fleck!*« Und dann marschierte er mit großen wiegenden Gorillaschritten in den Tumult hinein ... Seine Arme und Hände schwangen einen guten halben Gorillameter neben seiner Hüfte hin und her ... *Großer Mann* — inzwischen war er fünf King-Kong-Schritte in die Möbellandschaft vorgedrungen ... *basso profondo* ... brüllt er, *brüllt* er, »Okay! Was ist hier los, verdammt noch mal?«

»Dieser DRECKSACK da!«

»Dieses ARSCHLOCH!«

»Dieser SCHEISSKERL!«, kreischten sie und deuteten an dem Rausschmeißer vorbei in Nestors Richtung.

Und Nestor fing an zu laufen, er *sprintete* die zehn, fünfzehn Meter bis zu der Tür ... zu der Lasterhöhle der lüsternen Lenden ... was war das? ... direkt vor ihm ... kaum einen Meter vor der Tür ... er, tatsächlich er ... schwarzes Hemd ... er ist stehen geblieben, er und seine Hure, die Augen starr auf den Tumult in der Möbellandschaft gerichtet.

»— der kleine *Wichskopf!*«

»— Schwanzlutscher hat mich genau hier mit seinem Ellbogen erwischt!«

»Wenn ich nicht zur Seite gesprungen wär, hätten mich diese Pisser —«

»— komm doch nicht her, um mich anpissen zu lassen von so zwei —«

»— was ist los mit dir? Wie kann man solche Arschlöcher überhaupt hier —«

Geräusche einer Schlägerei ... WOMM! KLATSCH! OOARRRCH!

::::::Arschlöcher *PLURAL?*::::::

»OKAY, OKAY! JETZT KOMMT MAL WIEDER RUNTER! UND WENN MICH NOCH EINER VON EUCH DUMM ANMACHT, DANN REISS ICH IHM SEINEN VERFICKTEN SCHÄDEL RUNTER UND SCHEISS IHM IN SEINEN VERSCHISSENEN HALS!«

Igor ::::::Jetzt weiß ich es. Er ist es! Ich *weiß* es!:::::: *Igor!* Er hat einen Arm um die Taille der Hure gelegt ... Sie sind nur noch zwei Schritte *von der Tür* entfernt! Er schaut sich die Party in der Möbellandschaft an, er ist *begeistert* ... so sehr, dass er seine Hure immer wieder hart gegen seinen Oberschenkel und seine Brust drückt ... immer wieder ... ein regelrechter Trockenfick ist das ... Sie lächelt nur und erträgt es und erträgt es und erträgt es und erträgt es und erträgt es TROCKENFICK TROCKENFICK TROCKENFICK TROCKENFICK. Was ist mit ihm los? Er sieht betrunken aus — spielt keine Rolle! *Bleib einfach, wo du bist, rühr dich nicht vom Fleck!* Nestor rennt los ... so schnell er kann, quer durch den Klub. ZU SPÄT! Igor — wenn er es denn ist — und das Mädchen treten durch *die Tür* und sind verschwunden ... *¡Coño!* Nestor bleibt zitternd stehen ... Er ist aufgeschmissen aufgeschmissen aufgeschmissen ... aber was hindert ihn, *einfach reinzugehen?* Er inspiziert die Tür. Das ist gar keine *richtige* Tür. Sondern ein Gang, in dem nach drei Schritten eine Schattenwand steht. Die hindert ihn zwar nicht daran hineinzugehen, aber er kann nicht zuerst einen Blick hineinwerfen. Er schaut sich um ... *¡Coño!* Da kommt der Rausschmeißer. Er geht zurück auf seinen Posten. ::::::Wie komme ich da rein?:::::: Nestor begutachtet sein direktes Umfeld ... Keine drei Meter entfernt — was ist *das?* Der Arsch einer Hure! Er sieht sie von hinten, sie beugt sich über einen Mann auf einem Sofa — rosa Short-Shorts, so kurz, dass jede ihrer Hinterbacken halb herausquillt ... *Arschdekolleté,* Johns Smiths Ausdruck, aber jetzt *kapiert* er. Sie quellen heraus wie zwei herunterhängende Brüste. Sie trug eine ärmellose Bluse aus irgendeinem dünnen, glänzenden Material, das fast die gleiche rosa Farbe wie ihre Shorts hatte … Rüschen an den Ärmelöffnungen … am Rücken zwei große ovale Öffnungen. Wofür? — damit man sieht, dass sie keinen BH trägt? Weiß der Kuckuck … Ihr Oberkörper war leicht zur Seite gedreht … *so* herum … Natürlich! Eine Hand lag innen auf dem Oberschenkel ihrer Beute.

Keine Zeit für Nettigkeiten und Etikette. Nestor beugte sich zu ihr vor. Er setzte ein einschmeichelndes Lächeln auf und sagte, »Hi! Ich will Sie ja nicht stören, aber ich brauche *unbedingt* einen Lapdance. Wirklich, jetzt gleich!«

Sie ließ die Hand auf dem Oberschenkel des anderen Mannes liegen, während sie Nestor den Kopf zuwandte und ihn fragend … dann misstrauisch anschaute. Sie war eine Brünette mit blonden Strähnchen — im Honey Pot musste blond dabei sein, egal wo man herkam! Wir verpassen dir einen russischen Namen oder einen aus Estland … aber du bringst dein eigenes Blondhaar mit, dein sexy-ekstatisches Lächeln und deine gesetzlosen Schamlippen.

Er konnte die Zahlen in ihrem Kopf klicken hören, 0, 1, 1, 0, 0, 0, 0, 1, 0 <<<Hab alle Hände voll zu tun, den Burschen auf dem Sofa hier klarzumachen … er sieht reich aus … aber er will nicht so recht … und plötzlich taucht dieser Bursche auf — und meldet sich *freiwillig!* … sieht ganz anständig aus … und jung, und gierig 0, 1, 1, 0, 0, 1, 0, 0, 0, klick klick klick>>> Jetzt machte sie irgendetwas mit ihren Augen und Lippen, das sie spitzbübisch aussehen ließ. Sie schob ihre Backe so weit vor, bis sie fast Nestors Backe berührte. Mit tiefer, aber eigentlich ziemlich angenehmer Stimme sagte sie, »Weißt du, auf welche Sorte Männer ich stehe? Auf die entschlossenen! Eigentlich ist das ja nicht meine Art —«

Und dann legte sie ihre freie Hand auf Nestors Oberschenkel — hielt ihn fest, als wollte sie ihn nicht mehr loslassen — nie mehr — und nahm die andere Hand vom Oberschenkel ihres potenziellen Sofakunden. Nestor konnte jetzt den Mann auf dem Sofa zum ersten Mal richtig sehen. Er sah fast vornehm aus ... volle graue Haare, gut frisiert, Bürohemd, oberster Knopf offen, keine Jacke, keine Krawatte ... hellbraune Hose, die unübersehbar *teurer* war als Khakis ... Warum ging so ein Mann in so einen Laden und hörte sich das Gebettel einer Hure an? Sogar Nestor erkannte, dass das eine kindische Frage war.

Das Mädchen schaute auf ihre Sofabeute hinunter, schaute sie mit ihrem spitzbübischsten und laszivsten Gesichtsausdruck an und sagte, »Rühr dich nicht vom Fleck! Ich bin gleich wieder da!« — worauf sie aufstand und ihre Hand zwischen Nestors Beinen herauszog. Der Mann schaute sie und Nestor entgeistert an. Aber Nestor wusste, dass er nichts sagen oder tun würde, was die Aufmerksamkeit auf seine wahre — sprich anständige — Identität lenken würde.

Sie nahm Nestor forsch bei der Hand und führte ihn die vier oder fünf Meter bis zu *der Tür*. Der Rausschmeißer stand auf seinem Posten. Misstrauisch musterte er Nestor von Kopf bis Fuß, aber die redliche Hure verlieh Nestor die nötige Seriosität. Sie führte ihn — immer noch an der Hand — um die Schattenwand herum. Was Nestor nun sah, glich einem langen, schmalen, schmuddeligen und schwach beleuchteten Umkleideraum mit einer Reihe von Kabinen. Er hatte das Gefühl, als bräuchte er nur den Arm ausstrecken, um die erste berühren zu können, dabei war sie etwa zwei Meter von ihm entfernt ... Es handelte sich um eine endlose Reihe von billigen Trennwänden im Abstand von eineinhalb Metern, die etwa dreißig Zentimeter höher als die einer Flughafentoilette waren … Statt Türen hatten die Kabinen hell- und dunkelbraun gestreifte Vorhänge aus Transitester, der Boden war von Wand zu Wand mit hell-, dunkel- und gelbbraun gemustertem Streptolon-Industrieboden ausgelegt, dem nicht mal eine Axt etwas hätte anhaben können … alles ziemlich heruntergekommen, aber wenigstens ein Versuch, dem Honey Pot so etwas wie eine Inneneinrichtung zu verpassen. In dem überfüllten, niedrigen und fensterlosen Raum wurde man von dem gleichen BEAT *klong* BEAT *klong* BEAT *klong* weich geklopft wie im Rest des Klubs. In den winzigen Pausen zwischen den BEATs und den *klongs* konnte Nestor menschliche Geräusche ausmachen, keine Worte, Geräusche … die von jenseits der Vorhänge kamen … *ohhh, ahhh ahhh, uuu-ooh, ennnngh ohhhhunh* … das Stöhnen von Männern — nicht der Mädchen … Stöhnen, das manchmal die Grenze zu sinnlosem Gebrabbel überschritt … *ohhhja ohhhja weiiteeer weiiteeer jajajaja festoooh festoooh jetzjetzjetz* und dann wieder jede Menge *unhhh-uhnnn-ahhh-ahhh-uuu-ooh-uuu-oohuuu-ooh*-Geräusche. Nestor hörte interessiert zu.

Das Mädchen schaute ihn mit dem laszivsten Lächeln an, das er in seinem Leben gesehen hatte, und sagte mit Worten, die wie labiales, lüsternes Öl aus ihrem Mund quollen, »Wie heißt du?«

»Ray«, sagte Nestor. »Und du?«

»Olga«, quoll es aus ihrem Mund.

»Olga … Ich habe heute Abend schon so viele Russinnen kennengelernt. Du hast gar keinen Akzent.«

Als würde sie ihm den Schlüssel zum Paradies anbieten, sagte sie, »Meine Mutter ist Russin. Ich bin hier aufgewachsen.« Ihre Lippen nahmen die Konturen unsagbarer Ekstasen an. »Du kennst wahrscheinlich die … ähhh … Richtlinien. Ein einfacher Lapdance macht fünfundzwanzig Dollar, anfassen verboten. Anfassen kostet mehr, kommt drauf an, *was*. Und bezahlt wird natürlich im Voraus, egal wofür. Willst du immer noch den einfachen Lapdance, Ray?«

»Klar, großartig!«, sagte Nestor. »Fantastisch!« Er zog fünfundzwanzig Dollar ... von John Smiths Geld ... aus der Tasche und steckte sie in eine Seitentasche ihrer rosa Shorts.

»Okaaay ... danke«, sagte »Olga«, nahm seine Hand und führte ihn zu einer Kabine mit zurückgezogenem Vorhang. Sie war gerade groß genug für eine Art Pritsche mit einer Matratze und einem gestreiften hellbraunen Überzug ... einen modernen Klubsessel aus einer Fiberglasschale mit dunkelbraunem Sitzpolster ... einen dazu passenden Hocker mit braunem Polster ... und an der Rückwand eine Resopalplatte, in die ein Waschbecken mit zwei Hähnen eingelassen war und unter der sich ein Schränkchen mit zwei Türen befand ... Kurz bevor »Olga« den Vorhang zuzog, hörte Nestor einen Mann lauter und ekstatischer stöhnen als jeden anderen bisher.

»Oh, *gowno* ... oh, *gowno* ... oh, *gowno* ... oh, *gowno* ... oh, *gowno!*«

Und dann das Stöhnen einer Frau, nicht *so* laut, aber doch laut genug, um das BEAT *klong* BEAT *klong* und alles andere zu übertönen ... *seufzendes* Stöhnen, das in andauernden kurzatmigen Seufzern endete, *»Ahhhhh ... ahhhhh ... ahhhhh«* ... dann schneller wurde ... *»Ahhh ... ahhh ... ahhh«* ... dann noch schneller ... *»Ahh ... ahh ... ahh ...«*

Deren Tempo sich das Stöhnen des Mannes, Oh, *gowno* Oh, *gowno* Oh, *gowno* Oh, *gowno* anpasste.

Dann das krampfhafte Stöhnen des Mädchens *ahh ahh ahh ahh ahh,* das in einem See aus *Schluchzern Schluchzern Schluchzern* Oh Gott *schluchz schluchz schluchz schluuuchzzzzz ungh ungh ungh* Oh Gott oh Gott oh Goooott versank ...

Und das der Mann krönte mit »Oh *gowno* Oh *dermo* Oh *gowno DERMO DERMO DERMO! BOSCHE MOJ! GOS-PODI* …« Am Ende war er so laut wie ein Operntenor.

»Olga« machte einen Schritt vom Vorhang weg in den Raum hinein. Dann eine einzige Bewegung ihrer Hand, und die Bluse fiel auf den Boden. Sie drehte sich wieder zu Nestor um und präsentierte ihm ihre Brüste.

Nestor setzte ein glückliches Lächeln auf, als wollte er sagen, »Oh, schön. Sehr nett« — das war alles, denn schon beanspruchten wieder Geräusche aus den anderen Kabinen seine Aufmerksamkeit … Ein Mann beklagte sich, »Was soll das denn heißen? Ich komm nicht zum Schuss, oder was?« Anscheinend redete er mit seiner Hure. »Komm mir nicht mit dem Scheiß! Mit euren Scheiß-Fickregeln — oder besser, euren Scheiß-Nichtfick-Regeln.«

Aus einer anderen Kabine blaffte offensichtlich jemand den Opern-Orgasmus-Mann an, denn die kreischende Antwort des Heldentenors kam umgehend, »Halt's Maul, du Wurm!« Seine Stimme klang voll, betrunken und hatte einen starken russischen Akzent. Sein Widersacher schrie, »Für wen hältst du dich eigentlich, du Pisser?« Und die Opernstimme antwortete, »Willst du das wissen wirklich? Du bist so klein, ein Wurm, ich bin viel größer als du! Ich bin ein Künstler!«

Buhen, Pfiffe, Jetzt-macht-aber-mal-halblang und andere Rufe sarkastischer Verunglimpfung.

»Glaubst du mir nicht? Kannst du mich ja mal besuchen im Museum!«

»Hey, Jungs, Ruhe da! Was zum Henker ist hier los?« Der Rausschmeißer. Er schien ziemlich geladen zu sein. Die Streithähne verstummten.

»Olga« stand mit nackten Brüsten da und sagte, »Was ist, Ray? Willst du da ewig am Vorhang stehen bleiben? Ich dachte, du bist scharf auf einen Lapdance.«

»Ja, ja, bin ich auch«, sagte Nestor. »Aber ich glaube, ich hab da grad was gehört.«

»Olga« stand da, barbusig und sprachlos, und schaute ihn an.

::::::Er sieht aus wie Igor mit einem Minischnauzer. Er hat einen russischen Akzent. Er sagt, man kann ihn im Museum besuchen! So kann man das auch sehen!::::::

Draußen vor *der Tür* wartete John Smith. *Was war passiert?* Er hatte ein großes blaues Auge. Sein blauer Blazer war voller Staub und Dreck, und auf einem Revers glänzte ein großer nasser Fleck.

»*¡Dios mío!* Was ist passiert?«

»Ich wollte hinter Ihnen her, aber dann waren Sie plötzlich weg — da haben die ihre Wut an mir ausgelassen.«

Nestor pfiff leise durch die Zähne. »Ich hab gehört, dass hinter mir irgendwas los war, und ich hab auch einen Rausschmeißer gesehen, aber ich hatte keine Ahnung, dass die Sie am Wickel hatten. Sie sehen ein bisschen ... nun ja, mitgenommen aus. Alles in Ordnung?«

»Ich werd's überleben ... außer dass ich drei von diesen Mistkerlen umbringen würde. Und, wie ist es bei Ihnen gelaufen?«

»Er ist unser Mann, John.«

»Woher wissen Sie das?«

»Später, jetzt machen wir uns erst mal aus dem Staub«, sagte Nestor. »Dann erzähle ich Ihnen alles.«

Das vier Stockwerke hohe, von hinten angestrahlte Honey-Pot-Schild schuf ein elektrisches Zwielicht auf der Straße vor der Ladenzeile. Es war ein künstliches Zwielicht, aber doch hell genug, damit die beiden den Klub und die Parkplatzeinfahrt hinter dem Gebäude aus dem Camaro im Auge behalten konnten … wenn er das SPTotal-Sonnenschutzschild, das die Windschutzscheibe bedeckte, ein paar Zentimeter anhob. SPTotal war das von der CST benutzte Fabrikat … *¡Coño!* Alles hatte sich dazu verschworen, ihn an den Tag zu erinnern, als er und Hernandez das Crackhaus in Overtown überwacht hatten.

Nestor hatte den Camaro rückwärts in die Einfahrt eines Ladens auf der gegenüberliegenden Straßenseite gesetzt, Buster's BoostersX, der jetzt geschlossen hatte, weil es schon auf 3 Uhr zuging. John Smith war jetzt ein Soldat, aber Observationen machten ihn immer noch nervös. Er fürchtete, Igor sei schon abgehauen, ohne dass sie es bemerkt hätten … oder es gebe eine andere Ausfahrt, von der sie nichts wussten … oder Igor könnte, da er ja Stammkunde war, im Honey Pot übernachten, wenn ihm danach sei … vielleicht fänden sich ja auch noch Mädchen, die gewillt seien zu bleiben und ein bisschen mit ihm zu spielen … Vielleicht dies, vielleicht das … Aber eins hatte Nestor bei seiner Arbeit in der CST gelernt: Man musste auf den richtigen Zeitpunkt zum Handeln *warten*. Ohne etwas zu überstürzen, musste man selbst oder ein Vorgesetzter unter Berücksichtigung aller Unwägbarkeiten über das Vorgehen entscheiden und sich dann strikt daran halten … so wie Hernandez die Überwachung in Overtown geplant hatte … *¡Coño!* Warum konnte er diese Scheißnacht nicht vergessen? Das hatte er jetzt davon. Wieder dieser Weltschmerz.

Aber jetzt saß er mit John Smith in seinem Camaro und wartete auf die Beute … und John Smith war nicht Sergeant Hernandez.

»Angenommen, er fährt gar nicht nach Hause«, sagte John Smith. »Was, wenn er zu einer Freundin oder so fährt? Was machen wir dann?«

»Kann schon sein, dass einer, der sich drei oder vier Nächte die Woche in einem Stripladen rumtreibt, danach um drei oder vier Uhr morgens nach Hause zu seiner Freundin fährt, für sehr wahrscheinlich halte ich das aber nicht. Wenn Sie mich fragen, ist dieser Bursche eine ziemlich bedauernswerte Gestalt. Ein erfülltes Liebesleben im Honey Pot, also wirklich?«

»Es muss ja keine Freundin sein«, sagte John Smith. »Das war nur ein Beispiel. Es könnte auch …«

»Hören Sie zu, John, *alles* ist möglich. Und was sagt Ihnen das? Null, gar nichts. Man fängt an mit dem, was *wahrscheinlich* passieren wird, und da setzt man an. Was wollen Sie, das war doch eine ziemlich gute Nacht! Das war das erste Mal, dass wir überhaupt Tuchfühlung mit dem Kerl hatten. Wir wissen jetzt, wie er aussieht. Vorher haben wir immer nur nach einem gottverdammten *gewachsten Schurrbart* Ausschau gehalten!«

»Verstehe immer noch nicht, wie Sie das gemacht haben«, sagte John Smith.

»Es war das schwarze Hemd, das vorne halb aufgeknöpft war. Das war das gleiche Hemd, das er auf dem Foto anhatte, das wir von den Cops aus Miame-Dade County bekommen haben. Er hat sich gerade fünf oder sechs Stunden lang in einem Stall voller Nutten abgearbeitet. Kann mir nicht vorstellen, dass er um drei Uhr morgens den ganzen Weg zurück nach Wynwood fährt. Warten wir's einfach ab, okay?«

John Smith lehnte sich in seinem Beifahrersitz wieder zurück, stieß einen langen Seufzer aus und schloss die Augen.

Etwa eine halbe Stunde später kam ein stämmiger Typ, der unter einem halb offenen schwarzen Hemd seine unermesslich breite haarige Brust zur Schau stellte, ganz allein aus dem

Honey Pot. Nestor stieß John Smith in die Seite und sagte, »Da ist er ja, unser Bursche.«

John Smith hob den Kopf. »Jesus! Macht mir nicht gerade einen standfesten Eindruck.«

Der Mann ging auf den Parkplatz des Honey Pot zu. Nestor startete den Camaro, die Scheinwerfer ließ er aus.

Keine Minute war vergangen, als John Smith mit konspirativ gedämpfter Stimme sagte, »Was macht er da so lange? Was, wenn er einfach über den Parkplatz und hinten wieder rausläuft.«

John Smith schaute jetzt zur Ausfahrt des Parkplatzes. Wieder verstrichen ein paar endlose Minuten.

Schließlich fuhr ein Volvo vom Parkplatz, der große, der Vulcan. Nestor musste zweimal hinschauen, um die Brustmatte hinter dem Lenkrad zu erkennen.

Nestor ließ sich alle Zeit der Welt, um das Sonnenschutzschild zusammenzufalten … und sagte seelenruhig, »Wollen Sie wissen, was meine schlimmste —«

John Smith, bestürzt: »Er gibt Gas!«

»— Albtraumvorstellung von meinem Tod ist? Dass ich von einem Volvo Vulcan oder einem Cadillac Escalade überfahren werde. Mann, eins weiß ich —«

»— Jesus! — er ist schon fast an der Kreuzung, und wir sind noch nicht mal —«

»— sicher. Das wäre echt demütigend. Das kann ich Ihnen sagen.«

»Nestor!«

»Immer mit der Ruhe. Ich lass ihn um die Ecke biegen, dann mache ich die Scheinwerfer an und klemme mich an ihn dran. Ansonsten fragt er sich doch sofort, warum da jetzt plötzlich Schweinwerfer aufblenden und einer hinter ihm herfährt.«

»Aber wir verlieren ihn.«

»Fünf Sekunden vielleicht. Da — jetzt ist er abgebogen. Und jetzt — *aufgepasst!*«

Nestor schaltete die Scheinwerfer des Camaro ein und ließ den Wagen langsam auf die Straße rollen … dann schossen sie mit einem rasanten Kavaliersstart am Honey Pot vorbei, erreichten die Kreuzung einen Herzschlag später … bremsten, rollten langsam um die Kurve … und, logisch, sahen etwa fünfzig Meter vor sich den Volvo Vulcan … Die Dunkelheit schien das monströse Ding zu verschlucken … aber die Rücklichter waren unübersehbar. Sie waren riesig, befanden sich etwa einen halben Meter höher als die von jedem normalen Auto und verliefen in extravagantem Schwung um das Wagenheck herum. Nestor konnte reichlich Abstand halten und problemlos folgen.

Igor und der Vulcan fuhren Richtung Osten … aber nur etwa einen Kilometer … dann bog Igor links ab und fuhr in nördlicher Richtung weiter, auf dem kleinen Highway A1A, der direkt an der Küste entlangführte. Es herrschte genügend Verkehr, sodass Nestor gefahrlos etwas aufschließen konnte. Die Highwayschilder schienen auf ihn zuzuschweben. Anfangs kannte er die Straßen und Orte noch, durch die sie fuhren oder die sie passierten … Miami Gardens Drive … Northeast 192nd Street … Northeast 203rd Street … Aventura … Golden Beach … Gulfstream Park Racetrack … Sie kamen an einem großen russischen Restaurant namens Tatjana's vorbei … dann bogen Igor und der Vulcan nach links in einen breiten Boulevard ab … immer mehr russische Namen tauchten im mitternächtlichen Zwielicht auf … die Kirova Ballet Academy … das St. Petersburg Turkish and Russian Baths … das Ouspensky Cultural Center, das aussah wie ein x-beliebiger Laden … Vladim's Paint and Body …

Ivana's Nails and Spa. Igor fuhr weiter nach Westen, immer weiter nach Westen. Wo zum Teufel wollte er hin?

Die Gegend, durch sie jetzt fuhren, kam Nestor vor wie ein anderes Land. Mitten in der Nacht wirkten die Straßenränder fremd und gespenstisch. Sie waren kaum erkennbar im flirrenden Halbdunkel der vorbeihuschenden Schweinwerfer und der an so hohen Stahlmasten montierten Straßenlampen, dass ihr Licht nur als matter Schein unten ankam ... Außer den 7-Eleven-Läden waren alle Geschäfte dunkel — Speeder Oil Change and Tuneup ... Pet Pleasers Salon ... IHOP, sprich International House of Pancakes ... Four Guys' Paint and Body ... Spanky's Cheese Steak Factory ... Tara Estates Manses for Active Adults ... Supercuts ... Smokey Bones BBQ and Grill ... Pet Supermarket ... Little Caesar's Pizza ... Applebee's ... Wendy's ... die Seniorenresidenz Desoto Luke's Active Adults, die offensichtlich aus zwei einfachen Backstein-Apartmenthäusern mit kleinen Balkonen und Innenhöfen bestand ... wieder ein beleuchteter 7-Eleven ... Carver Toyota mit einem Parkplatz voller Autos im Dämmerlicht zweier Scheinwerfern an einem hohen Mast ... Olde Towne Bingo ...

»Wo sind wir?«, fragte John Smith.

»Broward County«, sagte Nestor. »Aber wo genau da, weiß ich auch nicht. Ich bin noch nie so weit nach Westen gekommen.«

»Das ist wirklich komisch«, sagte ein für seine Verhältnisse ungewöhnlich aufgekratzter John Smith. »Wissen Sie, warum? Wir haben gerade die Grenze zu einem fremden Land passiert ... ein Land namens Amerika! Wir sind nicht mehr in Miami. *Spüren* Sie das? Ein Russe namens Igor führt uns in die USA!«

Nestor klopfte den Gedanken auf Spuren einer kubanerfeindlichen Beleidigung ab, obwohl er die gleiche Fremdartigkeit Sekunden zuvor auch gespürt hatte … Dabei war John Smith selbst ein Fremder. Er war selbst unbestreitbar Inbegriff eines Wesens, von dem zwar jeder in Miami schon einmal gehört, das aber nie jemand getroffen hatte, des WASP, des White Anglo-Saxon Protestant. Sein Verstand sagte Nestor, dass John Smiths Bemerkung über das fremde Land … die USA …. harmlos war. Gefühlsmäßig aber nahm er es ihm übel, harmlos hin oder her.

Nach Westen, weiter nach Westen, immer weiter nach Westen steuerte Igor sein Monster mit den grellen Rücklichtern. Immer häufiger sahen sie niedrige Apartmentgebäude aus Backstein … »The Hampton Court … Betreutes Wohnen in Seniorenresidenzen« …

»›Betreutes Wohnen in Seniorenresidenzen‹«, sagte John Smith. »Mann, ist das nicht herrlich?« Er schaute Nestor an und wartete auf dessen Reaktion.

Nestor gab sich ziemliche Mühe, nicht die geringste Reaktion zu zeigen. Er konnte es nicht genau in Worte fassen. Aber immer wenn John Smith so aufgekratzt war wie jetzt, ärgerte sich Nestor über ihn. Diese Aufgekratztheit basierte immer auf einem Gefühl der Überlegenheit. John Smith konnte einen Gedanken … aus etwas so Gewöhnlichem wie dieser Nebenstraße ableiten … »Wir haben gerade die Grenze zu einem fremden Land passiert … die USA.« … Diese Art zu denken war eine Fähigkeit, die Nestor abging. Ironie ging immer auf Kosten von jemand anderem … auf seine wahrscheinlich … Lag es am Ende an der Bildung? John Smith hatte ein College mit einem einschüchternden Namen besucht … Yale … in diesem Augenblick spürte Nestor einen Hass auf jeden, der ein College mit einem einschüchternden Namen besucht hatte … Im Grunde waren das alles Weicheier … allerdings, was Nestor wirklich wurmte, war, dass sie vielleicht doch keine Weicheier waren …

Immer weiter und weiter nach Westen fuhr der Vulcan, bis er an einer Wohnanlage namens West Park rechts abbog und auf einer kleineren Straße schnurstracks nach Norden fuhr … an Utopia vorbei … an Deauville Abbey vorbei … immer mehr gedrungene Backstein-Apartmenthäuser … »Aktives und betreutes Wohnen, Seniorenresidenz, Hospiz und Coda Chateau« …

»Das wimmelt hier nur so von solchen Anlagen«, brummte Nestor.

»Wird langsam gespenstisch«, sagte John Smith.

Igor biegt jetzt links ab und fährt *noch weiter* nach Westen.

»Wo zum Teufel will der hin?«, sagte Nestor. »In die Everglades?«

Igor fuhr mit seinem Volvo Vulcan unter den mautpflichtigen Florida's Turnpike hindurch weiter gen Westen … bis er kurze Zeit später das Tempo verringerte und in eine Art Einfahrt einbog. Nestor und John Smith wussten, um was es sich handelte, noch bevor die Gebäude selbst auftauchten … Sogar aus fünfzig Metern Entfernung konnten sie den unvermeidlichen künstlichen Teich sehen … die Scheinwerfer des Camaro waren gerade hell genug, dass sie die Fontänen erkennen konnten, die aus der Mitte der Wasserfläche aufstiegen.

Nestor fuhr mit fast unverminderter Geschwindigkeit an der Anlage vorbei.

»Was machen Sie da?«, fragte John Smith.

»Ich will nicht direkt hinter ihm reinfahren«, sagte Nestor. »Ich wende da vorn, dann kommen wir aus der anderen Richtung.«

Ein Blick genügte, um zu erkennen, dass es sich hier um die absolut elementarste Form der Seniorenunterbringung handelte. Neben der Einfahrt stand ein Pfeiler mit einer Metalltafel, auf dem der Name zu lesen war, »Alhambra Lakes«. Eine Spur der Einfahrt führte auf einen großen Parkplatz ... der voller Autos war ... und von ein paar Lampen an hohen Masten notdürftig beleuchtet wurde. Igors Vulcan hatte den Parkplatz erreicht. Die Apartmentgebäude waren die einfachsten, die sie während ihrer ganzen Fahrt gesehen hatten. Auf den ersten Blick sahen sie aus wie zwei düstere massive Backsteinblöcke ... jeder drei Stockwerke hoch ... nur ausgestattet mit den unvermeidlichen winzigen Balkonen und gläsernen Schiebetüren ... keine Büsche oder Bäume oder sonstige gartenbauliche Gestaltung.

»Was meinen Sie, was soll das alles?«, sagte John Smith ... und deutete mit dem Kopf hinter sich zu den Alhambra Lakes.

»Ich fahre rein«, sagte Nestor. Er hielt am Straßenrand an ... ließ drei oder vier Wagen vorbei ... wendete ... gab so plötzlich Gas, dass es John Smith den Kopf zurückriss ... und er sofort wieder scharf abbremsen musste, um in die Einfahrt der Anlage einbiegen zu können ... wo sie den in einer Parkbucht stehenden Volvo Vulcan sahen. Die Rücklichter waren schwarz, aber die Beleuchtung im riesigen Innenraum war noch eingeschaltet.

»Ich fahre vorbei, aber nicht hinschauen. Nicht mal in die Richtung«, sagte Nestor. »Ich fahre langsam, als ob wir nach einem freien Parkplatz suchen.«

Bevor sie den Vulcan erreichten ... stieg Igor aus und öffnete die große Heckklappe des Vulcan.

»Nicht hinschauen«, sagte Nestor. »Besser den Kopf ein bisschen in die andere Richtung drehen.«

Was sie beide taten. Nestor versuchte nicht mal, aus den Augenwinkeln hinzuschauen. Als sie am Ende der Parkreihe ankamen, war das nächstgelegene Gebäude nur ein paar Meter entfernt, und Nestor konnte einen Blick durch einen breiten, offenen Eingang werfen, der aussah wie ein Tunnel. Auf der anderen Seite, im Innern, trübes Licht.

»Wahrscheinlich ein Innenhof«, sagte John Smith.

Nestor wendete und fuhr auf der anderen Seite der Parkreihe wieder zurück. Als sie vorne an dem Volvo Vulcan vorbeirollten, war die Innenbeleuchtung ausgeschaltet.

»Er geht zu dem Haus da«, sagte John Smith.

»Was trägt er da?«, fragte Nestor. »Was ist das, dieses große flache Ding?«

»Keine Ahnung«, sagte John Smith. »Sieht aus wie eine Zeichenmappe, so eine Künstlermappe.«

»Am Ende der Reihe drehe ich wieder um. Vielleicht können Sie ja sehen, wo er hingeht.«

Nestor wendete sehr langsam und fuhr auf der anderen Seite wieder zurück.

»Ich sehe ihn«, sagte John Smith. »Er geht in den Eingang, an dem wir gerade vorbeigefahren sind.«

Nestor sah gerade noch, wie er in dem Eingang verschwand. Er blieb stehen, wo er war, mitten auf dem Parkplatz.

»Was meinen Sie, was er hier draußen macht?«, fragte Nestor. »Wir sind praktisch in Fort Lauderdale … und was weiß ich wie weit westlich. Ich kapiere das einfach nicht. Sie haben doch gesagt, dass er sein Atelier in Wynwood hat, oder?«

»Das ist nicht nur ein Studio, Nestor, das ist eine richtige Wohnung, und was für eine. Ich kenne jede Menge Künstler, sogar erfolgreiche, die würden sich ein Bein ausreißen für so eine Bude.«

»Ich … kapiere … das … nicht«, sagte Nestor.

»Also … was machen wir jetzt?«

»Gibt nicht viel, was wir jetzt machen können«, sagte Nestor. »Es ist schon nach vier. Wir können hier nicht mitten in der Nacht einfach so rumspazieren.«

Die Scheinwerfer des Camaro waren auf das Gebäude gerichtet … Schweigen … Dann sagte John Smith: »Wir müssen morgen wiederkommen und ihn abpassen, wenn er wieder abhaut. Dann sehen wir schon, was wir tun können …«

Schweigen … das Schweinwerferlicht des Camaro fiel auf ein paar Wagen … der Parkplatz war brechend voll … Der Camaro war fast zehn Jahre alt, und Nestor fragte sich, warum ihm gerade jetzt auffiel, dass die Karosserie im Leerlauf vibrierte.

»Es ist schon früher Morgen«, sagte Nestor. »Ein Typ wie Igor — glaube kaum, dass der sich bis drei in einem Striplokal volllaufen lässt und dann um sechs wieder aufsteht. Sie haben ja das Zeug gesehen, das er aus dem Kofferraum geholt hat. Der ist hier nicht nur mal eben kurz auf Besuch.«

»*Hmmmm* … schätze, Sie haben recht«, sagte John Smith. »Außerdem müssen wir uns umziehen. Wir müssen seriös ausehen, wenn wir da reinwollen.« Er nickte zu dem Gebäude. »Haben Sie ein Jackett?«

»Ein Jackett? … Ja, ich hab *eins* … Gehört zu einem blauen Anzug.«

»Ausgezeichnet!«, sagte John Smith. »Tun Sie mir einen Gefallen. Ziehen Sie den Anzug an und dazu Lederschuhe.«

»Ich weiß nicht, ob der mir überhaupt noch passt. Den habe ich gekauft, bevor — na ja, das ist leicht drei oder vier Jahre her.« Blitzartig lebte vor Nestors geistigem Auge die ganze demütigende Prozedur wieder auf … wie Mami mit ihm in die Herrenabteilung von Macy's gegangen war … wie er wie ein Vollidiot dagestanden hatte … wie Mami und der Angestellte sich — auf Spanisch — darüber unterhalten hatten, wie weit unten *dies* und wie weit oben *das* sein müsse … wobei sie nur zweimal mit ihm sprachen … als Mami sagte, *»¿Cómo te queda de talla?«* und als der Angestellte ihn aufforderte, *»Dobla los* *brazos y levanta los codos delante«* … und wie ihm nur eine einzige Sache im Kopf herumging … die Schreckensvorstellung, dass ihn vielleicht jemand, der ihn kannte, so sehen könnte.

»Bevor Sie angefangen haben, bei Rodriguez zu trainieren?«, sagte John Smith lächelnd.

»Äh … ja«, sagte Nestor.

»Geben Sie Ihr Bestes, Nestor. Einfach reinquetschen.«

»Und als Nächstes soll ich dann auch noch eine Krawatte umbinden, oder?«, sagte Nestor mit leicht sarkastischem Unterton.

John Smiths Augen leuchteten auf. »Hey, haben Sie etwa eine?«

»Jaaaa …«

»Umbinden!«, sagte John Smith. »Ich binde mir auch eine um. Wir müssen *seriös* aussehen! In dem Gebäude wimmelt es von rüstigen Rentnern. Die schätzen es gar nicht, wenn wir hier auftauchen und aussehen, als wollten wir ins Honey Pot. Nicht mal so ein schräger Vogel wie Igor wird das gutheißen. Wir sind *seriöse* Männer!«

15

DIE KLATSCHTANTEN

Sieben Stunden später, um 10:30 Uhr, fuhren Nestor und John Smith erneut auf den Parkplatz der Alhambra Lakes … genau genommen saß diesmal John Smith am Steuer … und zwar in seinem Chevrolet Assent, einem nagelneuen grauen Zweitürer. John Smith war der Meinung, dass es ungehörig sei, bei Tageslicht mit Nestors Camaro auf einem Parkplatz von Rüstigen Rentnern aufzukreuzen. Der Camaro war ein Muscle-Car aus den Tagen, als Muscle-Cars noch Muscle-Cars waren, und er war so erbarmungslos aufgemotzt, dass ein Rüstiger Rentner glauben musste, jemand würde ihm mit dem nackten Arsch ins Gesicht springen und dabei knurren, »Ich bin ein jugendlicher Straftäter. Haben Sie ein Problem damit?«

Natürlich — *hah!* — hatte John Smith nicht »ungehörig« oder auch nur etwas annähernd Ähnliches gesagt. Er drückte es schonender, sorgfältig verklausulierter aus … aber an diesem mörderisch heißen Tag waren John Smiths gute Manieren Nestor ein Ärgernis … seine Manieren und noch jede Menge anderer Dinge. Im klimatisierten Kokon des Assent rollten sie langsam auf das Gebäude zu, in dem Igor letzte Nacht verschwunden war. In dem schamlosen Sonnenlicht sah die Anlage sogar noch übler aus als im Dunkeln. Die rissige, kahle

Erde rund um die Mauern war sicher einmal mit saftig grünen Büschen bepflanzt gewesen. An den Rändern des Parkplatzes sah man hier und da eine Palme ... oder zwei ... dann eine Lücke ... dann drei ... eine Lücke ... dann wieder eine einsame Palme ... schiefe Zähne in einem lückenhaften Gebiss. Die Palmen waren schlaff und glanzlos ... mit braunrot gefleckten Blättern. Die kleinen Eisenbalkone und die Aluminiumrahmen der Schiebetüren an der Gebäudefassade sahen aus, als wollten sie jeden Augenblick abfallen.

John Smith zeigte nach vorn und sagte, »Da ... Igors Vulcan ist weg.«

So weit, so gut. Bevor sie ihm gegenübertraten, mussten sie noch mehr über ihn erfahren ... zum Beispiel, was er gestern Nacht hier gemacht hatte ... und was er alles ins Haus geschleppt hatte. John Smith wendete am Ende der Wagenreihe und stellte seinen Assent im abgelegensten, dem für die Besucher vorgesehenen Teil des Parkplatzes ab.

Als sie ausstiegen, wurde Nestor richtig sauer. Er zog das Jackett an und band sich die Krawatte um, die John Smith ihm aufgezwungen hatte. Wie er schon vorher gewusst hatte, war ihm das Jackett zu klein. Obendrein hatte John Smith darauf bestanden, dass Nestor ein 25 Zentimeter langes, 9 Zentimeter breites und 4 Zentimeter dickes Dosimeter — ein Gerät zur Messung von Geräuschen — in der Innentasche seines Jacketts bei sich trug. Wenn jemand fragen sollte, was sie hier zu suchen hätten, dann würde Nestor das Dosimeter aus der Tasche ziehen und John Smith erklären, sie müssten den Geräuschpegel messen. Ein zu enger Anzug, der auf einer Seite von einem etwa 900 Kubikzentimeter großen Apparat ausgebeult wurde — klasse. Noch bevor er den ersten Schritt tat, spürte er schon den Schweiß an der Innenseite seines Hemdkragens ... und den Schweiß, der sein Jackett aufweichte und große dunkle Halbmonde unter seinen Achseln bildete. Der Anzug, die Krawatte, seine schwarzen ledernen Polizeischuhe … er sah aus wie ein richtiger *guajiro* … John Smith hingegen trug einen hellgrauen Anzug, der ihm perfekt passte, ein weißes Hemd, eine marineblaue Krawatte mit einem spießigen, akkuraten Muster und schwarze Lederschuhe, die so schlank und schmal waren, dass er damit zum Tanzen hätte gehen können. Er benahm sich, als störte ihn das alles nicht im Geringsten … dieser verdammte WASP … Und dann musste er auch noch darauf herumreiten: »Nestor … Sie sehen fantastisch aus! Wenn Sie wüssten, wie gut Ihnen Anzüge stehen, Sie würden nie mehr was anderes tragen!«

Noch nie hatte Nestor den WASP in derart heiterer Stimmung erlebt. Er zeigte ihm den Mittelfinger. Aber John Smith war derart guter Stimmung, dass er sich darüber gar nicht mehr einkriegen konnte vor Lachen.

Der Himmel war der blassblaue Reflektor eines Heizstrahlers. Nestor war noch keine dreißig Meter gegangen, da floss der Schweiß schon in Strömen. Es war so still auf dem Parkplatz, dass er ihre Schritte auf dem Asphalt hören konnte. Noch waren praktisch alle Mieterparkplätze belegt. In diesem Augenblick bog ein kleiner kastenförmiger Bus, heiser keuchend, mit schleifender Kupplung und ausgeleierten Kolben, von der Straße in den Parkplatz ein. Die weit ausladenden Kotflügel sahen aus wie die Flügel eines fliegenden Pelikans. Nicht weit von Nestor und John Smith hielt er an. Über die gesamte Länge des Dachs war ein etwa dreißig Zentimeter hohes Schild montiert, auf dem stand: SHOP 'N' BROWSE BUY BUS! Es schien sich um einen Shuttle-Service zu handeln, der die Bewohner der Seniorenresidenzen und der Heime für Betreutes Wohnen zu Einkaufszentren und wieder zurück karrte. Der Fahrer stieg aus. Was für eine Sonnenbräune! —

ein spindeldürrer junger Anglo, dessen Fell aussah, als wäre es gerade aus der Gerberei gekommen! Er eilte auf die andere Seite … um den, ihren Stimmen nach zu urteilen, alten Damen aus dem Bus zu helfen. Sie klangen überhaupt nicht müde. Sie klangen aufgekratzt.

»… also *so* … einen … *Schlussverkauf* habe ich noch nie erlebt …«

»… wer um alles in der Welt braucht schon vier? Und was mache ich? … Hier, meine Tüte — na los, schau rein! …«

»… hab nicht mal meine ganzen Gutscheine gebraucht …«

»… in einer halben Stunde? Die Zitronen-Meringue kannst du vergessen …«

»… ja, und nur eine Kasse offen und dann … *so* eine lange Schlange …«

»… ›*Heute zum Sonderpreis*‹, alle zwei Minuten ›*Heute zum Sonderpreis*‹ — meine Migräne hat mich fast umgebracht! …«

»… drängel drängel drängel, dass manche Leute immer so hetzen müssen …«

»… ist doch egal! Walgreens hat sowieso die besseren Angebote! …«

»… die Meringue gibt's um Viertel nach elf, stell dich schon mal an! Ich muss um Viertel nach elf nach oben, meine Tabletten einnehmen …«

… All das unterlegt mit Musik — jedenfalls von einem *Beat* — einem unregelmäßigen, metallischen Beat … *klick klick* … *klacker klacker klacker* … *klick* … *klacker* … *klick klick klacker* …

Als Nestor und John Smith näher kamen, sahen sie, dass die alten Damen in das Gebäude gingen, wobei sich nicht wenige auf Alu-Gehhilfen mit und ohne Rollen stützten, die *klickten* und *klackerten klackerten* und *klick klick klickten* … Nur zwei alte Männer … Mindestens die Hälfte der alten Damen, sogar die mit Gehhilfen, trugen Einkaufstüten … Walgreens … Walmart … CVS … Winn-Dixie … Marshalls … JCPenney … Chico's … Gap … Macy's … Target … ShopRite … Banana Republic … Naturalizer …

Home Sweet Home! Endlich wieder zu Hause, die erlegte Beute am Haken! Umweht von der Leidenschaft aus dem Feld heimkehrender Meisterschützen.

»Dieses *Meringue*-Zeug, was ist das?«, fragte Nestor.

»Keine Ahnung«, sagte John Smith. »Wir lassen sie alle reingehen, warten, bis sie sich auf ihre Zimmer verzogen haben, und dann gehen *wir* rein.«

Okaaaay … »Der Reporter« … Schon den ganzen Tag leitete John Smith die Operation. Er hatte die Rolle des Captains übernommen. Möglich, dass das hier ein Terrain war, auf dem »Der Reporter« Experte war … Nestor bezweifelte das, aber er war sehr auf John Smith angewiesen. Welche anderen Verbündeten hatte er denn? Also gut … soll er es auf *seine* Weise durchziehen.

Sie warteten vor dem Gebäude. John Smith bedeutete ihm, das Dosimeter herauszuholen. Nestor, auch wenn er noch so schweißgebadet war, musste zugeben, dass John Smith recht hatte … die Anzüge … der Apparat … niemand würde auf den Gedanken kommen, er hätte es mit zwei jungen Rabauken zu tun, die vor einer Seniorenresidenz herumlungerten, weil sie Böses im Schilde führten. Sie waren zwei anständig gekleidete junge Männer, genau das waren sie, zwei junge Gentlemen, die sich in Schale geworfen hatten, obwohl der Heizstrahler am Himmel langsam auf Touren kam … sie mussten in ernsthafter Mission unterwegs sein, sonst wären sie nicht hier.

Als die Luft zu John Smiths Zufriedenheit rein war, war es kurz nach halb zwölf. Der große Vordereingang war kein Eingang in formal architektonischem Sinn. Es war nichts weiter als ein drei Meter hoher und zehn Meter langer Durchgang, wo zwei Seiten des Gebäudes aufeinandertrafen.

Gott sei Dank … kein Pförtner, der kontrollierte, wer ein und aus ging. John Smith und Nestor marschierten einfach hinein und gelangten in einen Hof, der von den vier Innenseiten des Gebäudes begrenzt wurde. Wie die Außenanlagen bestand auch der Innenhof der Alhambra Lakes aus den knochentrockenen Überresten einer Gartenlandschaft, in der früher einmal Palmen, Büsche und Blumen geblüht haben mussten … und deren Zentrum ein kleiner quadratischer Teich mit einem verwahrlosten Springbrunnen bildete, in dem ein einziger Wasserspeier eine kraftlose Fontäne etwa einen Meter hoch in die Luft spritzte. Im ersten und zweiten Stock verliefen rund um den ganzen Innenhof breite Betongänge, eine Art Galerie, die gleichzeitig als Balkon für die Apartments diente. Eine Freitreppe verband die drei Ebenen, wenn man den Aufzug nicht benutzen wollte, den Nestor und John Smith am Eingang gesehen hatten.

»Wir fahren mit dem Aufzug in den zweiten Stock«, sagte John Smith und beschrieb mit dem Zeigefinger einen weiten Bogen. »Dann arbeiten wir uns über den ersten Stock wieder bis nach unten durch, okay?«

Sie hatten den Aufzug für sich, als sie nach oben fuhren. Als sie im zweiten Stock auf die Galerie traten … empfing sie ein lautes, unangenehm mechanisches Geräusch. Am anderen Ende des Gangs reinigte ein braunhäutiger Mann, wahrscheinlich der Hausmeister, mit einem Industriestaubsauger den Betonboden. Von unten drang das klickend klackernde Gescheppper von ein paar Alu-Gehhilfen nach oben. Aus den nächstgelegenen Apartments Geplärre aus zu laut aufgedrehten Fernsehern … aber kein Mieter in diesem Stock war draußen in der Mittagssonne. John Smith ging langsam am ersten

Apartment vorbei, Nestor folgte ihm mit dem »Schall-Audiometrie-Anzeiger« in der Hand … ::::::Was bin ich eigentlich — sein Lakai?:::::: In irgendeinem Apartment war der Fernseher so laut aufgedreht, dass man jedes Wort verstehen konnte … »Aber er ist seit *fünf* Jahren mein Gastroenterologe!«, sagt die unverkennbare Seifenoperstimme einer jungen Frau. »Und *jetzt* verliebt er sich in sie? — während sie ihre Backen spreizt für eine *Koloskopie?* Oh, *Männer*« — ab jetzt wird jedes Wort von schwerem Schluchzen geschüttelt — »Männer — *Männer* — Mähäähäähner — die führen unter der Gü-hü-hü-ürtelli-hi-hi-nie ein vollkommen anderes Leben!« Auf dem Galerieboden neben der Eingangstür stand ein gusseiserner Frosch, der hellgrün lackiert war. Er war nur etwa dreißig Zentimeter hoch, aber genauso breit und sogar noch ein bisschen tiefer … sodass er kolossal schwer aussah. Links und rechts der Tür befand sich ein kleines Fenster. John Smith und Nestor wollten auf gar keinen Fall neugierig erscheinen, also schauten sie nicht hinein. Das nächste Apartment sah genauso aus, außer dass hier in voller Lautstärke eine Comedy mit der ärgerlichsten Lachkonserve dröhnte, die Nestor je gehört hatte … und neben der Tür ein sechzig Zentimeter großer gusseiserner Höhlenmensch mit den Armen und Schultern eines Gorillas stand. Er sah schwerer aus als der Frosch. Im nächsten Apartment … Grundgütiger! … was lief denn da? — der Discovery Channel? — brüllte eine ganze Herde Löwen, mehr als einer jedenfalls, wie nannte man das noch mal? — ein »Rudel?« Wahrscheinlich bis zum Anschlag aufgedreht. In diesem Backsteinhaufen von Seniorenresidenz, eingekeilt zwischen dem Lärm des Industriestaubsaugers und der Löwen, fühlte sich Nestor wie paralysiert … Neben dieser Tür stand ein Topf mit roten Geranien, einem wahren Meer aus Geranien … die sich als Plastikblumen herausstellten.

John Smith musste sich ganz nah zu Nestor vorbeugen, damit der ihn verstand. »Achten Sie auf diese … *Dinger,* die neben den Türen stehen, egal was es ist« — er zeigte auf den Blumentopf — »auf irgendwas, das nach ›Künstler‹ aussieht, okay?«

Nestor nickte. Er hatte inzwischen von Johns Smiths Anweisungen die Schnauze voll. Was glaubte er, was er auf einmal war, der große Detective?

Sie überprüften zwei weitere Apartments. Das Gleiche … John Smith beugte sich wieder zu Nestor vor und sagte, »Hab noch nie so laut aufgedrehte Fernseher gehört. Was sind die — taub?«

»Herrgott, die bewegen sich mit Alugestellen vorwärts«, sagte Nestor. »Wenn die nicht taub sind, wer dann?« Er sagte das todernst. Er spürte, dass John Smith keine Ahnung hatte, was der Grund für den tadelnden Unterton in seiner Stimme war. Weshalb Nestor sich sofort schuldig fühlte.

Es war so laut auf der Galerie, dass Nestor und John Smith die zwei Gestalten, die sich ihnen von hinten näherten, erst bemerkten, als sie ihnen fast auf die Fersen traten … zwei alte Damen. Die eine war winzig. Ihr Rücken war so weit über das Gehgestell gebeugt, dass ihre Augen sich ungefähr auf Höhe von Nestors Brustkorb befanden … sie waren so wässrig, dass ihr dauernd Tränen die Backe hinunterliefen. Die Reste ihrer dünnen Haare waren blond gefärbt und zu kleinen Gespinsten auftoupiert, die volles Haar simulieren sollten. Trotzdem konnte Nestor die Haut ihres Schädels sehen. Sofort empfand er Mitleid und den perversen Wunsch, sie zu beschützen. Die andere alte Dame stand, auf einen Stock gestützt, aufrecht vor ihnen. Ihr weißes Haar war so schütter, dass die eine Seite ihres Kopfes fast kahl aussah. Aber sie hatte sich jede Menge Extrapfunde bewahrt, hatte ein rundes Gesicht … und war nicht schüchtern.

Sie machte einen Schritt auf John Smith zu und sagte, »Kann ich Ihnen behilflich sein? Suchen Sie was?«

Die Art, wie sie sprach, flößte Respekt ein. John Smith nannte ihr einen verquasten Namen ... »Gunnar Gerter«? ... zeigte dann auf Nestor und sagte, »Das ist Mr. Carbonell, mein Techniker.«

::::::*mein Techniker*::::::

»Wir messen den Lärmpegel«, sagte John Smith ... und deutete auf das Dosimeter in Nestors Hand ::::::Nestor der Laufbursche::::::

»Hahhh!« Sie lachte sarkastisch. »*Hier?* Lärm? Ich könnte ein bisschen mehr Lärm vertragen. Wissen Sie, was man sein muss, um Lärm zu machen? Lebendig.«

John Smith lächelte. »Nun ja, ich weiß nicht. Jedenfalls zeigt unser Messgerät ziemlich hohe Werte an.« Jetzt deutete er auf den Industriestaubsauger und das Apartment, vor dem sie standen. Das Jubelgeschrei einer Gameshow drang nach draußen. Bevor die Frau auf Fragen wie *Warum? Wer hat Sie geschickt? Von wo?* verfiel, sagte John Smith, »Übrigens, vielleicht können Sie uns weiterhelfen. Wir bewundern schon die ganze Zeit die kleinen Kunstwerke vor den Türen. Wohnt hier ein Künstler, der die macht?«

»Hughhh« — die über ihr Gehgestell gebückte kleine alte Dame gluckste verächtlich. Ihre Stimme war schrill und überraschend kräftig — *»Künstler?* Wir haben *einen* hier, zumindest nennt er sich selbst so. Mit eigenen Augen habe ich nie irgendwas gesehen, was der gemacht hätte. Vor allen Dingen verpestet er das ganze Haus. Der Gestank, der aus seinem Apartment kommt, ist grässlich, wirklich grässlich. Sind Sie von der Umwelt?«

Umwelt? Nestor wusste nicht, was sie meinte, aber John Smith zögerte keine Sekunde. »Ja«, sagte er.

Die stämmige Frau mit dem Stock sagte, »Endlich kommt doch mal einer! Dieser Gestank bringt einen um. Wir beschweren uns jetzt schon seit drei Monaten über den Kerl. Eine Beschwerde nach der anderen, aber keiner kommt. Wir hinterlassen Nachrichten, keiner ruft zurück. Wo landen die Nachrichten bei euch eigentlich? Auf einem Anrufbeantworter oder gleich in einem von diesen Plastikmüllsäcken, die so aussehen wie etwas, das ich jetzt nicht erwähnen möchte?«

Die kleine alte Dame unterbrach sie. »Komm jetzt, Lil. Wir müssen in den Speisesaal — die Merenguetorte.«

»Es heißt nicht *Merengue,* Edith. Merengue ist ein Tanz. Es heißt *Meränng,* Zitronenmeringuetorte.«

»Ich weiß, ich weiß, aber wenn wir uns nicht beeilen, dann ist alles weg. Die gibt's nur heute.«

»Edith … und heute ist der einzige Tag, an dem die Herren von der Umwelt da sind. Außerdem bleibt manchmal was übrig. Dahlia kann uns ein Stück aufheben«, sagte die stämmige Frau. »*Hughhh!* Hörst du *das?*« Sie zeigte nach unten.

Tatsächlich, lautes *klick klackerklacker klick klick klacker* hallte durch den Innenhof, ein Klapperkonzert noch lauter als vorher, als der Shop 'n' Browse Buy Bus sich geleert hatte. Ein Haufen Menschen auf Alu-Gehhilfen versuchte schnell irgendwohin zu gelangen.

»Und das sind nicht mal alle«, sagte Edith. »Hannah und Mr. Cutter und was weiß ich wer noch alles, die stellen sich am Merenguetag schon eine halbe Stunde vor Öffnung des Speisesaals an.«

Die Stämmige, Lil, machte sich nicht mehr die Mühe, das *Merengue* von Edith zu verbessern. Sie musste mit John Smith reden. »Der *Gestank* hier im Haus, der ist so … *grauenvoll,* das können Sie sogar hier riechen. Riechen Sie es? … Na los, *riechen* Sie! Tief einatmen!«

Sie war so herrisch, dass Nestor unwillkürlich gehorchte und tief einatmete. Er roch nichts Ungewöhnliches. Edith, die Kleinere, sagte: »Mein Arzt sagt, das ist toxisch … *toxisch* … Schlagen Sie's nach, ›toxisch‹. Deshalb habe ich keinen Appetit mehr, und schlafen kann ich auch nicht mehr richtig. Jede Woche verdoppelt der Arzt meine Dosis Fischöl. Sogar meine Haare riechen nach dem Gestank, der ist überall.«

»Wo ist das Apartment?«, fragte John Smith.

»Direkt unter *meinem* Apartment«, sagte Lil und zeigte zu einem Apartment ein paar Türen weiter. »Da kommt ein dermaßen … *grauenvoller* Gestank hoch. Ich kann nichts dagegen machen.«

»Bei mir auch«, sagte Edith. »Aber bei Lil ist es noch schlimmer.«

John Smith sagte zu Lil: »Haben Sie mal versucht, ihn darauf anzusprechen?«

»Versucht? Ich hab vor seiner Tür *kampiert.* Darauf anzusprechen, ha! Man riecht, dass es durch seine Tür kommt. Gute Nachbarschaft ist was anderes. Außerhalb von seinem Apartment habe ich ihn schon mal gesehen, aber nie rein- oder rauskommen. Anscheinend kommt und geht er nur nachts. Ich habe ihn noch nie im Speisesaal gesehen. Ich kann hören, wenn er unten in seinem Apartment ist. Niemand kennt seine Telefonnummer oder E-Mail-Adresse. Wenn ich runtergehe und klingele oder klopfe, reagiert er nicht. Ich habe ihm einen Brief geschrieben. Keine Antwort. Also habe ich bei Ihnen im Amt angerufen, und was passiert? *Bupkis!* Es geht ja nicht nur um mich und Edith. Alle auf seinem Stock müssen den Gestank einatmen. Das ist wie Giftgas oder Atomstrahlung. Gott sei Dank kriegen die Leute hier ja keine Kinder mehr. Wie die auf die Welt kommen würden. Mit nur einem Arm oder ohne Nase oder mit einer Zunge, die nicht mal bis zu den Zähnen reicht, oder mit Därmen, die hier oben in der Brust sitzen und wo alles aus den Ohren rauskommt, und reden würden sie aus ihrem Bauchnabel, und das Gehirn wär da, wo sie draufsitzen. Schließen Sie die Augen und stellen Sie es sich vor. Warum versuchen *Sie* es nicht mal. Reden *Sie* mit ihm!«

John Smith und Nestor schauten sich an ... perplex. Dann rang John Smith sich ein Lächeln ab und sagte, »Ich weiß ja nicht mal, wie er heißt.«

»Er heißt Nikolai«, sagte Lil. »Der Nachname fängt mit K an, danach kommen nur noch *w* und *k* und *sch,* hört sich an, als wenn Autos zusammenkrachen.«

John Smith und Nestor schauten sich an. Sie brauchten es gar nicht laut auszusprechen. *Nikolai? Nicht Igor?*

»Tun Sie uns einen Gefallen«, sagte John Smith. »Zeigen Sie uns das Apartment, nicht, dass wir noch das falsche erwischen.«

»*Hahhh* — einen Führer brauchen Sie da nicht!«, sagte Edith. »Sie haben doch eine *Nase,* oder?«

»Edith hat recht«, sagte Lil. »Aber ich gehe trotzdem mit runter. Wo wir so lange drauf gewartet haben, dass endlich einer von der Umwelt kommt.«

Also stiegen sie alle vier in den Aufzug einschließlich Edith mit ihrem *Klick-klacker-klacker-klick*-Alu-Gehgestell, und Lil führte sie ein Stockwerk tiefer über die Galerie zu »Nikolais« Apartment. Neben der Tür stand die sechzig Zentimeter hohe Eisenstatue eines großen Mannes, der den rechten Arm mit der Handfläche nach unten zum Gruß ausstreckte.

John Smith beugte sich zu Nestor vor und sagte, »Das ist der Große Vorsitzende Mao, nur dass Mao höchstens eins sechzig groß war. Der hier sieht aus wie eins neunzig. Igor ist ... verrückt.«

::::::Woher weiß er nur solche Sachen?::::::

Der Geruch war — nun ja, er war streng ... aber nicht unangenehm, wenn man Nestor fragte. Es roch nach Terpentin. Er hatte den Geruch von Terpentin immer gemocht ... aber wenn man direkt neben jemandem wohnte, dessen Terpentindämpfe man Tag und Nacht einatmen musste, dann drehte es einem vielleicht doch ziemlich schnell den Magen um.

John Smith ging in der *einen* Richtung an sechs oder sieben Türen vorbei ... in der *anderen* Richtung an sechs oder sieben Türen ... und kehrte dann zurück zu Nikolais Apartment.

»Stimmt, der Geruch ist überall ziemlich streng«, sagte er und schaute Lil an. »Wir müssen erst in seine Wohnung und herausfinden, was die Ursache dafür ist, bevor wir irgendwas unternehmen. Wie kommen wir da rein? Irgendeine Idee?«

»Der Manager hat einen Schlüssel für jedes Apartment.«

»Wo ist der Manager?«

»Hahhhh!«, sagte Edith. »Der ist nie da!«

»Und wo ist er?«, fragte John Smith.

»Hahhhh! Wer weiß? Phyllis macht alles, sie ist praktisch seine Vertretung. Sie sagt, sie macht's gern. Ich nenne sie immer Phyllis-die-Gute.«

»Wer ist Phyllis?«

»Eine Mieterin«, sagte Lil.

»Eine Mieterin vertritt den Manager?«

»Ein Manager ist hier so was wie ein Hausverwalter in New York«, sagte Lil. »Ein Hausmeister mit Titel, das ist der Manager hier.«

Zum ersten Mal meldete sich Nestor zu Wort. »Sind Sie aus New York?«

Edith, nicht Lil, beantwortete seine Frage. »*Hahhh!* Hier ist jeder aus New York oder aus Long Island — die ganze Stadt ist hier runtergezogen. Wer, glauben Sie, lebt in solchen Anlagen wie der hier, etwa Leute aus *Florida?*«

»Dann hat also Phyllis einen Schlüssel?«

»Wenn einer den Schlüssel hat, dann Phyllis«, sagte Lil. »Soll ich sie anrufen?« Sie zückte ihr Handy.

»Unbedingt!«, sagte John Smith.

»Noch was — sie glaubt nicht, also Phyllis, dass Nikolai überhaupt schon fünfundfünfzig ist«, sagte Edith. »Er musste deshalb schon ein paarmal in die Verwaltung. Phyllis weiß, wie er aussieht. Er hat einen großen Schnurrbart, so breit das Ding, aber ich habe ihn schon lange nicht mehr gesehen. Fünfundfünfzig, keine Haustiere, keine Kinder, das sind die Bedingungen, wenn man hier wohnen will.« Lil hatte sich umgedreht, um ungestört sprechen zu können. Das Einzige, was Nestor deutlich verstehen konnte, war, »Sitzt du? Bist du bereit? … einer von der Umwelt ist da!«

Lil drehte sich wieder zu ihnen um und klappte ihr Handy zu. »Sie kommt hoch«, sagte sie zu John Smith. »Sie kann es nicht fassen, dass sie tatsächlich jemanden geschickt haben.«

Keine Minute später tauchte eine große, knochendürre alte Frau auf — Phyllis. Mürrisch schaute sie John Smith und Nestor an. Lil stellte sie vor. Gott sei Dank wusste Lil noch Nestors Nachnamen, »Carbonell«, er selbst hatte ihn schon wieder vergessen. Phyllis' düstere Miene wich einem verächtlich vernichtenden Lächeln.

»Hat ja nur drei Monate gedauert, bis Sie sich herbequemt haben«, sagte sie. »Aber vielleicht versteht ihr Beamtenfritzen das ja unter schnell.« John Smith schloss die Augen, verzog seine Lippen zu einer lauen Grimasse und begann zustimmend zu nicken, als wollte er ihr sagen, *Stimmt schon, leider muss ich zugeben, dass ich ganz genau weiß, was Sie meinen.* Dann machte er die Augen wieder auf, schaute sie mit zutiefst aufrichtigem Blick an und sagte, »Aber wenn wir erst mal da sind, dann … *sind* … wir da! Verstehen Sie?«

Nestor wand sich innerlich und dachte ::::::Das ist doch nicht zu *glauben.*:::::: Er verstand jetzt, was man als Zeitungsreporter können musste: ausweichend daherschwafeln und aus tiefstem Herzen lügen.

Jedenfalls musste er die beinharte Phyllis so zumindest ein bisschen erweicht haben, denn in ihrem Gesicht spiegelte sich nur noch milde Verachtung, als sie den Schlüssel aus der Tasche zog und die Apartmenttür öffnete.

Vor ihnen lag die Küche, eine kleine verdreckte Küche. Im Spülbecken türmten sich Geschirr und billig aussehende, mit Essensresten verklebte Messer, Gabeln und Löffel von mindestens einer Woche. Auf der Küchenablage links und rechts von dem Becken und auf dem Boden verteilten sich undefinierbare Flecken, Klumpen und Lachen von mindestens einer Woche. Ein Blechmülleimer war so mit glücklicherweise schon eingetrockneten Abfällen von mindestens einer Woche vollgestopft, dass der Deckel halb offen stand. Die Wohnung war so verdreckt, dass Nestor den durchdringenden Terpentingeruch als reinigend wahrnahm.

Phyllis führte sie durch die Küche in einen Raum, der zweifellos als Wohnzimmer gedacht war. Vor den Glasschiebetüren in der gegenüberliegenden Wand stand eine große, antik aussehende Staffelei aus dunklem Holz. Daneben eine lange Werkbank, auf der an jeder Seite ein metallenes Schubladenelement stand. Auf der mit Tuben, Lappen und allem möglichen anderen Kram übersäten Arbeitsplatte stand eine Reihe Kaffeedosen, aus der die langen, schlanken Griffe von Farbpinseln herausschauten. Auf dem Boden unter der Staffelei und der Werkbank lag eine mit Farbklecksen besprenkelte, etwa zwei mal zwei Meter große Plastikplane. Das war der einzige Fußbodenbelag im Zimmer. Der Rest war nacktes Holz … dem man schon lange keine Pflege mehr hatte angedeihen lassen. Die in nicht erkennbarer Ordnung an einer der Wände aufgeschichteten Kartons und Malerwerkzeuge ... die Leinwandrollen ... die langen und breiten, aber höchstens zehn Zentimter hohen Schachteln ... für gerahmte Bilder, wie Nestor vermutete ... der Diaprojektor auf einem kleinen, etwa einen Meter hohen Metallgestell ... der Luftentfeuchter ... und weitere Kisten und Dosen ... ließen die Wohnung wie eine Kreuzung aus Atelier und Lagerraum aussehen.

Das alles registrierte Nestor mit einem einzigen Blick. Lil, Edith, Phyllis und John Smith waren hingegen von etwas anderem vollkommen gefesselt. An einer Wand hingen zwölf Gemälde, jeweils sechs in zwei Reihen übereinander. Die Frauen kicherten.

»*Das* musst du dir anschauen, Edith«, sagte Lil. »Bei dem hier sind zwei Augen auf einer Seite der Nase, und wie groß der Zinken ist! Siehst du das? Ich hab einen siebenjährigen Enkel, der kann das besser. Also, wo die Augen sind, das weiß er jedenfalls!«

Die drei Frauen fingen an zu lachen, und auch Nestor musste kichern. Auf dem Gemälde war das mit dicken, unbeholfenen Strichen gemalte Profil eines Mannes mit einer grotesk großen Nase zu sehen. Beide Augen waren auf einer Seite der Nase. Die Hände sahen aus wie Fische. Kein Versuch von Schattierung oder Perspektive. Nichts weiter als noch mehr dicke, unbeholfene schwarze Umrisse, die Gebilde schufen, die mit blassen Farben gefüllt waren ... und kein Versuch, irgendeins der Gebilde hervorzuheben.

»Und das daneben«, fuhr Lil fort. »Siehst du die vier Frauen? Na, wenn die nicht leidend aussehen! Siehst du das? Die Augen sind an der richtigen Stelle — aber die *Nase!* Die armen Dinger, die Nasen fangen oben über den Augenbrauen an und gehen runter bis zum Kinn, und die Nasenlöcher, die sehen aus wie eine doppelläufige Flinte, die dir gleich den Kopf wegbläst!«

Wieherndes Gelächter.

»Und schau dir das da oben an«, sagte Edith. Es bestand aus nichts als senkrechten bunten Streifen … sicher ein Dutzend … und nicht mal gerade. Und warum sind die so wässrig? »Sieht aus, als hätte die Leinwand sie irgendwie aufgesaugt.«

»Ich glaube, das soll gar kein Bild sein«, sagte Phyllis. »Wenn du mich fragst, wollte er bloß die Farbe aus seinen Pinseln rauskriegen.« Das sagte sie auf ihre absolut phyllismäßige Art. Phyllis machte nie Witze, aber Lil, Edith und Nestor mussten trotzdem lachen. Sie amüsierten sich köstlich über diesen verblendeten Russen, der sich für einen Künstler hielt.

»*Hahhh,* siehst du das da?«, sagte Edith. »Dieser arme Trottel, macht mit seinem Lineal ein Kreuz, und das wird ganz schief, und dann schaut er es sich an und sagt, ›*Schmock!*‹« — sie schlägt sich mit dem Handballen gegen die Stirn — »›Ich geb's auf!‹, und dann malt er den Rest einfach mit weißer Farbe voll. Aber immerhin, sieht immer noch besser aus als das lächerliche Kreuz!«

Die drei Frauen lachten und lachten.

Sie schauten sich *das* an, auf dem die Bandwürmer aus dem Scheißhaus raussprangen, und *das* da, auf dem die Hände wie zwei Bündel Spargel aussahen, und das *da drüben* am Ende — sieht aus wie ein Haufen zugedröhnter leerer Austern, und dann *das* da! — das da drunter — *Gefesselt in Collioure. Gefesselt* heißt wohl, dass man Klebstoff auf die Leinwand schmiert, einen Beutel buntes Konfetti drüberkippt, und schwups ist das Bild fertig! … und dann das, das aussah wie eine Patchworkdecke, nur dass er keine gerade Linie hinbekommt und alles durcheinander ist … und das mit dem Bierkrug und der Tabakspfeife, die in der Mitte durchgeschnitten ist … und das da vorn — sieht aus wie zwei Aluminiumakte mit draufgeschraubten Nippeln … und das daneben — das sieht aus wie drei Männer aus Aluminium, die Spielkarten aufessen … und sie lachen so, dass ihnen die Tränen die Backen herunterlaufen. Sie schütteln die Köpfe, schneiden Grimassen, grinsen höhnisch, verziehen wie Geisteskranke ihre weit aufgerissenen Münder und verdrehen die Augen so weit, dass die Augäpfel fast im Kopf verschwinden. Edith, die sich gebückt auf ihre Gehhilfe stützt, ist so hingerissen, dass sie in einem Anfall von außer Rand und Band geratener Heiterkeit mit dem Fuß aufstampft. Sogar der todernsten Phyllis entgleisen die in Stein gemeißelten Züge. Sie platzt aus ihrer Betonkapsel und stößt einen einzigen hemmungslosen Lacher aus — *»Honnnkkuhhh!«*

»Das soll ein *Künstler* sein und das *Beste,* was er draufhat?«, sagte Lil. »Da würde ich mich auch nur im Dunkeln aus der Wohnung wagen! Damit bloß niemand mein Gesicht sieht!«

Wieder eine Aufwallung unbändigen Gelächters … sogar Nestors professionelle Entschlossenheit schmilzt dahin. Auch er fängt an zu lachen und schaut dann zu John Smith … doch der nimmt nichts von alldem wahr. Er könnte genauso gut allein sein. Er hat den kleinen schmalen Spiralblock und den Kugelschreiber gezückt, starrt wie gebannt auf die Gemälde und macht eifrig Notizen.

Nestor geht zu ihm und fragt, »Hey, John, was machen Sie da?« John Smith scheint ihn gar nicht zu hören. Er zieht eine kleine Kamera aus der Innentasche seines Jacketts und fängt an, jedes einzelne Bild zu fotografieren. Er schiebt sich zwischen die Frauen, als würde er ihre Anwesenheit gar nicht wahrnehmen … Lil beugt sich zu Edith hinunter und sagt leise, »Der große Experte.«

Dann ließ er die Damen wieder allein und starrte im Gehen wie hypnotisiert auf das Display auf der Kamerarückseite. Er hob nicht mal den Kopf, als er schon wieder neben Nestor stand. Mit dem Rücken zu den drei Damen senkte er den Kopf, schaute gebannt auf seinen Notizblock und sagte, »Wissen Sie, was da vor Ihnen an der Wand hängt?«

»Nein. Die künstlerische Tagesproduktion einer Kinderkrippe?«

»Da hängen zwei Picassos, ein Morris Louis, ein Malewitsch, ein Kandinsky, ein Matisse, Soutine, Derain, Delaunay und Braque und zwei Légers.« Zum ersten Mal während seines Vortrags hob John Smith den Kopf weit genug, um Nestor ins Gesicht blicken zu können. »Schauen Sie sich die gut an, Nestor! Was Sie da sehen, sind zwölf der perfektesten, raffiniertesten Fälschungen, die Sie oder sonst wer jemals zu Gesicht bekommen werden. Keine Angst. Die sind nicht von ›Nikolai‹. Die sind von einem *echten* Künstler.«

Und dann zwinkerte John Smith Nestor selbstsicher und beschwichtigend zu.

::::::Zum Teufel mit dir und deiner Selbstsicherheit. Du spielst hier doch bloß den *echten* Detective.::::::

Um ganz sicherzugehen, war Magdalena schon um 7 Uhr in die Praxis gefahren. Steif wie eine Leiche — nun ja, fast — saß sie in ihrer weißen Uniform am Schreibtisch. Der Puls der Leiche lag bei 100 pro Minute und näherte sich dem Herzrasen. Magdalena wappnete sich für den Ernstfall.

Normalerweise traf der ERNSTFALL gegen 7:40 Uhr ein, zwanzig Minuten bevor die Praxis öffnete, und machte sich kurz schlau, welche Art von Gejammer und Gewinsel er bei seinem ersten Patienten um acht Uhr zu erwarten hatte … Er erzählte Magdalena oft, dass er sich nicht vorstellen könne, sich jemals in so einen jammervollen Helden zu verwandeln, der vor einem Ein-Mann-Publikum eine Tragödie aufführt … einem Ein-Mann-Publikum, dem man für sein Kommen fünfhundert Dollar zahlen musste*eeeAHGGAHHHhahahock hock hock!*

Das ist allerdings kein normaler Morgen. An diesem Morgen wird sie es tun. Das sagt sie sich immer wieder. *Sag Nein, jetzt!* Was hätte es für einen Sinn, es noch länger hinauszuzögern? *Tu es, tu es! Sag Nein, jetzt!*

An einem normalen Morgen hätten sie in seiner Wohnung mit den zwei famosen Waschbecken im Bad … geduscht … hätten sich dann angezogen und gefrühstückt … und wären zusammen in die Praxis gefahren … nebeneinandersitzend in seinem weißen Audi-Cabrio, selbstredend mit offenem Verdeck, scheiß auf die Frisur eines großen Mädchens …

Sie hatte sich ihre Worte nicht genau zurechtgelegt, weil sie unmöglich voraussagen konnte, mit welcher Sorte ermüdender und gemeiner Sprüche er reagieren würde. Sie erinnerte sich an Normans Geschichte von dem »pissenden Affen«. Als er mit dem pissenden Affen von *60 Minutes* namens Ike Walsh fertig werden musste, hatte er die Moral der Geschichte gut umgesetzt. Sie lautete im Kern so: Stopf dem Affen das Maul, dann kann er dich nicht fertigmachen. Eine Fabel über einen Affen, war das die einzige Strategie, die ihr helfen konnte? Ihr Herzschlag beschleunigte sich, während sie verzweifelt nach *irgendeiner* Methode suchte, die Norman davon abhalten könnte, sie weiterhin zu vögeln, wann immer ihm danach war. Norman war groß und kräftig, und er war jähzornig … nicht dass er sie jemals grob angefasst hätte … und die Minuten verstrichen.

Sie musste sich beruhigen … und so versuchte sie jeden Gedanken an Normans launisches, aufgeblasenes Ego zu verdrängen. Sie versuchte sich auf ihre unmittelbare Umgebung zu konzentrieren … den weißen, sauberen Untersuchungstisch, bezogen mit einem Laken, das die Matratze so fest umschloss, dass die Oberfläche straff gespannt war … den beigegrauen Stuhl, auf dem die Patienten gewöhnlich saßen, wenn sie ihre Keine-Lust-mehr-Injektion bekamen, obwohl manche der größeren lieber auf dem Rand des Untersuchungstisches saßen, wenn sie ihnen ihre Spritze verpasste … so wie Maurice Fleischmann. ::::::Na los, Magdalena!:::::: Wie sollte sie sich Norman aus dem Kopf schlagen, wenn sie zuließ, dass ihre Gedanken zu Maurice abschweiften? Er war einer der einflussreichsten Männer in Miami. Alle möglichen Leute *sprangen,* wenn er auftauchte … sprangen, waren bereit, *alles* zu tun, um ihn zufriedenzustellen … sprangen, um ihm die besten Plätze zu besorgen … lasen ihm jeden Wunsch von den Augen ab … strahlten ihn an … lachten über alles, was auch nur im Entferntesten darauf schließen ließ, er könne es auf ein witziges Bonmot abgesehen haben …

… und gleichzeitig lief er Norman nach wie ein Hund. Norman hatte den Großen Mann davon überzeugt, dass nur Dr. Norman Lewis, Facharzt für Psychiatrie, in der Lage sei, ihn aus dem dunklen Tal der Tränen, das Pornografie heißt, herauszuführen. Er durfte Maurice sogar zu dessen gesellschaftlichen Auftritten im Kreis der Superreichen begleiten. Den Verdacht hatte Magdalena schon von Anfang an gehabt, aber jetzt *wusste* sie es: Norman sorgte dafür, dass Maurice sich niemals von seiner Pornografiesucht würde befreien können … allein, wie er auf der Miami Basel Salz in Maurice' Wunden gestreut hatte … Norman *brauchte* Maurice in seiner jetzigen erbärmlichen Verfassung … Maurice öffnete ihm all die Türen, die einem x-beliebigen Feld-Wald-und-Wiesen-Swami in Sachen Pornografiesucht verschlossen geblieben wären. In diesem Augenblick war sie entschlossen, *stark zu sein* … und Maurice *genau* zu erklären, was hier vorging … wenn *das* erst mal —

— sie hörte das Schloss der Haustür … klar, es war 7:40 Uhr ::::::Und jetzt, nicht vergessen: Du hast ihm rechtzeitig eine SMS geschickt, dass du zu Hause übernachten würdest … und es gibt keinen Grund, warum er nicht begreifen sollte, dass »zu Hause« heißt: die Wohnung, die ich mit Amélia teile, *meine Wohnung*. Was ist so falsch daran, wenn man mal wieder erfahren will, was Amélia so treibt? Kann mich nicht erinnern, dass du vorgeschlagen hättest, wir sollten heiraten, oder? … Nein, das darfst du nicht sagen … Du darfst nicht mal andeuten, dass du daran gedacht hast, dich noch weiter in sein perverses Leben verstricken zu lassen — nein! — und deute um Himmels willen nicht mal an, dass er ein Perversling ist … Stopp! Aufhören! Es ist sowieso vollkommen sinnlos, sich vorab einen Plan zurechtzulegen … Nur eins nicht vergessen: Du darfst es nicht zulassen, dass er dich bepisst::::::

Wieder das Geräusch eines Schlosses, was hieß, er war in der Praxis. Magdalenas Puls geriet außer Kontrolle. Noch nie war ihr aufgefallen, dass man in der Praxis Fußschritte hören konnte. Der Boden aus Beton war mit synthetischem Teppichboden ausgelegt. Trotzdem konnte sie hören, dass Norman näher kam. Seine Schuhe machten ein schwaches *kritzelndes* Geräusch. Magdalena zwang sich, ruhig und cool zu bleiben. Sie saß da wie jemand, der auf seine Hinrichtung wartete … *kritzel* … *kritzel* … *kritzel* … er kam näher … ::::::Ich darf hier nicht einfach sitzen, als hätte er mir die Handgelenke an die Armlehnen gefesselt, und mich ergeben in mein Schicksal fügen.:::::: Sie stand auf und ging zu dem beigegrauen Arzneimittelschrank — alles in der Praxis war beigegrau — wo die

Spritzen und die Kanülen mit dem Anti-Libido-Serum aufbewahrt wurden, und tat so, als sei sie beschäftigt … *kritzel* … *kritzel* … *KRITZEL* … *Ahaaaa!* … das *Kritzeln* hatte aufgehört. Er musste jetzt in der Tür stehen, aber sie drehte sich nicht um. Ein paar Sekunden verstrichen … nichts. Es kam ihr vor wie eine Ewigkeit …

»Guten Morgen« sagte die Stimme … weder freundlich noch unfreundlich … lauwarm, nichts weiter.

Sie drehte sich um, tat so, als wäre sie überrascht — und bereute es sofort. Warum sollte sie überrascht sein? »Guten Morgen!«, sagte sie … ::::::Verdammt! Das war ein bisschen wärmer als lauwarm.:::::: Sie wollte nicht herzlich und freundlich klingen.

Norman kam ihr riesig vor. Er trug einen hellbraunen Gabardineanzug, den sie noch nie gesehen hatte, ein weißes Hemd und eine braune Krawatte, die unvorteilhaft pittoreske Kobolde zierten — sicher ein Dutzend — die auf Skiern einen steilen braunen Abhang hinunterrasten. Er lächelte, sagte aber kein Wort. Es war die Sorte Lächeln, bei dem die hochgezogene Oberlippe die beiden spitzen Eckzähne entblößte. Sie bekam viel von den Zähnen zu sehen, bevor er schließlich, immer noch lächelnd, sagte:

»Ich war mir nicht sicher, ob du heute Morgen kommen würdest.« Sie fragte sich, ob das ironisch gemeint war.

»Warum sollte ich nicht kommen?« Es sollte beiläufig klingen, aber sie wusste sofort, dass es aggressiv klang.

»Du hast mich gestern Abend sitzen gelassen. Ohne viel Federlesens. Schon vergessen?«

»Ohne viel *was?*«, sagte Magdalena. »Was heißt das?« Sie empfand das unumwundene Eingeständnis, dass sie nicht wusste, wie diese Leute redeten, auf merkwürdige Weise erleichternd.

»Du hättest mir wenigstens Bescheid geben können, bevor du dich gestern Abend davongeschlichen hast.«

»Davongeschlichen!«, sagte Magdalena. »Ich habe dir eine SMS geschickt!«

»Ja, um zehn Uhr abends. Eine läppische kleine SMS.« Norman wurde allmählich gereizt. »Warum hast du nicht angerufen? Angst, dass ich *abheben* könnte? Und als ich dich angerufen habe, war dein Handy ausgestellt.«

»Amélia ist früh ins Bett, ich wollte sie nicht stören. Deshalb habe ich das Telefon ausgestellt.«

»Eminent rücksichtsvoll«, sagte Norman. »Eminent rücksichtsvoll. Ach ja, richtig, *eminent* bedeutet in diesem Fall das Gleiche wie äußerst, okay? Äußerst ist verständlich, oder? Nein? Zu schwierig? Okay, dann einfach *›sehr‹*, okay? *›Sehr‹* rücksichtsvoll. Okay?«

»Mit der Tour … kommst du nicht weiter, Norman.«

»Wie spät war es denn, Liebling, als *du* ins Bett bist? Und wo? Oder komme ich mit *der* Tour nicht weiter?«

»Ich habe dir schon gesagt —«

»Du hast mir absolut nichts gesagt, das irgendeinen Sinn ergibt. Warum versuchst du nicht einfach ehrlich zu sein und erzählst mir, was los ist, verdammte Scheiße?«

»Wenn du schon mit mir reden willst, dann nicht in diesem Ton, okay? Aber da du schon fragst, möchte ich auf etwas kommen, worüber wir überhaupt noch nicht gesprochen haben. Ist dir eigentlich klar, dass du eine Art hast, einen Raum so auszufüllen, bis keine Luft zum Atmen mehr da ist?«

»*Ohooo.* ›Einen Raum so auszufüllen, bis keine Luft zum Atmen mehr da ist!‹ Wie poetisch wir auf einmal sind. Was soll denn *diese* Metapher bedeuten?«

»Was ist eine Met —«

»Was eine Metapher ist? Ich dachte, wir hätten heute Morgen auf Poesiemodus umgestellt. Was ein ›Modus‹ ist? Okay, sagen wir stattdessen ›auf die poetische Tour‹. Das kennst du ja.«

Seine Oberlippe hatte sich noch weiter hochgeschoben und entblößte die obere Zahnreihe. Er sah aus wie ein Tier mit gefletschten Zähnen. Das machte Magdalena Angst, aber weil er inzwischen vor Wut bebte, hatte sie noch mehr Angst davor, dass der pissende Affe sie überwältigen und zu Gott weiß was nötigen könnte. Sie schaute sich in der Praxis um. Es war noch vor acht Uhr. War schon irgendwer im Gebäude, der sie hören konnte? ::::::Lass dich nicht einschüchtern! *Tu es einfach* —::::::

— und sie hörte sich sagen, »Ich soll ehrlich sein und dir erzählen, was los ist? Okay, *du* bist es ... das ist los. Du füllst einen Raum aus ... und mich auch, bis *hier*« — sie fuhr sich mit der Handkante über die Kehle — »und zwar mit deinem ewigen *Sex,* und damit meine ich nicht den Sex, der Spaß macht, sondern den *perversen* Sex. Ich kann nicht fassen, dass du den armen Maurice zu diesen pornografischen Kunstshows auf der Miami Basel schleifst und dann auch noch zulässt, dass er das Zeug von diesem Jed Soundso kauft, *eindeutige, knallharte* Pornografie, und auch noch *Millionen Dollar* dafür ausgibt. Ich kann nicht fassen, dass du nicht nur um jeden Preis zu dieser Orgie fahren wolltest, dieser Columbus Day Regatta, sondern auch noch wolltest, dass *ich* mitmache. Und wenn ich mich gefügt hätte, dann hättest du auch mitgemacht. Ich kann nicht fassen, dass ich mich, kaum dass ich bei dir eingezogen war, zu diesem ›Rollenspielchen‹ habe überreden lassen. Wie ich so tun musste, als klopfte ich mit diesem schwarzen Koffer so hart wie-wie-wie Fiberglas in der Hand versehentlich an deine Hoteltür, um mich dann von dir *schänden* zu lassen, wie du das genannt hast. Du hast mir die Kleider vom Leib gerissen, den Slip runtergezerrt und es mir dann von hinten gemacht. Ich kann nicht fassen, dass ich das mitgemacht habe. Zwei Tage lang habe ich versucht mir einzureden, dass das ›sexuelle Freiheit‹ ist! *Freiheit* — mein Gott — *si ahogarme en un pozo de mierda es la libertad, encontré la libertad.*«

Norman sagte kein Wort. Er schaute Magdalena an, als hätte sie ihm plötzlich einen Zwei-Finger-Killerkarate-Stoß auf den Adamsapfel verpasst. Und nun fragte er sich, warum sie das getan hatte. Als er schließlich anfing zu sprechen, war seine Stimme sehr leise ... mit immer noch entblößter oberer Zahnreihe, aber ohne zu lächeln. »Und die ganze Zeit hast du nie dran gedacht, mir das einfach zu sagen — was soll dann *jetzt* dieser ganze Scheiß?«

»Ich hab dir schon mal —«

»Ja, ja, ich weiß, du bist zu anständig für diesen Ton. Weißt du was? Du bist ungefähr so anständig wie der letzte Blowjob, den ich vor dir gekriegt habe! Weißt du das!?«

»Ich sollte ehrlich sein, hast du selbst gesagt.«

»Das ist also deine Vorstellung von Ehrlichkeit? Das ist deine Vorstellung von — was weiß ich. Keine Ahnung, was das ist, es ist jedenfalls klinisch krank!«

»›Klinisch krank‹ ... ist das ein medizinischer Ausdruck? Erzählst du das auch Maurice? Dass er ›klinisch krank‹ ist? Du *willst* doch, dass Maurice krank bleibt, stimmt's? Du *willst* doch, dass er diese Eiterpusteln hat — stimmt's?! Wer sollte dich denn sonst durch den VIP-Eingang der Miami Basel schleusen oder dir auf Fisher Island einen Liegeplatz für dein Zigarettenboot besorgen oder dich ins Chez Toi mitnehmen oder mit der schwarzen Mitgliedskarte in diese spezielle Lounge im ersten Stock, dem Chez-toi-Klub, oder wie der heißt?«

»Gottverdammt —«

»Dir reicht es ja nicht, ein prominenter Fernsehschloktor zu sein, stimmt's? Oh nein, du willst Ansehen, stimmt's? Du willst —«

»Verdammte Schlampe!«

»— in die feine Gesellschaft! Du willst zu allen Partys eingeladen werden! Und deshalb lautet deine Diagnose für den armen Maurice auch so lange ›klinisch krank‹, bis du —«

Norman stieß ein tierisches Geräusch aus, und bevor Magdalena wusste, wie ihr geschah, packte er sie direkt unter der Schulter am Oberarm, riss sie nach oben, zog sie ganz nah an seinen Körper und sagte halb zischend, halb knurrend, »Ich geb dir deine Diagnose, Schlampe ... du bist eine Schlampe, *Schlampe!*«

»Hör auf!«, sagte Magdalena. Es hörte sich fast an wie ein Schrei. In diesem Augenblick hatte sie Angst. Der tierische Klang seiner Stimme — er nannte sie *Schlampe* — seine Grobheit — *»Schlampe!«* — wie er sie am Arm hin und — *»Schlampe!«* — her zerrte — *»Schlampe!«* — und dann schrie sie so schrill, wie sie noch nie in ihrem Leben geschrien hatte! »Hör auf!« Norman drehte hektisch den Kopf hin und her, als suchte er nach etwas ::::::Dieser Dreckskerl! Er will sichergehen, dass niemand mitbekommt, was er da tut!:::::: Für den Bruchteil einer Sekunde lockert sich sein Griff ... Magdalena reißt sich los ... sie schreit schreit schreit schreit schreit schreit, während er brüllt — »Schlampe! — ich krieg dich — du Schlampe!« — und hinter ihr herläuft! ... sie *wirft* sich gegen den Stangengriff an der Tür, die hinaus zum Parkplatz im Innenhof führt, und stolpert ins Sonnenlicht. Aus einem Auto, das nach einem Parkplatz sucht, ruft ein Mann vom Beifahrersitz, »Alles okay mit Ihnen?« Der Wagen rollt zwar vorbei, aber er bewirkt immerhin, dass Norman stehen bleibt. Nicht mal ein sexbesessener, vor Egoplasma vibrierender

Hüne will dabei gesehen werden, wie er sich wie ein Geisteskranker auf ein schreiendes, körperlich schwächeres Mädchen stürzt, das nur halb so alt ist wie er selbst. Trotzdem rennt Magdalena weiter, zwischen den parkenden Wagen hindurch, mit eingezogenem Kopf, damit er sie nicht sieht und noch einmal ausrastet ... gebückt hetzt sie weiter ... keuchend ... mit pochendem Herzen ... und einer nie gekannten Todesangst ::::::Wo soll ich bloß hin? In meine Wohnung kann ich nicht ... er weiß, wo sie ist! ... Er ist zum Tier geworden!::::::

Sie hat ihren Wagen erreicht ... kauert neben der Fahrertür ::::::Rein! Sofort abschließen!:::::: ihre Hand bewegt sich nach unten und — eine fürchterliche Hitze breitet sich in ihrer Schädelhöhle aus, verbrennt die Innenseite des Schädels ... ihre Handtasche ist nicht da! Bei ihrer überstürzten Flucht hat sie sie im Untersuchungszimmer vergessen ... ihre Wagenschlüssel und Fernbedienung, ihr Wohnungschlüssel ... ihre Kreditkarten ... ihr Bargeld ... das Handy ... *der* Führerschein! — ihr einziges Ausweispapier in dieser Welt außer ihrem Pass, und der liegt in der Wohnung, und *er hat jetzt den Schlüssel!* Er hat *alles,* sogar ihr Make-up ... Sie muss weg von hier ... er kennt den Wagen! Was, wenn er —

— sie trippelte gebückt die Wagenreihen entlang, bis sie schließlich die Ausfahrt auf der gegenüberliegenden Seite sah ... trotzdem wagte sie es nicht, aufrecht weiterzugehen ... Leute schauten ihr hinterher, eine junge Krankenschwester in Weiß, die vom Parkplatz trippelt ... vornübergebeugt ... Da schau! So jung, entweder ist die *plemplem,* oder sie hat einen *Schlaganfall!* Das Mädchen braucht Hilfe, unbedingt ... Warum hilft ihr denn keiner? ... Was schaust du mich an?

Mittags an einem weiteren Tag wie jeder andere in Miami, der Himmel eine hellblau-weiße Kuppel, die eine höllische Hitze abstrahlt und die Passanten auf der Collins Avenue in gleißendes Licht taucht, das die Gestalten als gedrungene Schatten auf den Gehweg malt … den sie durch ihre der Makuladegeneration trotzenden dunklen Sonnenbrillen kaum erkennen dürften … wenn sie aus irgendeinem Grund ihre Augen öffnen wollen, um etwas zu *sehen*. Ein junger Mann, der ein weißes Sporthemd und eine blaue Jeans trägt, hat sich gerade an die Wand eines Gebäudes gedrückt, das um die Mittagszeit gerade mal einen fünfzig Zentimeter breiten Schatten wirft. Er trägt eine große leere CVS-Einkaufstüte. Hastig hebt er in dem kargen Schattenstreifen die CVS-Tüte hoch, dreht sie um und fängt an, sie sich über den Kopf zu ziehen. Die Gaffer können jetzt sehen, dass sich in der Tüte noch eine zweite Tüte … und ein Handtuch befindet, das herauszufallen droht. Hastig zieht der junge Mann das Handtuch heraus und legt es sich so über den Kopf, dass es das Gesicht und die Ohren bedeckt, eigentlich alles bis zu den Schultern. Dann zieht er die Einkaufstüten, die eine in der anderen, über das Handtuch nach unten, sodass die Gaffer nur noch ein paar Zentimeter von dem Handtuch sehen, das unten aus den Tüten herausschaut. Vom Kopf ist gar nichts mehr zu sehen. Dann sehen sie, wie der Mann ein Handy aus der Tasche seiner Jeans zieht und es unter die Tüten und das Handtuch schiebt. Was ist das für ein Bursche? … ein Spinner — niemand kann sich einen Reim darauf machen.

Unter dem Handtuch und den Tüten klingelt ein Handy, *»¡Caliente! Caliente baby … Got plenty fuego in yo' caja china … «*, und der Mann unter den Tüten sagt, »Camacho.«

»Wo bist du?«, sagt die Stimme von Sergeant Hernandez. »Unter einer Matratze?«

»Hey, Jorge«, sagt Nestor. »Gott sei Dank, Sie sind es! Moment. Ich ziehe mir eben das Scheißding runter … Besser so?«

»Ja, jetzt klingst du einigermaßen normal. Sind das Autos, was ich da höre? Wo bist du?«

»Collins Avenue. Ich hab mir dieses Scheißzeug über den … den …« ::::::Ich werde auf keinen Fall »Kopf« sagen, sonst glaubt er noch, ich bin völlig übergeschnappt:::::: »über das Handy gezogen, damit sie nicht mitkriegen, dass ich nicht zu Hause bin.«

»Verstehe«, sagte Hernandez. »So ähnlich mache ich es auch — allerdings müssten die ja inzwischen wissen, dass kein Mensch mehr ein Festnetztelefon hat, alle haben nur noch Handys — na ja, was soll's. Weißt du schon das Neueste?«

»Nein … glaube, ich will das auch gar nicht wissen. Kann mich noch an das letzte Mal erinnern, als Sie ›das Neueste‹ für mich auf Lager hatten.«

»Diesmal willst du es vielleicht doch wissen — also, die haben gerade unsere Crackdealer laufen lassen! Die Grand Jury hat eine Anklageerhebung abgelehnt!«

»Sie machen Witze!«

»Gerade verkündet worden, Nestor, vor einer halben Stunde. Kannst du überall im Internet lesen.«

»Aber warum?«

»Dreimal darfst du raten?«

Nestor wollte schon sagen, *wegen dir und deinem Dschungelaffenscheiß,* aber er riss sich zusammen. »Wegen uns?«, sagte er nur.

»Treffer beim ersten Versuch. Wie kann man auch zwei freundliche Herren aus Overtown anklagen, wenn die beiden Beamten, die sie verhaftet haben, Rassisten sind? Richtig? Sie haben uns nicht mal als Zeugen benannt, Nestor, dabei war das *unser Fall!*«

Schweigen. Nestor war perplex. Und was hatte das jetzt für Konsequenzen? Schließlich sagte er, »Das heißt, es gibt keinen Prozess. Richtig?«

»Richtig«, sagte Hernandez. »Und wenn du meine Meinung hören willst: Zumindest *dafür* danke ich Gott. Bin nicht gerade scharf drauf, dass ich da oben im Zeugenstand stehe, und so ein Krawattenheini fragt mich, ›Also, Sergeant Hernandez, wie rassistisch sind Sie denn nun? Nur ein bisschen oder volle Kanne oder irgendwo dazwischen?‹«

»Was meinen Sie, was wird das Präsidium dazu sagen?«

»Na ja, die werden sagen, ›Okay, jetzt ist es amtlich. Die Jury hat gesprochen. Diese beiden Fanatiker haben uns einen Fall vermasselt. Was sollen wir mit zwei solchen Parasiten noch anfangen?‹ Dabei hätten die ohne uns überhaupt keinen Fall gehabt. Aber kannst dir ja selbst ausrechnen, was das jetzt noch für eine Rolle spielt.«

»Ich dachte immer, Verfahren der Grand Jury sollen unter Ausschluss der Öffentlichkeit ablaufen.«

»*Sollen* ... Das Einzige, was die eigentlich öffentlich sagen dürften, ist ›Anklage‹ oder ›keine Anklage‹. Aber du brauchst ja nur den Fernseher oder das Radio anmachen oder ins Internet schauen — die Mitglieder der Grand Jury sollen zwar nicht reden mit diesen Dreckskerlen, aber sie tun es doch. Kommt mir vor, als hätten sie schon geplaudert. Wenn du mich fragst, sind wir am Arsch.«

»Hat Sie schon irgendwer angerufen, jemand aus dem Präsidium, der Bereichsleiter oder so?«

»Noch nicht, aber das kommt noch ... das kommt noch ...«

»Ich weiß ja nicht, wie das bei Ihnen ist«, sagte Nestor. »Aber ich halt's einfach nicht aus, nur rumzusitzen und darauf zu warten, dass das Fallbeil runtersaust. Wir müssen was tun, *irgendwas.*«

»Okay, aber was? Sag mir nur eine Sache, die wir tun können, ohne dass wir uns noch tiefer reinreiten?«

Schweigen. »Lassen Sie mir ein bisschen Zeit. Ich denke mir was aus.« Das Einzige, woran er genau in diesem Augenblick denken konnte, war Ghislaine. Ghislaine Ghislaine Ghislaine … Er dachte nicht einmal daran, was sie möglicherweise als Zeugin für ihn tun konnte, wenn sie aussagte, dass alles, was er zu diesem Fleischberg in der Crackbude gesagt hatte, nach einem nervenzerfetzenden Kampf auf Leben und Tod aus ihm herausgesprudelt war. Nein, er dachte nur an ihr schönes, helles, ehrliches Gesicht.

»Wer das auch ist, ich werde den Kerl auftreiben, der das Handyvideo gemacht hat. Dann habe ich die erste Hälfte und kann allen zeigen, was wirklich passiert ist.«

»Okay«, sagte Hernandez. »Aber das hast du doch schon versucht.«

»Na ja, ich versuche es eben noch mal, Jorge. Ich werde eine komplette Verteidigung für uns aufbauen.«

»Bueee-no, muy bueee-no«, sagte Hernandez in einem Tonfall, der Nestor als hoffnungslos naives Kind abstempelte. »Aber du hältst mich auf dem Laufenden … okay? Du musst vorsichtig sein mit dem, was du da anleierst. Verstehst du, was ich damit sagen will? Du musst das so sehen. Auf gewisse Weise sind wir so besser dran. Der Scheißfall ist erledigt. Wir müssen uns nicht in irgendeinem Gerichtssaal mit Dreck bewerfen lassen — und *dann* schmeißen sie uns trotzdem raus. Verstehst du?«

»Ja …«, sagte Nestor mit tonloser Stimme und dachte dabei ::::::Der altgediente Klugscheißer hat gesprochen. Für dich ist das vielleicht ein Trost, schließlich warst du es, der dieses Zeug dahergeredet hat. Ich jedenfalls hab keine Lust, mich mit dir zusammen einsargen zu lassen.:::::: Ohne auch nur ansatzweise einen Grund dafür nennen zu können, dachte er wieder an Ghislaine. Er hatte das Bild vor Augen, wie sie im Starbucks ihre schönen geschmeidigen Beine übereinanderschlug ... die rank und schlank, irgendwie *französisch* aussehende Wade, die auf dem Knie des anderen Beines lag ... aber er dachte nicht an die Geheimnisse ihrer lehmigen Lenden ... Er dachte nicht *so* an sie ... Schließlich sagte er, »Ehrlich gesagt, Jorge, ich verstehe es *nicht*. Es ist kein Trost für mich, *nicht* vor Gericht erscheinen zu müssen. Ich bin geradezu scharf darauf, dass es einen Prozess gibt. Ich will diese ganze gottverdammte Geschichte vor allen ausbreiten, und irgendwie werde ich das auch schaffen.«

»Kapierst du nicht, dass das kaum einen Unterschied macht, ob du ›diese ganze gottverdammte Geschichte vor allen ausbreitest‹?«, sagte Hernandez. »Könnte das Ganze sogar noch schlimmer machen.«

»Tja, vielleicht haben Sie recht«, sagte Nestor. »Aber ich kann nicht einfach still dasitzen ... das ist noch schlimmer. Ich komme mir vor, als hätten sie mich auf den elektrischen Stuhl geschnallt und jetzt würde ich nur noch drauf warten, dass sie den Schalter umlegen. Ich muss was tun, Jorge!«

»*Okaaaay,* amigo, aber —«

»Schon gut, ich halte Sie auf dem Laufenden«, sagte Nestor. »Ich muss jetzt los.« Er verabschiedete sich nicht mal.

16

DEMÜTIGUNG, DIE ERSTE

Amélia saß niedergeschlagen, zusammengesackt und fast völlig versunken in den Polsterwogen des einzigen Armsessels in ihrer Wohnung … die Beine übereinandergeschlagen, wodurch ihr Rock … der überhaupt nur *so* lang war … so weit nach oben gerutscht war, dass Magdalena sich fragte, als sie hereinkam, ob das jetzt ein Rock oder eine Bluse war … Sie war enttäuscht, Amélia in derart deprimiertem Zustand anzutreffen … enttäuscht bis an den Rand der Verbitterung ::::::Was hast *du* denn schon für ein Problem, das dich dermaßen beansprucht?:::::: Magdalena zählte auf Amélias immer fröhliches, immer klarsichtiges Wesen, mit dem sie sich *ihre* Probleme anhören konnte. Magdalena brachte sich selbst in Position. Sie hockte sich in Shorts und T-Shirt auf einen Esszimmerstuhl mit gerader Lehne. Unbewusst dramatisierte sie ihren vorrangigen Anspruch auf Mitgefühl, indem sie ein Bein hochzog, die Ferse auf die Stuhlkante stellte und das Knie mit beiden Armen umschlang, als sei es der einzige Freund, der ihr noch geblieben war.

»Nein, das stimmt nicht«, sagte Amélia. »Wir sind eben *nicht* im gleichen Boot. Du hast *ihn* verlassen, *er* hat *mich* verlassen. Du bist glücklich, ich nicht.«

»Ich bin nicht *glücklich!*«, sagte Magdalena. »Ich habe höllische Angst! Wenn du sein Gesicht gesehen hättest — mein Gott!«

Amélia verzog die Augenbrauen, als wollte sie sagen, *Du machst aus einer Mücke einen Elefanten.*

»Sein Gesicht — das war irgendwie — irgendwie *teuflisch!* Wie er angefangen hat, mich als ›*Schlampe — du Schlampe!*‹ zu beschimpfen — als ob das erst der *Anfang* wäre —«

»Und jetzt bist du so am Boden zerstört, dass du leider die Verabredung mit deinem Oligarchenfreund für heute Abend absagen musst«, sagte Amélia. »Jetzt mach aber mal halblang … Reggies *Kummer* hat noch nicht mal dafür gereicht, dass er laut geworden wäre. Ganz der Boss, der irgendeinen Angestellten abserviert, ›Tut mir leid, aber Sie passen einfach nicht in unsere Firma. Es ist nicht Ihre Schuld, aber wir müssen Sie leider gehen lassen.‹ So hat Reggie das durchgezogen. ›Ich muss dich gehen lassen. Das funktioniert einfach nicht!‹ Das waren exakt seine Worte. ›Das funktioniert einfach nicht.‹ Nach fast zwei Jahren, ›das funktioniert einfach nicht‹. Was zum Teufel meint er mit ›das‹, das würde ich gern mal wissen, und was meint er mit ›funktioniert‹? Und er hat gesagt, ›Es ist nicht deine Schuld.‹ *Aaaah … klasse …* da hab ich mich gleich *viel* besser gefühlt. Nach zwei Jahren kommt er zu dem Schluss, ›das funktioniert einfach nicht‹, aber es ist ›nicht meine Schuld‹.«

::::::Verdammt noch mal! Glaubst du, die ganze Welt dreht sich nur um dich, Amélia?::::::

Magdalena versuchte das Gespräch wieder in ihre eigene Umlaufbahn zu steuern. »Und noch was, Amélia, ich bin pleite! Er hat meine Kreditkarten, mein Scheckbuch, mein Bargeld, meinen Führerschein — einfach alles hat er! Ich kann von Glück sagen, dass ich noch so viel Geld in der Wohnung hatte, um das Schloss auswechseln zu lassen. Hat mich ein Vermögen gekostet!«

»Was glaubst du, was er jetzt macht — mit deiner Kreditkarte für Tausende von Dollar einkaufen gehen? Mit den Autoschlüsseln deinen Wagen klauen? Hier mitten in der Nacht einbrechen? Das Schloss hast du doch schon ausgewechselt. Glaubst du, er ist so sauer auf dich, dass er seine Karriere ruiniert, bloß damit er sich an dir rächen kann? Du bist ziemlich scharf, aber das heißt nicht …« Sie ließ den Gedanken fallen. »Also, dein Oligarchenfreund für heute Abend, wer ist das?«

»Er heißt Sergej Koroljow.«

»Und was macht er?«

»Ich glaube, irgendwas mit ›Investments‹. So heißt das doch, oder? Ich weiß wirklich nicht. Er sammelt Kunst, das weiß ich. Er hat dem Miami Museum of Art Bilder für siebzig Millionen Dollar geschenkt, und deshalb haben sie dann das Museum in Koroljow Museum of Art umbenannt. Erinnerst du dich? War dauernd im Fernsehen.«

Sie bereute es, dass sie so dick auftrug. Amélia stand noch unter Schock wegen Reggie — und sie erzählte ihr, mit was für einem *Star* sie in ein paar Stunden ausgehen würde.

»Ja, ich glaube, ich erinnere mich«, sagte Amélia.

Schweigen … dann konnte Magdalena doch nicht widerstehen und erzählte weiter. »Erinnerst du dich an den Abend, als ich im Chez Toi war, als du mir dein Bustier geliehen hast? Da habe ich Sergej kennengelernt — oder besser, da hat er mich nach meiner Telefonnummer gefragt. Davor hatte ich ihn einmal getroffen … weißt schon, zusammen mit all den anderen Leuten … schätze, die Idee mit dem Bustier war gar nicht so übel! Keine Angst. Ich will es nicht noch mal haben. Ich will nicht, dass er denkt, dass ich jeden Abend in so einem Ding rumlaufe. Aber deinen Rat könnte ich trotzdem gebrauchen.«

Amélia wandte desinteressiert den Blick ab. Offensichtlich war sie nicht gerade angetan von der Idee, mal wieder für eine von Magdalenas grandiosen Verabredungen den Couturier zu spielen. Schließlich fragte sie, ohne Magdalena direkt anzuschauen, »Wohin geht's diesmal?«

»Zu einer großen Privatparty auf einer Insel — den Namen habe ich schon mal gehört, aber ich war noch nie da. Star Island, kennst du das?«

Amélia lächelte ... süffisant ... »Du bist wirklich einmalig, Magdalena. Erst gehst du zufällig zu einem Dinner ins Chez Toi, einem Restaurant, von dem du noch nie gehört hast. Und jetzt gehst du zufällig auf eine große Privatparty auf einer Insel, die Star Island heißt. Das ist ja auch nur das teuerste Fleckchen Grund und Boden von ganz Miami. Fisher Island ist vielleicht noch ein bisschen teurer — aber nicht viel.«

»Das wusste ich nicht«, sagte Magdalena.

Amélia schaute sie einen Moment lang an. Es war die Art Blick, die Magdalena nie einordnen konnte. Ein gleichmäßiger Blick ... mehr nicht. Schließlich sagte Amélia:

»Und, hast du vor, ihn heute Abend schon an deine Papaya ranzulassen?«

Magdalena war so schockiert, dass sie ihr geliebtes Knie losließ und den Fuß auf den Boden stellte, als ginge sie in Stellung für einen Kampf.

»Amélia!«, sagte sie »Was ist das denn für eine Frage?«

»Eine praktische Frage«, sagte Amélia. »Ab einem gewissen — also, wenn ein Kerl ein gewisses Alter erreicht hat, dann geht er davon aus, dass das einfach dazugehört zu einer erfreulichen ersten Verabredung. ›*Aflojate,* Baby! Na, wie wär's?‹ Wenn ich an all die Sachen denke, die ich gemacht habe, nur weil Reggie das von mir erwartet hat ... So was nennt man eine ›Beziehung‹. Wenn ich nur das Wort höre, möchte ich mir am liebsten den Finger in den Hals stecken.«

»Ich habe dich noch nie so … *am Boden* erlebt wie heute, Amélia.«

»Ich weiß nicht«, sagte Amélia. »Jedenfalls habe ich vorher noch nie so was erlebt wie heute. Dieser Dreckskerl! — nein, er ist kein Dreckskerl. Ich hätte Reggie sofort geheiratet. Ich hoffe, dass du so was nie erleben musst.«

Erste Tränen liefen ihr über die Backen, und ihre Lippen fingen an zittern. Amélia — die immer die Stärkere und Gefestigtere der beiden gewesen war. Magdalena fühlte sich zunehmend unwohl. Sicher, Amélia war verletzt ::::::was wohl genau zwischen ihr und Reggie passiert ist?:::::: aber für so einen Zusammenbruch und so viel Selbstmitleid war sie einfach immer viel zu positiv gewesen. Wenn sie jetzt anfinge zu heulen und zu flennen, Magdalena könnte es nicht ertragen. Sie könnte nicht einfach dasitzen, während Amélia vor ihren Augen einen Nervenzusammenbruch erlitt — dafür hatte sie Amélia immer zu sehr bewundert. Sie war zwei Jahre älter, hatte eine bessere Ausbildung und war kultivierter.

Sie wischte sich die Tränen ab und riss sich zusammen. Ihre Augen waren noch feucht, aber sie brachte ein natürliches Lächeln zustande und sagte, »Tut mir leid, Magdalena.« Wieder stiegen ihr Tränen in die Augen ::::::*Bitte,* Amélia, reiß dich zusammen!:::::: was sie Gott sei Dank tat. Sie verdrückte die Tränen, so gut es ging, und sagte mit einem Lächeln, »Ist wohl nicht mein bester Tag heute.« Sie lachte kurz auf. »Natürlich helfe ich dir … wenn ich kann … Weißt du was, schau mal in meinen Schrank, da hängt ein neues scharzes Kleid von mir, mit einem Ausschnitt —« Sie beschrieb mit ihren Händen einen V-Ausschnitt vom Hals bis zur Hüfte. »Ist mir ein bisschen zu eng, aber dir müsste es perfekt passen.«

Diese Schwerelosigkeit! Diese extraterrestrische Vision! Diese Astralwanderung! Diese Glückseligkeit!

Nicht, dass Magdalena die Ausdrücke »extraterrestrische Vision« und »Astralwanderung« kannte, aber es waren die beiden wesentlichen Bestandteile ihres überirdischen Hochgefühls. Sie hatte das Gefühl — obwohl es für sie mehr als ein Gefühl war, es war sehr real — dass sie auf dem samtweichen, hellbraunen Leder des Beifahrersitzes dieses glamourösen Sportwagens saß … und gleichzeitig über der Szene schwebte … hoch oben, astral wandernd … und auf die unglaubliche Wendung des Schicksals hinabblickte, die Magdalena Otero, ehedem wohnhaft in Hialeah, *hautnah* neben einen Mann gesetzt hatte, der zu tollkühn, zu attraktiv, zu reich und zu prominent war, als dass er sie hätte anrufen und einladen dürfen — *aber er hatte es getan!* Er, Sergej Koroljow, der russische Oligarch, der dem Miami Museum of Art Gemälde im Wert von siebzig Millionen Dollar geschenkt hatte, der in dem gesellschaftlich angesagtesten Restaurant von ganz Miami, dem Chez Toi, die angesagteste Dinnerparty gegeben hatte, bei der sie je gewesen war, der diesen superheißen Wagen fuhr, der so teuer aussah und zweifellos auch so teuer *war* — er saß direkt neben ihr am Steuer! Von hier oben konnte sie sie beide sehen. Sie konnte direkt durch das Dach sehen. Sie schaute sich um … wie viele Menschen beobachteten diese Szene, beobachteten Magdalena Otero, wie sie in diesen superheißen Wagen einstieg, der schon jetzt, als er noch am Bordstein stand, pfeilschnell aussah?

Nun ja … leider nicht viele. Niemand wusste, wer sie war. Die Drexel Avenue war zwar ihre offizielle Adresse, aber wie oft hatte sie in diesem Jahr schon hier geschlafen?

Wuuuuuusch — so schnell sie sich in ihren Astralkosmos hochgebeamt hatte, so schnell kam sie auch wieder herunter.

Sergej gab in dieser Kulisse natürlich eine makellose Figur ab. Zu seinem Profil, dem kräftigen Kinn, der straffen Kinnpartie ohne den Hauch überflüssigen Fleischs ... passten seine Haare. Sie waren voll, tiefbraun mit blonden, sonnengebleichten Strähnen und sahen aus, als drückte ein Luftstrom sie an die Seiten seines Kopfes ... obwohl sie natürlich, wie jeder zurechnungsfähige Autofahrer in Südflorida, in dem klimatisierten Kokon des Innenraums saßen. *Blip* — außer Norman in seinem immer offenen Cabrio. Aber Norman war nicht zurechnungsfähig!

Sergej schaute zu ihr hinüber — was für Augen er hatte! — blaue, schelmisch schimmernde Augen! Ein leichtes Lächeln ... Da keiner der beiden irgendein amüsantes Thema angeschnitten hatte, hätte ein Tourist aus Cincinnatti dieses leichte Lächeln möglicherweise blasiert genannt. Das war allerdings keineswegs das Wort, das Magdalena in den Sinn kam. Oh nein. Charmant, weltmännisch, kultiviert ... das schon eher. Und seine Kleidung ... sie sah so *reich* aus ... sein Jackett — Kaschmir? — so weich, dass sie am liebsten ihren Kopf darin vergraben hätte ... das schimmernde weiße Hemd — Seide? — mit einem hohen offenen Kragen, augenscheinlich geschneidert, um offen getragen zu werden ... kein Knopf, kein Knopfloch, das den Anschein erwecken konnte, sein Träger hätte die Krawatte vergessen ... Natürlich sah auch sie umwerfend aus. Amélias Kleid mit dem endlosen Ausschnitt ... Hin und wieder ertappte sie Sergej dabei, wie er einen schnellen Blick auf die inneren Rundungen ihrer Brüste warf. Sie fühlte sich ... *scharf.*

Als Sergej losgefahren war, hatte der Motor des Wagens kaum ein Geräusch gemacht. Inzwischen fuhren sie ... bei schwachem Verkehr ... auf der Collins Avenue Richtung Norden ... und die Wohntürme huschten vorbei ... einer nach dem anderen, eine Wand, die den zufälligen Passanten vergessen ließ, dass sich zweihundert Meter östlich ein Ozean befand.

Magdalena zerbrach sich auf der Suche nach irgendeinem Gesprächsthema den Kopf … nach irgendwas … das *interessant* genug wäre, um mit Sergej darüber zu sprechen … Gott sei Dank gehörte zu seiner Kultiviertheit die Fähigkeit, aus Luft Small Talk zu spinnen … kein nervöses Schweigen …

Magdalena konnte sich nicht erinnern, jemals so weit im Norden von Miami Beach gewesen zu sein. Sie mussten schon fast die Stelle erreicht haben, wo Miami Beach ins Festland überging.

Sergej drosselte das Tempo und schenkte Magdalena sein fröhlichstes Lächeln. »*Ahhh* … jetzt sind wir in Russland. Das ist Sunny Isles.«

Nach dem zu urteilen, was Magdalena von der Straße aus sehen konnte, die Straßenlampen, das Mondlicht, die großen Spiegelglasfenster, die hier und da in den hohen Gebäuden leuchteten, sah es hier nicht anders aus als in Miami Beach … an der Ostseite der Collins Avenue die gleiche Wand aus Wohntürmen, die das Monopol auf den Meerblick hielten … und auf der anderen Seite alte und kleine Gebäude, die sich westlich der Collins auf Gott weiß wie vielen Kilometern zusammendrängten.

Sergej fuhr jetzt noch langsamer, zeigte auf das chaotische Häusermeer und in eine Nebenstraße mit billigen Mietshäusern. »Sehen Sie die Läden da?«, sagte er. Sie sahen nicht sehr eindrucksvoll aus, nicht für jemanden, der schon mal in Bal Harbour oder Aventura gewesen war. »Wenn Sie hier kein Russisch sprechen, können Sie in den Läden nichts kaufen. Klar, man kann ein paar Dollar aus der Tasche ziehen, auf etwas deuten und sagen, ›Kaufen?‹« Er sprach mit übertrieben russischem Akzent weiter. »Das sind echte Russen, sie sprechen kein Englisch und wollen auch keine Amerikaner sein. Wie auf der Calle Ocho in Miami, wenn man in einen Laden geht und kein Spanisch kann. Die wollen auch keine Amerikaner sein …«

»Was ist das da?«, fragte Magdalena.

»Was ist was?«

»Das große Schild. Sieht aus, als würde es in der Luft schweben.«

Gleich hinter der schäbigen kleinen Ladenzeile leuchtete in Rot, Gelb und Orange ein grelles Neonschild auf: THE HONEY POT. Es schien keine Verbindung zum Boden zu haben. Sergej zuckte mit den Schultern. »Keine Ahnung. Sieht aus wie irgendein Striplokal.«

»Für Russen?«

»Nein, nein — für Amerikaner. Russen gehen nicht in Stripklubs. Wir lieben die Frauen. Die Amerikaner lieben die Pornografie. Niemand sonst fährt so darauf ab.«

»Das Internet ist voll davon«, sagte Magdalena. »Sechzig Prozent aller Klicks sind auf Pornoseiten. Sie wären überrascht, wie viele berühmte Männer süchtig danach sind. Die schauen sich fünf, sechs Stunden am Tag Pornos an, meistens während der Arbeit, im Büro. Es ist traurig! Sie ruinieren ihre Karrieren.«

»Im Büro? Warum im Büro?«

»Zu Hause haben sie Frauen und Kinder.«

»Woher wissen Sie das alles?«

»Ich bin Krankenschwester. Ich habe mal für einen Psychiater gearbeitet.« Magdalena suchte in Sergejs Gesicht nach Anzeichen, ob er über Norman Bescheid wusste … Nichts, Gott sei Dank. Dieser kleine Vortrag über Pornografie — schließlich doch noch ein Triumph! Sie hatte es wieder bewiesen … sie war nicht nur ein Nichts mit einem schönen Gesicht und einem scharfen Körper … er hatte keine Wahl … er *musste* sie ernst nehmen … und sie hörte Amélias flüsternde Stimme, die durch ihr Innenohr in den Gehörgang drang und ihr Trommelfell vibrieren ließ: »Und, hast du vor, ihn heute Abend an deine Papaya ranzulassen?«

Kommt drauf an! Wie immer bei solchen Entscheidungen! Kommt drauf an! Als sie Sunny Isles hinter sich gelassen hatten und weiter Richtung Norden fuhren, erinnerte die Umgebung immer weniger an Miami Beach … Hollywood … Hallandale … »Jetzt erreichen wir das russische Herzland.« Er kicherte, um Magdalena zu zeigen, wie amüsant er diese Bemerkung fand.

Er bog von der Collins Avenue auf einen kleineren Highway ab, der Richtung Westen führte. Magdalena hatte keine Ahnung, wo sie waren.

»Wie hieß das noch mal?«, sagte sie. »Das Restaurant, zu dem wir fahren …?«

»Gogol's.«

»Und das ist ein russisches Lokal?«

»Oh ja, sehr russisch«, sagte er … mit seinem blasiert weltmännischen oder weltmännisch blasierten Lächeln.

Sie fuhren weiter Richtung Westen in die Dunkelheit … und hinter einer Kurve sah sie es — ein leuchtendes, von hinten angestrahltes, genauso grelles Schild wie das des Honey Pot: GOGOL'S! … vor dem Eingang eine überdachte Auffahrt, deren Pfeiler mit die Sinne verwirrenden Flachreliefs verziert waren, die wilde Meuten nackter Nymphen zeigten: GOGOL'S!

Unter dem Vordach ein regelrechter Bienenstock aus jungen, hellhäutigen Burschen vom Parkservice. Ständig fuhren Autos hinein und hinaus … Scharen von Männern und Frauen drängten hinein …

Sergej scherzte auf Russisch mit den Jungen vom Parkservice. Sie kannten *Gospodin* Koroljow sehr gut. Als er und Magdalena das Gebäude betraten, eilte sofort ein großer, kräftiger Mann auf sie zu — fast zwei Meter, dunkler Anzug, weißes Hemd, marineblaue Krawatte, das schüttere schwarze Haar streng über den Schädel nach hinten gekämmt — und rief mit überschäumender Begeisterung, »Sergej Andrejewitsch!« Der Rest war auf Russisch. Der Mann war wahrscheinlich der Besitzer, zumindest der Geschäftsführer. Sergej sagte auf Englisch zu ihm, »Das ist meine Freundin Magdalena.« Der große Mann deutete eine Verbeugung an, die Magdalena für »europäisch« hielt. Das Lokal war riesengroß ... Jeder Quadratzentimeter Wand war mit einem kräftigen, malvenfarbenen (synthetischen) Samtstoff bedeckt, der von Myriaden kleiner Strahler beleuchtet wurde, die in die schwarze Decke eingelassen waren. Der malvenfarbene Stoff diente als Hintergrund für jede Form von Glitzerzeug, das die russischen Innenarchitekten in die Finger bekommen hatten. Die beiden schwungvollen Treppen, die zu einer zweiten Ebene hinaufführten, die höchstens eineinhalb Meter über der ersten gelegen war, waren extravaganter als die in der Pariser Oper. Die Geländer zierten Streifenintarsien aus poliertem Kupfer. Die weißen Tischtücher im Gogol's glichen dank der winzigen in den Stoff eingewebten Pailletten einem grandios glitzernden Ozean ... Auf allen Tischen standen kleine Lampen mit funkelnden Ständern aus künstlichem Kristall und malvenfarbenen Schirmen ... Wo immer sich im Gogol's Platz fand, an Einfassungen und Einrahmungen, an Borten und Bordüren Glitzerzeug anzubringen — es wurde angebracht. All diese Dinge sollten für funkelnden Glanz inmitten üppiger, aber einschläfernd malvenfarbener Schwermut sorgen ... was sie aber nicht taten. Sie waren nicht mal kitschig. Sie sahen bieder, banal, blasiert, spießig und aufgeblasen aus. Der ganze höhlenartige Speisesaal sah aus wie Großmutters Schmuckschatulle.

Ein regelrechter Schwarm aus gleichaltrigen oder älteren Männern keilte Sergej ein. Waren die laut! Waren sie betrunken? Nun, vielleicht war das ja ihre Art, einen geliebten Genossen zu begrüßen, aber auf Magdalena machten sie zweifellos einen betrunkenen Eindruck. Sie umarmten ihn stürmisch. Bei jedem Satz aus seinem Mund, als sei er der größte Witzbold, den sie je getroffen haben, johlten und japsten sie, schnappten sie nach Luft vor Lachen. Magdalena hätte alles dafür gegeben, ein bisschen Russisch zu verstehen.

Sergej versuchte gar nicht mehr, sie all den Männern vorzustellen, die ihn bedrängten. Wie sollte er ihr jemanden vorstellen, der ihm die Arme um den Hals schlang und irgendwas ins Ohr brüllte? Die einzige Aufmerksamkeit, die sie erregte, waren laszive Blicke von Männern, deren Lüsternheit sich von ihren Lenden direkt auf ihre Gesichter übertrug.

Inzwischen war es sehr laut im Gogol's. Von überall waren das männliche Gelächter und das männliche Baritongebrüll von Männern zu hören ... die betrunken waren.

Am Tisch neben ihnen saß in der Mitte einer Sitzbank ein großer Mann, etwa fünfzig Jahre alt, wenn Magdalena richtiglag, der sich breit grinsend aufrichtete und ein, zwei, drei, vier Schnapsgläser mit — Wodka? — hinunterkippte und dann ein lautes *Ahhhhhh!* ausstieß. Sein Gesicht war glühend rot, noch nie hatte Magdalena ein derart selbstgefälliges Grinsen gesehen. Aus den Tiefen seines Schlundes kämpfte sich ein kehlig dröhnendes Lachen ins Freie. Er nahm ein volles Schnapsglas und reichte es der Frau neben ihm ... einer jungen oder jung aussehenden Frau ... was schwer zu sagen war, wenn eine Frau ihr Haar zu einem Großmutterdutt hochgesteckt hatte … sie schaute das Glas an, als wäre es eine Bombe … Von allen Seiten kehliges Dröhnen …

Sergej konnte sich endlich von seinen Bewunderern loseisen und gab Magdalena ein Zeichen. Der baumlange Hausmeier führte sie zu einem Tisch. *¡Dios mío!* Das war ein Tisch für zehn … und Magdalena ahnte schon, was kommen würde. Acht Männer und Frauen hatten sich schon niedergelassen, zwei Plätze waren noch frei … für Sergej und sie. Als die Tischgesellschaft Sergej sah, sprang sie auf und brüllte *Hussa!* und weiß Gott was noch alles. Wie Magdalena befürchtet hatte, hatte Sergej sich der einen lärmigen Verehrertruppe nur entledigt … um sich von der nächsten feiern zu lassen. Sie war nicht glücklich. Sie begann sich zu fragen, ob Sergej sie nur mitgenommen hatte, um sich ihr auf heimischem Terrain als großer Zampano zu präsentieren. Vielleicht war es sogar noch schlimmer. Vielleicht war es ihm vollkommen egal, ob sie beeindruckt war oder nicht. Es gefiel ihm eben, so ein abendliches Bad in all der Lobhudelei.

Wenigstens stellte er sie jedem vor … jedem einzelnen Russen Russen Russen … ein großes Konsonantendurcheinander … Sie verstand nicht einen einzigen Namen. Sie kam sich vor, als wäre sie unter einem Berg aus *sch* und *j* und *k* und *g* und *b* begraben. Acht fremde Russen … und alle, Männer wie Frauen, schauten sie an wie ein außerirdisches Kuriosum. Was haben wir denn da? Mach was … Sag was … Unterhalte uns … Alle plapperten auf Russisch durcheinander … Ihr gegenüber saß ein Mann mit klotzigem Gesicht und kahler Schädeldecke, von der an den Seiten dichte, anscheinend gefärbte schwarze Haare wild abstanden und an den Schläfen in struppige Koteletten übergingen, die bis hinunter zu den Kinnbacken reichten. Er studierte ihr Gesicht mit fast pathologischem Eifer. Dann wandte er sich an einen Mann, der zwei

Plätze weiter saß, und sagte etwas zu ihm, worauf beide anfingen zu kichern … und dabei unverkennbar bemüht waren, nicht laut loszuprusten … worüber?

Auf der Speisekarte standen die Gerichte erst in Englisch und direkt darunter in geschwungenen russischen Buchstaben. Sogar in der englischen Version kannte Magdalena kein einziges Gericht.

Geräuschlos tauchte ein Kellner neben Sergej auf und überreichte ihm ein zusammengefaltetes Stück Papier. Sergej las es, drehte sich zu ihr und sagte, »Ich muss kurz meinem Freund Dimitri Guten Tag sagen. Entschuldigen Sie mich bitte. Ich bin gleich wieder da.«

Zu den anderen sagte er etwas auf Russisch, dann stand er auf und ließ sich vom Kellner zu »Dimitri« führen. Jetzt saß Magdalena allein acht Russen gegenüber, die sie nicht kannte, vier Männern — in den Vierzigern? — und vier Frauen — in den Dreißigern? — mit peniblen Lockenwicklerfrisuren und »festlichen« Kleidern aus irgendeiner längst vergangenen Epoche.

Den Mann gegenüber, den mit dem strubbeligen Haarkranz und dem Gänsehautblick, hatte Sergej ihr als irgendeinen bedeutenden Schachmeister vorgestellt. »Nummer fünf in der Welt, damals zu Zeiten von Michail Tal«, hatte Sergej leise hinter vorgehaltener Hand zu ihr gesagt. Der Name Michail Tal sagte Magdalena gar nichts, der Name des Mannes mit dem chaotischen Haarkranz lautete, wenn sie ihn richtig verstanden hatte, Schytin oder so ähnlich. Die Art, wie er sie anstarrte, verunsicherte sie. Trotzdem konnte sie ihren Blick — wenn auch nur aus den Augenwinkeln — nicht von ihm abwenden. Sie vermied es, ihm direkt ins Gesicht zu schauen. Er sah unheimlich und vulgär aus, fast teuflisch. ::::::Beeil dich, Sergej! Komm zurück! Du hast mich mit diesen gruseligen Gestalten allein gelassen — oder zumindest mit einer. Der ist so gruselig wie eine ganze Geisterbahn.:::::: Seine Ellbogen lagen auf dem Tisch, die Unterarme umrahmten den Teller, und er hatte sich so weit vorgebückt, dass sein Kopf kaum mehr als zehn Zentimeter über dem gewaltigen Berg Essen hing. Er aß alles mit einem Löffel, den er hielt wie eine Schaufel. In atemberaubendem Tempo verschwanden Kartoffelklumpen und irgendeine Art von sehnigem Rindfleisch in seinem gierigen Schlund. Fleischbrocken, die zu groß für den Löffel waren, klaubte er mit den Fingern auf. Während er auf ihnen herumkaute, warf er immer wieder kurze Blicke hierhin und dorthin. Es hatte den Anschein, als wollte er seine Nahrung vor Bussarden, Hunden und Dieben schützen. Hin und wieder hob er den Kopf, setzte ein wissendes Lächeln auf und kippte ungefragt irgendeinen Kommentar — auf Russisch — in eine der Unterhaltungen am Tisch. *Kippte* war das passende Wort. Sein Russisch klang wie ein Kipplaster, der eine Ladung Kieselsteine abkippte.

Magdalena war fasziniert ... viel *zu* fasziniert. Der ehedem fünftbeste Schachspieler der Welt hob den Kopf, um ordnend in ein Gespräch einzugreifen, und ertappte sie dabei, wie sie ihn anschaute. Den Kopf immer noch tief über sein Essen gebeugt ... den Löffel mit einem Riesenbrocken Rindfleisch in der Hand ... hielt er inne, überrumpelte sie mit einem breiten spöttischen Lächeln und fragte auf Englisch, mit Akzent, aber fließend, »Kann ich Ihnen irgendwie helfen?«

»Nein, danke«, sagte Magdalena. Sie wurde knallrot. »Ich habe nur —«

»Was machen Sie?« Das *Sie* ging zwischen den beiden Fingern verloren, mit denen er beherzt versuchte, eine Rindfleischsehne aus seinen Zähnen zu pulen.

»Machen?«

»Machen«, sagte er und schnippte eine Sehne auf den Boden. »Was machen Sie, um sich Ihr Essen, Ihre Kleidung, Ihr Bett für die Nacht zu verdienen? Was *machen* Sie?«

Sie hätte keine Ahnung, ob er sich über sie lustig machte ... oder einfach nur ungehobelt ... oder *sonst was* war. Sie zögerte ... und sagte schließlich, »Ich bin Krankenschwester.«

»Was für eine Krankenschwester?«, sagte die ehemalige Nummer fünf.

Magdalena bemerkte, dass mehrere Leute am Tisch regungslos dasaßen und sie anschauten ... der Mann mit dem rasierten Schädel und die Frau neben ihm, die so fett war, dass ihre bombastische Modeschmuckhalskette wie auf einem Tablett flach auf ihrem Mieder lag ... und die beiden Frauen mit den Pillbox-Hüten und Haarnetzen, die an längst vergangene Zeiten aus dem letzten Jahrhundert erinnerten. Sie wollten das auch wissen.

»Psychiatrische Krankenschwester«, sagte sie. »Ich habe bei einem Psychiater gearbeitet.«

»Was für eine Art Psychiater? Logotherapeut oder Pillentherapeut?« Magdalena hatte keine Ahnung, was er meinte, aber seine verschlagenen, leicht verzerrten Lippen und die Art, wie er das eine Auge zusammenkniff, ließen sie argwöhnen, dass er nur versuchte, ihre Unwissenheit auf ihrem eigenen Fachgebiet zu entlarven. Sie schaute sich um. Wenn nur Sergej zurückkäme! Mit misstrauischer Stimme sagte sie, »Was ist ein Logotherapeut? Das Wort kenne ich nicht.«

»Sie wissen nicht, was ein Logotherapeut ist.« Das war keine Frage, sondern die Feststellung einer Tatsache. Er hörte sich an wie ein Grundschullehrer. Es sollte so viel heißen wie, »Sie sind eine psychiatrische Krankenschwester — der nicht mal die Grundlagen der Psychiatrie bekannt sind. Nun, ich schlage vor, wir fangen ganz von vorn an.«

»Ein Logotherapeut ›behandelt‹ seine Patienten« — das »behandelt« troff vor Ironie — »im Gespräch … das Ich, das Es, das Über-Ich, der Ödipuskomplex und all das … wobei hauptsächlich der Patient spricht, nicht er selbst. Der Logotherapeut hört hauptsächlich zu … es sei denn, der Patient ist so langweilig, dass sein Geist abschweift, was meiner Meinung nach sehr, sehr oft der Fall sein dürfte. Der Pillentherapeut verabreicht seinem Patienten Pillen, um den Dopaminfluss zu erhöhen, die Resorption zu blockieren und ihm so einen synthetischen Seelenfrieden zu verschaffen. Logos ist das griechische Wort für ›Wort‹. Zu welcher Gruppe gehört der Psychiater, für den Sie arbeiten?«

»Für den ich gearbeitet *habe.*«

»Für den Sie gearbeitet *haben,* okay. Also?«

Die Fragen machten Magdalena Angst. Sie konnte sich nicht erklären, warum. Die ehemalige Nummer fünf war weder beleidigend noch ausfallend. Warum fühlte sie sich trotzdem so getroffen? Sie wollte einfach nicht mehr darüber reden. Sie wollte sagen, »Hören Sie zu, lassen Sie uns über was anderes reden, okay?« Aber sie hatte nicht den Mumm. Sie wollte vor Sergejs Freunden nicht als launische Zicke dastehen. Wieder schweifte ihr Blick durch das glitzernde Gogol's … sie *sehnte* sich geradezu nach Sergejs Rückkehr. Aber weit und breit war nichts von ihm zu sehen — und irgendwas musste sie dem Meister ja antworten.

»Nun, er hat schon Medikamente verschrieben, aber ich nehme an, er gehörte eher zu den anderen … die Sie genannt haben.« Das *die Sie genannt haben* war wie ein Zurückzucken vor dem nächsten Schlag, der, das wusste sie, jetzt kommen würde.

»Gut für ihn!«, sagte der große Schachspieler. Er sagte es, ohne zu lächeln, als ob er es wirklich so meinte. Nicht, dass es ihre Stimmung hob, aber es gab ihr doch etwas Hoffnung. »Ein weiser Mann! Logo ist die Zukunft!«, fuhr er fort. »Ich bin sicher, Sie werden mir zustimmen, dass Gesprächstherapeuten die raffiniertesten Erpresser sind, die je gelebt haben — oder?« Er bohrte seinen spitzen Blick in ihre Augen und nagelte sie fest. Keine Chance, zu entkommen.

»Ich weiß nicht, was Sie meinen …« ::::::Bitte! Holt mich hier raus! Schafft ihn mir vom Hals! Irgendwer!:::::: »*Erpresser … ¡Dios mío!* Ich verstehe wirklich nicht, was …«

Jetzt dämmerte es ihr: Die gesamte Tischgesellschaft hatte aufgehört zu reden, hatte aufgehört zu essen und sogar aufgehört Wodka zu trinken … nur um zu beobachten, wie der Meister sie quälte.

»Das verstehen Sie wirklich nicht?«, sagte der Meister, als sei das nur ein erbärmlicher Versuch, sich aus ihrer Lage zu befreien. »Okay, dann fangen wir damit an … dass Sie mir erklären, was ein Erpresser *ist.*« Sein Blick wurde noch bohrender. Sein Tonfall deutete an, dass es ihr an jedweder Bildung fehlte, wenn sie ihm darauf nichts zu sagen wüsste.

Magdalena konnte keinen klaren Gedanken mehr fassen, sie klappte vollkommen zusammen. »Ich weiß nicht«, stammelte sie. »Sagen Sie's mir.«

Diesmal neigte er den Kopf zur Seite und verzog die Lippen auf eine Art, die Magdalena als offene Verachtung deutete. »Sie wissen es nicht.« Einmal mehr keine Frage, sondern die traurige Feststellung des Offensichtlichen. »Ein Erpresser ist jemand, der sagt, ›Sie tun, was ich Ihnen sage, oder ich werde dafür sorgen, dass Sie Qualen erleiden, die Sie nicht ertragen können.‹ Während der ersten Sitzungen macht Ihr Logotherapeut seinen Patienten glauben, dass nur *er* ihn von seiner Depression, Angst oder paralysierenden Katatonie, von seinen überwältigenden Schuldgefühlen, Zwangsvorstellungen, selbstzerstörerischen Impulsen oder was auch immer erlösen kann. Sobald er ihn davon überzeugt hat, gehört er *ihm*. Er ist einer seiner Vermögenswerte. Er bestellt ihn ein bis zu dem Tag, an dem er geheilt ist … ein Tag, der natürlich nie kommen wird … oder ihm das Geld ausgeht … oder bis zu dem Tag, an dem er stirbt. So ein Psychiater war der, für den Sie gearbeitet haben, richtig? Ich weiß nicht, wie alt Ihr Arbeitgeber war, aber wenn er alt genug ist, um zwei Generationen dieser armen Menschen am Haken zu haben, dann wird er sein Leben lang ein reicher Mann sein. Natürlich muss er lange, lange still sitzen, um das ganze Gewinsel und auch noch die sinnloseste Hirntätigkeit über sich ergehen zu lassen — seine Patienten sind ganz versessen darauf, sich über die Bedeutung ihrer Träume und so was auszulassen … aber ich bin sicher, die Gedanken Ihres Arbeitgebers drehten sich während des ganzen Gefasels um andere Dinge … sein Aktiendepot, ein neues Auto, ein nacktes Mädchen, einen knackigen Lieferanten, der ihn fasziniert … alles ist besser als der Logorrhö dieser Idioten zuzuhören. Er muss sich nur darum kümmern, den Patienten in seinem Praxisverlies festzuhalten, ihn zu einem Lebenslänglichen zu machen und dafür zu sorgen, dass er nicht anfängt selbstständig zu denken und *eigene Vorstellungen* zu entwickeln. Das beschreibt Ihren Arbeitgeber ziemlich gut, stimmt's? Sie haben für einen gebildeten, vornehmen Erpresser gearbeitet. Vielleicht wussten Sie es, vielleicht wussten Sie es nicht. Aber es war so — richtig? «

Das ging Magdalena wirklich unter die Haut! Er hätte über Norman und Maurice, seinen Starpatienten, reden können. Einen Augenblick lang war sie versucht, es zu sagen — aber sie wollte verflucht sein, wenn sie dem grässlichen Schachmeister diese Genugtuung verschaffen würde. ::::::Was glaubt der eigentlich? Dass er mit meinem Kopf spielt? Er ist so widerlich! widerlich! widerlich! widerlich! widerlich!:::::: Sie war drauf und dran, in Tränen auszubrechen, riss sich aber zusammen. Diese Genugtuung wollte sie ihm nicht verschaffen.

»Richtig?«, sagte er noch einmal, diesmal mit herzlicher, mitfühlender Stimme.

Magdalena presste die Lippen aufeinander, damit diese Horde grässlicher, glotzender Russen nicht merkte, dass sie zitterten. Kraftlos, mit leiser, niedergeschlagener Stimme sagte sie, »Mir ist so etwas nie aufgefallen ... Ich weiß nicht, wovon Sie sprechen ...« immer kraftloser ... überwältigt von ihrer Niederlage ... und sie konnte sich nicht erklären, warum er sie attackiert hatte, was ihn dazu getrieben hatte, sie so brutal zu drangsalieren ... oder wie er das getan hatte ... oder *ob* er es überhaupt getan hatte ... denn sie wusste nicht, wie sie das einem anderen Menschen hätte beschreiben sollen. Der Gesichtsausdruck des großen Schachmeisters war nicht zornig. Er war nicht feindselig ... auf seinem Gesicht war nichts als dieses leichte, blasierte Lächeln zu sehen ... und eine herrische Aura intellektueller Überlegenheit ... und Herablassung, wenn er versuchte, die Dinge, die sie nicht verstand, in simplen Worten zu erklären. Wie konnte sie jemand anderem verständlich machen, was er ihr antat?

»Was jetzt?«, sagte er. »Zu welcher von den beiden Gruppen gehört er, was meinen Sie?« Er sagte das im denkbar freundlichsten Tonfall ... mit dem mitfühlendsten und verständnisvollsten Gesichtsausdruck ... mit dem sanftesten Lächeln ... mit der kleinsten onkelhaften Neigung seines Kopfes —

— und Magdalena war paralysiert. Sie hatte nicht die Kraft, auch nur ein Wort zu sagen. Sie konnte auf diesen gemeinen Schachmeister nur mit Tränen reagieren ... die sie aber unter stummen Zuckungen hinunterschluckte ... ihr Hals, ihre gebeugten Schultern, ihre Brust, ihr Bauch … alles zuckte. Sie wagte nicht einmal den Versuch zu sprechen. Was denken sie? Schaut es euch an, dieses alberne kubanische Kindchen … und nennt sich »psychiatrische Krankenschwester«! Allen acht stand ein leicht süffisantes Grinsen im Gesicht. Es war nicht so, dass sie sie auslachten … man lacht nicht über ein hilfloses Kind … Nein, das würden sie nie tun. Sie wollten nur zu gern ihre hirnlose *Antwort* hören.

::::::Nie und nimmer! Diese Genugtuung werde ich ihnen nicht verschaffen!::::::

Sie biss sich auf die Zähne, presste sie *fest* zusammen. ::::::Nicht der Hauch eines Schluchzers kommt mir über die Lippen — nicht vor diesen blutsaugenden Voy—::::::

»Was ist hier los?« Laut — *seine Stimme!* — aber guter Laune. Er stellte sich so dicht hinter sie, dass sie ihn nicht mal sehen konnte, als sie den Kopf umdrehte. Im nächsten Augenblick — der Druck seiner Hände und das Gewicht seines Körpers gegen die Rückenlehne ihres Stuhls. *Seine Stimme!* direkt über ihrem Kopf … aber jetzt leiser und mit dem Hauch eines drohendes Untertons. Er sagte auf Englisch: »Na, Schytin … amüsierst du dich? Ich habe schon aus fünf Metern Entfernung gesehen, dass du wieder dein mieses Spielchen treibst, ich habe es sogar gerochen. Immer noch der alte Dreckskerl, was?«

Dann legte er ihr die Hände auf die Schultern und massierte ihr langsam und sehr sanft die Muskeln zwischen Schultern und Hals.

Sie war buchstäblich in seinen Händen! Und dann brach sie zusammen. Die Tränen schossen ihr aus den Augen, liefen ihr über die Backen …

Schytin schaute zu Sergej hoch. Er versuchte seine widerwärtige, schuldbewusste Miene mit einem diensteifrigen

Lächeln zu überspielen. Er sagte auf Russisch: »Sergej Andrejewitsch, Miss Otero und ich hatten gerade eine sehr interessante Unterhaltung über psychia —«

»Molchi!« Es hörte sich an wie ein wütendes Bellen. Was immer es bedeutete, Sergej war Schytin so rüde über den Mund gefahren, dass dieser es nicht wagte, auch nur ein weiteres Wort zu sagen. Verblüfft klappte ihm der Kiefer herunter. Sergej schnauzte ihn noch einmal an — jetzt wich die Farbe aus Schytins klotzigem Gesicht. Er wurde weiß vor Angst. Er schaute Magdalena an ... und sagte im gesetzten Tonfall des Friedensstifters: »Es tut mir sehr leid ... Ich hatte angenommen, Sie wüssten, dass es sich nur um einen kleinen geistigen Wettstreit handelt.«

Sergej trat ruckartig hinter Magdalenas Stuhl hervor, stützte sich mit den Handflächen auf den Tisch, beugte sich so weit er konnte zum Gesicht des eingeschüchterten Schytin vor und sagte mit leiser, wütender Stimme etwas auf Russisch zu ihm.

Schytin, dessen Gesichtsausdruck immer angsterfüllter wurde, schaute wieder Magdalena an. »Miss Otero, ich bedauere mein rüdes Benehmen zutiefst. Mir ist jetzt klar —« Er hielt inne und schaute zu Sergej, der noch ein paar zornige Worte hervorstieß, worauf Schytin sich wieder an Magdalena wandte und sagte, »Mir ist jetzt klar, dass ich mich wie ein flegelhaftes Kind benommen habe —« Er schaute wieder Sergej an. Noch ein paar schroffe Worte auf Russisch ... und Schytin sagte, »Ich bitte Sie um Verzeihung.«

Einen Augenblick lang war Magdalena erleichtert über die plötzliche — und vollkommene — Demütigung ihres Peinigers. Aber schon in der nächsten Sekunde beschlich sie ein beklommenes Gefühl. Etwas Merkwürdiges und Krankhaftes war in Gang gesetzt worden. Sergej brüllt ein paar Worte und — Schytin, der große Schachmeister, liegt ihr als unterwürfiger Bittsteller zu Füßen. Die Abhängigkeit von einem Dritten, der ihren Peiniger in die Knie zwingt, war so eigenartig … dass sie sich sogar noch erniedrigter vorkam.

Vor den Augen Schytins sagte Sergej zu Magdalena, »Ich muss mich für das Verhalten unseres ›Schachmeisters‹ entschuldigen.«

Das war zu viel für Schytins Frau, eine dunkelhaarige Frau, etwa sein Alter … und um die Schultern und obere Rückenpartie so kräftig wie ein Mann. Sie stieß geräuschvoll ihren Stuhl zurück, stand auf, richtete sich gerade auf … oder zumindest so gerade, wie es jemandem mit so einem Rundrücken möglich war … und warf Sergej einen bösartigen Blick zu. In scharfem Ton sagte sie etwas auf Russisch zu ihrem Mann, der die personifizierte Angst war. Er schaute seine Frau nicht an. Seine Augen waren starr auf Sergej gerichtet.

Sergej sagte auf Englisch zu Schytin, »Ist schon gut, Olga hat recht. Du gehst jetzt besser. Und ich würde dir empfehlen, das *sehr bald* zu tun.« Nur Zentimeter vor Schytins Gesicht fuchtelte er ein paarmal mit der Hand herum und sagte, *»Won! Won! Won!«,* anscheinend russisch für »Hau ab!«.

Schytin stand auf. Er zitterte. In gebückter Haltung nahm er den Arm seiner Frau, dann schlurfte er hastig dem Ausgang entgegen. *Er* stützte sich auf *sie,* nicht umgekehrt.

Sergej wandte sich den sechs verbliebenen Tischgästen zu, dem Mann mit dem rasierten Schädel, der fetten Frau mit dem Tablettbusen, den beiden Frauen mit den Pillbox-Hüten … einem sehr großen mürrischen Mann mit zu schmalem Schädel, eingefallenen Wangen und zu kurzen Hemdsärmeln, aus denen zwei übergroße Handgelenke ragten mit zwei Händen, von denen jede größer war als sein Kopf … und einem kleinen Bullen von Mann, dessen Augen so tief in den Spalten zwischen seinen buschigen Augenbrauen und vorstehenden Backenknochen lagen, dass man sie kaum sehen konnte. Mit einem sehr gespenstischen … und gleichzeitig gut gelaunten Lächeln ließ Sergej seinen Blick über alle sechs Gesichter schweifen, als sei nicht das Geringste vorgefallen … Mit verschiedenen Themen versuchte er ein lockeres Gespräch anzukurbeln, aber sie waren alle zu eingeschüchtert.

Magdalena fühlte sich gedemütigt. Sie war die Fremde, die die Szene ausgelöst hatte. Wenn ihr irgendetwas Witziges oder Intelligentes eingefallen wäre — wie im Chez Toi — dann wäre das alles nie passiert. Sie wollte nur noch weg aus diesem Restaurant, von dieser Bande Russen. Sergejs Small-Talkversuche bewirkten auch bei ihr nichts. Sie war zu deprimiert.

Nach ein paar Minuten erfolgloser Bemühungen rief Sergej den großen, kräftigen Geschäftsführer, oder was immer er darstellte, an den Tisch und unterhielt sich auf Russisch mit ihm. Dann lächelte er wieder die sechs missgestalteten Rabauken und Rabaukinnen an und sagte erst auf Russisch und dann auf Englisch: »Ihr habt Glück. Marko hat noch einen sehr schönen Tisch für sechs. Da werdet ihr euch sicher wohlfühlen.«

Betreten, argwöhnisch und wortlos nahmen die sechs die Botschaft entgegen, standen auf und folgten Marko, der sie im weitläufigen Gogol's zu einem weit entfernten Tisch führte. Sergej beugte sich zu Magdalena vor und legte ihr den Arm um die Schultern. »Das ist doch gleich was ganz anderes … ein netter Tisch für zwei.« Er lachte laut auf, ganz nach dem Motto: »Ist das nicht herrlich?«

::::::Oh, nein, mein lieber Sergej. Ganz und gar nicht! Wir sind nicht zu zweit, wir sind zu dritt: du, ich … und die Demütigung, die die anderen sechs Plätze besetzt. Und herrlich würde ich das auch nicht nennen. All die grölenden Tiere in diesem Laden, *hoo-hoo-hoo-hoo,* diese Flegel mit ihren aufgetakelten, übertakelten, abgetakelten Freundinnen in ihrem muffigen Schick und Kopfputz aus einem anderen Jahrhundert, diese betrunkenen, animalisch primitiven Flegel, die ganz scharf darauf sind, über Schwache und Leichtgläubige herzufallen, die sich einen Spaß daraus machen, ihr die Flügel auszureißen, die sich totlachen darüber, wie sie sich abstrampelt ... Schytin, die großartige Nummer fünf — darin ist er brillant! Brillant! Ein Altmeister! Was? Sie haben es nicht gesehen? Mein Gott, Sie haben eine klassische Demonstration verpasst! Aber Sie können ihre Überreste noch sehen, da drüben ... sie ist die kleine kubanische Papaya an dem fast leeren Zehnertisch — leer in einem ansonsten rammelvollen Laden! Zur Spitzenzeit! Leer! Sie ist eine beschämte und leere Hülle. Niemand möchte noch ein Stückchen von ihr außer unserer renommierter Papayasammler, Sergej Koroljow ... Er wird sich ihre Papaya greifen, damit machen, wonach ihm gerade ist, und dann wird er sie auf den Müll schmeißen ... Gönnen Sie sich einen Augenschmaus! Sie können sie gar nicht übersehen! Sie sitzt allein an diesem riesigen Tisch, abgesehen von unserem Papaya-Connaisseur, aber der zählt natürlich nicht ... Ja! Schauen Sie genau hin! Was ist schlimmer als der Tod? ... *Demütigung!* ... wohingegen ihr Tischgenosse, Mr. Sergej Koroljow — er fühlt sich prächtig in seiner Haut. Er glaubt, dass er sie aufmuntern kann, und warum auch nicht? *Er* fühlt sich sauwohl! Seine Laune könnte kaum besser sein! So fühlt sich ein Mann, der nur irgendwo aufzutauchen braucht ... und *todo el mundo* springt von den Stühlen auf, hechelt ihm grinsend entgegen und erfüllt ihm jeden seiner extravaganten Wünsche. Zweifellos noch besser ist aber, die Angst in den Gesichtern anderer Menschen zu sehen, wenn sie ihm irgendwie dumm kommen ... sie sind entsetzt, als fürchteten sie um ihr Leben — sie *katzbuckeln* buchstäblich ... so wie die widerliche widerliche widerliche widerliche widerliche Nummer fünf in dem Augenblick *katzbuckelte,* als Zar Sergej auf ganz bestimmte Art anfing zu brüllen —

— Sergej ist genau jetzt im siebten Himmel ... Er ist zufrieden, wenn er den ganzen Abend hier an diesem Tisch sitzen kann ... an diesem *riesigen* Zehnertisch, nur er und seine kleine *chocha,* vor einem endlosen weißen Ozean mit glitzernden Pailletten. Es ist nicht zu übersehen! Da ist er! Der mächtigste Mann im Saal! ... *Ihr* Elend kann er nicht einmal ansatzweise begreifen ... *Bitte,* mein attraktiver Retter, *bitte,* bring mich weg von hier ... errette mich vor den tausend beschämenden, bemitleidenden, ausweichenden Blicken ... aber neeeeeiiiiin, er muss aufs Podest, ganz nach oben, muss sich zur Schau stellen ... Seht her, der Zar! ... aus Hallandale, Florida, Russlands Herzland.::::::

Endlich endlich endlich endlich — und dieses *endlich* fühlte sich an wie *endlich, nach fünf Jahren höllischer Qualen — endlich* schlug Sergej vor, zu der großen Party auf Star Island zu fahren. Sein Abgang war wie sein Auftritt ... die Schmeicheleien, die Umarmungen, die ins Ohr gebrüllten Nichtigkeiten, und Sergej mittendrin, über zwei Meter groß, die Brust aufgepumpt, während sie alle sprangen ... Und Magdalena? Sie existierte nicht mehr. Sie schauten einfach durch sie durch. Der Fleischberg von Geschäftsführer verabschiedete sich wenigstens, als Einziger ... und das zweifelsohne auch nur deshalb, weil er glaubte, sich damit vielleicht lieb Kind machen zu können beim Zaren, der die kleine Scheibe Papaya ja mitgebracht hatte.

17

DEMÜTIGUNG, DIE ZWEITE

::::::Ganz am Anfang, als er fragte, »Was machen Sie?« und das alles … »Was machen Sie, um sich Ihr Essen, Ihre Kleidung zu verdienen?« und was sonst noch alles, da hätte ich einfach sagen sollen, »Sir, kennen wir uns?« Egal, wie er darauf reagiert hätte, ich hätte einfach weiter hart bleiben sollen, »Sir, kennen wir uns? Ich müsste Sie schon *wirklich* gut kennen, um Ihnen solche Fragen zu beantworten« … und und wenn er dann *immer noch* weitergebohrt hätte, hätte ich hinzufügen können, »Irgendwie kann ich mir nicht vorstellen, dass wir uns *jemals* so gut kennen werden, nicht in den nächsten tausend Jahren, nicht wenn ich es irgendwie vermeiden kann …« … Gut, »nicht wenn ich es irgendwie vermeiden kann« wäre vielleicht ein bisschen übertrieben gewesen, besonders von einer Vierundzwanzigjährigen gegenüber einem — wie alt war er? — in den Fünfzigern? — aber das wäre der Augenblick gewesen, ihn zu stoppen, ganz am Anfang, bevor er seine widerwärtige, demütigende Nummer hätte abziehen können —::::::

Nichts anderes ging ihr durch den Kopf, als sie auf dem Beifahrersitz keine dreißig Zentimeter neben Sergej saß, der seinen teuren Sportwagen in die Dunkelheit der Collins Avenue hinausjagte … ein Komet aus roten Rücklichtern, der in ein schwarzes Loch stürzte ... und Sergej lachte, kicherte und gluckste und sagte Sachen wie, »Ein Kriecher! So ein Kriecher! Kam angekrochen wie ein kleiner ungezogener Junge!« ... und flitzte in unglaublichem Tempo an diesem roten Rücklicht vorbei und *flitzte* am nächsten *flitzte* und *flitzte* am nächsten und am nächsten und an allen anderen vorbei *flitzte flitzte flitzte* durch die Dunkelheit ... vollkommen rücksichtslos, und das registriert nur Magdalenas Kleinhirn ... es dringt nicht mal bis in die Betzsche Riesenpyramide durch, geschweige denn bis in ihre Gedanken ... Sie kann an nichts anderes denken als daran, was sie hätte tun sollen, was sie hätte tun können, um dieses grässliche Stück *mierda* loszuwerden ... diesen »Schachmeister« Schytin.

::::::*Bastardo de puta!*:::::: Normalerweise gestattete sie sich derart vulgäre Ausdrücke nicht mal in Gedanken. Aber sie steckte mitten in jenem schrecklichen *Hätte-ich-doch-bloß-*Zustand, wenn man — nach dem Ende der Party — die Treppe hochgeht, um sich schlafen zu legen, oder wie verrückt die Collins Avenue hinunterjagt, und einem *erst dann,* wenn es natürlich schon zu spät ist, die passende Retourkutsche einfällt ... die den Dreckskerl vernichtet hätte, der einem bei der Unterhaltung während des Abendessens gerade noch ein ums andere Mal ausgestochen hat ... nicht dass Magdalena den Ausdruck *l'esprit de l'escalier* kannte, aber genau diesen Zustand durchlebte sie gerade ... während sie sich wütend und sinnlos das Hirn zermarterte.

Sergej war derart guter Laune, dass ihm gar nicht auffiel, wie schweigsam und in sich gekehrt Magdalena war ... und jetzt ließ er sich über Flebetnikow aus, den Russen, der sie eingeladen hatte und zu dessen Party sie fuhren, über seine Villa, sein Anwesen, seinen Palast auf Star Island — keine Bezeichnung dafür könnte grandios genug sein ... und ob ihr aufgefallen sei, dass jeder Russe in Miami, der in einem großen Haus lebte, »Oligarch« genannt wurde? Was für ein Witz! Auch ihn nannte man einen Oligarchen. Bei dem Gedanken musste er kichern.

Oligarchie bedeute »Herrschaft von wenigen« … könnte man ihm also freundlicherweise mal erklären, worüber er herrschte? Tatsächlich sei ihm zu Ohren gekommen, dass Flebetnikows Hedgefonds in echte Schwierigkeiten geraten sei, und wie sehr müsse ein Russe denn in Schwierigkeiten geraten, bevor man ihn nicht mehr als Oligarchen einstufte? Er kicherte wieder.

Inzwischen fuhren sie durch Sunny Isles, und Sergej zeigte nach links auf einen Wohnturm auf der anderen Seite der Collins Avenue. »Da wohne ich«, sagte er. »Im neunundzwanzigsten und dreißigsten Stock.«

Das erregte Magdalenas Aufmerksamkeit. »Auf beiden Stockwerken?«

»Tja … jetzt, wo Sie es sagen … ja, stimmt, auf beiden Stockwerken!«

»Wie hoch ist das Gebäude?«

»Dreißig Stockwerke.«

»Sie haben also die beiden obersten Stockwerke?« Große, weit aufgerissene Augen.

»Ähhh … ja.«

»Das *Penthouse?*«

»Ja, sehr schön, tolle Aussicht«, sagte Sergej. »Aber das sehen Sie dann ja selbst.«

Jetzt war sie wieder ganz bei ihm. ::::::Heißt das, heute Nacht?:::::: und Amélias Frage fiel ihr wieder ein, und das zog sie zumindest so weit aus ihrer Trübsal, dass sie für den Augenblick die grässliche Szene im Gogol's vergessen konnte … *Das sehen Sie dann ja selbst* … und Magdalena *ahnte,* wie die

Antwort auf folgende Frage lauten würde … War es vorstellbar, dass sie standhaft genug sein konnte, die *beiden Stockwerke* eines Wohnturms mit *Blick auf den Ozean* zu betreten und ein braves Mädchen zu bleiben, das in seinen Armen *no aflojear?* — wer ist so standhaft, das zweite Date abzuwarten? Oder würde sie es dann gar nicht mehr anders wollen — warum sich jetzt noch zieren, wo wir quasi schon am Ziel sind?

Und damit, Gott sei Dank, entschlüpfte Schytin ihren Gedanken und war verschwunden.

Sergej bog von der Collins Avenue auf den MacArthur Causeway. Ausnahmsweise fuhr er mal langsam … vier-, fünfhundert Meter vielleicht … dann zeigte er nach rechts zur Biscayne Bay … auf einen riesigen schwarzen Fleck … »Sehen Sie die kleine Brücke da? Da geht's rüber nach Star Island?«

»Star Island liegt so nah am Festland?«, sagte Magdalena. »Komisch, dass man so was Insel nennt, mit so einer kleinen Brücke?«

»Na ja«, sagte Sergej. »Es ist ganz von Wasser umschlossen, also heißt es Insel.«

Sergej gab Gas, und *ruck, zuck* waren sie auf der anderen Seite, wo er gleich wieder abbremste. »Das Haus ist auf der rechten Seite. Welches genau, weiß ich nicht, ist aber nicht weit. Und es ist riesig.«

Sogar in der Dunkelheit fiel Magdalena auf, wie fein, vornehm und verschwenderisch die Vegetation plötzlich wurde … akkurat getrimmte Hecken, endlos lange, schnurgerade Alleen mit riesigen Palmen. Die Häuser waren weit von der Straße zurückgesetzt. Sogar bei diesen Lichtverhältnissen war offensichtlich, dass es sich um riesige … weitläufige … protzige Anwesen handelte, so groß, dass es Magdalena wie eine Ewigkeit vorkam, bis sie schließlich das Anwesen erreichten, das Sergej als Flebetnikows erkannte. Er bog in die Einfahrt … zu beiden Seiten Wälle aus Gebüsch, so hoch und dicht, dass man das Haus nicht sehen konnte. Die Einfahrt endete zwischen zwei Gebäuden, die von der Straße nicht zu sehen waren. Jedes war zweistöckig und angemessen groß, um einer nicht zu kleinen Familie reichlich Wohnraum zu bieten … außerdem angemessen nobel … eine Art bermudaweißer Stuck … ein Bediensteter nahm ihren Wagen entgegen … diese zwei Gebäude waren nichts Geringeres als die zwei Hälften eines Pförtnerhauses. Dahinter … das Haupthaus. Und was für eins. Ein Gebäudekomplex! Er zog sich … gut zweihundert Meter in die Breite. Der Fußweg führte in weiten und auffallend sinnlosen Kurven zum Haus. Aber was war das? Den Zugang zum Fußweg versperrte eine samtene Kordel. Direkt vor der Kordel saß eine Blondine — etwa fünfunddreißig? — an einem Kartentisch, auf dem sich ein Stoß Formulare türmte. Als Sergej und Magdalena auf den Tisch zugingen, knipste sie ein Lächeln an und sagte, »Sie kommen wegen der Party?«

Als Sergej bejahte, nahm sie zwei Formulare vom Stapel und sagte, »Darf ich Sie bitten, das hier zu unterzeichnen.«

Sergej fing an, das Formular zu lesen — und verdrehte plötzlich den Hals und kniff die Augen zusammen. Sein Blick verhärtete sich, als hätte sich das Blatt Papier in eine Eidechse verwandelt. Dann schaute er mit ebenso hartem Blick die Blondine an. »Was soll das?«

Die Blondine knipste wieder ihr strahlendes Lächeln an und sagte, »Das ist eine Verzichtserklärung. Reine Formalität.«

Jetzt lächelte Sergej. »Ah, schön. Wenn es sich um eine reine Formalität handelt, dann brauchen Sie uns ja auch nicht damit zu behelligen. Meinen Sie nicht auch?«

»Nun ja«, sagte die Blondine. »Wir benötigen Ihr schriftliches Einverständnis.«

»Schriftliches Einverständnis? Wofür?«

»Damit wir Sie in Bild und Ton für das Video verwenden können.«

»Bild und Ton?«, sagte Sergej.

»Ja, damit wir Sie auf der Party in Aktion zeigen können. Sie werden eine wunderbare Figur machen, wenn Sie mir die Bemerkung erlauben. Ein europäischer Akzent macht sich in unseren Sendungen ausnehmend gut. Eine wunderbare Figur ... und Sie auch!«, sagte sie zu Magdalena. »Sie sind das bestaussehende Paar des Abends.«

Magdalena war geschmeichelt. Sie konnte es gar nicht erwarten.

»Was meinen Sie mit ›unseren Sendungen‹?«

»Unsere Serie«, sagte die Blondine. »Sie heißt *Masters of Disaster.* Hat man Sie nicht informiert? Vielleicht haben Sie sie schon mal gesehen.«

»Nein, ich habe sie noch nicht gesehen«, sagte Sergej. »Und nein, ich habe auch noch nie davon gehört. Und nein, man hat mich auch nicht informiert. Ich dachte, Mr. Flebetnikow hätte mich zu einer Party eingeladen. Was ist dieses *Masters of Disaster?*«

»Eine Realityshow. Es überrascht mich, dass Sie noch nie davon gehört haben. Unsere Einschaltquoten sind ziemlich hoch. Alle sind ganz verrückt nach Stars, aber noch verrückter sind sie nach Stars, die fallen, abstürzen, verglühen. Die Deutschen haben ein schönes Wort dafür, *Schadenfreude*.«

»Dann ist Flebetnikow also abgestürzt und verglüht?«, sagte Sergej.

»Soviel ich weiß, ist er ein russischer Oligarch mit einem riesigen Hedgefonds. Dann ist bei einem Deal irgendwas schiefgelaufen, alle haben ihr Geld abgezogen, und jetzt ist das Desaster komplett.«

»Oh ja, ich glaube, ich kenne ihn«, sagte Magdalena zu Sergej. »Aus der Warteschlange, am Eröffnungstag der Miami Basel. Ein großer Mann. Er hat sich dauernd vorgedrängelt.«

»Ja, da habe ich ihn auch gesehen.« Sergej kicherte. »Und jetzt ist er also ein *Master of Disaster* ...« Er wandte sich wieder an die Blondine. »Warum sind diese *Masters of Disaster* so scharf darauf, sich in Ihrer Show demütigen zu lassen?«

»Tja, schätze, sie denken sich, dass sowieso schon jeder weiß, wie es um sie steht, also versuchen sie ihr Comeback zu starten, indem sie aller Welt zeigen, seht her, ich hab mir eine blutige Nase geholt, aber ich stehe noch.« Diesmal war ihr Lächeln verschlagen. »Entweder das ... oder wegen der Vergütung, die wir ihnen für die Rechte an der Show zahlen.«

»Und wie hoch ist die?«

Mit dem gleichen wissenden Lächeln sagte die Blondine, »Unterschiedlich, ganz unterschiedlich. Eins kann ich Ihnen allerdings verraten: Diese *Masters of Disaster* lösen den Scheck immer ein.«

Sergej schaute Magdalena mit weit offenen Augen — was bei ihm hieß, sehr weit — und dem Hauch eines Lächelns an ... ein Gesichtsausdruck, der ihr sagte, »Das dürfen wir uns nicht entgehen lassen. Was meinst du?«

Mit einem breiten Lächeln im Gesicht nickte Magdalena. Sie unterschrieben beide die Verzichtserklärung. Die Blondine schaute auf die Unterschriften und sagte, »Oh, Mr. Koroljow, jetzt weiß ich, wer Sie sind! Erst neulich haben ein paar Leute von Ihnen gesprochen! Das Koroljow Museum of Art — ich kann nicht glauben, dass ich jetzt mit Ihnen rede. Es ist mir eine *Ehre*. Sie sind Russe, wie Mr. Flebetnikow. Habe ich recht? Sie wollen sich sicher auf Russisch mit ihm unterhalten. Das funktioniert großartig mit Untertiteln. Bei Jean-Baptiste Lamarcks Sendung mit Yves Gaultier haben wir das auch gemacht. Beides Franzosen.« Bei der Erinnerung an dieses Highlight in der Geschichte der Realityshow leuchtete ihr Gesicht auf. »Die Produzenten, der Regisseur und der Autor — die werden alle begeistert sein, Sie begrüßen zu dürfen.«

Zum ersten Mal meldete sich Magdalena zu Wort. »Der Autor?«, sagte sie.

»Nun, ja ... Natürlich ist alles real, der Autor schreibt keine Texte oder so für unsere Gäste ... aber man braucht jemanden, der der Sendung ... eine gewisse *Struktur* vorgibt. Sie verstehen? Da laufen sechzig oder siebzig Leute herum, denen muss man etwas an die Hand geben, woran sie sich orientieren können.«

Jetzt lächelte Sergej wissend, als er Magdalena anschaute. Er nickte zu dem großen Haus. Ein weitläufiges Anwesen im Spanish Colonial Revival Style der Zwanzigerjahre.

Der Eingang war mit zwei schwarzen Türstehern im Smoking besetzt. Sergej und Magdalena betraten eine riesige altmodische Halle, die man in den herrschaftlichen Häusern früherer Zeiten Eingangsgalerie nannte. *¡Dios mío!* Es wimmelte von fröhlichen Partygästen meist mittleren Alters. Was für ein Gejohle und Gebrüll! Die Hälfte der Männer war schwer damit beschäftigt, sich bis zum Anschlag volllaufen zu lassen, zumindest kam Magdalena das so vor. Aus den Lautsprechern drang die neue Sync-'n'-Slip-Musik.

Direkt vor ihnen tauchte aus dem Nichts ein Anglo auf, ein kleiner Mann, der eine zu große *guayabera* trug, die ihm fast bis zu den Knien reichte. Er grinste über das ganze Gesicht und flötete, »Mr. Koroljow! Miss Otero! Willkommen! Savannah hat mir gerade Bescheid gegeben, dass Sie da sind. Wir freuen uns über Ihren Besuch! Ich bin Sidney Munch, der Produzent von *Masters of Disaster*. Darf ich Ihnen Lawrence Koch vorstellen, unseren Regisseur?«

Einen Meter neben Mr. Sidney Munch, dem Produzenten, standen zwei Männer und eine Frau. Einer von ihnen, ein junger Mann mit vollkommen kahl rasiertem Schädel — dieser Tage die angesagte Lösung, wenn man schon in jungen Jahren mit schütterem Haarwuchs zu kämpfen hat — trat mit dem denkbar breitesten, freundlichsten Lächeln einen Schritt vor und sagte, »Larry Koch«, und schüttelte Sergej die Hand. Er trug eine Safarijacke mit zahllosen Taschen.

»Und das ist unser Autor, Marvin Belli, und unsere Stylistin, Maria Zitzpoppen.« Der Autor war ein junger Mann mit einem runden, blutdruckroten Gesicht. Sein massiver Bauch quoll unter dem Gürtel sogar noch weiter vor als darüber. Er war einer von der überschäumend fröhlichen Sorte, auf deren Lächeln man nur mit einem eigenen Lächeln antworten konnte. Die Stylistin, Miss Zitzpoppen, war eine dünne, knorpelige Frau in einem weißen Kittel, deren Lächeln regelrecht mürrisch war und verglichen mit Bellis gezwungen wirkte. Händeschütteln allerseits. Hanebüchenes Lächeln allerseits … wobei der kahlköpfige junge Regisseur — dessen Hals unglücklicherweise so lang und dünn war, dass sein Kopf wie ein weißer Knopf aussah — Sergej regelrecht anstrahlte. »Ich höre, Sie sind Russe — und Sie sprechen auch Russisch?«

»Das stimmt«, sagte Sergej.

»Es wäre fantastisch, wenn Sie sich mit Mr. Flebetnikow unterhalten könnten. Das würde etwas echte Realität schaffen und Mr. Flebnetnikows Geschichte eine Aura des Authentischen verleihen.«

»Und das wäre ›echte Realität‹? Was ist dann ›unechte Realität‹? Ich kenne Mr. Flebetnikow kaum.« Sergej lächelte Koch, den Regisseur, spöttisch an.

»Ach, das macht überhaupt nichts«, sagte Koch, der Regisseur. »Ein paar einleitende Sätze, dann klappt das schon. Sie und Miss Otero sehen fantastisch aus. Einfach *fantastisch!* Glauben Sie mir, wenn das Eis erst mal gebrochen ist, dann kriegen Sie das wunderbar hin. Sie sind ja nicht der schüchterne Typ, wie mir scheint, mit zwei oder drei guten einleitenden Sätzen von Marvin läuft das.«

Aber Sergej hatte sich schon wieder Sidney Munch zugewandt, dem Produzenten. Mit immer noch amüsiert ungläubigem Gesichtsausdruck sagte er, »Ich dachte, das ist eine Realityshow. Und dann soll ich Sätze sprechen, die ein Autor geschrieben hat? Meines Wissens nennt man das ›Schauspiel‹.«

Ohne sich auch nur eine Sekunde beirren zu lassen, sagte Sidney Munch, »Wie Sie sich sicher vorstellen können, muss man im Fernsehen erst ein Hyperrealität schaffen, bevor der Zuschauer die ganze Geschichte als einfache Realität begreift. Und dafür sorgen Marvin und Larry« — er machte eine Geste zu der Party, die in vollem Gange war — »sie sorgen für die Geschichte. Ansonsten kommt das alles nur als Chaos rüber, und dabei soll es doch Mr. Flebetnikows Geschichte sein. Übrigens, was glauben Sie, warum ist Mr. Flebetnikow bankrottgegangen? Ich hoffe, ich kann noch mehr darüber herausfinden, aber im Moment ist mir das alles noch schleierhaft.«

Sergej musste kichern. »Es gibt nur sehr wenige Hasardeure wie Mr. Flebetnikow. Er hat — wie heißt das hier? — Mumm? — ist das das Wort dafür? Er hatte den Mumm, sehr hoch auf die amerikanische Erdgasproduktion zu wetten, und Wetten auf die Energiezukunft waren noch nie ungefährlich, und je höher der Einsatz, desto gefährlicher wird die Wette. Im Nachhinein war es natürlich ein dummer Fehler, aber Flebetnikow hat eben Mumm. *Echten* Mumm. Deshalb hat sein Hedgefonds ja überhaupt erst Milliarden Dollar verdient. Er hat den echten Mumm, um die echten Risiken einzugehen.«

»Das ist *fantastisch!*«, sagte der kahlköpfige junge Regisseur. »Wir haben uns schon das Hirn zermartert, wie wir das dem Zuschauer mit einfachen Worten verständlich machen sollen. Sie sind *fantastisch,* Mr. Koroljow! Warum gehen Sie nicht rüber und unterhalten sich mit ihm über die Sache? Er steht gleich da drüben. Die Kameras haben ihn drauf.« Er zeigte auf zwei hohe weiße Kameragestelle. Flebetnikow konnte man in der Menge nicht sehen. Aber man konnte die Videokameras sehen, die ihn von vorn und von hinten im Visier hatten.

»Sie wollen also, dass ich ihn mit seinen geschäftlichen Problemen konfrontiere«, sagte Sergej, der sich immer besser amüsierte. »Wie würde Ihnen das gefallen, wenn ein paar Leute mit Fernsehkameras bei Ihnen auftauchen und Sie mit *Ihren* Problemen konfrontieren würden?«

»Hah!«, sagte Munch. »Ich wünschte, man würde mir so viel Beachtung schenken. Ich würde mir die Finger danach lecken! Das ist keine Konfrontation, ganz und gar nicht. Das ist die Möglichkeit für ihn, seine Sicht der Dinge darzulegen, und er hätte nicht die Zustimmung zu dieser Sendung gegeben, wenn er nicht darauf vorbereitet wäre, das vor aller Augen zu tun. Und diesmal kann er es in seiner Muttersprache tun. Möglich, dass ihm unwohl dabei wäre, etwas so Kompliziertes in einer fremden Sprache zu erzählen, aber so kann er es auf Russisch tun, mit englischen Untertiteln. Konfrontation! *Hah!* — er wird dankbar sein für die Gelegenheit, alles in seiner Muttersprache erklären zu können, mit allen Details. Sehr wichtig, die Details. Sie tun ihm einen *echten Gefallen.*«

Fast hätte Sergej ihn ausgelacht. »Sie meinen also, dass ich mich nach Ihren Anweisungen mit jemandem über etwas unterhalte, das *Sie* interessiert, und das filmen Sie dann und nennen es Realität?« Jetzt lachte er Sidney Munch tatsächlich aus.

Während Sergejs Gesicht vor Lachen immer noch verzerrt war, warf Munch einen Blick zu Larry, seinem kahlköpfigen Regisseur in der Safarijacke … einen sehr schnellen Blick … und widmete dann seine ganze Aufmerksamkeit wieder Sergej … sein rechter Arm hing allerdings neben dem Körper herunter, und seine Hand wedelte auf Oberschenkelhöhe auf und ab.

Ohne ein Wort verließ Larry daraufhin die kleine Gruppe und entfernte sich mit betont langsamen und lässigen Schritten … allerdings nur fünf, sechs Meter weit, dann beschleunigte er schlagartig. Er ging so schnell, dass er seine Arme nach vorne streckte, um nicht mit anderen Leuten zusammenzustoßen, und dabei unablässig »Tschuldigung! … Tschuldigung! … Tschuldigung! … Tschuldigung!« sagte. Magdalena sah das, Sergej hatte gar nichts gesehen. Er amüsierte sich zu gut, er lachte über Munch und piesackte ihn mit beißendem Spott. »Was für eine herrliche Geschichte! Und ich als Schauspieler. Ich reibe Flebetnikow seine beschissene Lage unter die Nase, und Sie filmen das alles — und das Ganze nennen wir dann Realityshow!« Wie köstlich er sich dabei amüsierte … Sidney Munch als den Schwindler vorzuführen, der er war! Was für eine kleine Schlange!

Plötzlich aus der Menge heraus ein Poltern und betrunkenes Gejohle und Geheule … und betrunkener Zorn … »Nimm deine Scheißfinger weg, du fettes Walross! … »Genosse Flegeltow, das passt besser!« … »Du schubst *mich* nicht rum, du schmieriges fettes Walross!« … »Flebetnikow, ha! Master of Derarschder!« Der Aufruhr wurde lauter. Was immer da los war, es näherte sich Magdalena, Sergej und Sidney Munch. Im Schlepptau zwei mobile Kameras. Sie waren nicht zu übersehen, so groß waren sie. Sie rollten durch die Menge wie zwei Panzer.

Dios mío, was für ein Poltern! Die Menschenmenge teilte sich — und der Aufruhr schwappte direkt auf Magdalena zu. Vorneweg die massige Gestalt von Flebetnikow — *zornesrot!* Er trug einen teuer aussehenden dunklen Anzug und ein weißes Hemd. Adern, Sehnen, Falten und die beiden gewaltigen Kopfnickermuskeln quollen aus dem Hals hervor … in dem ein Blutsturm der Raserei tobte.

»Koroljow!«, brüllte er.

Sidney Munch und Miss Zitzpoppen wussten, was los war, und ließen ihn durch. Der große tollwütige Russe ging gleich auf Sergej los und schrie auf Russisch, »Sie elende kleine Ratte! Sie beleidigen mich, Sie ziehen hinter meinem Rücken über mich her! Im Fernsehen! Vor dreihundert Millionen dummer Amerikaner!«

Sein großes rotes apoplektisches Gesicht schnellte nach vorn. Kaum zehn Zentimeter trennten ihn und Sergej. Magdalena schaute Sergej ängstlich an. Der verschränkte die Arme vor der Brust, verzog aber sonst keine Miene. Sein Lächeln sagte, *Du weißt hoffentlich, dass du verrückt bist.* Er hätte nicht selbstsicherer und entspannter wirken können. *Cool,* das war das passende Wort. Magdalena war so stolz auf ihren Sergej! Sie konnte es gar nicht erwarten, ihm das zu sagen.

Flebetnikow setzte seine Tirade auf Russisch fort. »Sie wagen es, mich als Idioten hinzustellen, der aus Dummheit sein ganzes Geld verloren hat! Glauben Sie etwa, dass ich das einfach so auf mir sitzen lasse?«

Magdalena bemerkte, dass die beiden mobilen Kameras jetzt direkt über ihnen waren. Die Objektive verschlangen ihre Köpfe, verschlangen gierig die ganze Szene.

Immer noch cool lächelnd, sagte Sergej auf Russisch, »Boris Fjodorowitsch, Sie wissen ganz genau, dass das nicht stimmt. Sie wissen ganz genau, dass unsere ›Meister der Realität‹

hier« — er zeigte auf Sidney Munch und den knopfköpfigen Regisseur, der direkt hinter Flebetnikow stand — »Ihnen jede nur denkbare Lüge erzählen werden.«

Flebetnikow verstummte. Magdalena sah, dass er Munch, dem Produzenten, einen kurzen Blick zuwarf, und sie sah, dass Munchs Hand neben dem Oberschenkel immer noch aufgeregt auf und ab wedelte wedelte wedelte wedelte. *Bleib dran!,* schien Munch ihm zu signalisieren. *Nicht aufhören! Los, weiter! Wisch ihm den zynischen Blick aus seinem arroganten Gesicht! Er macht sich über dich lustig! Schnapp ihn dir, mein Junge! Jetzt bloß nicht aufhören!*

Flebetnikow auf Russisch: »Sie wagen es, mich zu verspotten, Sergej Andrejewitsch? Sie glauben, ich lasse mir Ihre Arroganz so einfach gefallen? Muss ich Ihnen eigenhändig die Blasiertheit austreiben?«

Sergej antwortete auf Russisch, »Jetzt aber mal halblang, Boris Fjodorowitsch. Wir wissen doch beide, dass diese Amerikaner das alles inszeniert haben. Die wollen doch nur, dass Sie wie ein Idiot dastehen.«

»Da, schon wieder! Idiot, schon wieder dieses Wort. Sie wagen es, mich vor aller Augen einen Idioten zu nennen! Tut mir leid, Sergej Andrejewitsch, aber das kann ich Ihnen nicht durchgehen lassen! Sie sind zwar größer als ich, aber da Sie mich nun einmal dazu zwingen, muss ich tun, was ich tun muss. Wenn Sie nicht augenblicklich damit aufhören, mich so beleidigend anzugrinsen, bleibt mir keine Wahl!«

Magdalena hatte keine Ahnung, worüber die beiden sprachen — aber sie schaute *genau in diesem Augenblick* in Flebetnikows Gesicht. Es plusterte sich auf! Es glühte blutrot! Es bewegte sich noch näher auf Sergejs Gesicht zu! Es ist jetzt so nah, dass er ihm die Nase abbeißen könnte! Er hat den Siedepunkt erreicht! Und Sergej? Sie ist so stolz auf ihn. Er ist ein

Mann! Er zuckt mit keiner Wimper, geschweige denn, dass er zurückweicht. Der coole Blick, mit dem er Flebetnikow seit Beginn der Auseinandersetzung anschaut, ist vollkommen unverändert. Sie sieht, dass Flebetnikow wieder zu Munch schaut. Munch nickt schnell und fuchtelt wie wild mit der Hand herum. *Ja! Ja! Ja! Ja!*

Auf Russisch sagte Flebetnikow, »Noch mal, damit das klar ist: Ich will das nicht tun! Aber Sie zwingen mich dazu!«

Und dann trat Flebetnikow einen Schritt zurück, um sich Platz zu schaffen für das, was er »tun musste«. Halb ächzend, halb brüllend holte er zu einem Fausthieb gegen Sergej aus. Es war ein schwerfälliger rechter Haken. Sogar jemand, der nicht so jung und fit wie Sergej war, hätte noch locker ein Telefongespräch beenden und ausweichen können, bevor er sich seinem Ziel näherte. Sergej duckte sich zur Seite und konterte mit einem Schulterstoß gegen Flebetnikows Brust. *Grrruuufff!* — eine Kombination aus Ächzen und dem Geräusch, als ließe jemand die Luft aus seinem Bauch ... dann kippte der *Master of Disaster* samt seinem großen Mumm und fetten Arsch nach hinten. Er wäre mit dem Hinterkopf aufgeschlagen, wenn der nicht auf dem Weg nach unten vom Oberschenkel des kahlköpfigen Regisseurs eingebremst worden wäre. Jetzt lag er auf dem Boden, flache Atemstöße hoben Brust und Bauch. Die Augen waren geöffnet, aber sie waren auf nichts gerichtet und sahen offensichtlich auch nichts. Magdalena, die Krankenschwester, wusste sofort Bescheid. Sergej hatte den großen Mann nur wegstoßen wollen, aber die Schulter hatte genau das Nervengeflecht des Solarplexus erwischt und Flebetnikow bewusstlos geschlagen.

Produzent Munch sorgte sich nicht im Mindesten um den Star seiner Realityshow. Seine Aufmerksamkeit galt allein den beiden Kameramännern auf ihren fahrbaren Gestellen. Er deutete immer wieder wie verrückt auf Flebetnikow und Sergej und rief, »Ich will *alles!* Voll drauf! Ich will *alles!* Voll drauf!« Die Einzigen, die dem fetten Mann halfen, waren Magdalena und Sergej. Sergej beugte sich über den Hingestreckten. »Boris Fjodorowitsch! Boris Fjodorowitsch! Hören Sie mich?«

Für Produzent Munch und Regisseur Koch ging ein Traum in Erfüllung.

»Fabelhaft!«, sagte Munch, der unter seiner übergroßen *guayabera* einen merkwürdigen Hulatanz vollführte.

»Fantastisch!«, sagte Koch, der einer jüngeren Generation angehörte, die das Wort »fabelhaft« nicht mehr benutzte.

Sergej kniete jetzt neben Flebetnikow und sprach auf Russisch mit ihm. Die Angst, er könnte dem fetten Mann einen tödlichen Stoß versetzt haben, stand ihm ins Gesicht geschrieben. Flebetnikows Augen sahen aus wie zwei Klumpen Milchglas ... keine Iris ... keine Pupillen ...

»Boris Fjodorowitsch! Ich schwöre, ich wollte Sie nicht verletzen! Ich wollte Sie mir nur vom Leib halten, damit wir wie Freunde über alles sprechen können! Ich will immer noch Ihr Freund sein! Sagen Sie was, Boris Fjodorowitsch! Wir sind stolze Russen, und wir haben uns beide von diesen schleimigen Amerikanern als Idioten vorführen lassen!«

Dieses Wort — *Idioten* — zerriss den Schleier, der Flebetnikows Hirn umnebelte. Das Wort allein löste einen Reiz-Reaktions-Effekt aus. Endlich, ein Lebenzeichen! Obwohl er sich nach Kräften mühte, bestand das, was Flebetnikow immer wieder sagte, nur aus einem unverständlichen, heiser flüsternden Geräusch.

Seltsamerweise schien er überhaupt nicht wütend zu sein ... nur traurig ...

Magdalena und Sergej knieten neben Flebetnikow. Sergejs Kopf befand sich dicht über dem des fetten Mannes. Dann schob sich ein drittes Paar Knie in ihr Blickfeld, Knie in einer sauberen, adrett gebügelten Khakihose ... makellose Bügelfalten ... Magdalena und Sergej schauten hoch. Ein dünner, blasser Anglo mit ordentlich geschnittenen, sorgfältig gekämmten blonden Haaren stand neben ihnen. In der einen Hand hielt er einen Spiralblock, in der anderen einen Kugelschreiber ... keinen gewöhnlichen Kugelschreiber ... nein, einen mit einem Digitalmikrofon im oberen, dickeren Ende. Er trug einen marineblauen Blazer und ein weißes Hemd. Er sah aus wie eins dieser Anglo-College-Bürschchen, deren Bilder man immer in Zeitschriften sieht.

Er schaute Sergej an und sagte, »Mr. Koroljow? Hallo!« Er machte einen freundlichen, schüchternen Eindruck. Als Sergej seinen Blick erwiderte, wurde er rot. »Ich bin John Smith vom *Miami Herald*«, sagte er leichthin. »Ich berichte über Mr. Flebetnikows Party — oder Realityshow oder was immer das ist — und plötzlich habe ich diesen Aufruhr hier gesehen.« Er schaute zu Flebetnikow, dann wieder zu Sergej und sagte, »Was ist Mr. Flebetnikow zugestoßen?«

::::::*Miami Herald*. John Smith ... Warum klingelt da was?::::::

Sergej musterte den Jungen ausdruckslos, aber nicht lange. Dann schaute er ihn mit einem unmissverständlichen Blick an, *verpiss dich!* Es dauerte ein, zwei Sekunden ... dann begriff Sergej, was das Auftauchen des Jungen bedeutete ... *Na, klasse!* ... diese ganze alberne Geschichte könnte morgen in der Zeitung stehen.

»Zugestoßen?«, sagte Sergej. »Nichts ist ihm zugestoßen. Mein Freund Flebetnikow ist hingefallen. Ein Missgeschick. Wir lassen einen Arzt kommen, nur um ganz sicherzugehen. Aber Mr. Flebetnikow war nur ein paar Sekunden bewusstlos.«

»Aber dieser Gentleman da drüben« — John Smith schaute unbestimmt hinter sich — »hat mir gesagt, dass Mr. Flebetnikow versucht hat, Sie zu schlagen.«

»Er ist gestolpert und hingefallen«, sagte Sergej. »Das ist alles, mein Freund.«

»Komisch ...«, sagte John Smith. »Das würde ich gern klären. Der Gentleman da hinten« — wieder eine unbestimmte Kopfbewegung nach hinten — »er sagt, er hätte alles gesehen, und Mr. Flebetnikow wollte Sie schlagen. Aber Sie wären dem Schlag ausgewichen — ›wie ein Profiboxer‹, hat er gesagt. Sie hätten sich weggeduckt und mit einem Stoß gegen seinen Körper gekontert, und der hätte Mr. Flebetnikow umgehauen. Tolle Leistung, hat er gesagt!« John Smith setzte ein breites, ehrfürchtiges Lächeln auf. Wahrscheinlich spekulierte er darauf, mit dieser Schmeichelei bei Sergej zu punkten. »Haben Sie früher mal geboxt?«

»Hören Sie mir überhaupt zu? Es ist nichts passiert. Mein Freund ist gestolpert und gefallen. Ein Missgeschick.«

Inzwischen hatte sich der fette Mann etwas berappelt. Sein unverständliches Flüstern war in ein etwas lauteres, stöhnendes Nuscheln Nuscheln Nuscheln übergegangen.

»Was hat er gesagt?«, fragte John Smith.

»Er sagt, ›Das stimmt, es war ein Missgeschick.‹«

Eine Stimme direkt über ihnen sagte: »Ich wünschte, es wäre so gewesen. Aber ich fürchte, dass es wohl kei-ei-ei-ein Missgeschick war!«

Sergej und Magdalena hoben den Kopf. Sidney Munch ... in seiner übergroßen *guayabera* ... die so lang war, dass sie wie ein Kleid aussah ... schaute streng auf sie hinunter.

»Das ist er!«, sagte John Smith. »Das ist der Gentleman, von dem ich Ihnen erzählt habe!« Er schaute auf seinen Spiralblock. »Mr. Munch! Er war die ganze Zeit hier und hat alles gesehen!«

»Das war wirklich kein schöner Anblick«, sagte Munch. Er schüttelte den Kopf, zog bekümmert die Mundwinkel nach unten und stieß einen tiefen Seufzer aus. Er richtete seine Worte an John Smith. »Keine Ahnung, warum, aber plötzlich« — er deutete mit dem Kinn auf Flebetnikow — »stieß er die Leute zur Seite« — er deutete auf die umstehenden Gäste — »und marschierte direkt auf Mr. Koroljow zu ... Sie wechselten ein paar wütende Worte und dann« — wieder die Kinnbewegung — »holte er aus, um Mr. Koroljow einen Fausthieb zu verpassen, Mr. Koroljow duckte sich weg wie ein Profiboxer und rammte ihm« — wieder das Kinn — »die Schulter gegen die Brust« — das Kinn — »und Mr. Flebetnikow fiel um wie ein Sack Reis!«

Aus dem Augenwinkel sah Magdalena eine der Kameras, an der ein rotes Lämpchen leuchtete. Sie stand nur einen Meter entfernt und zeichnete *alles alles alles* auf. Sie stieß Sergej an. Er drehte sich um und sah die Kamera jetzt selbst.

Schäumend vor Wut, stand er auf, zeigte mit ausgestrecktem Arm und Zeigefinger auf die Kamera und sagte mit eisiger Stimme zu Munch, »Sie nehmen das alles auf — Sie *ubljúdok?*«

Er fuhr mit lauter Stimme fort. »Dieses kleine Schauspiel geht auf Ihr Konto. Sie haben Ihren Regisseur zu Flebetnikow geschickt, damit er ihm diese Lügengeschichten erzählt — um ihn aufzuhetzen! Flebetnikow hat nichts damit zu tun. Und ich auch nicht! Sie haben diese Lügen fabriziert. Das ist keine Realität, das ist eine Lüge!«

Munch setzte das Gesicht eines durch eine grausame Bemerkung, die einzig darauf abzielte, seine Gefühle zu verletzen, *zutiefst* getroffenen Mannes auf. »Aber Mr. Koroljow, wie können Sie behaupten, dass das nicht die Realität ist? All das ist gerade geschehen! Sobald etwas geschieht, wird es real, und sobald es real ist, wird es Teil der Realität. Oder nicht? Mr. Flebetnikow hat *nicht nur so getan,* als sei er wütend. Er war wütend! Niemand hat Ihnen befohlen, sich zu verteidigen. Es war Ihre *eigene* Entscheidung, sich zu verteidigen! Und zwar ganz zu recht! Und das auf wunderbar athletische Weise, wenn ich das sagen darf. Sind Sie mal Profiboxer gewesen? Im Ring waren Sie sicher —«

»ES REICHT!«, brüllte Sergej. »Und jetzt hören Sie mir genau zu! Sie verwenden nichts für Ihre Sendung, wo ich zu sehen bin oder auch nur ein Wort sage! Sie haben nicht das Recht dazu! Ich werde Sie verklagen! Und das ist erst der Anfang! Haben Sie mich verstanden?«

»Aber Mr. Koroljow, Sie haben die Verzichtserklärung unterschrieben!«, sagte Munch verletzt. »Sie haben Ihre Erlaubnis gegeben, alles für die Sendung aufzuzeichnen, was Sie tun oder sagen. Wir haben uns auf *Ihr Wort* verlassen. Wir haben angenommen, dass Sie ein Mann sind, der zu seinem Wort steht. Sie haben die Verzichtserklärung *unterschrieben.* Eindeutiger geht es nicht. Und natürlich werden wir Sie nur in bestem Licht darstellen. Er hat Sie angegriffen.« Sein Kinn deutete auf Flebetnikow. »Ein Mann, der doppelt so schwer ist wie Sie, doppelt so schwer wie *jeder andere,* hat Sie überraschend angegriffen, hat Sie *körperlich* bedroht, und Sie haben sich mit Mut, Stärke, Schnelligkeit und athletischem Geschick verteidigt. Bitte, denken Sie noch mal darüber nach! Dann werden Sie sogar *wollen,* dass wir Sie in *Masters of Disaster* zeigen. Miami kennt Sie als einen noblen, ungemein großzügigen Mäzen des Museums, als Wohltäter für ganz Südflorida. Unsere Sendung wird *den Menschen* hinter der edlen Großzügigkeit zeigen. Unsere Sendung wird der Welt … den *wahren Menschen* zeigen!«

Magdalena bemerkte, dass John Smith jedes Wort mit seinem klobigen Digitalmikrokugelschreiber aufzeichnete. Wie

Munch saugte er alles auf, jedes Detail. Und Sergej? Vor Magdalenas Augen schrumpfte er in sich zusammen. Sein kräftiger, blutgeschwollener Hals schrumpfte … desgleichen der wundervoll geformte Brustkorb … sogar die starken, breiten Schultern schrumpften so schnell, dass Magdalena den Eindruck hatte, sein Jackett würde mehrere Zentimeter über die einst starken, einst breiten Schultern hinausragen und an den Seiten schlaff herunterhängen. Sergej war bewusst … Magdalena sah es ihm an … dass dieser kleine Sidney Munch ihn ausgetrickst hatte … *ihn,* den mächtigen Russen, der jeden und erst recht einen schwabbeligen Schwindler wie Munch in die Tasche steckte konnte … *Ich, Sergej* … und jetzt zwang ihn dieser Munch mit seinen miesen Tricks zu genau der erniedrigenden, demütigenden Tanzbärennummer, die er ihm zugedacht hatte —

Er hatte die Verzichtserklärung unterschrieben! Wie das erbärmlichste Opfer, das je gelebt hatte, hatte er seine Rechte abgetreten.

Sergej warf Munch einen letzten bösartigen Blick zu und sagte mit leiser, wutentbrannter Stimme, »Ich hoffe, Sie haben mich verstanden. Ich habe Sie nicht *gebeten,* das Material nicht zu zeigen. Ich habe gesagt, dass Sie es nicht zeigen *werden.* Eine Klage ist nicht das Einzige, was passieren kann. *Andere* Dinge können passieren. Diese Bilder werden *niemals* ins Fernsehen kommen.« Magdalena konnte Sergejs Gesicht nicht sehen, aber sie sah Munchs Gesicht. Es war erstarrt, bis auf die Augenlider, die blinzelten blinzelten blinzelten blinzelten.

»Mr. Koroljow! Mr. Koroljow!« Das war John Smith, der sich von hinten zwischen sie schob. Sergej schaute ihn mit einem Blick an, der töten konnte, aber der blasse, spindeldürre Reporter ließ sich nicht einschüchtern. »Mr. Koroljow — noch ein Wort! Sie waren einfach *fantastisch* gerade. Sie — nun ja, kann ich Sie anrufen? Ich würde mich gerne noch mal mit Ihnen unterhalten, wenn Sie nichts —«

John Smith verstummte mitten im Satz. Sergejs Gesichtsausdruck schien ihm den Atem zu rauben. Der Blick tötete nicht nur, er tötete erst, räucherte dann die Leiche und fraß sie danach auf.

Sergej und Magdalena verließen die Villa und gingen zu dem Pförtnerhaus. Sergej starrte geradeaus — ins Nichts. Sein Gesichtsausdruck war der finsterste, den Magdalena je bei einem menschlichen Wesen gesehen hatte, nicht mal im Jackson Memorial Hospital kurz vor dem Eintreten des Todes. Er fing an auf Russisch vor sich hin zu grummeln. Er ging neben ihr her, aber sein Geist hatte sich in eine andere Sphäre verabschiedet.

»Grummel*mirow*grummel*lamei*grummel*nesmaja*grummel*milajsch*grummel*chlopow*grummel —«

Magdalena hielt es nicht mehr aus. »Was ist los, Sergej? Was brummen Sie da? Wachen Sie auf, kommen Sie zurück!«

Sergej schaute sie verärgert an, aber schließlich fing er auf Englisch an zu reden. »Dieser fette kleine Wicht, dieser Dreckskerl Munch — ich kann es nicht fassen, dass ich das zugelassen habe! Amerikanischer Abschaum — und von so was habe ich mich austricksen lassen! Er wusste genau, wie er mich in seine zum Himmel stinkende ›Realityshow‹ lockt — und ich hab's nicht kommen sehen! Ich stehe da wie ein dahergelaufener schwachsinniger Streithammel! Erst bin ich der große — wie heißt das englische Wort? — Mäzen? — sie ehren mich dafür, dass ich einem Museum Bilder für zig Millionen stifte — und jetzt stehe ich da als der Tölpel, der so tief gesunken ist, dass er bei dieser miesen ›Realityshow‹ mitmacht! … Wissen Sie, was Flebetnikow gesagt hat, als ich mich über ihn gebeugt habe, um zu sehen, ob er noch atmet, ob sein Herz noch schlägt — ich hatte Angst, dass er tot ist! Gott sei Dank hat er noch gelebt. Er hat kaum ein Wort rausgebracht, aber mit seiner kläglichen Stimme hat er mir ins Ohr geflüstert, ›Sergej Andrejewitsch, ich wollte das nicht.‹ Mehr brauchte er gar nicht zu sagen. Der bettelnde Ausdruck in seinen Augen reichte vollkommen. ›Sergej Andrejewitsch‹, hat er noch gesagt, ›bitte, verzeih mir. Die haben mir gesagt, dass ich einen Streit vom Zaun brechen soll.‹ Der arme Boris Fjodorowitsch. Er ist bankrott, vollkommen verzweifelt. Er braucht das Geld, das sie ihm angeboten haben. Sie haben Andeutungen gemacht. Dass er vielleicht seine eigene ›Realityshow‹ bekommt, wenn er sich bei ihrer Sendung gut macht. Sie könnten sich eine Sache mit dem Namen *Der verrückte Russe* oder so vorstellen. Ich weiß jetzt, wie diese schleimigen Amerikaner vorgehen. Sie nötigen Boris Fjodorowitsch, auf mich loszugehen, um so *mich* in den Dreck zu zerren. In dem Moment, als er zu diesem erbärmlichen Haken ausholt, bin ich drin in ihrer miesen Show, ob's mir nun passt oder nicht. Erst zeige ich diesem Munch meine ganze Verachtung — und dann lasse ich mich von ihm austricksen wie ein dahergelaufener *loch.* Ich kann es immer noch nicht fassen! Dieser kleine amerikanische Schleimer!« Sie hatten inzwischen fast das Ende des Weges erreicht. Das Zwillingspförtnerhaus wirkte riesig im trüben Dunst des elektrischen Lichts. Es beleuchtete das Gebäude nicht direkt, es ließ nur seine schiere Größe erahnen ... die Kanten der Dachschieferplatten ... die weißen Architrave über den Fenstern ... die Schatten in den tiefen Reliefs der mit fantasievollen Figuren bebilderten Gipsmedaillons.

Ganz am Ende des Weges saß die große Blondine Savannah immer noch an ihrem Kartentisch. Das Licht reichte gerade aus, um den ihnen zugewandten Rücken zu beleuchten ... das ärmellose Kleid, die breiten, nackten, weißen Schultern, die hellen Strähnen in ihrem blonden Haar … Sergej blieb abrupt stehen und sagte zu Magdalena, »Diese Schlampe … Mit ihr hat alles angefangen.«

Er sagte es nicht laut. Er zischte es vielmehr. Aber doch laut genug, dass Savannah etwas gehört hatte. Sie stand auf und drehte sich um.

Magdalenas Herz schlug schneller. Sergejs Gesichtsausdruck war der gleiche wie im Gogol's, als er den bedauernswerten Schachspieler zusammengestaucht hatte. ::::::Lieber Gott, nicht noch einmal! Noch so eine widerwärtige Szene ertrage ich nicht!:::::: Voller Angst hielt sie die Luft an.

Die Frau lächelte sie an und sagte aufgekratzt, »Hallo! Und, wie war es?«

Der brodelnde Sergej starrte sie mit tödlichem Blick eine Sekunde, zwei, drei, viel zu viele Sekunden an … und sagte dann … »Großartig — es war wunderbar!« Seine Begeisterung klang vollkommen aufrichtig. »Ich bin so froh, dass wir auf Sie gehört haben!«

Magdalena traute ihren Ohren nicht. Sie trat einen halben Schritt vor und schaute Sergej kurz ins Gesicht. *¡Dios mío!* War es möglich, dass sein Lächeln so aufrichtig … und … *herzlich* war, wie es aussah? »Ja, wir müssen uns wirklich bei Ihnen bedanken, Savannah!« Diese Jovialität, ja *Zuneigung,* mit der er ihren Namen aussprach! »Das war keine Sendung«, sagte Sergej. »Es war eine *Erfahrung,* eine — eine — eine Lektion über *das Leben an sich!* Flebetnikow — Boris Fjodorowitsch — er hat uns gezeigt, was echter Mut ist!«

Der Blick, mit dem er Savannah bedachte, drückte nicht einfach nur Glück … sondern *Verzauberung* aus. Er war die personifizierte Gunst und Dankbarkeit, die in glänzenden Lederschuhen auf Erden wandelte. Seine Vorstellung war so gelungen, dass sich ein bemerkenswertes Lächeln auf Savannahs Gesicht ausbreitete. Ein gewaltiges, gleißendes Lächeln. Ihre Zähne waren nicht nur lang … sondern auch vollkommen gleichmäßig … und so weiß und leuchtend, dass sie das dämmrig trübe elektrische Licht auf Flebetnikows Rasen überstrahlten.

»Vielen Dank«, sagte sie. »Aber das war doch nicht der Rede wert —«

»Doch, doch! Sie haben mein Gegrummel so geduldig ertragen. Und Sie haben mir wirklich *Mut gemacht!*« Sergej ging jetzt mit ausgestreckten Händen auf Savannah zu, als wollte er einem lieben Freund seine Zuneigung erweisen. Die entzückte, luxurierend strahlende Savannah streckte ihm ihre Hände entgegen, die er in dem Augenblick ergriff, als er sie erreichte.

»Plötzlich hat er alles verloren«, fuhr er fort. »Aber er möchte der Welt *mitteilen*« — er schüttelte kräftig ihre Hände, um das *mitteilen* zu untersteichen — »er möchte ihr mitteilen, dass er, auch wenn einem tapferen Mann das Schlimmste widerfährt, immer noch eine *innere* Stärke besitzt« — ein kräftiges Schütteln bei *innere* — »und das ist die Stärke des Herzens — des menschlichen Herzens!« Er schüttelte Savannah zweimal die Hände, einmal für *des Herzens* und einmal für *des menschlichen Herzens.*

::::::So viel zum Thema *verzaubert.* Allein ihr Gesichtsausdruck. Sie ist das Abbild einer Frau, die sich fragt — aber fast außerstande ist, diese Möglichkeit in Betracht zu ziehen — ob diese Vision real ist. Dieser unfassbar attraktive und berühmte Mann mit seinem europäischen Akzent hält ihre beiden Hände in seinen Händen, drückt sie — und breitet sein Innerstes vor ihr aus. Kann das wahr sein? Aber es *ist* wahr! Sie spürt seine Hände auf ihrer Haut! Ihre Augen können seine tiefsten Gefühle gar nicht schnell genug verschlingen!::::::

»Er entdeckt eine Macht, die größer ist als die, für die er so viele Jahre gelebt hat, die Macht des Geldes.« Mehrmaliges Schütteln. »Es tut mir so leid, dass Sie das nicht miterleben konnten« — er deutete Richtung Haus — »aber ich bin sicher, dass Sidney — Mr. Munch, übrigens ein mitfühlender Mann mit einer großen Begabung — Ihnen den Film schon bald zeigen wird. Aber um eins muss ich Sie noch bitten. Ich habe ihm versprochen, dass ich ihm jederzeit zur Verfügung stehe, wenn er noch Fragen über Boris Fjodorowitsch und seine Zeit in Russland oder dergleichen hat. Ich möchte nur sichergehen, dass meine Angaben auf dem Formular korrekt sind. Ich war so in Eile vorhin! E-Mail-Adresse, Handynummer, Postadresse, all das.« Ein letztes Händeschütteln, dann gab er sie frei.

»Okay«, sagte Savannah. »Dann schauen wir mal.«

Sie setzte sich wieder auf ihren Stuhl, griff unter den Tisch, holte eine Metallkiste hervor und stellte sie vor sich auf den Tisch. Sie nahm einen Schlüssel aus ihrer Handtasche und öffnete die Kiste.

»Müsste eigentlich gleich das oberste Formular sein ...« Sie zog ein Blatt hervor und sagte, »Hier ist es. Was genau soll ich nachschauen — die E-Mail-Adresse?«

»Darf ich mal ...«, sagte Sergej, der neben ihr stand. Sie gab ihm das Blatt, er bedachte sie mit seinem wärmsten, dankbarsten Lächeln ... faltete das Formular einmal der Länge nach, noch einmal quer und schob es dann in die Innentasche seines Jacketts ... mit einem Lächeln Lächeln Lächeln, das alles in den Schatten stellte.

Savannahs luxurierendes Strahlen verdüsterte sich ein wenig. »Was wollen Sie damit?«

»Ich muss mir das noch mal bei besserem Licht anschauen.« Lächelnd lächelnd lächelnd drehte er sich zu Magdalena um, nahm ihren Arm, öffnete die Samtkordel und machte sich auf den Weg zum Pförtnerhaus. »Verehrte Savannah, vielen Dank für alles.«

Savannahs Strahlen verdüsterte sich nun *gewaltig*. Mit erhobener Stimme sagte sie, »Sergej — bitte — das darf ich nicht aus der Hand geben!«

::::::Sie nennt ihn *Sergej!* Sein ganzes Gerede muss sie ja völlig verhext haben!::::::

Sergej ging jetzt schneller und rief über die Schulter in dem fröhlichsten Singsang, den Magdalena je von ihm gehört hatte, »Machen Sie sich keine Sorgen, meine verehrte Savannah, es ist alles in bester Ordnung!«

»Nein! Sergej — Mr. Koroljow! — das dürfen Sie nicht — Sie können nicht einfach — bitte!«

Während sie gingen, und sie gingen schnell, lächelte Sergej sie weiter über die Schulter an. Sie folgten nicht dem kurvigen Weg, sondern gingen kerzengerade über den Rasen. Er winkte dem Parkplatzwächter.

»Mr. Koroljow! Bleiben Sie stehen! Das ist Diebstahl!« Ihre Stimme klang jetzt ganz schrill, panisch — und sie schien näher zu kommen. Sie lief hinter ihnen her. Dann: »Oh, *Scheiße!*«

Magdalena schaute sich um. Die Frau war gestolpert. Sie saß auf dem Rasen, einen Schuh neben sich, und rieb sich den Knöchel. Ihr Gesicht war schmerzverzerrt. Sie musste mit einem ihrer High Heels im Rasen stecken geblieben sein. Nichts mehr mit Strahlen.

Der Parkplatzwächter fuhr den Aston Martin vor. Sergej lächelte Magdalena an und kicherte und lachte und sagte etwas und lachte und kicherte. Jeder ahnungslose Zuschauer hätte ihn für einen Gast gehalten, der sich auf der Party bestens amüsiert hatte … und nun so voll war, dass er dem Parkplatzwächter einen Fünfzigdollarschein zusteckte. Als sie losfuhren, sah Magdalena, wie die barfüßige Savannah mit einem sehr trendigen Highheel-Humpeln zum Haus zurückhastete.

Als sie die kleine Brücke zwischen Star Island und dem MacArthur Causeway überquerten, lachte Sergej so laut, dass er kaum noch Luft bekam. »Schade, dass ich nicht das Gesicht von dieser miesen Kröte, diesem Munch, sehen kann, wenn unsere kleine Savannah ihm erzählt, was passiert ist! Dafür würde ich alles geben.«

Er legte eine Hand auf Magdalenas Knie und ließ sie eine Zeit lang dort liegen. Keiner von beiden sagte ein Wort. Magdalenas Herz raste, und sie atmete so schnell, dass sie kein Wort herausgebracht hätte, ohne dass ihre Stimme angefangen hätte zu zittern. Dann schob er seine Hand ein gutes Stück weiter ihren Oberschenkel hinauf.

Sie erreichten die Collins Avenue. Magdalena saß immer noch vollkommen regungslos da. Wenn er nach rechts abbog, dann fuhr er zu *ihrer* Wohnung. Wenn er nach links abbog, dann ... Er bog nach links ab! — und Magdalena konnte nicht anders. Sofort schickte sie über die imaginäre Glasfaserverbindung, die sie den ganzen Abend auf Stand-by gelassen hatte, eine telepathische Nachricht an Amélia, »Ich hab's dir gesagt! Kommt drauf an, kommt drauf an!« Sehr sanft schob Sergej seine Hand ganz nach oben und begann sie zwischen den Beinen zu streicheln. Sie spürte die Feuchtigkeit, die ihr in die Lenden schoss, und schickte wieder eine Nachricht an Amélia, »Ich schwöre dir, Amélia, es ist nicht meine Entscheidung, es passiert einfach.«

Sergejs Wohnung war prachtvoller als alles, was sie sich hätte vorstellen können. Das Wohnzimmer war zwei Stockwerke hoch. Alles war sehr modern, aber auf eine Art, wie sie es noch nie gesehen hatte … Glaswände, durch die man kaum hindurchsehen konnte, so extravagant waren sie mit surrealen Reliefs verziert, die herumschwirrende, herumwirbelnde Frauen in phantasmagorischen Gewändern zeigten … Sergej führte sie über eine geschwungene Treppe in den ersten Stock … Holzgeländer mit Intarsien aus War-das-etwa-echtes-Elfenbein … Er öffnete die Schlafzimmertür und ließ ihr den Vortritt … ein riesengroßer Raum mit Deckenstrahlern, die sie nur aus Klubs kannte … das Bett — es war gigantisch … Wände aus Ist-das-Samt — und dann registrierte sie nichts mehr, denn in diesem Augenblick umarmte Sergej sie von hinten, so energisch, dass sie die überwältigende Kraft seiner Arme spürte, gar nicht zu reden von seinem drängenden Becken … er vergrub seinen Kopf in ihrer Halsbeuge, und mit einer einzigen Bewegung *einfach so* riss er ihr das Kleid von den Schultern bis zur Hüfte herunter ::::::*Amélias* Kleid — hat er es zerrissen?:::::: Der tiefe und weite V-Ausschnitt war nicht dafür gemacht, noch etwas anderes darunter zu tragen, und so stand sie da … und seine Hände glitten über ihren Brustkorb nach oben —

Die Leitung zu Amélia war gekappt, verschwunden, sie war seit diesem Augenblick bedeutungslos.

18

NA ZDROWIE!

Genau zu der Zeit, als Sergej Koroljow Magdalena mit seinem Aston Martin abholte, um mit ihr zum Dinner nach Hallandale zu fahren, fanden Nestor und John Smith einen Parkplatz in einer Straße, wo Verwahrlosung herrschte. Nestor hatte in seinem ganzen Leben noch nie so viele mit Wellblech verbarrikadierte Fenster gesehen. Er und John Smith hatten unterschiedliche Ansichten über den Teil der Stadt, den man jetzt »Wynwood« nannte, was einen an herrschaftliche Anwesen denken lässt, über deren manikürte Parklichtungen der Odem Zephyrs weht. Hier hatte Igor offiziell sein Atelier, sein *Vorzeige*-Atelier, sozusagen, das mit einem Telefonbucheintrag. Wynwood grenzte an Overtown, und der Polizist Nestor betrachtete es als heruntergekommenes Industriegebiet voller baufälliger ein-, zwei- und dreistöckiger Lagerhäuser, die zu sanieren sich nicht mehr lohnte … und als Rattennest aus puerto-ricanischen Kleinkriminellen, die genauso hoffnungslose Fälle waren. John Smith hingegen betrachtete es als merkwürdiges neues soziales Phänomen und — *ja, ja!* — als Immobilienphänomen des ausgehenden zwanzigsten Jahrhunderts: als »Künstlerviertel«.

Überall im Land waren Künstlerviertel entstanden … SoHo (South of Houston Street) in New York … SoWa (South of Washington Street) in Boston ... Downcity in Providence, Rhode Island ... Shockoe Slip in Richmond, Virginia ... und alle waren auf die gleiche Weise entstanden. Irgendein findiger Immobilienverwerter fängt an, ein in die Jahre gekommenes Stadtviertel voller verwahrloster alter Loftgebäude aufzukaufen ... Dann trommelt er die Künstler zusammen — talentiert oder vollkommen untalentiert, spielt keine Rolle — und bietet ihnen zu lachhaft niedrigen Mieten große Lofts an ... streut die Neuigkeit, dass hier ein neues Künstlerquartier aus dem Boden sprießt ... und in drei Jahren oder weniger ... Verpisst euch! ... Jetzt kommen andere! ... Scharen gut ausgebildeter und gut betuchter Leute, die ganz scharf sind auf die *nostalgie de la boue,* die »Nostalgie der Kloake« ... die ganz scharf darauf sind, inmitten des ganzen Elends das Fluidum von Kunst und Höheren Dingen aufzusaugen.

In Wynwood verströmten sogar die Palmen die Aura der Boheme ... armselig, herrenlos, schäbig ... eine hier ... eine da drüben ... und allesamt räudig. Die Kloakennostalgiker wollten es gar nicht anders. Sie wollten keine pompösen Alleen mit imposanten Palmen. Pompöse Alleen inmitten des ganzen Elends sonderten kein Fluidum von Kunst und Höheren Dingen ab.

Nestor und John Smith fuhren gerade in einem Lastenaufzug zu Igors Atelier in der obersten Etage eines dreistöckigen, zweihundert Meter breiten Lagerhauses, das ein Immobilienverwerter in Eigentumslofts umgewandelt hatte. Alle Aufzüge in dem Gebäude waren Lastenaufzüge ... die von finsteren Mexikanern bedient wurden, die nie ein Wort mit irgendwem sprachen. Ein verlässliches Kennzeichen für einen illegalen Einwanderer. Sie wollten so wenig Aufmerksamkeit wie irgend möglich erregen. Die Kloakennostalgiker liebten Lastenaufzüge, obwohl sie schwerfällig, langsam und altmodisch waren. Altmodische Lastenaufzüge sonderten das kloakennostalgischste Fluidum von allen ab — das schwergängige elektrische Jaulen des Industriezeitalterflaschenzugmechanismus … und das stockfinstere Gesicht des mexikanischen Liftboys …

Nestor hielt eine Digitalkamera in der Hand … die mit Rädchen, Anzeigen und Knöpfen übersät war, von denen er noch nie gehört und die er noch nie zuvor gesehen hatte. Er hielt sie John Smith unter die Nase wie ein Unbekanntes Fremdes Objekt. »Wozu soll das gut sein? Ich weiß nicht mal, wo ich da *durchgucken* muss.«

»Sie müssen gar nirgends *durchgucken*«, sagte John Smith. »Sie brauchen nur hier *auf dieses* Bild zu schauen … und dann *auf diesen* Knopf zu drücken. Ach was — vergessen Sie das Bild, drücken Sie einfach auf den Knopf. Wir brauchen bloß das *Gesurre,* das das Ding macht. Sie müssen sich nur *anhören* wie ein Fotogaf.«

Nestor schüttelte den Kopf. Er konnte es nicht ausstehen, wenn er nicht wusste, was er tat … und er konnte es auch nicht ausstehen, wenn John Smith eine Operation leitete und nicht er … trotz der eleganten Vorstellung, die John Smith in der Seniorenresidenz in Hallandale hingelegt hatte. John Smith setzte weiterhin auf glatte Lügen bei der Ausübung seines Reporterjobs! Er hatte Igor angerufen und ihm gesagt, der *Herald* hätte ihn beauftragt, eine Geschichte über den plötzlichen Aufschwung realistischer Kunst in Miami zu schreiben … und in Gesprächen sei immer wieder er, Igor, als eine der wichtigen Figuren dieser Bewegung genannt worden. Igor entpuppte sich als so eitel, als so begierig, der Anonymität zu entrinnen … dass er das nur zu gern glaubte, trotz der Tatsache, dass seine Arbeiten bisher nur in zwei weitgehend ignorierten Gruppenausstellungen aufgetaucht waren … und dass es keinen derartigen Aufschwung und keine derartige Bewegung gab. Tatsächlich gab es auch keinen derartigen Auftrag, und deshalb konnte John Smith auch keinen echten Fotografen vom *Herald* mitnehmen. Außerdem wollte er nicht, dass irgendwer beim *Herald* zu diesem Zeitpunkt Wind davon bekam. Es war noch zu früh. Erst musste er wasserdichte Fakten in der Hand haben. Topping der Vierte hatte schon bei der bloßen Erwähnung des Projekts hyperventiliert.

Der Aufzug kam im zweiten Stock rumpelnd und ruckelnd zum Stehen … ruckelnd, weil der Mexikaner den Steuerhebel hin und her bewegen musste, bis er den Boden der riesigen Aufzugskabine auf eine Ebene mit dem Boden draußen gebracht hatte … die Kloakennostalgiker standen auf diesen Teil, den rumpelig-ruckeligen Halt … er war so *authentisch* … Noch bevor die Türen sich öffneten, konnten Nestor und John Smith ihren Mann riechen … *Terpentin!* … Möglich, dass die vornehmen Kloakennostalgiker über den Geruch die Nase rümpften. Aber sie konnten sich ja schlecht beklagen, richtig? … *Naturgemäß* lebten arbeitende Künstler in diesen Lofts … und *naturgemäß* arbeiteten Maler mit Terpentin … Sie sind im »Künstlerviertel«, mein Freund! … Die Kröte müssen Sie schon schlucken, nehmen Sie es einfach als das Fluidum von Kunst und höheren Dingen inmitten des ganzen Elends.

Igor öffnete die Tür seines Lofts, und sofort war klar, dass er sich für dieses bedeutende Ereignis in seiner bislang unbedeutenden Medienexistenz *grundiert* hatte. Sein Gesicht war ein einziges leuchtendes *ruuuschisches* Glänzen. Wenn er jetzt noch seinen lustigen, gewachsten Salvador-Dalí-Schnurrbart gehabt hätte, dann wäre das wirklich ein Auftritt gewesen. Er empfing sie mit ausgebreiteten Armen — als wollte er sie beide gleich mit seinen russischen Armen umschlingen.

»Dobro poschalowat!«, sagte er auf Russisch. Und dann auf Englisch: »Willkommen! Kommen Sie nur rein! Kommen Sie rein!«

Das Doppel-K des dröhnend leutseligen *Kommen Sie rein! Kommen Sie rein!* blies Nestor und John Smith seinen alkoholisierten Atem ins Gesicht. Er war größer, bulliger und betrunkener, als Nestor ihn aus dem Honey Pot in Erinnerung hatte. Und dann der Künstlerviertel-Chic, in den er gekleidet war! ... ein seiden schimmerndes, schwarzes Hemd, offen bis zum Brustbein, mit langen Ärmeln, die bis zu den Ellbogen hochgekrempelt waren ... das über einer zu engen schwarzen Jeans hing ... ein schwacher Versuch, seine Leibesfülle zu verbergen.

Durch die Eingangstür betrat man sofort eine offene Küche, die eine Seite eines mindestens zwölf Meter langen und sechs Meter breiten Raumes einnahm. Die Decke war sicher vier Meter hoch und ließ das Atelier riesengroß erscheinen ... ebenso wie die Reihe altmodischer, hoch aufragender Lagerhausfenster an der gegenüberliegenden Seite. Sogar jetzt noch, es war kurz vor 4 Uhr nachmittags, wurde der gesamte Arbeitsbereich von natürlichem Licht durchflutet ... die Staffeleien ... die Metalltische ... eine Leiter ... Abdeckplanen ... das gleiche Zeug wie in Igors kleinem Geheimatelier in Hallandale. Nestors Bestandsaufnahme nahm ein abruptes Ende, als Igor ihm aus zehn Zentimetern Entfernung ins Gesicht brüllte, »Heyyyyyyyyyy!«, dann seine Hand nahm und diese schüttelte, dass Nestor glaubte, er würde ihm jedes Gelenk seines rechten Armes ausrenken, und ihm dann auch noch auf die Art auf die Schulter klopfte, die unter Männern bedeutete, *Na, Kumpel, wir zwei haben schon einiges erlebt zusammen, oder?*

»Das ist mein Fotograf«, sagte John Smith — Nestor spürte, dass John Smith sein gewandtes Lügengehirn nach einem passenden Decknamen durchforstete — »Ned«, sagte er, wahrscheinlich weil es wie Nestor mit Ne anfing.

Bei Igor hörte es sich wie *Nayyyd* an. In einem weiteren Schwall unerklärlicher Heiterkeit sagte Igor … wobei er weiterhin *Nayyyds* Hand fest umklammert hielt und ihm wieder auf die Schulter klopfte. »Jetzt wir trinken einen Schluck!«, sagte er, nahm von der Küchentheke eine Flasche Stolichnaya Wodka, die allerdings eine blassgelbe Flüssigkeit enthielt … Er goss einen kräftigen Schluck in ein Glas, hob es mit einer Hand hoch und zeigte mit der anderen darauf.

»Wodaprika!«, rief er aus, mit Betonung auf *apri* — und kippte dann den Schnaps auf einen Sitz hinunter. Sein Gesicht verfärbte sich blutrot. Grinsend und nach Luft schnappend, fing er sich wieder. Als er wieder ausatmete, roch sein Atem nach alkoholgetränkter Kotze.

»In den Wodka ich kippe einen kleinen — wie heißt das bei euch? — ›Spritzer?‹ — Aprikosensaft. Klar, oder? Wod*apri*ka! Also, jetzt wir trinken alle einen!«

Dann führte er sie zu einem langen, wuchtigen Holztisch, um den herum jede Menge skurriler Holzstühle standen. Große Schnapsgläser warteten auf sie. Igor nahm sein eigenes und die Flasche Wodaprika mit und holte noch eine große Vorspeisenplatte … Sauerkraut mit irgendwelchen Beeren … große, in Salz eingelegte Gurken … Rinderzunge mit Meerrettich … Salzheringe … gesalzener Lachsrogen (Arme-Leute-Kaviar) … marinierte Pilze, Berge von diesen salzigen Köstlichkeiten, ganz oder in Scheiben geschnitten, vermischt mit gekochten Kartoffeln, Eiern, jeder Menge Butter und Mayonnaise, große, in Teig gewickelte Kugeln davon — perfekt, um einen Mann am Polarkreis warm zu halten, und eine Kalorienbombe in Miami … all das serviert in einer schweren Wolke aus *odeur de vomi*.

Igor setzte sich auf den Stuhl am Kopfende, Nestor und John Smith setzten sich auf die Stühle links und rechts von ihm.

»Alle glauben, dass Russen trinken Wodka nur pur«, sagte Igor. »Und wissen Sie was? Das stimmt! Sie nichts trinken sonst!«

Nestor sah John Smith an, dass er versuchte, seiner Verwirrung ein fröhliches Gesicht aufzusetzen.

»Wissen Sie, warum die Russen trinken so, wie sie trinken?«, fragte Igor. »Ich zeig's Ihnen. *Na zdrowie!*« Er nahm mit zwei Fingern ein Stück Salzhering, steckte es sich in den Mund und kippte einen Schnaps hinterher ... wieder das leuchtend rote Gesicht, Luftschnappen ... und eine veritable Schwade *odeur de vomi*.

»Wissen Sie, warum wir machen das so? Wir nicht mögen den Geschmack von Wodka. Er schmeckt nach Chemie! So schmecken wir ihn nicht. Wir nur wollen den Alkohol. Und warum wir machen es dann nicht gleich so?« Er tat so, als setzte er sich am Unterarm eine Spritze.

Darüber amüsierte er sich köstlich. Er nahm mit den Fingern eine große salzige Teigkugel von der Platte, steckte sie sich in den Mund und begann gleichzeitig zu kauen und zu sprechen. Dann nahm er die Flasche, füllte sein Glas wieder und hob es in die Höhe, als wollte er sagen, *Aaah, Wodaprika, herrlich!* Er strahlte John Smith an, dann Nestor, dann wieder John Smith, und dann — *bango!* — kippte er die nächste Ladung seines Gebräus hinunter. »Und jetzt *Sie!*«

Das war keine Frage! Das war kein Befehl! Es war eine Proklamation! Er schenkte beiden ein ... und sich auch. »Wenn ich sage, ›*Na zdrowie*‹, die Tassen hoch und runter damit! Okay?«

Er schaute erst John Smith an und dann Nestor ... was konnten sie schon tun — außer zu nicken?

»Na zdrowie!«, rief er, und alle drei warfen den Kopf nach hinten und kippten sich den Stoff in den Rachen. Noch bevor er unten angekommen war, erkannte Nestor, dass dieses gottverdammte Schnapsglas viel größer war, als er geglaubt hatte, und dass es weder nach Aprikose noch nach sonst irgendwas schmeckte, das den bevorstehenden Schock abmildern würde. Als das verdammte Zeug wie ein Feuerball aufschlug, musste er sofort würgen und husten. Das Wasser schoss ihm in die Augen. John Smith erging es nicht anders, und wenn sein Gesicht jetzt genauso aussah wie das von John Smith, dann war es feuerrot.

Igor lächelte nur, nahm mit den Fingern wieder ein Stück Salzhering von der Platte und steckte es sich in den Mund. Nestors und John Smiths Darbietung fand er saukomisch. *Hah hah hah-hah-hah haha.* Offensichtlich wäre er enttäuscht gewesen, wenn sie sich besser geschlagen hätten.

»Keine Sorge«, sagte er aufgeräumt. »Macht die Übung! Sie noch haben zwei Versuche.«

Jesus Christus!, dachte Nestor. Dass sich jemand dermaßen vorsätzlich in die Bewusstlosigkeit soff, hatte er noch nie erlebt. Es war abstoßend! Und er machte dabei auch noch mit! Kubaner waren keine großen Trinker. Er versuchte einen unbeschwerten Ton anzuschlagen. »Nein, danke. Ich glaube, ich habe schon —«

»Keine Widerrede, *Nayyyd,* drei sind Pflicht!«, sagte Igor. »Klar, oder? Ansonsten — na ja, drei muss schon sein! Klar, oder?«

Nestor schaute John Smith an. John Smith schaute Nestor streng an und und bewegte langsam den Kopf auf und ab. *Los, da müssen wir durch.* Und John Smith? Er war groß und dürr. Körperlicher Wagemut war nicht seine Sache. Aber er würde lügen, betrügen ... und wahrscheinlich auch stehlen, obwohl ihn Nestor noch nicht dabei gesehen hatte … nur um an eine Story zu kommen. Jetzt stellte sich heraus, dass er dafür auch seinen Verdauungstrakt ausbrennen würde.

Nestor schaute Igor an, als sei er dem Untergang geweiht, und brummte, »Okay.«

»Sehr gut!«, sagte Igor. Bester Laune füllte er wieder die drei Gläser.

Dann — *»Na zdrowie!«* — warf Nestor wieder den Kopf nach hinten und kippte sich den Wodaprika in den Rachen — *¡mierda!* — und es folgten sofort wieder Würgen, Zusammenkrümmen, Husten, Keuchen, Wasser in den Augen —

Na zdrowie! Der nächste Feuerball — *Ahhhhhhhughh … iiiiiiiuuughhh … uschnajjjjjjjjanuck* — rauschte durch seine Speiseröhre — verbrannte ihm die Kehle — schoss ihm wieder nach oben in die Nasennebenhöhlen und tropfte ihm auf die Hose — und dann beglückwünschte Igor ihn und John Smith. »Sie haben es geschafft! Gratulation! Hiermit ich ernenne Sie zu *Muschiks!*«

Muschiks? Hörte sich nicht gerade toll an.

Nach seinem kränklichen Gesicht zu urteilen, hatte John Smith genauso gelitten wie er. Aber John Smith dachte sofort wieder an den Job, den sie zu erledigen hatten. Aus dem Mundwinkel sagte er leise knurrend zu Nestor, »Los, Fotos machen!«

Los, Fotos machen? Du Mistkerl! Dabei spielte John Smith noch nicht mal Theater. *Mein Fotograf!* Der Mistkerl glaubte inzwischen *wirklich,* dass er der Boss war! Nestor hatte gute Lust, die Scheißdigitalkamera aus dem Fenster zu werfen … obwohl … strategisch betrachtet hatte John Smith recht, das musste er zugeben. Wenn er hier den Fotografen spielen sollte, dann sollte er langsam anfangen die Kamera auf irgendwas zu richten und auf den verdammten Knopf zu drücken. Er fühlte sich gut und gedemütigt zugleich, als er anfing, *Fotos zu machen* … fingierte Fotos, wie befohlen.

Inzwischen schüttelte John Smith verwundert den Kopf und betrachtete Igors an den Wänden hängende Bilder, als könnte er sich nicht davon losreißen.

»Das ist *fantastisch,* Igor … einfach *fantastisch!* Ist das Ihre Privatsammlung?«, fragte John Smith.

»Nein, nein«, sagte Igor und lachte auf eine Art, als wollte er sagen, *Ich verzeihe Ihnen Ihre Unkenntnis in solchen Dingen.* »Ich wünschte, es wäre so!« Er deutete mit einer ausladenden, hochmütigen Armbewegung auf die Bilder, die an zwei Wänden hingen. »In zwei Monaten die Hälfte davon ist weg, und dann ich muss noch mehr davon malen. Meine Agentin macht mir dauernd Druck.«

»Ihre Agentin?«, sagte John Smith. »Eine Frau?«

»Warum nicht?«, sagte Igor achselzuckend. »Sie ist die beste in Russland. Da Sie können fragen jeden russischen Maler. Jeder kennt sie: Mirima Komenensky.«

»Ihre Agentin ist Russin?«

»Klar, warum nicht?« Wieder zuckte Igor mit den Achseln. »In Russland sie verstehen noch was von richtiger Kunst. Handwerkliches Können, Technik, Farben, Chiaroscuro, die das können noch richtig beurteilen.«

John Smith zog einen kleinen Digitalrekorder aus der Tasche, stellte ihn auf den Tisch und hob fragend die Augenbrauen, ob das in Ordnung sei. Igor wischte mit einer großmütigen Handbewegung alle Bedenken in dieser Richtung beiseite.

»Und wie beurteilt man hier in den USA den Realismus?«, fragte John Smith.

»Hier?«, sagte Igor. Allein bei der Frage musste er lachen. »Hier man geht mit Mode. Hier man glaubt, dass Kunstgeschichte beginnt mit Picasso. Picasso war nur bis fünfzehn auf einer Kunstakademie. Er hat gesagt, dass sie ihm da nichts mehr beibringen können. Im nächsten Semester Anatomie und Perspektive standen auf dem Lehrplan. Wenn ich nicht könnte besser malen als Picasso, wissen Sie, was ich würde tun?« Er wartete auf eine Antwort.

»Ähhh ... nein«, sagte John Smith.

»Eine neue Bewegung ins Leben rufen, und sie dann nennen Kubismus!« Lachstürme donnerten aus Igors mächtigen Lungen und tränkten die Luft mit noch mehr alkoholisiertem Atem. Nestor glaubte, in der nach Kotze stinkenden Wolke jeden Augenblick ohnmächtig zu werden.

Igor füllte wieder die drei Gläser. Er hob seines hoch und —

»Na zdrowie!«

— kippte sich den Wodaprika in den Rachen. Nestor und John Smith hoben ihre Gläser zwar auch an die Lippen und warfen ihre Köpfe nach hinten, taten aber nur so, als ob. Als sie ihre Köpfe wieder hoben, stießen sie ein vermeintlich zufriedenes *Ahhhhhhhhh!* aus, umklammerten aber mit den Händen die Schnapsgläser und verdeckten so das bernsteinfarbene Belastungsmaterial.

Igor war viel zu betrunken, um das noch zu bemerken. Seit sie da waren, hatte er fünf große Schnapsgläser geleert — und nur Gott wusste, wie viele vor ihrer Ankunft. Nestor war schon nach dreien randvoll. Allerdings fühlte er sich alles andere als angenehm berauscht. Er fühlte sich vielmehr, als wäre sein zentrales Nervensystem so geschädigt, dass er nicht mehr klar denken oder seine Hände sinnvoll gebrauchen könnte.

»Was halten Sie von abstrakter Kunst?«, fragte John Smith. »Von ... sagen wir ... Malewitsch, den Malewitsch-Gemälden, die man neulich dem Koroljow Museum of Art gestiftet hat?«

»*Malewitsch!*« Diesmal wirbelte ein wahrer Orkan aus Alkohol aus Igors Mund. »Komisch, dass Sie gerade erwähnen *Malewitsch!*« Er zwinkerte John Smith zu, und der Orkan wurde stürmischer. »Malewitsch hat gesagt, der realistische Künstler muss nur kopieren das Bild, das Gott ihm schon hat geschenkt. Aber der abstrakte Künstler selbst muss Gott sein und selbst muss alles erschaffen. Glauben Sie mir, ich *kenne* Malewitsch!« Wieder ein Zwinkern. »Das er sagen musste! Ich habe gesehen seine ersten Arbeiten. Er *versuchte* realistisch zu sein. Aber er nicht besaß die Fähigkeiten! Null! Wenn ich malen würde wie Malewitsch, wissen Sie, was ich dann würde tun? Eine neue Bewegung ins Leben rufen, und sie dann nennen Suprematismus! Wie Kandinsky!« Er lächelte John Smith vielsagend an … »Haben Sie gesehen Kandinskys frühe Sachen? Er hat versucht zu malen ein Haus … hat ausgesehen wie ein Laib Brot! Also er lässt es bleiben und verkündet, dass er eine neue Bewegung ins Leben ruft, und die er nennt Konstruktivismus!« Jetzt wurde John Smith ein Zwinkern *und* ein Lächeln zuteil.

»Was ist mit Gontscharowa?«, fragte John Smith. Jetzt waren drei Künstler im Spiel, Namen, für die *tout le Miami* dem gefeierten, dem großzügigen Koroljow so dankbar gewesen war. Wie viel Kultur, wie viel Glanz hatte die Stadt ihm zu verdanken!

Igor schenkte John Smith ein verschwörerisches Lächeln. »Ja! Stimmt! Wir beide denken genau das Gleiche.«

»Gontscharowa?!«, rief Igor. »Sie ist Dilettantischste von allen. Sie nicht kann malen, also sie veranstaltet Chaos aus kurzen geraden Linien, und die verlaufen so und so und zwischendurch, ein wahres Durcheinander, und dann sie sagt, dass jede Linie einen Lichtstrahl darstellt, und nennt das Ganze ›Rayonismus‹. *Rayonismus!* Weil nämlich meine Kunst ist eine neue

Kunst, und warum sollte *ich, die Schöpferin,* zurückschauen und mir Gedanken machen über dieses ganze schon abgenutzte und überholte Zeug … der Strich, die Anatomie, die drei Dimensionen, die — wie sagt man hier? Formgebung? — die Perspektive oder die Farbharmonie, warum ich soll mir Gedanken darüber machen? Das ist alles erledigt — schon seit Jahren … seit Jahrhunderten. Alles gestorben, alles Vergangenheit. Warum mich abgeben mit der Vergangenheit! Ich stehe an der Spitze! Dieses ganze Zeug, das liegt alles weit zurück!« Er deutete nach hinten, nach vorn, nach oben. »Ich stehe über den ganzen Krempel.«

»Was diese Künstler gemacht haben, Malewitsch, Kandinsky, Gontscharowa, könnten Sie das auch?«, fragte John Smith.

Igor brach in dröhnendes Gelächter aus und begann mit den Füßen auf den Boden zu trampeln. Er bekam einen regelrechten Lachkrampf. Er lachte, bis ihm die Tränen über die Backen liefen. »Kommt drauf an, was Sie meinen damit! Wenn Sie meinen, ob ich dazu bringen kann die Amerikaner, dieses alberne Geschäft ernst zu nehmen und richtig Geld dafür zu bezahlen? … Nein — ich nicht könnte mich zusammenreißen, ich dauernd müsste lachen!« Wieder packte ihn ein Lachanfall. Es kostete ihn einige Anstrengung, sich wieder in den Griff zu bekommen. »Hören Sie auf, mich dauernd zu bringen zum Lachen. Das ist einfach zu lustig. Das mir tut gar nicht gut … ganz und gar nicht …« Schließlich hatte er sich wieder unter Kontrolle. »Wenn Sie aber meinen, ob ich auch so malen könnte … *Jeder* könnte das! *Ich* auch, nur dass ich mir dann auch ständig anschauen müsste diesen *gowno!*« Bei dem Gedanken kam aus seinem Schlund wieder ein Rumpeln und Gurgeln. »Ich mir dabei müsste die Augen verbinden …« Rumpel gurgel gurgel rumpel … »Ich *kann* es mit verbundenen Augen!«

»Was meinen Sie?«, sagte John Smith.

»Ich habe es schon gemacht mit verbundenen Augen.«

»Ernsthaft? Oder wollen Sie mich hochnehmen?«

»Nein, ich habe solche Sachen schon gemalt mit verbundenen Augen!«

Das *Ich kann es mit verbundenen Augen* hatte er noch unter leicht gurgelndem Kichern herausgebracht … aber beim *Nein, ich habe solche Sachen schon gemalt mit verbundenen Augen* konnte er nicht mehr an sich halten. Das Rumpeln, Gurgeln, Kichern, Donnern und Dröhnen platzte aus ihm heraus — eine Explosion, die ihren Weg aus seinen Lungen über den Kehlkopf und die Lippen ins Freie fand. Er konnte nichts dagegen machen. Er trampelte wieder mit den Füßen auf den Boden, seine Fäuste und Unterarme fuhren auf und ab. Er war außer sich. Nestor tat so, als fotografierte er ihn, bis er erkannte, dass es sinnlos war. Er schaute John Smith an und verzog das Gesicht. Aber wieder war es John Smith, der einen klaren Kopf behielt. Er schaute Nestor todernst an. Während Igor mit geschlossenen Augen dasaß und sich vor Lachen nicht halten konnte, machte er Nestor Zeichen, ein Glas zu füllen. Er deutete mit dem Kopf in Richtung Küche. Heftig bewegte er den Kopf hin und her, auf seiner Stirn war eine ärgerliche Falte zu sehen. *Na los, beeil dich! Hol noch was von dem Wodaprika! Mach schon, das ist ein Befehl!*

Wofür hielt er sich eigentlich? Glaubte er wirklich, dass ich, Nestor Camacho, *sein* Fotograf war? Trotzdem tat Nestor wie befohlen — ging schnell zur Küchentheke, füllte ein Schnapsglas mit Igors *Na zdrowie*-Aprikosengebräu und brachte es John Smith. Er konnte sich einen verärgerten Blick nicht verkneifen, den John Smith aber gar nicht wahrzunehmen schien.

Als Igor allmählich wieder zu sich kam und die Augen öffnete, hielt ihm John Smith ein weiteres Glas Wodka hin.

»Hier.« Igor saß da und versuchte mit bebender Brust wieder zu Atem zu kommen. Als er so weit war, nahm er das Glas und schüttete den Inhalt hinunter … *ahhhhhhh* … *ahhhhhhh* … *ahhhhhhh* …

»Alles in Ordnung?«, sagte John Smith.

»Ja, schon gut, alles bestens« … sagte Igor … immer noch schwer atmend … »Konnte einfach nichts machen dagegen … Sie sind zu lustig … zu lustig.«

»Wo sind die Bilder jetzt, die, die Sie mit verbundenen Augen gemalt haben?«

Igor lächelte und machte schon den Mund auf, um etwas zu sagen — als das Lächeln wieder erlosch. So betrunken er auch war, plötzlich schien er zu begreifen, dass er sich auf tückischem Terrain bewegte.

»Ohhh, keine Ahnung.« Er zuckte mit den Achseln, als sei das alles nicht so wichtig. »Vielleicht ich sie habe weggeschmissen oder irgendwo liegen gelassen … Ich die mache nur so aus Spaß … Ich sie verschenke — aber wer will schon haben so was? … Oder ich sie verstaue irgendwo und dann vergesse, wo das war … Irgendwie sie sind verloren gegangen« — er zuckte wieder mit den Achseln — »Keine Ahnung, wo die sind.«

»Angenommen, Sie haben sie *verschenkt*«, sagte John Smith. »Wem könnten Sie sie gegeben haben?«

Igor kniff ein Auge zusammen und schaute John Smith vorsichtig an. »Wer will schon haben so was? — auch wenn diese … ›Künstler‹ … hätten gemalt die Bilder? Ich würde die nicht mal wollen geschenkt.«

»Das Miami Museum of Art hat die echten jedenfalls gerne genommen. Die sind auf siebzig Millionen geschätzt worden.«

»Hier man geht eben mit Mode«, sagte Igor. »Hab ich Ihnen schon gesagt. Das ist eben ihr … ihr — ich kann ja nicht vorschreiben den Leuten, was ihnen soll gefallen. *De gustibus non est disputandum.*« Wieder ein Achselzucken … »Man tut, was man kann, aber man kann eben nicht helfen manchen Leuten …«

Nestor sah, dass John Smith tief Luft holte, und irgendwie spürte er, dass er seinen ganzen Mut zusammennahm, um die eine große Frage zu stellen. Er musste in den sauren Apfel beißen.

»Wissen Sie«, sagte John Smith und holte noch mal Luft. »Es gibt da ein paar Leute, die behaupten, dass Sie *tatsächlich* diese Bilder fürs Museum gemalt haben.«

Igor atmete scharf ein — sagte aber nichts. Er schaute John Smith nur an. Wie eben kniff er ein Auge fast ganz zusammen, nur dass jetzt alle Fröhlichkeit aus seinem Gesicht verschwunden war.

»*Wer* sagt das?« Oho. Nestor erkannte, dass sich in Igors wodaprikisiertem Gehirn in letzter Sekunde ein letzter Rest von Urteilsvermögen bemerkbar machte. »Ich will wissen, *wer!* — wer sagt das? *Namen!*«

»Keine Ahnung«, sagte John Smith. »Das sind so Sachen, die eben … na ja … die eben so rumgehen. Sie wissen ja, wie das ist.«

»Oh ja, ich weiß, wie das ist«, sagte Igor. »Das ist eine *Lüge!* Genau das ist es, eine *Lüge!*« Dann, als ob ihm gerade bewusst würde, dass er ein bisschen zu heftig protestierte, stieß er ein beiläufiges *Hahhh* aus. »Das ist das Idiotischste, was ich je habe gehört. Sie kennen das Wort ›Provenienz‹? Museen unterhalten einen ganzen Apparat, um die zu klären. Niemand damit würde durchkommen. Ein verrückter Gedanke! Warum jemand sollte so etwas versuchen wollen, überhaupt?«

»Ich könnte mir schon vorstellen, warum«, sagte John Smith. »Wenn man ihm genug zahlen würde dafür.«

Igor schaute John Smith nur an. Keine Spur von Fröhlichkeit oder Ironie in seinem Gesicht, nicht mal der Hauch eines Zwinkerns. Sein Blick hätte todernster nicht sein können. »Ich Ihnen gebe einen Rat«, sagte er schließlich. »Erwähnen Sie das niemals gegenüber Mr. Koroljow. Nicht mal gegenüber irgendwem, der Mr. Koroljow *vielleicht* trifft. Sie verstehen?«

»Wie kommen Sie auf Mr. Koroljow?«, sagte John Smith.

»Er hat die Gemälde gestiftet dem Museum. Die haben veranstaltet eine große Feier für ihn.«

»Ach ... Sie *kennen* Mr. Koroljow?«

»NEIN!«, sagte Igor. Er erstarrte, als hätte ihm gerade jemand eine Messerspitze gegen den Hals gedrückt. »Ich nicht mal weiß, wie er aussieht. Aber jeder — jeder Russe — weiß Bescheid über ihn. Mit ihm man kann so nicht rumspielen, wie Sie das gerade tun mit mir.«

»Ich spiele nicht herum —«

»Gut! Und Sie sagen ihm kein Wort davon, dass Sie verschwenden auch nur einen Gedanken an diese Geschichten, an diese Klatschgeschichten!«

Nehmen Sie Platz. Nehmen Sie Platz, so ein Scheiß! Was sollte *das* jetzt heißen? Der Chief musste *niemals Platz nehmen,* bevor er in Dios Büro gehen konnte. Er marschierte immer an all diesen trostlosen ehemaligen Pan-Am-Wasserflugzeugbüros vorbei durch den Gang, drückte dabei das Kreuz durch und streckte die Brust heraus. Und achtete genau darauf, dass sogar die Rathauslebenslänglichen einen guten Blick auf Chief Bookers schwarze Mächtigkeit werfen konnten ... und wenn eine Tür offen stand, flötete ihm immer irgendein weißer oder kubanischer Lebenslänglicher ein unterwürfig ehrfürchtiges »Hey, Chief!« entgegen, worauf er sich zu ihm umdrehte und »Hi, Champ« sagte.

Aber jetzt flötete ihm kein einziger Lebenslänglicher ein »Hey, Chief« oder sonst was entgegen, als er durch den Gang marschierte. Sie hätten ihre Ehrfurcht kaum besser im Zaum halten können. Ihre Reaktion auf seine Mächtigkeit war gleich null.

War es möglich, dass Dios Unterkühltheit auf den gesamten Laden übergegriffen hatte? Das Verhältnis zwischen ihm und Dio war kein kameradschaftliches mehr seit dem Tag, als sie sich wegen Hernandez' und Camachos Crackhausrazzia in die Wolle gekriegt hatten ... zwar nur vor einem fünfköpfigen Publikum, aber diese fünf waren, in Anbetracht ihrer Stellung und ihrer kubanischen Lästermäuler, vollkommen ausreichend. Sie waren Zeugen geworden, wie er vor Dio gekuscht hatte wegen seiner Hypothekenraten und wegen seines Status als der große schwarze Chief. Wahrscheinlich hatten sie keine Ahnung von seinen Hypothekenraten, aber die andere Sache — da hätten sie mit ihren Gedanken schon ganz woanders sein müssen, um das nicht sofort zu kapieren. Der Chief hatte sich seitdem gedemütigt gefühlt ... mehr als die Zeugen sich überhaupt vorstellen konnten. Er war vor Dionisio Cruz, diesem anmaßenden kubanischen Mops, und seinen unverhohlen politischen Bedenken in die Knie gegangen ...

Nehmen Sie Platz ... Dios Türhüterin, ein Pferd von Frau namens Cecelia ... mit dem ausladenden Kinn eines Neandertalers ... und falschen Wimpern, die nach den ersten Schminkübungen einer Neunjährigen aussahen ... sie hatte gesagt, »Nehmen Sie Platz.« Keine Entschuldigung, keine Erklärung, nicht mal ein Zwinkern oder Lächeln, um ihm zu zeigen, wie bizarr auch sie das alles fand ... einfach »Nehmen Sie Platz«. Der »Platz« war ein hölzerner Lehnstuhl, der zusammen mit vier oder fünf anderen hölzernen Lehnstühlen in einem schäbigen kleinen Raum stand, den man geschaffen hatte, indem man die vordere Wand eines schäbigen kleinen Büros herausgerissen hatte. Der Chief war gerade an diesem sogenannten Wartezimmer vorbeigegangen — und jetzt raten Sie mal, wer da schon alles saß? Anthony Biaggi, ein schmieriger Bauunternehmer, der es auf ein baufälliges Schulgebäude samt Schulhof oben in Pembroke Pines abgesehen hatte ... José Hinchazón, ein ehemaliger Polizist, den man vor Jahren während eines Korruptionsskandals gefeuert hatte und der jetzt eine zwielichtige »Sicherheitsfirma« betrieb ... und ein Anglo, der für den Chief ganz nach Adam Hirsch von den maroden Boots-und-Bustouren-Hirschs aussah ... Nehmen Sie Platz? In einem Raum mit dieser Bande?

Also schaute der Chief hinunter in Cecelias Pferdegesicht und bedachte sie mit einem mehrdeutigen Grinsen, das schon viele Leute verunsichert hatte. Er kniff die Augen zusammen, zog die Oberlippe hoch und entblößte die große weiße obere Zahnreihe, die vor dem Hintergrund seiner schwarzen Haut noch größer aussah. Die Absicht war, sie darüber im Zweifel zu lassen, ob sich sein Grinsen zu einem Ausdruck reinsten Glücks ausweiten ... oder ob er sie gleich zerfleischen würde.

»Ich bin unten in der Lobby« — er nickte in die Richtung — »bis Dio so weit ist.«

Cecelia gehörte nicht zu der Sorte, die sich leicht einschüchtern ließ. »Sie meinen, im Wartezimmer«, sagte sie.

»Unten in der Lobby«, sagte er und machte mehr und mehr den Eindruck, als würde er sie gleich zerfleischen — und dann wieder ausspucken. Er zog eine seiner Karten aus der Tasche und schrieb auf die Rückseite eine Telefonnummer. Dann gab er ihr die Karte und verwandelte sein mehrdeutiges Grinsen in ein glückliches Grinsen, in der Hoffnung, sie würde die Ironie darin bemerken, und das würde sie noch etwas mehr verunsichern oder zumindest verwirren.

Als er auf dem Weg in die Lobby an dem armseligen Wartezimmer vobeikam, sah er aus dem Augenwinkel, dass alle drei Männer aufblickten. Er wandte ihnen den Kopf zu, schaute aber nur einen an, Hirsch — Adam oder seinen Bruder Jacob, er war sich nicht sicher, welchen der beiden er vor sich hatte.

Wie vorhin erwies ihm niemand mit einem »Hey, Chief!« aus einer offenen Tür heraus seine Ehrerbietung, was hieß, er konnte nicht mal eben in eins der Büros schlüpfen, um mit einer Plauderei die Zeit totzuschlagen, bis er *gerufen* wurde … *gerufen* zu seinem kubanischen Herrn.

Verdammt, er konnte sich nicht einfach im Gang herumdrücken … *Gottverdammter Dio!* Urplötzlich nahm er sich die Frechheit heraus, ihn zu behandeln wie jeden x-beliebigen demütigen Bittsteller, der mit einem Gesuch am Hofe des Königs vorstellig wird.

Er hatte keine andere Wahl, als nach unten in die Lobby des Pan-Am-Rathauses zu gehen und Pseudotelefonate zu führen. Menschen, die hinein- und hinausgingen, sahen ihn etwas abseits in der Lobby stehen und auf das Glasdisplay seines iPhone tippen. Sie wussten nicht, dass er in Ungnade gefallen war … jedenfalls noch nicht … und bedrängten ihn fast wie die Fans eines Star-Rappers … »Hi, Chief!« … »Hey, Chief!« … »Wie läuft's denn so, Chief!« … »Sie sind unser Mann, Chief!« … und nahmen ihn so in Beschlag, dass er mit seinen *Hi, Champs* gar nicht mehr nachkam … Was für eine Ironie … Er! Cyrus Booker, Polizeichef, die mächtige, schwarze Figur im Herzen von Miamis Stadtverwaltung … Er! Chief Booker, auf beleidigende Weise zur Bedeutungslosigkeit geschrumpft, drückt sich in der Lobby herum … lässt sich auf ein albernes Defensivspiel ein … versucht nicht zu verlieren, anstatt alles für den Sieg zu riskieren … *Er!* Warum sollte *er* vor *irgendwem* katzbuckeln? Er war der geborene Anführer ... und er war jung genug, erst vierundvierzig, um sich wieder zurück an die Spitze zu kämpfen ... wenn nicht in dieser Funktion, dann in einer anderen, noch höheren, obwohl ihm im Augenblick keine einfallen wollte, die dafür infrage käme ... wenn nötig, würde er sie sich *selbst* schaffen! ... und warum schiss er sich wegen des Hauses und der Hypothek überhaupt so in die Hosen? Was spielte ein Haus in Kendall für eine Rolle, wenn die Geschichte ihr Urteil sprach? ... aber dann fiel ihm ein anderer Urteilsspruch ein ... der seiner Frau ... sie würde Qualen leiden, vierundzwanzig Stunden vielleicht ... und dann würde sie ausrasten vor Wut! ... *ooounnnghhh* Jesus Christus! ... aber wenn ein Mann alles aufs Spiel setzen wollte ... um alles zu gewinnen ... dann konnte er nicht vor einer Frau zurückweichen ... oder? *Scheiiiiiiße!* Sie würde ihm den Krieg erklären! ... »Klasse Plan, *Super-Shaft!* Kein Job, kein Haus, kein Einkommen, *vergiiiiiss es!* ... du wirst auf keinen Fall —«

Sein Handy klingelte. Er ging ran und sagte wie immer: »Chief Booker.«

»Cecelia, Büro des Bürgermeisters« ... »Büro des Bürgermeisters«, als wüsste er nicht, welche von den Tausenden Cecelias in der Stadt, in der Welt, genau *diese* Cecelia war. »Der Bürgermeister hat jetzt Zeit für Sie. Ich habe Sie im Wartezimmer gesucht ... aber da waren Sie nicht. Der Bürgermeister hat einen straffen Terminplan heute Nachmittag.«

Frostig? *Die Hölle war zugefroren!* ... Leck mich, Pferdeschädel! Aber er sagte nur, »Bin sofort da.« Verdammt! Warum hatte er »sofort« gesagt? Hörte sich an, als würde er gleich loshecheln ... willfährig.

Aus Sicherheitsgründen kam man nur mit dem Lift in den ersten Stock. Verdammt und noch mal verdammt! Im Lift wurde er mit zwei weiteren *Hi, Chief* konfrontiert. Eins kam von einem netten Burschen, der die amtlichen Mitteilungen der Dienststelle für Umweltmanagement verfasste, ein Schwarzer namens Mike. Er brachte ein *Hi, Champ* über die Lippen … aber ein Lächeln brachte er nicht zustande. Er konnte ihm nur die Zähne zeigen.

Während er durch den schmalen Korridor ging, übte er Lächeln. Für Cecelia musste er sich noch einmal ein Lächeln abringen. Als er ihren Schreibtisch erreichte, tat sie kurz so, als hätte sie ihn nicht bemerkt. Dann hob sie den Kopf. Was für ein Pferdegebiss die *Schlampe* hatte! »Ah, da sind Sie ja«, sagte sie und besaß sogar die Unverschämtheit, einen kurzen Blick auf ihre Armbanduhr zu werfen. »Bitte, Sie können gleich rein.« Das einstudierte Lächeln strahlte von einem Ohr zum anderen. Er hoffte, dass sie kapierte: *Ja, ich verstehe das kleine miese Spielchen, das du mit mir treibst. Tut mir leid, aber dazu bin ich mir zu schade.*

Als er das Büro des Bürgermeisters betrat, saß der gute alte Dionisio zurückgelehnt auf seinem großen, mit ochsenblutrotem Leder gepolsterten Mahagonidrehstuhl. Der Drehstuhl war so groß, er sah aus wie ein Mahagonimonster, und das ochsenblutrote Leder sah aus wie das Innere eines Monstermauls, das den guten alten Dionisio jeden Augenblick verschlingen würde. Hinter dem Schreibtisch, auf dem eine Piper Cub hätte landen können, machte er einen pompös gelangweilten, selbstgefälligen Eindruck. Um den Chief zu begrüßen, stand er nicht auf, wie er es früher immer getan hatte. Er richtete sich nicht mal auf. Er lehnte sich sogar noch weiter zurück, so weit, wie es die Gelenkfedern des Stuhls zuließen.

»Kommen Sie rein, Chief, nehmen Sie Platz.« Aus seiner Stimme sprach die Selbstsicherheit eines Mannes, der Audienz gewährte. Mit einer nonchalanten Geste aus dem Handgelenk deutete er auf die andere Seite des Schreibtischs. Der *Platz* war ein Stuhl mit gerader Rückenlehne direkt gegenüber vom guten alten Dio. Der Chief setzte sich, wobei er auf perfekte Haltung achtete. Dann sagte der gute alte Dio, »Und, Chief, heute Nachmittag alles ruhig in der Bürgerschaft unserer Stadt?«

Der Chief lächelte knapp und deutete auf das kleine Funkgerät am Gürtel seiner Uniform. »Keine einzige Meldung während der halben Stunde, die ich hier gewartet habe.«

»Schön«, sagte der Bürgermeister mit zweifelnd spöttischem Gesichtsausdruck. »Also, Chief, was kann ich für Sie tun?«

»Es geht um den Vorfall an der Lee de Forest High. Sie erinnern sich? Ein Lehrer wurde festgenommen, weil er einen Schüler angegriffen hatte. Er hat zwei Tage im Gefängnis gesessen. Der Prozess ist angesetzt, und für die Gerichte steht ein Lehrer, der sich an einem Schüler vergreift, auf der gleichen Stufe wie irgendein Dreckschwein, das im Park über eine gehbehinderte Oma herfällt.«

»Okay, kapiert«, sagte der Bürgermeister. »Und ...?«

»Wir wissen jetzt, dass es genau andersherum war. Der Schüler hat den Lehrer angegriffen. Der Schüler ist der Boss einer haitianischen Jugendgang und hat eine ganze Latte an Vorstrafen wegen diverser Gewaltdelikte, und die anderen Schüler haben Angst vor ihm. Um genau zu sein, sie scheißen sich vor Angst in die Hosen. Er hat fünf seiner Kumpel dazu gezwungen, den Beamten zu erzählen, dass der Lehrer *ihn* attackiert hat.«

»Okay, was ist mit den anderen Schülern?«

»Alle, die die Beamten befragt haben, sagten, dass sie nichts wissen. Sie sagen, dass sie nichts *gesehen* haben oder dass sie gerade mit was anderem beschäftigt waren oder — kurz gesagt, dass dieser Schläger und seine Gang ihnen was antun würden, wenn sie auch nur eine Andeutung darüber machen würden, was passiert ist.«

»Und jetzt ...?«

»Haben wir Geständnisse von allen fünf ›Zeugen‹. Sie geben alle zu, die Beamten angelogen zu haben. Was bedeutet, der Staatsanwalt hat keinen Fall. Mr. Estevez — das ist der Lehrer — bleibt ein Urteil erspart, das *sehr* hart hätte ausfallen können.«

»Gute Arbeit, Chief, aber ich dachte, die Schulpolizei hat sich um den Fall gekümmert.«

»Hat sie auch, aber jetzt fällt er unter die Zuständigkeit des Gerichts und der Staatsanwaltschaft.«

»Nun ja, Chief, das ist doch ein wunderbares Happy End, oder?«, sagte der Bürgermeister, verschränkte die Hände mit weit ausladenden Ellbogen hinter dem Kopf und lehnte sich so entspannt zurück, wie sich ein Mann in einem Drehstuhl nur entspannt zurücklehnen konnte. »Danke, dass Sie sich die Mühe gemacht haben, mir diese freudige Nachricht zu überbringen, Chief. Und deshalb wollten Sie einen persönlichen Termin bei mir? Zur hektischsten Zeit des Tages?«

Die Ironie, die Unverschämtheit, die herabwürdigende und verächtliche Art, wie er ihn zur Nervensäge degradierte — die seine kostbare Zeit verplemperte — die abgrundtiefe Verachtung und unverhohlene Respektlosigkeit ... das gab den Ausschlag. Das brachte das Fass zum Überlaufen ... Jetzt war er nicht mehr zu bremsen ... Er würde es *tun* ... alles riskieren ... sogar das von seiner geliebten Frau so geliebte Haus in Kendall ... Ihr wunderschönes Gesicht *blippte* genau in der Sekunde durch seinen Hirnbalken, als er sagte, »Tja ... da gibt's allerdings noch einen Punkt.«

»Ach?«

»Ja. Der Beamte, der den Fall gelöst hat. Er hat einen schrecklichen Justizirrtum verhindert. Die Karriere des Lehrers wäre zerstört gewesen, vielleicht sogar sein Leben. Er hat diesem Beamten viel zu verdanken. Wir alle haben ihm viel zu verdanken. Ich bin sicher, Sie erinnern sich noch an seinen Namen … Nestor Camacho.«

Der Name katapultierte den Bürgermeister aus seiner bequemen Rückenlage. Die Hände lösten sich von seinem Nacken, die Ellbogen knallten auf die Tischplatte, der Kopf kippte nach vorn. »Was reden Sie da?«, sagte er. »Ich dachte, der wäre vom Dienst supendiert?«

»War er auch. Ist er immer noch. Aber sofort nachdem er mir seine Dienstmarke und seine Waffe ausgehändigt hatte — sicher keine Stunde später — hat er mir die Namen aller fünf Jungen genannt. Er hat das alles auf eigene Faust herausgefunden. Mit einem hatte er bereits ein langes Gespräch geführt, und der hatte seine Aussage vor der Schulpolizei widerrufen. Da er aber jetzt suspendiert war, habe ich das Detective Bureau beauftragt, die anderen vier zu befragen. Sie haben nicht lange an ihren Geschichten festgehalten. Als sie merkten, dass einer aus der Truppe geplaudert hat und dass sie wegen Meineids verhaftet und bestraft werden könnten, war die Sache gelaufen. Alle sind umgefallen. Na ja, sind schließlich noch halbe Kinder. Morgen wird der Staatsanwalt bekannt geben, dass die Ermittlungen eingestellt werden.«

»Und dabei wird auch Camachos Name fallen?«

»Ja klar, natürlich«, sagte der Chief. »Ich habe lange darüber nachgedacht, Dio … Ich werde die Suspendierung aufheben … Dienstmarke, Waffe, das volle Programm.«

Bei diesen Worten schoss der Bürgermeister nach vorn, als hätten ihn die Gelenkfedern aus dem Drehstuhl katapultiert.

»Das können Sie nicht, Cy! Camacho ist gerade erst suspendiert worden — weil er ein gottverdammter rassistischer Fanatiker ist! Die ganze Glaubwürdigkeit, die wir uns bei der afroamerikanischen Gemeinde verschafft haben, als wir diesen Hurensohn aus dem Verkehr gezogen haben, ist dann wieder beim Teufel. Ich hätte von Anfang an darauf bestehen sollen, dass Sie ihn rausschmeißen. Urplötzlich — wie lange ist das jetzt her, drei Wochen? — urplötzlich taucht er wieder auf, größer als je zuvor, als gottverdammter Held. Alle Afroamerikaner in Miami werden wieder loszetern — nur einer nicht, der gottverdammte Polizeichef! Alles geht wieder von vorne los, genau wie an dem Tag, als die Ihren kleinen Fanatiker in Action gesehen und gehört haben, wie er seine rassistische Scheiße abgelassen hat, live, ungeschminkt, auf YouTube. Und jetzt bringt er auch noch die ganze scheißhaitianische Gemeinde auf die Palme. Zwei Tage war auf den Straßen die Hölle los. Sobald die Haitianer merken, dass dieser stadtbekannte Rassist, Ihr Ku-Klux-Camacho, es geschafft hat, einem von ihren Leuten die Schuld in die Schuhe zu schieben, dann machen die auf den Straßen richtig Rabatz. Hab ich es Ihnen nicht gesagt? Dieser Bursche tritt ganz allein einen Rassenaufstand los. Und jetzt stellen Sie ihn wieder in Dienst, und nicht nur das, Sie glorifizieren ihn auch noch! Ich verstehe Sie nicht, Cy. Ehrlich. Sie wissen ganz genau, dass Sie vor allem deshalb Polizeichef geworden sind, weil wir geglaubt haben, Sie könnten den Frieden sichern zwischen all diesen — äh ähhh — Gemeinden. Was glauben Sie? Dass ich einfach so zuschaue, wenn sich die ethnischen Spannungen zu einem gottverdammten Flächenbrand auswachsen — *während meiner Amtszeit?* Oh, nein, mein Freund, ooooooooh nein, kommt gar nicht infrage, *das* wird nicht passieren! Ansonsten zwingen Sie mich zu Maßnahmen, zu denen ich lieber nicht greifen würde.«

»Die da wären?«, sagte der Chief.

Der Bürgermeister schnippte mit den Fingern. »Ich serviere Sie ab, *einfach so!* Das verspreche ich Ihnen!«

»Sie können mir einen Scheiß versprechen, Dionisio. Schon vergessen? Sie sind nicht mein Boss. Mein Boss ist der Stadtdirektor.«

»Wo ist der Unterschied? Der Stadtdirektor arbeitet für *mich.*«

»Sie haben ihm vielleicht seinen Job verschafft, und Sie sind auch der, der ihm sagt, was Sache ist, aber laut Stadtverfassung ist er dem Stadtrat verantwortlich. Wenn Sie ihm sagen, dass er mich abservieren soll, dann fällt die Pressemeute über ihn her, und dann kriegt er Panik und scheißt sich in die Hosen! Ich kenne ein paar Stadträte — und die *kenne* ich so, wie Sie Ihren sogenannten Stadtdirektor *kennen* — und die machen Ihrem Schleimscheißer die Hölle heiß, die sind ganz scharf drauf, ihn als Ihr persönliches Werkzeug bloßzustellen … was eklatant gegen die Bestimmungen der Stadtverfassung verstößt … und dann schrumpft das Bürschchen zu einem stotternden Zwerg zusammen. Er beruft eine gottverdammte Kommission ein, um das Problem genau unter die Lupe zu nehmen … zehn Monate lang oder bis es sich in Luft auflöst.«

»Sie können mir höchstens ein paar Knüppel zwischen die Beine werfen, Cy … vielleicht. Aber Sie sind schon jetzt weg vom Fenster. Der Unterschied zwischen uns beiden ist, dass ich an die ganze Stadt denken muss.«

»Nein, der Unterschied zwischen uns beiden ist, dass Sie an nichts anderes als daran denken können, was die ganze Stadt über Dionisio Cruz denkt. Warum ziehen Sie sich nicht mal in ein kleines ruhiges Zimmer zurück und denken darüber nach, was richtig und was falsch ist … Wetten, das bringt was.«

Der Bürgermeister verzog höhnisch die Lippen. »Weg vom Fenster, Cy, weg vom Fenster.«

»Sie tun, was Sie tun müssen, ich tue, was ich tun muss«, sagte der Chief. »Dann werden wir ja sehen.«

Er stand auf und schaute Bürgermeister Dionisio Cruz so angriffslustig an, wie er noch nie jemanden in seinem ganzen Leben angeschaut hatte … ohne auch nur ein einziges Mal zu blinzeln. Aber Dio hielt dagegen. Er blieb in dem luxuriösen Ochsenblutleder-und-Mahagoni-Maul seines Monsterdrehstuhls sitzen und starrte kühl zurück. Der Chief wollte die Augäpfel aus Dios Schädel lasern. Aber Dio zuckte nicht mit der Wimper. Keiner von beiden bewegte einen Muskel oder sagte ein Wort. Es war ein klassisches Patt, das zehn Minuten anzudauern schien. Tatsächlich dauerte es kaum zehn Sekunden. Dann drehte sich der Chief um, zeigte Dio sein breites Kreuz und stürmte aus dem Zimmer.

Im Lift nach unten spürte er sein Herz so schnell schlagen wie früher als junger Sportler. In der Lobby begegnete er Bürgern, die keine Ahnung davon hatten, dass er einen Stock höher schockgefrostet und eiskalt abserviert worden war. Hier unten flogen ihm die *Hi, Chief!* der unschuldigen Seelen entgegen wie immer. Ganz gegen seine Gewohnheit ignorierte er sie, die guten Seelen, seine Fans. Seine Gedanken waren mit etwas vollkommen anderem beschäftigt.

Als er aus dem dümmlich-lächerlichen Pan-American-Stuck-Rathaus trat, fuhr Sergeant Sanchez den großen schwarzen Escalade vor, und der Chief stieg auf der Beifahrerseite ein. Er merkte, dass Sanchez ihn anschaute. So erbittert und erregt hatte er ihn noch nie gesehen.

Sanchez wusste nicht recht, was er sagen sollte, war aber trotzdem neugierig, was passiert war. »Und Chief … ähhh … wie ist es gelaufen?«

Der Chief schaute geradeaus und sagte zwei Worte: »Gar nicht.«

Sanchez brannte die Frage auf der Zunge, »*Was* gar nicht?« … aber er traute sich nicht, so direkt zu fragen. Also nahm er all seinen Mut zusammen und sagte, »Gar nicht? Gar nicht was, Chief?«

»Gar nicht *gut*«, sagte der Chief, der weiter geradeaus starrte. Zwei Sekunden später sagte er zu der Windschutzscheibe, »Noch nicht.«

Sanchez erkannte, dass er nicht mit *ihm* sprach. Er unterhielt sich mit seinem großmächtigen Ich.

Der Chief zog sein iPhone aus der Brusttasche, tippte zweimal auf das Glasdisplay und hob es an sein Ohr. »Cat.« Befehlston, keine Telefonetikette. »Camacho — er soll in mein Büro kommen. Sofort!«

19

DIE HURE

Als Magdalena aufwachte, befand sie sich in einem hypnopompischen Zustand. Etwas streichelte sie. Das beunruhigte sie nicht, aber es störte ihre Bemühungen, ganz aus ihrem halb bewussten Zustand aufzutauchen. Als sich dann die streichelnde Hand von ihrem Venushügel über den Bauch bis zum Nippel ihrer linken Brust bewegte, sah sie alles klar vor sich, obwohl ihre Augen noch geschlossen waren. Sie und Sergej lagen nackt in dem riesigen Bett seiner Maisonettewohnung in Sunny Isles — und sie konnte es nicht glauben. Sie konnte nicht glauben, dass ein Mann seines Alters so oft wieder zu Kräften kommen würde, bevor sie schließlich einschliefen. Jetzt öffnete sie die Augen, und sie sah mit dem ersten Blick auf den Spalt zwischen den fast lächerlich pompösen Vorhängen, dass es draußen noch dunkel war. Sie konnten höchstens ein paar Stunden geschlafen haben — aber offensichtlich war er schon wieder bereit. Das Koroljow Museum of Art … Sie war im Bett mit einem berühmten russischen Oligarchen. *Todo el mundo* wusste, wer er war und wie attraktiv er war. Sein Körper drängte sich an sie, und seine Hand streichelte sie hier … und da … und da und da und da, und sie spürte Verzweiflung. Sie war eine Hure des Koroljow Museum of Art in Gestalt eines Oligarchen, eines Fremden, der

Englisch mit schwerem Akzent sprach. Aber dann wurden die Spitzen ihrer Brüste von ganz allein hart. Sie lag in einer Wolke seines himmlischen Eau de Cologne, und die Flut in ihren Lenden schwemmte alle Moral, alle Verzweiflung und alle anderen abstrakten Erwägungen hinweg. Der große wiedererstandene Jockey schwang sich in den Sattel ihres Beckens und ritt ritt ritt, und sie verschlang verschlang verschlang ihn gierig mit ihren Lippen und dem Schlund ihres Beckens — alles ohne ein einziges Wort. Aber dann begann er zu stöhnen und sein Stöhnen mit gelegentlichen, scheinbar gequälten Rufen auf Russisch zu untermalen. Er war erstaunlich. Er schien ewig durchhalten zu können, so lange, bis schließlich gegen ihren Willen Geräusche aus ihrem Mund drangen … *»Ah … ah … ahh … ahhh … Ahhhhhhh«* … während sie wieder und wieder kam … Als er schließlich neben ihr lag, konnte sie wieder klar denken. Die Uhr auf dem Nachttisch zeigte 5:05 Uhr. War sie eine Hure? Nein! So sah die moderne Form der Liebe aus! — einer Liebesaffäre! Womöglich war er verrückt nach ihr. Er war bereit, sie zu Tode zu lieben. Er konnte nicht genug bekommen von ihr, was hieß, von *ihr selbst,* ihrem Wesen, ihrer Einzigartigkeit als Mensch, ihrer *Seele*. Er wollte sie anschauen, begehren, sich ihr vollkommen hingeben, wollte sie jeden wachen Augenblick besitzen — und offensichtlich auch jeden *nicht wachen* Augenblick — *Dios mío,* sie war so müde, so erschöpft, sie wollte in Schlaf versinken — aber dann sah sie plötzlich das Bild von einem Frühstück mit ihm vor sich. Vielleicht in Frotteebademänteln. Sie hatte einige flauschige Frotteebademäntel im Bad gesehen … sie beide beim Frühstück an einem kleinen Tisch, sie schauen aufs Meer, schauen sich in die Augen, wohlig-matte Worte, Lachen über Kleinigkeiten, ihr gesamtes Dasein durchtränkt von der Süße, der Verträumtheit, entstanden aus, ja, aus sinnlich-göttlichen Gefühlen, der

der … der … der *Destillation* von Dingen, die man mit bloßen Worten nicht ausdrücken kann, die vollkommene Hingabe an — *!Dios mío!* was war das? — Pling pling pling plingplingpling pling pling plingplingpling pling pling plingpling pling pling plingpling — Sergej drehte sich um und streckte den Arm aus — zu seinem iPhone auf dem Nachttisch. Die Musik war der leise, besänftigende Klingelton seines Handys! Pling pling pling plingplingpling-pling pling pling — und sie kannte diese Musik … aber woher? *Ahh!* richtig, das war schon viele Jahre her! Ihre Mutter hatte sie an Weihnachten zweimal zu einem Kinderballett mitgenommen. Wie hieß das noch mal? Ihr fiel nur »Tanz der Zuckerzehen« ein … Quatsch, das konnte nicht sein! — »Tanz der Zuckerfee«! Genau, das war es! Ja, und das ganze Stück hieß *Der Nussknacker!* … Jetzt erinnerte sie sich. Das war von einem großen Komponisten … Wie hieß der noch mal? … *Tschaiwowsky!* … genau! … *Tschaiwowsky!* Er war ein wirklich *großer* Komponist, ein *berühmter* Komponist herrlicher Musik. Nestor *blippte* ihr in den Kopf. Der Gedanke, dass Nestor etwas mit Sergej gemein hatte — nämlich das Rumspielen mit Klingeltönen. Komisch. Selbst bei dieser Kleinigkeit, wenn man es genau bedachte, erwies sich Sergej als der Aristokrat. *Tschaiwowsky* — ein großer klassischer Komponist! … wohingegen Nestor sein wahres Hialeah-Ich entblößte … Er hatte sich einen zweitklassigen Song von Bulldog aussuchen müssen, was nach Tollwut klang — ein Abklatsch von Pitbull. Schon in so einer albernen Nebensächlichkeit wie der Wahl des Klingeltons war Sergej die Überlegenheit in Person. Sergej pling-plingpling stützte sich auf einen Ellbogen. Sie betrachtete seinen geschwungenen, nackten Rücken. Was hatte er für einen großartigen Körper. Mit der anderen Hand nahm er das Telefon. Damit war es aus mit dem *Nussknacker.* Ein Anruf so *früh* am Morgen … Draußen war es noch dunkel.

»Hallo«, sagte Sergej. Der Rest war auf Russisch. Seine Stimme wurde lauter. Er fragte den Anrufer etwas ... eine Pause, während der Anrufer antwortete ... Sergej stellte wieder eine Frage, noch lauter. Pause ... Sergej stellte die nächste Frage, jetzt ziemlich verärgert. Während des ganzen Gesprächs verstand Magdalena nur ein einziges Wort — »Hallandale« — der Name einer Stadt gleich nördlich von Sunny Isles. Pause ... und jetzt wurde Sergej richtig wütend. Er fing an zu schreien.

Er warf das Handy aufs Bett. Er schwang seine Beine über die Bettkante, richtete den Oberkörper auf und stützte die Hände auf die Matratze ... Er saß einfach da ... kerzengerade.

Leise sagte er etwas. Immer noch wütend. Er schüttelte den Kopf, als wollte er sagen, *Ein hoffnungsloser Fall ... hoffnungslos ... hoffnungslos ...*

»Was ist los, Sergej?«, fragte Magdalena.

Er wandte ihr nicht einmal den Kopf zu. Er sagte nur ein Wort, »Nichts.« Und auch das *sagte* er nicht wirklich. Er *hauchte* es.

Er stand auf und ging nackt ... und dabei die ganze Zeit vor sich hin grummelnd und den Kopf schüttelnd ... zu dem Wandschrank mit den Hausmänteln ... und nahm einen von einem großen Mahagonibügel ... Was für ein Prachtstück! Schwere Seide, marineblau, mittelblau und rot gemustert, feinste weiße Pünktchen, sprühend wie Kometen ... riesige rote, gesteppte Kragen- und Ärmelaufschläge ... Magdalena wusste, das war nicht Miami, was sie da sah ... eher Winter in Sankt Petersburg ... Als er die Arme in die Ärmel steckte, drehte er sich zu ihr um ... ohne sie zu sehen ...

Ah! — ein Hoffnungsschimmer! Obwohl er fünf oder sechs Schritte von ihr entfernt war, hing ihr sein *polla* praktisch vor der Nase ... und er schwoll an! — kein Zweifel, er schwoll an! ::::::ein Zeichen, dass ich noch existiere!:::::: aber seinen Augen sah man es nicht an … In seinem Kopf verschalteten sich alle sieben Arten von Neuronen in n-ter Potenz mit ihren Synapsen … Brennend gern hätte sie gewusst, weshalb. Sie stützte sich auf einen Ellbogen … und fragte sich, ob der Anblick ihrer Brüste mit den plötzlich harten Nippeln ihn vielleicht scharf auf ihre Papaya machen könnte … aber er zügelte seine Lust, wenn er überhaupt noch welche verspürte … anscheinend war sie jetzt nicht mehr existent, und Interesse ihrerseits war offensichtlich nicht erwünscht.

Er war kaum in seine Hausschuhe geschlüpft … die aus Samt waren und womit bestickt? — einem verschnörkelten Monogramm aus russischen Buchstaben? … und sicher mehr gekostet hatten als alle Kleidungsstücke zusammen, die er ihr gestern Nacht brünftbrünftbrünftig vom Körper gerissen hatte … Gestern Nacht … Das konnte noch nicht so lange her sein, weil sie immer noch müde war, sogar ein bisschen angeschlagen … Das Licht, das an den Rändern der Vorhänge hereinsickerte, sah trübe aus … war die Sonne überhaupt schon aufgegangen? … was den Telefonanruf nur noch rätselhafter erscheinen ließ … *Irgendetwas* war passiert … Er war kaum in seine Hausschuhe geschlüpft, als eine Türglocke läutete … nicht klingelte, nicht summte … sie klang wie die mittlere Tonart eines Xylofons … Niemand löste eine Explosion oder sonst ein alarmierendes Geräusch aus, indem er außerhalb von Sergej Koroljows Schlafzimmer auf einen Knopf drückte …

Sergej fuhr sich mit den Fingern durch die Haare und ging zur Tür … und Magdalena zog die Bettdecke über ihren nackten Körper und nahm sich vor, sich in die Kissen zu vergraben und allem, was gleich geschehen würde, den Rücken zuzukehren … aber ihre Neugier war stärker, und sie zog die Decke nur bis zu den Wangenknochen hoch — nicht über ihre Augen.

Sie wollte nichts verpassen. An der Tür sagte Sergej etwas auf Russisch … von draußen antwortete ihm eine leise Stimme. Zwei Männer betraten das Zimmer, beide um die fünfunddreißig … in identischen hellbraunen Anzügen — aus Garbardinestoff? — und marineblauen — schwarzen? — Polohemden … einer groß, mit hängenden Schultern und glatt rasiertem, beklagenswert unförmigem Kugelkopf … der andere kleiner, schwerer … dessen Kopf eine Haube aus dunklem, lockigem Haar zierte, an der er offensichtlich *hart* gearbeitet hatte … Beide hatten tief liegende Augen und Stiernacken. Harte Burschen, dachte Magdalena. Der größere schüttelte unterwürfig den Kopf. Anscheinend entschuldigte er sich bei Sergej für die frühe Störung. Dann gab er ihm eine aufgeschlagene Zeitung …

Ohne sich von der Stelle zu rühren, überflog Sergej etwa eine Minute lang den Artikel, was allen einschließlich Magdalena in gespannter Erwartung der Reaktion des Paten wie eine Stunde vorkam. Dann schaute er die beiden Männer an, als hätten sie nicht nur etwas Falsches, sondern etwas Dummes getan. Er sagte kein Wort. Er beorderte sie — mit ausgestrecktem Arm und Zeigefinger, der plötzlich dreißig Zentimeter lang zu sein schien — durch eine altmodische Flügeltür mit Glasscheiben und schweren hölzernen Sprossen. Die Tür führte in eine kleine Bibliothek. Auf dem Weg dorthin kamen sie in etwa einem Meter Abstand an dem Bett vorbei. Beide warfen einen kurzen Blick auf Magdalena, nickten kaum merklich und brummten »Miss«, ohne ihren gehorsamen Marsch in die Bibliothek auch nur um eine Mikrosekunde zu verlangsamen. Ein Mikronicken … ein Mikrowort des Grußes — nein, kein Gruß, eher die knappstmögliche Bestätigung ihrer Anwesenheit! Eine heiße Welle der Demütigung schwappte durch ihr Gehirn. Ihre »Gastfreundlichkeit« wirkte roboterhaft. Zweifellos war sie nur eins von vielen nackten jungen Dingern, die morgens im Bett ihres Herrn anzutreffen waren.

In der Bibliothek reichte der Kleinere, der in seinen Lockenkopf Verliebte, dem auf einem Stuhl sitzenden Sergej ein schnurloses Telefon. Sergej knurrte ärgerlich ins Telefon … auf Russisch. Das Einzige, was Magdalena verstand, war »Hallandale« … was ihr zwar nichts sagte, aber allein deshalb herausstach, weil es nicht russisch war. Als er seinen russischen Wortschwall beendet hatte, gab er dem Lockenkopf das Telefon zurück … und nahm zum ersten Mal, seit die beiden Männer gekommen waren, wieder von Magdalena Notiz.

Er verließ das Arbeitszimmer und sagte, »Es ist etwas passiert.« Seine Stimme war ernst. Er zögerte, als wollte er noch etwas hinzufügen … was er dann auch tat: »Wladimir bringt dich nach Hause.«

Er ging mit schnellen Schritten in sein Ankleidezimmer. Ohne einen weiteren Blick. Sie saß in der Falle — nackt unter der Bettdecke. Die beiden Leibwächter waren noch in der Bibliothek … Sie waren für Magdalena wie Ohrfeigen … die Wellen der Demütigung … abserviert, ohne einen Fetzen am Leib, in einem großen pompösen Schlafzimmer mit zwei grobschlächtigen Russen, die sie durch die Glastür angaffen konnten, wann immer ihnen danach war. Zuerst hatte sie Angst. Aber die Angst wich einer brennenden Scham darüber, dass sie sich auf diese Weise hatte benutzen lassen … eine benutzte Papaya, die darauf wartete, mit dem anderen Dreck aus der Wohnung gekehrt zu werden … *Wladimir bringt dich nach Hause* … Nach einigen endlosen Minuten glaubte sie an der Scham und Demütigung zu ersticken … als Sergej wieder auftauchte … der sich hastig ein teuer aussehendes, blassblaues Hemd angezogen und in eine blaue Jeans gestopft hatte … sie wusste nicht, dass er überhaupt so etwas Gewöhnliches wie eine Jeans besaß ... Er trug ockerfarbene Schweinsleder-Mokassins, die sicher tausend Dollar gekostet hatten ... ohne Socken ... Er hatte kein Lächeln für sie übrig ... nur das Mieseste, das Schroffste an Gastfreundschaft, das sie je gehört hatte: »Wladimir kümmert sich um alles. Wenn du frühstücken willst, der Koch macht dir was. Tut mir leid, aber das ist ein Notfall.« Dann verließ er mit dem anderen Leibwächter den Raum, dem kleineren, der so hart an seiner Frisur gearbeitet hatte.

Magdalena war wütend, aber für eine Reaktion viel zu verblüfft.

Wie ein Zombie mit einem schweren russischen Akzent sagte Wladimir, »Wenn Sie so weit sind, fahre ich Sie nach Hause. Ich warte draußen.« Er verließ das Zimmer und schloss behutsam die Tür hinter sich.

Sein Tonfall war so sachlich, dass Magdalena der Gedanke kam, dass er vielleicht jeden Morgen das eine oder andere nackte Mädchen von hier abtransportierte.

»Dreckskerl«, murmelte sie, als sie unter der Bettdecke hervorkroch und aufstand. Das Herz schlug ihr bis zum Hals. In ihrem ganzen Leben hatte sie sich noch nie so gedemütigt gefühlt. Sergejs sadistischer Schachmeister war nichts verglichen mit dem Meister selbst. Für einen Augenblick stand sie stocksteif neben dem Bett. In einem Wandspiegel sah sie ein wunderschönes Mädchen splitternackt in einem riesigen hypereleganten, vermeintlich prachtvoll eingerichteten Schlafzimmer, das aber am Ende doch nur überladen und aufgeblasen wirkte ... mit seinen Girlanden, antiken Stühlen, Truhen und tiefvioletten Vorhängen, die an den Seiten, von lächerlichen, goldbestickten Bändern gehalten, in wahren Samtkaskaden zu Boden stürzten. Das nackte Mädchen im Spiegel ähnelte mehr einer kleinen Hure als irgendeinem

Mädchen, das sie jemals gekannt hatte, und jetzt hatte das Flittchen gefälligst ihre billigen, trashigen, *puta*-schnuckeligen Klamotten einzusammeln und sich zum Teufel zu scheren ... jetzt, da sie konsumiert worden war wie ein Soufflé oder eine Zigarre ... und Wladimir, der hat Anweisung, den Müll runterzubringen.

Im Bad waren so viele Spiegel, dass die kleine Schlampe ihren nackten *Hurenarsch* und ihre *Titten* aus jedem nur denkbaren Winkel sehen konnte. Glücklicherweise hatte sie gestern Abend Amélias einfaches schwarzes Kleid getragen ... ja klar, so einfach, dass der tiefe V-Ausschnitt bis *hier runter* reichte ... logisch, damit konnte sie bei Tageslicht ganz unauffällig verschwinden, weil die Leute ja nur die inneren Rundungen ihrer Titten sehen konnten und die Nippel ja von zwei schwarzen Streifen Kunstseide bedeckt waren.

Die schwarzen Samtpumps an ihren Füßen waren tief ausgeschnitten und hatten Hacken so hoch, wie es gerade Mode war, und die Mode dieses Jahr war *sehr* hoch. Sie sah aus wie ein Sexturm auf Zehenspitzen. Aber was soll's, kein Grund, dem Bauwerk nicht noch die Krone aufzusetzen mit fettrotem Himbeerlippenstift ... und reichlich schwarzem Lidschatten, durch den ihre Augen aussahen wie zwei funkelnde Kugeln, die in zwei wollüstigen Mascaratümpeln trieben.

Sie hängte sich ihre große Handtasche über die Schulter, und Handtaschen waren *sehr* groß dieses Jahr. Die allerbeste nachgemachte Designertasche aus dem allerbesten nachgemachten schwarzen Pythonleder, die man in den Straßen finden konnte. Sie war startklar. Obwohl sie entnervt und gedemütigt war von dem, was Wladimir über ihre Nacht und diesen Morgen wusste, war sie fest entschlossen, ihre Wut auf diesen Roboter mit dem rasierten Schädel im Zaum zu halten ... ::::::Sergej! Du bist wirklich ein Dreckskerl! Weißt du das? :::::: Sie schwor sich, *ihm das zu sagen,* sollte sie ihm unglücklicherweise jemals wieder über den Weg laufen. ::::::Wie konntest du nur diese beiden russischen Eingeborenen ins Zimmer lassen? :::::: War das pervers? Nein, es war schlimmer. Er hatte bekommen, was er gewollt hatte. Er hatte sie gefickt. Und jetzt war sie nichts weiter als ein ausrangiertes Werkzeug. Seit wann machten sich Werkzeuge Gedanken über irgendetwas? Seit wann hatten Werkzeuge ein moralisches Gespür für so etwas wie Anstand? … Oder, um es anders auszudrücken, seit wann glaubten Huren, sie seien etwas Besseres als Huren?

Jetzt war Magdalena *richtig* wütend. Ihr Blick fiel auf die Zeitung, die Sergej auf den Boden geworfen hatte, nachdem er den Artikel gelesen hatte. Sie hob sie auf … es war der *Herald* … und überflog die Rubrik C, »Kunst und Unterhaltung«.

Ein Artikel mit einer Überschrift aus schmalen dicht gedruckten Großbuchstaben: REALIST PACKT AUS erstreckte sich fast über die gesamte Seite.

Die drei ersten Sätze lauteten: »Wenn Lachen töten könnte, dann wäre in dieser Woche in einem Atelier in Wynwood jeder berühmte moderne Künstler von Picasso bis Peter Doig tot zusammengebrochen. Der Mieter des Ateliers gehört zu einer der meistgefährdeten Spezies der gesamten Kunstwelt — der der realistischen Maler. Der aus Russland stammende Igor Drukowitsch mit seinem zwerchfellerschütternden Lachen ist nicht der bekannteste, aber vielleicht der schillerndste Künstler in Miami.«

Magdalena stutzte ::::::*Zwerchfellerschütternd?* Was soll das heißen, *zwerchfellerschütternd?*:::::: und bla … bla … bla … las weiter. Dieser Drukowitsch kippt ein Glas nach dem anderen mit irgendeinem selbst gemixten Wodkagebräu hinunter. Jetzt sagt er, »Picasso kann nicht malen« … Wenn er, Drukowitsch, nicht besser als Picasso malen könnte, dann würde er eine neue Bewegung ins Leben rufen und sie Kubismus nennen … Was sollte *das* jetzt wieder heißen? Sie nahm sich nicht die Zeit, es herauszufinden … bla … bla … bla … drei russische Künstler, von denen sie noch nie gehört hatte … Mal-e-*wer?* … Wenigstens hatte sie schon mal von Picasso *gehört* … Wer immer das geschrieben hat, glaubt offenbar, dass dieses ganze Getue um Kunst und Kultur *echt* faszinierend ist … Magdalena schaut zur Autorenzeile … John Smith … *Dios mío* … schon wieder dieser Name! … aber das ist alles so langweilig, sie kann sich nicht vorstellen, was Sergej so aufgeregt hat … sie merkt, dass sie müde wird … dass sie gleich einschläft … im Stehen … und *— plopp! —* springt ihr plötzlich Sergejs Name ins Auge: »Zwanzig Gemälde von dreien dieser Maler, die auf insgesamt $70 Millionen geschätzt werden, stiftete der seit Kurzem in Miami lebende russische Kunstsammler Sergej Koroljow dem Miami Museum of Art.«

Jetzt ist sie hellwach … *Was steht da noch über Sergej?* … Sergej? … Aber mehr kommt nicht über Sergej … … bla … bla … bla … nur noch mehr über die drei russischen Maler Malewitsch, Gontscharowa und Kandinsky … Der russische Maler mit dem »zwerchfellerschütternden« Lachen, dieser Drukowitsch, kippt noch einen Wodka und fängt an sich über die drei lustig zu machen … bla … bla … bla … Ob er, Drukowitsch, das auch könne, was diese drei Künstler gemacht hätten? »*Jeder* könnte das!«, sagt er. »*Ich* auch, nur dass ich mir dann auch ständig anschauen müsste diesen *gowno!*« Er sagt, dass er sich dazu die Augen verbinden müsste und dass er es tatsächlich schon mit verbundenen Augen getan hätte … blabla … wieder ein Wodka … Jemand fragt ihn, wo diese Gemälde sind … Er sagt, dass er keine Ahnung hat … Vielleicht weggeworfen oder verloren oder verschenkt ... Wenn er sie verschenkt hätte, wem er sie geschenkt haben könnte? ... »Wer will so was schon haben?«, sagt der Russe. Irgendwer sagt, »Das Miami Museum of Art hat die echten jedenfalls gerne genommen. Die sind auf siebzig Millionen geschätzt worden ... Vielleicht haben Sie sie dem Museum geschenkt.« ... *ha ha ha* ... Der Russe sagt, »Das ist das Idiotischste, was ich je gehört habe« .... wieder ein Wodka ... bla bla bla bla ... Der Kerl muss inzwischen stockbesoffen sein ... Magdalena liest den Artikel bis zum Ende ... kein Wort mehr über Sergej ... Weshalb ist Sergej bloß so ausgerastet? War er so sauer, weil irgendein völlig unbekannter Kerl behauptet hat, dass er die Bilder nicht mag, die Sergej dem Museum geschenkt hat? ... Muss wohl ... Er war wohl sehr stolz darauf und außerdem sehr empfindlich bei dem Thema ... bla ... bla ... bla ... der Gedanke, dass sie sich gerade gezwungen hatte, dieses ganze Zeug zu lesen ...

Wie befohlen wartete Wladimir, als Magdalena Sergejs Penthouse verließ. Er trug den vollkommen leeren Gesichtsausdruck des effizienten Roboters zur Schau, der er war. Als er sie sah, rührte sich kein Muskel in seinem Gesicht. Aber allein seine Anwesenheit ließ ihr die Schamesröte ins Gesicht steigen. Was für einen Eindruck würde sie jetzt auf den Rest der Welt machen? Das war einfach: den eines billigen Flittchens am Morgen nach der Orgie, das immer noch das gleiche Alibi von einem Kleid, aus dem die Titten halb heraushingen, trug, in dem sie letzte Nacht gekommen war ... und immer noch triefend vor vergiftetem Papayaschleim.

Gott sei Dank gab es einen Lift, der sie direkt in die Tiefgarage brachte. Wortlos führte Wladimir sie zu Sergejs Limousine, einem hellbraunen Mercedes Maybach. Sie stieg in den geräumigen Fond, drückte sich in eine Ecke und wünschte sich, unsichtbar zu sein. Das Einzige, was sie sah, als sie aus der Tiefgarage auf die Collins Avenue einbogen, war die haarlose weiße Kugel von Wladimirs Kopf hinter dem Steuer.

::::::Kein Wort jetzt, Wladimir, ich warne dich.::::::

Es stellte sich heraus, dass ihre Furcht unbegründet war. Jetzt wurde sie auch noch paranoid.

::::::Sergej hat mich behandelt wie eine billige Hure. Was, wenn sein finsterer Roboter mich gar nicht nach Hause fährt — sondern kidnappt, an einem unbekannten Ort gefangen hält und zu unaussprechlichen Handlungen zwingt?::::::

Sie schaute aus dem Fenster und beobachtete die vorbeiziehende Landschaft. Verzweifelt suchte sie nach beruhigenden Orientierungspunkten. Aber sie wusste so wenig über die Gegend nördlich von Miami Beach — Gott sei Dank! Das Fontainebleau Hotel tauchte auf ... sie waren auf dem richtigen Weg ... Sie schaute wieder zu Wladimirs Schädel ... Eine neue Serie möglicher Katastrophen rauschte ihr durch den Kopf ... Wie sollte sie jetzt leben? ... Hatte sie jemals angenommen, dass Sergej sie genauso aushalten würde, wie Norman das getan hatte? ... Zum ersten Mal dachte sie so konkret darüber nach ::::::Ich habe mich die ganze Zeit aushalten lassen! Es stimmt! Ich habe mich von meiner Familie, Nestor und allen anderen abgewandt, weil Norman ein Fernsehpromi war ... *ein Allerweltspromi* ... der sich jederzeit benutzen ließ, wenn die TV-Zuhälter irgendeinen Profilneurotiker mit medizinischem Abschluss suchten, um mit heißen Nachrichten über die Pornosucht den Persversling im Zuschauer zu kitzeln ... während der Rest der Psychiaterzunft ihn für einen publicitysüchtigen Emporkömmling hielt, der für ein bisschen Aufmerksamkeit alles tat ... einschließlich der Verunglimpfung ihres Berufsstandes ... *¡Dios mío!* Wie hatte ich nur auf diese korrupten Widerlinge hereinfallen können?::::::

Sie schämte sich so, dass sie sich einen Block vor ihrer Wohnung von Wladimir absetzen ließ. Sie wollte nicht, dass irgendwer sah, in welchem Wagen sie nach Hause kam. Warum wird dieses Mädchen, das noch die Partyklamotten von letzter Nacht am Leib hat, so früh morgens in diese (für Miami-Beach-Verhältnisse) billige Gegend kutschiert, vom klobigen Holzkopfroboter eines reichen Mannes, in der Limousine eines reichen Mannes? Muss ich noch deutlicher werden?

Es war einer dieser elenden Tage in Miami, an denen man sich vorkam wie im Bügelraum einer Wäscherei. Sie geht einen Block, und schon ist sie schweißnass und tut sich selbst leid. Sie versucht es, kann aber die Tränen nicht zurückhalten. Die Mascara, die ihren Augenhöhlen etwas Dramatisches verleihen sollte, läuft ihr über die Backen, was ihr ganz recht geschieht, der kleinen Hure.

::::::Bitte, Gott, mach, dass Amélia nicht zu Hause ist … mach, dass sie mich nicht so sieht!:::::: Sie könnte nicht mal *versuchen,* Amélia etwas vorzumachen … nicht bei *diesem* Thema. Magdalena hat kaum die Tür geöffnet … da steht Amélia, die Fäuste in die Hüften gestemmt, vor ihr. Sie wirft nur einen Blick auf Magdalena und das schwarze Kleid, das sie ihr gestern geliehen hat, und sofort umspielt ein Na-was-haben-wir-denn-da-Grinsen ihre Lippen.

»Ja, wo sind denn *wir* gewesen?«, sagte sie.

»Du weißt genau, wo ich gewesen bin —« Und dann weiteten sich Magdalenas feuchte Augen, der Mund öffnete sich … und sie brach in Tränen aus. Das Schluchzen drang ihr in regelmäßigen, krampfartigen Stößen aus dem Mund. Sie wusste, dass sie Amélia die ganze Geschichte erzählen musste, jede noch so demütigende Einzelheit … aber das war im Augenblick ihre geringste Sorge. Was sie völlig beherrschte, war Angst.

»Na, na«, sagte Amélia. »Also — was ist los?« Sie nahm Magdalena in die Arme — und würde nie erfahren, wie dankbar ihre deprimierte Mitbewohnerin für diese kleine Umarmung war. Selbst wenn sie ruhig und gefasst gewesen wäre, hätte Magdalena nie die Worte gefunden, um auszudrücken, was ihr Amélias *beschützende* Geste in diesem Augenblick bedeutete.

»Oh, mein Gott, ich komme mir so widerwärtig vor. Das war die schlimmste *schluchz* Nacht *schluchz* meines ganzen Lebens! *schluchz schluchz schluchz schluchz.*« Ihre Worte ruderten gegen eine Schluchzwelle nach der anderen an.

»Erzähl mir, was passiert ist«, sagte Amélia.

schluchzen schluchzen schluchzen. »Und ich dachte, dass er so *schluchz* cool *schluchz* und alles ist ... und kultiviert *schluchz* ... und irgendwie europäisch *schluchz* weil er so viel über Kunst weiß und so gute Manieren hat ... und willst du wissen, was er wirklich ist? ... Er ist das mieseste *Schwein,* das es gibt! Er steckt seine dreckige Schnauze hier rein *schluchz* und da rein *schluchz* überall, wo es ihm passt, und dann behandelt er mich wie *mierda!*« — ein wahre Flut aus *Schluchzern* — »Ich fühle mich *so schmutzig!*« *schluchz schluchz schluchz schluchz ...*

»Aber was ist *passiert?*«

»Er lässt diese beiden ... *Schlägertypen* in sein Schlafzimmer ... ins Schlafzimmer, wo ich noch im Bett liege, und er ist stinksauer und schreit diese beiden Typen wegen irgendwas an, auf Russisch ... und ich denke ›Als ob ich gar nicht da wäre‹ — aber ich bin da, und ob! *schluchz* Ich bin das benutzte Stück Papaya *schluchz* das da im Bett liegt *schluchz schluchz schluchz* und er befiehlt ihnen, dass sie die benutzte Papaya zusammen mit dem anderen Müll wegbringen sollen *schluchz* bevor sie anfängt *schluchz* zu stinken *schluchz schluchz schluchz.*

Ich dachte, ich raste aus, Amélia … *raste total aus* … aber das ist noch nicht das Schlimmste. Er macht mir Angst. Er sagt nur, ›Es ist was passiert. Wladimir fährt dich nach Hause.‹ Und das war's dann! — gerade erst sind wir die ganze Nacht zusammen gewesen — und dann ›Wladimir fährt dich nach Hause‹. Wladimir ist einer von den Schlägertypen … ein bulliger, großer Russe mit rasiertem Kopf … bis auf den Knochen glatt rasiert … und an dem kahlen Schädel — da hat er lauter Knoten und Beulen, aber null Hirn, nur Schaltkreise wie bei einem Videospiel … Ein Roboter, egal was Sergej ihm sagt, er macht's. Er hat mich hergefahren, auf der ganzen Fahrt kein einziges Wort. Er hat seine Anweisungen. Schnapp dir das benutzte Stück Papaya und schmeiß es raus. Also fährt er es her und schmeißt es raus … Irgendwas stimmt da nicht — ganz und gar nicht — irgendwas wirklich *Böses* ist an dieser ganzen Geschichte. Das macht mir Angst, Amélia!« Sie merkte, dass ihr Vortrag Amélia schon langweilte und ihr nichts dazu einfiel. Schließlich sagte sie, »Na ja, ich weiß ja eigentlich nichts über deinen Sergej, außer was du —«

Magdalena lachte bitter und sagte leise, »*Mein* Sergej …«

»— mir erzählt hast. Aber für mich klingt das ganz so, als hätte dein attraktiver, kultivierter, angeblicher Oligarch das Herz von einem dieser russischen Kosaken, die früher rumgezogen sind und kleinen Mädchen die Hände abgehackt haben, wenn man sie beim Brotstehlen erwischt hat.« Magdalena war ernsthaft bestürzt: »Russische *Kosaken?*«

»Jetzt krieg nicht gleich wieder die Panik! Ich schwöre, diese russischen Kosaken gibt's nicht mehr«, sagte Amélia. »Nicht mal in Sunny Isles. Keine Ahnung, warum mir das gerade jetzt eingefallen ist.«

»Kleinen Mädchen die Hände abgehackt haben, wenn man sie beim Brotstehlen erwischt hat …«

»Okay, okay«, sagte Amélia. »War vielleicht ein bisschen extrem, der Vergleich … aber du weißt, was ich meine …« Gerade als Magdalena etwas sagen wollte, lief ihr ein Schauer durch den Körper. Sie fragte sich, ob Amélia sehen konnte, dass sie zitterte.

Gegen Abend waren Nestor und Ghislaine im Koroljow Museum of Art und studierten eingehend ein etwa neunzig Zentimeter hohes und sechzig Zentimeter breites Gemälde … An der Wand hing ein Schild, auf dem stand, »Wassily Kandinsky, *Suprematistische Komposition XXIII,* 1919.«

::::::Was zum Teufel soll *das* denn sein?:::::: fragte sich Nestor. Ein dicker aquamarinblauer Pinselstrich *hier* unten, fast am Rand, und ein schmalerer Pinselstrich *da* oben, in Rot … ein blasses Rot, wie bei einem Ziegelstein. Die beiden Linien hatten nichts miteinander zu tun, dazwischen … ein riesiges Knäuel aus dünnen schwarzen Linien, langen, kurzen, geraden, gebogenen, die sich kraftlos, verkrüppelt zu einem verworrenen Gestrüpp verhedderten, die aber die gelegentlichen Zusammenballungen aus Punkten und Klecksen in jeder nur denkbaren Farbe umkurvten, bis sie schließlich doch aufeinanderprallten ::::::Soll das ein Witz sein, auf Kosten dieser ganzen seriösen Leute, die glauben, was für ein großartiges Geschenk der sozial gesinnte Oligarch Sergej Koroljow der Stadt Miami gemacht hat?:::::: Das war so verrückt, dass Nestor sich unwillkürlich zu Ghislaine vorbeugte … und mit gedämpfter Museumsstimme sagte:

»Klasse, was? Sieht aus wie eine Explosion in einem Abwassertank.«

Ghislaine sagte zunächst nichts. Dann beugte sie sich zu Nestor vor und sagte mit andächtiger Stimme, »Nun ja, ich glaube, das hängt nicht deshalb hier, weil sie denken, das könnte jemandem gefallen. Eher weil es so was ist wie ein Meilenstein.«

»Ein *Meilenstein?*«, sagte Nestor. »Was für eine Art *Meilenstein?*«

»Ein Meilenstein der Kunstgeschichte«, sagte sie. »Letztes Semester habe ich an der Uni einen Kurs über die Kunst des frühen zwanzigsten Jahrhunderts belegt. Wassily Kandinsky und Kasimir Malewitsch waren die ersten Künstler überhaupt, die abstrakt gemalt haben, und zwar ausschließlich abstrakt.«

Das war ein Schock für Nestor. Ghislaine hatte ihn, ohne seine Gefühle verletzen zu wollen, auf die ihr eigene milde, liebevolle Art zurechtgewiesen! Genau! Er hatte bei all den vielen Wörtern zwar nicht genau verstanden, wie, aber sie hatte ihn zurechtgewiesen ... mit gedämpfter Stimme. Was sollte das überhaupt, dieses ehrfürchtige Geflüster überall? ... als ob dieses Koroljow-Museum eine Kirche oder Kapelle wäre. Es waren sicher sechzig oder siebzig Leute in den beiden Räumen. Sie, die Gläubigen, drängten sich vor diesem Gemälde und jenem Gemälde, und sie kommunizierten ... kommunizierten mit wem oder was? ... mit Wassily Kandinskys aufsteigender Seele? ... oder mit der Kunst an sich, der Kunst als dem allein Seligmachenden? ...

Das haute Nestor um ... Für diese Leute war Kunst wie eine Religion. Der Unterschied war, dass man sich über Religion ungestraft lustig machen konnte ... Man musste nur daran denken, wie die Leute mit dem Herrn, dem Erlöser, dem Himmel, der Hölle, der äußersten Finsternis, dem Satan, dem Chor der Engel, dem Fegefeuer, dem Messias, dem *Creeping Jesus* ihre Späße trieben ... allein um des Spaßes willen ... Es gab tatsächlich jede Menge Leute, die das alles nicht ernst nehmen konnten ... wohingegen man es nicht wagte, sich über Kunst lustig zu machen ... das war ein ernsthaftes Thema ... wenn man darüber vermeintlich witzige Bemerkungen machte … dann war man offenkundig ein *palurdo* … ein Einfaltspinsel … eine Dumpfbacke, unfähig, die selbsterniedrigende Plumpheit dieses Sakrilegs zu erkennen … *Das* war es also! *Deshalb* war es gar nicht lustig, war es infantil und entsetzlich peinlich, wenn man Kandinskys *Suprematistische Komposition XXIII* für einen großen, armseligen Witz hielt … deshalb konnte Gislaine, um die Wucht seiner Abgestumpftheit abzumildern, nicht einfach nur ein bisschen harmlos kichern und dann einfach das Thema wechseln … Und das wiederum machte ihm seinen Mangel an Bildung schrecklich bewusst.

Es war nicht so, dass Leute mit Uniabschluss auch nur einen Deut schlauer waren als andere Leute. Er kannte so viele Vollidioten, die einen Doktortitel vor dem Namen hatten, dass er ein Nachschlagewerk mit dem Titel *Who's who der Verlierer* hätte herausbringen können. Aber sie hatten im Laufe ihres Lebens so viel von diesem … *Zeug* aufgeschnappt, das man brauchte, um Konversation zu machen. Magdalena hatte das immer »dieses ganze Museumszeug« genannt, und genau das war jetzt sein Problem. Er wusste nichts von — er unterbrach diesen Gedankengang, weil er es einfach nicht ertrug, an Magdalena zu denken. Im Moment ging ihm nur eins im Kopf herum, nämlich dass Ghislaine ihn zurechtgewiesen hatte … zwar in der mildesten Form, die ihr eingefallen war, aber sie hatte ihn zurechtgewiesen, und er wollte verflucht sein, wenn er stumm wie ein bußfertiger, zurechtgewiesener kleiner Junge vor diesem Scheißgemälde stehen blieb.

Und plötzlich hörte er sich sagen, »Nun ja, ich bin ja nicht als Kunstliebhaber hier, sondern weil ich an einem Fall arbeite.«

»Sie sind hier, weil — haben Sie gerade *Fall* gesagt?« Ghislaine wusste nicht recht, wie sie es ausdrücken sollte. »Ich dachte, Sie wären …«

»Sie haben gedacht, ich wär vom Dienst suspendiert, stimmt's? Bin ich auch noch, aber das hier ist eine private Ermittlung. Es geht um diese Bilder.« Er machte eine weit ausholende Handbewegung, als wollte er sagen, dass er damit alle Bilder in dem Museum meinte. Er wusste, dass er das besser für sich behalten hätte, aber so konnte er Ghislaines hochtrabendes *Meilenstein*-Gerede ein für alle Mal im Keim ersticken. Er beugte sich zu ihr vor und sagte ihr leise ins Ohr, »Die sind alle nicht echt, keins von den Bildern in diesen beiden Räumen.«

»Was?«, sagte Ghislaine. »Was meinen Sie damit, *nicht echt?*«

»Ich meine, das sind Fälschungen. Ziemlich gute, habe ich mir sagen lassen, aber *Fälschungen.* Jedes einzelne.«

Nestor genoss die Bestürzung, die sich auf Ghislaines Gesicht ausbreitete. Das war ein Schuss vor den Bug. Ob er nun ein *palurdo* war oder nicht, spielte plötzlich keine Rolle mehr. Er hatte das ganze Thema auf eine unendlich höhere Ebene gehievt ... auf der Kunsthistoriker kleine Schmetterlinge oder Insekten waren.

»Ja«, sagte er. »Leider ist das die Wahrheit. Es sind Fälschungen, das ist klar. Ich weiß, wer sie für Koroljow gemacht hat, und ich war in dem geheimen Atelier, wo er sie gemacht hat. Jetzt muss ich es beweisen. Wenn es Fälschungen sind —« Er zuckte mit den Achseln, als wollte er sagen: *Dann brauchen wir auch keine Zeit mehr mit diesem Meilenstein-Gerede verplempern.* Na also! Im Licht seiner Arbeit, seiner Kompetenz als Privatermittler erschien ihre Zurechtweisung nur noch albern und kindisch — und erst jetzt wurde ihm klar, dass er ihr *nichts* von seinen Untersuchungen hätte verraten dürfen. Allein aus verletzter Eitelkeit hatte er all das einem College-Mädchen anvertraut, das er kaum kannte.

Nein! Er *kannte* sie. Sie war arglos, und sie war ehrlich. Er konnte ihr *vertrauen*. Das hatte er von Anfang an gespürt. Trotzdem … da er sich zu einer Dummheit hatte hinreißen lassen, war es jetzt an der Zeit, Tacheles zu reden.

Er schaute sie an. Es war fast sein CopBlick. »Das bleibt unter uns, okay? Verstanden?«

Er behielt den CopBlick bei, bis er ihre Zusicherung hatte. »Ja«, sagte sie mit leiser, fast wimmernder Stimme. »Verstanden.« Jetzt hatte er ein schlechtes Gewissen. Die schnellste Methode, sie zu verprellen — und ihr Vertrauen zu verlieren — war die, weiter diese Macho-Masche zu fahren. Also schenkte er ihr das sanfteste und liebenswerteste Lächeln, zu dem er fähig war. »Es tut mir leid«, sagte er. »Ich wollte Sie nicht … erschrecken. Wenn es jemanden gibt, dem ich vertrauen kann, dann Ihnen. Da bin ich mir absolut sicher — ich *weiß* es einfach. Ich habe es von Anfang an gewusst, und —«

Er verstummte. Von Anfang an *von was* eigentlich? Jetzt übertrieb er es wieder in die andere Richtung.

»Egal, Sie wissen jedenfalls, was ich meine … Das ist der eigentliche Grund, warum ich herkommen wollte. Ich dachte, ich sollte mir das alles mit eigenen Augen anschauen — und ich dachte, es ist eine gute Gelegenheit, Sie zu sehen. Ich kann Ihnen gar nicht sagen, wie viel es mir bedeutet, dass Sie hier sind.«

Sein liebevoller Blick war jetzt vollkommen aufrichtig. Sie an seiner Seite, das war wie ein kleines Stück vom Himmel. Zum ersten Mal formte er im Geiste die Worte: »Ich bin in sie verliebt!«

¡Mierda! — sein iPhone! Er hatte von Klingelton auf Vibration umgestellt, und jetzt hüpfte das Handy in seiner Hosentasche herum. Das Display zeigte ihm, dass John Smith dran war. Also warf er Ghislaine einen schnellen *Dios-mío*-Blick zu und rannte aus dem Ausstellungsraum in die Lobby. Dort

verdeckte er mit beiden Händen den Apparat des Anstoßes und antwortete mit übertrieben gedämpfter Stimme.

»Camacho.«

»Nestor, wo sind Sie?«, sagte John Smiths Stimme. »Sie hören sich an, als würden Sie unter einer Ladung Sand stecken.«

»Ich bin im Museum. Ich dachte mir, ich schaue mir diese — na ja, Sie wissen schon. Ich bin —«

John Smith fuhr Nestor rüde über den Mund. »Hören Sie zu, Nestor. Igor hat angerufen. Der ist ganz schlecht drauf. Er hat gerade den Artikel gelesen — oder irgendwer hat ihn ihm vorgelesen.«

»Jetzt erst?«

»Jemand hat ihn angerufen. Ich bezweifele, dass Igor irgendwas auf Englisch liest. Und seine Freunde wahrscheinlich auch nicht, wenn er überhaupt welche hat. Egal, er ist jedenfalls ziemlich durch den Wind. Erst dachte ich, er ist sauer auf *mich*. Wahrscheinlich ist er das *auch,* aber er ist wegen was anderem so aufgeregt. Er hat Angst. Er glaubt, dass Koroljow ihn sich greifen will. Er ist ganz sicher. Er hat Angst, dass sie ihn in einen *Hinterhalt* locken, Hinterhalt wie in *töten, umbringen*. Er glaubt, dass sie schon ausgesucht haben, wo. Er hat sie nicht gesehen, sie haben ihn auch nicht bedroht oder so — er ist hyperparanoid. Ich sag zu ihm, ›Glauben Sie etwa, bloß weil Sie ein paar Witze über seine Bilder gemacht haben, will er Ihnen gleich ans Leder?‹ Eine Zeit lang sagt er gar nichts. Und dann, ›Nein‹ — aufgepasst! — ›deshalb nicht, aber weil ich der bin, der die Bilder gemalt hat. Warum mussten Sie das auch schreiben, dass ich solche Sachen schon mit verbundenen Augen gemalt habe? *Sie* haben mir das eingebrockt! *Sie* haben die praktisch mit der Nase drauf gestoßen‹ und so weiter und so weiter. Der dreht fast durch, Nestor … aber er hat es zugegeben!«

»Er hat wörtlich gesagt, dass er sie gefälscht hat? Hat irgendwer die Unterhaltung mitgehört — oder steht einfach Ihr Wort gegen seins?«

»Noch besser«, sagte John Smith. »Ich hab alles auf Band — mit seinem Einverständnis. Ich hab ihm erzählt, dass eine Aufzeichnung jedes seiner Schritte für ihn von Nutzen wäre.«

»Aber damit gesteht er doch ein, dass er ein Kunstfälscher ist?«

»Das ist jetzt die geringste seiner Sorgen. Er glaubt, dass die hinter ihm her sind. Außerdem, wenn Sie mich fragen, ist er ganz scharf drauf, dass sein großartiges Talent endlich bekannt wird.«

::::::Jesucristo.:::::: Etwas an John Smiths Begeisterung, an seinem Jagdfieber, an seiner Vorfreude auf einen kapitalen journalistischen Coup, erschreckte Nestor.

20

DIE ZEUGIN

¡Caliente! Caliente baby … Got plenty fuego in yo' caja china … Means you needs a length a Hose put in it ::::::Jesus! Wie spät ist es?:::::: Nestor drehte sich zu seinem iPhone um und nahm es in die Hand ::::::5:33 Uhr — *mierda*:::::: und knurrte so giftig, wie er noch nie in seinem Leben geknurrt hatte: »Camacho.«

Die Frau am anderen Ende sagte, »Nestor?« … mit einem großen Fragezeichen … Sie war sich nicht sicher, ob diese ungastliche, animalische Stimme überhaupt die von Nestor Camacho war.

»Ja«, sagte er in einem Ton, der die Botschaft aussandte, *verpiss dich gefälligst*.

Mit schwacher, fast tränenerstickter Stimme sagte die Frau, »Entschuldige, Nestor, aber ich würde dich nicht anrufen, wenn ich mir anders zu helfen wüsste. Ich bin's … Magdalena.« Sie sprach mit stockender Stimme weiter. »Du bist der … einzige Mensch … der mir … *helfen* kann!«

::::::Ich bin's … Magdalena!::::::

Eine einzige Erinnerung klinkte sich unbemerkt, also unterbewusst, in Nestors Gehirn ein und sickerte in sein Nervensystem, ohne sich zu einem konkreten Gedanken zu verfestigen … *blip* Magdalena schmeißt ihn in Hialeah aus ihrem

Wagen, dem BMW, zu dem sie auf rätselhafte Weise gekommen war, und rauscht mit quietschenden Reifen davon, wobei zwei buchstäblich vom Boden abheben, als sie um die Ecke biegt, um so schnell wie möglich von ihm wegzukommen. Die Erinnerung kam unbemerkt, aber sie tat ihre Wirkung und tötete Liebe, Lust, Libido, sogar Sympathie ab ... um halb sechs Uhr früh.

»Nestor? ... Bist du noch da?«

»Ja«, sagte er. »Du musst zugeben, das ist ziemlich verrückt.«

»Was?«

»Na ja, dass du mich anrufst. Egal, *¿qué pasa?*«

»Ich weiß nicht, ob ich dir das alles am Telefon erklären kann, Nestor. Können wir uns nicht treffen — auf einen Kaffee, zum Frühstück ... *egal?*«

»Wann?«

»Sofort!«

»Muss das unbedingt gleich sein? Es ist halb sechs. Ich bin erst um zwei ins Bett.«

»Bitte, Nestor, und wenn da-ha-ha-aa-has das Letzte ist, was du für mich tust. Ich brau-au-au-auche dich je-ee-eeetzt.« Ihre Worte zerflossen in Tränen, selbst kurze Worte wie *das* und *jetzt*. »Ich kann nicht mehr schla-ha-ha-afen. Ich habe die ganze Nacht nicht geschlafen. Ich hab solche Angst, Nestor! Bitte, hi-ii-ii-lf mir!«

Was sich in der gesamten Menschheitsgeschichte erwiesen hat: Ein starker Mann ist nur selten stark genug, um die Tränen einer Frau mit einem Achselzucken abzutun ... Dazu kam Nestors Stolz auf seine eigene Kraft und — darf er das überhaupt *denken?* — seinen *Heldenmut* als Beschützer — der Mann auf dem Mast, der sich jeden Augenblick in den Tod gestürzt hätte ... Hernandez, der jeden Augenblick von dem Monster in dem Crackhaus erwürgt worden wäre … die Tränen einer um einen Beschützer flehenden Frau … Er knickte ein.

»Also … wo?«, fragte er. Sie hatten beide Mitbewohner in Wohnungen, die zu klein waren, um sich ungestört unterhalten zu können. Okay, also auf einen Morgenkaffee, aber welcher Laden hatte so früh schon geöffnet? »Wir könnten uns bei Ricky's treffen«, sagte Nestor.

Magdalena war überrascht. Etwa Ricky's in *Hialeah?*«

::::::Genau den meine ich:::::: dachte Nestor. Es war einfach so, dass er in der Sekunde, als er das Wort »Ricky's« aussprach, den Ambrosiaduft der *pastelitos* roch … und sofort einen Bärenhunger verspürte … was ihn wiederum davon überzeugte, dass er ohne Ricky's keine Chance hatte, wach zu bleiben. Er sagte aber nur, »Ich kenne sonst keinen Laden, der um halb sechs aufhat, und wenn ich nicht bald was zu essen kriege, dann musst du mit einem Zombie sprechen.«

Also bei Ricky's, in einer Dreiviertelstunde, um Viertel nach sechs. Unwillkürlich stieß er einen tiefen Seufzer aus … gefolgt von einem tiefen Stöhnen … Was tat er da?

Nestor musste zwei Blocks von Ricky's entfernt parken, und die zwei Blocks zu Fuß entfachten seinen Groll auf Hialeah aufs Neue. In seinen Augen hatten nicht nur seine Eltern, sondern auch seine Nachbarn — er sah Mr. Ruiz vor sich, wie er mit den Fingern schnippte, als hätte er etwas vergessen, und dann ins Haus zurückging, nur um El Traidor Nestor Camacho nicht über den Weg zu laufen — *ganz Hialeah* hatte ihn nach jener Rettungsaktion wie eine Peinlichkeit, wie eine Ratte behandelt ::::::jawohl, ich habe den Mann *gerettet!* Ich habe nie daran gedacht, den Mann auf dem Mast zu verhaften … Die Einzigen, die mir eine faire Chance gegeben haben, waren Cristy und Nicky bei Ricky's:::::: … und sofort *blippte* wieder die freischwebende *Lust,* die Cristy schon immer bei ihm ausgelöst hatte, in seine Lenden und besserte seine Laune ein bisschen.

Jetzt ging er auf dem Gehsteig an den miesen und klapprigen kleinen Geschäften entlang, an denen er auf dem Weg zu Ricky's vorbeimusste. Und da war er … der alberne Santería-Laden, wo Magdalenas Mutter ihren ganzen Voodoo-Tand kaufte … Tja, und wer hätte das gedacht? Mitten im Schaufenster stand eine einen Meter große Statue des heiligen Lazarus, in der widerlich blassgelben Farbe, die die widerlich schwarzbraunen, schrundigen Lepraknoten hervorhob, die seinen Körper bedeckten — Magdalenas *Mami* … meine *eigene Mami* … Warum erinnerte mich dieser jammervolle Aussätzige an *meine Mami?* … eine jammervolle Seele, die vom Leiden anderer zehrte … Sie hat natürlich an ihren *caudillo* zu glauben … aber sie ist auch zur Liebe für ihren verräterischen Sohn verpflichtet … und bietet ihm trotz seiner Verfehlungen ein nettes weiches Lager aus Mitleid … »Ich verzeihe dir, mein verlorener Sohn, ich verzeihe dir« … Widerlich, einfach *widerlich!*

Aber jetzt steigt ihm der erste Dufthauch der *pastelitos* in die Nase, was heißt, nur noch ein paar Meter bis zu Ricky's. *Ambrosia!* Er steht vor der Tür … und er kann bereits *spüren,* wie seine Zähne den Blätterteig zerteilen, und *sehen,* wie sich die Blätterteigflocken wie winzige Blumen von dem *pastelito* lösen, und *schmecken,* wie sich das Rinder- und Schweinehack in einem Bett aus Blätterteigblüten zwischen seinen Zähnen hindurch auf seine Zunge schieben. Er geht hinein … Es kommt ihm wie eine Ewigkeit vor, seit er zuletzt in dieser Tür gestanden hat, aber nichts hat sich verändert. Da ist die große Glasvitrine mit den Glühbirnen, die die Ablagen voller Brote, Muffins, Kuchen und anderer süßer Dinge beleuchten. Die kleinen runden Tische mit den altmodischen Bugholzstühlen sind noch da — frei, jetzt um Viertel nach sechs morgens. Okay, wenn Magdalena kommt, werden sie sich an diesen Tisch setzen ... Und vor allem, das köstliche Aroma der *pastelitos!* So sieht es im Himmel aus! Vor der Theke stehen vier Männer und warten auf ihre Bestellungen — Bauarbeiter, würde Nestor tippen. Zwei haben Schutzhelme auf dem Kopf, und alle vier tragen T-Shirts, Jeans und Arbeitsstiefel. Sie warten ... aber von Cristy oder Nicky keine Spur —

— als irgendwo hinter der Theke ein Koloraturschrei ertönt: »Nestor!«

Er kann sie noch nicht sehen, weil die Theke so hoch ist, aber die Stimme, die sich da zu den höheren Registern aufschwingt, ist unverwechselbar. Mein Gott! — welche Freude der Klang dieser Stimme in Nestor auslöst! Erst begreift er nicht recht, warum. Sie hat während dieser ganzen Zeit zu ihm gehalten, hat ihn wie *ihn selbst* behandelt und nicht wie irgendein Steinchen in einem politischen Spiel. Alles richtig, sicher, aber mach dir nichts vor, Nestor! Du *willst* sie, oder? So schnuckelig, so lebendig, so nett auf ihre einfache Art, was für eine *gringa* unter all den anderen *gringas* mit ihrem sich kringelnden *gringa*-Haar, was für eine liebliche, vielversprechende *Muschi,* meine göttliche *gringa*-Muschi, meine Cristy!

»Cristy!«, flötet er. *»Mí gringa enamorada!«*

Allein der Gedanke erregt ihn! Er drängelt sich durch die vier Bauarbeiter zur Theke, als wären sie Luft, und flötet ihr eine glückselige, sehr laute Begrüßungsarie entgegen — achtet aber gleichzeitig auf einen scherzhaften Tonfall: »Cristy, mein Ein und Alles! Du hast ja keine Ahnung, wie sehr du mir die ganze Zeit gefehlt hast?!«

Jetzt kann er die oberen ihrer *gringa*-Locken und ihre schelmischen Augen sehen — auch sie kennt das Spiel — *»Mí querido pobrecito«,* sagt sie in neckischem Tonfall, »ich hab dir gefehlt? *Na sicher,* du wusstest ja auch nicht, wo du mich finden kannst, stimmt's? Ich steh ja hier nur jeden Tag ab halb sechs hinter der Theke.«

Sie ist zwei Schritte vor der Theke — und ihren wartenden Bauarbeitergästen — stehen geblieben, hält in ihrer linken Hand ein Tablett mit zwei Bestellungen *pastelitos* und Kaffee und wirft ihm einen Blick zu, aus dem ihn — wenn nicht Liebe, so doch etwas sehr Ähnliches anlacht. Nestor beugt sich so weit vor, dass sein Oberkörper praktisch auf der Theke liegt und er sie mit seiner rechten Hand fast berühren kann. Ohne die Bauarbeiter auch nur eines Blickes zu würdigen, schiebt sie das Tablett auf die Theke, nimmt Nestors ausgestreckte Hand in ihre beiden Hände, drückt sie verspielt und lässt sie wieder los. Sie hat nur Augen für ihn.

»Ach ja, *mía gringa*«, sagte Nestor. »Tut mir leid, das Präsidium ist schuld, dass ich kaum noch in die Gegend komme.«

»Ja, ich hab's gehört, die Leute erzählen so einiges.«

»Das glaube ich gern. Aber *was* erzählen sie?«, fragte Nestor.

Eine tiefe Stimme: »Sie erzählen, dass du aufhören sollst, die Kleine zu begrapschen, damit sie uns endlich unser verdammtes Essen bringen kann.«

Das war einer der Bauarbeiter, an denen Nestor sich gerade vorbeigedrängt hatte … ohne auch nur *por favor* zu sagen. Der Koloss war gut zehn Zentimeter größer als Nestor und Gott weiß wie viele Kilos schwerer … ein *americano*-Bauarbeiter von Kopf bis Fuß — Schutzhelm, schweißnasse Stirn, dichter Schnurrbart plus Achttagebart, was seinen verschwitzten Wangen einen Grizzly-Look verlieh, weißes T-Shirt voller fleischbrühefarbener Schweißflecken über einem massigen Bauch, der die Bezeichnung »Ringerwampe« verdiente, zwei schwabbelige, aber dicke Arme, davon einer mit einem sogenannten Halbarm-Tattoo, das einen riesigen, von Krähen umschwirrten Adler zeigte und sich um seine Bizepse und Trizepse schlang, graue Drillichmalocherhose mit dem Gorilla-Logo, braune abgewetzte Stiefel mit Stahlkappen und Sohlen so dick wie Roastbeefscheiben —

Dank Cristy war Nestor derart guter Stimmung, dass er zu gern über den Witz des Kolosses gelacht hätte — für den er ja schließlich allen Grund hatte — und es dann dabei belassen … wenn da nicht dieses eine Wort gewesen wäre: *begrapschen*. Besonders aus dem Malochermund eines Schranks wie diesem hatte *begrapschen* eine sexuelle Note. Nestor durchforstete sein Gehirn nach einem Grund, warum sogar so etwas in Ordnung gehen könnte. Er suchte und suchte, aber es ging nicht in Ordnung. Es war eine Beleidigung … eine Beleidigung, auf die er auf der Stelle erbarmunglos reagieren musste. Außerdem war es respektlos gegenüber Cristy. Wie jeder Polizist auf Streife wusste, durfte man da nicht zögern. Großmäulern musste man umgehend das Maul stopfen.

Er trat einen Schritt von der Theke zurück, sah den *americano* mit einem freundlichen Lächeln an, einem Lächeln, das man durchaus als ein schwaches Lächeln interpretieren konnte, und sagte, »Wir sind alte Freunde, Cristy und ich, und wir haben uns lange nicht mehr gesehen.« Dann lächelte er noch breiter, bis seine Oberlippe sich schürzte und die obere Zahnreihe entblößte … und lächelte immer weiter, bis ihn seine langen Canini — das heißt die Eckzähne — wie einen grinsenden Hund aussehen ließen, der drauf und dran war, Menschenfleisch zu reißen, und fügte schließlich hinzu, »Irgendein Problem damit?«

Die beiden Männer starrten sich scheinbar eine Ewigkeit lang an … Triceratops und Allosaurus standen sich lauernd am Rand einer Klippe gegenüber, die über den *Halusian Gulp* hinausragte … bis der *americano* die Augen abwandte und so tat, als schaute er auf seine Uhr. Der Rest war scheinheiliger Small Talk … zur Gesichtswahrung.

Plötzlich schaute Cristy mit vielsagendem, aber nicht gerade glücklichem Gesichtsausdruck an Nestor vorbei zu einem Punkt hinter ihm. »Du hast Besuch, Nestor.«

Nestor drehte sich um. Es war Magdalena. Er wäre nie auf die Idee gekommen, dass Cristy von ihm und Magdalena wusste. Magdalena war schlicht und sittsam gekleidet. Jeans, maskulin wirkende Bluse, langärmelig, weit, hellblau, zugeknöpfte Manschetten, fast hochgeschlossen. Einfach, zweckmäßig. Ihr Gesicht — was war mit ihrem Gesicht los? Es verschwand fast ganz hinter einer großen dunklen Sonnenbrille. Trotzdem sah sie … blass aus. »Blass« war das Äußerste, was seine analytischen Fähigkeiten hergaben. Männern fällt das Make-up eines Mädchens erst dann auf, wenn es fehlt, und selbst dann haben sie keine Ahnung, was da fehlt. Die Magdalena, die er kannte, hatte ihre Augenhöhlen immer in einen dunklen, schattigen Hintergrund verwandelt, vor dem ihre großen leuchtend braunen Augen besonders gut zur Geltung kamen. Auf den Wangenknochen hatte sie immer Rouge aufgelegt. Nestor gingen derart weltmännische Kenntnisse völlig ab. Sie sah blass aus, das war alles, blass und ausgezehrt — war das das Wort? Jedenfalls war sie nicht sie selbst. Schlicht, sittsam, simpel, empfindsam — auch das passte nicht. Er ging zu ihr und schaute in — besser, auf — ein Paar undurchdringlich dunkle Brillengläser. Er sah sein eigenes trübes, kleines Spiegelbild — und nichts von ihr.

»Tja, du bist es *tatsächlich,* oder?« Er sagte das freundlich, aber ohne Gefühl.

»Nestor«, sagte sie. »Es ist wirklich nett von dir, dass du da-ha-ha-s für mich tu-hu-hu-st.« Das *das* und das *tust* wurden von ihrem Schluchzen verzerrt.

Was sollte er jetzt tun? Sie tröstend in die Arme nehmen? Weiß Gott, was das für einen Tränenausbruch zur Folge hätte. Außerdem wollte er sie vor den Augen Cristys nicht umarmen. Die Hand schütteln? Nachdem sie drei Jahre lang Seite an Seite gelegen hatten, kam ein hölzerner Händedruck überhaupt nicht infrage. Also sagte er einfach, »Tja … warum setzen wir uns nicht?«

Er führte sie zu dem kleinen runden Tisch, der von der Theke am weitesten entfernt war. Sie setzten sich auf die alten Bugholzstühle. Mit jeder Sekunde wurde ihm unwohler. Sie sah so umwerfend aus wie eh und je. Eine Beobachtung, die allerdings keinerlei Gefühle hervorrief. »Was möchtest du? Kaffee? Ein *pastelito?*« Das war alles, was ihm einfiel.

»Nur einen *café cubano*.«

Sie schob den Stuhl zurück, als wollte sie selbst zur Theke gehen, aber Nestor stand auf und bedeutete ihr mit einer Geste, dass sie sitzen bleiben solle. »Ich hole ihn«, sagte er. »Du bist eingeladen.« Die Wahrheit war, dass er gehen *wollte,* dass er gar nicht schnell genug vom Tisch flüchten konnte. Er genierte sich. Sie war so *wunderschön!* Nicht, dass er von Lust überwältigt wurde, es war Ehrfurcht. Er hatte es ganz vergessen. Sie zog immer alle Blicke auf sich. Er warf einen schnellen Blick zur Theke … und richtig, alle schauten … die vier Bauarbeiter, Cristy, sogar Ricky … Ricky *höchstpersönlich* war zum Gaffen aus der Küche gekommen. Nestor kam selbst auf dumme Gedanken, aber damit würde er seine Zeit nicht verplempern, oder? Die Tatsache, dass sie zu ihm gekommen war, weil sie ihn jetzt brauchte … der unsagbar verletzliche Blick, mit dem sie ihn anschaute … das hatte nichts mit Lust zu tun, oder? Aber er sah es vor sich — genau *vor sich!* — als geschähe es in diesem Augenblick — sah *vor sich,* wie er früher im Bett gelegen hatte und sie keinen Meter neben ihm stand, nackt bis auf einen Hauch von Spitzenslip, und ihn mit jenem aufreizenden Blick anschaute, mit dem sie ihn in solchen Momenten immer anschaute, und dabei langsam ihre Finger unter das Gummiband schob — *dieser aufreizende Blick!* — und den Slip herunterzog — *langsam* herunterzog … bis —

::::::Aber sie hat dich schon einmal betrogen, du Schwachkopf! Wie kommst du darauf, dass sie sich geändert hat? Bloß weil sie dich *schluchz-schluchz* um Hilfe anbettelt? Was ist mit Ghislaine? Du hast noch nichts *getan* … aber du stehst schon vor der Tür. Was ist mit *ihren* Gefühlen? Aber sie braucht es ja nicht zu erfahren, oder? … Mann, das wäre vielleicht spannend! … aber so viel Testosteron steckt nun auch wieder nicht in deinem Körper, dass du dich in einen solchen Vollidioten verwandeln könntest. Allerdings … warum sich nicht eine Zeit lang ein bisschen gehen lassen? Klasse, Nestor! Wenn das nicht der Schlachtruf des Vollidioten ist!::::::

Nicky stellte die beiden *cafés cubano*, die er bestellt hatte, auf die Theke. Er kannte Nicky nicht annähernd so gut wie Cristy, aber sie reckte ihr Kinn vor, schaute zum Tisch und sagte, »Das ist also Magdalena?«

Er nickte, und sie hob auf übertriebene Art und sehr verständnisvoll die Augenbrauen. Hieß das, dass *jeder* über sie beide Bescheid wusste?

Er ging mit den beiden Tassen Kaffee … und zum ersten Mal mit einem freundlichen Lächeln im Gesicht … zurück zum Tisch. »Du siehst fantastisch aus, Magdalena. Weißt du das? Nicht gerade wie jemand, der sehr verängstigt ist.« Er lächelte weiter.

Das änderte nicht das Geringste an ihrer Stimmung. Sie senkte den Kopf. »›Sehr verängstigt …‹«, murmelte sie … und dann hob sie den Kopf und schaute ihn an. »Nestor … ich habe *Todesangst! Biiitte!* … Ich kenne niemanden, keinen einzigen Menschen, der mir sagen kann, was ich tun soll. Außer dir. Du weißt sicher, was zu tun ist, du warst mal Polizist.«

»Bin ich noch«, sagte er ein bisschen schroffer als beabsichtigt.

»Aber ich dachte —« Sie wusste nicht, wie sie sich ausdrücken sollte.

»Du dachtest, dass sie mich gefeuert haben, oder?«

»Da habe ich wohl was durcheinandergebracht. Es stand so viel über dich in den Zeitungen. Weißt du überhaupt, wie viele große Geschichten die über dich gebracht haben?«

Nestor zuckte mit den Achseln. Das war nach außen hin seine Reaktion. In seinem Innern zitterte er vor Eitelkeit. ::::::So habe ich das noch gar nicht gesehen.:::::: »Man hat mich ›vom Dienst suspendiert‹, das ist der offizielle Ausdruck. Ich bin noch Polizist, aber ›vom Dienst suspendiert‹ ist schlimm genug.«

Magdalena verstand offensichtlich nicht. »Na ja … egal, jedenfalls vertraue ich di-hi-hiir« — wieder Schluchzer — »Nesto-oo-oo-r.«

»Danke.« Nestor versuchte aufrichtig berührt zu klingen. »Warum erzählst du mir nicht einfach, was dir so Angst macht?«

Sie nahm die Sonnenbrille ab und wischte sich die Tränen aus den Augen. ::::::*¡Dios mío!* Die sind ja ganz rot und verquollen … und wie blass sie ist!:::::: Sie setzte die Brille sofort wieder auf. »Die ganze Sache treibt mich in den Wahnsinn.« Sie schniefte und unterdrückte weitere Tränen.

»Das kommt schon alles wieder in Ordnung. Aber zuerst musst du mir mal erzählen, worum es eigentlich geht.«

»Sicher, entschuldige«, sagte sie. »Also, gestern, da war ich in Sunny Isles und hab einen Freund besucht. Er war immer so cool und so-ho-ho-ho —« Sie brach wieder zusammen und fing an stumm zu schluchzen, senkte den Kopf und drückte eine Serviette auf Mund und Nase.

»Magdalena — jetzt komm«, sagte Nestor.

»Entschuldige, Nestor. Ich weiß ja, ich höre mich ... paranoid an. Egal, ich war also bei diesem Freund ... ein sehr erfolgreicher Mann. Er hat eine Wohnung über zwei Stockwerke, ein Penthouse, in einem Wohnblock am Meer. Ich bin also in Sunny Isles, und wir reden über dies und das, und da klingelt sein iPhone, und von die-hie-hie-hie —« sie schluchzte stumm — »von diesem Augenblick an war mein Freund, der immer so cool, elegant und selbstsicher war, auf einmal sehr nervös und angespannt und wütend — ich meine, er war plötzlich ein ganz anderer Mensch ... verstehst du? Er schreit auf Russisch ins Telefon. Er ist Russe. Und gleich danach tauchen zwei Männer auf. Für mich sahen die aus wie zwei echte Schlägertypen. Vor allem einer war wirklich gruselig. Ein großer bulliger Kerl mit kahl rasiertem Schädel, und der Kopf sah aus wie — na ja, viel zu klein für so einen Riesen. Und er hatte so komische *Knubbel* auf dem Kopf, wie Hügel, wie die Berge auf dem Mond oder so. Ich kann's nicht richtig erklären. Egal, der Typ gibt meinem Freund eine Zeitung, den *Herald* von gestern, und die ist bei einer bestimmten Seite aufgeschlagen. Ich hab mir später den Artikel durchgelesen, eine lange Geschichte über einen russischen Künstler, von dem ich noch nie gehört hatte, der in Miami lebt, und —«

::::::*Igor!*::::::

Nestor unterbrach sie ein bisschen zu aufgeregt. »Wie hieß der, der Künstler?«

»Ich weiß nicht mehr«, sagte Magdalena. »Igor Soundso — an den Nachnamen kann ich mich nicht erinnern — und da ist mein Freund erst richtig sauer geworden, ist in der Wohnung rumgelaufen, hat Anweisungen gegeben und hat jeden angeschnauzt, mich auch. Er sagt, dass ich gehen muss. Er *fragt* mich nicht oder sagt, *warum*. Er gibt einfach einem von seinen Gorillas den Befehl, mich nach Hause zu fahren. Er sagt nur, ›Es ist was passiert.‹ Kein Wort darüber, was das ist. Dann geht er mit seinen beiden Gorillas in die kleine Bibliothek nebenan und staucht sie zusammen — er schreit nicht richtig, aber man merkt, dass er echt wütend ist — und dann brüllt er Befehle in sein Telefon. Alles auf Russisch, aber die Flügeltür zu der Bibliothek, die steht einen Spalt offen, und ich kann sie hören, auch wenn ich nichts verstehe, außer einem einzigen Wort, Hallandale. Und dann hauen er und einer von den beiden Gorillas ab, einfach so, ohne irgendeine Erklärung. Der andere Typ, der große mit dem Glatzkopf — der war wie ein … ein … ein *Roboter*. Er fährt mich nach Hause, auf der ganzen Fahrt sagt er kein einziges Wort. Das Ganze fängt an … na ja, es kommt mir irgendwie bizarr vor, gespenstisch, wie er seine beiden Gorillas die ganze Zeit rumkommandiert, und sie schlucken das einfach so. Aber … Was ist, Nestor, was schaust du mich so an?«

»Schätze, ich bin einfach überrascht«, sagte Nestor. Er merkte, dass er zu schnell atmete. »Und dein Freund, wie heißt der?«

»Sergej Koroljow. Du hast vielleicht schon mal von ihm gehört. Er hat dem Miami Museum of Art Gemälde von berühmten russischen Malern im Wert von siebzig Millionen Dollar geschenkt. Die haben das ganze Museum nach ihm benannt.«

Hatte er jemals von Sergej Koroljow gehört?!

Mitten in Nestors schmerzhafte Verwunderung platzte eine Welle von zwanghaftem Mitteilungsdrang — der Drang, Leute mit Informationen zu beeindrucken, die man selbst hat und die sie liebend gern hätten — im Grunde der beste Freund eines ermittelnden Polizeibeamten.

Habe ich jemals von Sergej Koroljow gehört!

::::::Das wird dich *umhauen,* was ich dir gleich erzähle:::::: doch in letzter Sekunde riss ihn ein anderer Drang — der des vorsichtigen Polizisten, seine Informationen zu schützen — vom Rand der Klippe zurück.

»Wie hast du diesen Koroljow kennengelernt?«

»Auf einer Kunstmesse. Er hat mich zum Essen eingeladen.«

»Wohin?«

»Irgendein Restaurant in Hallandale«, sagte Magdalena.

»Und wie war das?«

»Eigentlich alles okay. Nur dass ich in Begleitung von Sergej —« Sie zögerte und ergänzte, »Koroljow … immer so ein komisches Gefühl hatte.« Nestor fragte sich, ob sie das »Koroljow« hinzugefügt hatte, damit er nicht auf die Idee käme, dass sie mit dem Burschen was hatte. »Von der ersten Minute, angefangen mit den Parkplatzwächtern, behandelte jeder Sergej« — sie hielt wieder inne, entschied sich aber offenbar dagegen, das sperrige »Koroljow« durch die ganze Unterhaltung mitzuschleppen — »behandelte jeder Sergej wie einen König, oder vielleicht passt Zar besser, nein nicht wie einen Zaren … eher wie einen Diktator … oder einen Paten. Das war das Erste, was mich nervös machte, dieses ganze Paten-Getue, nicht, dass ich da schon an das Wort ›Pate‹ gedacht hätte. Wo wir in dem Laden auch auftauchten, sobald er sich näherte, ließ jeder alles liegen und stehen, egal was er gerade gemacht hatte, und — na ja, hat nur gefehlt, dass sie sich vor ihm verneigt hätten. Wenn ihm nicht passte, was irgendwer gerade sagte, hat derjenige einfach das Gegenteil von dem behauptet, was er eben noch gesagt hatte — sofort, ruck, zuck ging das! So was habe ich noch nie erlebt. Da war ein berühmter russischer Schachspieler, der hat mich ziemlich getriezt —

warum, weiß ich immer noch nicht. Also hat Sergej ihm befohlen, den Tisch zu verlassen — und er ist aufgestanden und *gegangen!* Sofort! Dann hat er den anderen sechs Leuten, die noch am Tisch saßen, befohlen, sich auch an einen anderen Tisch zu setzen — und sie sind alle aufgestanden — sofort! Teilweise war es wirklich peinlich, aber ich muss zugeben, dass es auch aufregend war, mit einem so mächtigen Mann. Aber das war alles nichts verglichen mit dem, was dann gestern passiert ist.«

Puff! Die Aura seiner Manena und die Attraktivität seiner Manena und die Erinnerungen an ihr gemeinsames Leben unter der Gürtellinie, sie verpufften — *einfach so!* Alles, was Nestor jetzt noch vor sich sah, war … *eine Zeugin,* eine Frau, die gesehen hatte, wie Koroljow John Smiths Artikel gelesen hatte, der sich auf der Stelle, vor ihren Augen, in einen mörderischen Irren verwandelt hatte, der Leuten Befehle erteilt hatte, als wäre gerade der Dritte Weltkrieg ausgebrochen, der irgendwas über Hallandale ins Telefon gebrüllt hatte und dann mit seinen Lakaien abgerauscht war … Er schaute auf seine Uhr: 6:40 Uhr. Sollte er John Smith anrufen oder ihm eine SMS schicken? Eine SMS wäre wahrscheinlich besser. Aber Schreiben gehörte nicht zu seinen Stärken. Der Gedanke, das alles auf das Display eines iPhones einzutippen —

»Magdalena« — nicht mehr Manena — »bin gleich wieder da.« Er ging in die Herrentoilette, die kaum größer als ein Abstellraum war. Er schloss sich ein und rief an.

»Jaaa …?«

»John, Nestor hier. Tut mir leid, dass ich Sie so früh stören muss, aber ich bin gerade einer alten Freundin über den Weg gelaufen — in Hialeah, wir frühstücken gerade — und sie hat mir etwas erzählt, das Sie wissen sollten, bevor Sie zu Ihrem Termin in der Zeitung fahren. Die wollen doch einen Augenzeugen, oder? Okay, ich hab einen.« Dann erzählte er ihm Magdalenas Geschichte ... von Koroljows Panik, »als er Ihren gestrigen Artikel gelesen hat« ... und von dem einzigen Wort, das sie in dem russischen Redeschwall verstanden hatte: *Hallandale*.

»Vielleicht hat das alles gar nichts zu bedeuten«, sagte Nestor. »Trotzdem, ich fahre gleich rauf nach Hallandale und schaue nach, ob mit Igor alles in Ordnung ist.«

»Nestor, das ist fantastisch! Echt fantastisch. Wissen Sie, was Sie sind, Nestor, Sie sind ein großer Mann! Ehrlich!« ... In der Art sprudelte es noch eine Zeit lang aus John Smith heraus. »Ich mache mir Sorgen um Sie« ::::::*Sorgen um Sie*:::::: »Mir ist gar nicht wohl bei dem Gedanken, dass Sie sich bei Tageslicht da draußen herumtreiben. Ihr Hausarrest gilt von acht bis sechs, oder?«

»Ja«, sagte Nestor. »Schätze, ich sollte ein bisschen vorsichtiger sein.«

»Was passiert, wenn Sie geschnappt werden?«

Nestor schwieg. Er wollte nicht darüber nachdenken, erst recht nicht darüber sprechen .... »Schätze ... sie schmeißen mich raus.«

»Ist es denn so wichtig, *jetzt sofort* nach Igor zu schauen?«

»Sie haben recht, John ... aber ich muss es einfach tun.«

»Ich weiß nicht ... na ja, in Gottes Namen, aber seien Sie vorsichtig, okay?«

Als er zum Tisch zurückging, dachte er darüber nach ... wie er und John erst zum Honey Pot gefahren und dann Igor zu der Seniorenresidenz Alhambra Lakes gefolgt waren. Das war mitten in der Nacht gewesen, lange nach sechs Uhr abends. Das war in Ordnung gewesen ... Aber als sie am nächsten Tag zurückgefahren waren und John Smith sich als Inspektor von der »Umwelt« ausgegeben hatte ... das war *Wahnsinn* gewesen. Da hatten ihn vielleicht der Anzug und die Krawatte gerettet. Wenn er in dem Aufzug so bescheuert ausgesehen hatte, wie er sich gefühlt hatte, dann war er aus dem Schneider. Jedenfalls hatte sich das Risiko gelohnt. Sie hatten eine ganze Wand voller Fälschungen aufgespürt, und er hatte ein paar hervorragende Fotos gemacht ... Was, wenn er jetzt bei grellstem Sonnenlicht zu der Seniorenresidenz zurückfuhr? Lil war kein Genie, aber sie war auch kein Trottel. Was, wenn sie es inzwischen herausgefunden hatte ... wenn sie ihn auf YouTube oder in den Nachrichten gesehen hatte ... und sich fragte, was ein Polizist, der sich als Mann von der Umwelt ausgegeben hatte, bei ihnen zu suchen gehabt hatte?

Aber irgendetwas trieb ihn dazu, trotzdem nach Hallandale zu fahren.

Als er sich wieder an den Tisch setzte, versuchte er sich cool zu geben. Die Zeugin war alles andere als cool. Sie schaute ständig hierhin ... und dorthin ... und knabberte dabei die ganze Zeit am Knöchel ihres Zeigefingers ... zumindest sah es so aus.

»Magdalena, hör auf, dir immer das Schlimmste auszumalen. Bis jetzt ist doch noch gar nichts passiert ... aber wenn du dir wirklich Sorgen machst, warum schlüpfst du nicht für ein paar Tage bei einem Bekannten unter?«

Nach ihrem Blick zu urteilen, dachte Nestor, wartet sie nur darauf, dass ich sage, »Warum schlüpfst du nicht bei mir unter?« ... Er spürte nicht das geringste Verlangen ... Er konnte sich gar nicht mehr vorstellen, wie sie sich den Slip herunterzog ... Er brauchte keine Zeugin in seiner winzigen Wohnung ... Er schaute auf seine Uhr ... »Viertel nach sieben«, sagte er. »Ich muss nach Hause. In einer Dreiviertelstunde fängt mein Hausarrest an.«

Nestor dachte allerdings keine Sekunde daran, nach Hause zu fahren. Er stellte nur eine Zeugin ruhig. Tatsächlich fuhr er auf direktem Weg auf die I-95 nach Hallandale.

Kurz nach acht drosselte er die Geschwindigkeit seines Camaro von hundert auf siebzig Stundenkilometer und fuhr ab jetzt nicht einen schneller — das fehlte ihm noch, dass ihn jetzt eine Streife der Staatspolizei wegen zu schnellen Fahrens anhielte und so sein Verstoß gegen den Hausarrest ans Licht käme. Der Tachozeiger näherte sich schon der sechzig, als er die letzte große Kurve auf dem Hallandale Beach Boulevard nahm —

— und die Seniorenresidenz Alhambra Lakes vor ihm auftauchte, die jetzt noch ein bisschen mehr in der Hitze des großen Heizstrahlers über Miami glühte … und noch ein bisschen mehr vor sich hin bröckelte … und deren »Balkone« noch ein bisschen mehr durchhingen und Gefahr liefen nachzugeben und auf den Beton darunter zu krachen. Die Anlage war stumm wie ein Grab … Wie 99 plus x Prozent aller Bürger von Südflorida hatte Nestor noch nie ein Grab gesehen … und »stumm« — wie konnte *er* das wissen? Mit den hochgekurbelten Fenstern und der Klimaanlage, die ächzend eine Brise durch die Luftschlitze presste, drang von außen kein Geräusch ins Innere des Camaro. Nestor nahm einfach an, dass sie stumm war. Wenn er an die Bewohner der Seniorenresidenz Alhambra Lakes dachte, dann — nun ja, dann dachte er nicht direkt an *tote* Menschen, allerdings waren sie auch nicht das, was er lebendig nennen würde. Sie befanden sich im Fegefeuer. So wie Nestor das verstanden hatte, was ihm die Nonnen über das Fegefeuer erzählt hatten, dann war das eine riesige Halle … zu groß, um sie als einfachen Raum zu bezeichnen … wie die riesigen Hallen im Miami Beach Convention Center … und all die seit Kurzem toten Seelen liefen nervös in dieser Halle herum und fragten sich, in welche Region des Lebens nach dem Tod Gott sie … natürlich bis in alle Ewigkeit … schicken würde.

Wieder stellte er den Wagen in dem Teil des Besucherparkplatzes ab, der dem Highway am nächsten gelegen und vom Haupteingang des Gebäudes am weitesten entfernt war. Er trug schon seine Dunkler-als-dunkel-CVS-Sonnenbrille … zwecks der Eitelkeit, nicht der Tarnung … aber jetzt griff er unter den Fahrersitz und holte seinen weißen Porkpie-Hut aus Plastik mit der breiten Krempe hervor … zwecks der Verkleidung.

Nachdem er die Klimaanlage ausgeschaltet hatte, dauerte es — wie lange? fünf Sekunden? — bis sich eine erstickende Hitze im Innenraum des Camaro ausbreitete.

Als er ausstieg … nicht der geringste Hauch frischer Luft … nur lähmende Hitze vom großen Heizstrahler. Seine Klamotten fühlten sich an, als wären sie aus Wolle und Leder, sogar sein Pseudo-Ginganhemd aus Polyester. Er hatte es für das Treffen mit Magdalena ausgesucht, weil es lange Ärmel hatte. Er hatte ihr nicht einen Zentimeter seiner prallen Camacho-Muskeln gönnen wollen. Seine Chinohose hätte genauso gut aus Leder sein können. Sie war am Hintern so eng geschnitten, dass er glaubte, mit jedem Schritt noch ein bisschen mehr Schweiß aus der Leistengegend herauszupressen. Er schaute ein paarmal nach unten, ob man etwas sah. Die Sonne spiegelte sich in den Metallverzierungen der Autos und flutete den gesamten Parkplatz mit gleißendem Licht, sodass die Autos selbst nur als Umrisse und Schatten zu erkennen waren — sogar wenn man eine Dunkler-als-dunkel-CopSonnenbrille trug. Mit zusammengekniffenen Augen entdeckte er Igors Vulcan SUV. Jedenfalls war er nicht weggefahren — so wie John Smith seine Paranoia beschrieben hatte, war er wohl kaum in der Stimmung, sich unter Leute zu mischen. Oha, auf dem Randstein neben dem Eingang standen zwei Streifenwagen vom Broward County Sheriff's Office. Das hatte ihm noch gefehlt … ein paar Polizisten, die ihn an seiner CopSonnenbrille erkennen konnten, den suspendierten, seinen Hausarrest ignorierenden Miami-Cop, der zuletzt ganz scharf auf jede Menge übler Publicity gewesen war.

Als er auf die Streifenwagen zuging, wandte er seinen Kopf mit dem breitkrempigen Hut zur Seite, als würde er aus unerfindlichen Gründen die gestrichenen Ziegelsteine der schäbigen Fassade inspizieren. Er hörte lautes Geklapper von Alu-Gehhilfen und fragte sich, ob gerade ein Schwung auf dem Weg zum Frühstück war … aber das konnte nicht sein … aktive Senioren drängten immer zum frühestmöglichen Zeitpunkt zu den Mahlzeiten. Es war nach 8 Uhr, da konnten gar nicht so viele auf dem Weg zum Frühstück sein. Als er das Gebäude betrat, klapperten viele in der Lobby umher oder standen zusammen und unterhielten sich … oder beugten sich zueinander vor und flüsterten sich etwas ins Ohr. *¡Santa Barranza!* Nur gut fünf Meter von ihm entfernt stand Phyllis, die Ersatzhausmeisterin. Gut möglich, dass sie ihn wiedererkannte. Das Letzte, was er jetzt brauchen konnte, war, jemandem wie ihr ins Gehege zu kommen … einem vollkommen humorlosen Menschen und von Natur aus harten Brocken … Noch mehr klappernde Alu-Gehhilfen drängten zum Eingang in den Innenhof. Aber anscheinend ging niemand hinein. Als hätten sich die Alu-Gehhilfen verheddert und verstopften jetzt den Eingang. Außerdem aufgeregtes Stimmengewirr … ein Haufen alter Frauen, die schnatterten und klackerten, klackerten und schnatterten. Zwecklos, da jetzt hineinzuwollen. Nestor schlüpfte in den Aufzug und fuhr in den ersten Stock, Igors Stock … Er trat auf die Galerie … und noch mehr

Schnattern und Klackern, Klackern und Schnattern. Er konnte sich nicht erinnern, dass an dem Tag, als er mit John Smith hier gewesen war, so viel Trubel auf der Galerie geherrscht hätte … Er ging auf Igors Apartment zu … langsam und vorsichtig.

»Da, Edith, schau — da vorn — einer von der Umwelt … Du glaubst mir ja nie was. Und, glaubst du mir jetzt?!«

Die Stimme kam von vorne. Er erkannte sie sofort als die der großen Lil, und jetzt sah er die beiden … Argwöhnisch ging er auf sie zu … und sie kamen klappernd auf *ihn* zu. Lil sah so rüstig aus wie neulich. Und Edith bückte sich wie üblich über ihre Gehhilfe, nur dass sie sich ihm diesmal ziemlich schnell klackernd und klappernd näherte.

Sie waren noch ziemlich weit weg, trotzdem konnte Nestor deutlich hören, wie Edith sagte, »*Jetzt* kommt er … *jetzt,* wo der Gestank weg ist.«

»Wo hat er denn den Großen gelassen?«, sagte Lil. »Den mit dem ganzen —« Sie tippte sich mit dem Zeigefinger an die Stirn.

::::::Danke:::::: dachte Nestor. ::::::Was soll das heißen, *»ganzen«?*:::::: Er konnte sich nicht daran erinnern, was er bei seinem ersten Besuch gesagt hatte, oder ob er überhaupt etwas gesagt hatte.

Lil kam schnurstracks auf ihn zu. Ohne sich die Zeit für ein Hallo zu nehmen, sagte sie, »*Jetzt* schicken sie also jemanden vorbei — da muss sich erst einer zu Tode stürzen, dann kommt mal einer.«

Nestor stand da, zuckte mit den Achseln und wollte sagen, »Wir kommen nicht erst, wenn« — aber kam nicht weiter als bis zum *»erst«* —

»Das ist wirklich nicht zu fassen«, sagte Lil. »Das habe ich in meinem ganzen Leben noch nicht erlebt. Bei uns gibt's

Herzinfarkte. Oder Schlaganfälle. Leute fallen hin. Sie brechen sich die Hüfte. Oder den Arm. Aber das Genick?! Wer hat jemals von so was gehört? Und dann ist er auch noch ganz runtergefallen. Gottogott, eine furchtbare Geschichte. Dass so was hier bei uns passiert. Das ist ein Schock. Ich weiß gar nicht, was ich sagen soll.«

»Wer hat sich den Hals gebrochen?«, fragte Nestor.

Etwa auf Höhe von Nestors Hüfte meldete sich Edith zu Wort. »*Wer?* … Höre ich richtig? Die schicken Sie von der Umwelt hier raus, aber die sagen Ihnen nicht, *wer?*« Sie schaute zu Lil hoch und tippte sich ebenfalls an die Stirn.

»*Wer jetzt?!*«, sagte Nestor.

»Der *Künstler*«, sagte sie langsam und betont wie zu einem Unterbelichteten, der es einfach nicht kapiert. »Der mit dem Terpentin. Der arme Kerl, der nicht malen konnte.«

Nestor war so schockiert, dass es in seinen Ohren zischte. Er konnte dieses Geräusch nicht abstellen. Er war zu schockiert, um das überwältigende Schuldgefühl zu analysieren. Er schaute Lil an. Warum Lil und nicht Edith, konnte er auch nicht erklären. Er *spürte* nur, dass Edith zu klein und zu verbogen war, um vertrauenswürdig zu sein.

»Wann war das?«, fragte er Lil. »Was ist passiert?«

»Muss irgendwann letzte Nacht passiert sein. Der arme Kerl. Wann genau, weiß ich nicht. Keiner, mit dem ich gesprochen habe, weiß was. Nur dass er sich das Genick gebrochen hat — ist genau da auf dem Beton aufgeschlagen. Wenn man durch den Boden hier durchschauen könnte, genau unter Ihren Füßen, da liegt er.«

Nestor witterte den gleichen Drang, dem er selbst fast nachgegeben hätte, als er vorhin mit Magdalena gesprochen hatte, als er ihr unbedingt hatte erzählen wollen, was er über Koroljow wusste und sie nicht. Mitteilungsdrang. Der hatte jetzt auch Lil im Griff. Anscheinend hatte jemand kurz vor Tagesanbruch Igors Leiche am Fuß der Treppe gefunden. Er war kopfüber hinuntergestürzt. Jeder konnte sehen, dass er sich das Genick gebrochen hatte. Der verrenkte Körper lag auf den Stufen darüber. Die Leichenstarre hatte schon eingesetzt, als man ihn gefunden hatte. Er roch immer noch nach Alkohol. War nicht schwer, zwei und zwei zusammenzählen. Als Lil aufgestanden war, war die Polizei schon da gewesen … und die Mieter standen schon auf der Galerie, schnatternd, klappernd, deutend … ein regelrechtes Klapperkonzert aus Aluminium-Gehhilfen. Erst waren sie alle in den Innenhof geklappert, wo man die beste Sicht hatte. Die Leiche von Igor — oder »Nikolai«, wie Lil ihn nannte — lag am Fuß der Treppe, die vom ersten Stock hinunter in den Innenhof führte. Die Polizei breitete sofort eine Decke über die Leiche, rührte den verrenkten und zerschlagenen Körper aber nicht an. Warum trugen sie den armen Menschen nicht weg und legten ihn waagerecht auf den Boden, um ihm ein wenig von seiner Würde zu bewahren? Aber er lag einfach da, während die Polizisten nichts anderes taten, als diese gelben Absperrbänder zu spannen, die man aus dem Fernsehen kannte. Genau die gleichen. Sie sperrten die Treppe ab, damit niemand hoch- oder runtergehen konnte. Weil so viele Neugierige im Innenhof herumstanden, zogen sie dort einen ganzen Zaun aus dem gelben Band hoch, damit niemand der Leiche zu nahe kam. Dann scheuchten sie sie alle nach draußen und sperrten sämtliche Zugänge zum Innenhof ab.

»Da oben, sehen Sie das?«, fragte Lil. »Oben an der Treppe? … Das gelbe Absperrband? Und *da hinten!*«

Sie deutete an der Treppe vorbei. Jetzt sah Nestor zum ersten Mal das gelbe Band, das vor der Tür zu einem Apartment gespannt war … Igors Apartment. Zwei gelangweilte Polizisten standen davor. »Schauen Sie hin!«, sagte Lil aufgeregt. »Schauen Sie *genau* hin! So was kriegen Sie hier sonst nie zu sehen. Das große Stück Klebeband, *so breit*« — etwa fünfzehn Zentimeter — »das sie über den Türgriff und das Schlüsselloch geklebt haben. Und was steht auf dem Stück Klebeband? Von hier kann man's nicht lesen. Eine Warnung — dass man seine Finger davon lassen soll. Haben Sie so was schon mal gesehen? Schauen Sie es sich gut an. Ich war drin, bevor sie das draufgeklebt haben, da war die Tür noch offen. Jede Menge Cops waren in der Wohnung. Sah genau so aus wie neulich, als wir zusammen drin waren, nur dass die ganzen Bilder weg waren.«

»Sie waren *weg?!*«, sagte Nestor. Er klang überraschter, als er hatte klingen wollen. »Sind Sie sicher?«

»*Natürlich* bin ich sicher. Die in einer Reihe an dieser langen Wand hingen. *Die* waren so schlecht, die wären mir aufgefallen. Vielleicht hat er sie weggeworfen. Wenn ich solche Bilder bei *mir* an der Wand hängen hätte, würde ich auch anfangen zu trinken … der arme Kerl«, fügte sie schnell hinzu, schließlich wollte sie nicht schlecht über einen Toten reden.

»Sie sind *weg* …«, sagte Nestor mehr zu sich selbst als zu ihr. In diesem Augenblick drehte sich einer der Polizisten um, und Nestor hatte den Eindruck, als schaute er ihn direkt an. *¡Mierda!* Vielleicht lag es daran, dass er so viel jünger war als alle anderen auf der Galerie. Oder der andere Polizist hatte etwas zu ihm gesagt, denn jetzt schauten sie ihn beide an. Er wollte sich seinen Plastikstrohhut ins Gesicht ziehen, aber das wäre erst recht aufgefallen.

»Ich will mir das mal von der anderen Seite anschauen«, sagte Nestor zu Lil. Er zeigte zur Galerie auf der gegenüberliegenden Seite.

»Von da *drüben?* Sie sollten *dahin* gehen, wenn Sie was sehen wollen«, sagte Lil und zeigte zu Igors Apartment.

»Nein … erst von da *drüben*«, sagte Nestor. Er hoffte, er hörte sich nicht so beunruhigt an, wie er war. Er drehte sich um, bekam aber noch mit, dass Lil kurz zu Edith schaute. Er konnte sehen, wie sie die Lippen an einer Seite nach unten zog, als wollte sie sagen, *Der Junge hat sie nicht mehr alle.*

Er versuchte so lässig wie möglich in gebückter Haltung am Geländer entlangzugehen, damit man ihn von unten nicht sehen konnte. Lässig in gebückter Haltung — das konnte nicht klappen. Die rüstigen Rentner starrten ihn an. Wahrscheinlich sah er aus wie ein Penner. Also richtete er sich auf und hatte jetzt einen guten Blick auf den Hünen, der unten auf dem Beton lag, zugedeckt, unförmig … Igor? … die lebende Person, die er bis in sein »geheimes« Versteck verfolgt hatte? … Er spürte, wie er hilflos — zu spät, um sich noch irgendwie dagegen zu wehren! — in einem Sumpf aus tiefster Schuld versank … Er hatte ihn *»verfolgt«*, damit hatte es angefangen. ::::::Bitte, *Dios,* mach, dass er einfach im Rausch die Treppe hinuntergestürzt ist … Er war nur ein Fälscher! … Er hatte es nicht verdient, umgebracht zu werden! Und mit *mir* hat es angefangen und — Moment mal … was rede ich da? Ich habe Igor nicht gesagt, dass er Bilder fälschen soll … Ich habe ihm nicht gesagt, dass er einem frevelhaften Russen bei seinen Betrügereien behilflich sein soll … Ich habe ihm nicht gesagt, dass er sich ein Geheimatelier in einem Heim für rüstige Rentner in Hallandale einrichten soll … Ich habe ihm nicht gesagt, dass er Alkoholiker werden und von morgens bis abends Wodaprikas trinken soll … Ich habe ihm nicht gesagt, dass er im Honey Pot sein ganzes Geld für Huren ausgeben soll.:::::: Während der kurzen Zeit, in der er auf die zerknautschten Umrisse des toten Igor hinuntergeblickt hatte, hatte Nestor das Problem gelöst … Er hatte Igor nicht erschaffen und einer mörderischen Schlägerbande ausgeliefert … Er hatte sich selbst von jeglicher Schuld freigesprochen .... ohne göttliche Einmischung, aber *Dios mío,* alle —

— *alle vier Cops* im Innenhof schauten jetzt, während er nach unten auf Igors Überreste schaute, zu ihm hoch ... obendrein ein Haufen Anglos, diese Broward-County-Cops! ... Die täten nichts lieber, als mich einzulochen ::::::Werde ich langsam paranoid? ... Aber sie schauen mich *wirklich* an, genau wie die beiden vor Igors Apartment, oder? Ich verpiss mich!::::::

Nestor bückte sich wieder nach vorn, gab sich diesmal aber nicht die Mühe, den Lässigen zu mimen. Er trippelte schnell zum Aufzug und fuhr ins Erdgeschoss — und rechnete fast damit, dass an der Lifttür schon die Broward-County-Cops auf ihn warten würden ... Er wurde *tatsächlich* etwas schreckhaft, oder?! ... Er versuchte nicht *zu* schnell zu dem Parkplatz zu gehen, wo er seinen Camaro abgestellt hatte ... und drückte dann voll aufs Gas, um so schnell wie möglich abzuhauen. ::::::Ich fasse es nicht! So fühlt es sich also an, wenn jemand hinter einem her ist!::::::

Während er auf dem Hallandale Beach Boulevard Richtung Sunny Isles nach Osten fuhr, fing er sich allmählich wieder. ::::::Jetzt nichts wie nach Hause! Das ist die Hauptsache. Zu Hause sein, für den Fall, dass sie tatsächlich mal jemanden vorbeischicken.:::::: Trotzdem, vorher musste er ein Münztelefon finden und einen Anruf machen ... sofort. Wenn er mit seinem iPhone anrief, wussten sie, wer er war, und in null Komma nichts, wo er war ... aber wo *in Dios Namen* war ein Münztelefon? Als ob die alle vom Erdboden verschwunden wären ... oder jedenfalls aus Hallandale ... Kilometer um Kilometer ... suchte sein Blick jede Tankstelle, jede Ladenzeile, jeden Motelparkplatz, jedes Drive-in-Restaurant, das Gelände der Wasserwerke von Broward County, sogar vollkommen aussichtslose Orte ab … wie einen kleinen einstöckigen Laden, dessen Rasen mit billigen Gartenfiguren übersät war: Einhörnern, Bären — großen Bären — Putten, Elfen, Abraham Lincoln, zwei Statuen der Jungfrau Maria, einem fliegenden Fisch aus Gips, einem Gipsindianer mit Gipskopfschmuck —

Schließlich kam er an einem Restaurant vorbei … das Gogol's hieß … Der Parkplatz war leer, aber in der Nähe des Eingangs — ein Münztelefon. Gott sei Dank hatte er Kleingeld dabei. Er musste erst die Auskunft anrufen, um sich die Nummer des Broward County Sheriff's Office geben zu lassen … und landete ein paar Münzen später im Labyrinth der automatischen Telefonansage. Die aufgezeichnete Stimme einer Frau sagte: »Sie sprechen mit dem Broward County Sheriff's Office. Bitte hören Sie aufmerksam zu. Bei Notfällen drücken Sie null-null … für die Meldung von nicht dringlichen Vorfällen drücken Sie zwei … für Gebühren und Rechnungen drücken sie drei … für die Personalabteilung drücken Sie vier … bis schließlich … eine menschliche Stimme sagte: »Morddezernat, Lieutenant Canter.«

»Lieutenant«, sagte Nestor. »Ich habe ein paar wertvolle Informationen für Sie. Haben Sie was zum Aufzeichnen da?«

»Wer spricht da?«

»Tut mir leid, Lieutenant, ich kann Ihnen nur die Informationen geben, aber es sind gute Informationen.«

Eine Pause. »Okay … schießen Sie los.«

»Der Gerichtsmediziner —« Verdammt, »Gerichtsmediziner« hörte sich zu sehr nach Polizei an. Er verbesserte sich. »Wenn der Leichenbeschauer« — auch nicht viel besser … immer noch zu insidermäßig. Inzwischen hatte der Lieutenant sicher schon den Kippschalter des Bandgeräts betätigt — »Also, Sie kriegen bald eine Leiche rein. Auf dem Namensschild steht« — er sprach sehr langsam — »Ni-ko-lai

Ko-pin-sky … Okay? … aus der Seniorenresidenz Alhambra Lakes. Sein richtiger Name ist I-gor Dru-ko-witsch … Okay? Ein Künstler, steht im Telefonbuch von Miami. Allem Anschein nach hat er sich bei einem Sturz die Treppe runter das Genick gebrochen. Aber der Gerichtsmediziner sollte das …« — ach, verdammt, was soll's … er blieb einfach bei Gerichtsmediziner — »also der Gerichtsmediziner soll das nicht für bare Münze nehmen. Er soll die Leiche obduzieren, ob es wirklich ein Unfall war … oder irgendwas anderes … Okay? Die Bilder, die er gemalt hat … ähh … also, die hat er im Stil von berühmten Malern gemalt — damit meine ich, sie waren *identisch* mit den Bildern von denen, Lieutenant — und zwölf von denen, die bei ihm im Apartment hingen, die sind jetzt weg —«

Dann hängte Nestor abrupt auf, sprang in seinen Camaro und machte sich mit Vollgas auf den Weg nach Miami. ::::::Bin ich verrückt? Ich kann nicht mit Vollgas durch die Gegend brettern. *Ich werde gesucht!* Ein *Gejagter,* soweit ich weiß. Und dann buchtet mich eine Broward-County-Streife wegen zu schnellen Fahrens ein … *wegen zu schnellen Fahrens!*::::::

Er bremste den Camaro auf die Geschwindigkeit für Gejagte herunter und blieb ab jetzt immer einen Hauch unter dem Tempolimit. Er atmete langsam aus und spürte, dass sein Herz zu schnell schlug.

¡Mierda! Die Uhr am Armaturenbrett … schon weit nach 8 Uhr! Der *Hausarrest* — aber auch John Smith! … seine große Besprechung beim *Herald* müsste inzwischen angefangen haben —

Diesen Anruf konnte Nestor während der Fahrt mit seinem iPhone erledigen … Er hatte John Smiths Nummer gespeichert … *¡Dios mío!* Ein Broward-County-*palurdo-americano*-Cop, der ihn anhielt, weil er beim Fahren telefonierte, das hätte ihm gerade noch gefehlt ... Er schaute in den Rückspiegel ... und dann in die beiden Seitenspiegel ... suchte dann die Straße vor ihm ab ... die Fahrbahn und die Standstreifen ... das musste er riskieren. Der Gejagte tippte die Nummer auf das Display des iPhones —

Natürlich war das nur eine Redewendung — »jetzt steckt mein Hals wirklich in der Schlinge« — aber Ed Topping konnte den Druck an seinem Hals ... oder jedenfalls an seiner Kehle ... wirklich spüren. Die Geschichte hatte inzwischen solche Ausmaße angenommen, dass er von John Smith nun kaum noch erwarten konnte, dass er sie im Stehen diskutierte. Nein, diesmal saßen sie alle drei — John Smith, Stan Friedman und er — an einem runden Tisch in seinem Büro. Und es saß noch ein vierter Mann am Tisch: Ira Cutler, der Topanwalt des *Herald* für Verleumdungsklagen. Er war ein Mann etwa Anfang fünfzig, einer jener Männer in späten mittleren Jahren, die noch glatte, kräftige Wangen hatten und einen feisten Bauch, dessen Umfang nicht von Alter, sondern von der Vitalität, dem Ehrgeiz und dem unbändigen Appetit der Jugend zeugte. Ira erinnerte Ed an die Porträts der großen Männer, die die Brüder Peale im achtzehnten Jahrhundert gemalt und ihre Objekte als Ausdruck von Erfolg und Tatkraft mit feisten, festen Bäuchen ausgestattet hatten. Bauch, Wangen, polierte Fingernägel, glattes weißes Hemd — Ira war ein gut gekleideter, gut genährter und in juristischen Fragen mit allen Wassern gewaschener Pitbull, der den Rechtsstreit liebte, besonders im Gerichtssaal, wo er Menschen offen beleidigen und demütigen, ihr Rückgrat brechen, ihren Ruf ruinieren, sie zum Weinen, Schluchzen, Heulen und Flennen bringen konnte ... und das alles mit offizieller Erlaubnis. Er hatte es im Kreuz, dieses Riesenbaby John Smith zu stoppen. Cutler hatte etwas wirklich Vulgäres an sich. Edward T. Topping IV hätte ihn nur ungern zu sich zum Essen eingeladen oder sich sonst wo mit ihm getroffen, wo sein geifernder Pitbull-Charakter ein schlechtes Licht auf das Haus Topping hätte werfen können … aber an diesem Tisch war sein schlechtes Benehmen willkommen.

»Nun, meine Herren … kommen wir zur Sache«, sagte Ed. Er schaute jeden Einzelnen der anderen drei an, vorgeblich, um sich zu vergewissern, dass sie alle, wie man so schön sagt, »an Bord« waren, aber eigentlich, um sich ihnen gegenüber seiner Autorität zu vergewissern, die aber in Wahrheit durch die Anwesenheit dieses harten Knochens geschwächt war. Mit dem festesten T-4-Blick, zu dem er fähig war, nahm er John Smith ins Visier. »Dann erzählen Sie uns doch mal, was das für eine neue Information ist, die Sie bekommen haben.« Erstatten Sie Bericht, Soldat — das war die Aura, mit der Ed seine Führungsrolle sichern wollte.

»Wie ich Ihnen schon gesagt habe, Sir, glaube ich, dass wir jetzt genau die Art von Augenzeugenaussage haben, die unserem Fall gefehlt hat. Der suspendierte Polizeibeamte, der mir in dieser Sache hilft, Nestor Camacho, ist einer alten Freundin über den Weg gelaufen, die zufällig bei Sergej Koroljow zu Gast war, als der unsere Geschichte über den Maler Igor Drukowitsch gelesen hat, von dem wir glauben, dass er die Gemälde gefälscht hat, die Koroljow dem Museum gestiftet hat. Sie hat Koroljows Reaktion geschildert —«

Ira Cutler unterbrach ihn. Seine Stimme hatte einen eigenartig schrillen Klang. »Moment … Camacho … Heißt so nicht der Cop, den man neulich wegen rassistischer Äußerungen gefeuert hat?«

»Man hat ihn nicht *gefeuert,* Sir, er wurde vom ›Dienst suspendiert‹. Das heißt, sie nehmen ihm bis zur Klärung der Angelegenheit Dienstmarke und Dienstrevolver ab.«

»Hmm … schon klar«, sagte Cutler … in einem Ton, der andeutete, »Zu dem Wirrkopf kommen wir später.«

»Jedenfalls ist diese Frau eine Freundin von ihm«, sagte John Smith. Und dann schilderte er, wie Koroljow in Panik geriet, und den Rest der Szene, wie Nestor sie ihm beschrieben hatte.

Ed schaute Cutler an. Cutler sagte, »Also, erstens, das ist kein Augenzeugenbericht. Das ist unterstützendes Beweismaterial, ein Augenzeuge ist jemand, der eine Straftat tatsächlich gesehen hat, als sie begangen wurde. Was Sie haben, sind Angaben, die einen Fall untermauern, aber es ist kein Augenzeugenbericht.«

Ed dachte ::::::Sie hat der Himmel geschickt, Cutler! Ihnen macht keiner ein X für ein U vor!:::::: Er konnte sich gerade noch ein Lächeln verkneifen. Er hob das Kinn und schaute John Smith an. Ah, das war ein Blick! Der Blick des Chefs, der besagt: *Ich bin ja tolerant, aber alles hat seine Grenzen.* »Erzählen Sie Mr. Cutler, was Sie sonst noch haben.« ::::::Jetzt, wo er dir deine Bazooka kaputt gemacht hat.::::::

John erzählte von Igors offenem Eingeständnis, dass er die Bilder gefälscht hätte. Er erzählte von den Fotos, die er von den Fälschungen gemacht hatte, die Igor gerade in Arbeit hatte … und von Igors Enthüllungen über alle Schritte, die Koroljow unternommen hatte, um wasserdichte Herkunftsnachweise für die Gemälde zu besorgen, einschließlich des Namens des deutschen Experten und Koroljows Reise nach Stuttgart, um ihn auszubezahlen. Er erzählte Cutler von einem »Nebenprodukt« der Fälschung, einem hundert Jahre alten Katalog, der auf Papier aus jener Zeit gedruckt worden war … ein korruptes Kunstwerk ganz eigener Art. John Smiths Tonfall wurde ganz John-Smith-untypisch schwärmerisch, als er der handwerklichen Finesse dieser Fälschungsarbeit seinen

Tribut zollte … der Suche nach dem hundert Jahre alten Papier, den exzentrischen Methoden bei Vervielfältigung und Herstellung, den veralteten Fotodruckprozessen, den rhetorischen Marotten aus jener Epoche … Tatsächlich war John Smiths Vortrag so John-Smith-untypisch schwärmerisch, dass der Katalog aus den Niederungen der Verderbtheit emporzusteigen schien in dionysische Sphären weit jenseits aller Maßstäbe von richtig und falsch …

Als John Smith fertig war, schaute Ed zu seinem Erlöser, dem Mann, der immun war gegen kindischen Ehrgeiz und Gefühlsduseleien … Rechtsanwalt Cutler. Auch Stan Friedman und John Smith richteten ihren Blick auf den Pitbull mit dem juristischen Diplom.

Der unangreifbare Unparteiische beugte sich vor, stützte Ellbogen und Unterarme auf den Tisch und schaute seinerseits jeden Einzelnen von ihnen mit einem Gesichtsausdruck vollkommener raubtierhafter Überlegenheit an … zumindest so pitbullmäßig raubtierhaft, wie ein Mann mittleren Alters mit glatten Wangen, einem Bauch, einem frisch gewaschenen und messerscharf gebügelten weißen Hemd und einer edlen italienischen Seidenkrawatte aussehen konnte. Dann sprach er:

»Ausgehend von Ihren Ausführungen … besteht keine Möglichkeit, eine Story mit der Behauptung zu bringen, dass Koroljow dies oder jenes getan hat, nicht mal auf Grundlage der Eingeständnisse des Fälschers, außer dass er dem Museum diese Gemälde vermacht hat. Ihr Mann, Drukowitsch, scheint ganz *wild* darauf zu sein, dass man ihm für seine Begabung und seine Verwegenheit Tribut zollt. Das ist typisch für Schwindler jeglicher Art. Außerdem ist er Vollalkoholiker und geradezu widerlich stolz auf das, was er getan hat.«

::::::Jawoll! Ich *wusste,* dass ich auf Sie zählen kann! Sie sind der Realist inmitten von Kindsköpfen, die praktisch nichts zu verlieren haben, egal was für eine Geschichte wir bringen ... wohingegen ich — ich kann alles verlieren ... meine Karriere, meinen Lebensunterhalt ... und das alles untermalt vom nicht enden wollenden, verächtlichen Gespött meiner Frau. Ich höre sie schon sagen, »Diese liederlichen und unbesonnenen Neigungen hattest du ja schon immer — aber Herrgott! musstest du sie unbedingt auf die Spitze treiben? Musstest du unbedingt einen maßgeblichen Bürger verleumden, einen Mann, der so generös ist, dass sie für ihn sogar ein Museum umbenennen und vorne seinen Namen in *so großen* und *so tiefen* Marmorlettern über den Eingang meißeln? Und was ist mit dem Bürgermeister und der Hälfte aller anderen angesehenen Bürger von Greater Miami — einschließlich meines liederlichen, unbesonnenen, ehedem angesehenen, selbstzerstörerischen Ehemannes? All diese angesehenen Menschen gehen zu einem Bankett zu seinen Ehren, und jetzt willst du die alle unbedingt als Gelackmeierte, Idioten, Tölpel, Hinterwäldler und Provinzdeppen hinstellen? Und das alles, weil ein grüner Junge unausgegorene Flausen im Kopf hat, von einer freien Presse und deren Mission, eine furchtlose Berichterstattung zu gewährleisten ... und sich mit seinem Yale-ausgebildeten Selbst und seinem selbst ausgebildeten Ego profilieren will? Nun, ich hoffe, dass dein liederliches, unbesonnenes Ego jetzt zufrieden ist! Deine *Freiheit* der Presse, deine *Mission* der Presse, oh, du Wächter der Gemeinschaft, der du Wache hältst, während der wackere Bürger schläft — *iaghhhhhn!* ein unfähiger Trottel, der gerade dabei war, seinen ersten großen Schritt als mächtiger Chefredakteur zu machen — erster großer Schritt ... oh, ja! ... in die schlimmstmögliche Massenkarambolage *iaghhhhhhhh!*« Gott segne dich, Ira Cutler! Du hast mich an meiner schwächsten Verteidigungsflanke geschützt! Bei diesem Thema gibt es keine höhere Instanz als —::::::

Ira Cutlers Stimme fuhr dazwischen. »Sie können es sich nicht leisten, Koroljow wegen irgendetwas *zu beschuldigen* —«

::::::Jawoll! Sag's ihnen, Bruder! Sag ihnen, was Sache ist!::::::

»— weil Sie nicht genügend objektive Beweise und keinen Augenzeugen haben. Sie können nicht mal andeuten, dass Koroljow für irgendetwas davon *verantwortlich* ist — «

::::::Oh Bruder, leg Zeugnis ab! Führe sie auf den Pfad der Tugend!::::::

Eine gewaltige Last rutschte von seinen Schultern ... Die Kuh war vom Eis. Endlich konnte er austamen! ::::::Es *gibt* einen Gott im Himmel! Ich bin erlöst von —::::::

Wieder erklang die schrille Stimme des Pitbulls: »Andererseits haben Sie da überzeugendes Material in der Hand, und wie mir scheint, haben Sie Ihre Fakten ziemlich präzise festgeklopft. Wie hieß der Bursche noch mal — Igor? — der sagt also, dass er die Bilder gefälscht hat, und das haben Sie auf Band. Das ist seine Aussage. Sie haben nachgewiesen, dass ein und derselbe russische Maler unter zwei Namen lebt, in der Stadt unter Igor, auf dem Land unter Nikolai —«

::::::Hey, hey, was soll das? Was soll plötzlich dieser Scheiß von wegen ... »andererseits« und »überzeugendes Material«? Scharrt mir da etwa mein Pitbull mit den Hinterläufen den Boden unter den Füßen weg? Nicht lockerlassen, du elender Jagdhund! Nicht lockerlassen!::::::

»— und er hat ein geheimes Atelier in einem Altersheim in Hallandale, was am Arsch der Welt liegt«, sagte Cutler. »Dieses Material können Sie verwenden, wenn a) der Bursche gewusst hat, dass Sie seine Aussage aufgezeichnet haben, und wenn Sie es b) nicht so formulieren, dass der Eindruck entstehen könnte, der einzige Grund für all Ihre Bemühungen sei gewesen, Koroljow als Betrüger zu entlarven.« Er schaute John Smith an und sagte, »Ich nehme an, Sie haben versucht

Kontakt zu Koroljow aufzunehmen, John.« ::::::Er nennt ihn »John«, dabei sieht er ihn heute zum ersten Mal in seinem Leben. Aber er sieht ihn als das, was er ist — als Jungen! Ein Junge, der mit dem Feuer spielt! Nur ein Junge!::::::

»Ja, Sir«, sagte John Smith. »Ich habe —«

Er brach ab, weil irgendwo in seiner Kleidung ein Handy klingelte. Er zog es aus der Innentasche seiner Jacke und schaute auf das Display. Bevor er antwortete, sprang er auf und — schaute Ira Cutler an und sagte, »Tut mir leid … Sir … aber da muss ich rangehen.« Er ging in eine Ecke des Büros und steckte den Kopf so tief in die Ecke, dass eine Wange an der Innenwand und die andere mit dem BlackBerry am Panoramafenster lehnte.

Das Erste, was die anderen hörten, nachdem John Smith »Hallo« gesagt hatte, war »Oh Gott!« und ein Stöhnen, ein sehr John-Smith-untypisches »Oh Gott!« und ein Stöhnen, das noch John-Smith-untypischer war. Dann »Ooooooh!«, als hätte er einen Schlag in die Magengrube bekommen. Niemand hatte sich vorstellen können, dass John Smiths Körper solche Geräusche machen konnte. Er blieb vielleicht zwanzig oder dreißig Sekunden in der Ecke, was ihnen aber wie eine Ewigkeit vorkam. Dann sagte er mit sanfter, höflicher Stimme, »Danke, Nestor.«

John Smith war ohnehin der blasse Typ, aber als er sich umdrehte, war er weiß wie eine Leiche. Sein Gesicht sah vollkommen blutleer aus. Er stand stocksteif da und sagte mit hoffnungslos deprimierter Stimme, »Das war meine beste Quelle. Er ist in Hallandale. Man hat gerade Igor Drukowitsch tot am Fuß einer Treppe gefunden. Mit gebrochenem Genick.«

::::::Verdammt!:::::: dachte Ed. Er wusste, was das bedeutete … Jetzt hatte er keine Chance mehr, die Geschichte *nicht* zu bringen … und Sergej Koroljows Name stand in Stein gemeißelt über dem Eingang des Museums … und er hatte beim Bankett nur zwei Plätze neben ihm gesessen! ::::::Jetzt habe ich keine Wahl mehr, jetzt muss ich *meinen* Hals riskieren. Ed Topping, der furchtlose Journalist … Verdammt! und noch mal verdammt!::::::

21

DER RITTER VON HIALEAH

Gerade mal 6:45 Uhr — und schon herrschte Aufruhr im Büro von Edward Topping IV. Zu viele Leute! Zu viel Lärm! Er hatte nicht mal Zeit gehabt für das großartige Symbol seiner Spitzenposition, einen Blick durch seine Glaswand auf die Biscayne Bay, auf Miami Beach, auf den Atlantischen Ozean, auf den blauen 180-Grad-Horizont und die Milliarde auf dem Wasser tänzelnder winziger Lichtblitze, während der große Heizstrahler da oben allmählich den Saft aufdrehte. Er war nicht mal dazu gekommen, sich an seinen Schreibtisch zu setzen, nicht ein einziges Mal, außer man betrachtete es als sitzen, wenn sich jemand mit seinem breiten knochigen Hintern an die Schreibtischkante lehnt.

Er hatte einen Telefonhörer am Ohr, seine Augen waren auf den Bildschirm seines Apple ZBe3-Computers gerichtet. Ungehaltene, hektische, sogar panische Anrufe, SMS, Tweets und E-Screams prasselten aus allen Teilen des Landes … ja, aus allen der Welt auf ihn ein … von einem sorgenvollen Kunsthändler in Vancouver, Ortszeit 3:45 Uhr, irgendeinem Impresario von der Art Basel in der Schweiz, Ortszeit 12:45 Uhr, einem Auktionshaus in Tokio, Ortszeit 19:45 Uhr, und einem gepeinigten — nein, zum Schreien panischen — Privatsammler in Wellington, Neuseeland, wo in wenigen Minuten der neue Tag anbrach, plus von allen möglichen Nachrichtenagenturen, britischen, französischen, deutschen, italienischen und japanischen Fernsehsendern sowie allen möglichen Kabel- und Internetmedien in Amerika. Unten in der Lobby wartete schon ein Kamerateam von CBS — um 6:45 Uhr!

John Smiths Geschichte war gerade erschienen. Der *Herald* hatte sie gestern Abend um sechs Uhr online gestellt, um mit diesem Knüller exklusiv am Markt zu sein. Sechs Stunden später kam sie mit der ersten Printausgabe heraus, unter einer Überschrift aus zwei Wörtern in Großbuchstaben, quer über die ganze Titelseite, fünf Zentimeter hoch und fett und schwarz wie in den Boulevardblättern:

TÖDLICHER ZUFALL

Jeder Topmann des Chicago Loop Syndicate, der unbedingt da sein wollte, »wo die Post abgeht«, hatte sich sofort, nachdem die Geschichte im Netz stand, mit einem von Loops drei Falcon-Jets auf den Weg nach Miami gemacht. Der Ort, wo die Post abging, war das Büro des *Herald*-Chefredakteurs Edward T. Topping IV. Dort befanden sich im Augenblick acht — oder waren es neun? — Loop-Manager einschließlich des Vorstandsvorsitzenden Puggy Knobloch, Ed selbst, Ira Cutler und Adlai desPortes, der neue Herausgeber des *Herald*. Aus irgendeinem Grund hatten der Lokalchef Stan Friedman und John Smith, der Mann der Stunde, den Raum kurz verlassen ... Der berauschendste chemische Stoff, der der Menschheit bekannt ist — Adrenalin — schwappte in Wellen Wellen Wellen Wellen durch den Raum und machte die Loop-Truppe glauben, sie hätten im Auge des Hurrikans die Logenplätze für eine der größten Storys des einundzwanzigsten Jahrhunderts: Ein neues 220-Millionen-Dollar-Kunstmuseum, das

Kernstück eines riesigen Kulturkomplexes der Stadt Miami, wird nach einem russischen »Oligarchen« benannt, nachdem dieser dem Museum ein außerordentliches Gemäldepräsent im Wert von »siebzig Millionen Dollar« gemacht hat. Längst haben die besten Steinmetze die Buchstaben seines Namens über den Eingang in Marmor gehauen — THE KOROLJOW MUSEUM OF ART — und jetzt, na, wie stehen wir da, in diesem Augenblick, in unserem Büro? Wir sind die Alphatiere. Es sind unsere Journalisten, die den fabelhaften »Spender« als Betrüger entlarvt haben.

Ed hörte trotz des für einen Ort, wo die Post abging, typischen Chaos und Lärms die dröhnende, um etliche Dezibel lautere Stimme von Puggy Knobloch, »*Haaaghh* — die alte Dame glaubt, dass ›die Umwelt‹ der Name einer staatlichen Behörde ist?!« *Haaaghh!* war Puggys Lachen. Es hörte sich an wie ein Bellen. Es übertönte — für etwa eine halbe Sekunde — jedes andere Geräusch und sollte bedeuten: »Das soll lustig sein? Na gut, das ist meine Antwort: *Haaaghh!*«

Das Adrenalin pumpte pumpte pumpte!

Ein andere Stimme erhob sich über das Grollen und Grölen. Die des Anwalts Ira Cutler. Sie war unverkennbar. Sie klang wie das Jaulen einer Eisendrehbank. Er hielt Puggy Knobloch die Titelseite mit der gigantischen Überschrift TÖDLICHER ZUFALL direkt vor die Nase.

»Hier! Lesen Sie den Aufmacher!«, sagte Ira Cutler. »Die beiden ersten Absätze.«

Er versuchte Knobloch die Zeitung in die Hand zu drücken, aber Knobloch hob abwehrend seine großen feisten Hände. Er sah gekränkt aus. »Glauben Sie, ich hab das noch nicht gelesen?« — in einem Ton, der ausdrückte, <<<Grundgütiger, haben Sie *wirklich* keine Ahnung, Mann, wen Sie hier so unverschämt anquatschen?>>>

Aber davon ließ Cutler sich keine Sekunde beirren. Er hatte das Alphatier mit seinem Laserblick und dem pausenlosen, hartnäckigen Rat-tat-tat-tat-tat seines Redeschwalls festgenagelt. »Also gut! Ich lese es Ihnen vor!«

»Die Überschrift, ›Tödlicher Zufall‹, und direkt darunter, ›Am Abend behauptet er: Ich bin der Fälscher. Am nächsten Morgen ist er — tot.‹ … dann der Verfasser, ›Von John Smith.‹ Und dann heißt es, ›Nur Stunden nachdem der Maler Igor Drukowitsch aus Wynwood dem *Herald* gegenüber behauptet hatte, dass er die auf $70 Millionen geschätzten modernen russischen Gemälde gefälscht habe, die das Herzstück der Sammlung des Koroljow Museum of Art bilden, wurde er heute bei Sonnenaufgang mit gebrochenem Genick aufgefunden.

Seine Leiche lag am Fuß einer Treppe in einem Seniorenheim in Hallandale — wo er sich nach Informationen des *Herald* unter dem Namen Nikolai Kopinsky ein Geheimatelier eingerichtet hatte.‹«

Strahlend vor Selbstgefälligkeit, nahm der Pitbull die Zeitung herunter. »Und, Puggy, kapiert?«, sagte er großmäulig zu Knobloch. »Erkennen Sie das Muster? Die Strategie? Wir *beschuldigen* Sergej Koroljow *keines Vergehens:* Das Museum, dem die Bilder gehören, trägt nur zufällig seinen Namen, das ist alles.« Cutler zuckte spöttisch die Achseln. »Nicht unser Problem, oder? Das Schlüsselwort ist, na?, genau: *behauptet!* Hat mich ganz schön Nerven gekostet, das John Smith klarzumachen. Er wollte Wendungen benutzen wie Drukowitsch *enthüllte* oder *gestand* oder *schilderte wie* oder andere Worte, die hätten andeuten können, dass wir annehmen, Drukowitsch sage die Wahrheit. Nein, ich habe dafür gesorgt, dass wir ein Wort benutzen, das man leicht auch so verstehen kann, dass wir durchaus skeptisch sind: Er *behauptet,* dass er sie gefälscht hat ... das ist *seine* Behauptung ... Hat eine Stunde gedauert, bis unser Bürschchen das gefressen hatte.«

Oh ja, Ed erinnerte sich genau. ::::::Wir — mich eingeschlossen — haben mit dem armen John Smith einen ziemlichen Nasenbluter durchgezogen.:::::: So nannte man es, wenn dem Reporter beim Schreiben über die Schulter zu schauen. Wenn der dann plötzlich den Kopf hebt, holt sich einer eine blutige Nase.

Ah, aber das Adrenalin pumpt pumpt pumpt pumpt für den Unbekannten genauso — Kampfgetümmel! Wie wird der Betrüger reagieren? Wie wird er kämpfen? Wen wird er attackieren — und womit?

Kurz vor 8 Uhr, als Stan Friedman in den Raum zurückkehrte, erreichte der pumpende Rauschzustand am Ort, wo die Post abging, einen Höhepunkt. Diesmal war der Lokalchef nicht begeistert. Er hielt einen weißen Umschlag in der Hand ... und sein Gesicht hatte einen deprimierten Ausdruck angenommen. Mit diesem düsteren Gesicht ging er sofort zum Herausgeber des *Herald,* Adlai desPortes, der bis zu diesem Augenblick das fantastischste Adrenalin-High seines Lebens genossen hatte, und übergab ihm den Umschlag. Dann verließ Friedman sofort wieder den Raum. DesPortes las den Brief, der offenbar nicht lang war, und reichte ihn, jetzt selbst mit deprimiertem Gesichtsausdruck, an Ed weiter. Ed las den Brief ::::::Jesus Christus! Was genau sollte *das* jetzt bedeuten?:::::: und reichte ihn mit deprimiertem — nein, *versteinertem* — Gesicht sofort an Ira Cutler weiter, und es wurde allmählich ruhiger im Raum. Jeder erkannte, dass die SCHWERMUT Einzug gehalten hatte, und es wurde noch ruhiger.

Ed begriff, dass die Atmosphäre ihn schwach und verwirrt aussehen ließ. *Oh Mann*. Es war an der Zeit, vorzutreten und Führungsstärke zu beweisen. Mit einer Stimme, die sorglos und unbekümmert klingen sollte, sagte er, »Alle mal herhören, Ira hat ein paar brandaktuelle Neuigkeiten.« Er wartete vergeblich, dass jemand auf sein sorgloses und unbekümmertes Bonmot — *brandaktuell,* ein Überbleibsel aus dem zwanzigsten Jahrhundert — reagierte. »Die andere Seite hat uns per Boten eine Nachricht zukommen lassen!« Von Sorglosigkeit oder Unbekümmertheit keine Spur im ganzen Raum. »Ira, warum lesen Sie uns den Brief nicht vor?«

Die Stimmung im Raum schien nicht annähernd die Gleichgültigkeit widerzuspiegeln, die Ed mit seinen Worten ausdrücken wollte.

»Oh-kaaay«, sagte Cutler. »Was haben wir denn da?« Es war immer wieder überraschend, wenn die schrille Stimme des Pitbulls erklang, besonders in Gegenwart so vieler Leute. »Mal sehen ... mal sehen ... mal sehen ... also, Folgendes ... Die Mitteilung scheint von der Anwaltskanzlei Solipsky, Gudder, Kramer, Mangelmann und Pizzonia zu stammen. Sie ist adressiert an Mr. Adlai desPortes, Herausgeber, *Miami Herald,* 1 Herald Plaza etc. etc. ... hmmmm ... hmm ... und so weiter.

›Sehr geehrter Mr. desPortes, wir vertreten Mr. Sergej Koroljow, Gegenstand eines Artikels auf der ersten Seite der heutigen Ausgabe des *Miami Herald.* Ihre ehrenrührige und höchst verleumderische Darstellung von Mr. Koroljow ist inzwischen weltweit in Presseerzeugnissen und elektronischen Medien wiederholt worden. Mit unwahren Angaben und sittenwidrigen Unterstellungen haben Sie der Reputation eines der großzügigsten, angesehensten und dem Gemeinwohl außerordentlich verpflichteten Bürgers von Greater Miami schweren Schaden zugefügt. Dabei stützen Sie sich im Kern auf Erfindungen und, was uns sehr wahrscheinlich erscheint, Wahnvorstellungen eines Individuums, von dem bekannt ist, dass es unter fortgeschrittenem Alkoholismus leidet. Sie benutzen ihre herausragende Stellung auf grob fahrlässige, böswillige, gänzlich unverantwortliche und auch — angesichts der Beweiskraft, so überhaupt vorhanden, gewisser Behauptungen — gesetzeswidrige Weise. Sollten Sie einen Widerruf und eine Entschuldigung für diese vor falschen Anschuldigungen strotzende ‚Geschichte' veröffentlichen, wird Mr. Koroljow dies als einen mildernden Umstand betrachten. Hochachtungsvoll, Julius M. Gudder, RA, Solipsky, Gudder, Kramer, Mangelmann und Pizzonia.‹«

Cutler kniff die Augen zusammen und musterte seine Zuhörer mit einem giftigen, schmalen Lächeln. Er war in seinem Element. Also los, der Kampf kann beginnen! Ich liefere euch jeden Schmutz, den ihr braucht, um ihm richtig in den Arsch ... Sein Blick verharrte auf dem offiziellen Adressaten dieser Ohrfeige, dem Herausgeber Adlai desPortes. Herausgeber desPortes schien nicht die geringste Eile zu haben, die Ehre des *Miami Herald* zu rächen. Tatsächlich schien er, wie sich seine mutmaßlich französischen Vorfahren vielleicht ausgedrückt hätten, restlos *hors de combat* zu sein. Er war ganz im buchstäblichen Sinn des Wortes sprachlos: Er hatte die Sprache verloren. Mein Gott, die Aufgabe als Herausgeber des *Miami Herald* sah eigentlich nicht vor, sich mit so einem Scheiß wie einer *ehrenrührigen und verleumderischen Darstellung* herumzuschlagen. Sie sah vor, sich bei dreistündigen Lunchverabredungen mit Werbekunden, Politikern, Firmenbossen, Finanzvorständen, Universitäts- und Stiftungspräsidenten, Mäzenen aus der Kunstwelt und altgedienter Prominenz zu treffen, aber auch mit den Fünfzehn-Minuten-Promis, die die TV-Tanzshows, Musikshows, Quizshows, Realityshows und Modelshows ausspuckten, sowie den Gewinnern der Tanzshows, Musikshows und Gameshows. Anlässe, die einen geschmeidigen, konstant gebräunten und konstant kontaktfreudigen

Gastgeber erforderten, der beim Small Talk nie ins Stottern oder Stocken geriet, weil ihm sein Grips in die Quere kam, und dessen Erscheinen bei Oberkellnern und Besitzern aller Spitzenrestaurants genügte, das unterwürfigste Hallo mit Namensnennung und Stets-zu-Diensten-Geschleime hervorzurufen. Allerdings strahlte er im Augenblick nichts Geschmeidiges aus. Die Unterlippe seines leicht geöffneten Mundes hing herunter. Ed wusste exakt, was desPortes sich gerade fragte … Haben wir einen riesengroßen Bock geschossen? Hat unsere Arbeit darin bestanden, was Wissenschaftler Blind-Blöd-Forschung nennen, bei der nämlich die Hoffnung auf ein bestimmtes Resultat die tatsächlichen Ergebnisse verzerrt? Haben wir uns auf das Wort eines Mannes verlassen, von dem wir selbst wussten, dass er ein jämmerlicher Säufer ist? Hingen die Fälschungen allein deswegen nicht mehr an der Atelierwand, weil er sie woanders eingelagert hatte — wenn es überhaupt Fälschungen waren? Haben wir jeden Schritt Koroljows blind-blöd verzerrt … während er in Wahrheit gar kein doppeltes Spiel getrieben hatte? Wusste er, Ed, deshalb so genau, was dem Herausgeber mit dem pompösen Namen Adlai desPortes durch den Kopf ging, weil es genau das war, was auch ihm, Edward T. Topping IV, durch den Kopf ging?

Wie jeder gute, nach Streit lechzende Pitbull schien Cutler das schwache Rückgrat unter dem Fell der Eds und Adlais sehen zu können. Also fiel ihm die Aufgabe zu, das Rückgrat zu stärken und aufzurichten.

»Herrlich!«, sagte er grinsend, als wäre gerade das lustigste Spiel der Welt angepfiffen worden. »Sie werden Ihren Spaß haben! Haben Sie jemals in Ihrem Leben eine größere Wolke heißer Luft gesehen? … die als Rakete verkleidet daherkommt? Nennen Sie mir eine Tatsache aus unserer Geschichte, die sie abstreiten? … Sie werden keine finden, weil die nämlich auch keine finden können! Die können nicht einen spezifischen Punkt abstreiten, dessen wir Koroljow beschuldigt hätten — weil wir nämlich *keine einzige* Beschuldigung erhoben haben. Ich hoffe, Ihnen ist klar«, sagte er, »dass die in dem Augenblick, wenn sie eine Verleumdungsklage anstrengen, selbst die Hosen runterlassen müssen.«

Cutler lächelte nicht nur, er rieb sich jetzt die Hände, als könnte er sich nichts Köstlicheres vorstellen. »Das ist alles nur Theaterdonner. Warum schicken die uns so früh am Morgen diesen Wisch — per Boten?« Er musterte die Gesichter seiner Zuhörer, als ob einer von ihnen das tatsächlich sofort kapieren würde … Stille … Totenstille … »Das ist reine PR!«, sagte er. »Die wollen offiziell verlautbaren, wie ›ehrenrührig‹ die ganze Sache ist, damit keine weiteren Geschichten rausgehen, ohne dass ihr jeden und alles bedrohendes Dementi erwähnt wird. Darum handelt es sich bei dem Wisch.«

Ed verspürte den Drang, mit irgendeinem messerscharfen Kommentar seine Führungsstärke zu demonstrieren. Aber ihm fiel nichts ein, ob messerscharf oder sonst wie. Außerdem war der Brief an Adlai desPortes adressiert, oder? Er war gefordert, richtig? Ed schaute Adlai desPortes an. Der Mann sah aus, als hätte ihn eine Streitaxt an der Schädelbasis erwischt. Er war paralysiert, stehend k.o. Ed wusste, was er, der Herausgeber, dachte, weil er, Ed, genau das Gleiche dachte. Warum hatten sie diesen ehrgeizigen Frischling John Smith gewähren lassen? Er war ein *Junge!* Er sah aus, als müsste er sich nie rasieren! Seine Geschichte basierte vollständig auf dem plötzlichen »Wahrheitsanfall« eines heillosen Säufers — der jetzt tot war. Wenn Koroljows Anwalt Julius Gudder das Skalpell zückte, dann würde von Igor Drukowitschs Reputation und Glaubwürdigkeit nur ein Fleck auf einer Badematte übrig bleiben.

DesPortes hatte sich inzwischen wieder gefangen und nahm Ed sozusagen die Worte aus dem Mund: »Aber Ira, verlassen wir uns da nicht allzu sehr auf das Zeugnis eines Mannes, der mit zwei schwerwiegenden Makeln behaftet ist? Erstens ist er jetzt sehr tot, zweitens war er zu Lebzeiten immer sehr voll.«

Das zeitigte ein paar Lacher und Gott sei Dank Anzeichen von Leben unter den Untoten!

Der Pitbull ließ das nicht gelten. Es verleitete ihn vielmehr zu einer noch erregteren Tirade mit noch schrillerer, noch schärferer Stimme. »Aber ganz und gar nicht! Ganz und gar nicht! Ob der Mann nüchtern war oder nicht, hat damit überhaupt nichts zu tun. Das ist eine Geschichte über einen Mann, der ein Doppelleben geführt hat, ein öffentliches Leben und eins im Verborgenen, und der unter mysteriösen Umständen — möglicherweise durch die Hand eines Mörders — gestorben ist. Und damit gewinnt alles eine immense Bedeutung, was er unmittelbar vor seinem rätselhaften Tod gesagt hat, auch wenn das einen Schatten auf andere wirft.«

Guter Vortrag, Advocatus! Aber das verlangsamte immer noch nicht Eds Herzrasen. In diesem Augenblick betrat Stan Friedman mit dem sehr traurig dreinblickenden John Smith im Schlepptau den Raum. Ed hätte gute Lust gehabt, ihn vor versammelter Mannschaft zur Rede zu stellen: »Ah, Stan, haben Sie Ihren Top-Enthüllungsgrünschnabel überreden können, uns wieder zu beehren? Wie das? Wo er doch noch ein halbes Kind ist, das es nicht mal ertragen kann, sich auch nur *anzuhören,* in welche Lage er uns mit seinem kindischen Ehrgeiz gebracht hat. Hatte ja nicht mal den Mumm, hier im Raum zu bleiben, um sich anzuhören, wie sich die ganze Geschichte entwickelt hat. St. Paul's, Yale —*jaaaaaagggh!* … Das kommt also heutzutage dabei raus, wenn man die Schulbank in mahagonigetäfeltem Ambiente drückt — ein Schwächling, der aber trotzdem glaubt, dass er qua Geburt ein Anrecht darauf hat, tun und lassen zu können, wie ihm beliebt, egal wie sehr er damit dem gemeinen Volk schadet. Kein Wunder, dass Sie hier mit hängendem Kopf einlaufen. Kein Wunder, dass Sie sich nicht trauen, uns in die Augen zu schauen.«

Der kleine Dreckskerl, von Stan praktisch an der Hand geführt, ging schnurstracks auf Ira Cutler zu. Im Raum herrschte absolute Stille. Jeder, jedes aufgewühlte Wesen, wollte wissen, was dieser Auftritt zu bedeuten hatte. Sogar Ira Cutler machte einen verwirrten Eindruck, einen Eindruck, den er nach Möglichkeit vermied. Stan wich von John Smiths Seite und flüsterte dem Pitbull mit sehr leiser Stimme etwas ins Ohr, tatsächlich sogar sehr viel. Nach einer Weile schauten beide John Smith an, der den Kopf so tief gesenkt hielt, dass er die beiden wahrscheinlich gar nicht sehen konnte.

»John —«, sagte Stan.

John Smith, ganz Armesünderhaltung, trat auf die beiden zu. Er begrüßte Cutler mit einem kraftlosen Nicken und sagte dann etwas mit einer Stimme, die kaum mehr als ein Flüstern war. Er zog ein paar Blatt Papier aus einer Innentasche seines Blazers und gab sie Cutler. Sie waren anscheinend handgeschrieben. Cutler studierte sie vielleicht zehn Minuten lang — dann sagte Cutler in seiner jaulenden Schraubstockstimme, »Ich glaube, John möchte, dass ich mich in seinem Namen dafür entschuldige, dass er sich so oft rausgeschlichen hat. Er hatte sein Handy auf Vibration umgestellt und musste dauernd raus, um die Anrufe anzunehmen. Stans Sekretärin Gloria hatte seine Nummer, damit sie ihn immer anrufen konnte. Bis jetzt hatte er Anfragen —« zum Beweis hob Cutler die Blätter hoch »— aus praktisch allen Ecken der Welt, und sie sind alle aus demselben Grund in Panik geraten. In der relativ kurzen Zeit seit Eröffnung des Koroljow Museum of Art haben sie alle Gemälde gekauft, deren Wert — oder auch nicht — im zweistelligen *Millionen*bereich liegt, und zwar von Händlern, die im Auftrag Koroljows arbeiten. Und das sind bisher nur die, die sich beim *Herald* gemeldet haben. Weiß Gott, wie viele das insgesamt sind. Ich habe nicht gewusst, dass er nebenher auch noch Bilder verkauft.« Cutler schaute sich um … Auch keiner der anderen hatte das gewusst.

Cutler zeigte wieder sein Pitbull-Grinsen. »Hmmmm … Ich frage mich, ob er für die gestifteten Fälschungen den Schätzwert von siebzig Millionen Dollar von der Steuer absetzt und mit den Steuern verrechnet, die er für seine Geschäfte mit den Fälschungen abdrücken muss, die er nebenher verhökert … Auf dieser Liste hier hat John alle Namen, alle Kontaktdaten notiert, und er hat Aufzeichnungen von allen Anrufen, die er von Glorias Schreibtisch aus gemacht hat. Anrufe von Galerien, Kunsthändlern, anderen Museen — können Sie sich ja vorstellen. Aber die Anfrage, die mich am meisten neugierig macht, ist die von einem Mann aus Stuttgart, dem Besitzer einer kleinen Druckerei. Er macht sich Sorgen, dass man ihn für etwas zur Rechenschaft ziehen könnte, auf das er sich vollkommen ahnungslos eingelassen hat. Er hat für eine russische Firma einen Katalog in französischer Sprache zu einer Malewitsch-Ausstellung Anfang der Zwanzigerjahre gedruckt. Er sagt, dass die Firma ihm Papier geliefert hat, das mindestens so alt war, alte Schrifttypen, Entwürfe, Muster, Materialien für den Einband, eben alles, was er brauchte. Der Mann dachte, das ist bestimmt für irgendein Malewitsch-Jubiläum oder so, klasse Idee, ganz schön clever! Dann hat er im Fernsehen und Internet die Berichte über Johns Story gesehen, dass da möglicherweise ein paar Russen Bilder gefälscht haben und dass da auch ein paar Malewitschs dabei waren, und da hat er einfach eins und eins zusammengezählt. Meine Herren, ich glaube, vor unseren Augen entwirrt sich gerade der möglicherweise größte Beschiss der Kunstgeschichte.«

Eds und die Blicke aller anderen hefteten sich auf John Smith. ::::::Mein Gott, dass diese Geschichte so ein Hammer ist, ist doch sein Verdienst! Warum steht der Junge dann da, schaut auf den Boden und schüttelt den Kopf?:::::: Er hörte, wie Stan zu Ira Cutler sagte, dass John Smith seit Igor Drukowitschs Tod schreckliche Schuldgefühle hätte. »Er ist davon überzeugt, dass seine Geschichte genau das provoziert hat, was heute Morgen passiert ist — dass Igor Drukowitsch sonst noch am Leben wäre. Er ist wirklich in übler Verfassung.«

Plötzlich platzte es aus Ed heraus, laut und ungestüm, kurz, ein Brüllen, das ihm niemand, auch er selbst nicht, zugetraut hätte: »SMITH! KOMMEN SIE HER!« Der jetzt mehr erschrockene als verzweifelte Smith ging zu seinem Premium-Chefredakteur. »SPAREN SIE SICH IHRE GOTTVERDAMMTEN SCHULDGEFÜHLE FÜR DEN FEIERABEND AUF! JETZT ARBEITEN SIE FÜR MICH, UND ICH WILL, DASS SIE SICH HINSETZEN UND FÜR MORGEN EINE GROSSE STORY SCHREIBEN!«

Niemand wusste, das Edward T. Topping IV zu so etwas fähig war! Die gesamte Chefetage des Loop Syndicate und des *Herald* sah und hörte es! Es geschah in diesem Augenblick, dass sie alle zu dem Schluss kamen, dass Ed Topping — »Old T-4« — ein neuer Mann geworden war, ein starker, ein echter Mann, der der Zeitungsbranche zur Ehre gereichte.

Auch Ed war überrascht. Tatsächlich — und das wusste er — hatte er John Smith aus Angst angeblafft, aus Angst, der Junge könnte vor lauter Trübsal die Geschichte sausen lassen, die Ed Topping und viele andere aus einer echten Klemme befreien würde.

Das Gespräch mit Nestor hatte Magdalenas Angstpegel von panisch auf furchtbar erschrocken reduziert. Das *ist* ein Unterschied, und sie konnte ihn spüren. Trotzdem machte sie in jener Nacht kaum ein Auge zu. Sie konnte keine Schlafposition finden, in der sich ihr Herzschlag nicht unangenehm bemerkbar machte. Er war zwar nicht sonderlich schnell, aber er konnte sich jeden Augenblick zu einem Herzrasen steigern. Nach ein paar Stunden ... zumindest kam es ihr so lange vor ... hörte sie, wie sich der Türknauf an der Wohnungstür drehte, und sofort fuhr sie hoch. Ihr Herz machte einen Satz, als wollte es sich zu irren, vorhofflimmernden Höhen aufschwingen. Sie betete zu Gott —

— und wurde erhört: Es war nur Amélia. »Danke, Gott!«, sagte sie, wenn auch nur leise flüsternd.

Gestern und vorgestern, Montag und Dienstag, hatte Amélia bei ihm übernachtet, einem zweiunddreißigjährigen Assistenzarzt für Neurochirurgie, der plötzlich in ihr Leben getreten war und in der Nähe des Krankenhauses wohnte. Ein Neurochirurg! Chirurgen standen in allen Krankenhäusern an der Spitze der Statushierarchie, weil sie Männer der Tat waren — Chirurgen waren gewöhnlich Männer — Männer der Tat, die gewohnheitsmäßig und buchstäblich menschliches Leben in ihren Händen hielten — und momentan waren Neurochirurgen die romantischsten von allen. Von allen Chirurgen trugen sie die größten Risiken. Wenn sich jemand einer Gehirnoperation unterziehen musste, dann ging es ihm schon sehr schlecht, und die Sterberate auf dem Gebiet der Neurochirurgie war die höchste. (Am unteren Ende der Leiter rangierten Dermatologen, Pathologen, Radiologen und Psychiater; keine lebensbedrohlichen Situationen, keine Notrufe mitten in der Nacht, zu Hause, an freien Tagen oder über den Krankenhauslautsprecher, kein demütigender Gang im OP-Kittel zum Warteraum, wobei man sich den Kopf zerbricht, mit welchen Worten man den betenden Nervenbündeln beibringen soll, dass und warum gerade einer ihrer Lieben auf dem OP-Tisch gestorben ist.) Magdalena fiel auf, dass Amélias und ihr Liebesleben sich ins Gegenteil verkehrt hatten. Es kam ihr vor wie gestern, dass Amélia die Reggielose, die Verlassene gewesen war, während sie mit einem jungen, berühmten, reichen, attraktiven, verwegenen Russen namens Sergej herumgezogen war. Jetzt gab es keinen Sergej mehr, das hoffte sie zumindest inständig. Sie war die Verlassene, obendrein noch zu Tode verängstigt, während Amélia es mit einem jungen Kubaner der zweiten Generation krachen ließ, der Neurochirurg war und somit von Haus aus romantisch.

Nach sechs, das war das letzte Mal, als sie auf die Leuchtanzeige ihres Weckers geschaut hatte, musste Magdalena doch für ein paar Stunden eingeschlafen sein, denn als sie das nächste Mal aufwachte, zeigte der Wecker 9:30 Uhr. In der Wohnung war es ruhig. Amélia war spät nach Hause gekommen und schlief wohl noch. Es war ihr freier Tag. Magdalena hätte zufrieden liegen bleiben können, doch stürzten aus dem hypnopompischen Nebel sofort wieder die Umstände ihres Elends und ihrer Ängste auf sie ein, und sie war zu *vorsichtig,* um weiter in der verwundbaren Rückenlage zu verharren. Also stand sie auf, zog sich einen Baumwollbademantel über das T-Shirt, in dem sie geschlafen hatte, und ging ins Bad. Aber auch nachdem sie sich zwei Handvoll kaltes Wasser ins Gesicht gespritzt hatte, fühlte sie sich nicht besser. Ihr Herz schlug schon wieder ein bisschen zu schnell, sie spürte einen dumpfen Kopfschmerz und fühlte sich so schlapp wie sonst nie am Morgen. Sie ging in die Küche und machte sich eine Tasse kubanischen Kaffee. Der würde ihr guttun — aber die Hauptsache war, *vorsichtig* zu sein und bei dem leisesten

Geräusch sofort, noch *bevor* sie zur Tür ging, um zu lauschen, nach Amélia zu schreien und die Notrufnummer anzurufen. Sie ging in das winzige Wohnzimmer und setzte sich in einen der Lehnstühle, aber allein die Tasse festzuhalten ermüdete sie. Sie stand wieder auf, stellte die Tasse auf den kleinen Couchtisch und schaltete, da sie schon mal auf den Beinen war, den Fernseher an. Um Amélia nicht aufzuwecken, drehte sie den Ton ganz leise. Auf einem spanischen Sender lief eine Talkshow. Der Gastgeber war der Komiker Hernán Loboloco. Er zog es vor, mit Loboloco angesprochen zu werden, nicht mit Hernán, weil Loboloco Verrückter Wolf bedeutete und er ein Komiker war. Sein Markenzeichen war, den Gästen mit der Stimme anderer Leute, berühmter Leute, ernste Fragen zu stellen, wie zum Beispiel einem Skateboard-Champion zu Halfpipe-Stunts, und zwar mit der zornigen, mahnenden Stimme des Gewerkschafters Cesar Chavez, mit der er immer Rechtsverstöße anprangerte. Er machte das sehr gut — er konnte auch saukomische Tiergeräusche nachmachen, mit denen er jede Sekunde über seine Gäste herfallen konnte. Wenn Magdalena überhaupt mal den Fernseher anstellte, schaute sie sich gern Loboloco an. Aber im Augenblick war sie zu deprimiert und misstrauisch, um irgendetwas lustig zu finden, außerdem ärgerte sie sich trotz der niedrigen Lautstärke maßlos über die Lachkonserven. Warum glaubte ein so guter Komiker wie Loboloco, Gelächter vom Band nötig zu haben? Es machte die Show nicht besser, es machte sie nur billig und —

Das Herz sprang ihr fast aus dem Brustkorb. Das Schloss in der Wohnungstür drehte sich, dann wurde die Tür aufgestoßen. Magdalena sprang auf. Ihr neues iPhone lag *im Schlafzimmer — zu spät!* — kein Notruf! — kein Nestor! Sie fuhr herum — und Amélia stand vor ihr … mit einer großen

Ein-Liter-Nalgene-Wasserflasche in der Hand. Sie setzte sie an den Mund, legte den Kopf zurück und trank gierig. Ihre Haut glänzte nach Schweiß. Sie trug schwarze Lycra-Leggings, die ihr bis kurz unters Knie reichten, und ein schwarzes Racerback-Top. Sie war nicht geschminkt und hatte ihr Haar zu einem Pferdeschwanz zusammengebunden. Das alles bedeutete: Spinning, der neueste Trend. Jeder im Trainingskurs — kaum einer aus dieser Generation-X-Truppe war älter als fünfunddreißig — saß auf einem stationären Fahrrad, das in Reih und Glied und Reih und Glied und Reih und Glied mit vielen anderen stand, und ließ sich von einem Trainer, männlich oder weiblich, wie von einem sadistischen Rekrutenschinder Kommandos und Schmähungen ins Gesicht brüllen, bis er sich am äußersten Rand seiner Lungenkapazität, Beinmuskelkraft und Ausdauer abstrampelte. Drei von vier dieser masochistischen Freiwilligen waren Frauen, die so scharf darauf waren — bis zur Verzweiflung — sich *in Form zu bringen*, dass sie sich sogar dieser Tortur unterwarfen. Nun ja … auch Magdalena hätte sich dieser Tortur unterworfen, nur dass diese Kurse fünfunddreißig Dollar pro Nase kosteten, und sie hatte kaum das Geld, um eine Woche lang satt — geschweige denn fit — zu werden, und selbst bei dieser Ration würde das bisschen Geld, das sie noch auf dem Konto hatte, schon in einem Monat aufgebraucht sein … und was machte sie *dann?*

Zwischen ihren Schlucken aus der Nalgene-Flasche — sie stand immer noch in der Wohnungstür — sah Amélia, dass Magdalena vor dem Lehnstuhl stand, stocksteif, auf den Fußballen, mit leicht gebeugten Knien, als wollte sie jede Sekunde springen oder fliehen.

Amélia nahm die Flasche herunter und sagte, »Magdalena, was schaust du so komisch?«

»Tja, ich … ähh … na ja, schätze, ich bin ein bisschen überrascht. Ich dachte, du schläfst noch. Ich hab gehört, wie du letzte Nacht nach Hause gekommen bist, ziemlich spät.«

Amélia trank wieder ein paar Schlucke aus der Flasche, die aussah, als hätte sie dasselbe Volumen wie ihr Kopf.

»Seit wann machst du Spinning?«, fragte Magdalena.

»Woher weißt du, dass ich Spinning mache?«

»Ist nicht schwer zu erraten … dein Outfit, die riesige Wasserflasche, das rote Gesicht — und ich meine nicht rot wie *krank*, sondern rot wie *Training*, wie *knallhartes* Training.«

»Ehrlich gesagt, das war heute das erste Mal«, sagte Amélia.

»Und?«, sagte Magdalena. »Wie ist es?«

»Oh, fantastisch … glaube ich … ich meine, wenn man es überstanden hat! Ich habe freiwillig in meinem ganzen Leben noch nie so hart geschuftet! Ich … bin … völlig fertig.«

»Warum setzt du dich dann nicht hin?«, sagte Magdalena.

»Nein, ich fühle mich so … ich brauche jetzt unbedingt eine Dusche.«

»Na los, setz dich einen Augenblick hin.«

Also lümmelte Amélia sich in den Sessel und legte stöhnend den Kopf so weit nach hinten, dass sie senkrecht zur Decke schaute.

Magdalena lächelte. Ihr fiel auf, dass sie tatsächlich das allererste Mal in den vergangenen achtundvierzig Stunden lächelte. »Dieses neue Interesse an Training, ich meine, an wirklich *hartem* Training«, sagte sie, »das hat nicht zufällig was mit Neurochirurgie zu tun?«

Amélia kicherte leise, hob den Kopf und richtete sich auf. Erst jetzt bemerkte sie, dass der Fernseher eingeschaltet war. Die Loboloco-Show lief noch, und das Gestikulieren und Grinsen, die Lippenbewegungen und kieferorthopädisch einwandfreien weißen Zähne … sahen nach krampfartigen

Lachanfällen aus, die aber kaum zu hören waren, da Magdalena die Lautstärke fast auf stumm gestellt hatte …

»Was schaust du da?«, fragte Amélia.

»Ach … nichts«, sagte Magdalena.

»Ist das nicht Loboloco?«, fragte Amélia.

Magdalena fühlte sich sofort ertappt und sagte, »Ich habe gar nicht richtig hingeschaut. Außerdem hatte ich den Ton runtergedreht, weil ich dachte, du schläfst noch. Ich weiß, dass Loboloco albern ist, aber es gibt *albern* alberne Shows, und es gibt albern *lustige* … wie die *Simpsons* und alles mit Will Ferrell, und Loboloco ist auch so eine, eine albern *lustige,* und manchmal ist er wirklich —«

::::::Loboloco, was für ein Scheißthema!«:::::: »Moment mal, was hast du gerade gesagt?«

»Wie, was gesagt? Hab ich schon wieder vergessen«, sagte Amélia.

»Wir hatten über Spinning gesprochen«, sagte Magdalena. »Wie du drauf gekommen bist …«

»Weiß nicht mehr, was ich gesagt habe«, sagte Amélia. »Na ja … egal … jedenfalls habe ich heute gemerkt, dass du nicht wirklich hart trainieren und dabei irgendwas anderes denken kannst als *Oh Mann, wie stehe ich das bloß durch!* Du kannst nicht gleichzeitig über deine Probleme nachgrübeln. Solltest du auch mal probieren, Magdalena. Ich *garantiere* dir, du kannst nicht auf diesem Rad sitzen, wirklich hart trainieren und gleichzeitig … an irgendwas denken. Du musst total abschalten! Weißt du, was ich meine? Aber wie geht's *dir* heute? Scheinst ein bisschen besser drauf zu sein …«

»Ein bisschen, ja«, sagte Magdalena. »Habe ich dir eigentlich erzählt, dass ich gestern Nestor getroffen habe?«

»Was?! Hmm … nein! Hast du wahrscheinlich vergessen … Warum?«

»Na ja, ich habe einfach ...«

»Du hast einfach *was?*«, sagte Amélia. »Na los, spuck's aus!«

Kleinlaut sagte Magdalena, »Ich habe ihn angerufen.«

»Du hast ihn *angerufen?* Du hast ihm wahrscheinlich das Jahrzehnt gerettet *hahahah!* Oh Mann, wahrscheinlich kommt er sich vor, als wären Weihnachten und Ostern auf einen Tag gefallen.«

»Weiß ich nicht. Ich hab ihn angerufen, weil er Polizist ist. Na ja, ich hab mir gedacht, vielleicht kann er mir helfen, bei der Sache mit Sergej.«

»Du hast ihm das *erzählt?*«, sagte Amélia.

»Na ja, nicht genau. Ich habe ihm nicht gesagt, dass Sergej mich einfach in seinem Bett hat liegen lassen. Ich habe überhaupt nichts von Sergejs Bett erzählt oder davon, wie genau ich Sergej gekannt habe, nur dass ich ihn besucht habe — ich hab ihm nicht mal erzählt, zu welcher Tageszeit das alles passiert ist. Ich habe ihm nur die ganze Szene beschrieben, die mir so eine Höllenangst eingejagt hat, dass Sergej seine Leute wie ein Mafiaboss rumkommandiert hat, als wäre er der Pate von der Pizzo-Familie oder so, und dann, wie er diesem riesigen glatzköpfigen Robotergorilla befohlen hat, mich nach Hause zu fahren — ich dachte, vielleicht kann Nestor mir sagen, was ich tun kann, außer zur Polizei zu gehen, das hätte Sergej nämlich sicher rausbekommen, und dann hätte er mir seine Gorillas wirklich auf den Hals gehetzt.«

»Ich dachte, bei der Polizei haben sie ihn rausgeschmissen?«, sagte Amélia. »Ist er überhaupt noch Cop?«

»Das weiß ich auch nicht genau. Dauernd stand was über ihn in der Zeitung, und anscheinend ging es dabei auch um ein paar ziemlich üble Geschichten, aber trotzdem ist er fast eine Berühmtheit.«

»Ja, ja, der Junge aus Hialeah, den du gar nicht schnell genug abservieren konntest.« Amélia lächelte, es war ziemlich offensichtlich, dass sie das alles ziemlich amüsierte, was Magdalena ihr aber nicht übel nahm. Die einfache Tatsache, dass sie mit jemandem reden konnte, verhalf ihr schon zu einer etwas klareren Sicht der Dinge und obendrein zu einer besseren Einschätzung von Nestors Stellung in der Welt.

»Ich war selbst überrascht«, sagte sie. »Als ich gestern mit ihm gesprochen habe, kam er mir irgendwie verändert vor. Er wirkte irgendwie größer auf mich, ich weiß nicht —«

»Vielleicht weil er jetzt einfach mehr Zeit fürs Fitnesscenter hat …«

»Nicht *so*. Nicht, dass er mehr Muskeln hätte. Wüsste auch gar nicht, wo die noch hinsollten«, sagte Magdalena. »Ich meine nicht physisch größer. Ich wusste nicht, an wen ich mich sonst hätten wenden sollen, und als ich ihn dann gesehen habe, dachte ich, ›Das ist der gleiche alte Nestor wie immer‹, aber als ich dann anfing, ihm die Geschichte zu erzählen, da war er … so reif, *so besorgt,* als würde er mir wirklich zuhören, als wäre er wirklich *interessiert,* verstehst du?«

»Ja«, sagte Amélia, »weil er dich immer noch rasend liebt.«

»Das war es nicht. Es war, als wäre er auf einmal so männlich und würde die Sache in die Hand nehmen. Er hat nicht nur zugehört, damit ich mich besser fühlte. Er hat gleich angefangen tausend Fragen zu stellen, ganz spezielle Polizistenfragen, als wüsste er was über die Sache und wüsste auch genau, was da zu tun ist. Er war so … ich weiß nicht …« Sie lachte, um dem Wort, das sie dann sagte, die Spitze zu nehmen — »so scharf.«

»Oh, mein Gott. Hätte nie gedacht, dass ich mal den Tag erleben darf, an dem du Nestor Camacho scharf nennst.«

»Nicht scharf wie rattenscharf oder so … einfach nur stark. Weißt du, was ich meine? Ich habe mich gefragt, ob vielleicht —« Sie brach den Satz ab.

»Du glaubst also, du hättest bei Nestor bleiben sollen?«

»Na ja, vielleicht habe ich ihn einfach als selbstverständlich betrachtet«, sagte Magdalena. »Ich meine, keiner war wirklich so für mich da wie er. Und wenn etwas passiert, ist es immer er, der mir zuerst einfällt. Das muss doch etwas bedeuten, oder?«

»Na ja, man kann nicht gerade behaupten, dass du dich danach verbessert hättest.«

»Wie wahr. Erst ein Perversling, dann ein Krimineller«, sagte Magdalena. »Ich hab's wirklich weit gebracht.«

»Sei nicht so streng mit dir«, sagte Amélia. »Du könntest es schlechter treffen als mit Nestor. Er hat dir wirklich gutgetan. Wie seid ihr verblieben?«

»Eigentlich gar nicht«, sagte Magdalena. »Das ist das Komische. Gerade als ich wieder etwas für ihn zu fühlen begann, war er auch schon wieder weg.«

»Typisch Mann.«

»Nein, ich meine das wörtlich. Er sagt, ›Ich muss meinen Partner anrufen‹, und läuft raus. Das war so — wie heißt das Wort? Heroisch? Als würde er in den Kampf ziehen — ach, ich weiß nicht.«

»Dein Ritter aus Hialeah!«, sagte Amélia.

Plötzlich schauten sie beide zum Fernseher. Das Muster aus Licht und Schatten hatte sich abrupt verändert. Die Loboloco-Show war offenbar aus irgendeinem Studio gesendet worden, der Kontrast zwischen hell und dunkel war minimal gewesen. Jetzt kamen die Bilder von draußen, es herrschte hartes Mittagslicht, und die Schatten des Gebäudes auf dem Bildschirm sahen aus wie mit Tusche gezeichnet. Magdalena und Amélia sahen den Innenhof eines drei- oder vierstöckigen Gebäudes mit Balkonen rundum — nein, mit einer Galerie, die in den Hof hineinragte. Die Stockwerke waren durch große Außentreppen verbunden, und am Fuß von einer der Treppen, auf den untersten Stufen, lag anscheinend ein menschlicher Körper, mit dem Kopf nach unten, der mit einem weißen Tuch zugedeckt war, einschließlich des Kopfes, was bedeutete, der Mensch war tot. Neben der Leiche und vor gelben Absperrbändern standen Polizisten, die eine Gruppe hauptsächlich älterer Menschen zurückhielten, von denen sich einige über Gehhilfen beugten.

»Mach mal lauter«, sagte Amélia.

Magdalena drückte auf den Lautstärkeregler. Auf dem Bildschirm erschien eine Reporterin, eine junge Frau mit blondem Haar. »Ist dir schon mal aufgefallen, dass die nur Blondinen haben, sogar bei den spanischen Sendern?«, sagte Amélia mit leicht ärgerlicher Stimme. Die Blondine hielt ein Mikrofon in der Hand und sagte, »— bleibt es ein Rätsel, dass der Künstler in dieser Seniorenresidenz in Hallandale unter dem Namen Nikolai Kopinsky bekannt war — auch wenn er kaum Kontakt zu seinen Nachbarn pflegte — und dass sein Apartment eine Art geheimes Atelier war, zu dem er niemandem Zutritt gewährte.«

»Oh, mein Gott!«, sagte Magdalena. »Hat sie Hallandale gesagt?«

»Ja, Hallandale.«

»Oh, mein Gooooott«, sagte Magdalena, was sich anhörte wie eine Kreuzung aus Schreien und Stöhnen. Sie schlug die Hände vors Gesicht. »Das hat Sergej am Telefon gesagt, ›Hallandale.‹ Alles andere war auf Russisch! Oh, mein Gooooott! Ich muss Nestor anrufen! Ich muss wissen, was da los ist! Hallandale! Oh, Gott!«

Sie riss sich zusammen, lief in ihr Schlafzimmer und kam mit ihrem Handy gleich wieder zurück ins Wohnzimmer, damit sie nicht allein war. Sie scrollte durch das Telefonbuch ihres Handys bis zu »Nestor«. Sie hörte fast sofort das Klingeln, und fast genauso schnell ertönte eine mechanische Stimme, »— ist zur Zeit nicht erreichbar. Wenn Sie eine Nachricht hinterlassen —«

Völlig verzweifelt blickte Magdalena zu Amélia und sagte in einem Tonfall, der nach Weltuntergang klang, »Er geht nicht ran.«

Als sich die Lifttür im ersten Stock öffnete, stand Cat Posada schon da und wartete auf ihn.

»Officer Camacho?«, sagte sie, als wüsste sie nicht ganz genau, wer er war. »Folgen Sie mir. Ich bringe Sie zum Büro des Chiefs.« Nestor musterte ihr hübsches Gesicht, ob er vielleicht ... *die Spur* ... eines Hinweises erkennen konnte. Das war in etwa so leicht, wie in einem Ziegelstein zu lesen. Es war nicht zum Aushalten. Das war genau das Mädchen, auf das er genau an dieser Stelle Lust gehabt hatte ... und das mitten in einer Krise, die ihn damals sprachlos gemacht hatte. War es tatsächlich möglich, dass sie sich nicht erinnerte? Urplötzlich, ohne dass er es vorgehabt hatte, hörte er sich sagen, »Na dann, auf ein Neues. Auf zum langen Marsch.«

Sie war schon losgegangen, als sie sich zu ihm umdrehte und sagte, »Langer Marsch? Ist gleich da hinten am Ende des Gangs.«

Es war der Tonfall ihrer Stimme, der sagte, *Ich habe keine Ahnung, wovon Sie reden, und um es rauszufinden, ist mir meine Zeit zu schade.* Wie neulich führte sie ihn bis zur Bürotür des Chiefs und blieb dann stehen. »Ich sag ihm, dass Sie da sind.« Dann verschwand sie in seinem Büro.

In null Komma nichts war sie wieder da. »Sie können rein.«

Nestor versuchte ein letztes Mal, einen Hinweis zu ergattern ... von ihren Lippen, ihren Augen, ihren Augenbrauen, einer Neigung ihres Kopfes ... nur einen Hinweis, *irgendeinen* Hinweis, gottverdammt! Ihre Lenden gehörten in diesem Augenblick nicht mal zu ihrer Anatomie. Alles, was er kriegte, war der Ziegelstein.

Seufzend ging Nestor hinein. Der Chief hob nicht mal den Kopf. ::::::Jesus Christus! —*ist der groß.*:::::: Er wusste das, aber die Erkenntnis kam ihm wie neu vor. Nicht einmal das langärmelige, marineblaue Hemd mit den vielen Sternen auf dem Kragen konnte die schiere physische Macht des Mannes verbergen. Er hielt einen Kugelschreiber in der Hand. Irgendwelche Computerausdrucke, die vor ihm auf dem Schreibtisch lagen, schienen seine ganze Aufmerksamkeit zu erfordern. Dann hob er den Kopf und schaute Nestor an. Er stand nicht auf und bot ihm auch nicht die Hand. »Officer Camacho ...« Das war keine Begrüßung. Es war die Feststellung einer Tatsache.

::::::*Hallo, Chief? ... Schön, Sie zu sehen, Chief?*:::::: Nichts davon wäre passend gewesen. Er begnügte sich mit einem einzigen Wort, »Chief.« Es war eine schlichte Rückmeldung.

»Setzen Sie sich, Officer.« Der Chief deutete auf einen Stuhl mit gerader Rückenlehne und ohne Armstützen, der direkt vor seinem Schreibtisch stand. Eine exakte Wiederholung des ersten Treffens. Nestor rutschte das Herz in die Hose. Als er auf dem Stuhl direkt vor dem Chief saß, schaute der Chief ihn lange und ungerührt an und sagte, »Ich habe da ein paar Sachen —«

Er unterbrach den Satz und schaute zur Tür. Cat steckte den Kopf hinein. »Chief?«, sagte sie mit zaghafter Stimme. Dann machte sie ihm ein Zeichen, er ging zu ihr, und sie standen tête-à-tête in der Tür. Ihre ersten Worte konnte Nestor verstehen. »Tut mir leid, dass ich stören muss, Chief. Aber ich dachte, das ist so wichtig, dass —«

Dann senkte sie die Stimme, und es drang nur noch ein leises Nuscheln an sein Ohr. Er meinte das Wort Koroljow zu hören, aber vielleicht war er nur paranoid. Koroljow war der Grund für seinen Verstoß gegen den Hausarrest gewesen, und der war zweifellos der Grund, warum der Chief ihn einbestellt hatte. ::::::*Oh, Dios Dios Dios*:::::: aber er war zu mutlos, um jetzt zu Gott zu beten. Und warum sollte Gott sich überhaupt dazu herablassen, ihm zu helfen? ::::::»Oh, mein Herr, der du sogar Judas verziehen hast. Ich habe mich der Sünde der Falschheit schuldig gemacht, was Täuschung wie auch Lüge einschließt« … Ach, zum Teufel damit. Hat sowieso keinen Sinn! Bevor er sich gegen ihn versündigte, hatte Judas zumindest einiges für Jesus getan. Und ich? Warum sollte Gott von mir auch nur Notiz nehmen? Das habe ich gar nicht verdient … Ich bin echt am Arsch.::::::

Der Chief und Cat tuschelten weiter sehr leise miteinander. Gelegentlich entfuhr dem Chief ein lautes »Um Himmels willen« … oder »Jesus Christus« … und einmal »Holy *freaking* Jesus« … Glücklicherweise hatte er *»freaking«* gesagt.

Schließlich beendete er seine kleine Unterredung mit Cat und ging zu seinem Schreibtisch zurück — als er sich plötzlich wieder umdrehte und Cat, die schon verschwunden war, laut hinterherrief, »Sag ihnen, sie sollen schreiben, was sie wollen, aber selbst wenn ich was gewusst hätte, hätte ich das Flugzeug nicht aufgehalten. Der Mann hat einen russischen Pass, er ist keiner Straftat angeklagt, er wird nicht als ›verdächtige Person‹ geführt, es hat ihm noch nicht mal irgendwer irgendwas Konkretes *vorgeworfen,* nicht mal der durchgeknallte *Herald.* Also, wie soll ich das Flugzeug aufhalten? Sag's mir, irgendeine *Idee?* Diese Zeitungsbosse haben in ihrem ganzen Scheißleben noch nichts Vernünftiges auf die Reihe gebracht. Die sitzen bloß in Ausschüssen rum und überlegen sich, wie sie ihre Existenz rechtfertigen können.«

Nestor konnte es nicht erwarten zu erfahren, worüber der Chief und Cat gesprochen hatten. Über allem leuchtete der Name *Koroljow.* Aber Nestor würde es nicht wagen, auch nur eine einzige Frage zu stellen. ::::::Äh, Chief, Entschuldigung, worüber Sie und Cat gerade gesprochen haben, war das vielleicht —« Kein Wort werde ich über diese Sache sagen — *besonders* über diese Sache — oder über sonst irgendwas, es sei denn, der Chief stellt mir eine konkrete Frage.::::::

Der Chief setzte sich wieder an den Schreibtisch und ::::::Ich wusste es! Ich wusste es! Dieser zornige Blick, weil ihm dauernd im Kopf herumgeht, dass ihm dauernd alle Ärger machen …:::::: Der Chief schlug die Augen nieder und schüttelte den Kopf, als wollte er sagen, *Verdammte ahnungslose Arschlöcher,* dann hob er den Kopf, schaute Nestor mit einem Gesicht an, in dem immer noch groß und breit *verdammte ahnungslose Arschlöcher* geschrieben stand, und sagte, »Okay, wo waren wir?«

::::::Verdammt! Dieser zornige Blick! Er denkt, dass ich auch einer von denen bin, dass ich schuld daran bin, warum er vergessen hat, wo wir gerade waren.::::::

»Ach ja, weiß schon«, sagte der Chief. »Ich habe da ein paar Sachen, die Ihnen gehören.«

Dann beugte er sich auf einer Seite des Schreibtischs so weit nach unten, dass sogar sein massiger Körper fast völlig verschwand. Nestor hörte, wie er eine Schublade öffnete. Als er sich wieder aufrichtete, hielt er etwas Sperriges in den Händen … zwei blassgraue eckige Behälter, einen kleinen und einen, der wesentlich größer war. Sie wurden zur Aufbewahrung von Beweismaterial benutzt. Der Chief stellte sie vor sich auf den Schreibtisch. Er öffnete den kleineren Behälter —

— und das erste Zeichen des Himmels, das Nestor empfing, war ein goldenes Funkeln, als der Chief den Inhalt herausnahm. Aber erst als der Chief den Arm ausstreckte und ihm das Ding überreichte, konnte er es ganz sehen.

»Ihre Dienstmarke.« Mehr sagte er nicht.

Nestor schaute auf das Ding in der Hand des Chiefs, als hätte er noch nie zuvor einen solch wunderlichen Gegenstand gesehen. Inzwischen öffnete der Chief den anderen Behälter ... und reichte ihm ein großes, klobiges Zingulum aus Leder und Metall über den Schreibtisch. Es war eine Glock 9 in einem Lederholster, das an einem Pistolengürtel befestigt war.

»Ihre Dienstwaffe«, sagte der Chief — ausdruckslos.

Nestor hielt nun die Dienstmarke in der einen Hand und die Glock samt Holster und Gürtel in der anderen. Er schaute sie an ... wahrscheinlich länger, als angemessen gewesen wäre ... schaute dann den Chief an ... und sagte mit zitternder Stimme, »Heißt das ...?«

»Ja«, sagte der Chief. »Genau das heißt es. Sie sind wieder in den aktiven Dienst versetzt. Ihre nächste Schicht bei der Crime Suppression Unit beginnt morgen um 16 Uhr.«

Nestor war so überwältigt von diesem Wunder, dass er nicht wusste, was er sagen sollte. Er versuchte es. »Danke — ähhh — ja —«

Der Chief erlöste ihn. »Und jetzt noch ein guter Rat — nein, das nehme ich zurück. Das ist ein Befehl. Was ich hier gerade mache, das wird ziemlichen Wirbel verursachen. Ich will nicht hören müssen, dass Sie in welcher Form auch immer mit der Presse gesprochen haben. Haben Sie das kapiert?«

Nestor nickte.

»Und in der *Presse,* da können Sie sich drauf verlassen, werden Sie ab morgen sein. Sie verstehen? Der Staatsanwalt wird verkünden, dass er die Anklage gegen den Lehrer von der Lee de Forest — diesen Estevez — mangels Beweisen fallen lassen wird … Da wird auch Ihr Name auftauchen. Sie haben die Beweise als das entlarvt, was sie waren, das Komplott von ein paar eingeschüchterten Jungs, die diesen Dreckskerl und sogenannten Bandenchef Dubois schützen wollten. Das *soll* die Presse erfahren. Aber was ich gesagt habe, gilt trotzdem. Sie *reden* nicht mit der Presse. Sie *bestätigen* keine Informationen. Sie *reagieren* nicht auf Anfragen jeglicher Art. Und ich sage es noch einmal: Das … ist … ein *Befehl!*«

»Ich verstehe, Chief.« Irgendwie hatte er das Gefühl, dass er mit der Art, wie er das sagte — *Ich verstehe, Chief* — wieder in die Truppe aufgenommen war.

Der Chief legte die Unterarme auf den Schreibtisch, beugte sich, so weit er konnte, zu Nestor vor … und verriet zum ersten Mal eine Gefühlsregung, die über seinen strengen Widersetzen-Sie-sich-ja-nicht-meiner-Autorität-Tonfall hinausging. Seine Lippen zogen sich langsam über die gesamte Breite seines Gesichts … die Augen wurden lebendig … das Fleisch über seinen Backenknochen quoll zu zwei weichen warmen Polstern auf … und er sagte … »Willkommen zu Hause, Camacho.«

Er sagte es leise … und es war ja auch nur das Lächeln eines Polizisten in der heruntergekommenen Innenstadt von Miami, Florida … aber fiel jemals ein Licht herab von einem strahlenderen Himmelsort … oder ließ es die Seele eines Menschen gleichmütiger und gesegneter zurück … oder hob es ihn vollständiger aus diesem Tal menschlicher Fehler heraus, in dem wir unser Leben zu leben gezwungen sind?

Draußen auf der Straße fühlte sich Nestor weder bestätigt noch erlöst noch siegestrunken noch sonst was in der Art. Er fühlte sich unbeschwert, orientierungslos, als sei ihm wie durch ein Wunder eine gewaltige Last, die er sehr lange getragen hatte, von den Schultern genommen. Der Große Heizstrahler da oben röstete wie üblich seine Kokosnuss, und er wusste nicht mal, in welche Richtung er ging oder in welcher Straße er war. Er stand vollkommen neben sich … aber Moment mal, anrufen sollte er sie trotzdem.

Er scrollte sein Telefonverzeichnis durch, bis er ihren Namen fand, und tippte auf die Glasfront seines iPhone.

Sie ging sofort ran, »Nestor!«

»Gute Nachrichten. Der Chief hat mir meine Marke und die Dienstwaffe zurückgegeben. Ich bin wieder im Dienst, ich bin wieder ein richtiger Cop.«

»Oh, mein Gott, Nestor! Das ist … *so … wunderbar!*«, sagte Ghislaine.

DANKSAGUNGEN

Die Geschichte verdankt viel der Großzügigkeit des Bürgermeisters von Miami, **Manny Diaz**, der dem Autor gleich am ersten Tag einen ganzen Saal voller Leute vorstellte … Der aus Dublin stammende Polizeichef **John Timoney**, der perfekte irische Cop in der Geschichte von New York, Philadelphia und Miami, schickte ihn sofort mit einem Patrouillenboot der Miami Marine Patrol raus und lüftete dann den Schleier von einem ansonsten unsichtbaren Miami inklusive einiger *aperçus*. Und mit *aperçus* kennt er sich aus, dieser irische Cop. Tatsächlich erweist er sich in der Nachtschicht als Dostojewski-Kenner … **Oscar und Cecile Betancourt Corral**, zwei hartnäckige Journalisten aus Miami, brachten ihn überhaupt erst auf die Idee mit Miami — und befragten dann jeden, ständig und überall (mit der geschickten Unterstützung von **Mariana Betancourt**) … **Augusto Lopez und Suzanne Stewart** machten ihn mit dem bedeutenden haitianischen Anthropologen **Louis Herns Marcelin** bekannt … Der berühmte Neurochirurg **Barth Green**, der einen Großteil seiner Zeit den Haitianern in Haiti widmet, führte ihn nach Little Haiti in Miami … und zu seinem Kollegen **Roberto Heros** … Der Historiker **Paul George** nahm ihn mit auf seine viel gepriesene Grand Tour … **Katrin Theodoli**, die in Miami Jachten baut, die weniger in See stechenden Schiffen als startenden X-15-Jets ähneln, nahm ihn mit auf die Jungfernfahrt ihrer neuesten raketengleichen Jacht … **Lee Zara** erzählte ihm einige Geschichten …

die sich als wahr herausstellten! … Die Lehrerin **Maria Goldstein** weihte ihn in die Hintergründe eines der wüstesten Vorfälle in der Geschichte des öffentlichen Erziehungssystems von Miami ein … Die Malerin **Elizabeth Thompson** wusste Dinge über das Leben der Künstler von Miami, die für ihn unverzichtbar waren … Auch wenn das nicht zu ihren Aufgaben gehörte, **Christina Verigan** entpuppte sich als Medium, Gedankenleserin, Gelehrte und Lehrerin … Ganz zu schweigen von **Herbert Rosenfeld**, ein Ass auf dem Gebiet der Sozialgeografie Miamis … **Daphne Angulo**, einzigartige Porträtistin des Jungen Miami von Ober- bis Unterschicht … **Joey und Thea Goldman**, Bauunternehmer und treibende Kräfte hinter dem Künstlerviertel Wynwood, Miamis Pendant zu New Yorks Chelsea … **Ann Louise Bardach**, *der* Expertin zum Thema *Cuba fidelista* und aktuelle Verflechtungen zwischen Havanna und Miami … sowie **Peter Smolyanski, Ken Treister, Jim Trotter, Mischa, Cadillac, Bob Adelman, Javier Perez, Janet Ney, George Gomez, Robert Gewanter, Larry Pierre,** der Berater **Eddie Hayes, Alberto Mesa und Gene Tinney** … und einem weiteren Schutzengel der Neulinge in der Stadt. Du weißt schon, wer du bist.